林栖品读诗经

从周南到卫风

林栖 著
毛小鹿 绘

复旦大学出版社

目录

1　代　序　《诗经》的读法／汪涌豪
1　导言一　《诗经》初探
5　导言二　品读《诗经》的心境

周南

11　关雎（一）　古人心中的理想爱情
15　关雎（二）　如何追求理想的爱情
19　葛覃　记忆里的阳春初夏
23　卷耳　一往情深的思念
27　樛木　与他人达成共赢的秘诀
31　螽斯　子孙兴旺的真谛
35　桃夭　"少女"与"桃花"间的千年情缘
39　兔罝　职场关系的亘古智慧
43　芣苢　电影镜头般的画面感
47　汉广　如何面对人生中的"可遇不可求"
53　汝坟　同一首诗，两种视角，两个故事
59　麟之趾　君子与麒麟间不可不说的故事

召南

65　鹊巢　盛大的婚礼，是祝福，还是讽刺？

69	采蘩	文学蒙太奇：声响影动，不辨其人
75	草虫	季节感：古人的时间意识
79	采蘋	探寻古人的祭祀习俗和礼器文化
85	甘棠	睹物思人，揭秘历史上真实的召伯
89	行露	中国文学史上的第一场千古谜案
95	羔羊	愈简单，愈传神：文学上的白描
101	殷其雷	徘徊在情与理之间的别离
107	摽有梅	花开堪折直须折，爱在当下！
111	小星	星光下的叹息，向谁诉说？
117	江有汜	自古多情伤别离，弃妇哀怨啸也歌
123	野有死麇	情到深处人自醉
129	何彼襛矣	千年前如丝之和的婚礼
133	驺虞	驺虞是人是兽？古代传说靠谱吗？

邶风

141	柏舟（一）	一颗初心对抗全世界
147	柏舟（二）	生命之坚韧，灵魂之力量
151	绿衣	天长地久有时尽，此恨绵绵无绝期
155	燕燕	认识中国历史上第一位女诗人
161	日月	中国文学史上第一场后宫冷暴力
167	终风	人心如天气，易变难琢磨

173	击鼓	执子之手,与子偕老
179	凯风	煦煦和风如母爱,悉心呵护暖子心
185	雄雉	不求利即无害,不求福即无祸
191	匏有苦叶	处世如涉水,知深浅,度时务
197	谷风(一)	最怕人情如纸薄
203	谷风(二)	贫贱之知不可忘,糟糠之妻不下堂
207	式微	微言大义,千古归隐文学始祖
211	旄丘	一场等待,由春至冬,从期望到绝望
217	简兮	解放肢体,向古人学习舞蹈
223	泉水	心怀故乡泉,奈何不得归
229	北门	人生最苦无知己
235	北风	良禽择木而栖,贤臣择主而事
241	静女	以爱之名,化平凡为珍贵!
245	新台	喜剧片里的讽刺意味
251	二子乘舟	有一种孝叫"愚孝"

鄘风

259	柏舟	山无棱,天地合,才敢与君绝
265	墙有茨	若要人不知,除非己莫为
271	君子偕老	绣花枕头一包草,华丽背后的破败
277	桑中	想唱就唱,唱你所想

283　鹑之奔奔　人与禽兽的一线之隔

289　定之方中（一）　十年之计，莫如树木

295　定之方中（二）　尽人事而后知天命

301　蝃蝀　古人眼中的彩虹有何不同？

307　相鼠　由内而外才是真"礼"

313　干旄　用画面感塑造文本的张力

319　载驰　巾帼不让须眉

卫风

327　淇奥　谦谦君子的人生必修课

333　考槃　你不是真正的快乐

339　硕人（一）　千古美人绝唱，一笑倾国倾城

345　硕人（二）　个中冷暖心自知，无奈生在帝王家

351　氓（一）　人生自是有情痴，此恨不关风与月

359　氓（二）　人生若只如初见，何事秋风悲画扇

365　竹竿　水是故乡清，月是故乡明

371　芄兰　一堂生动的美学课

377　河广　怀人咫尺是天涯

383　伯兮　女为悦己者容

389　有狐　淇水寄思愁，愿君多添衣

395　木瓜　为人莫忘感恩心

代 序

《诗经》的读法

汪涌豪（复旦大学中文系教授）

　　自有《诗三百》，这个题目就被无数人讨论过。历代治《诗》者派别立而思想歧，因其所吟据实，有将其用作史料的，如司马迁《史记·周本纪》记述周王朝政事，就多引其以为佐证。既因后稷曾孙"务耕种，行地宜"而称"诗人歌乐思其德"，事见《诗经·大雅》之《公刘》篇；又因古公亶父"修复后稷、公刘之业，积德行义，国人皆戴之"而称"民皆歌乐之，颂其德"，事见《周颂》之《天作》篇和《鲁颂》之《閟宫》篇。是为"史学的解读"。

　　也因为从来受到推崇，有孔子删述在前，汉人推尊在后，直至被奉为六经之首，故又有所谓"经学的解读"。在突出政治功能的同时，赋予其伦理与哲学的内容，直至建立"兴观群怨"的诗用学，形成"温柔敦厚"的诗教传统。其所造成的体系，在不同的时代各有不同的师法门户，从学后辈谨守其义不失，有至于虽一字而毋敢出入者。与之相伴随的，是对诗中文字、音韵、训诂的分门研究。凡此都凸显了《诗经》实是贵族文化结晶和传统礼乐文明的产物的事实。它像足了带有光环的圣典，越然于一般乡谣里谚之上，与后世丛出的民歌更不相同。惟此，《荀子·劝学》篇才说："学恶乎始，恶乎终？曰：其数则始乎诵经，终乎读礼。"

基于任何时代，诗人都不能不是时代的喉管，只是自觉不自觉而已，故今人大抵认同这样的事实，即由《诗》中歌者的吟唱，足可考见一个时代的风俗和学术。当然，视此为读《诗》的题中应有之义，不等于"诗本义"，即诗自身的特性可以被无视，被遮蔽。在这方面，前述"经学的解读"多少让人心生抵触，因为它在建构经学解释体系时，常人为地赋予诗太多额外的指意，有些赋意——包括以此为基础的赋能——与文本原旨每相脱节甚至乖违，以致各种失实、不情与尊《序》、疑《序》的争吵相夹杂，反而使人远离了诗。对十五国风的解读尤其如此。尽管如班固《汉书》所说，"其风声气俗自古而然，今之歌谣慷慨，风流犹存耳"，但自汉而降，一些解诗者偏不能披文入情。相反，一味考较盛衰，别分贞淫，以非诗的立场强为解释，故清人崔东壁《读风偶识》会称"大抵毛诗专事附会"。其实，好附会的何止是汉人，直到"五四"，还有人就《静女》一诗的主旨与细节多有曲解，且动辄十数万言。这不啻给古人真率的吟唱笼罩了重重的雾障。

因此，在期待诗经学能真正获得进展的同时，我们觉得，现在到了将《诗经》从传统意义上的解经中解放出来，由关注器物、制度与精神，体会语言、习尚与信仰，进而完成向"文化的解读"转向的时候了。记得胡适说过："《诗经》不是一部经典。从前的人把这部《诗经》都看得非常神圣，说它是一部经典，我们现在要打破这个观念；假如这个观念不能打破，《诗经》简直可以不研究了。因为《诗经》并不是一部圣经，确实是一部古代歌谣的总集，可以做社会史的材料，可以做政治史的材料，可以做文化史的材料，万不可说它是一部神圣经典。"他的说法有那个时代提供的特殊语境，相对平情客观的是钱穆《中国文化史导论》中所下的判断，"《诗经》是中国一部伦理的歌咏集。中国古代人对于人生伦理的观念，自然而然的由他们最恳挚最和平的一种内部心情上歌咏出来了。我们要懂中国古代人对于世界、国家、社会、家庭种种方面的态度观点，最好的资料，无过于此《诗经》三百篇。在这里我们见到文学与伦理之凝合一致，不仅为将来中国全部文学史的渊泉，即将来完成中国伦理教训最大系统的儒家思想，亦大体由此演生。"如果不拘泥于传统教化看《毛诗序》所说的"经夫妇，成孝敬，厚人伦，美教化，移风俗"，乃或朱熹《诗集传序》所说的"人事浃于下，天道备于上，而无一理之不具也"，包括它在东亚文化圈的流播，如日人从来将其用作道德养成的教材，小山爱司更推称其为"修身齐家之圣典""经世安民之圣训"，朝鲜则自古以来就以《诗》试士，立《诗》学博士，进而建构起一套迥异于西方的伦理文化，应该说《毛诗序》与《诗集传序》的说法并无夸张之处。它们所揭出的意义，也远非《毛诗正义》所谓"论功颂德之歌，止僻防邪之训"可以概尽。

更何况，有鉴于"千古人情不相违"，如朱熹还在《语类》中特别强调"读《诗》正在于吟咏讽诵，观其委曲折旋之意，如吾自作此诗，自然足以感发善心"，以为"读《诗》之法，只是熟读涵泳,自然和气从胸中流出,其妙处不可得而言,不待安排措置,务自立说,只凭平读者,意思自足。须是打迭得这心光荡荡地,不立一个字,只管虚心读他,少间推来推去,自然推出那个道理"。总之是要人"且只将做今人做底诗看",而无取"只是将己意去包笼他,如做时文相似,中间委曲周旋之意尽不曾理会得,济得甚事"。至于王阳明《传习录》于训蒙《教约》中,更特别强调"凡歌《诗》,须要整容定气,清朗其声音,均审其节调,毋躁而急,毋荡而嚣,毋馁而慑。久则精神宣畅,心气和平矣",是从态度上对读《诗经》作了明确的规范。究其意旨,与朱熹一样,是要人能全身心植入诗的意境,以改化气性,并无意于所谓经世济民。这里面,或多或少包含了他们对《诗经》的文学本质与娱情功能的认知。

说起"文化的解读",其实并不新鲜,前辈闻一多早有实践。他曾在《风诗类钞·序例提纲》中,将历来治《诗经》的方法归结为"经学的""历史的"和"文学的"三种,而将他自己倡导的读法命名为"社会学的"。具体地说,是以哲学和文化人类学的视野,调用考古学、民俗学和语言学等方法来还原诗的原貌。他称自己之所以用这样的方法,是希望能"带读者到《诗经》的时代"。在这种视野和方法的烛照下,许多作品得以洗脱硬加在上面的重重负累,裸出了本来的意指。风教说更因此失去了原有的庄严,几乎近于崩塌。如他指《柏舟》其实是一首爱情绝唱,《蜉蝣》表征的是人的原始冲动等,诚可谓持之有故,言之成理。最让人印象深刻的是,由他所作《风类诗钞》《诗经通义》和《说鱼》等文,揭出了存在于《诗经》中一些意象的特别寓意,譬如以食喻性，以饥示欲等等。这比传统诗经学通常基于考据、训诂，通过典籍互证来解说文本，探究人物、场景和事件背后的真实意思要准确许多，也深刻许多。

正是有此垂范，今人叶舒宪直接把风诗断为情诗。其中既可见到闻一多的影响，也综合了朱光潜、陆侃如、陈梦家、周策纵等学者的研究。当然，另外还有受卡西尔《语言与神话》影响，他通过对"风""雷""雨"等诸多天候意象，"雉""雁""鹡"等诸多鸟类意象，以及草虫意象的比观、索隐，而得出的更具体丰富的结论。他称这些意象都意在暗示《诗经》作者的吟唱与两性的性欲与性向有关，是对两性相诱、男女相感之情的自然发抒。虽未必全中，离事实亦不远矣。而就我们的观察，其背后显然还有《周易》及其所揭橥的天人交感哲学的潜在影响。说到交感之"感"，此字始见于《易传》，《周易》卦、爻辞中实无之，有的只是"咸"字。《周易》前三十卦"明天道"，后三十四卦"明人事"以咸卦居首，是因男女交感及婚娶是人事之本、之基，由此一事可推言天地万物和政教伦理。故孔颖达《正义》说："咸，感也，此卦明人伦之始，夫妇之义，必须男女共相感应"。之所以用"咸"而非"感"字，是为了突出这种感应不能强拗，须自然而然，是谓"无心而感"。故后来王夫之为《正蒙·太和》作注，称"感者，交相感。阴感于阳而形乃成，阳感于阴而象乃著"。

说完这些，最后可以说说所谓"文学的解读"了。作为中国古代第一部诗歌总集，《诗经》虽不同程度受到原始巫术的蛊惑笼盖，终究植基于先民的生存实践，传达了那个时代人们共同享有的活泼泼的原始伦理和生命体验。在那里，几乎不存在凭幻想虚构的超现实的神话世界，人们关注人间，眷怀土地，"饥者歌其食，劳者歌其事"；又几乎忽略对异己力量和诸神的畏服，而只有对先祖发自内心的崇拜和对高媒绵绵无尽的感念。这些都使它成为立足于现世人生这一华夏文学传统最重要的基石。在此基础上，它开启了抒情文学不间断发展的长河，为中国文学确立了不同于东西方其他民族文学特有的体派与格调。它由风、雅、颂组成的诗本体，虽贯穿"天命靡常"的敬畏意识，"聿修厥德"的尊祖诉求，以及"怀德维宁，宗子维城"宗法理想，但借助于"风雅""比兴"，还是以浑然天成的叙事、言理和抒情技巧，形塑了后世文学的发展路向。尤其是对比、兴超越修辞手法的成熟运用，开辟了假物指事、化景物为情思的传统，以致后人即使抽象言理，也必须挟情韵以行。至于它所造成的多重暗示和曲折象征，赋予了抒情艺术更丰富含蓄的"内部语言"，令千载以下的人们，读后既感佩其出言的爽利和天真，又不能不佩服其气度的优雅和从容。

　　对此，即使善用汉学方法治《诗》，并集其大成的清人如姚际恒、马瑞辰等也不得不拜服。马瑞辰《毛诗传笺通释》以三家辨其异同，以全经明其义例，以古音古义正其讹互，以双声叠韵别其通借，被称为"笃守家法，义据通深"，但当跳出传统经学的局囿，多视角考察诗的本体，还是对诗的情境创造及所体现出纯粹的文学性作了高度的评价。姚际恒于所著《诗经通义》的自序中，更明确提出了解《诗》须"涵泳篇章，寻绎文义，辨别前说，以从其是而黜其非，庶使诗意不致大歧，埋没于若固、若妄、若凿之中"的原则。所谓不胶固、不妄断和不穿凿，就是无取各种有意无意的曲解。这其中，当然也包括确保对《诗经》的解读能始终不脱离文学，乃或径直作"文学的解读"的意思。

古往今来，无数的人们，就是这样以不同的眼光，结合各自的身世遭际和知识趣味，读《诗》解《诗》，最后都将个人的感会，落实在性灵的洗发与情感的陶冶上，进而将对它的感动归结为文学而非经学，归结为诗的熏化，而非经的训教，为什么？是因为前及王夫之——他也是《诗经》研究大家——的说法，诗际幽明，亦象人心。用西人的观察，则诚如黑格尔所说，因为"诗过去是，现在仍是，人类的最普遍最博大的教师"。虽然东西方无数的哲人都肯定过诗，但我们仍不能不指出，对此中国人的认知似最真切，也最充分。也正因为是这样，林语堂在《吾国吾民》中会感叹，会发问："中国人倘没有他们的诗——生活习惯的诗和文字的诗一样——还能生存迄于今日否？"是既指出了诗之于中国人精神教养的重要意义，也指出了因为植基于现世人生，它早已内化为中国人的日常生活的事实。而这一特点之能形成，《诗经》无疑是发挥了最重要的作用的。

本书作者虽八十年代生人，在复旦大学读的是外国哲学，但显然也感受到了诗的力量。此次，他挟喜马拉雅音频栏目积累的高人气，将讲稿整理成书，内容涵盖"二南"和"国风"所有篇章，既逐章逐句解读，又能顾及读者理解，为每篇解读设定了适切的主题，结合历史、哲学、心理学甚至电影等，作多角度、多学科的知识拓展，相信必有更广大的理想读者群。

故值其书出版之际，因作数语以为贺。

庚子处暑于巢云楼

导言一

《诗经》初探

既熟悉又陌生

提到《诗经》,我们每个人都或多或少接触过,也曾在学生时代背诵过其中的著名篇章,似乎对它并不陌生。许多朗朗上口、耳熟能详的诗句,如"蒹葭苍苍、白露为霜。所谓伊人,在水一方""执子之手,与子偕老"等,都出自《诗经》。但正如黑格尔所言:"熟知并非等于真知。"当我们翻开一本自以为熟悉的《诗经》,开始用心阅读时,又不免会生出一种陌生感。毕竟这些文字已历经两千余年的沧海桑田,漫长岁月的洗礼令它最初的内涵及背后的故事模糊不清,甚至有许多文字我们已不太认得,即便是认得的文字,许多字音、字义也与当下大不相同。

诗歌起点,文学之祖

《诗经》是我国最早的一部诗歌总集,是包括后世唐诗、宋词在内所有诗歌的源头,也是我国最早的文学作品之一。

距今可考最早的中国文字是殷商甲骨文。但文字产生,并不等同于文学也随之而生。甲骨文是商周时期刻于龟甲或兽骨上的文字，主要记载了许多与宗教有关的祭祀活动，此外还包括战争、农牧业、天文历法等各个方面的丰富内容。甲骨文的主要功能是用于占卜凶吉祸福及记录事件，因此并不能算作文学作品。直到春秋时期，百家争鸣，先秦散文和《诗经》逐渐形成，这些作品脱离了原始宗教占卜记事的束缚，才算是中国文学的真正开端。文学作品与文字记事间最大的区别在于"抒情"，"以诗言志，以文抒情"是《诗经》这样的文学作品区别于古人原始文字记事最明显的特质。如《诗经》这般，用简洁温柔又极富韵律感的文字来抒发作者情感的文学形式影响了后世几千年中华民族关于"诗歌"的基本文化—心理结构。

亦诗、亦歌、亦舞

《诗经》共305篇，由三部分构成：风、雅、颂。《风》又称《国风》，大多是周代各地民间歌谣；《雅》分《大雅》《小雅》，是周代的正声雅乐，《大雅》为诸侯朝会时演奏的乐歌，《小雅》为贵族名流宴会时演奏的乐歌；《颂》是庙堂乐歌，通常为贵族宗教祭祀时演奏的舞曲歌辞。在风、雅、颂三部分中，《国风》作为各地传唱的民间歌谣，最富真挚情感及文学价值。《雅》《颂》作为古人正式场合使用的隆重乐歌，内容相对严肃，歌颂丰功伟烈，传扬大经大法，其抒情程度与思想深度相比《国风》则略逊一筹。

事实上，在两千多年前，《诗经》并非是我们现在读到的一本书、一篇篇文字，而是一首首传唱的歌谣，由民间百姓或皇家贵族在不同场合吟唱演奏，有时还配以舞蹈。在先民的时代，诗、歌、舞三者并非各自独立的艺术形式，而是结合在一起呈现出来。直到现代，三者才被分开，"诗"成了文学，"歌"成了音乐艺术，"舞"成了肢体艺术，如此划分也可说是现代文艺之损失。品读《诗经》时，我们应尝试丰富自己的感官体验，不单从文字的角度去欣赏，更可在想象中溯洄千年，与先民一同享受"亦诗、亦歌、亦舞"的美好状态。

集体智慧结晶

《诗经》各篇产生的年代各不相同。总的来说，《诗经》的形成时期约从周代之初直至春秋中叶，前后足有五百多年的跨度，这就不免产生一个问题：如今这本流传千古的《诗经》究竟是由谁收集编写的呢？自古以来，关于这个问题有诸多不同看法，有认为是由周公旦所编，也有认为是由孔子所编，但经考证似乎都不准确。事实上，一部时间跨度为五百多年的诗集不可能由一人之力编成，更有可能是经多人长时间收集、整理、加工而最终形成的，因此可以说《诗经》是先民集体智慧的结晶。

此外，《诗经》中的许多诗歌能得以保存，与周代"采诗制度"也有密切关联。由于《诗经》多为民间歌谣，一定程度上反映了当时各地区及诸侯国的社会风貌，故周王室设有"采诗"官吏，定期下到民间采集诗歌，整理后呈供于统治者，以便其了解当时社会治理状况及自身统治得失。

时代变革的投影

阅读《诗经》不能脱离其所产生的时代背景，《诗经》逐渐形成的这五百多年,是一个"大变革"的时代,社会从联合统一走向分崩离析。

周代创立之初实行"宗法制"。"宗法制"简单来说是一套基于血缘关系分配权力和土地的社会制度。从天子到诸侯、从诸侯到大夫、从大夫到士,权力和土地被一层一层地分封。周天子将土地分封给与自己有血缘关系的兄弟、子孙,由他们各自管辖、分别治理,形成诸侯国。诸侯王也可继续分封。诸侯王各自管辖一方,有极大独立性并拥有军队,他们的责任是定期向周王室进贡,并于发生战争时服从周天子调遣。

"宗法制"实行之初的确有利于社会统一稳定,毕竟血缘关系是极其亲密的纽带,但随着时间推移,其控制效力也逐渐衰弱。公元前770年,西周为犬戎所灭,周平王迁都洛阳,建立东周王朝,史称"平王东迁",春秋时期自此而始。平王东迁后,王室势力急速衰微,周天子沦为名义上的"共主",实际上已无力控制各诸侯国。诸侯国势力崛起,不再定期向王室进贡,反而各自为政,争夺霸主地位。齐桓公、晋文公、楚庄王、秦穆公等春秋霸主先后逐鹿中原,周王朝自此陷入分崩离析。

《诗经》形成的时代正是自西周一统天下到春秋分崩离析的这五百多年。诸侯国相互攻伐、对民众横征暴敛,百姓生活艰辛、徭役兵役沉重如山,此类社会现实都成了《诗经》的创作主题。当然,《诗经》并不仅仅记录时代的疾苦,亦源于日常生活,如甜蜜的爱情、幸福的婚姻、愉悦的劳作。如此真实的点滴记录与创作,值得我们在千年后细细品读。

导言二

品读《诗经》的心境

保持初心，回归单纯

我们该如何品读《诗经》呢？

以我个人的经验，建议大家在阅读时保持一颗简单的初心。

首先，试着让自己的心境回归到那份最初的单纯。《诗经》的形成距离我们已经超过两千五百年，这是一段漫长的岁月。千百年来的历史沉淀和近现代科技的迅猛发展，赋予了当代人完全不同于两千多年前先民的思维模式、心理结构及知识经验。从某种意义上说，当代人已不再像古人那么"单纯"，拥有了诸多"前见"。尽力抛开这些已经附加于我们大脑中的"前见"去单纯地品读理解《诗经》，是极其重要的心理准备。

举个简单的例子，两千多年前的古人并没有我们当下如此便捷的交通工具和通讯方式，他们对于距离与时间的理解与我们完全不同。对古人来说，相聚之珍贵和分离之悲伤要强烈得多。此外，他们也缺乏丰富的科学知识，可能不如我们"聪明"，但恰恰如此，当遭遇一些无法解释的自然现象时，他们内心产生的情感与想象往往比我们更为丰富。实在可惜，几千年后变得更"复杂"、更"聪明"的我们，相较古人少了那么多非理性的情感、想象和体验。知识的沉淀、科技的发展令当代人付出的代价，是对世界与人情的冷漠，并丧失了唯美而富有诗意的迷人幻想。

"《诗》三百，一言以蔽之，思无邪。"（《论语·为政》）保持一颗初心，尝试让自己回归先民那单纯得如同白纸一般的心境，然后再去细细品味《诗经》，或许是最重要的一条路径。当然保持初心不仅是一条品读《诗经》的路径，同时也是一条完善自身的路径，《礼记》有云："温柔敦厚，《诗》教也。"若能保持初心品读《诗经》，想必我们自身也会变得愈加清澈温柔、敦厚质朴，这也正是当下再品读这本千年前的诗集时最珍贵的人生收获。

不拘泥于文学技巧

同样，从文学角度品读《诗经》，也应保持一颗单纯的初心。

中国诗歌文学时至今日已累积了诸多创作技巧。从汉乐府五言诗起，到七言诗、南朝"永明体"，再到唐诗、宋词，诗歌对平仄、韵律、对仗等技巧的要求愈加严格，形成了完备的创作套路及文学模式，这些文学技巧甚至成了非常专业的学问。《诗经》中的"赋""比""兴"便是古人通过分析《诗经》归纳出的一套文学表现手法，与"风""雅""颂"并称为"六义"，被视作《诗经》文学创作之要义。

毋庸置疑，上述古人通过归纳总结得出的诗歌创作技巧的确具有文学与美学价值，我们在以往学习语文的过程中，或多或少学习过诸多类似的文学技巧。不过两千多年前的先民在创作淳朴诗歌时，并不知晓所谓的"赋""比""兴"，更不懂诗词格律的概念。因此我们在品读《诗经》时，也应抛开此类"前见"，让自己对诗歌的文学理解变得更单纯。

《诗经》中的许多诗歌是寻常百姓在日常生活劳作中，见物起意，有感而发之作，源于一种自然而然、一唱三叹的抒情表达，再配之以音乐曲调和肢体舞蹈。这样的创作过程，并无后世复杂的文学技巧考量，而是充满了质朴的创作过程。因此我们也应尝试站在古人文学创作的视角上，去理解诗歌内涵，最重要的是感受其中包含的丰富情绪，而无须拘泥于高深的文学技巧。若沉陷于文学技巧的泥潭，逐字逐句套用分析《诗经》，反而不得要领。

拥抱天地，亲近自然

《诗经》中大多篇章的创作灵感源于自然界的花草、昆虫、飞禽、走兽。古人与自然间的亲密关系令我们望尘莫及。他们没有庞大高效的机器，没有工厂流水线，没有百货商店和网上购物。他们每天都生活在自然里，悠然地感受季节更替、冷暖交迭，用勤劳的双手自给自足，用自然的纷繁造物装点生活，也不忘用一颗感恩之心反馈养育他们的天地自然。因此当古人见到田野里的葛、桑叶上的蚕，就自然联想到身上的衣裳；见到南飞的雁、陨落的叶，就不觉怀念起远方的故人；见到烂漫的花、成对的鸟，就不禁憧憬起甜蜜的爱情。对比当下，便捷的生活方式阻隔了人与自然的联结。物质性商业生活高度发展，衣服可以在网上购买，智能空调让环境四季如春，手机屏幕吸引了太多目光和注意力，这些都导致我们亲近自然的机会变得少之又少。

可见，先民的诗歌创作素材极其丰富多彩，天地自然、万事万物都成了源源不断的灵感源泉；相较之下，日复一日待在高楼大厦里玩着手机、看着电脑、吃喝不愁的我们不免相形见绌。

所以在品读《诗经》时，我们也应保有一份拥抱天地、亲近自然的心境，这样便会发现，原来人类的情感一旦与周遭自然相联，就会变得如此丰盈又充满诗意。对于我们这些远离大自然的现代人而言，这必定是一番全新、难得、绝妙的生命体验。

周南

关雎（一）

古人心中的理想爱情

关关雎鸠，在河之洲。窈窕淑女，君子好逑。
参差荇菜，左右流之。窈窕淑女，寤寐求之。
求之不得，寤寐思服。悠哉悠哉，辗转反侧。
参差荇菜，左右采之。窈窕淑女，琴瑟友之。
参差荇菜，左右芼之。窈窕淑女，钟鼓乐之。

周南

"诗"与"风"

《诗经》的第一部分是《国风》。"国"是指周朝时期的诸侯国与地区。《诗经》共有十五《国风》，分别包含了十五个诸侯国或地区的民间诗歌。这些民间诗歌为何被称为"国风"，而非"国诗"？对此朱熹曾解释说："物以风之动以有声，而其声又足以动物也。"（《诗集传》）风吹万物发出声响，轻柔的风拂起树梢温柔沙沙，劲风疾风崩裂山石、轰隆巨响，正所谓"风吹众窍，吹万不同"（《庄子·齐物论》），民间诗歌创作亦是如此。

由于不同地域在地理、习俗、社会政治形态上的千差万别，以及统治者们各自不同的治理之道，民间自然也对应产生出风格迥异的民谣诗歌。这些传唱歌谣既能用以抒发作者的内心情感，又能反过来感动听者、教化民众，从"诗"中能透露出不同地域的风貌与社会状况，故"诗"被称为"风"。

何谓"周南"？

十五《国风》之首是《周南》，"周"是地名，即今陕西岐山之南。那里是周朝的发源地，故而被称为"周"。据《史记》记载，周人最早的祖先名为"弃"，为帝喾后代。在舜帝之时，弃因善于农耕、教民播种收获、解决百姓温饱而立大功，便得以封地，后周人立国于豳，成为一方诸侯，周民族亦逐渐兴盛。后至古公（周文王祖父）在位时，遭遇西戎侵扰，古公仁爱体恤周民，道："今戎狄所为攻战，以吾地与民。民之在我，与其在彼，何异。民欲以我故战，杀人父子而君之，予不忍为。"（《史记·周本纪》）遂携带家眷离开豳地迁至岐山定居。不想豳地百姓因古公仁慈宽厚，纷纷追随奔往岐山，周国便在岐山以南区域正式发迹兴起，"周南"之名也由此而来。直到武王伐纣，建立西周王朝后才离开岐地迁都镐京，并将原岐山以南故地分封给其弟周公旦。《周南》收集的就是岐山以南、周公封地内的民间歌谣。

取冠三百，真绝唱也

《关雎》一诗可谓"取冠三百，真绝唱也"（方玉润《诗经原始》）。开篇"关关雎鸠，在河之洲。窈窕淑女，君子好逑"，千古年来，人人耳熟能详。"关关"即雎鸠相互应和鸣叫之声，是象声词。雎鸠头顶羽毛似王冠，气度非凡，颇有王者风范，故古人亦称其为王雎。雎鸠一生伴侣固定，情感极其专一，每到求偶繁殖的季节，就如约在"河之洲"（河中小岛）相聚，充满爱意地一应一和"关关"鸣叫。古人在生活中观察到雎鸠真挚专一、融洽自然的情感关系，就自然联想到人类生活中男女间的爱情，因此诗歌紧接着就写道"窈窕淑女，君子好逑"。古人所称"淑女"，均指尚未出嫁的女子。"淑"是贤淑、美好之意，指女性内在美德与品质。"窈窕"一词，如今常用以形容女性身材体态之美，但在古意中并非如此。"窈窕"均为穴字头，其字源上有幽静、静谧之意，用以指代女性内在品质，即处于深闺之中文雅幽静、内敛含蓄的美德。在古人眼中，内在静美之淑女才能称得上是"君子好逑"。"逑"是匹配之意，诗人感叹这样一位拥有内敛温柔、文静贤淑等内在品质的女子，真是谦谦君子绝好的匹配对象啊！如此注重内在美好品质的爱情观正符合古人心目中对于爱情本质的理解。

古人理想的爱情：挚而有别

诗歌为何以雎鸠起兴？在古人心中，人的爱情与雎鸠之间又有何更深层的相似之处呢？朱熹曾评价雎鸠的爱情道："生有定偶而不相乱，偶常并游而不相狎。"雎鸠对待情感既真挚专一又庄重有度，即所谓的"挚而有别"。"挚而有别"是古人心中男女间理想爱情最美好的状态。男女在情感上忠贞不贰，在生活中相敬如宾，不肆意放纵或过分亲昵，以免失去庄重。诗歌中的"窈窈淑女"正具备了这样庄重静雅的美好品德,因此是君子心仪爱慕的完美对象。

  诗歌中的"淑女""君子"是否确有其人呢?关于这点,历来有人认为此诗意在歌颂"后妃之德"。"后妃"即周文王之妻太姒,相传太姒贤惠淑德、尊长爱幼、勤俭持家,她与文王间的爱情正是古人心中的最佳典范。当然这种诠释有可能只是后人附会而出,但"挚而有别"的的确确是古人心中最理想的爱情状态。

关雎（二）

如何追求理想的爱情

追求爱情的智慧

"参差荇菜，左右流之"，接下来诗人从身边植物与日常劳作出发，将"君子"追求"淑女"的细节作了生动形象的描写。

荇菜是一种常见的水草，叶片小而圆，漂浮于水面上。由于其具有清热解毒功效，古人常采摘荇菜食用或入药。"参差"指荇菜长短不一、交错浮于水面之态。如果站在岸边去采摘水中的荇菜，你会怎么做呢？若是不管三七二十一扑通一下跳入水中，上前狠抓一把，这样就显得太狼狈了。古人是如何采摘的呢？这其中的智慧就在于"流"字。"流"指用手搅动平静的水面，令水面按一定方向波动起来，水面上漂浮的荇菜自然也会忽远忽近地随波移动。只要通过合理的方式慢慢搅动水面，荇菜最终就会漂到岸边人双手可触及的范围之内，这是古人源于日常劳作的智慧。类比来看，"君子"追求"淑女"的过程又何尝不是如此呢？应如同用双手轻柔地搅动平静的水面一般，不鲁莽冲动、不失风范，用心控制水流波动，慢慢靠近对方、打动对方。

爱情中的曲折迂回

追求爱情的过程并非都是一帆风顺的,尤其是追求诗中这样一位优雅静美的"窈窕淑女",必然也有曲折迂回。诗歌接下来出现了一笔特别有意思的曲折。"求之不得,寤寐思服。悠哉悠哉,辗转反侧。"诗人借此点出了爱情中求之不得的忧虑和苦恼。

如同用手搅动水面采摘荇菜,若没有找对合适的角度,便难以控制水流方向,荇菜反而会越漂越远。追求爱情的过程也是如此,一定也会有找不到办法、摸不到头脑、再努力也求之不得的时候。当面临爱情中的"求之不得"时,人又会陷入怎样的状态呢?那便是"寤寐思服","寤"即醒着,"寐"即睡着。君子因追求不到心仪的姑娘而日夜不停地思念对方。"悠哉悠哉"的"悠"指忧愁,重复两遍"悠哉",可见君子内心是多么期待与煎熬,甚至到了"辗转反侧"的程度,躺在床上翻来覆去、心神不宁。诗人描写得如此形象生动,"辗转反侧""寤寐思服"直到现在都还在作为成语使用。

此章两句反转是点睛之笔。如果诗歌中的这份美好爱情从头至尾都是一切顺利、毫无坎坷,那就变得平淡无奇,在文学上也失去了张力。正是这一笔反转,令诗歌更显得意味深长、情意绵绵。

琴瑟共鸣,知音知心

当然在曲折过后,只要君子有足够的诚意与耐心,总会找到合适的方法来打动爱人。在古人心目中,怎样追求爱情才最合适呢？诗人在第四章道出了答案所在——"琴瑟友之"。"琴"和"瑟"都是古时的乐器名。"琴"有五弦或七弦，"瑟"有二十五弦，均为拨弦乐器。对于音乐演奏来说，最重要的是"共鸣"，只有共鸣的音符相互碰撞才和谐悦耳、动人心弦。人与人之间的共鸣又源自何处呢？源自共同的兴趣爱好，源自灵魂的互相理解与默契，即所谓的"知音"。

"知音"的典故出自《列子》。相传春秋时楚人伯牙善于弹琴。当伯牙用琴声表达巍峨高山时，钟子期心领神会，赞叹道，"峨峨然若泰山"；当伯牙用琴声表达浩瀚流水时，钟子期也即刻体会，并说道，"洋洋然若江河"。这种心有灵犀无须言语，伯牙只需弹奏，让音符流淌，钟子期就能明白他通过音乐所表达的意境与内涵。后来钟子期去世，伯牙就此绝弦，终生不再鼓琴，因为他失去了知音，再怎么弹琴也无人能懂了。

直到今天，我们还在用"琴瑟"来形容男女之情、夫妻之义，这真是太贴切不过。诗人在这里也告诉读者，追求理想爱情最重要的是找到彼此内在的"共鸣"，寻觅那位灵魂上的知音伴侣，而并非外在的容貌或财富。男女间的爱情若找到了一份共鸣，必然也会打动对方。

层层递进，深浅有序

找到共鸣的爱情必然会产生完美的结果，末章"钟鼓乐之"就描写了这样一场美好结局。"钟鼓"与"琴瑟"不同，"琴瑟"是房中乐，属情人间的私人交流，而"钟鼓"则用于盛大的婚礼庆典，鸣钟击鼓说明这对新人终于成为结发夫妻。

《关雎》这样一首短短的诗歌，虽然文字简练，但却条理清晰。诗歌从"流"这样优雅的试探和追求，到"求之不得"的那份"辗转反侧"，再到"琴瑟友之"使二人寻找到互相理解欣赏的共鸣之处，最后"钟鼓乐之"来完成庄重的婚礼仪式，结为夫妻。这是完美爱情一步步从萌芽到最终修成正果的完整过程，诗歌文字上由浅入深又不乏曲折迂回，具有极高的文学逻辑性与节奏感。

乐而不淫，哀而不伤

纵观全诗，其中既有"琴瑟知音""钟鼓乐之"的喜悦，也有"求之不得""辗转反侧"的忧伤，无论是喜是忧，诗歌传达的情绪保持着一个合理的度，节制而有分寸。孔子有云："《关雎》乐而不淫，哀而不伤。"不愧为千古以来对此诗最恰当的评价。其实不仅《关雎》一诗，可以说整本《诗经》都给人如此感受：欢乐却不过分肆意，哀伤却不过分极端，始终保持着一份单纯、平和的性情与心境。这也正是古人所认为的情绪表达的最理想状态：不走极端、保持节律。无论古今，每个人在生活中都会遭遇喜悦、悲伤这样的情绪，此乃人之常情，但若过于放纵情绪蔓延就会影响身心。失去灵魂的宁静是不可取的，这也正是古人通过《诗经》教给我们的人生智慧。

葛 覃

记忆里的阳春初夏

葛之覃兮，施于中谷，维叶萋萋。黄鸟于飞，集于灌木，其鸣喈喈。

葛之覃兮，施于中谷，维叶莫莫。是刈是濩，为絺为绤，服之无斁。

言告师氏，言告言归。薄污我私，薄浣我衣。害浣害否？归宁父母。

周南

记忆里的阳春初夏之景

《葛覃》首章描绘了诗人记忆里的阳春之景。"葛"是一种乡间原野常见的藤蔓植物，古人常用它的纤维织布做衣，即葛布、葛衣。"覃""施"是蔓延之意，"萋萋"指枝叶茂盛。首句描写了阳春初夏时节，葛在幽静山谷中自然地蔓延生长，枝叶繁茂。何以见得是阳春初夏时节呢？因为下句诗人就点出了时节，即"黄鸟于飞"。"黄鸟"是为人熟知的黄鹂，我们记忆中应该有很多与黄鹂有关的诗句,如"两只黄鹂鸣翠柳,一行白鹭上青天",其中"翠柳"就说明了黄鹂活动的季节,即阳春之时。初夏时桑树果实成熟,黄鹂来往飞跃在树林灌木之间衔食桑果。黄鹂叫声清脆悦耳、欢快动听,正如诗中所写的"其鸣喈喈"。"喈"指悦耳的鸟鸣之声,二字叠用形象地表现了黄鹂相互和声鸣叫,生机盎然的时节景象。

为何说这是诗人记忆里的阳春初夏之景呢?在接下来的诗句中,读者就会看到其实这一切并非诗人当下所见,而是在回忆一段美好时光。

自然馈赠,劳作喜悦

首章与二章的第三句只差在了"萋萋"与"莫莫"二字,差别虽细微,却是诗人有意为之,目的是进一步指出时节之变化。"莫莫,成就者,其可采用之时"(《毛诗郑笺》),此时的葛已经长成,成熟到可以被采摘使用。因此此时已不是春季,而是盛夏,即葛完全成熟的时节。葛长成后便可用来织布,下一句诗人就细致形象地描写了古人用葛织布做衣的过程。

"是刈是濩","刈"是割、斩之意,"濩"指用水煮。长成的葛要割下,采摘回来,用水煮烂,然后用它茎内的纤维制成线,织成布。由于织法的不同,葛所织成的布也有类别之分。"为絺为绤"中的"絺"是精布,"绤"是粗布,满足古人生活中的不同用途。这些步骤,既是诗人对古代妇女劳作过程详细生动的描写,也透露出古人利用自然自给自足的美好状态。古人对自然的情感深厚,身上穿的衣服是自然之馈赠,而辛勤劳作的过程又使这馈赠变得倍加珍贵。他们在穿上衣服的那一刻必定内心充满了喜悦与成就感。"知其成之不易,所以心诚爱之"(朱熹《诗集传》),所以诗人会不由感叹"服之无斁","斁"即厌,如此亲手劳作的成果,又怎会不倍感珍惜并发自内心地喜爱呢?

古代妇女的家庭教养

直到诗歌第三章末句,诗人才切入正题,原来这首诗要讲的是一位新婚出嫁的女子回娘家看望父母的故事,即所谓"归宁父母"。对古代妇女而言,回娘家是件生活里的大事。古代女子一旦出嫁就成了别人家的媳妇,很难有机会再回娘家,可想而知,诗中这位女子此时心情必然愉悦又充满期待。

此章诗歌借着"归宁父母"一事也道出了古代妇女的家庭教养。"言告师氏"指女子出发前,要先征求老师的同意,这里的老师是指古代家庭中随女子陪嫁到夫家、贴身陪伴指导其日常生活礼仪的"保姆",由此可见古人对妇女家庭教养之重视。此外,"言告师氏"并非只是征求其同意,其中还有另一层作用,即请老师去向自己的丈夫和公婆代为提出回娘家的请求。因为古时重视家庭礼仪与教养,女子自己不能鲁莽地直接向长辈提出回娘家的想法。

回娘家前需要准备什么呢?首先要将自己打扮得干净整洁,所以诗人写到"薄污我私,薄浣我衣",是指女子将身边衣物都洗涤干净。"私"指平日家中所穿的私服,"衣"指的是重要场合时所穿的外衣,不同场合对应不同的着装,内外有别也是古人教养与礼仪的体现。面对眼前的衣物,这位可爱的女子纠结疑惑地自问道:"害浣害否?"究竟哪些是要洗干净带回去穿的,哪些是不需要的呢?这真是一个困惑着千百年来所有女性的难题,现在的女生如果第二天要出席某个重要场合,也会面对着衣柜如此自问。诗人通过如此形象和生活化的语言,将女子回娘家之前,内心充满期待而愉悦的状态表现得淋漓尽致。

巧妙的叙述笔法

回顾全诗,诗人从女子记忆中的阳春初夏写起,巧妙运用了回忆心理中反向的叙述笔法。真实回忆的顺序该是"因归宁而浣衣,因浣衣而绤绤,因念绤绤而想葛之初生,至于刈濩"(方玉润《诗经原始》),诗人却有意反向叙述,从最初讲起,然后层层铺开,不仅每章都给读者留下一丝悬念,还让读者跟随女子的回忆体验阳春时节的自然美景,感受古人日常劳作的艰辛和愉悦,了解古代女子贤良淑德的家庭教养,环环相扣,引人入胜。

卷 耳

一往情深的思念

采采卷耳,不盈顷筐。嗟我怀人,寘彼周行。
陟彼崔嵬,我马虺隤。我姑酌彼金罍,维以不永怀。
陟彼高冈,我马玄黄。我姑酌彼兕觥,维以不永伤。
陟彼砠矣,我马瘏矣,我仆痡矣,云何吁矣。

周南

动情的"忘我"状态

《卷耳》一诗可分两个部分来解读,第一部分是诗歌首章,从一位妇女的视角描写她对远方爱人的相思之情。思念之深竟达到了"忘我"的状态,此番忘我状态在诗歌中又是如何呈现的呢?

"采采卷耳","卷耳"是一种田间植物,古人常采其食用或入药,其叶片类似女子挂于耳垂上的装饰品,故称"卷耳"。"采采"指女子不停采摘卷耳的状态。"不盈顷筐","盈"即满,"不盈"则为不满,"顷筐"指边缘前低后高、开口倾斜的竹筐。由于开口倾斜,故其内部不深,很容易盛满。可诗人却偏偏告诉读者"不盈顷筐",任凭女子不停地采摘,却怎么都盛不满这一只浅浅的竹筐。读者不禁会问,为何如此简单的一件事,这位女子却始终做不到呢?是因为可供采摘的卷耳太少,或是竹筐坏了,还是有什么其他原因呢?诗人在首句巧妙运用了悬疑的笔触,吸引读者迫不及待地读下去。

紧接着下一句,诗人便道出了缘由所在。原来并非外在原因造成了"不盈顷筐",而是采摘卷耳的女子心不在焉,因为她正在一往情深地思念远方的爱人。"嗟我怀人"中的"嗟"即叹息、喟叹之意,"怀人"指思念之人。如此思念之深,以至于"寘彼周行","寘"同"置","周行"即大路。这位女子无心采摘,所以浅浅的竹筐始终空空,她甚至索性将竹筐置于路旁,出神地望着大路发呆,思念着从这条路上离家远征的爱人。这番因思念而出神忘我、一往情深的状态,诗人并未直接描写,而是巧妙地通过一只被弃在路旁的竹筐来侧面表现,令读者身临其境、感同身受。

文学上的换位思考

出神忘我的状态并非头脑一片空白,事实上,此刻这位女子的脑海中正充满了丰富的想象,以至于忘记了现实,因此诗歌接下来三章,都是在描写女子脑海中想象的内容。

"陟彼崔嵬","陟"即上升、攀登之意,"崔嵬"与下两章的"高冈""砠"均指山坡、山岗。女子遥想着当下正处远征途中长途跋涉的爱人。他正攀登山冈,身旁的马儿已因路途劳累而病倒,"虺隤""玄黄""瘏"都是指马得病而无力前行的状态。"我仆痡矣"指随行仆人也积劳成疾。如此三章反复描写远征爱人艰辛困顿、疲惫不堪的精神状态。诗人的文笔此刻也从之前女子的视角转换为其爱人的视角,面对如此举步维艰的漫漫征途,他只能暂且小酌一杯,借酒消愁。"金罍""兕觥"都是古时酒器名,远征途中的男子欲借酒消除的其实并不单单是征途之劳累,更是对远方爱人怀有的同样一份难解的思念之情。二人相隔两地,各处相思,各自惆怅,感人至深。

  诗歌到此,构成了一个空间上的困惑,试问爱人在远方征途中如此疲惫不堪、借酒消愁的状态,是采摘卷耳的女子亲眼所见吗?必然不是。这一切都源自女子内心的想象。诗人运用了巧妙的换位思考,这正是用以表达思念的绝佳方式。要将女子内心深切的思念之情表现出来,若只是简单直白的叙述,文学张力就不强,而此诗的妙处就在于诗人并非平铺直叙地描写思念之情,而是借着描写女子的想象转换了文学的视角。女子想象着自己朝思暮想的爱人当下所处的状态,他是否也和自己一样被这份思念所困?是否此刻也同样忧伤地思念着自己呢?这种文学上的换位思考,将"思念"这种感情用最动人的文学方式淋漓尽致地表达出来。

怀人诗之鼻祖

  《卷耳》一诗用文学换位方式来表达思念之情,对后世诗歌和文学作品产生了极大的影响。如王维《九月九日忆山东兄弟》中"遥知兄弟登高处,遍插茱萸少一人"使用的文学写作手法与

周南

此诗可谓如出一辙。诗人重阳登高,遥想此刻远在故乡的兄弟们也在登高远望,他们佩戴着茱萸,唯独少了诗人自己的身影,如此空间转换、虚实交错,令诗歌抒发的情感愈加深沉动人。另外杜甫也有《月夜》一诗:"今夜鄜州月,闺中只独看。遥怜小儿女,未解忆长安。香雾云鬟湿,清辉玉臂寒。何时倚虚幌,双照泪痕干。"通篇均为诗人的换位想象。诗人远在长安,望月思乡,想象着此刻鄜州故乡沐浴在相同月光下的妻儿们,儿女尚幼,未谙相思之苦,妻子则独倚罗帏,早已是泪流满面,如此笔触,真挚动人。不得不说,后世诸多使用类似文学手法的怀人诗篇都直接或间接地受到了此诗的影响,其可称为千古怀人诗之鼻祖。

樛 木

与他人达成共赢的秘诀

南有樛木，葛藟累之。乐只君子，福履绥之。
南有樛木，葛藟荒之。乐只君子，福履将之。
南有樛木，葛藟萦之。乐只君子，福履成之。

周南

共赢的状态

《樛木》一诗文字简单，一唱三叹，每章只改动两字。"樛木"并非树名，而是指树木枝条弯曲下垂的形态。"葛"和"藟"均为藤蔓植物。"累"即攀缘、攀附之意。诗歌首句讲南方有一棵樛木大树，由于其枝条蜿蜒下垂，所以周边的葛藟都攀缘缠绕其上蔓延生长。"累"字在后两章分别换成了"荒"和"萦"。"荒"意为"草多则荒芜而所掩覆者大"（王先谦《诗三家义集疏》），有草木覆盖之意。"萦"，即纠缠萦绕之意。诗中三字依次使用，亦有循序渐进之意，从葛藟的攀缘生长，到茂密覆盖，再到最后萦绕结合，是藤蔓植物生长的完整过程。樛木正因有了周边葛藟在其枝条上紧密地攀缘蔓结，就越显茂密繁盛、郁郁葱葱，植物间的美好共赢状态由此而生。

樛木与葛藟间既然可以互相扶持繁荣来达到共赢，那人与人之间又何尝不能呢？诗人紧接着就从植物转而谈到了君子。"乐只君子"，"只"是语气助词，此句诗人赞叹有这样一位快乐的君子。君子为何快乐呢？因为"福履绥之"。"福"即福气、好运。"履"原意指鞋，鞋是足之所依，故在此引申意为"福之所依"，即指一切能够依靠它而获得福气好运的东西。"绥"同"妥"，古时二字通用，安妥之意。诗人在此解释说：因为一切的幸福和能够带来幸福的东西都被安妥在这位君子身上，因此他才是快乐的。后两章将"绥"换成"将""成"二字，也是文学上的层层递进，"将"是扶助之意，"成"即成就，福气先被安放于君子身上，再帮助扶持他，最后成就他，这是因果连贯的美好过程。

君子成人之美

全诗通篇只描述了一种共赢的状态，但并未说明君子为何会有福气，以及君子该如何与他身边的人达成共赢的状态，这其中的答案就需要读者结合诗中所讲的樛木与葛藟间的共赢关系来理解。诗中樛木友善地向葛藟垂下了枝条，葛藟也快乐地在其上蔓延生长、扶持樛木，使其更加繁茂。因此君子要有福气，首先要像樛木那样递出友善的双手，而非故作清高，拒人千里之外。正所谓"君子有成人之美"，若要得到他人的祝福和帮助，君子应首先敞开自己、亲身躬行。通过善意的付出影响感化他人，这正是君子为人处事之德。"小人喻于利，君子喻于义"，一个人若只知索取而不愿付出，那便是小人所为，不会有福气与好运降临，更无法与他人达成共赢。

文王之化，礼仪之邦

　　诗歌背后的故事是什么呢？古人又是如何解读《樛木》一诗的呢？古人认为诗歌中的君子通过乐善好施与他人达到共赢，是仁德的体现。君子有仁德遵礼仪就能感化他人，得到帮助与扶持。又因《周南》诗歌取自周朝故地，所以历来有诠释认为诗歌中的君子正是周文王。在古人眼中，周文王是仁德君子之典范。《史记·周本纪》里记载文王"日中不暇食以待士，士以此多归之"，他虽为一方诸侯之长，却能礼贤下士，不居高自傲。《史记》中还有一则关于文王事迹的记载，也可作为例证。当时有虞、芮两个小国，因领土纷争而产生无法调和的矛盾，就各派使者到周地请文王主持公道。使者刚到周地，还未见文王本人就已自感惭愧。为何惭愧呢？因为他们每到一处，都能看到周地百姓互让田界、谦长爱幼、不为小利而争。虞、芮两国使者自惭形秽道："我们所争的，正是周人所以为羞耻的。"这则故事赞颂的就是文王的统治之道，即"文王之化"。周文王作为统治者能以身作则、礼贤下士、施展仁德，故而感化周地人民。百姓心甘情愿归顺于他，社会风气一片繁荣和谐，礼仪之邦由此诞生。再回顾《樛木》一诗，诗人不正是在描写这样一种美好理想的社会状态吗？当然，历来关于这首诗歌还有诸多其他角度的诠释，正是这些富有内涵的诠释赋予了它经久不衰的生命力。

螽 斯

子孙兴旺的真谛

螽斯羽,诜诜兮。宜尔子孙,振振兮。
螽斯羽,薨薨兮。宜尔子孙,绳绳兮。
螽斯羽,揖揖兮。宜尔子孙,蛰蛰兮。

周南

多子多孙,美好期盼

《螽斯》是一首祝福多子多福、子孙兴旺的诗歌。"螽斯",指类似蝗虫的昆虫,其最大的特点就是繁殖力强。诗人借物起兴,以小小的螽斯为始,转而描写整个人类社会。对于千百年来以农耕为主的中国人来说,多子多孙、人丁兴旺是每个家庭最基本也最重要的期望。因此当古人看到具有超强繁殖力的螽斯,不免心生羡慕之情。这份羡慕与赞美有两层涵义:第一层,即古人希望自己的子孙后代也能像螽斯那样延绵不绝、多多益善。这层涵义的表达可以从诗歌每章首句中看到:"螽斯羽,诜诜兮""螽斯羽,薨薨兮""螽斯羽,揖揖兮"。"羽"指翅膀。为何螽斯有诸多器官，诗人却偏偏只提到翅膀呢？因为螽斯成群结队，密密麻麻聚集飞舞，通过振动翅膀发出轰鸣之声，气势磅礴，令人印象深刻。诗人用"羽"来言说"螽斯"，是取其最显著的器官特征。三章首句诗人换用了三组不同的叠词：首章"诜诜"通"莘莘"，是众多之意；次章"薨薨"是象声词，用以形容螽斯群飞时发出的轰鸣声，从侧面描写螽斯数量之多；末章"揖揖"是汇聚之意。三组叠词从不同方面描写螽斯数量众多，表达了古人对于子孙后代能如螽斯一般为数众多、无穷无尽的期望。

兴旺的真谛

上述"多子多孙"这一层只是古人最表面的期望，如果仅停留在古人借赞美螽斯期望多子多孙的层面上理解诗歌是绝对不够的。诗人关于"多子多孙"还有另一层更深的内涵，那就是不仅要"多子多孙"更要"蓬勃兴旺"。"多子多孙"并不等同于"蓬勃兴旺"。纵观中华民族历代王朝，有多少皇帝贵族，他们家族庞大、子孙后代枝繁叶茂，但最终难逃家族败落、国破家亡的厄运。其中是何原因？如何才能在多子多孙的基础上达到真正的蓬勃兴旺呢？诗人分别在每章次句给出了答案。"宜尔子孙"的"宜"并非简单的语助词，还有合适之意，在此处表达一种美好的愿望与祝福，祝福的内容当然是希望子孙能够蓬勃兴旺。

诗人在诗歌三章末尾分别用了三组叠词，借以阐述子孙兴旺的真谛。这三组叠词分别是"振振""绳绳""蛰蛰"，在常见的《诗经》解读里，它们经常被一概而论地理解为数量众多之意，其实并非如此，每个叠词都有其更深层的意涵。首先"振振"有奋起、振作之意。就如同成群螽斯一股而起，振翅飞翔，古人也期望子孙能并肩团结、一同奋起。因此，达到兴旺的首要条件就是团结振奋，若无法齐心团结，即便子孙再多，也如一片散沙，再庞大的家族也必然走向衰败。"兄弟齐心，其利断金"，一个人再有能力还是有限的，只有兄弟间同心协力、同舟共济，才能携手走向兴旺。

其次，"绳绳"有谨慎之意，谨慎是一个人达到优秀、迈向成功的必要品质。古人讲的谨慎分两个层次，一是面对他人，为人处事时的谨慎。古人认为真正的君子在与人相处时，要保持谨慎、控制言行、不夸夸而谈，正所谓"敏于事而慎于言"（《论语·学而》），脚踏实地才能成就大事。另一方面是指在面对自己，即独处时的谨慎自律，《中庸》有云"君子慎独"。君子在独处时，尽管此时身边没有他人关注的目光，却依然能保持谨慎自律、不放纵懒惰，这即是所谓的"慎独"。只有做到无论是面对他人还是面对自己时都能谨言慎行、严格自律，一个人才能成为君子。

最后，"蛰蛰"同样不能简单理解为数量众多。中国二十四节气中，有一个节气"惊蛰"，指仲春时节，潜伏冬眠的动物昆虫都苏醒活动起来，因此"蛰"有安静深藏而各得其所之意。诗人用"蛰蛰"告诉读者，要达到兴旺的状态并非一蹴而就，而是有一个漫长积累的过程，要耐下心、沉住气、不急于求成，这是走向兴旺成功所必备的重要心理素质。历来能成就大事之人，往往处变不惊、不急不躁，永远能保持平静祥和的心境。

诗歌通过这三组叠词，表达了诗人期望其子孙后代能团结振奋、谨慎自律、平心静气、和睦安宁，而这些品质正是兴旺之真谛所在。

六组叠词，朗朗上口

回顾全诗，诗中使用的这六组不同叠字是最大的亮点，让读者见识到了古人在用字上的考究与用心，故方玉润在《诗经原始》中评价此诗："诗只平说，唯六字炼得甚新。"六组叠词的提炼使用充满新意又意涵深远，其在使用顺序上也是层层递进。"诜诜"用以直接表达数量众多，"薨薨"与"揖揖"分别从听觉与视觉的角度侧写数量之众，"振振""绳绳""蛰蛰"深刻道出了如何从多子多孙达到蓬勃兴旺的真谛。此外，叠词的反复运用也让诗歌更为朗朗上口，适合反复吟咏传唱。

桃 夭

"少女"与"桃花"间的千年情缘

桃之夭夭,灼灼其华。之子于归,宜其室家。
桃之夭夭,有蕡其实。之子于归,宜其家室。
桃之夭夭,其叶蓁蓁。之子于归,宜其家人。

周南

祝福新婚女子

《桃夭》将桃花比作少女,是一首祝福新婚女子的诗歌。首句"桃之夭夭,灼灼其华","桃"即指桃树,"夭"是少壮之意,在此指正值初长成的桃树,少壮而充满勃勃生机。正因如此,其所开的花朵就特别鲜艳明媚。"华"通"花",指桃花,"灼灼"即鲜艳明亮之意,描绘出阳春三月,桃花艳红明媚如同火焰般灿烂耀目。年轻少女正值芳华,就如同鲜艳明媚的桃花一样动人夺目。诗人由衷地祝福这位女子能在人生最美好的青春年华收获最幸福的爱情和婚姻,所以紧接着写道:"之子于归,宜其室家。"古时女子出嫁用"归",以喻回到了真正属于她漫长人生的归属，非常贴切。"宜者，和顺之意，和则不乖，顺则无逆，此非勉强所能也"（方玉润《诗经原始》），即指完全自然的顺和状态，毫无牵强曲折。这位新婚女子不仅外貌如桃花般明媚动人，内心也顺和静美，嫁入夫家后家庭顺遂、阖家和睦。从外貌写到内在，诗人表达了其对新婚女子最美好的期望。

对的时间遇到对的人

　　试想一下，自然界有那么多树木花朵，诗人为何偏选桃树来作比喻呢？个中原因在于诗人在借此传递心中非常重要的婚姻观——婚姻以时，即女子应在人生最恰当的年华相爱成婚。《周礼·媒氏》有云："仲春之月，令会男女。"古时仲春时节，政府会颁布法令，要求单身男女相会，互相许以爱情。古人认为春天乃是万物生长之际，一切生命此时都展现出生机勃勃之态，青年们也应在这样的时节相会、相识、相爱。此时正值桃花灿烂盛开，故将桃花比作待嫁少女再恰当不过了。

　　当然，当下我们对"婚姻以时"应有新的理解，所谓"以时"并非某个绝对时间或季节，而是一个相对概念，应理解为女子一生中某个最适于获得爱情的美好年华。这样的美好年华对于每个女子来说也是相对的，有的人可能是在十多岁，有的人可能在二三十岁，有的人可能年龄再大一些，只有当她处于最好的状态，遇到了生命中最对的人，那才是收获爱情、走进婚姻的最好时刻。所以，用当下的眼光来理解古人的"婚姻以时"，或许应该改为"婚姻以人"更为贴切。婚姻不应再像古人那样遵循某个固定的时节或年龄，而更在于在对的时间遇到真正对的人。

祝福婚后生活

诗歌后两章从桃花写到了桃树的果实与枝叶。自然界有个现象特别有趣，在原野中，那些花开得鲜艳美丽的植物，往往果实会很小，甚至没有果实，它们好像用尽了所有力量去绽放自己而放弃了累累硕果。可桃树并非如此，春天的桃花，火红一片、艳丽明媚，到了夏天结成的果实也硕大饱满、鲜美可口。所以《桃夭》这首诗歌不仅用艳丽的桃花来比喻美丽的新婚少女，还用桃树硕大的果实和茂密的枝叶来作比，以表达古人对女子婚后兴旺夫家的美好祝福。

"有蕡其实"，"蕡"指果实硕大的样子。诗人借桃树硕大的果实表达了两方面的期许：一方面是希望新婚女子嫁入夫家后能为男方添丁、家族兴旺；另一方面是希望新婚女子能用贤德兴盛夫家，在家庭生活各个方面都成为得力一员，使整个家族幸福绵长。末章"其叶蓁蓁"，"蓁蓁"指枝叶茂盛，诗人在此祝愿新人婚后家庭生活能像桃树那样枝繁叶茂，永远充满生机、蓬勃发展。

千古词赋香奁之祖

此诗对后世影响巨大，原因在于它开创了用桃花作比少女的先河。桃花如此艳丽灿烂，充满着郁郁的生命力，用于比喻处于青春年华的美丽少女贴切至极。以至于之后几千年的中国文学中，"桃花"与"少女"成了一对固定的搭配。方玉润在《诗经原始》中评价此诗道："千古词赋香奁之祖。""奁"即古代女子

周南

放置梳妆用品的木盒，就是说《桃夭》一诗打开了千古以来中国诗词歌赋中关于女性容貌香艳描写的宝盒。后世诗歌，如唐代崔护的《题都城南庄》"去年今日此门中，人面桃花相映红。人面不知何处去，桃花依旧笑春风"就借用桃花来比喻去年今日少女容颜与鲜红桃花相互映照的美好时光，并随后悲叹物是人非。又如，李白《长干行》"自怜十五余，颜色桃李红"，温庭筠《碌碌古词》"春风破红意，女颊如桃花"，李中《春闺辞二首》"尘昏菱鉴懒修容，双脸桃花落尽红"，皆是用桃花比喻少女的面容，这样的文学模式都源自《桃夭》。类似的成语还有"面若桃花""艳如桃李"等，不胜枚举。

通读全诗，诗人不单用桃花比喻少女的容颜，后两章也用桃树硕大的果实和繁盛的枝叶比喻女子新婚后的美好家庭生活。随着时间推移，用桃花比喻少女容颜逐渐为文人雅士所青睐，这可能也是一种文学审美上的千古共识吧。

兔 罝

职场关系的亘古智慧

> 肃肃兔罝,椓之丁丁。赳赳武夫,公侯干城。
> 肃肃兔罝,施于中逵。赳赳武夫,公侯好仇。
> 肃肃兔罝,施于中林。赳赳武夫,公侯腹心。

周南

自律严谨,不怠于道

《兔罝》一诗可分为两部分来品读,首先是每章首句:"肃肃兔罝,椓之丁丁""肃肃兔罝,施于中逵""肃肃兔罝,施于中林"。"兔罝"指捕捉野兔时使用的猎网。"肃肃"通常被理解为细密整齐的样子,但这样的理解不够全面。"肃"有严肃恭敬之意,故"肃肃"在此并非形容兔罝摆放整齐,而是用以形容布置兔罝之人的工作做得非常严谨。"兔罝之人,鄙贱之事,尤能恭敬,则是贤者众多也。"(《毛诗郑笺》)中国古代属农耕文明,士农工商的序列中,农民的社会地位仅次于士大夫,而猎人这个职业则非常低微,因为猎人居无定所,无固定资产。令人钦佩的是，诗中这位捕捉野兔的猎人尽管身份低微，却依然认真严肃、毫不懈怠。古人认为，从事任何职业都能从中彰显出"道"，"道"即指生活之道、人生之道，是贯穿万事万物的至高法则。即使是从事最低下卑微之职业，也应认真对待，努力彰显其中之大道，即古人所谓的"不怠于道"。

这位猎人是如何细致工作的呢？首先是"椓之丁丁"，"椓"即捶打之意，"丁丁"是象声词，描写猎人在布置猎网时捶打木桩加以固定，发出"丁丁"响声。这句是从动作与声音上描写他认真严谨之态。后两章"施于中逵""施于中林"，"施"是放置之意，"逵"指林间四通八达的交错路口。这里讲猎人将猎网仔细地布置于岔路之口、山林之中，便于捕猎。这句是从环境上侧写他的处事认真，因为独自一人在幽静山林中做放置猎网的枯燥工作是特别容易懈怠的，但这位猎人依然严谨地完成工作。古人有云"君子敬孤独而慎幽微，虽在隐蔽，鬼神不得窥其隙也"，真正的君子即使在幽静独处的状态下，依然保持自律，连鬼神也找不出他品格上的瑕疵。

贤明公侯，任人唯贤

诗歌每章次句，"赳赳武夫，公侯干城""赳赳武夫，公侯好仇""赳赳武夫，公侯腹心"。"赳赳武夫"还是指那位布置兔罝的猎人，"赳赳"形容其健壮威武之态。"公侯"指诸侯国的君主，这是诗中出现的第二个人物。公侯与猎人是什么关系呢？诗人用了"干城""好仇""腹心"三个词层层递进来说明。"干城"指防御守卫之意，说明这位猎人可以作为武士为君主保家卫国;"好仇"则进一步,"仇"同"逑",匹配之意,指这位优秀的武士是公侯的好帮手;最后"腹心"则再进一层说明公侯君主和武夫间的关系亲密,成为彼此心腹。

  诗歌三章次句顺理成章地描写了这名优秀猎人成了保家卫国的赳赳武夫,是君主心腹爱将。但若细细品读,其中也有值得思考之处。试问一位猎人要成为公侯的心腹爱将真如此容易吗?当然不是。其中至少透露出两方面意涵。首先,这位猎手自身要有足够的能力才能成为武士,进而成为君主心腹。这点之前的诗句有所提及,"肃肃"点明了他的严谨认真。其次,公侯本身也须是一位礼贤下士、用人唯贤的明君。古时阶级观念很重,低微的猎手很难有机会接近公侯君主,要成为其心腹更是几乎不可能。诗中的这位却有其不同之处,他能礼贤下士,不以贵族公侯自居,愿意走到林间发掘贤能之才。此外,这位公侯能够任人唯贤,而非任人唯亲。古时贵族阶层有诸多裙带关系,他能不受其影响,仅将对方的才能作为任用的标准,这点难能可贵。

  回顾全诗,其中公侯与猎手之间的关系,正是古人心目中最理想的君臣关系。从这点上来看,此诗对于我们当下的职场关系也有值得借鉴的现实意义。试想一下,假如你是一位普通职员,你能否做到如诗中猎人一般,甘于孤独寂寞,无论在什么样的岗位上都用心严肃、不怠于道地做好本职工作呢?又或者假如你是一个团队中的领导者,你能否做到与诗中公侯一样不以骄傲自居、任人唯贤呢?这些问题都值得读者对照自身、认真反思。

文王举贤

《墨子·尚贤》中记载:"文王举闳夭、太颠于罝网之中,授之政,西土服。"讲的是周文王在山林中,寻访山野猎人闳夭、太颠两位贤能之人并委以重用,最终使西方周地和顺安宁。由于闳夭、太颠二人均为山野猎人,故历来认为《兔罝》背后的故事正对应此则"文王举贤"的故事。闳夭、太颠最初是商民,因厌恶纣王暴虐无道而归隐山林,以捕猎为生。文王得知后,放低身份,亲自到山林中访寻二人,二人被文王求贤若渴之心所感动,故出山辅佐,后成为文王心腹重臣,为西周的建立立下大功。周文王作为几千年来儒家理想君主的典范,的确是有其人格魅力的,除闳夭、太颠之外,辅佐文王的能人还有著名的吕望,即姜子牙。姜子牙原来也只是在渭水河边垂钓的古稀老翁,但文王得知其贤能后,亲自前往渭水河边,任命他为周国太师,可见文王惜才如金、仁德之厚。当然,此诗未必真是描写文王举贤的故事,但它的确留给了千年后的读者极其深刻的千古智慧,值得反复品读。

芣 苢

电影镜头般的画面感

采采芣苢,薄言采之。采采芣苢,薄言有之。
采采芣苢,薄言掇之。采采芣苢,薄言捋之。
采采芣苢,薄言袺之。采采芣苢,薄言襭之。

周南

细腻分解——文学上的特写镜头

《芣苢》一诗文字上极其简单,全诗四十八字,章句反复,全篇只改动了六字,但这细微的六字变化却塑造了丰富的文学画面。诗人好像一位导演,用电影中的特写镜头,将古人单纯的劳作过程细腻地呈现在读者眼前。

"芣苢"亦称车前草,常见于道路两侧,可食用。"采采"即描述反复采摘的动作。"薄""言"均为语气助词,带有一份愉悦的情感色彩,表达古人劳作过程中自在欢乐的心情。接下来诗歌每章中使用的六个不同的动词,就如同特写镜头一般将古人采摘芣苢这一简单的活动分解开来、仔细刻画。

对于诗歌的动作描写，可分为三个层次来看，一章一层。

首章"薄言采之""薄言有之"，"采"即采摘之意，"有"指采摘完毕后得到拥有的状态。此章为一笔总写，如电影开场的全景镜头，在讲述每个细微画面前，给读者一个总体概览。通过首章，诗歌描绘了一群古代妇女在野外采摘芣苢，从"采摘"到"获得"整个过程的全景画面。接下来两章，诗人切换了摄像机镜头，慢慢地推伸镜头，细致地描绘出采摘过程每一步的特写画面。次章"薄言掇之""薄言捋之"，"掇"即捡拾，指妇女们将需采摘的芣苢拾于手中，"捋"指伸开五指顺着芣苢，从下方茎干部位开始慢慢往上成把地摘取。诗人用"掇"和"捋"细腻地将"采摘"这个动作分解开来。三章"薄言袺之""薄言襭之"，此处诗人用"袺"和"襭"这两个动作来描述采摘后获取芣苢的状态。"袺"指用手抓住衣襟，用以盛放芣苢，这一动作描写极富劳作画面感，可以想象古代妇女们在田间路旁，左手持着衣襟，右手不停地采摘芣苢，再将其放入衣襟所围成的布兜内盛放。当芣苢越采越多，一侧衣襟的布兜已满，没有更多空间盛放，于是妇女们接着就用了"襭"这个动作，"襭"指直接将两侧衣襟卷起扎在腰带上，以获取更多的盛放空间。这一系列细致劳作画面的特写，详细诠释了古代妇女从采摘到盛放芣苢的完整过程，体现了用字的精心、递进有序。

极致单纯——文学上的空镜头

关于此诗的主旨，历来令人困惑。这首诗歌到底想表达什么呢？难道只是为了描写一段普通的采摘芣苢的过程吗？其中是否还有更为深刻的意涵呢？我想《芣苢》呈现出的极致单纯之美本身就是这首诗的深远意涵所在。我们可以从两个角度来品味这首诗歌之美。首先，诗人对古代妇女采摘芣苢的细节描写，就如同电影中的特写镜头般精致全面。其次，从整体的角度欣赏此诗，它运用的极致简约的文学手法又类似于电影中的空镜头般富有韵味。空镜头指电影中那些看似没有具体故事情节的画面，但往往电影中空镜头的运用所表达的情绪是最深沉的。

土耳其导演锡兰的"故乡三部曲"之一《五月碧云天》讲述了一位青年回到自己故乡，想要和家乡亲人朋友拍摄一部记录电影的故事。锡兰在这部影片中运用了大量的空镜头，如五月树梢婆娑摇动，小镇安静无声的街角，午后窗外的铁栏杆，孩子午睡时的小脚丫等等。这些空镜头画面色调非常唯美，尽管没有跌宕起伏的故事情节，甚至没有主人公，导演只是波澜不惊地描写着故乡的一切自然景象与人们按部就班的生活，但其背后却表达了导演内心最深沉的乡愁。愈单纯的画面，愈加真实感人、触动人心。

《芣苢》一诗不也正是如此吗？诗人通篇描绘了一幅古代妇女采摘芣苢的单纯劳作画面，不加过多的描写与评论，纯净至极却情感真挚。方玉润对此诗有一段恰如其分的评价，他说："夫佳诗不必尽皆征实，自鸣天籁，一片好音，尤足令人低回无限。若实而按之，兴会索然矣。读者试平心静气，涵泳此诗，恍听田家妇女，三三五五，于平原绣野、风和日丽中群歌互答，余音袅袅，若远若近，忽断忽续，不知其情之何以移而神之何以旷，则此诗可不必细绎而自得其妙焉。"品读此诗正是应从诗歌单纯的画面中体验到先民生活劳作时的恬静祥和、惬意悠然。诗人也想通过诗歌的简单画面呈现出周南地区民众幸福的太平气象。

美好盛世，太平气象

《论语》中有一则故事，讲的是孔子分别问他的四个学生子路、曾晳、冉有、公西华，如果他们从政将怎样治理好一个国家？子路、冉有、公西华的回答都中规中矩，只有曾晳的回答别具一格，他答道："莫春者，春服既成，冠者五六人，童子六七人，浴乎沂，风乎舞雩，咏而归。"意思是在暮春时节，天气温暖宜人，人们穿着春衣结伴而行，有五六个成年人、六七个小朋友，一同在沂水中沐浴，然后在河边的高台上吹吹春日的煦煦和风，回家的路上开心地唱着歌谣。曾晳这样的回答，看似答非所问，但是当听到他的回答后，孔子居然极其赞同。我在初读《论语》时，对于这段问答也是困惑不已，直到后来反复品读才恍然大悟，不禁拍案叫绝。曾晳的回答正是一个文学上的空镜头，他并未直接回答该如何治理好一个国家，而是通过这样一幅美好愉快的春日画面描绘出了一个已经被治理好的国家应该有的样子。国泰民安的时代，百姓的生活正应如此，单纯祥和、享受生活、共享太平气象。曾晳的回答在境界上的确比其他几位只知道谈富国强兵之道的学生要高出太多，难怪孔子对其赞叹不已。这样的文学表达方式与此诗可谓异曲同工。仅运用极其单纯自然的空镜头，虽然没有明确的观点论述，却实在真切、充满禅意地描绘出了那份欢乐愉悦的太平盛世气象。

汉 广

如何面对人生中的"可遇不可求"

南有乔木,不可休思。汉有游女,不可求思。汉之广矣,不可泳思。江之永矣,不可方思。

翘翘错薪,言刈其楚。之子于归,言秣其马。汉之广矣,不可泳思。江之永矣,不可方思。

翘翘错薪,言刈其蒌。之子于归,言秣其驹。汉之广矣,不可泳思。江之永矣,不可方思。

周南

求之不得的人生境遇

《汉广》首章即点出了爱情中求之不得的人生境遇。"乔木"指高耸的树木。首句诗人以乔木起兴,讲到在南方有高树,但是我却不能在树下休息,为什么不能休息呢?因为乔木虽然高,但由于过高,其枝叶下树荫的面积就少,没有足够遮阳之处可以让人憩息。首句起兴后,诗人顺势吐露心绪,"汉有游女,不可求思",原来他求之不得的是那位汉江游女。"游女"指汉水江畔出游的女子。为什么这位游女是不可求的呢？因为"汉之广矣，不可泳思。江之永矣，不可方思"。"方"即指小木筏。汉水如此广阔悠长，诗人无法涉水横渡，这便是诗人对其爱慕的汉江游女求之不得的原因。此处值得读者思考的是，诗人所道出的汉江波澜壮阔、无法横渡的客观事实，是真正的原因所在吗？诗人面对的是汉江，它只不过是长江的一条支流，并非无垠的汪洋大海，难道真的过不去吗？即便是江面宽广之处无法横渡，难道就不能走到江面狭窄处涉水而过吗？如果真的爱一个人，又怎会被这一条汉江所阻隔呢？所以读者应该明白诗人之前提到的并非是真正的缘由。求之不得的真实原因究竟是什么呢？诗人知道读者会有这样的疑惑，所以在接下来的后两章中娓娓道来。

求之不得的真正原因

诗歌三章的后两句是完全相同的，诗人不断地感慨哀叹，不必赘述。我们主要品读后两章的前两句。先分别看后两章首句，"翘翘错薪，言刈其楚""翘翘错薪，言刈其蒌"，"薪"指柴草，"翘翘"即指柴草上下错落、高低不平的样子，"刈"是割伐之意，"楚"和"蒌"均指可被砍伐用作柴草的荆棘植物。诗歌为何在此突然从汉江游女讲到了砍柴之工呢？看似二者并无关联，其实却意涵深刻。因为这位吟唱歌谣的诗人在此借柴薪点出了自己的身份，他是一位山野樵夫，心中爱慕的却是那位美丽的汉江游女。现代的爱情观提倡自由、追求纯粹，不受世俗的束缚。在诗人所处的时代，婚姻讲究门当户对，人与人之间有着阶级与身份的差异。诗人是一位樵夫，身份极其卑微，因此内心自卑，他认为以自己的身份和职业是无法匹配心中爱慕的那位汉江游女的。诗歌至此，读者才明白对于诗人来说真正难渡的并非汉江，而是那个时代人与人之间无法逾越的地位与身份的鸿沟，这才是诗人对于爱情求之不得的真正原因。读到这里，可以试想一下，如果你是那位樵夫，面对深情爱慕的女子却求之不得，你会怎么做呢？我想很多人都会认为诗歌如此发展下去必定会是一个痛苦悲伤的爱情故事。但诗人出乎意料地来了一个反转，唱出了一个人在面对人生中求之不得境遇时最洒脱自洽的姿态。

信念的转换，心灵的解脱

诗歌后两章次句"之子于归，言秣其马""之子于归，言秣其驹"中，"之子于归"即指女生出嫁。这位汉江游女要嫁为人妇了，当然一定不是嫁给这位卑微的樵夫诗人，而是嫁给在那个时代与她门当户对的如意郎君。这位樵夫该如何面对这一切呢？"言秣其马""言秣其驹"，"秣"指用草料饲养，"驹"指小马。原来这位樵夫的内心是这样想的：即便不能和心中爱慕的汉江游女在一起，我也愿意做她身边的仆人马夫，为她饲养马驹，这样的我也是幸福的。这样的内心想法，似乎有些许伤感，却不完全悲伤，其中包含了许多幸福的幻想。这位樵夫没有让自己沉沦在悲伤痛苦之中无法自拔，而是以一种超然的人生态度，通过心理上的自我调节与信念转换使自己得以释然。这是此诗给予当代读者极其重要的人生启迪。

人生一定不是一帆风顺的，生命中有很多渴慕的东西是可遇不可求、可望而不可即的，如何去面对、去化解现实的无奈是一种人生智慧。现代心理学有一种心理治愈的方法，即认知疗法。认知疗法认为一个人之所以情绪困扰或心理异常，主要原因并非外在世界使然，而在于他自身如何去应对外在世界的变化。外部世界和客观事实大多都无法改变，我们只能改变自己内心对它的认知与理解。此诗中，面对爱情中的求之不得，如果樵夫内心偏执，陷于无限的自卑和悲痛中，就不能继续好好生活，甚至会对生活绝望而走向极端。但这位樵夫却选择换一个角度来面对这场求之不得。他至少可以做爱人的马夫，陪伴在她身边，这样樵夫也找到了自己的价值所在，即便这样的价值太渺小，其内心却也获得了一丝自我肯定。这绝不是毫无意义的空想，而是樵夫的信念转换，只是一念之间，生命有了完全不同的诠释。弗洛伊德的心理治疗也非常注重类似的自由联想，即通过自由联想，抒发潜意识里真正的压抑与诉求，再借由转换信念，改变对现实的解释认知，从而让人生的难题得以化解。这种现代心理学的方法，中国智慧的古人早已在两千多年前就领悟并加以运用。

发情止于义

此诗历来还有另外的诠释角度，即发乎情止于礼。古代儒家认为一位有道德教养的君子，即便他心中有情也不会让情感越过理智道义。如诗中的这位山野樵夫，他对汉江游女虽有深沉爱慕之情，却能控制说服自己接受现实，这便是发乎情止于礼的表现。

《列仙传》中也有一则与汉江游女有关的故事，讲的是周代有个叫郑交甫的男子在汉江边偶遇两位游女，他按捺不住自己内心的情欲，欲上前挑逗搭讪，他的仆人见状就劝阻他说："汉江女生极其聪明伶俐，恐怕占不到便宜。"郑交甫不顾劝阻，执意上前搭讪，言语轻佻无礼。不曾想这两位游女却彬彬有礼、谈吐机智，郑交甫更得寸进尺，居然开口问女子索要其随身携带的佩珠。古时女生贴身佩戴的饰物是不能随意赠予男子的，但两位游女却异常大方地将佩珠赠予郑交甫，遂其心愿。郑将佩珠揣入怀中，得意忘形，自以为占得便宜。不料没走几步，再一摸怀中佩珠，佩珠已消失不见，回头再看两位游女也不见踪影，最终落得人物两空。原来这两位游女是汉水女神，故意惩罚郑交甫。这则故事常被古人借以与《汉广》一诗作对比，阐述发乎情止于礼之重要性，以诫后人。

汝 坟

同一首诗,两种视角,两个故事

遵彼汝坟,伐其条枚。未见君子,惄如调饥。
遵彼汝坟,伐其条肄。既见君子,不我遐弃。
鲂鱼赪尾,王室如燬。虽则如燬,父母孔迩。

周南

女性视角的解读

《汝坟》一诗主旨清晰,是一首控诉王室暴政的诗歌,可以分别从男性和女性两个视角去讲述两个不同的故事。

首先,从女性视角解读,假设诗歌的作者是一位妇女。"遵彼汝坟"的"汝"即指汝水,在今河南。"坟"通"濆",是岸边之意。诗歌开篇即描写了这位妇女沿着汝水岸边行走的画面。她在做什么呢?"伐其条枚",原来在砍伐汝水边的树枝作柴。按理说,砍柴之工不应由妇女来做,所以诗歌在此抛出了一笔悬疑:本应做砍柴之工的男子,即这位妇女的丈夫在哪儿呢?诗人紧接着就道出了答案,"未见君子",原来这位妇女的丈夫并不在她身边,她正独自做着本应由丈夫做的砍柴之工。正因为丈夫不在,妇女也就分外地想念他,想念到什么程度呢?诗人用了一句极其形象的比喻抒发了内心思念之情:"惄如调饥"。"惄"通"㥏",《说文解字》解为"忧貌",即忧伤、忧郁之态。"调"解为早晨之意,妇女对丈夫的思念渴望之心就如同经过一晚,早起饥肠辘辘一般,如此形容实在生动形象且富有生活气息,令人感同身受。

次章首句,诗人再次描写了这位妇女在汝水边砍柴的画面,但并非简单重复,相比之前一章,这里用了"肄"字,"肄"虽然也是树枝,但与"枚"意涵不同。"斩而复生曰肄"(朱熹《诗集传》),"肄"是被砍伐后新长的嫩枝,所以诗人在此用"肄"点出时间流逝之感。"伐其枚而又伐其肄,则踰年矣"(朱熹《诗集传》),丈夫在外未归,已经一年有余。总算一切还不算太糟,经历漫长的等待,丈夫终于回来了,妇女至此才可以长长松了口气,感叹说,"既见君子,不我遐弃",感慨丈夫并未抛弃自己。可想而知,在过去的这一年里,这位妇女承受着多大的精神压力,一方面思虑挂念这位君子,另一方面更害怕担忧他可能永远不回来,就这样将自己抛弃。

诗歌读到这里,其实读者还不知道,这位丈夫在外一年多的时间到底在做什么?这一疑惑诗人故意不在开篇就说明,直到末章才道出缘由:"鲂鱼赪尾,王室如燬。""鲂鱼赪尾"作为成语至今还在使用,"鲂鱼"指鳊鱼,"赪"是赤字旁,有红色之意。鲂鱼的尾巴本不该是红色的,但如果不停地用力游水,摆动鱼尾,则会累到尾巴通红,用以形容人非常劳累、负担过重。诗歌此处借以形容这位君子忙碌不堪之态。君子为何忙碌呢？是为王室而劳累，为统治者而忙碌奔波。"燬"指熊熊烈火，这位君子在王室统治者的暴政下辛勤奔波，如火烧一般煎熬，毫无片刻停歇。"赪尾"所描写的因劳苦而变得通红的鱼尾和王室如烈火般的残酷徭役，形成了前后呼应的对照，这既是这位妇女的控诉，也包含了她对爱人的无比心疼。末尾一句更进一步："虽则如燬，父母孔迩"，虽然王室工作紧迫繁重，但是家中还有父母啊！从这句话读者可以猜测，可能这位丈夫刚回家不久又要再次出发奔波忙碌，因此这位妇女无奈道出最后的感叹与控诉，统治阶层一日不休地暴虐压榨百姓，可那些百姓的亲人父母又由谁来关心赡养呢？父母就在身边，却无法尽到为人子女孝顺父母的义务，被迫远离家人陷于沉重的徭役，这是当时百姓最大的悲哀。从女性的视角品读此诗，诗人从爱情和家人的角度，如泣如诉、步步深入地控诉着王室暴政、徭役沉重之苦。

男性视角的解读

我们再尝试从男性的视角来品读此诗。假设诗歌主人公是一位男性，那诗歌前两章首句"遵彼汝坟，伐其条枚"和"遵彼汝坟，伐其条肄"，就是在描述一位男子在汝河水边砍柴伐薪的画面。砍柴为何不去山林之中，却在汝水河边呢？有一种解释认为男子在水边砍柴是为了治水之用，为统治者服役完成治理河道的水利工作，故在水边就地取材砍伐树枝。树枝能漂浮于水，所以古人在治水时，用以背负涉水。诗中所谓的君子在此有所特指，清代方玉润认为诗中的君子指周文王。诗歌作于商朝末期，此时纣王统治暴虐，处于残酷徭役之中的百姓无法承受，而周文王作为闻名远近的贤德君子，大家都期盼他能够前来救百姓于水深火热之中，逃离整日痛苦劳作和暗无天日的生活。商朝末年，王朝已濒临瓦解，文王其实已经统治了商朝三分之二的地域。在文王统治下的地域，人民生活安乐祥和、各得其所。诗人作为仍在商朝统治地域内生活的百姓，殷切希望文王能早日取代纣王解救自己，故曰"未见君子，惄如调饥"，其中表达的便是这样一番渴望明君的迫切心绪。后言"既见君子，不我遐弃"，是暗指文王势力及统治范围逐渐壮大，离诗人所在之地近在咫尺，诗人对新的生活充满了希望，感恩文王不抛弃自己，有仁爱之德。末句"虽则如燬，父母孔迩"中的"父母"即指文王。古代统治者之于百姓如同父母，故诗人以父母称之。

经典文学的魅力在于诠释

此诗从男女的不同视角解读，可以品味出不一样的意味，且都可自圆其说。古典文学，尤其诗词最大的特点在于其涵义的不确定性。在很多情况下，诗人仅用只言片语来描述一种状态，而非仔细刻画所有细节，同时也伴随诸多隐喻类比，这就赋予了文学作品无穷的魅力。莎士比亚的名言"一千个人眼里就有一千个哈姆雷特"，讲述的也是同样的道理。文学作品的解读是没有标准答案的，答案在每个人的心中，每个人由于生活和知识背景的不同，理解的角度和深度也不尽相同。例如西方人阅读《圣经》，千百年来不同牧师拿着内容一致的《圣经》，却有诸多完全不同的讲解和诠释，近代西方哲学中的诠释学流派就是基于此现象而产生。诠释学理论认为，对于文本或者一切事物的理解和解释，是与每个人所处的社会环境、历史状况、文化背景及心中根深蒂固的已有观念密不可分的，而正是这样不同人的不同诠释和理解才构成了人类丰富的文化视野。诠释学理论的意义对于品读《诗经》这样的经典文学也极为适用，《诗经》作为一本经历了两千多年的古老诗集，不同历史时代、不同背景的文人学者都对它作过不同的诠释，从而丰富了它的文学文化内涵。《汝坟》一诗也是如此，从不同的角度切入，得到不同的诠释和故事，正是这首诗歌传唱千年不衰的持续生命力所在。

周南

麟之趾

君子与麒麟间不可不说的故事

> 麟之趾，振振公子，于嗟麟兮！
> 麟之定，振振公姓，于嗟麟兮！
> 麟之角，振振公族，于嗟麟兮！

周南

有其父必有其子

《麟之趾》是一首祝福子孙后代的诗歌。"麟"指麒麟，由此点出诗歌所要祝福的对象并非普通百姓，而是具有一定社会地位的王室贵族。麒麟是中国古代神话中的神兽，是人们想象出来的动物形象，其形象由几种动物肢体部位合成：狮头、鹿角、虎眼、麋身、马蹄、龙鳞、牛尾。当然关于麒麟的外貌亦有其他诸多说法，但有一点基本是肯定的，就是它浑身集合了各类动物的优点。古人想象中的麒麟全身金黄，代表吉祥如意，上古传说中麒麟显现必为祥瑞之兆。诗歌借麒麟比王室贵族，这位贵族确指何人呢？有人认为是指周文王，故此诗也被认为是为祝福文王子孙后代而作。这种理解并非完全没有道理，如今很多学者都推测，麒麟可能就是周民族传说中的祖先图腾。因为周人最早定居西北，上古时那里水草丰美，适宜鹿类栖息，而鹿的形象正是麒麟形象的主要灵感来源。

诗歌分别三章的前三字，"麟之趾""麟之定""麟之角"，"趾""定""角"分别指麒麟身上的三个部位。"趾"即"足"，是麒麟的四肢；"定"同"颠"，额头之意；"角"指麒麟头上的触角。诗人在此分别借麒麟身上的三个部位比喻君子的子孙后代。因为麒麟是祥瑞之兽，作为一个完美吉祥的整体，构成它的每个部位也充满着优异气息。好比周文王贤德如天，故其子孙也必然优秀，非常人可比，正所谓"有其父必有其子"，这当然是古人心中的美好祝福，并非绝对。"振振公子""振振公姓"和"振振公族"，"振振"有奋起振作之意，表达了古人希望子孙后代能团结协作、一同奋起的殷切期望。"子""姓""族"三字在运用上也是层层递进，先祝福儿子，然后是同姓子孙，最后是同家族的所有后代，在先后关系上由亲及疏，层次用意显而易见。三章末尾"于嗟麟兮"，回环反复地表达了诗人无限的赞叹溢美之情：这些同姓子孙和家族后代们啊，个个都是麒麟！

麒麟与仁厚君子

诗歌至此，主旨明确，诗人热切地祝福王室家族和子孙后代都能够像麒麟一般祥瑞有德。那么麒麟有什么优点和特别之处，使得古人希望子孙都能与它一样？另外，麒麟身上有诸多部位，为何诗中只写到三处，有何用意？君子和麒麟之间到底有什么相似之处呢?

中国古人心目中的麒麟是祥瑞之兽,其最大特点是性情温和、善意仁厚,这点恰恰是古人热衷用麒麟与君子相比的关键所在,而"趾""定""角"正是代表麒麟仁厚之德的三处重要部位。首先"麟之趾"即麒麟的四肢,《广雅·释兽》中讲,"麒麟步行中规,折还中矩,不履生虫,不折生草",如此不践踏伤害他人,善良忠厚的表现正是君子所应具备的品德。再者"麟之定"与"麟之角","定"是额头,"角"是头上的触角,古人认为麒麟"有额而不以抵也"(朱熹《诗集传》),"麟角之末有肉,示有武而不用"(《毛诗郑笺》)。麒麟有额有角,但从不用它来顶触伤害别人,且其触角末端有肉包裹也不尖锐,虽有威胁武力,但不运用伤人,这也是仁厚有德的君子应有的表现。

君子无所争,其争也君子

如上所述,在古人心目中,麒麟与君子的最大共同点,就在于仁厚有德、不伤他人。此处有一点需加以明确,即仁厚有德不伤人并不代表君子软弱或毫无威力。麒麟作为神兽具有非凡之力,势必有攻击之能,但它却收起锋芒不愿伤人,这才是其仁厚的表现。虽有威力,但绝不恃强凌弱,不陷于匹夫之勇,不做意气之争,才可谓真君子。

《论语》讲道:"君子无所争,必也射乎!揖让而升,下而饮,其争也君子。"这是对"君子之争"最好的诠释。孔子还说"射不主皮",即君子在比赛射箭时,不必非要射穿箭靶以显示自己的强力,而只是点到为止,射中靶心即可。其所注重的是射箭技艺本身,而非蛮力的抗衡,这正与麒麟有额有角却不抵不触如出一辙,都是性情仁厚之表现。

  此诗从表面看仅是一首祝福子孙的诗歌,但同时也告诉读者一个关于君子品性的深刻道理。中国自古以来是文明礼仪之邦,君子就如麒麟一样,虽有强大威力,但不仗势欺弱,始终保持礼让尊重、仁德友善。

召南

鹊　巢

盛大的婚礼，是祝福，还是讽刺？

维鹊有巢，维鸠居之。之子于归，百两御之。
维鹊有巢，维鸠方之。之子于归，百两将之。
维鹊有巢，维鸠盈之。之子于归，百两成之。

召南

周公与召公

《诗经》中的《周南》《召南》两篇常被看作整体，并称为"二南"。周武王伐纣灭商后，周朝建立之初，武王便将岐山以南的东部区域分封给其弟周公旦，此地即"周南"。同时武王又将与周南相邻的岐山以南的西面区域分封给他另外一个弟弟召公奭，故此地被称为"召南"，《召南》里的诗歌即是这片地域传唱的民间歌谣。周公和召公二人一东一西分陕而治，职责分明。周公在东，旨在稳定西周在东方新拓展的领土疆域，召公在西，主要维护稳固经济大后方，为周王朝进一步向东开疆拓土解除后顾之忧。

周公旦和召公奭都是周王朝的开国功臣。西周建立后，武王早逝，其子成王年幼，无法掌理朝政。原来商朝旧势力和西周内部反叛势力趁机互相勾结，意图推翻西周政权。此时全靠周公和召公坚强辅佐成王，西周王朝才得以保全。成王死后，其子康王继位，依靠召公协助治理，开创了四十多年未用刑罚的"成康之治"，为周王朝逐步稳定立下坚实根基。《召南》中有《甘棠》一诗，即是为颂扬召公而作。

鸠居鹊巢，贵族婚礼

《召南》的第一首诗《鹊巢》内容简单易解，诗歌描述了一场公侯贵族的新婚盛况。"维鹊有巢，维鸠居之"中的"维"是语气助词，没有实际涵义，"鹊"是喜鹊，喜鹊爱将巢穴筑在人类居所附近，所以是极有人缘的鸟类。喜鹊善于筑巢，耗时很长，"冬至架之，至春乃成"（《毛诗郑笺》），日积月累，精耕细作，故其巢穴结实而精致。"维鸠居之"一句文意上有了一笔转折，"鸠"指八哥，诗人讲在喜鹊的巢穴中居住的却是八哥。这其实是自然界常见的现象——鸠居鹊巢。八哥本不会筑巢，故经常占据其他鸟类已筑成的巢穴。自然界中这类现象很多，杜鹃也是如此，此鸟自己不筑巢，它们将鸟蛋产在其他鸟类的巢穴里，让其他鸟类替它抚养后代。古人也许就是看到了这样的自然现象，因物起兴联想到男女婚姻，"喜鹊"好比是男方，巢穴指代男方的家，"鸠"好比是嫁入男方家中的新婚女子。

下句诗歌进入正题，"之子于归"即实指女子出嫁之事。"百两御之"中的"百"在古文中是一个虚数，不实指一百辆车，而是指车辆众多。"两"指女子出嫁随行的车辆,"一车两轮,故谓之两"(朱熹《诗集传》)。"御"即迎接之意,新婚女子出嫁,男方派出盛大车仗迎娶新娘。这也是为什么《鹊巢》是一首描写公侯贵族新婚的诗歌,因为普通百姓结婚根本不会有如此阵仗。

诗歌后两章只改动了几个字。三章首句从"居"到"方"再到"盈",实际是用字上层层递进的过程,"居"仅指居住,指新婚女子刚刚住到夫家;"方"有拥有、占有之意,指居住之后,逐渐融入家庭并成为一员;最后"盈"则意为充满、丰盈,指正式成为夫妻之后,女子使得家庭兴旺充盈。三个动词的变化,一步步地描写出新婚女子从客人成为主人再成为家庭兴旺的创造者这样一个完整的递进过程。三章次句从"御"到"将"再到"成",同样是层层递进。"御"指迎亲;"将"即护送之意,指新郎迎娶新娘后一路护送其到自己的家中;"成"指婚礼仪式的完成。三句步步深入,描写了从迎亲、娶亲再到最后完成婚礼仪式的整个过程。

祝福还是讽刺?

读完《召南》的第一首《鹊巢》后,再回顾《周南》的第一首《关雎》,"二南"的首篇均是有关男女新婚之作。若对比起来细细品味,这两首主题接近的诗歌,其主旨又各有侧重,其中的区别也引起我们进一步的思考。《关雎》一诗,主旨讲"琴瑟之友",即爱人间的精神契合。从灵魂默契,彼此感兴趣开始慢慢发展,从知己经历曲折发展为挚爱,最后步入婚姻殿堂,有情人终成眷属。而《鹊巢》一诗虽也讲男女婚礼,意味却截然不同。在此诗中,我们并未看到这对新婚男女间到底有多深的感情,只是看到了纯粹物质性的描写,如男方家里已经准备好的婚房,即"维鹊有巢",还有婚礼仪式中迎来送往豪华盛大的车仗,即"百两御之"。由此可见,《鹊巢》这首诗歌似乎更着重男女婚姻中各种外在物质性内容。那么婚姻到底是建立在精神契合之上还是以物质丰盈为基础呢?我想,在古人眼中精神契合或许更重要一些。因此面对这样一首充满物质描写的诗歌,历来也有人认为其并非婚姻祝福诗。方玉润在《诗经原始》里质问道:"夫男女同类也,鹊鸠异物也,而何以为配乎?"鹊与鸠本非同类之鸟,又怎能匹配婚姻呢?如此质问一针见血。略有些鸟类观察经验的人都应该知道,喜鹊不仅热爱筑巢,而且其雌雄二鸟的情感极其专一,通常共同作伴筑巢。所以如果诗人要赞颂男女间的爱情婚姻,单写喜鹊便可,为何还要提"鸠"呢?所以历来亦有解读认为《鹊巢》是一首弃妇所作的哀怨讽刺诗,一位被丈夫抛弃的女子眼看丈夫迎娶新妻,望着自己一手创造的家庭与财富都被他人占据,内心哀怨悲愤,斥责新妻"鸠居鹊巢"。直到今日,"鹊巢鸠据""鸠占鹊巢"等成语仍然在使用,基本是表达贬义。当然这也只是一种不同视角的解读,可备一说。就婚姻意义本身而言,到底是精神契合更重要还是物质丰盈更重要,每个人心中也一定有各自的答案。

采 蘩

文学蒙太奇：声响影动，不辨其人

于以采蘩？于沼于沚。于以用之？公侯之事。
于以采蘩？于涧之中。于以用之？公侯之宫。
被之僮僮，夙夜在公。被之祁祁，薄言还归。

山林水边，采蘩为何

《采蘩》一诗可分两部分来品读，首先是诗歌的前两章，"于以采蘩"中的"于以"是"去哪里"之意。"蘩"指白蒿，是常见的野外植物，春生秋熟，可以食用，据朱熹说也可用以养蚕。首句即是诗人在设问："去何处采摘白蒿？"下句便是答案："于沼于沚。""沼"指水塘，"沚"指水中小洲。下章次句的"涧"指两山之间的水流，即山谷中的溪流。两章前两句都交代了采摘白蒿的地点——水塘边、小洲上或是山谷间的溪水旁。白蒿分为水生和陆生两种，水生白蒿"辛香而美"（王先谦《诗三家义集疏》），故此诗中所写的白蒿均生长在水边，应为水生。

召南

采摘白蒿要用来做什么呢？前两章的后两句紧接着告诉了读者答案。"于以用之？公侯之事。""于以用之？公侯之宫。""公侯之事"和"公侯之宫"即说明诗人采摘白蒿是在为贵族阶层工作。但诗歌此处并未讲明"公侯之事"究竟是何事，所以后世有诸多不同解读。《毛诗》认为，"公侯夫人执蘩菜以助祭"，即采蘩是用以祭祀，但其认为采摘蘩菜之人是公侯夫人，这点令人疑惑。因为公侯夫人作为贵族女子，怎么可能屈尊前往山林水边去做采摘白蒿的苦工呢？这似乎有点说不过去。所以，历来还有另一种说法，方玉润在《诗经原始》里讲，"夫人亲蚕事于公宫也"，即认为此诗描写的是古代妇女为公侯贵族做养蚕工作，采摘蘩菜的目的是为养蚕，故"公侯之宫"的"宫"在此专指蚕室。

歌谣对唱的"听觉"感受

此诗前两章使用的文学手法颇为独特，即运用了一种歌谣对唱、一问一答的方式。我们在导言中曾讲过，《诗经》最初并非刻意而为的诗词歌赋，而只是民间传唱的歌谣。我们如果去过农村山野，也会听到劳作的人们唱的山歌，其中有些是独自的吟唱，而有些则是人与人之间相互应和、一问一答的对唱。显然，《采蘩》最初一定就是一首民间劳作时对唱的山歌，林间水边采摘白蒿的妇女们用歌声互相应和以排解劳作之艰辛。

如此对唱的歌谣形式，赋予了当今读者一番别样的"听觉"感受，所谓"空山不见人，但闻人语响"（王维《鹿柴》）。这种灵动的文学手法令读者身临其境地走入山林，隐约听到附近有几位劳作妇女相互对歌。读者并没见到她们（诗歌里从头至尾也没有任何关于妇女形象的细致描写），只是听见动人的歌声穿透树林山谷，一问一答，时有时无，若隐若现。诗人巧妙地以声音带出人和事，让读者知道这群素未谋面的妇女们是谁，她们在为谁而劳作。

发髻影动，文学蒙太奇

如果说诗歌前两章是以歌谣对唱这种"听觉"形式来描写人物和事件的话，那么在诗歌末章中，诗人再次别出心裁地运用了"视觉"形式，即文学画面感，可谓笔法绝妙。

"被之僮僮，夙夜在公"中的"被"通"髲"，指古人类似假发的首饰。古时将地位卑微者或受刑罚之人的头发剪下，编结成假发，作为贵族妇女的头饰。"僮僮"历来说法较多，常见的解释指盛多之貌，亦有解为仆僮之意。如果作仆僮来解的话，不该两个"僮"字连用，所以此处"僮僮"应该是一个形容词，形容之前讲到的妇女头上的假发头饰。《三国志·先主传》中也有类似用法："有桑树生高五丈余，遥望见童童如小车盖。"这里的"童童"也意为众多，不仅是数量之多，同时也有高耸之意。所以《采蘩》诗里的"被之僮僮"应是描写妇女头饰众多且高起之状，借指有众多妇女正在忙碌劳作。"夙夜在公"是承接前两章"公侯之事""公侯之宫"而说，形容妇女们从早到晚繁忙无歇。"被之祁祁"中的"祁祁"亦指众多，并有舒缓放松之意。这里也用以形容劳作的妇女们，其头上的假发头饰，虽然数量依然众多，但已不像之前"僮僮"所描述的那般整齐高耸，而是有些散

召南

乱。言下之意是要说明她们经过了长时间的劳累，由最初的整齐精神到如今发髻蓬乱。所以接下来讲"薄言还归"，是该收工返回家中了。

此诗开篇两章是用对唱的歌声带出故事，而末章则是用了两个文学画面带出故事。这两个画面都是与劳作妇女的头发有关，首先是装饰整齐高耸头饰的画面，其次是有些蓬松凌乱的发髻画面。诗人并没有描述妇女们具体的劳作过程，而是单单给出了这样两个头发局部的画面，读者由此就自然地联想到这些劳作妇女们长时间工作劳累辛勤的状态。这种以局部带出整体的文学手法，就好像现代电影里的"蒙太奇"。"蒙太奇"指一种电影画面的剪辑手法，通过两个不同画面的衔接，让观者自己联想中间的故事情节。曾经有导演做过这样一个"蒙太奇"的实验，他先给观众看一个面无表情的男人画面，然后将观众分成两批，一批观众接着给他们看一个被抱着的婴儿画面，另一批观众给他们接着看一个妇女的画面，看到婴儿画面的观众都联想了一个关于父爱的故事，而看到妇女画面的观众都联想了一个关于爱情的故事。诗歌的欣赏亦是如此，所有读者都会带入自己的联想，诗人如果能巧妙地运用画面间的衔接切换，就可以不用明确地讲述完整故事，而通过把握阅读者心理，让他们自己发挥想象，在心中形成一个完整的、有因果逻辑关联的故事。《采蘩》一诗就是运用"蒙太奇"手法的典型范例。"不辨其人，但见首饰之招摇往还而已"（方玉润《诗经原始》），诗人无须赘述，读者便能通过前后两个劳动妇女发型变化的画面，立刻联想到她们辛勤劳作的工作状态。

综上所述，此诗虽然文字简单，但其写作手法的确独特有趣。从头至尾，全无正面细致描写，仅凭"听觉"与画面感的侧写，就赋予了读者想象故事的文学空间，这一绝妙的手法，也值得我们在文学创作时学习借鉴。

草 虫

季节感：古人的时间意识

喓喓草虫，趯趯阜螽。未见君子，忧心忡忡。亦既见止，亦既觏止，我心则降。

陟彼南山，言采其蕨。未见君子，忧心惙惙。亦既见止，亦既觏止，我心则说。

陟彼南山，言采其薇。未见君子，我心伤悲。亦既见止，亦既觏止，我心则夷。

召南

秋虫寄恨，忧心忡忡

《草虫》是一首描写妇女思念远方爱人的诗歌。怀念忧伤和幻想渴望的情绪交织，诗人用情至深和思念至切可谓感人心扉。这首诗可以分两部分来品读，首先是诗歌首章。

"喓喓草虫，趯趯阜螽。""草虫"并非指具体某种昆虫，而是泛指在草丛间活动的昆虫。"阜螽"则是有所指，即蚱蜢，属蝗虫类昆虫。诗歌首句先写"草虫"，再写"阜螽"，一虚一实，从泛写到具体描写，也是有诗人在文学上的考量的。其实诗人在这里都是描写蚱蜢这种昆虫，但在诗歌创作的时候，不适合连写两遍"阜螽"造成重复，所以诗人运用了虚实结合的文学手法。"喓喓"指昆虫鸣叫之意，"趯趯"则指昆虫跳跃之态。从诗歌首句里，读者最能体验到的感受是昆虫之间的互相迎合及活动上的合拍，这边鸣叫，那边就跟着跳跃。"草虫鸣而阜螽跳从之"（王先谦《诗三家义集疏》），仅仅八个字，诗人就将昆虫之间互相为伴、同类相从的状态表现得淋漓尽致。既然连昆虫间都如此同类相从，那人与人之间不是更需要这样一番互相陪伴吗？所以诗歌接下来就顺势讲道"未见君子，忧心忡忡"。诗人是一位孤独的女子，眼看草丛中昆虫互相鸣叫跳跃，自然不禁思念起那位身处远方的爱人。连昆虫都有相伴的幸福，而自己却如此孤单落寞。"忧心忡忡"这一成语一直沿用至今，便是出自此诗，用以形容人心情忧虑之态。《楚辞·九歌》中亦有"思夫君兮太息，极劳心兮忡忡"，"忡忡"即指心情忧虑的状态。

女子如此思念忧虑，引起脑海中的幻想，"亦既见止，亦既觏止，我心则降"，即是描写她脑海中的幻想与渴望。"亦"是假如之意，"止"是语气助词，"觏"常见之意是指遇见，但在此如果只是作遇见解释，就与前句的"见"字有所重复。《易经》中的"男女觏精，万物化生"，指男女结合，产生并延续生命，所以"觏"在此亦有男女结合成婚之意，"既觏，谓已昏也"（《毛诗郑笺》）。这位女子心中真正期盼的是能与这位远方的爱人相见并成婚。如此这般她才能"我心则降"，"降"即平静、放下之意，如今思念之情令女子的心一直悬在半空、无法安宁。

时物之变，思念之绵

　　第二部分是诗歌后两章，后两章文字内容接近，反复吟唱。"陟彼南山，言采其蕨"，指诗人登上南方高山采摘蕨菜。"蕨"是一种野菜，可食用。末章"言采其薇"，"薇"也指野菜。诗歌这里写到野菜，最主要的目的是为了点出时物之变、季节更迭。首章提及的蚱蜢出现于夏末秋初之时，后两章的"蕨"和"薇"都是春季的植物，物候的变化令读者知道时间已过了近一年之久。经历秋去春来之后，女子所思念的君子出现了吗？答案是没有。因为诗歌接下来还是写"未见君子"。二章"忧心惙惙"与"忧心忡忡"的意思相近，都是表达女子心中的思念忧虑之情，而末章直接点出"我心伤悲"，从忧虑到伤悲，写出了经过这样绵长的等待，时物变化，季节更替，这位女子心中对于爱人的思念之情丝毫没有减弱，反而愈加浓烈，以至于到了悲伤绝望之境。后两章与首章末句相似，只是变动了一个字，都是在表达女子心中的想象与期望。她期望能够见到心中思念的爱人，与他共同生活，只有这样她的心才能喜悦，才能恢复平静。

　　此诗通篇尽是一往情深与切切思情。女子从秋天盼到春来，感情炽热、思念不减，从心忧到伤悲的情绪进展令人动容。"始因秋虫以寄恨，继历春景而忧思。既未能见，则更设为既见情形以自慰其幽思无已之心。"（方玉润《诗经原始》）

古人的时间意识

　　《草虫》这首诗不仅表达了情人间的思念之情，同时也让读者从另一个侧面体会到了古人对于季节的感受。诗人从秋天的"草虫"写到春天的"蕨薇",所呈现出的古人对于季节变化的感受与当下人是完全不同的。如今我们所理解的"时间"是被工具理性量化了的秒、分、时,是客观的刻度单位,而对于两千多年前的先民而言,"时间"却是灵魂之于周遭自然的变化,所产生的生命、情感、想象的内在强烈主观情绪。

古人的时间意识源自其对四季、节气、物候的深切感知。最明显的例证,就是中国古代历法中的"二十四节气"。节气所代表的并非量化的概念,而是依据时节变化,通过先民的真实感受总结而成。"二十四节气"中每一节气都附有"三候",即指物候,亦有等候之意。古人在等候什么呢?他们在等候身边自然的变化,如"立春"节气的"三候":一候东风解冻,二候蛰虫始振,三候鱼陟负冰。首先要等和煦的东南风拂来,天气温暖、大地解冻,这是春天的标志;其次要等周遭野外蛰居冬眠的虫类慢慢苏醒;最后要等河里结的冰开始融化,鱼儿浮于冰下游动。

古人这些基于对自然的感受而形成的时间概念是模糊的,虽比不上钟表的精确,却温暖而富有生命。若细看"二十四个节气"各自的"三候",有的是在等候花开,有的是在等候飞鸟经过,有的是在等候昆虫出现,这都是古人的季节感和时间观念,充满了温暖的生活情趣及对于周遭自然的真切体验。

对于现代人来说,钟表是衡量时间的尺度,而对于古人来说,生命的体验才是他们衡量时间的尺度,他们真切地感知时间,真挚地理解生命,这样的时间意识彰显了古人人性的本真。就算时过千年,我们依然还能感受到它的温度。

采 蘋

探寻古人的祭祀习俗和礼器文化

> 于以采蘋?南涧之滨。于以采藻?于彼行潦。
> 于以盛之?维筐及筥。于以湘之?维锜及釜。
> 于以奠之?宗室牖下。谁其尸之?有齐季女。

召南

女子祭祀用品

《采蘋》讲述了一位少女在婚前祭祀祖先的故事。先看诗歌首章,与之前《采蘩》一诗相似,此诗同样运用了歌谣对唱的文学手法,一问一答、层层递进。

"于以采蘋","于以"是问在哪里。"蘋"是水生植物,要注意的是,此处"蘋"并非人们常说的浮萍。"蘋根生水底,叶敷水上,不若小浮萍之无根而漂浮。"(《尔雅翼》)据李时珍记载,夏秋季节时的蘋还会开有白花,故其也被称为"白蘋",古人采摘可以食用。诗歌首句抛出一个问题:在哪里才能采蘋呢?接下来诗人就道出了答案:"南涧之滨。""涧"指山谷间的溪流,

"滨"指水岸边,"南涧之滨"是指在南山间的溪流边可以采摘漂浮在水中的蘋。

次句又问:"于以采藻?""藻"指水草,生长在水中且根在水底,也可食用。答案是:"于彼行潦。""行潦"指由于积水而形成的水塘。"行之为言流也,雨水流行,渟蓄污下之处,其水无原,故曰行潦"(王先谦《诗三家义集疏》),大雨之后,雨水顺势往低处流淌,积蓄后形成的积水塘,在这样的水塘中就能采摘到"藻"这样的水草。

诗歌首章讲到采摘"蘋"和"藻",其实并非只为日常食用,而是用于女子祭祀所用的祭品,这点读过下文便可得知。

祭器的使用

采摘完的"蘋"和"藻"该如何处置呢?诗人在次章再次通过两句问答描写出来。首先"于以盛之",先要将其盛放起来。这里应该特别注意"盛"字,之前讲到采"蘋"和"藻"用于祭祀,从"盛"字便可得知。"盛,黍稷在器中以祀者也"(《说文解字》),"盛"原意是指置于器皿中用以祭祀的黍稷,字源上与祭祀活动有关,并非当下简单理解的盛放之意。当然关于祭祀之事,接下来的诗歌还将更明确地体现。采摘完的"蘋"和"藻"该盛放在何处呢?"维筐及筥。""筐"和"筥"都是竹字头,均为木制容器。现在基本上所有由木条或竹条编制的桶装容器都称为"筐",但在古时并非如此,古人对事物分类的细致程度远超当下人。"筐"和"筥"虽然都是木制的桶装容器,但还是有所区别,方底为"筐",圆底为"筥"。

下句"于以湘之?""湘"即烹煮之意,这句便又在问:"蘋"和"藻"采摘后该放在什么样的器皿里烹煮呢?答案是"维锜及釜。""锜"和"釜"都是古人用以烹饪的器皿。"釜"相当于现在的锅,是最常用的炊具。成语"破釜沉舟"是讲项羽带领士卒,在巨鹿之战前夕,将做饭的锅都打破,把身后的船都击沉,以示奋力向前,不留任何退路的坚毅决心,此"釜"指的也是锅。"锜"则是有三足的"釜",架空锅底,便于加热烹饪食物,其本质与"釜"算是同类炊具。

讲到古人生活所用之器具,正好借此提及古人的"礼器"概念。商周时期是中国青铜器发展最繁盛之时,青铜器种类繁多且工艺成熟。尽管器具最主要的原始功能是用于日常实用,如炊具、容器等,但是随着青铜器的发展,其逐渐也成为王公贵族身份地位的象征,并由此发展出很多礼仪。尤其到周代,周王朝对于礼器的使用规格制定了严格的规范,不同的贵族阶层所使用的青铜器具数量有着明确标准,必须符合礼。如周礼规定餐桌上鼎和簋要配合使用,鼎摆放的数量须为奇数而簋是偶数。天子九鼎八簋,诸侯七鼎六簋,卿大夫五鼎四簋,器具的数量与使用者身份对应相关。直到今天,我们还用"钟鸣鼎食"一词来形容贵族人家,可见礼器的重要文化作用。此外,古代礼器还有另一个非常重要的作用——记事。先秦的许多文字都是刻于青铜器之类的礼器之上,后世称为"金文"。这些文字大多记录了当时重要的历史事件,对于我们当下研究先秦时期的社会文化状况具有极高的考古价值。

祭地和祭人

诗歌末章,"于以奠之"即在问已经烹饪完毕的"蘋"和"藻"应该放置在何处呢?"宗室牖下","宗室"即祖庙,"牖"指窗户,意思是要将烹饪完成的祭品置于祖庙的窗前。到这里,已经很明确地体现出这是一首描写祭祀活动的诗歌了,但是此诗最有意思的一点就在于它将祭祀活动最重要的元素放在了最后揭晓。单读前面的文字,读者除了知道这是一场祭祀活动外,对于谁在祭祀,为了何事而祭祀都不清楚。诗人将这些悬念一直留到了末章末句。"谁其尸之",古人所谓的"尸"是特指祭祀的主持人,即这场祭祀活动的主角。这位主角是谁呢?"有齐季女","齐"历来解释颇多,《毛诗》里解为恭敬之貌,亦有说是指齐国。我这里参考《韩诗》所解,即"齐"通"斋",意为美好。我个人认为这个解释更贴切诗意,"季女"是少女之意。原来这次祭祀活动的主角是一位美好的花季少女,她为何要祭祀呢?《礼记·昏义》有云:"古者妇人先嫁三月,祖庙未毁,教于宗宫;祖庙既毁,教于宗室。教以妇德、妇言、妇容、妇功。教成之祭,牲用鱼,芼之以蘋藻,所以成妇顺也。"意思是少女出嫁前三月,要在祖庙接受婚前的指导教育。所教的内容是关于妇女的品德、言行、仪容之类的基本礼数。教导完毕后,要举行祭祀活动,祭品是鱼,然后搭配蘋藻一同烹饪,祭祀完毕后女子便可正式出嫁成为人妇。通过《礼记·昏义》的解释,可以明白两点:首先,这场祭祀活动是这位少女出嫁前,完成婚前教导后所举办的一场祭祀典礼;其次,主要的祭品是鱼,"蘋"和"藻"

只是作为辅材而用，并非主要祭品。

通读《采𬞟》一诗，其文字上层层递进，首章讲祭祀所用祭品"𬞟"和"藻"，次章紧接着写出祭祀所用之器具"筐""筥""锜""釜"，末章写出祭祀的地点和祭祀的主人公，完整详细地描写了一场祭祀事件的主要内容。不仅如此，诗人还在结构上用了点小心思，将祭祀的主角故意置于诗歌最后来写，留下悬念，使诗歌更具张力。

甘 棠

睹物思人，揭秘历史上真实的召伯

蔽芾甘棠，勿翦勿伐，召伯所茇。
蔽芾甘棠，勿翦勿败，召伯所憩。
蔽芾甘棠，勿翦勿拜，召伯所说。

召南

睹物思人

《甘棠》是一首赞颂和怀念召伯，即召公奭的诗歌，其在文学上最特别之处是通过侧写来表达情感。全诗很短，在文字上并不复杂，三章只变动了两个字。每章开头都是"蔽芾甘棠"。"甘棠"指棠梨树，"蔽芾"指树木枝叶茂盛，可以遮风挡雨、蔽挡阳光。下句"勿翦勿伐"，"翦"同"剪"，是修剪之意，"伐"即砍伐之意。诗人说，这样一棵枝叶繁茂的棠梨树，莫要去修剪砍伐！后两章的"勿翦勿败"和"勿翦勿拜"，各只改动一字，"败"即破坏、伤害之意，"拜"历来说法较多，一说是弯曲、曲折之意，另在韩、鲁二诗中"拜"作"扒"，即拔意。《毛诗郑笺》中也讲解为"拜之言拔也",故我个人也更倾向将"拜"解为"扒"。

提到韩、鲁二诗,就有必要介绍一下《诗经》的几个重要版本。汉代《诗经》有四个著名的传习本,即毛、韩、鲁、齐四家。这四家的《诗经》版本在文字上有所差异。随着时间推移,《毛诗》逐渐普及流传,另三家的《诗经》版本后来都慢慢散失在历史的长河中,所以如今所读到的《诗经》版本主要是《毛诗》的版本。后来清代学者们从各种文献中,又考证汇编出韩、鲁、齐三家《诗经》版本中的一些内容。如王先谦编撰了《诗三家义集疏》,对散逸失传的韩、鲁、齐三家《诗经》版本作了考证梳理,这对于我们当下从多角度解读《诗经》极具价值。

回到《甘棠》一诗,每章次句都在告诫他人不可伤害这棵棠梨树,为何不能伤害破坏它呢?三章末句便道出其原因所在。"召伯所茇""召伯所憩""召伯所说"。"茇"指草舍,即指召伯曾在这棵甘棠树下搭建草屋。"憩"即休息之意。"说"通"税",亦有停止、休息之意。召公奭作为三公之一,位高权重,当然绝不至于要在一棵甘棠树下搭草屋露营。那么,召公奭为何要在树下搭草屋呢?难道在甘棠树下搭个茅草屋就值得百姓如此爱戴,以至于都不舍得伤害这棵树吗?对于这个问题的解答,《史记·燕召公世家》有所解释:"召公之治西方,甚得兆民和。召公巡行乡邑,有棠树,决狱政事其下,自侯伯至庶人各得其所,无失职者。召公卒,而民人思召公之政,怀棠树不敢伐,哥咏之,作《甘棠》之诗。"意思是召公奭在管理巡视的过程中,为了不打扰百姓,故在甘棠树下搭草屋处理公务、判断诉讼。当地人民，从公侯到百姓，遇到各类问题，他都一一处理、公正不阿。故召公去世后，百姓们为表达内心之怀念感恩之情，才作此诗，睹物思人，不愿伤害此树。

认识召伯

《甘棠》一诗主旨明确，历来几乎没有争议。诗中的召伯就是前面讲解《召南·鹊巢》时提到的召公奭。在品读《甘棠》之后，我们应该好好认识一下召伯其人及他在历史上留下的闻名功绩。关于召公奭其人其事，《史记》中的《周本纪》《燕召公世家》都有所记载，内容虽然不多，但还是可以通过这些记载对召公奭其人有大致的了解。

召公奭是周文王幼子，武王之弟。他从武王时期开始辅佐周朝，历经成王、康王时期，共三代周天子，是周王室最有力忠诚的支持者之一，为周朝最初建立到之后稳定发展作出了极大贡献。"武王即位，太公望为师，周公旦为辅，召公、毕公之徒左右王，师修文王绪业。"（《史记·周本纪》）周武王即位之初，召公作为左右重臣，辅佐其光扬文王基业。"已杀纣，周公把大钺，召公把小钺，以夹武王，衅社。"（《史记·鲁周公世家》）在周王朝开国祭祀典礼上，也有召公奭的身影，可见其地位之重。武王去世后，其子成王继位，成王年幼，周公代为摄政。此时危机四伏，商朝的旧部和周朝内部反对势力互相勾结企图夺取政权，推翻成王统治。此时召公奭坚定地站到周公旦这一边，努力辅佐成王、平定叛乱，维护了周朝统一，功不可没。成王封周公为太师，封召公为太保。中国古代"太师、太傅、太保"统称为"三公",这是当时周朝最高的官职。周成王快去世时,担心其子康王不成气候,将其托付于召公。召公作为三朝老臣,政绩杰出,"成康之际,天下安宁,刑错四十余年不用"(《史记·周本纪》),开创了历史上著名的"成康之治"时期。如此尽心为国、忠心赤诚的执政者又怎能不为百姓所爱戴拥护、千古颂扬呢?

行 露

中国文学史上的第一场千古谜案

厌浥行露,岂不夙夜,谓行多露。

谁谓雀无角?何以穿我屋?谁谓女无家?何以速我狱?虽速我狱,室家不足!

谁谓鼠无牙?何以穿我墉?谁谓女无家?何以速我讼?虽速我讼,亦不女从!

召南

行露幽湿,难以出行

《行露》一诗留下了一桩千古谜案。诗歌讲述了一起发生在两千多年前的诉讼案,但由于诗歌内容过于简单,又经过太久的历史洗刷,这桩诉讼案件背后真实的故事已不得而知,以至后世的解读充满了诸多猜想与争论。这首诗共有三章,可分为两部分来品读。

先看首章。"厌浥行露","厌"韩、鲁二诗中都作"湆",《说文解字》中"湆""浥"均解为幽湿之意,故此处连用亦表潮湿之意。何物如此潮湿呢?"行露"。"行"即指道路,诗人开篇就以道路之上潮湿的露水起兴。首章最后又说"谓行多露",再一次强调道路上的露水潮湿繁多。结合中间的"岂不夙夜",首章大意是:难道是我不想星夜兼程地赶路吗?并非是我不想,而是因为道路上满是露水,阻碍我无法前行。为何露水多诗人就无法赶路了呢?关于这一问题,晋代杜预有解可作参考,他说:"言岂不欲早暮而行,惧多露之濡已。"即因为害怕被道路上潮湿的露水沾湿自己,故谓难以出行。

另一个问题,首章讲诗人想夙夜赶路,到底是要赶去何处呢?其实诗人是要逃离,要避嫌远祸,这也正是此诗精彩之处。这是一首关于诉讼案件的诗歌,但诗歌首章并未描写任何与诉讼有关的内容,完全不着痕迹。直到将诗歌读完,再回过头来细细品味首章这十二字,才会发现其精妙所在。这里也留下悬念,让我们带着这个问题继续往下品读。

被告心声,诉讼谜案

诗歌后两章讲到这件诉讼故事本身。"谁谓雀无角?何以穿我屋?"这句不难理解,"雀"为"依人小鸟"(《说文解字》),"角"即指雀喙。这句是诗人在喟叹反问:谁说鸟雀无喙呢?不然怎能够啄穿我的屋子?鸟雀当然有喙,只因其体型较小,所以古人认为其喙无力啄穿房屋。下章此句也是类似的反问:"谁谓鼠无牙?何以穿我墉?""墉"指墙壁。这句即是在问:谁说老鼠没有牙齿呢?不然又怎会咬穿我屋子的墙壁?古时"牙"和"齿"是两回事,牙大齿小。老鼠有牙齿,但因其体小,古人认为其有齿而无牙。二、三两章首句都是充满了寓意的反问句,意在为诗人接下来讲到自己作为诉讼案件受害者作文学铺垫。雀鼠虽小,看似无力撼动屋墙,但诗人却写其啄咬穿壁,言下意指自己被那些看似没有任何威胁的人所陷害。诗人是如何被他人所害呢?两章分别下句就道出了缘由:"谁谓女无家?何以速我狱?""谁谓女无家?何以速我讼?""狱"和"讼"都是指打官司、对簿公堂之意。由此可知,诗人受害,被人告上公堂。

　　是什么原因要对簿公堂呢?"谁谓女无家"一句特别关键,但是这句历来又尤其令人费解。从字面意思上看,是诗人在质问:谁说你没有家室呢?但没有家室似乎不足以成为将诗人告上法庭的理由,所以要完全理解这一句,还是要与这两章的末句一同品读理解。"虽速我狱,室家不足!""虽速我讼,亦不女从!"末章末句较容易理解,诗人讲:即使你将我告上公堂,我也绝不顺从。此句说明诗人心中的坚决和绝不低头的骨气。第二章写到的"室家不足"一句结合上句所讲的"谁谓女无家",就产生了诸多解读。

　　最常见的解读源自《毛诗》,认为此诗是:"召伯听讼也。衰乱之俗微,贞信之教兴,强暴之男,不能侵陵贞女也。"即认为此诗讲的是召伯办理诉讼案件,案件内容是一位已有家室的男子强行霸占一名女子,女子申诉其既然已有家室就不该霸占自己。"室家不足"一句即是指男方没有充分的理由可以再婚,因而女子绝不顺从,这一解读历来接受度较高,但其认为召伯听讼,这点似乎牵强,因为通读全诗并无任何与召伯有关的内容。

另一种解读出自朱熹，其在《诗集传》里讲："言汝虽能致我于讼，然其求为室家之礼有所不足，则我亦终不汝从矣。"他认为"室家不足"一句指的是男方要迎娶女方所准备的聘礼不足，所以女子不愿与其成婚。当然也可能并非只是聘礼不足，亦有可能是指男方在婚礼仪式上未做周全。古人重视婚礼，所以如果男方在礼仪环节上不够周到，女方也是很有可能认为这段婚姻是其不愿意接受的。

方玉润在《诗经原始》中则另辟蹊径，他认为"贤人君子守正不阿，而食贫自甘，不敢妄冀非礼。当时必有势家巨族，以女强妻贫士。或前已许字于人，中复自悔，另图别嫁者。士既以礼自守，岂肯违制相从？则不免诉讼相逼之事，故作此诗以见志"，即认为《行露》一诗的主人公是位贤者君子，他虽贫穷但却怀德守礼、刚正不阿，有强势的大户人家要将女儿强行嫁给他，但这位女子之前已有婚约，故这位君子坚决不从，以至对簿公堂。这样一来，诗歌的主人公就成了一位男性，而非通常所认为的女性角色。

关于《行露》所描写的这场诉讼背后的真实故事，历来还有诸多不同的猜测解读，所以此诗给我们留下的是一桩千古谜案。千年以来，始终耐人寻味、猜测不断。

再品首章

通读全诗后，再回过头品读诗歌首章，首章所言潮湿泥泞、充满露水的道路和这场诉讼案件到底有何关系呢？诗人又想要逃离什么呢？

我想诗歌首章的用意至少有三个方面。首先，诗歌首章最重要的文学作用便是用于烘托气氛。灰暗不明的夜色，被露水覆盖湿漉漉泥泞的道路，如此阴暗且不舒服的画面气氛，似乎预示着一件不好的事就要发生，极具代入感。其次，诗歌首章亦是一笔隐喻。诗人用行露比喻那些本不该附加于自身的幽湿污浊，就如同自己深陷诉讼，被他人所伤害，自己的清白节操受到了不该有的侮辱，如同身上被露水沾湿了一般。最后，首章"岂不夙夜"的反问也表达了诗人心中的那份无奈：她多想逃离这一切，但这场不公平的诉讼却令其深陷其中、无法摆脱，那一番心底的无助情绪呼之欲出、一览无遗。

形式上的公平是否代表真正的公平？

最后我想试图对诗歌最后的结局做一个大胆的猜测：这桩诉讼案中，最后这位被告是否得到了公正的判决呢？我个人觉得可能并没有。假如诗人确定自己一定能够得到支持自己的判罚的话，诗歌应会写得充满信心，而不是如此哀怨无奈。况且，对方既然主动选择与诗人对簿公堂，想必他有一定的把握，而诗人则知道自己很有可能会面临失败，所以最后才道出了"虽速我讼，亦不女从"这样的呐喊。很多时候形式上的公平并非代表真正的公平，法律和对簿公堂是形式上的公平裁决。可能在多数时候是公正的，但有时却也难免偏差。西方哲学史上有个非常著名的例子：古希腊哲学家苏格拉底是一位启迪青年人智慧的好导师，但他却被当时雅典城邦所谓的最民主的法庭判处了死刑。我们现在都知道苏格拉底其实并没有罪，而看似最公正的机构却判处了这样一位正义的人有罪，这是一种极大的讽刺。更何况《行露》一诗是一场关于婚姻嫁娶的家庭纠纷，所谓"清官难断家务事"，很多时候不公平的误判也难以避免。所以，个人理解这首诗歌可能讲述了千年前的一场诉讼错判，诗人充满了委屈无奈又无处申诉，故而含冤写下此诗，以泄心中的悲愤与不满。

羔 羊

愈简单，愈传神：文学上的白描

羔羊之皮，素丝五纮。退食自公，委蛇委蛇。
羔羊之革，素丝五緎。委蛇委蛇，自公退食。
羔羊之缝，素丝五总。委蛇委蛇，退食自公。

召南

借衣指人

《羔羊》一诗描写了一位在朝为官的士大夫在退朝之后悠然自得的状态。诗歌共三章，可分成两部分来品读，首先是每章首句："羔羊之皮，素丝五纮。""羔羊之革，素丝五緎。""羔羊之缝，素丝五总。""羔羊之皮"，即指羊皮外袍，次章的"革"是皮革之意，末章的"缝"指衣服接缝处，亦有解释为皮革之意。总而言之，三章首句都是在描写士大夫的服装——羊皮外袍。这样描写的用意何在呢？其实诗人是为了借此点出主人公的身份地位。"羔羊皮革，君子朝服"（《齐诗》），由此可见，这位身着羊皮外袍的士大夫是一位在朝为官的君子。

装饰还是补丁

"素丝五纰""素丝五緎"和"素丝五总"是对于羊皮外袍的细节描写。"素丝"指白色的丝线,"素"即白色之意。"纰""緎""总"的具体含义历来让人迷惑,不过基本各种解读都认为这三字是关于丝线的一个数量词。清代学者王引之说:"五丝为纰,四纰为緎,四緎为总。"因为单丝极细,需要多股丝缠绕成线,故"纰""緎""总"是指不同数量的丝缠合而成的不同粗细的线。那么素丝之于羊皮外袍有何用呢?同样是丝线缝在羔羊皮衣上,其作用却是可以有所差别的,正因如此,历来产生了诸多不同的解读,而这些不同解读直接影响了人们对此诗的理解。

常见的解读认为在羊皮外袍上缝丝线的目的在于装饰与美观。"古者素丝以英裘"(《毛诗》),"英"即指服装上的花纹装饰。另一种解读则更倾向于实用性,即认为丝线用于缝补衣服破处,如方玉润在《诗经原始》里讲:"观'五纰''五緎''五总'之言,明是一裘而五缝之矣",认为诗中这位士大夫所穿的羊皮外袍已破旧不堪,故用丝线缝补多次。这两种对于丝线之于羔羊皮衣用途的不同解读,阐释出两种完全不同的诗歌意涵,关于这两种意涵此处按下不表,先将此诗三章末句品读完后再做判断。

委蛇委蛇,悠闲自得

诗歌三章末句"退食自公,委蛇委蛇""委蛇委蛇,自公退食""委蛇委蛇,退食自公"三句内容完全一样,只是在文字编排上略作变化，如此变化的目的主要是为了让诗歌在吟唱时不显得过于呆板单调。"委蛇"朱熹在《诗集传》中解为"自得之貌"，即指人悠闲自得的精神状态。"自公"指官员上朝完毕、结束公务之后，自公门而出，退朝还家之意。"退食"指朝毕之后用餐，此处用餐并非回家吃饭，而是指古代官员在散朝后所食之公膳。"卿大夫入朝治事，公膳于朝"（王先谦《诗三家义集疏》），有点类似于如今公务员的工作餐。

享乐腐败还是勤政节俭？

通读诗歌后，能够确定的是此诗描写了一位士大夫官员处理公务、食用公膳，之后悠闲自得地退朝的状态。诗歌就此留下了一个疑问：这位主人公为何如此悠闲自得呢？关于这个问题，结合之前讲到的丝线之于羔羊皮衣的不同用途，就产生了两种截然不同的诠释。

如果缝制丝线的用途是羔羊皮衣上的花纹装饰，就说明这件皮衣极其精致，故有解读认为此诗所描写的是一位穿着精致羔羊皮衣的士大夫官员，吃着公家的饭菜，成天享乐腐败，无所事事，还不知廉耻，一副自以为是的悠然自得模样。这样一来，此诗便是一首讽刺诗。

如果丝线的作用是用来缝补羔羊皮衣破损处的话，就有另一番完全不同的诠释。"夫一裘五缝之，仍不肯弃，非节俭何？使服五缝之裘而无雍容自得之貌，无以见其德之美；使服五缝之裘，虽有雍容之貌，而不于自公退食之地见之，且恒见之，亦无以见其德之纯。"（方玉润《诗经原始》）一件皮衣已缝补多次还不舍丢弃，正表现了这位君子官员节俭的品德。再进一步说，假设他穿着缝补过的皮衣出入朝廷公务场所，依然表现得如此悠然自得、毫不介意，更说明其为人真君子，完全不在意外在服饰，也无心与他人炫耀攀比，而是生活简朴、一心为公，彰显了这位官员纯美的高尚品德。古者评价此诗，"德如羔羊，性如素丝"，认为诗中的"羔羊"是在隐喻这位君子的性情温顺谦和，"素丝"则隐喻其品德如素丝般洁白柔软。他忙于处理公务，来不及回家用餐，只能留在朝中吃工作餐。《论语》有云，"君子食无求饱，居无求安"，真正的君子不应贪于物质享受，而是专注于真正重要之事或对道义的追求之上。如此解释，这便是一首赞颂诗，赞颂君子官员的高尚节操与品德。

　　此诗究竟是一首赞颂士大夫官员勤政节俭的诗歌，还是一首讽刺他们享乐腐败的诗歌呢？我想诗无达诂，每位读者都会有自己的理解。品读《诗经》切忌认为每首诗歌都必须有一个正确的标准答案，而是要抱有开放的心态去了解历来不同的解读诠释。正是有那么多有趣的诠释，才让《诗经》这样一本千年不衰的文学经典始终保持着持久的生命力。

白描的写作手法

　　最后再从文学创作手法的角度来品读一番。此诗最大的特点是整首诗描写的内容极少，且无任何过度修饰或夸张的表达，只写了士大夫官员所穿的羔羊皮衣及其怡然自得的状态。这是一种文学上极其精彩的白描写法。

　　"白描"原是中国国画中的一种表现手法，即用最简单的线条勾勒人物形象或事物风景等。其最大的特点是朴素简洁、概括明确、没有任何色彩，也无任何多余的修饰，但是却可以用三五笔线条将所画对象最需要被呈现的部分突显出来。这是一种高超的艺术表现手法，因为愈简愈难。这就要求画者对所画对象观察得非常通透，手法也极其成熟。

　　文学中的"白描"手法亦是如此，其特点在于不写背景、不求细致、不尚华丽。这就要求写作者有极强的洞察力，能用最精练的文字勾勒出所写对象的形象特征和精神面貌，做到一笔传神。例如元代马致远的诗歌《天净沙·秋思》就是一首将白描手法运用到极致的诗歌。全诗仅用二十八字便将秋天萧瑟的景象与诗人心中的孤独寂寞表现得淋漓尽致。《羔羊》一诗不也正是如此吗？诗人未用多余的描述性文字，也无任何附加修辞，更没铺陈太多背景，只是抓住了人物最主要的两个特征：一是代表身份的服饰，二是其退朝后悠然自得之态。由此可见，文学创作有时并非是字数越多越好，若能利用好"白描"手法，通过简洁传神的文字，可能只需三两笔即能成就千古佳作。

殷其雷

徘徊在情与理之间的别离

殷其雷,在南山之阳。何斯违斯?莫敢或遑。振振君子,归哉归哉!

殷其雷,在南山之侧。何斯违斯?莫敢遑息。振振君子,归哉归哉!

殷其雷,在南山之下。何斯违斯?莫或遑处。振振君子,归哉归哉!

雷声喻政令

《殷其雷》描写了一场夫妻间的离别。诗歌从雷声讲起,"殷其雷","殷"指轰隆作响,"其"是连接词,没有实际意义,"殷其雷"即指轰隆作响的雷鸣之声。这雷声从何而来呢?从"南山之阳"。"南山"指南方高山,"阳"指山的南面,古人谓山南水北为阳,山北水南为阴,山阳即山之南面。下两章首句"南山之侧"和"南山之下","侧"指山侧,"下"指山脚。雷声传递自上而下，这三句的用词传递出了一种声音扩散开来的空间感。

当然我们不能只停留在表面解释，诗歌以雷声起兴，其中至少有两点疑问值得思考。其一，一首离别诗以雷声为始，有何寓意？其二，雷声寓意的背后究竟是好事还是坏事？关于第一个问题，历来就有共识，认为此处"雷以喻号令"（《毛诗郑笺》），即指统治者下达的号令如雷声般轰鸣。正因统治者下达了号令，所以诗歌里的这位丈夫必须赶去处理公事，这才引发了一场夫妻间的离别，同时也造就了这首动人的离别诗。

古人心目中的雷

诗人以雷声喻政令，其背后究竟是好事还是坏事呢？很多人想当然地认为统治者的号令当然是不好的，它直接导致了一个家庭的分离。另外，我们似乎一想到雷声就自然地联想到突如其来的惊吓、颤栗、恐惧这类情绪，由此也会认为雷声带有贬义。但并不一定如此，古人心目中的"雷"和现代人的理解或许完全不同。关于这点，可参见《周易》。《周易》成书于西周时期，基本能真实反映当时古人的自然观。《周易》中有两个卦象讲到"雷"，其一是"豫"卦，"雷出地奋，豫"，意指雷声轰隆发出，大地为之振奋，象征快乐，"豫"即快乐之意。其二是"震"卦，"震，亨，震来虩虩，笑言哑哑"，意指雷声震动时能导致亨通，"亨"即顺利之意，为何雷声能导致顺利呢？因为"震来虩虩"，"虩虩"指惊恐状，雷声虽令人惊恐，但惊恐并非坏事，它可让人保持谨慎不敢妄为，严肃地对待一切，成其事得其福，最终

"笑言哑哑"。

从《周易》的描述中我们可以发现，原来在古人的心目中"雷"并非坏事，而是可以带来欢乐和顺利亨通的正面自然现象。由此可见，《殷其雷》中用雷声比喻的政令，未必一定是苛刻残酷、压迫威严的，更有可能是振奋人心、令人为之欢欣鼓舞的号令。由于后文又搭配"南山"一词，故历来更有学者将此诗与文王联系起来，如方玉润在《诗经原始》里将此诗解为"文王发政施仁，其号令由近而远，犹雷霆发声自高而下"，认为诗歌中所写的雷声是指周文王发布的号令，是充满仁德的号令，犹如雷霆一般由上而下。

君子不懈怠

暂且不去深究政令是否真的由文王所发，也不管其是好是坏，先来读诗歌每章次句，看看这位丈夫在接到号令后做了什么。"何斯违斯"，"何"即为何之意，"违"是离开之意，前后两个"斯"均是代词，前指这位丈夫，后指此地，意思是讲：为何丈夫要离开此地了呢？答案当然是因为他听到了来自统治者的号令，君子不懈怠于责任，得知命令就要马上动身离开，前往处理公务。接下来"莫敢或遑"是指这种刻不容缓的心理责任感，"莫敢"即不敢，"遑"指闲暇之意。后两章"莫敢遑息""莫或遑处"也是类似意涵，意思是，政令如雷声催促，丈夫哪里敢放松闲暇，必即刻前往复命。这句话充分体现了这位为君子的行动力和责任心。"何乎此君子适居此，复去此，转行远从事于王所命之方，无敢或间暇时，悯其勤劳"（《毛诗郑笺》），他丝毫不

召南

懈怠于公务，刚回到自己的居所，就又要急忙离开，远行复命、勤勉至极。

两难之间

面对这样一位充满责任心、不懈怠于公务的丈夫，面对这样一场突如其来的离别，这位妇女会作何感想呢？"振振君子，归哉归哉！"诗歌三章末句完全一样，是全诗重点，表达了这位妇女心中矛盾复杂的情绪。"振振"有振奋有为之意，"归哉归哉"是这位妇女的深切叮嘱。离别之际她嘱咐丈夫能够早点回来。从这样一句反复三遍的嘱咐叮咛中，读者能看到什么呢？

首先是这位妇女的不舍。刚归家不久的丈夫，又因公事的刻不容缓，在家休息片刻的时间都没有，又要出门去远方复命，作为妻子当然有千万般的不舍，所以才会重复多遍地嘱咐"归哉归哉"。除依依不舍之情外，此处其实还有一份自豪与骄傲，故此诗人作为妻子才会称自己的丈夫为"振振君子"，她在赞叹丈夫是贤能有为的君子。正因他能力出众才会被统治者青睐，指派他去处理紧急的公务。对于这一点，诗人没有流露出丝毫的抱怨之情，这也从侧面说明这位君子所要去处理的公务或许是一份有利于百姓、能够为人民谋福祉的工作，故诗人作为妻子望着振奋有为的丈夫，才会由衷地感到骄傲自豪。

由此可见，诗人的情感徘徊在两难的境地。一方面从私情而言，作为妻子她并不愿意丈夫离开；另一方面她也为有这样一位优秀杰出的丈夫而感到骄傲，希望他能够努力完成工作，为百姓谋福。这一番情与理之间、公与私之间的内心纠结，是读者能够在诗歌末句文字中真真切切体会到的。

  历来对于此诗有着诸多绝对的理解。如《毛诗》解为，"作《殷其雷》诗者，言大夫之妻劝夫以为臣之义"，认为诗歌的作者作为妻子，极力劝勉丈夫尽到为人臣子的职责和责任是胸怀大义。另外还有解读将此诗完全理解为一首依依不舍的离别情诗。我想这类解读都只看到了诗歌内容的一个侧面，但人的真实情感并非如此绝对。人性是复杂的，情感亦有多重。诗人既不可能完全做到像《毛诗》所讲的这番家国至上、"劝君以义"，也不可能完全沦陷于私人的不舍情绪。我们能从诗歌的字里行间体会到诗人心中既骄傲自豪，又心酸不舍，徘徊于两难之间交错往复的纠结情绪，这或许才符合人类情感的实际状况。

摽有梅

花开堪折直须折,爱在当下!

摽有梅,其实七兮。求我庶士,迨其吉兮。
摽有梅,其实三兮。求我庶士,迨其今兮。
摽有梅,顷筐塈之。求我庶士,迨其谓之。

召南

待嫁少女情怀

《摽有梅》历来被普遍认为是一首描写女生渴望爱情、迫切待嫁的诗歌。诗歌共有三章,可分为两部分来看。首先为各章首句:"摽有梅,其实七兮。""摽有梅,其实三兮。""摽有梅,顷筐塈之。""摽"是落下之意,"梅"即梅树。梅树的果实是梅子,一般在夏日雨季成熟,故江南地区的雨季亦被称为梅雨季。"摽有梅"意指梅树上的果实因成熟而落下。"其实七兮"是指梅子成熟落下后,树上的果子还剩七成。次章"其实三兮",进一步指成熟的梅子落下更多,树上只剩三成了。末章"顷筐塈之","顷筐"指开口略微倾斜的竹筐。"塈"是取之意,此时树上的梅子都已成熟落尽，故将其盛放于顷筐之中。诗歌三章首句主要描写了梅子在数量状态上的变化。诗人借此变化想说明什么呢？既然此诗的主人公是一位迫切期待爱情婚姻的女子，所以梅子的数量变化是在隐喻"青春易逝"。一转眼间，女子青春美好的年华就如这梅子成熟落地一般稍纵即逝。正因青春如此短暂，所以她才会急切地想要早日恋爱成婚。

　　此外，若只看到诗人用梅子的数量变化比喻青春易逝的话，这样的理解还不够深入。我们还可以进一步思考，为何自然界有诸多能结果的植物，诗人偏偏要用"梅"来做比喻呢？首先，"梅"字谐音即"媒"，指代婚姻做媒之意。古时婚姻须要通过媒人才能促成，故有"天上无云不下雨，地上无媒不成亲"之说。另外，古人重视"婚姻以时"的观念，认为女子应在最美好的年华成婚出嫁。《周礼·媒氏》里讲："仲春之月，令会男女。"古时，每到仲春，政府便颁布法令要求单身男女相会，相识、相知并许以爱情。古人认为春季是充满勃勃生机的季节，而梅子恰恰是要过了春天，到夏日雨季才能成熟。在古人看来，梅子成熟已错过了最好的春季，就如待嫁少女错过了最美好的春天一样令人惋惜。故《毛诗郑笺》里也讲"春盛而不嫁，至夏则衰"，即指诗中以梅子作比也是在隐喻少女婚嫁错过了最好的时节。当然，所谓"婚姻以时"的观念是古人所持有的，并非完全可取，尤其对于现代人而言，读者在阅读《诗经》的过程中，在体会理解古人思想的同时，也该作出自己的分辨。

良人何在？

　　如果说诗歌每章首句只是以梅子作隐喻的话，每章末句"求我庶士,迨其吉兮。""求我庶士,迨其今兮。""求我庶士,迨其谓之。"就直白地道出了诗人的内心所求。"庶"即众多之意,"迨"指趁着,"吉"指美好,此处即指良辰吉日。这句话是诗人内心的独白:那些追求我的男生们呀,赶紧趁着良辰吉日来向我求爱求婚吧!可见其渴望爱情婚姻的迫切之情。次章的"迨其今兮"则更进一步,"今"指当下之意,诗人内心急切地盼望着,如今时间又过去了些,青春又消逝了些,那就别等到良辰吉日了,爱我的男生赶紧今天就来吧。末章"迨其谓之"则再进一步,"谓"指开口说话之意,诗人待嫁心切,如今都不需要男子登门求婚,也不需要任何烦琐的礼仪与媒妁之约了,"谓之,则但相告语而约可定矣"(朱熹《诗集传》)。只要对方男子开口说一句愿意与诗人相爱成婚,那么婚姻就立刻在当下约定。诗歌三章层层递进,真切地描写出了诗人内心随着时光流逝,愈加心急如焚地对于爱情的渴望。

庶士到底指谁?

目前对此诗最为常见的一种解读认为,诗歌讲述了一位女子眼看着青春一去不复返,渴望爱情婚姻的迫切心绪。但历来还有另一种解读,其理解的关键在于诗中的"庶士"一词。

"庶"指众多之意。一般来说,古时女子称自己爱人通常应用"君子"之类的称呼,因为君子不仅更适合称呼心仪对象,而且也是单指某一人而言。"庶士"既不适合用于称呼爱人,又是指代众多男子,似乎用在此处不太妥当。另外,"庶"还有平民、百姓之意,古时如果称一人为"庶",那此人的地位应该是较低的。中国古代传统的婚姻中,男性的地位应是高过女性的,故诗人称呼爱人为"庶士",似乎也不符合当时社会伦理对于男尊女卑的理解。古人也注意到了这一疑点,所以历来关于这点产生了两种不同的诠释。

一种说法认为这依然是一首女子迫切求爱的诗歌,但主人公并非是这位女子本人,而是其父母。父母为长辈,长辈称呼晚辈,即自己的女婿,用"庶士"一词就相对妥当。所以,此诗的主旨便成了"女之父母愿望众士及此女善时也"(王先谦《诗三家义集疏》),女子的父母希望有优秀的男子能在最好的青春时节来与爱女成婚。这样一来,诗歌表达的是操心着女儿终身大事的父母的迫切心情。

另一种说法就完全不同了。清人姚际恒认为"此篇乃卿大夫为君求庶士之诗也",即此诗讲的是君王求贤纳士。诗中的"庶士"指民间贤能之士,因为"庶士"一词用于君臣关系是妥当的。方玉润也是这样认为,但他更进一步,将此诗理解为一首讽刺诗。诗人讽刺当时统治者,未能及时招贤纳士,而错过许多贤能人才。他说,"作诗以讽当时在位,使勿再事优游而有遗珠之憾",即认为诗人讽刺提醒统治者,劝勉其不要再荒废时光于享乐,而要抓紧时间招贤纳士,若再耽搁下去,贤能之士可就要都被他人挖走了。此可谓是"遗珠之憾",如同错过一颗精美的珍珠一般令人惋惜。

无论《摽有梅》一诗的真实意涵为何,至少有一点是可以确定的,那就是诗歌奉劝人们面对生命流淌、时光易逝,要努力抓住当下、把握时机。"花开堪折直须折,莫待无花空折枝",无论是追求爱情也好,或是招贤纳士也罢,都应全力把握、不容错过。

小 星

星光下的叹息，向谁诉说？

嘒彼小星，三五在东。肃肃宵征，夙夜在公。寔命不同！
嘒彼小星，维参与昴。肃肃宵征，抱衾与裯。寔命不犹！

召南

小星何喻？

《小星》一诗历来有多种解读，其中最常见的认为该诗描写了一位底层小官吏日夜当差，为公事忙碌奔波而自叹命运之苦的故事。全诗共两章，可分三部分来品读。

首先是每章首句："嘒彼小星，三五在东。""嘒彼小星，维参与昴。""嘒"在《说文解字》里解为小声之意，即极其微弱的声音，此处诗人用其形容天空中的星星，星星不会发声，故"嘒"借指星星光芒之微弱。另一种完全相反的解释认为，《韩诗》中"嘒"作"暳"，指星光明亮之意，亦可说通。下句"三五在东"指星光三三两两在东方的天空闪烁。"三""五"均为虚数，意指小星数量不多。次章"参""昴"是古时两个星宿名。

首章首句虚写天空中三五小星，次章首句实写具体星宿名，一虚一实在文学上显得更有张力且不重复。

诗歌以冬日天空中的星星为始，究竟想借此表达什么呢？历来最常见的解读认为这是一首描写底层官吏日夜为公事奔波的诗歌，所以诗歌起始写天空中的星星，是为了说明诗人早出晚归，天还未亮就已投入繁忙工作之中。还有另外一种解读认为"小星"喻"小人"，"喻君侧有小人，故使臣虽劳无功"（王先谦《诗三家义集疏》），即指这位小官吏之所以会如此辛苦奔波，全因在统治者身边有小人，导致他这样一位正直的官员不为重用，只得夙夜奔忙，却也毫无功劳可言。这或许是解读者为迎合诗意而做的猜测，但也可备一说。

古人星宿文化

借诗歌中"参"和"昴"这两个古代星宿名，在此拓展了解一下中国古人的星宿文化。中国古人所谓"星宿"与西方人的"星座"是一个意思。夜空中漫天的繁星总会引起人们无尽的想象，尤其在科技还不够发达的古人眼中更是如此。天空中大部分能被人们看到的星星都是恒星，它们之间的相对位置恒定不动。因此古人将天空分为不同的区域，对一些相邻的恒星组合进行形象比喻，为其命名。中国古人将天空分成东西南北四个区域，分别命名为"青龙、朱雀、白虎、玄武"，每个区域又有七个星宿，所以中国古代天文学中共有二十八星宿。对应在西方，则有我们所熟知的十二星座。由于地球的自转及围绕太阳的公转，导致我们在不同的季节、不同的夜晚看到的星空并不相同，古人也观察到星空相对于地球运动往复的规律，知道星宿是会根据时间季节而变换方位的。"参""昴"二星宿就都是在冬季才能看见，"参"即我们所熟知的猎户座，它是在冬季天空中最容易被观察到的星座之一，由此可知此诗创作的季节应是冬季。

"星宿"一词为何要用"宿"字？其原因在于除了位置相对固定不变的恒星之外，我们还能观察到一些始终运动的星，便是"金、木、水、火、土"五颗行星，它们和地球一样围绕着太阳运动。此外还有"月亮"这颗星，它也在不停地运动变换。当它们运动到某个固定的恒星组合中时，古人就认为他们好比住进了这个星座里，所以用"宿"来表达星座的涵义，因为"宿"有住宿之意，非常形象。

主人公身份探秘

诗歌每章次句："肃肃宵征，夙夜在公。""肃肃宵征，抱衾与裯。""肃肃"《毛诗》解为疾貌，即急迫的样子，此外"肃"亦有严肃之意。"宵"指夜晚，"宵征"即指夜晚赶路。为何诗人要在夜晚如此急迫地赶路呢？因为"夙夜在公"，他日夜都在为公务奔忙。这一句非常形象地写出了这位官吏极其尽心尽责地为公事日夜操劳奔忙的状态。

"抱衾与裯"历来较为费解。"衾"指被子，"裯"指床帐。一位官吏为公务星夜奔忙，为何要带着被子床帐呢？这似乎也说不通，所以历来对于这句话的不同诠释催生出了对此诗截然不同的理解。

首先，《毛诗郑笺》将此句释为"诸妾夜行，抱衾与床帐，待进御之次序"，即此诗歌的主人公并非是一位小官吏，而是当时统治者的妾侍。妾侍们夜间出行，抱着被衾床帐进到宫中侍奉君主。在古时，妾侍地位低下且不允许留宿在宫内，所以只能趁着夜晚，按次序等级进入君主的宫邸，第二天一早天未亮便要离开。这一诠释历来有颇多人赞同，但细想也有问题，君主宫邸中不应连被衾床帐都没有，还要妾侍自带，这点有些不可思议。另有更夸张的说法，胡适在《谈谈诗经》中认为此诗是古时妓女生活的最早记载。他说，"黄河流域的妓女送铺盖上店陪客人"，所以诗中所写的也是类似情形。这种解读似乎更说不通，因为诗歌里明确讲到"夙夜在公"，"公"即公务，若是描写妓女接客，是极不恰当的。

那么此诗的主人公究竟何人？"抱衾与裯"一句又是何意呢？

有一种解释我个人比较认同，语出曹植，他认为诗中的衾裯"为远役携持之物，非燕私进御之物"，即"抱衾与裯"是指这位官吏要出征远行完成公务时所携带的物品。诗中有"肃肃宵征"一句，"征"是远征之意，故诗歌应该讲的是一位要远行服役的官吏，为完成公务星夜兼程。天还未亮，还有星星在东方闪烁，他就赶紧收拾行装启程赶路。王先谦在《诗三家义集疏》里讲："早夜启行，仆夫以被帐之属从，须抱持之，极言寝息不遑之状。"这位官吏一早启程，由身边随身仆人为他"抱衾与裯"。这样的解释，似乎更能够说通"抱衾与裯"一句的涵义。

命不如谁？

诗歌各章末句："寔命不同！""寔命不犹！"这句主人公的感

慨并不是完全的抱怨,而是一句无奈的喟叹:我为何会辛苦操劳至此呢?因为是我的命不同啊!"不同"即不一样之意,末章"不犹"是不如之意。诗歌主人公的命运与谁不同,又不如谁呢?关于这个问题,诗歌中并没有给出答案。我想可能指的是比他任务轻松的其他官吏,又或者是在诗歌开头讲的用"小星"隐喻的统治者身边的小人。这就要留给千年之后的读者慢慢猜想了。

江有汜

自古多情伤别离，弃妇哀怨啸也歌

江有汜，之子归，不我以。不我以，其后也悔。
江有渚，之子归，不我与。不我与，其后也处。
江有沱，之子归，不我过。不我过，其啸也歌。

"汜""渚"二字的真实涵义

《江有汜》历来被认为是一首弃妇诗。诗歌淋漓尽致地描写了一位妇女被抛弃后的复杂心理变化，她被抛弃的原因诗中并未讲明，后世对此有着诸多不同角度的理解。诗歌共三章，先品读前两章。

首句"江有汜，之子归，不我以"，开篇即描述了这位妇女被抛弃的状态。"汜"通常解为江水分流，但事实上并非这么简单，《说文解字》里解"汜，水别复入水也"，《毛诗》里讲"决复入为汜"，所以"汜"指江水决堤分流后，支流与原江并行一段，最后又重新汇入原江。"之子归"即指诗人的爱人要离开了。

为何要离开呢？"不我以。""以"是相处之意，因为对方不能再与我相处生活，所以不能在一起了。

次章首句"江有渚，之子归，不我与"，"渚"通常解为水中小洲，即水中的小块陆地，但它的意思也并非如此简单。"水中小洲曰渚，洲旁之小水亦称渚"（王先谦《诗三家义集疏》），除了水中小洲被称为"渚"之外，水中小洲将水流分成两股，相对较小的那股水流也称之为"渚"，故"渚"在此并非只是水中陆地之意，亦可指代支流。这股支流因水中小洲的阻隔与江水分开，但绕过小洲后又重新汇入江中。所以"渚"和"汜"在涵义上有异曲同工之妙，均表达江水分流之意，用以隐喻爱人的离别，但此二字又都有重新汇合之意，所以也表达了诗人心中对于这次别离之后能够再次与爱人重聚的期盼。"之子归，不我与"很好理解，"与"和首章"以"相同，都表示相互陪伴之意。

抱有一丝幻想和希望

既然爱人要与自己分离，此刻这位妇女的内心是怎么想的呢？是怨恨对方还是选择放手？其实都不是。诗歌的特别之处就在于这位妇女并未描写自己的心理，而是换了个角度，用猜测对方心理活动的笔法来表达自己的内心世界。首章"不我以，其后也悔"和次章"不我与，其后也处"都是妇女在想象对方离开了自己之后的状态。首先妇女心中非常确定对方离开自己后一定会后悔。其次，"处"通"癙"，指心中忧伤之意，妇女认为对方如果离开了自己，她的心中必定会充满忧伤。

诗人为何会使用借揣测离人的想法来描述自己的心理这样特别的写作笔法呢？因为此刻这位妇女对爱人的离开还抱有最后一丝希望，她希望对方能回头与她破镜重圆。诗歌前两章首句中的"汜"和"渚"都意为暂时离开江水，最后又汇入江水的支流，故隐喻了这位妇女对于分离后能再次相聚的渴望。她还怀有一丝希望，所以才揣测对方，猜想对方是不是后悔了呢？是不是心忧了呢？是不是有那么一丝的不舍，想要回来和自己在一起呢？这不仅是一种揣测，更是一种期盼。

现实面前的一声啸歌

青山遮不住，毕竟东流去。分开的终究要分开，两个人之间的关系并非能以其中一人的意志为转移。即使这位妇女再怎么期望，那位离人也不会再回来，就好比这湍流不止的江水，怎么可能倒流呢？诗歌末章便书写了最后的结局。

"江有沱"的"沱"《说文解字》解为"江之别流也"，意指别出江水的支流。这样的支流不会再像"汜"和"渚"那样再绕回来了，也隐喻着永远分离、不再汇合。这一切都预示着这位妇女意识到这次的离别就是永别，没有了再次相聚的希望。"之子归，不我过"，意指对方就这样一去不回，不再与自己相聚厮守了。这里诗人看到了现实的无奈和不可改变，所以最后不再抱有希望地去揣测对方的心思了，而是写了一句"其啸也歌"。诗人因为无比痛苦而高声诉悲，以发泄她心中的哀怨。"啸歌"不是唱歌，"歌无章曲曰啸"（《韩诗》），"啸"指大声哀号，是没有曲调的悲恸呼喊。

何为"啸"?

诗歌末句所讲的"啸"究竟是怎样发声的呢?我们如今已不太清楚。在中国古代,有一位古人是以"啸"闻名的,他就是"竹林七贤"之一的阮籍。"嵇琴阮啸"一说,是指魏晋时期"竹林七贤"的两位代表人物:一位是嵇康,他善于弹琴,据说作了千古名曲《广陵散》;另一位就是阮籍,他经常独自"长啸",现在在福建还有"啸台",就是用来纪念阮籍的。《晋书·阮籍传》中记载阮籍"时率意独驾,不由径路,车迹所穷,辄恸哭而返",指阮籍经常独自一人驾车出行,没有目的地,直至行至无路可走才恸哭返回。从这些记载中可见阮籍的"长啸"应该也是源自他内心的孤独痛苦。"啸"一定不是因开心而发声,而是源自内心的哀痛,由此可见《江有汜》中这位妇女在明白了离人不会再归时的那份绝望之情。

究竟为何别离?

诗人与爱人为何别离呢?最后再分享下对个中原因的不同猜想和诠释。

方玉润《诗经原始》认为,这首诗讲的是"商妇为夫所弃"的故事。这位妇女是一位商人的妻子,古代商贾行乎不定,经常在各地做买卖,可能到了一处就与当地妇女相爱成婚,但是过一阵子又要到其他地方经商,所以就抛弃了这位妇女。这种情况在古时经常发生,所以白居易的《琵琶行》里讲道"商人重利轻别离",对于商人而言利益才是最重要的,并不在乎感情和离别。

方玉润的这种说法，历来接受度较高。

另外一种说法源自《毛诗》，认为此诗讲的是"嫡不以媵备数"的故事，即指一位女子出嫁时没有带上身边的随嫁妾女。在先秦时期，汉族婚姻制度的风俗是一种以媵妾随嫁的多妻制婚姻，"媵"即指随嫁之人。这位本来应随嫁的妾女，因女主人出嫁没有带她，所以心中埋怨，便作此诗。之所以有这样的解读，主要因为诗中"之子归"一句。古人称女子出嫁为"归"，所以引发了女子出嫁不带陪嫁的诠释。

此诗所讲的分离，究竟背后是何原因现在已不得而知。但无论原因为何，读者都能感受到诗歌在文字上配合这位妇女心理变化而循序渐进的动人笔法，从分离还会复流汇合的"汜"和"渚"，到最后一别不回的"沱"，从揣测对方内心是否会因离别而后悔忧伤，到最后接受现实的"其啸也歌"，真是将这位妇女心绪的变化刻画得入木三分、感人至深。

野有死麕

情到深处人自醉

野有死麕,白茅包之。有女怀春,吉士诱之。
林有朴樕,野有死鹿。白茅纯束,有女如玉。
舒而脱脱兮!无感我帨兮!无使尨也吠!

召南

古人恋爱的礼物

《野有死麕》一诗历来的解读各不相同且争议很大,有说它表现了西周时期男女间自由直率的爱情,有的却说它反映了当时社会男女间礼节沦丧、道德败坏的社会风气,更有极端的批评说这是一首"淫诗"。在此可先不论前人评判究竟如何,尝试抛开所有"前见",单纯品读此诗。诗歌共有三章,文字几乎无任何重复,可以逐章品读。

"野有死麕","野"即山野、旷野之意,"麕"是种鹿科动物,即现在所称的"獐",其体型较鹿要小,头上无角。此句意为在野外有死去的小鹿。小鹿为何死去呢?因为被猎人所杀。由此引出故事的男主人公，他的身份应该是一位山野猎人。下句"白茅包之"，"白茅"是常见的草本植物，夏季生出白色花朵，秋季枯萎。"包"即包裹之意。这位猎人用白茅草将捕获的小鹿包裹起来。为什么要包裹呢？一般来说，正常的捕猎只要将猎物直接背回去即可，无须特地将其包裹起来。诗歌接下来两句，便道出了个中缘由。

"有女怀春，吉士诱之"，"怀春"指女子对爱情的渴望。古人有"女子思春，男子悲秋"之说。古时，对女子来说人生最重要的事就是找到一份好的爱情归宿，所以在春天这样万物复苏的季节就会有所思，有所想。对于古时男子来说，人生最大的理想则是谋取仕途成功、功成名就，所以每到秋天这样的收获时节，如果还在功名上一无所获，又望到秋日万物落寞，则心中之悲情不免油然而生。因此，诗歌中"有女怀春"即是女子渴望爱情之心绪。"吉士诱之"，"吉"是表达美好的形容词，"士"指未婚男子。"诱"在现代看来似乎有些贬义，但在古时并非如此。《毛诗》解"诱，道也"，即诱导之意，并非带贬义的引诱、诱惑之意。这两句告诉读者，有一位女子在春日渴望爱情，也有一位美好的青年小伙想要追求这位姑娘。如何追求呢？送上精心准备的示爱礼物，这就是之前讲到的用白茅草认真包裹好的小鹿。这份礼物当然与现代商品社会的礼物有所不同。用以表达古代平凡百姓、田野猎户青年的爱情的就是这么简单平凡的礼物，平凡的礼物同样承载着真挚的心意，这份心意从小伙子用白茅草精心包裹这一细节中就体现无遗了。

浪漫的类比

诗歌次章的内容更进一步，其中还包含了一个非常有意思的文学类比。这个类比是什么呢？卖个关子，先来逐句品读。"林有朴樕"指山林里的小树，"朴樕"即小树，树枝可用作柴。"野有死鹿"和上章"野有死麕"意思相似。正如之前所讲，这些柴薪和猎物是作男子求爱的礼物之用。"白茅纯束"，"纯"即捆绑之意，所以男子用心地将柴薪和猎物都用白茅草捆绑在一起以赠佳人。

此章末句"有女如玉"从字面上很好理解，即指这位猎手小伙所追求的女子如玉那般纯洁无瑕。"如玉者，取其坚而洁白"（《毛诗郑笺》），此处诗人更是用玉来比喻女子内在品质，即她坚韧而纯洁的德性。玉的本质就是石，自古以来中国人非常热爱玉石，认为玉是被大自然打磨洗礼之后最好的石头。一个人品德的形成就好比一块石头，要经过生活和学习的打磨修炼才会去其棱角，变得光滑柔顺，最终成为一块精致美玉。"有女如玉"在这里不仅是表面上赞美女子之意，还表达了一个浪漫的潜台词，即之前提到的文学上的类比。男子想说，连柴薪和野鹿这样平凡的物品，他都会用茅草小心翼翼地精心包裹，生怕弄坏，用心赠予爱人，更别说对待这样一位如玉一般的女子了，他更会对她无微不至、爱护有加。细细品味，这是一句多么浪漫和充满爱意的引申类比啊。

古代女生的矜持

面对男子如此充满爱意的真诚表达，这位姑娘又怎会不动心呢？她欣然接受了对方的求爱。尽管如此，女子还是要保有自己那一份矜持，这点在诗歌末章有所体现。

"舒而脱脱兮"，"舒而"即缓慢之意，"脱"三家诗中均作"娧"，意为美好，"脱脱"叠用亦有舒缓之意。此时这位女子对男子说：请慢慢来不要急，感情是要慢慢培养的。之所以这么说是因为这位小伙子在恋爱刚开始就有点大胆了。"无感我帨兮"，"感"通"撼"，是触动之意，"帨"指女子系在腰前的围裙。原来男生刚一恋爱，就莽撞地要伸手触碰女子所穿的围裙。现代人当然可以理解这是爱意和情感驱使之下的热恋男女的正常举动，但在古代，女子还是要保持一份矜持的，所以才让对方不要着急，两人的感情才刚刚开始。末句"无使尨也吠"，"尨"指狗，意思是对小伙子说：你这样鲁莽，不仅我会被惊吓到，连我的小狗也都吓得叫了起来。这一句令女子的矜持告诫又多了一些玩笑和打趣的成分，更体现了两人爱情的甜蜜。

情发于自然

历来关于此诗的解读众多，尤其是诗歌末章，其文字描写颇为直白香艳，令人遐想联翩，所以产生了许多负面诠释。如《毛诗》评价这首诗的主旨是"恶无礼也"，认为其讽刺了当时古人男女间礼节丧失的社会风气。朱熹则更夸张，他直接说此诗是"女子有贞洁自守，不为强暴所污者"，即认为这首诗讲的是一位贞洁女子断然拒绝一位要侮辱她的男性。其实通读诗歌就会发现这些理解都有些过度解读了。首先，这首诗歌中对于这对男女的描写都是褒义的，这位男子被称为"吉士"，这位女子被比作

"美玉"，末章这位女子所说的话并非断然拒绝的严词，而是充满爱意的提醒和有些羞涩的矜持。因此，此诗并不是一首讽刺诗，更不可能存在朱熹所谓的恶人强暴一说。

另外，在品读此诗时，不应脱离它所处的创作时代。《诗经》主要产生在西周至春秋早期，那时所谓的礼教还未根深蒂固，人与人之间，尤其是青年人的恋爱关系还没有那么多的规矩礼仪，应该说是比较自由的。所以，男女间的感情发于自然，有这样率性大胆的描写也属正常。后儒因多受礼教思维影响，再读此诗时就赋予了它"失礼"的涵义。如果我们可以抛开那些有色眼镜来欣赏这首诗，应该就可以体会到一场平凡而美好的爱情正在发生的动人画面，男生追求女生时用心准备的礼物和口中的甜言蜜语，恋爱时男生的鲁莽率性和女生的羞涩矜持，正所谓"情到深处人自醉"，这些不都是千古以来恋爱青年的真实写照吗？

召南

何彼襛矣

千年前如丝之和的婚礼

何彼襛矣？唐棣之华。曷不肃雍？王姬之车。
何彼襛矣？华如桃李。平王之孙，齐侯之子。
其钓维何？维丝伊缗。齐侯之子，平王之孙。

召南

讽刺或赞美

《何彼襛矣》描写了一场盛大的贵族婚礼以及极其奢华的迎亲车仗。但诗歌并未说明主人公是何人，这个疑问一直留到今天。诗歌共三章，可逐段来品读。

"襛"《说文解字》解为"厚貌"，即浓厚、浓艳之意。"何彼襛矣"一句意为：是什么如此浓艳美丽啊？答案便是下句："唐棣之华。""唐棣"是树名，有说是指栘栘，有说是指郁李，具体指何树，如今已不可考。古时"华"同"花"，指花朵。从诗歌前两句中可以确定的是，这种树木的花朵是极其鲜艳明媚、色彩浓郁的。"曷不肃雍？""肃雍"指庄严、雍容之态。"王姬之车"的"王姬"指周王之女,"车"指出嫁所用婚车。首章完整的意思是:周王的女儿婚嫁所用车仗豪华盛大,好似唐棣花朵那样华美非凡,但为何却没有庄重严肃的气息呢?关于这一疑问引发了两种诠释。

一种是方玉润《诗经原始》所讲,"'何彼秾矣',是美其色之盛极也;'曷不肃雍'是疑其德之有未称耳",意思是诗人在借此暗讽如此盛大极致的婚礼阵仗与新娘本身的道德并不相配,空有外表的浓艳盛大,却有失威严庄重。这是从讽刺的角度去理解,认为这首诗是讽刺贵族的婚姻空有外表的虚华,但本质却失德失礼。

另一种理解则截然不同,认为这是一首赞美诗。朱熹在《诗集传》中讲,"王姬下嫁于诸侯,车服之盛如此,而不敢挟贵以骄其夫家",认为这段文字所讲的是"王姬"即周天子之女下嫁诸侯。王姬本应是当时贵族中最有地位的新娘,其随嫁车仗虽盛大华丽,但她为人却谦逊和顺,丝毫没有表现出高贵不可攀、难以接近的贵族劣气。所以诗歌里虽然描写车仗华盛,却没有一丝盛气凌人、高高在上之感,这是对于王姬谦逊品德的赞扬。

新娘究竟是谁?

关于"曷不肃雍"到底该作何解,是讽刺或赞美,仁者见仁智者见智,不必做一个绝对的判断,先接着往下品读诗歌次章:"何彼秾矣,华如桃李?平王之孙,齐侯之子。"次章首句与首章首句意思相近,只不过将"唐棣"换成"桃李"。"唐棣、桃李华俱极盛,故取以为比。"(王先谦《诗三家义集疏》)"桃李"

和"唐棣"的花朵都极其鲜艳明媚，在此均是用以形容新娘的美丽非凡。"平王之孙，齐侯之子"则刻意点明了这位出嫁贵族女子的身份。

"平王"即指"周平王"，"孙"指外孙女。"齐侯"指齐国的君主，齐国最早是在周朝刚刚创立之初由武王分封予太师姜尚的封地并封他为侯爵，故称"齐侯"。"齐侯之子"即指齐侯之女，"子"在古时并非只代表儿子，也可以用以指代女儿。诗歌首章讲出嫁之人乘坐"王姬之车"，所以这位新娘有可能是周王之女，而次章又称其为"齐侯之子"，又成了齐国国君之女。到底这位新娘的真实身份是什么呢？

首先，假设出嫁的女子是齐侯的女儿，而她同时也是周平王的外孙女，这说明她的母亲是周平王的女儿，平王的女儿嫁给了齐侯，如今平王的孙女也长大出嫁，所以"平王之孙，齐侯之子"在逻辑上是讲得通的。其次，"王姬之车"指的是车而非人，这辆婚车是"王姬"的，但并不代表新娘就是王姬。此处"王姬"更应该是指周平王的女儿，也就是这位出嫁女子的母亲。《三家诗》讲道，"齐侯嫁女，以其母王姬始嫁之车远送之"，齐侯嫁女是女儿坐着母亲即王姬当年嫁来齐国的婚车出嫁。这样一来诗中的人物关系也就理顺了。周代贵族婚礼的确有这样的习俗，古时称之为"留车反马"之礼，即指贵族天子、诸侯嫁女，让女儿乘坐自家准备好的婚车送去男方家里，男方在接到新娘后将车留下，将拉车的马匹返还于女方家中。周平王之女王姬当初嫁给齐侯时，出嫁婚车便留在男方齐侯家中，现在她的女儿出嫁就用了母亲的这辆婚车。

贵族联姻，如丝之和

诗歌末章很有意思，以一句疑问开始，"其钓维何"的意思是在问钓鱼要用什么呢？答案是"维丝伊缗"。"维"和"伊"都是指代词，"丝"指丝线，"缗"指多根丝线拧成的细绳。此处诗人笔锋一转，从原本的婚礼转而提到钓鱼用丝线是有所指的，《毛诗郑笺》里讲，"以丝为之纶，则是善钓也，以言善道相求"，钓鱼最好的工具是用丝线作的鱼线，使用鱼线的钓者是善于垂钓的，因为他选择了最恰当的工具，所以这里诗人用垂钓和丝线来比喻这桩婚姻合适且门当户对。先秦时，贵族为了保持自身的血统地位，都实行严格的贵族等级内通婚制度。诸侯、卿大夫基本都要在相同等级的贵族内通婚，而周天子作为最高等级贵族，没有同等贵族匹配，所以一般都是王姬下嫁诸侯，诗歌这一句也反映了当时贵族诸侯之间联姻追求的所谓门当户对。诗歌之后重复了一遍"齐侯之子，平王之孙"，再次着重点明出嫁女子的贵族身份。诗歌末章，诗人用钓鱼的丝线来比喻这场婚姻的确恰如其分，表达了诗人对于新郎新娘如丝之和的美好期望，由此再次反观诗歌的意涵，或许未必是方玉润所谓的讽刺之意吧。

驺 虞

驺虞是人是兽？古代传说靠谱吗？

彼茁者葭，壹发五豝。吁嗟乎驺虞！
彼茁者蓬，壹发五豵。吁嗟乎驺虞！

春季狩猎，草短宜射

《驺虞》是一首与狩猎有关的诗歌，历来最大的争议在于对诗名"驺虞"一词的理解。诗歌内容非常简单，共有两章。

首句"彼茁者葭"，"茁"指草从地里初生的样子，"葭"指芦苇。春天原野中，芦苇正初生。次章首句"彼茁者蓬"，"蓬"指蓬蒿，也是在春天生长的草类。二章首句传递给读者一个怎样的信息呢？似乎并非为了说明这个故事发生在山野草丛之中。"言葭茁者所以著春田之候，兽肥中杀，草短便射"（王先谦《诗三家义集疏》），既然此诗与打猎有关，"茁"说明草木初长并不是很高很茂密，此时野兽肥壮，加之草短容易射箭，因此正是适合打猎的最好时节。

"发"究竟为何意?

"壹发五豝""壹发五豵","豝"和"豵"均指猎物,即野猪。《广雅·释兽》里解:"兽一岁为豵,二岁为豝,三岁为肩,四岁为特",故"豵"指小野猪,"豝"指成年野猪。关于"壹发"的理解历来有比较多的争议。

一种是从射箭数量的角度来理解。从字面上来解释,认为"发"指箭射出去一发之意,即一箭命中五只野猪。"五"可能是虚数,表示数量众多。一箭命中多只野兽猎物,那么诗中所描写的应该是位神箭手,但这样的解释似乎说不通。因为野兽并非小鸟小雀,它们体型较大,一箭射中都未必能射死,更何况一箭射中多只,所以一发多中的理解未免有些夸张。还有一种理解认为,古人所谓"壹发"是指一打,即射满十二箭,那么此处应理解为猎手射出十二只箭,命中许多猎物,这种解释相比之前的一箭命中多只猎物要在逻辑上更合理一些。

另一种解读的方向并不是从射箭数量来分析了,而是从"发"的字意上来解释。高亨在《诗经今注》里认为"发"应通"拨",即拨开之意。因为"发""拨"在古时通用。这句意思就是,春天的原野非常适合打猎,一拨开刚刚初长的芦苇蓬草,就会看到许多躲藏在其中的野兽。这种说法比较容易让人接受,而且与首句讲的田野中的初生芦苇蓬草之间也有了关联。另外还有解释认为"发"是动词,意为驱赶,诗歌意为在春天田野中野兽很多,随意在草丛中搜寻驱赶就会发现许多猎物,亦能说通。

方玉润在《诗经原始》中另辟蹊径,他认为,"一发之发,乃车一发而取兽五,非矢一发而中兽五",意思是"壹发"并非射了一箭,而是指一辆打猎用的马车,一辆车上放了五只被猎杀的野猪。因为古时"发"也常被用来指代马车的数量。这种解释,亦可备一说。

关于"壹发"的理解众说纷纭,并无标准答案,读者可通过品读选择自认为更接近创作者原意的理解。关于此诗至少可以确定的是春季田野的猎物众多。

驺虞是人是兽?

诗歌每章末句是理解此诗主旨的关键。两章末句是一样的:"吁嗟乎驺虞!""吁嗟乎"是一个表达感叹的词语组合,"驺虞"的涵义是历来各种解读争议的焦点,因而也引发出对于诗歌主旨的不同理解。

首先是《毛诗》所解,"人伦既正,朝廷既治,天下纯被文王之化,则庶类蕃殖,搜田以时,仁如驺虞,则王道成也",认为"驺虞"是一种祥瑞之兽。《毛诗》用它比喻周文王教化之下的统治者。在文王的教化之下,人伦道德都变得纯正,朝廷政治也得到治理,一切都非常祥和,田野里的植物正常生长,在合适的时节到田间捕猎有很多猎物可取。这一切都因为统治者有着如"驺虞"般仁德的品质,施展了最好的统治之道。"驺虞"究竟是不是一种野兽呢?《山海经》里有相关记载,传说中"驺虞"是一种类似于虎的神兽,白毛黑纹,尾巴很长。据说它生性仁慈,连青草也不忍心践踏,若非自然死亡的生物它绝不会吃。此外,在《周南》末篇《麟之趾》中,诗人将仁德君子比作麒麟,历代经常将"二南"诗歌放在一起解读,所以就自然认为《召南》中末篇的"驺虞"应该是与"麒麟"相互对应的,都是祥瑞之兽,用以类比君子之仁德及统治者的治理有方。《毛诗》的这种解释影响非常大,古时多认为"驺虞"是一种野兽。

另一种解释则截然不同,认为"驺虞"并非野兽,而是指人,是古时掌管捕猎鸟兽的官员。王先谦在《诗三家义集疏》里讲,"驺是囿,虞是司兽之官",认为"驺"指"囿",即圈养动物的园子,而"虞"指管理野兽的官员。古时,周天子并非在荒郊野外狩猎,而是有专门的猎场。猎场中有掌管捕猎野兽的官员,平日在其中饲养许多供捕猎的野兽,待天子捕猎时,他们还负责驱赶猎物,使天子可以顺利命中。因此这首诗的主旨是为赞颂这位"驺虞",即管理捕猎野兽的官员而作,赞扬他非常出色地完成了自己的职责使命。这种解释当下得到了较多认同。

层累的历史

到底此诗该如何理解呢?"驺虞"究竟是人是兽?关于这个问题的理解直接影响到对于诗歌主旨的判断。我个人理解"驺虞"应该是指当时掌管鸟兽、供统治者捕猎的官员。

中国新文化运动之后产生了一个影响巨大的历史派别"古史辨派",也称为"疑古派",是由顾颉刚先生发起的。他们通过对中国古代历史的研究,发现了一个很有趣的现象:在中国古代文献记载中考察关于中国远古神话,包括"三皇五帝"等在内的许多传说,会发现在周人心目中最古的人是禹,到孔子时有尧、舜,到战国时有黄帝、神农,到秦时有三皇,到汉代以后有盘古开天辟地等神话,这便是所谓的"层累的历史"。随着年代越往后发展,传说中的历史人物则越往远古发展,因此"古史辨派"认为有很多传说与神话并非本来就有,而是由后人慢慢叠加上去,远古历史是值得怀疑的,要一层层地拨开这种被叠加上去的历史传说,才能看到其背后的历史真相。

  反观此诗中的"驺虞",关于其为神兽的记载,最早出现于《山海经》中。《山海经》成书年代约从战国初年到汉代时期,而《诗经》成书年代是在西周时期到春秋中叶,《诗经》要比《山海经》早上几百年,所以在《诗经》时期应该还没有"驺虞"是仁义神兽的概念。将"驺虞"作为神兽来比喻贤德仁厚的统治者,也应该是后人慢慢有意附会而成的一种说法。

邶风

柏舟（一）

一颗初心对抗全世界

泛彼柏舟，亦泛其流。耿耿不寐，如有隐忧。微我无酒，以敖以游。
我心匪鉴，不可以茹。亦有兄弟，不可以据。薄言往愬，逢彼之怒。
我心匪石，不可转也。我心匪席，不可卷也。威仪棣棣，不可选也。
忧心悄悄，愠于群小。觏闵既多，受侮不少。静言思之，寤辟有摽。
日居月诸，胡迭而微？心之忧矣，如匪浣衣。静言思之，不能奋飞。

邶风

邶、鄘、卫原为一卷

现在通行的《诗经》版本，在《周南》《召南》两卷之后是《邶风》《鄘风》《卫风》三卷。最初邶、鄘、卫三卷是合为一卷的，统称《卫风》。从《毛诗》开始才被拆分成三卷，所以可将此三卷联系起来品读，它们记录的都是当时卫国的民间歌谣。

卫国究竟是怎样一个诸侯国呢？为何又会被分为邶、鄘、卫呢？其中原因与卫国成立的过程有重要关系。周武王建立周朝后，为安抚原来商朝的残余贵族，将商纣王之子武庚分封在商朝故都朝歌，即卫地。武王同时还派自己的三个弟弟管叔鲜、蔡叔度和霍叔处协助武庚管理这片地区。名曰管理，实则是监视和控制商朝的残余势力，维持周朝稳定。管、蔡、霍三人史称"三监"，分管朝歌周围三块不同区域。霍叔管理的朝歌北面区域称为"邶"；蔡叔管理的朝歌南面区域称为"鄘"；管叔管理的朝歌东面区域称为"卫"（《帝王世纪》）。邶、鄘、卫三地名由此而来，指的并非三国而是朝歌周围的三片区域。

邶风

武王死后，三监叛乱。周公旦摄政平定叛乱，杀管叔、武庚，流放蔡叔，废霍叔为庶民，再将邶、鄘、卫三地合在一起分封给武王的另一个弟弟康叔封，所建立的诸侯国即卫国，康叔封是卫国第一任国君。卫国在西周各诸侯国中持续时间最长，几经沉沦，先后历经41任君主，存续800余年。邶、鄘、卫三地虽后统一并入卫国，但三处地名却一直保留下来，故在《诗经》中被分为三卷，所反映的均是卫国的风土人情。

如舟漂流，无所依靠

《邶风》的首篇《柏舟》，全诗共五章，可以分为三部分来品读，先是首章。

诗歌首章非常生动地写出主人公如舟漂流、无所依靠、无助忧伤之状态。"泛彼柏舟，亦泛其流。""泛"指漂浮的样子。"柏舟"指用柏树木做的小舟。"亦"为语助词。小小柏舟在水中漂漂荡荡、随波逐流。开篇这一比喻极其形象地将一种无依无靠的状态呈现出来，但只从这句话中看到一种漂流无所依的状态还是不够的。柏树富有内在气节,《论语》里讲:"岁寒,然后知松柏之后凋也。"春天温暖,树木枝繁叶茂,但只有经历了最冷的时节,人们才知道其他植物都会凋零,只有松柏挺拔不落,霜雪打在它的枝叶上也不变色,可见柏树所具有的坚韧力量,耐得住苦寒,受得了折磨。诗人以"柏舟"自比,其实还想隐含地表达出他此时的心理状态:虽然他处于飘零流落,无所依靠的绝境,但是依然不改初心。他坚定不移的信念将进一步体现在之后的诗文里。

"耿耿不寐,如有隐忧。""不寐"指睡不着觉,"耿耿"常见之意是指心中焦灼不安之态。《鲁诗》中"耿"作"炯",汉赋《哀时命》中亦引用此句:"夜炯炯而不寐兮,怀隐忧而历兹",故"炯"应为正字,意指眼睛明亮,结合"不寐",指睁着眼睛无法入眠。此句讲诗人因为心中焦虑难耐而无法入眠。诗人为何无法入眠呢?"如有隐忧",因为其心中有隐隐的忧伤。这份忧愁伤感积蓄心中,思绪为之牵扯不止,才造成了夜不能寐的结果。

试问诗人的这种忧伤状态是可以改变的吗?如果可以改变,他应该去主动改变现状,而不是让自己陷于无尽的忧伤之中。诗人告诉读者,并不是他不想走出阴霾心绪,而是无能为力。"微我无酒,以敖以游。""微"即并非之意,"敖"《说文解字》解为出游之意,"言非我无酒遨游以解忧,特此忧非饮酒遨游所能解"(王先谦《诗三家义集疏》),并非诗人不想借酒消愁或者出行游玩来减轻化解这份忧愁,而是其内心至深的忧愁和伤感,是喝酒游玩也无法化解的。

初心不变,坚定不移

诗歌第二部分,即二三两章。这两章的内容表达了诗人绝不改变的坚定初心。"我心匪鉴,不可以茹。""匪"通"非",否定意,"鉴"是镜子,"茹"是容纳之意。诗人意为:我的心不是一面镜子,什么都可以容纳。"盖鉴之于物,纳景在内;凡物不择妍媸,皆纳其景。其心匪鉴,不能善恶皆纳,善者纳之,恶者不纳。"(方玉润《诗经原始》)镜子对于它照到的事物不会有所选择,不管美丑都会在镜子里反射出来,但诗人的内心却不是镜子,他只接受美好的东西,无法接受丑恶之物。从这一句可知诗人的确是遭遇到一些自己不想接受,但又无法逃脱的委屈,才做了如此比喻。

一般情况下,如果人们心中有难以排解的忧虑,首先会找自己的亲人述说心绪以求安慰。诗人的确也这么做了,但是结果却令他更加失望。"亦有兄弟,不可以据。""据"是依靠之意,诗人虽有亲兄弟,但却无法依靠。为何不能依靠呢?"薄言往愬,逢彼之怒。""愬"通"诉",是诉说、倾诉之意。诗人对其亲兄弟们诉说哀愁委屈,他们却反而对其发怒。当一个人心中有万般委屈痛苦,奔向亲人诉说衷肠,结果却是得不到理解,甚至还被亲人怒言相加,反认为你是错的,此时他的心里该是多么无助和孤独啊!人生中最心寒失落之事莫过于此。人要坚持自我并不是最难的,最难的是当整个世界,甚至是最亲近的人都不理解你,都认为你做错的情况下还坚持自我。

诗歌第三章,诗人再次坚定地表达了他决不妥协的决心。

"我心匪石,不可转也。我心匪席,不可卷也。""诗言石虽坚,可转运;席虽平,可卷曲。我以善道自守,必不可夺。此心非石、非席,岂能听人之转运卷曲乎?"(王先谦《诗三家义集疏》)石虽坚硬,但若用力还能搬转;草席虽平,但亦可卷曲。但诗人的心却非石非席,他坚持着初心善道,绝不任人摆布,绝不动摇分毫。"威仪棣棣,不可选也。""威仪"指严肃的仪容和面貌。"棣棣"朱熹在《诗集传》中解为"富而闲习之貌",即从容淡定之态。这是表达诗人在面对所有的不理解和委屈痛苦时,依然坚定自己,保持严肃不屈淡定从容之态,无丝毫妥协之意。"选"历来不同解释较多,有说退让之意,三家诗里"选"作"算",即算计之意。无论何种解释都表达了诗人决不妥协,不怕他人算计迫害,依然保持这颗初心不变的坚定信念。

至此,相信读者已为诗人面对委屈不公和不理解,虽然心中哀恸难熬但依然坚定不移地守护初心的信念感动不已。究竟是何事令他如此坚定呢?到底诗人受到了怎样的不公和委屈呢?诗人究竟是男是女?这些问题就要从诗歌的最后两章中寻找答案。

柏舟（二）

生命之坚韧，灵魂之力量

忧谗悯乱，愠于群小

诗歌第三部分即最后两章。虽然此两章没有完全言明，但读者亦能大致了解诗人遭遇了什么。"忧心悄悄，愠于群小。""悄悄"指忧愁之意，"愠"即怨恨之意。此句诗人说：他心里那挥之不去的忧伤是因为惹怒了小人，而且还不是一个小人，是一群小人。这群小人具体是指谁，诗中没有讲明，所以历来引发出不同的诠释。其中比较常见的解释认为是"贤臣忧谗悯乱，而莫能自远也"（方玉润《诗经原始》）。诗人是一位在朝为官的正直君子，而"小人"则指君主身边的谗言佞臣。君子被小人陷害排挤，因政治昏乱而心痛，但他又抱有一份忠君爱国的责任心而不忍远离，所以才如此痛苦不堪，心中忧伤故悲愤而作此诗。我们可先以这样的理解来接着品读此诗。统治者身边的小人是如何对待诗人的呢？"觏闵既多，受侮不少。""觏"是遭遇之意。"闵"在鲁诗作"慜"，"慜"在《说文解字》里解为痛意。诗人遭遇了诸多痛心之事，还受到了许多侮辱，这是诗人愠于群小的结

邶风

果。面对这样的痛楚,诗人"静言思之,寤辟有摽"。《毛诗》里解:"辟,拊心也,摽,拊心貌","辟""摽"都是指用手拍打胸部的动作,正因受到小人的谗言诽谤、中伤排挤,遭受不公的对待和侮辱,所以每每静下心来回想这一切时,诗人又怎能不痛苦到夜不能寐、捶胸顿足呢?

忧不去心,恨不能飞

讲述了自己的遭遇后,诗人在末章用了两个形象的比喻再次说明了自己身处备受折磨却又无法逃离的绝境。"日居月诸,胡迭而微?""居""诸"都是语助词,没有实际意义。韩诗中"迭"作"载",经常之意。诗人感叹:日月曾经如此明亮,如今却时常光线暗淡。"微"指光线微弱之意,也有说是指日食月食,高亨在《诗经今注》里认为:"古语称日食月食为微。"这句话将"日""月"比作统治者,他们本应光芒明亮,却因其身边有小人佞臣谗言献媚,导致耳目心智昏暗,就如同日月失去了该有的光泽。"心之忧矣,如匪浣衣。"字面上容易理解,意思是指诗人心中忧虑无限,就如同没有换洗衣服一样。诗人心中忧伤与没有换洗衣服有何关联呢?"忧之不去于心,如衣垢之不澣不忘濯也。"(苏辙)我们在生活中也会有类似的体验,如果贴身穿了件好久都没有洗的衣服,一直不换会非常难受。对诗人来说,忧虑之于心头久久不散,就如同身上的衣服日久未洗,污垢不堪。日月不会永远昏暗,衣服脏了也能洗净,但诗人心里的污垢又该如何去除呢?这是一份多么深刻的悲哀啊。所以诗人说:"静言思之,不能奋飞。"每当他再一次陷入沉默,静静回想这一切的时候,真是恨自己不能高飞，一走了之。既然这官做得如此委屈折磨，诗人何不脱下官袍，悬印而走呢？当然是因为诗人心中那一份忠于家国的责任心。《毛诗郑笺》里讲："臣之不遇于君，犹不忍去，厚之至也。"诗人这样一位贤能之臣、正直君子，在遭遇如此不公后，心如刀割以致夜不能寐，仍然不忍心离去，这是一份多么深沉的忠君爱国仁义之心啊！

卫寡夫人的故事

关于此诗，之前的解读都是从男性主人公的角度来分析的，历代还有从女性角度的另一番解读。如三家诗中的鲁诗就认为这首诗歌是描写卫寡夫人的故事。

卫寡夫人的故事记载于汉代刘向所著的《列女传》，此书记载的均是贞洁烈女，是旧封建体制下的女性楷模，卫寡夫人的故事亦是如此。卫寡夫人是齐国国君之女，后嫁到卫国。不幸的是，婚礼车队刚到卫国都城门时，卫国国君便已去世。按常理此时婚约即可终止，所以陪嫁保母就劝她回国，但卫寡夫人没有答应。她认为既然答应这场婚礼，自己就是卫君之妻，一日为妻终身无悔。她决意让车队继续驶入卫国，自己则为卫君守丧三年。守完丧后，卫君之弟即位，对卫寡夫人说："卫国是小国，容不下两个厨房，请与我在一个厨房吃饭。"这句话现在读者看起来可能不知所云，但在古时，一个厨房吃饭就是成为夫妇之意。此时卫寡夫人严词拒绝，始终没有答应。其间，卫君还派人到齐国向她的兄弟讲述此事，他们也都认为卫寡夫人应改嫁于现任卫君，反而不理解她坚贞不渝的信念，还不断派人劝说她。当朝官员们也都和卫君一个鼻孔出气。卫寡夫人悲愤万分，故而写下了《柏舟》这首诗歌以表心志。

先不论这则故事的真实性如何，故事中确有诸多情节与《柏舟》描述的"亦有兄弟，不可以据""忧心悄悄，愠于群小"等句相契。另外也有诸多解释虽不明说故事主人公是卫寡夫人，而将其理解为一首普通妇女所写的悲愤之歌。更有牵强附会者将卫寡夫人的故事稍作修改，移花接木到其他妇女身上，将"小人"理解为丈夫身边的众多小妾。

生命之坚韧，灵魂之力量

我个人还是更倾向于这是一首贤臣君子遭遇谗言，忧虑痛心而作之诗。因为诗人自比"柏舟"，外表"威仪"和借酒消愁这些语句的确更适合男性。当然，其他不同的理解只要能自圆其说也都无可厚非。无论诗歌主人公是君子或是贞妇，有一点值得读者反思的是，如果我们是这首诗歌里的主人公，在生命中遇到类似的遭遇：当自己坚持着一份真理和初心，但全世界都不理解，甚至侮辱谩骂自己，此时我们会妥协吗？这正是《柏舟》一诗真正带给读者的千古之问。不得不承认，在现实中，要做到与诗人一样保持初心的确是非常艰难的。

每当我们面临绝望，想要对生活妥协放弃时，可以再读一读像《柏舟》这样的诗歌，我想我们会再次勇敢，努力活出生命的坚韧，让灵魂更有力量吧。

绿 衣

天长地久有时尽，此恨绵绵无绝期

绿兮衣兮，绿衣黄里。心之忧矣，曷维其已！
绿兮衣兮，绿衣黄裳。心之忧矣，曷维其亡！
绿兮丝兮，女所治兮。我思古人，俾无訧兮。
絺兮绤兮，凄其以风。我思古人，实获我心。

邶风

睹物思故人

《绿衣》历来被普遍认为是一首描写男子睹物思人、怀念亡妻的动人之作。诗歌共四章，可分为两部分，先看诗歌前两章。

诗歌既然是睹物思人，开篇便从物讲起，具体是何物呢？"绿兮衣兮，绿衣黄里。"诗人目睹之物是一件绿色的衣服。"里"指这件绿衣的衬里是黄色的。次章"绿兮衣兮，绿衣黄裳"，"裳"如今也是用以指衣服，但在古时却非如此。古时"衣"指上衣，"裳"是指下裙，有上下之分。诗歌二章所谓的"衣"，因对应语境不同，在意义上也略有区别，"首章对'里'而言，则

'衣'是在表之衣；下章对'裳'言，知'衣'是在上之衣，因文以见义也"（王先谦《诗三家义集疏》）。

不论颜色或上下之分，两章首句均是指这位丈夫望着已故妻子留下的衣物，心中阵阵酸楚，所以写道："心之忧矣，曷维其已！""曷"是为何之意，"已"即停止。这句话是诗人在忧伤自问：目睹故人衣物，心中忧郁之情为何始终停不下来呢？次章后句"心之忧矣，曷维其亡！"亦是相同意涵，"亡"通"忘"，此句意为：心中这份因分离而产生的忧伤，该如何才能忘却？无法停止忘却的原因是诗人曾经经历过一份深沉而美好的爱情，所以分别后这份忧愁才在心头如影随形、挥之不去。

生活点滴弥足珍贵

诗歌后两章将读者带进了丈夫的回忆之中，讲述他与亡妻曾经美好的生活点滴。"绿兮丝兮，女所治兮。""治"即制作之意，"女"通"汝"。这绿衣里的每一丝每一线，都是亡妻用心缝制织作而成。可见她是多么勤劳能干、简朴持家，而且从这一点也能够断定，诗人睹物所思的是一位妇女，因为古时纺织之功多是妇女所做。这位妇女不仅能够经营好家庭，同时也一直扶持丈夫，所以诗人写道："我思古人，俾无訧兮。""古"通"故"，即指这位已经离开的故人。诗人想到过往的点滴，心中怀念无限，为何如此怀念呢？首先是因为故人"俾无訧兮"，"俾"意为"使"，"訧"同"尤"，即过错之意。高亨在《诗经今注》里解释此句："诗歌作者想到亡妻在世时，遇事规劝，使他不犯错误。"这样亦师亦友的妻子现如今却离自己而去，怎不叫人心忧至极，怀念至深呢？

　　除此之外，这位已故妻子同样悉心照料着丈夫的日常起居。诗歌末章讲道："缔兮绤兮，凄其以风。""缔""绤"分别指细粗葛布，"凄"即寒冷之意。"缔绤所以当暑，今以待寒，喻其失所也。"（《毛诗郑笺》）缔绤葛衣一般是在春夏温暖时节所穿，而当下天气渐寒，诗人还穿着缔绤葛衣，面对寒风阵阵，心中若有所失。不仅是诗人在身体上感知到了衣薄天寒，更是其内心在思念过往。若妻子还在，肯定早早地就为他备好御寒过冬的棉衣，如今爱妻已故，诗人的生活失去了妻子的照料，变得窘迫不堪。无限的忧伤与感慨化作最后一声喟叹："我思古人，实获我心。"诗人心中太过思念故人，回想过往生活的点滴，妻子曾对家庭的勤恳经营，对他生活的悉心照料及精神上的督促勉励，这一切都如此合其心意，无人可替代。正因失去之人如此珍贵，才叫人铭心刻骨、念念不忘。正所谓"天长地久有时尽，此恨绵绵无绝期"。

失去才懂得珍惜

　　此诗描写了诗人对亡妻的真切怀念，爱意绵长，感人至深。人生短促而又充满无常，尤其是爱人之间，相聚有期但终有一别，令人唏嘘。历来文学作品中，亦有诸多感人至深的悼念亡妻之作。如清代文人彭绩所作的《亡妻龚氏圹铭》，"圹铭"即指墓志铭，是彭绩刻于已故亡妻墓碑上的文字。因为是墓志铭，所以极其短小，仅一百余字，但内容却真挚动人。其中最令人动容的一句是："于是彭绩始知柴米价，持门户，不能专精读书。期年，发数茎白矣。"彭绩自叹在妻子亡故之后,才始知柴米油盐的价格,体会到了生活的重担。为料理自己的生活,操持日常家室,彭绩再也不能专心读书。只过一年,竟已鬓白如雪。句中彭绩虽未直述妻子之好,但却用自己失去妻子后生活的巨变来反衬妻子的重要与不可替代。彭绩乃一介寒士,终身未取功名,虽然如今他的诗文是传世佳作,但他在世时,可以说是一贫如洗。妻子龚氏与他相依为命,虽生活清苦,却勤恳经营家庭,照料彭绩生活,让他能专心读书,不为日常琐碎所绊。饮食起居、照料生活,这些看似平凡至极、不足一提的小事,等到失去之时就变得弥足珍贵。从这段话里,可以看到一位茫然的书生因为失去了那位曾在生活中默默无闻为他付出的伴侣,一下子变得手忙脚乱。不谙生活,不知柴米价,没有妻子的扶持帮助,一年工夫发已茎白。失去后才懂得珍惜,才知道那些生活中不起眼的点滴,原来如金子般宝贵。另外,谈到悼念亡妻的文学名作不得不提苏东坡的《江城子》:"十年生死两茫茫,不思量,自难忘。千里孤坟,无处话凄凉。纵使相逢应不识,尘满面,鬓如霜。夜来幽梦忽还乡,小轩窗,正梳妆。相顾无言,惟有泪千行。料得年年肠断处,明月夜,短松冈。"这亦是一首感人至深的悼亡词,是东坡为原配王弗所作,千古绝唱,用情至深,感人至极。这两篇作品所表达的动人情感与《绿衣》一诗如出一辙。

燕 燕

认识中国历史上第一位女诗人

燕燕于飞,差池其羽。之子于归,远送于野。瞻望弗及,泣涕如雨。
燕燕于飞,颉之颃之。之子于归,远于将之。瞻望弗及,伫立以泣。
燕燕于飞,下上其音。之子于归,远送于南。瞻望弗及,实劳我心。
仲氏任只,其心塞渊。终温且惠,淑慎其身。先君之思,以勖寡人。

邶风

中国第一位女诗人——卫庄姜

《燕燕》一诗历来被称为"万古送别之祖",开创了文学史上的一个新篇章。此诗还有一点特别之处,就是自古都认为这是由中国历史上第一位女诗人所作,她是何许人呢?在品读诗歌前先来了解一下她的背景故事。

这位所谓的史上第一位女诗人就是卫庄姜,关于她的故事在《左传》和《史记》里都有记载。因为她是齐国(齐国是姜姓诸侯国)公主,后嫁于卫国的国君卫庄公,故被称为"卫庄姜"。据《左传》记载,庄姜作为齐国公主,出身贵族,所以在嫁到卫国时,场面极其隆重,《卫风·硕人》一篇就是描写这场盛大婚礼的。非常可惜的是,庄姜婚后无子,古人母以子为贵,所以她婚后不久便受到冷落,境遇凄凉。卫庄公之后又娶了一对陈国姐妹,姐姐叫厉妫,妹妹叫戴妫。戴妫为庄公产下一子,由于庄姜无子便过继于她,这个孩子即下一任卫君卫桓公。桓公即位后,庄姜地位再次提升,但好景不长,不久桓公就被其弟州吁所杀,州吁是庄公与宠妃所生之子,故庄姜再次陷入了凄凉境地。桓公生母戴妫因儿子被杀,决定回陈国避险。庄姜因视桓公如己出,所以与戴妫之间关系融洽。戴妫即将回陈,庄姜便一路送别并作《燕燕》一诗以表离别时的不舍之情。

万古送别之祖

此诗共四章,可分成两部分来品读,第一部分是诗歌前三章。三章文字有诸多重复,着重描写了送别的画面场景。首句"燕燕于飞,差池其羽","燕"即燕子,"燕燕"两字叠用是指成对的燕子在空中飞翔。"差池"指参差不齐貌,是指燕子飞翔时,翅膀伸展错落不齐。不过,我们形容鸟飞翔时一般不会描写其翅膀是否整齐,就此齐诗解释"忧不在饰",是指此诗描写的庄姜送别养子生母戴妫,并非一场各自奔向幸福希望的离别,而是沉浸在无尽的悲伤气氛之中。两位身份高贵的妇女心情忧郁,她们无心装扮、容饰不修,故以"差池"是借燕自比当下憔悴之态。二章首句"燕燕于飞,颉之颃之","颉""颃"《毛诗》解为"飞而上曰颉,飞而下曰颃",燕子在原野上下翻飞也隐喻了这两位妇女将要分道而别。三章此句"燕燕于飞,下上其音",

也是相似意涵。"凡物单出曰声,杂比曰音,诗言音不言声,知非一燕。"(王先谦《诗三家义集疏》)古人称单独发声为"声",多物互相发声为"音",此处用"音"说明燕子是成双成对的,一边飞翔一边相合鸣叫,暗喻了两位离人之间的分别言语和不舍之音。

三章次句"之子于归,远送于野""之子于归,远于将之""之子于归,远送于南",都是在描写燕子后点出这首诗的主题,即送别。"之子于归"古时多指新婚女子出嫁,所以历来也有解释认为此诗是国君送女出嫁而作,但是这种理解值得商榷,出嫁本应是一件喜事,但此诗悲伤忧郁之情无以复加,这与正常婚姻嫁娶所应有的欢乐气氛不太匹配。因此"之子于归"一句在此应指戴妫离卫返陈一事,此"归"指"大归"。"言'大归'者,不反之辞,以归宁有者有时而反,此即归不复来,故谓之'大归'也。"(孔颖达)古代女子回娘家亦称为"归",但有"大归""归宁"之分。"归宁"指正常回娘家来往,而"大归"则是指归去后不再回夫家,所以这场离别才会如此悲伤,因为离人将一去不回。"远送于野"描写了庄姜因不舍离人,故一直送至城外原野,"妇人之礼,送迎不出门,今我送是子乃至于野者,舒己愤,尽己情"(《毛诗郑笺》)。古时妇女礼仪,尤其是贵族妇女,送宾迎客都不出门,而庄姜为送戴妫不仅出门,甚至一路送到城外原野,足以说明其心中不舍之切,也写出二人情谊之深。二章"远于将之"的"将"亦是送之意。三章"远送于南"的"南"点明送别方向,"送于南者,陈在卫南"(朱熹《诗集传》)。

三章前两句描写完送别场景后,末句点明了送别之人依依不舍、伤心难已之态。"瞻望弗及","瞻望"是眺望之意,"弗及"是不再看见之意。戴妫走后,庄姜不舍立即回去,一直远望对方身影直至她越走越远,渐渐消失在视线中。加之内心的离别之殇,所以不单是站在原地望对方远去,庄姜也是"泣涕如雨""伫立以泣"。"无声出涕曰泣"(《说文解字》),真正的伤悲是泣不成声的,眼泪默流如雨下一般。"实劳我心"是指这场离别真的令她痛苦至极。

离人何许人也?

人生漫漫,相聚别离自然难免,有些人离开不再相见也属正常,诗中这场别离之所以如此伤人,不仅是因为离人不再相见,更是因为这位离人深得庄姜之心。诗歌末章就写明了这位离人为何如此重要。

"仲氏任只,其心塞渊。"古人称长子长女为"伯",排名第二为"仲",排名第三称"叔",最小为"季"。戴妫与她姐姐一同由陈嫁卫,戴妫排行第二,故称"仲"。"任"指诚实可信任之意。"塞"通"寨",《说文解字》中释为"诚也",即诚实之意,"渊"指静默深沉之意。"人静默则心深莫测,而又诚实无伪,故美之曰塞渊。"(王先谦《诗三家义集疏》)戴妫为人静默有思且诚实可靠,除此之外,她还"终温且惠,淑慎其身"。"淑"指善美之意,"慎"指谨慎仔细。戴妫温柔贤惠、心地善良,且为人做事仔细谨慎,可谓是内外兼修。这样优秀的知己要离开一去不返,已经足够让庄姜悲伤不舍,更何况她除了自身贤德,还能给予庄姜诸多鼓励和帮助。"先君之思,以勖寡人。""先君"即指已去世的卫庄公，庄姜、戴妫均是庄公之妻，故称庄公为"先君"。"勖"是勉励劝勉之意。"寡人"为庄姜自称。戴妫时常以先君庄公的言语思想劝解鼓励庄姜，彼此共勉、互相依靠。如今这样的知心人却要离开，又怎不叫人忧郁神伤不已？

古人的空间意识与离别之伤

　　除"庄姜送戴妫"的解读之外，历来对此诗亦有其他解读。无论诗歌背后的故事究竟为何，都是言真意切地表达了古人的离别伤愁。古时没有发达的交通工具，不比现在只需半天时间搭乘飞机就能去到世界另一端，更别说互联网上即时便捷的社交通讯工具。空间距离感在现代被科技消解，但之于古人却是完全另一番情境。漫漫长路，车马弗及，云飞天阔，音讯杳杳。区别于现代人朝夕囿于高楼林立的城市，在局促的钢筋水泥中汲汲营生，古人的空间是广阔而有方向感的，东南西北、星辰日月。正因为距离阻隔和讯息不通，古人对于离别加倍珍惜，也许此时一别便是永别。古人没有电话用于离别后的联系，只得书信往来，但书信亦不可靠，因此他们内心的离愁伤感难以缓转，这更加重了他们离别时的不舍之情，只能将这份情感寄托于眼目所及之远方，伫立以泣，蔚然成诗。

日 月

中国文学史上第一场后宫冷暴力

日居月诸,照临下土。乃如之人兮,逝不古处。胡能有定?宁不我顾。

日居月诸,下土是冒。乃如之人兮,逝不相好。胡能有定?宁不我报。

日居月诸,出自东方。乃如之人兮,德音无良。胡能有定?俾也可忘。

日居月诸,东方自出。父兮母兮,畜我不卒。胡能有定?报我不述。

日月光芒无障蔽,君心不善有偏袒

《日月》一诗历来诸多诠释也与卫庄姜有关,认为此诗为庄姜所作,描写了她婚后无子而遭到冷落,心中悲愤而无助。全诗共四章,可分成两部分品读,首先是前三章。

三章首句皆为"日居月诸","居""诸"都是语助词,没有实际含义，诗人以仰天感叹日月开篇，表达内心的愤懑之情。首章首句中"照临下土"指普照大地之意。次章第二句"下土是冒"，"冒"即覆盖之意，指日月光芒普照覆盖于大地之上。三章"出自东方"即讲日月的光芒从东方而出，照耀万物。为何这首庄姜喟叹自身婚后悲惨命运的诗歌要以日月开篇呢？其中有两方面原因，首先一点很容易理解，现在也会有类似的生活体验，当遇到不顺或遭遇不幸时，心中忧郁就往往会寄托日月天地，如当下人常脱口而出的"天哪"与古人所呼喊的"日居月诸"有差不多的感叹意涵。其次，日月光芒照耀万物的特点，就在于日月所照没有偏好与选择，非常公平公正且无所保留。"日月照临下土，赫然光明，无有障蔽，伤己之不见照察也。"（王先谦《诗三家义集疏》）诗人在此以日月作比，并点明日月之赫然光明，照耀万物而无所遮蔽，是想说明光对待一切都是公平公正的，并影射卫庄公作为一国之君如国之"日月"，但他的行为却是有偏袒的。庄姜婚后无子备受冷落，其他妃妾却受万般宠爱，便是如此。

庄公德音无良

庄公是如何冷落庄姜的呢？前三章次句，诗人哭诉了她的悲惨遭遇："乃如之人兮，逝不古处。""乃如之人兮，逝不相好。""乃如之人兮，德音无良。""乃如之人兮"是一句抱怨之辞，"乃"是竟然之意，这句意为：怎么竟然会有这样的人啊！卫庄公他做了什么呢？首先是"逝不古处"，"逝"《说文解字》解为"往也"，即过往，渐行渐远之意。"古"通"故"，意指庄公离庄姜渐远，不再以原来那般夫妻恩爱的方式与她相处。因庄姜婚后无子,庄公又再娶新欢,宠幸他人而冷落她,这种关系上的变化与落差是巨大的,怎能不叫人满心委屈?其次是"逝不相好",这更加明确地说明庄公对庄姜不如以前那么好。这番不公的遭遇,难道是庄姜的错吗?原因并不在庄姜,而在于卫君"德音无良"。"德音,美其辞。无良,丑其实也。"(朱熹《诗集传》)庄公虽然曾经海誓山盟、情话动人,但之后却对旧爱冷落抛弃,也就是现在所谓的"冷暴力"。《论语》里讲:"巧言令色,鲜矣仁",指那些善于说花言巧语的人往往事后都会被发现是缺乏仁义的,这也是庄姜对于卫君的不满控诉。

庄姜心中的期望

面对如此的冷暴力,庄姜心中其实还抱有一丝和解的希望。她希望丈夫有一天能够回转心意与自己重修旧好。因此前三章最后一句写到了她心中最大的期望:"胡能有定?宁不我顾。""胡能有定?宁不我报。""胡能有定?俾也可忘。""胡"意为何时,"定"意为停止。"胡能有定"此句是庄姜在仰天自问:这样的状态什么时候才能停止呢?具体怎样的状态呢?"宁不我顾""宁不我报"。诗人同样以疑问的方式表达诉说,"宁"是为何之意,意思是:为何你现在如此不顾我的感受呢?为何我付出那么多却没有一丝回报与温暖呢?我何时才能"俾也可忘"啊?"俾"意为使,若你我能一同回到最初夫妻和睦的时光,我的感受被你顾及,我的付出得到回应,这样才能使我忘了现在所遭遇的这一切啊!由此可见,庄姜多么渴望从被冷落抛弃的境遇中解脱出来,这是她内心最深的期盼和追问。

邶风

呼天不应，呼父母

诗歌第二部分即诗歌末章，之所以单独品读此章，是因为它进一步加深了整首诗歌的悲伤怨恨之程度。"日居月诸，东方自出"和之前类似，无须赘述。"父兮母兮，畜我不卒"一句的情绪就更加激烈了。"畜"为养之意，"卒"为终之意。此句意为：父亲啊！母亲啊！为何你们不能养我到老呢？言下之意，庄姜在哀叹父母怎么狠心将她嫁到遥远的卫国，让她承受这样的冷落委屈。诗歌此处从仰天叹日月转而哀呼父母。"一诉不已，乃再诉之；再诉不已，更三诉之；三诉不听，则惟有自呼父母而叹其生我之不辰。盖情极则呼天，疾痛则呼父母，如舜之号泣于旻天、于父母耳，此怨极也。"（方玉润《诗经原始》）诗歌前三章，诗人一连三次向天空的日月哀叹，却得不到任何的回音，所以只能悲伤地呼喊父母，抱怨双亲没有将自己生在好时好地，而是偏偏出生在这样的贵族家庭，为了政治联姻而远嫁他国，这就是命。一个人感情到了极致就会向天空呼喊叹息，但是心痛到了极致则会想到自己最亲爱的父母和最亲近的人。父母永远是孩子最大的依恋和港湾，而可悲的庄姜却连父母都不站在她这一边，甚至就是父母亲手将她嫁去卫国遭遇这一切，还有什么比这更让人痛心疾首的呢？

诗歌最后两句，诗人重复道，"胡能有定？报我不述"，再一次追问自己当下所处的悲伤状态何时才能停止？这般无人诉说之苦令人动容。诗歌至此戛然而止，但读者都能看出其实庄姜的命运并未改变，她依旧沦陷在冷落忧伤和孤独无助之中难以自拔。

对于此诗的解读，我选择了一个历来比较主流的诠释角度，即"庄姜遭冷落悲愤而作此诗"。不过也有诸多不同解读，现代多认为此诗并非庄姜所作，可能只是当时一位普通妇女在家中遭遇丈夫冷落，内心孤独转而怨天怨地、抱怨父母。不论如何，诗歌主人公悲天悯地的哀伤怨恨之情是真挚而动人的，千年过后再读此诗的我们依然不禁同情唏嘘。

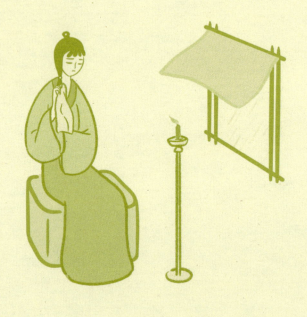

终 风

人心如天气，易变难琢磨

终风且暴，顾我则笑。谑浪笑敖，中心是悼。
终风且霾，惠然肯来。莫往莫来，悠悠我思。
终风且曀，不日有曀。寤言不寐，愿言则嚏。
曀曀其阴，虺虺其雷。寤言不寐，愿言则怀。

天气喻性情之始祖

《终风》一诗历来诠释与前首《日月》一样，也是以卫庄姜的故事为蓝本。可以说这两首诗互为姊妹篇，背景都是庄姜婚后遭遇卫君冷落，孤独悲伤而作。之前的《燕燕》《日月》两诗已对庄姜的故事有所介绍，在此不再赘述。《日月》一诗的主要侧重点是从庄姜内心感受的角度出发，描写她对孤独凄凉处境的哀叹，而《终风》则侧重于描述卫庄公脾气暴躁、性格多变，毫不顾及庄姜的感受。

如果需要描写一个人多变复杂的性格，一般会如何表达呢？

用什么作比喻最贴切呢？我想大家应该会有一个共同的答案，就是用天气来作比喻。古时没有现代的天气预报，况且即便在科技发达的今天，天气预报也并不完全准确。天气变化虽然有规律，但也充满着极大的不确定和难以预料性。天气的变化与以农业生产为主的古代百姓日常生活息息相关，因此诗人自然就会用天气来类比人心莫测和情绪不定。除此之外，天气有暖有寒，时阴时晴，雷雨风雪各不相同，也非常适合用来形容人情绪的不同面。春光明媚晴空万里，可以类比愉悦的心情。阴霾昏暗的天空，可以类比悲伤压抑的心绪。诸如此类，人多角度多方面的情绪感受用不同类型的天气来形容是最恰当不过的。

《终风》就是一首将天气变化与性情多变完美结合的诗歌，应该说诗人将这种类比发挥到了极致。如果说《燕燕》是"千古送别之始祖"，此诗被称为"天气喻性情诗歌之始祖"也绝不为过。

性情莫测，行踪不定

诗歌共四章，可逐章逐句品读。"终"意为既。"暴"齐诗作"瀑"，即暴雨之意。"终风且暴"可以理解为既刮着大风又下着暴雨，很明显这不是一个好天气。首章首句就以恶劣天气开头，紧跟一句"顾我则笑"，意为：回头看着我笑，这两句诗就好像是一部恐怖片的场景。天气狂风暴雨、阴霾压抑，此时却有个人正在回头对着你笑，这画面惊悚至极。可想而知，这个笑容一定不是充满善意、温柔真诚的微笑，诗歌之后也随即点明："谑浪笑敖"。"谑，戏言也；浪，放荡也。"（朱熹《诗集传》）这样的笑容附和着言语上的戏谑和情绪上的放荡轻浮，"笑敖"指嘲笑之意，所以诗歌才将这种笑与狂风暴雨联系起来类比。这里的笑者指的就是卫庄公，方玉润在《诗经原始》里讲，"其言笑也无常，每顾人也必笑，而笑又不出于正，徒见其为'谑浪笑敖'，有似狂风终日疾暴而已"。诗中描述卫庄公性情无常，虽然总是一副笑嘻嘻的样子，但这种笑容并非真诚善意的表现，而是伴随着轻浮的戏言和放荡的举动，就像狂风暴雨一般变幻莫测，让人无法猜测笑容背后究竟隐藏着怎样的恐怖和捉摸不定。面对这样的丈夫，庄姜心中必是倍感哀伤，所以首章末句描写了庄姜的心理，"中心是悼"，"悼"即哀伤之意。

首章诗人用暴雨狂风的天气来形容卫庄公性情的无端多变，让人捉摸不透，次章继续用天气来类比卫庄公的行踪莫测，令人无法预料。"终风且霾"，"霾"指大风扬尘之意，诗歌画面此时呈现出一种朦胧未知的感觉。诗人运用这种天气状况下视觉的模糊不确定感，来形容卫庄公此人的来往无定和行踪不明。"惠然肯来"，"惠"指顺和之意。有时候卫庄公看上去非常顺和，会来与庄姜相见，但有时他又"莫往莫来"，完全不来往，冷落不管妻子，使得庄姜"悠悠我思"，忧伤思念不已。"以比庄公之狂惑也。虽云狂惑，然亦或惠然而肯来。但又有莫往莫来之时，则使我悠悠而思之。"（朱熹《诗集传》）庄公的忽冷忽热令人捉摸不透，使庄姜时常满心期望又满心失落，因冷落孤独而忧伤绵长。

庄姜孤独的期盼

面对这样一位脾气狂暴放荡又揣摩不透，行踪变化无端又捉摸不定的丈夫，庄姜的心里作何感想呢？诗歌后两章是对庄姜内心感受的真实描写。这两章首句还是用天气来描写卫庄公性情的暴躁不定和捉摸不透。"终风且曀，不日有曀。""曀"《毛诗》里解为"阴而有风曰曀"，"不日"即是没过多久之意，"有"通"又"。此句意为：天气阴沉又刮着风，虽然有那么一会儿好转，但是没过多久又回到了阴沉有风的状态。其实指的就是卫庄公偶尔会有一会儿好情绪，对庄姜关心照顾，但好景不长，不久又性情变化，变得冷漠无情。末章"曀曀其阴，虺虺其雷"，"虺虺"朱熹《诗集传》里解释为"雷将发而未震之声"，即指打雷之声，但并非响亮的轰隆声，而指雷声刚起，在云层中翻滚咕隆隐隐作声，意在比喻卫庄公的性情阴郁暴躁不安之态。

　　庄姜面对丈夫虽然悲伤不已，但还抱有一丝幻想，希望他能改变性情，温柔善待自己。因此，诗歌每章次句表达了诗人无助境遇里的微弱期盼。"寤言不寐，愿言则嚏。""寤言不寐，愿言则怀。""寤言不寐"即指庄姜心中忧郁，夜不能寐。即便如此，她心中还是希望"愿言则嚏""愿言则怀"。"愿言"指思念至深、思念殷切之意。"嚏"意指打喷嚏。此句朱熹在《诗集传》里解释，"人气感伤闭郁，又为风雾所袭，则有是疾也"，认为庄姜由于太过忧伤自身处境，太过思念丈夫而得病了，所以会打喷嚏。还有另外一种解读也很有趣，《毛诗郑笺》里讲，"今俗人嚏，云人道我，此古之遗语也"，即打喷嚏是因为有人想你或者提到你，这样的习俗迷信从庄姜那个时期就开始有了，所以此句意指庄姜想念卫庄公深切，庄公因此而打喷嚏。这种理解也可备一说。"愿言则怀"，"怀"是思念之意，也是表达庄姜内心的期盼，希望丈夫能够在她思念他的时候也同时思念着自己。

关于诗歌的排序

《邶风》中的《燕燕》《日月》《终风》历来是以庄姜的故事为线索来解读的，三首诗在逻辑上也形成了一定的联系。《日月》《终风》分别从庄姜内心感受和卫庄公性情暴躁多变两个不同角度切入，描写了庄姜婚后被抛弃冷落的悲惨境遇。《燕燕》则是庄姜在养子桓公去世后送戴妫回陈的故事。如此一来，《燕燕》所描述的故事在时间上应该发生在《日月》《终风》之后。朱熹在谈到《日月》时认为"此诗当在《燕燕》之前"。对于这种顺序上的观点，历来有许多学者也赞同朱熹的看法。总之，无论三首诗的排序如何，大家品读的时候，都可以将它们结合起来一起理解，这也不失为一种好的品读方法。

击 鼓

执子之手，与子偕老

击鼓其镗，踊跃用兵。土国城漕，我独南行。
从孙子仲，平陈与宋。不我以归，忧心有忡。
爰居爰处？爰丧其马？于以求之？于林之下。
死生契阔，与子成说。执子之手，与子偕老。
于嗟阔兮，不我活兮。于嗟洵兮，不我信兮。

州吁之祸

千古以来，"执子之手，与子偕老"这句话作为忠贞爱情的美好承诺感动了无数人。这句话正是出自《击鼓》一诗，但是这首诗歌背后的故事究竟为何却少有人知。这个故事发生在卫国，国君卫庄公与其宠妃生有一子，名叫州吁。自小卫庄公就极其宠爱州吁，这令其为人骄横奢侈，酷爱武力用兵。庄公死后，桓公继位，桓公不喜州吁的飞扬跋扈，于是罢免其官职，州吁便逃亡国外。十几年后，逃亡在外的州吁联合了同样流亡在外的卫人，袭杀桓公，随即自立为卫君。他也是春秋时期第一位弑君篡位的公子。州吁篡位后，只约大半年光景，就被卫国大臣石碏设计所杀。州吁虽只当了半年多的卫国之君，但在这段时期，他因为热爱军事、崇尚武力，所以屡次功伐用兵。在位之初，他联合宋、陈、蔡三国攻打郑国，《击鼓》一诗歌历来被认为是以这场战争为背景而作。

诗歌的故事背景

  诗歌共五章，可分三部分来品读，首先是前两章。前两章的主要作用是用简短的四句话，告诉读者整个事件的背景。"击鼓其镗，踊跃用兵。""镗"《说文解字》里解为"金鼓之声"，是象声词，表示击鼓时镗镗响声。"踊跃"《说文解字》解为"踊，跳也；跃，迅也"。"兵"指作战用的兵器。"军中暇时练习兵械，击鼓为节，'踊跃'者，用兵时绝地奋迅之状。"（王先谦《诗三家义集疏》）此句描写州吁好战，作战前军中演习，鼓声震天，士兵舞动兵器，刀矛攒动。既是作战就有不同分工，诗歌下句点出了诗人在这场战争中的任务："土国城漕，我独南行。""土""城"都作动词用，"土"即挖土、土工之意，"城"是修筑城墙之意。"漕"是卫国城池名。此句是指战争即将开始，首先要加固后方防御工事，修土筑城，但诗人并未参与后方备战工作，而是独自前往南方前线战场。"此言众民皆劳苦也，或役土功于国，或修理漕城，而我独见使从军，南行伐郑，是尤劳苦之甚。"（《毛诗郑笺》）此句说明了战争所造成的民众劳苦，后方修路筑城虽然艰辛，却不用离开故乡，而诗人却要背井离乡孤独南行，更是痛苦百倍。

"南行一役"是打什么仗呢?"从孙子仲,平陈与宋"一句便道出了答案,但也正是这句让诗歌的故事背景变得不太确定。孙子仲是卫国将领,诗人正是跟随他南行作战。解读的关键在于后半句的"平"字。郑在卫南,故此诗背景历来常被认为是州吁联合陈、宋、蔡三国伐郑。如此"平"应解为联合之意,但"平"亦有平定、调停之意,故历来有另一种看法认为此诗描写了一场卫国出兵调停陈、宋两国之间矛盾的战争,而非州吁伐郑。不论故事背景究竟是哪场战争,有一点确定的是,诗人被派往了前线。战争总有结束之时,若足够幸运,能从战争中幸存则可以返回故乡,而诗人却永远回不来了,原因是:"不我以归,忧心有忡。"原来诗人的上级军官不允许他返回,命他战争完毕后戍守边疆。韩诗里讲古人"三十受兵,六十还兵",因此一旦戍守就归期无望。"与我南行,不与我归期。兵凶事,惧不得归,豫忧之。"(《毛诗郑笺》)诗人真是不幸,若在故乡后方当兵还好,却偏偏被充军南行,南行也罢,更不幸的是被命驻守边疆,而且戍守前线还时刻面临着战争威胁,诗人心中担忧不已,自己可能余生都回不了家乡了。

从叙事到抒情的文学转换

此诗前两章是叙事,讲述了整首诗歌的背景。之后诗歌从叙事转为抒情,抒发主人公独自戍边"忧心有忡"的心绪。这首诗歌在文学上的出彩之处在于诗人运用了一个过渡的文学画面完成了叙事与抒情之间的转换,即诗歌第三章。对于文学创作来说,从写实的叙事到抒发内心之情,两者之间的过渡是极难处理好的。此诗给了我们一个绝佳的典范。

"爰居爰处？爰丧其马？""爰"意指于何处、在哪里。"居"和"处"都是居住之意。"丧"是丢失之意。这两句是诗人在内心发问：我该在哪里居住呢？我的马儿又丢失在了何处呢？之前诗歌均是直笔叙述，这里则转成一句疑问抛给读者，在文学上起到了一个很明显的节奏变化的作用。诗人从详细具体的事件转成一种不确定的疑问，由实转虚，也为接下来抒发内心的忧伤作了铺垫。丢失的马匹在何处呢？"于以求之？于林之下。"原来马匹散在树林之中。这一句作为承上启下的一个转折之笔，表达了两个方面的内容。首先，如王先谦在《诗三家义集疏》中所讲，"既困役不归，则且于是居处，军士散居，无复纪律"，意思是因被留在边疆戍守又不知归期，士兵们都已非常疲惫，加之思乡心切，所以非常散乱，无心职守，毫无军纪可言，马都跑散了。其次，更深一层的含义是指马本属于山林，如今也能返回山林。连马匹都回到属于自己的地方，而诗人作为一位驻守边陲的士兵，连一匹战马都不如啊！有家难回所以才会扪心自问：我该住在何处？我的心该安放在何处？这个问题的答案，诗歌没有给出，但读者却能真切感受到对于这位漂泊在外的士兵而言，只有故乡才是他真正能够安处之地，这份思乡之情虽未言明，但已表露无遗。

生离之痛

诗人之所以思乡心切，不只是因为那片故土，更是因为故乡有其思念的人。诗歌的末两章就道出了诗人真正的心声，他所思念的是远在故乡的爱人。"死生契阔，与子成说。""契"是相聚，"阔"是别离。浮生漫漫，相聚别离变幻无常。人生的离别无非两种，或是生离，或是死别。"死别"倒也一了百了，而诗人远赴沙场，经历了战争能够幸存，却又不幸戍守边疆，无法返回故乡与爱人重聚，这便是"生离"之痛。"与子成说"，"成说"即约定誓言之意。他想到曾经与爱人一同许下的承诺："执子之手，与子偕老。"人生无常，生死莫测，曾经说好要牵着彼此的手一起慢慢老去，至死不渝。泰戈尔在《飞鸟集》中，有这样一首诗："此生犹如横渡海洋，你我相逢同艘窄船。死亡，就是抵达彼岸，在此，分手各奔他方。"世界如此宽阔，时间又从不停歇、漫长无垠，而我们的生命却如此短促无常。"寄蜉蝣于天地，渺沧海之一粟"，我们之于生死宇宙如此渺小，每个人走着自己生命的路，这一生就如同跨越无边的汪洋大海，而爱情的存在、爱人的相遇，是多大的一份幸运啊！就如同在无边无际的汪洋中，两人恰巧相逢在一艘小小的窄船之上，共同走过短暂的生命旅途，一起许下诺言，多希望能永远牵着彼此的双手，直到死亡才能将你我分开。如今诗人承受着这份生离之痛，独自在遥远边陲，每当想到故乡的爱人，想到那些最初坚定的承诺，又怎能不"忧心忡忡"，悲伤不已呢？

"于嗟阔兮，不我活兮。于嗟洵兮，不我信兮。""于"通"吁"，感慨之意。"活"通"佸"，相聚之意。"洵"指时间久远之意。诗人最后不得不发出忧伤的感叹：哎，我与你如今相隔辽阔，无法相聚重逢，而我更不知归期何时，我要怎样来向你证明我曾经对你许下的誓言呢？这样的感叹是从空间和时间两个方面来抒发的，一方面是源自距离的遥远不得相见，另一方面是源自时间的不定无知归期。诗人遥想此刻远在故乡的爱人是否也在翘首以盼，等着自己早日返回来实现最初的爱情承诺呢？诗歌在这样一份对远方爱人思念心切和忧心难平的哀叹声中结束，留给读者的是无尽的同情与感动，也让我们相信真正美好而坚定的爱情是存在的，因为直到千年之后这句"执子之手，与子偕老"依然动人心扉。

关于此诗，另外亦有解读认为是写战友之情，描写了一同作战的士兵曾经许下诺言要在战争中一起活下去。不过在当下，影响最大的解读还是认为其讲述了一个坚贞不渝的爱情故事。诗歌原意所描写的故事其实已不那么重要了，重要的是当下人对于它的理解和诠释。这份诠释给予了我们对于美好爱情的信心与向往，对于人生无常、离别相聚的反思，令我们更用心地去珍惜身边眼前人，这就已足够了。

凯 风

煦煦和风如母爱,悉心呵护暖子心

凯风自南,吹彼棘心。棘心夭夭,母氏劬劳。
凯风自南,吹彼棘薪。母氏圣善,我无令人。
爰有寒泉,在浚之下。有子七人,母氏劳苦。
睍睆黄鸟,载好其音。有子七人,莫慰母心。

凯风之喻

《凯风》是一首歌颂母爱的诗歌。自古以来在儒家思想影响下,人们非常注重家庭伦理,其中尤为重视子女的孝道,所谓"百善孝为先",所以这首诗歌对后世影响极大。

诗歌共有四章,可分成两部分来品读,首先是前两章。"凯风"即南风。古人对不同季节不同方向的风是有特别称谓的,《尔雅》里讲:"南风谓之凯风,东风谓之谷风,北风谓之凉风,西风谓之泰风。"诗歌为何要以"凯风"开篇呢?汉代李巡解释,"南风长养,万物喜乐,故曰凯风。凯,乐也",意思是南风是春日温暖和煦之风，万物受它吹拂而生机勃勃地成长，一切都充满着喜乐，"凯"即喜乐之意。母爱就好比凯风温柔地抚慰着孩子们，使其茁壮成长。"吹彼棘心"，"棘"指酸枣树，"心"指酸枣树初生的枝丫，在此用以比喻幼小的孩子们正是在母亲无私的关怀照顾下才能成长。"棘心夭夭，母氏劬劳。""夭夭"是形容词，指树木少状貌。酸枣树初长成，在春日南风的吹拂下，充满勃勃生机。"劬劳"《毛诗》解为"病苦也"，意指母亲为照料孩子而劳累了身躯。这里母亲的劳苦成疾可能是因为孩子较多，诗歌之后写到了七子，虽然"七"未必是实数，但至少可说明孩子的数量之多。母亲要将这么多的子女养育成人，自然可知其中辛苦，所以才用"劬劳"一词。另外，此诗不单单是赞颂母爱的伟大，后面的诗文中也隐含了诗人因没能好好回报母亲的养育之恩而自责愧疚的心理。

次章首句"凯风自南，吹彼棘薪"。"棘薪"王先谦在《诗三家义集疏》中解为"谓棘长大可为薪"，指酸枣树从首章"棘心夭夭"的幼小状态，到如今已长大成材。从夭夭小树成长为一棵有用之材，其中必然少不了来自母亲的谆谆教导与关心照料，所以诗歌赞颂母爱道："母氏圣善。""圣善，言通于事理，有美德也"（王先谦《诗三家义集疏》），意指母亲贤惠持家、照顾子女、通情达理、品德圣美。诗人作为子女又是如何呢？"我无令人"，"令"意指善。这句表达了诗人心中的内疚与自责：母亲如此含辛茹苦地培养自己从孩童到成人，而我却并非善良之子，没有能够在生活的方方面面做到足够好，无以报答母亲无私的爱。朱熹在《诗集传》中讲："以圣善称其母，而自谓无令人。

其自责也深矣。"随着整首诗歌一层层地深入歌颂母爱之伟大,这位诗人的内疚自责情绪也愈加浓烈。

寒泉之比

诗歌的第二部分,即后两章。"爰有寒泉,在浚之下。""爰"是语助词,无实际涵义,"寒泉"是卫国一处水名,"浚"是卫国城名。在浚城的边上正是寒泉所在。诗歌此处从母爱转而写到卫国地名与水名得名的原因,《毛诗郑笺》的解释是:"曰有寒泉在浚之下,浸润之,使浚之民逸乐。""寒泉"之所以得其名是因为它冬夏常凉,无论任何季节都清冽透凉且源源不断。寒泉位于浚城旁,滋润了浚地农业生长,也为浚城百姓带来充足水源,因此浚城人民才能快乐无忧地生活。诗人是用"寒泉"比喻母爱滋润儿女心田和哺育儿女成长。"有子七人,母氏劳苦"点明了子女之多,母亲需要培养众子,教导他们为人处世,操心劳苦至极。

末章"睍睆黄鸟,载好其音"。"睍睆"指美好之意,在此并非单指外表美丽,而是引申为黄鸟叫声动听,"黄鸟"即黄鹂。这句意为:人们都喜爱聆听黄鹂鸟动人的叫声。"有子七人,莫慰母心"是指母亲有这么多的孩子却都无法安慰母心。此句与前句黄鹂鸟动听的鸣叫形成鲜明对比,"言黄鸟犹能好其音而悦人,而我七子独不能慰悦母心哉"(朱熹《诗集传》)。诗人意为:连树林中的黄鹂都能通过清脆动听的鸣叫令人听觉愉悦,而我们七子却不能慰藉母心,无法报答母恩,连黄鹂鸟都不如,这是作为子女内心最大的愧疚。

后世之影响

全诗表达了诗人对于母爱伟大的赞颂和为人子女未能尽孝的自责。此诗历来影响极大,诗歌中以"凯风""寒泉"类比母爱,说明母爱的无私。暖风吹拂万物没偏袒,泉水源源不断养育周遭生灵,这都是不求回报的自然馈赠,同样,母爱不也正是如此无私和不求回报吗?如此比喻实在太贴切形象,故"凯风""寒泉"也逐渐成了"母爱"的代名词,被后世诸多诗歌文章所用。如"览寒泉之遗叹兮,咏《蓼莪》之余音"(潘岳),"凯风吹尽棘成薪"(苏轼),均用了"凯风""寒泉"之典。

何为孝道?

此诗历来也被视为传扬中国传统家庭伦理的代表作。众所周知,"孝"是儒家思想的核心观念之一,也是古人一切生活关系的基础。不过后世亦有诸多关于"孝"的偏颇解读,有些甚至演化成了"愚孝",导致如今许多人对"孝"产生了一定的偏见。到底何为"孝"呢?我想有必要从儒家观点出发,为"孝"正名。

子女对父母的"孝"应从两方面去理解。首先是物质上的赡养父母。很多人认为定期给父母金钱,提供他们物质保证,那即是"孝"。其实并非如此。《论语》里孔子讲:"今之孝者,是谓能养。至于犬马,皆能有养;不敬,何以别乎。""孝"并非只是能养活父母就足够了,我们养牛养马,也是养活它们。如果将"孝"仅看成是物质赡养,那赡养父母与养牛养马又有何区别?

"孝"的本质应该是"敬"。儿女赡养父母是基本,但若在赡养父母时其心中不存尊敬,便不能称为"孝"。"孝"更应是子女发自内心对父母的爱与尊重。除了做到对父母有爱和尊重之外,日常生活中我们还应该怎样去做才称得上是真正的"孝"呢?《论语》里讲,"父母唯其疾之忧",真正的"孝"是父母只为孩子的疾病发愁。子女长大成人后有自己的生活和事业,真正孝顺的孩子有能力把自己生活的方方面面做到最好,不让父母为自己担忧。唯有生病是无法避免的,所以除生病时父母为你担忧以外,其他都无须父母操心,让他们可安心享受自己的生活,这才是真正的"孝"。相反,如果父母整天为子女生活各方面忧心忡忡,岂不是增添了他们的烦恼,这就不能称为"孝"。因此,"孝"不单单是子女和父母间的情感关系,更要求为人子女努力过好生活,独立有为,让父母安心。《论语》中这两点对于"孝"的理解,我个人非常赞同,这也是儒家思想对于"孝"的真实理解。

  品读《凯风》一诗,我们更能理解父母含辛茹苦将子女哺养成人,这样的爱是如此无私而伟大,更懂得了"孝"的真谛。我们怎能不用自己的真诚和实际行动来回报他们呢?

雄 雉

不求利即无害，不求福即无祸

雄雉于飞，泄泄其羽。我之怀矣，自诒伊阻。
雄雉于飞，下上其音。展矣君子，实劳我心。
瞻彼日月，悠悠我思。道之云远，曷云能来？
百尔君子，不知德行。不忮不求，何用不臧！

邶风

有志高飞

《雄雉》历来被认为描写了一位妇女思念远方服役的丈夫。诗歌共四章，可分三部分品读，首先是诗歌前两章。"雉"指野鸡。最常见的理解认为诗歌以"雄雉"比喻在外服役的丈夫。用"雄雉"作比主要原因有两个方面。首先，"雄雉"有壮志冲天、凌云高飞之意。"'雄雉'者，雄飞之象也，而雉又有文采，可以章身，故取以喻丈夫之有志高骞而欲显名当世者，非男女雌雄之谓也。"（方玉润《诗经原始》）此外，"雄雉"长得极其漂亮，身上有彩色花纹，头上有冠，诗人借此说明自己的丈夫是一位有文采内涵的君子，怀有一身才气，扬名于世。其次，郑玄解释道，"士挚用雉者，取其耿介"。"耿介"即指正直高尚、不流于俗之意，古人认为雉是耿介之鸟，用于形容君子也很恰当。诗人作为一位留守家中的妇女，望见野外飞翔的雄雉就联想到远在他方且志向高远的丈夫。"泄泄其羽"，"泄泄"指雄雉飞翔时舒展自如、鼓动羽翼的姿态。此句也是进一步写出雄雉一身文采、自信自如之态，显示出在外为事业奔波的丈夫在妻子心中壮志有为的形象。

尽管丈夫的雄心壮志值得妻子为他骄傲，但最大的遗憾是他奔波在外，无法陪伴在妻子身边。相隔遥远，不得相见，怎能不叫人心生思念呢？所以诗人写道，"我之怀矣，自诒伊阻"。"怀"即"思念"之意，"诒"是遗留之意，"阻"是忧愁苦恼之意。诗人抱怨这一切的烦恼都是自找的，似乎有点自作自受之意。思念夫君而心中忧伤，难道是她的错吗？答案当然并非如此。诗人作为妻子，对于丈夫的离开也很无奈，但这并非她所能决定。"自作自受"之说由何而来呢？方玉润在《诗经原始》里讲："但欲高骞，以致远隔，谁实使之，乃自贻耳。"意指这位君子为求取功名而身处远方，所以才导致远离家人，引起妻子的这份思念忧伤。因此，诗歌在此也透露出诗人在思念丈夫并为他感到骄傲的同时，心中也有一丝抱怨与责备。

次章"雄雉于飞，下上其音"。"下上其音"，"言其飞鸣自得也"（朱熹《诗集传》），意指"雄雉"飞翔时嘹亮动听的鸣叫之声。首章是从"雄雉"飞翔时鼓翅的状态来赞美丈夫的志向高远和雄姿飒爽，此章则从"雄雉"悦耳动听、自信自得的鸣叫声来赞美这位君子。"展矣君子,实劳我心。""展"即实在之意。"言诚以君子之故,使我心思之至于劳剧也"(王先谦《诗三家义集疏》),此句又写出了诗人的思念之情,实实在在是这样一位在外奔波服役的君子令她思念至极而苦恼不堪。

时空维度的思愁

在之前的品读也提到过,古人对于离别的理解与当下人有极大的不同,这种不同在于古人对于时空的感知与我们区别甚远。古人离别之伤感,源于他们心灵对于时间和空间的真切感知,而现在人们理解的时空则是被量化了的客观单位。诗歌第二部分,即第三章,诗人就分别从时间和空间的维度抒写出内心的离别思念之伤。

"瞻彼日月,悠悠我思。"此句从时间维度切入。"瞻"即远望之意。"悠悠"指思念绵长。"见日月之往来,而思其君子从役之久也。"(朱熹《诗集传》)诗人每天望着日月更替、物转星移,时间一天天地过去而丈夫却始终未归,时间愈久则思念愈深。此句亦可理解为空间距离上的阻隔与思念。王先谦在《诗三家义集疏》中说道:"日月至高,可瞻而不可即,今君子远不能来,如之。"日月悬挂空中,只能远望而触碰不及,而如今丈夫对于诗人来说不也是她的"日月"吗?诗人在此以"日月"比"君子",因遥望不可及故伤怀不已。"道之云远,曷云能来?"则是从空间的维度来阐述诗人的思念之情。两人相隔不得见,距离如此遥远,丈夫什么时候才能回来?这句疑问也道出了诗人内心无比的牵挂和期盼。

不求福者为无祸

末章是整首诗歌的点睛之笔，升华了诗人的内心情感，道出了她对于生活本质状态的理解。"百尔君子，不知德行。""百"在此是虚数，指数量众多，意为所有。诗人感慨道：你们这些众多的君子啊，真是不懂得何为真正的德行。此句看似不难理解，但关键在于"君子"二字。"君子"究竟是指诗人的丈夫还是指代那些当权在位的官员呢？对此历来有诸多不同的理解。

如果"君子"指代诗人的丈夫，此句则是诗人的责备，意指这些志向高远、在外奔波求取功名的君子们真是不懂何为真正的德行。真正的德行指的是什么呢？答案就是："不忮不求，何用不臧！""忮"是疾害之意，"臧"意为善、好。若不损人利己，不贪求名利，保有一份平静的心境，无论做什么都力求做好，这才是真正的德行。诗人其实在此道出了一个深刻的人生道理。《淮南子》里讲："惟不求利者为无害，惟不求福者为无祸"，意为只有那些不求利益之人才能不受损害，只有那些不求福分之人才能免遭祸患。这个观点在道家思想中非常常见，道家讲究"无为"，即不去刻意追求名利。诗歌所描写的分离与痛楚，不正是因为这位丈夫心中抱有志向，想要获取功名，追求扬名于世才造成的吗？这也与诗歌开篇所讲到"自诒伊阻"的埋怨前后呼应。如果丈夫能够安于平静淡然的生活，夫妻便不会远隔异地，家庭会幸福美满。始终保有一颗"出世无为"之心去做任何事情都会变得很好，人之所以有那么多的痛苦，正是因为欲望太多。这是诗人的心声，也是她想通过这首诗歌告诫读者的人生哲理。

如果"君子"指当权在位的统治者,诗人则是在讽刺他们不懂德行。诗人的丈夫原本不贪求名利,也未有害于人,反而遭到无德统治者的祸害,导致了这场持久的分离。《毛诗》还将此观点进一步推演,认为此诗是描写"卫宣公淫乱不恤国事",此解与诗歌原意并不相符,有牵强附会之嫌。

邶风

匏有苦叶

处世如涉水，知深浅，度时务

匏有苦叶，济有深涉。深则厉，浅则揭。
有瀰济盈，有鷕雉鸣。济盈不濡轨，雉鸣求其牡。
雍雍鸣雁，旭日始旦。士如归妻，迨冰未泮。
招招舟子，人涉卬否。人涉卬否，卬须我友。

待时而动

《匏有苦叶》一诗非常特别，全诗共四章，但这四章内容在文学逻辑上却很难衔接，上下文的关系也不明朗，所以对于这首诗歌有很多不同角度的理解。我们逐章品读，一起理出其中的头绪。"匏有苦叶"，"匏"即葫芦，"苦"通"枯"，此句意指秋天葫芦成熟，枝叶干枯。"济有深涉"，"济"是水名，也有认为是渡水之意，"涉"指水边渡口。"成熟的葫芦"与"水边的渡口"之间有什么联系吗？高亨在《诗经今读》中讲："古人渡水常把大葫芦拴在腰间，可以不沉，因此称它为腰舟。"原来诗歌的这个故事是从渡水一事讲起。那该如何渡水呢？"深则厉，浅则揭。""厉"是从"砅"的读音转化而来。"揭"《说文解字》中解为高举之意。在渡水时，若水深就脱掉衣裳而渡，若水浅则可提起衣裳涉水而过，根据水位深浅不同，选择不同的方式。

诗歌首章从渡水一事出发，诗人究竟想表达什么呢？历来认同较多的诠释认为，诗歌首章蕴含着一个非常重要的处世哲理，即"待时而动"。"首章借涉水以喻涉世，提出深浅二字作主，以见涉世须当有识量，度时务，知其深浅而后行。"（方玉润《诗经原始》）诗人以涉水喻涉世，人生处世就如渡水一般，一定要知道深浅，了解自己当下所处的状态和所要面对的现实，识时务才能待时而动，这是正确智慧的处世之道。另外，首句所讲到的葫芦也说明了同样的道理，从葫芦枝叶枯萎方知其成熟，此时才可作为涉水工具。任何事物在不同的发展阶段，功能都是不同的，只有懂得把握事物的发展规律才能处事恰当，这也是诗歌首章想要告诉读者的道理。

反面论证

诗歌次章"有瀰济盈，有鷕雉鸣"，此句较好理解。《毛诗》里讲："瀰，深水也；盈，满也。""鷕"《说文解字》解为"雌雉鸣也"，指雌性野鸡鸣叫之声。此句意为：水深都将满溢出堤岸，雌性野鸡在鷕鷕鸣叫。"济盈不濡轨，雉鸣求其牡。""濡"即沾湿之意，"轨"指古时马车车轴两端，"牡"即雄性野鸡。此句意为：马车在满溢的水中行驶却不沾湿车轨，雌性野鸡鷕鷕鸣叫是为追求雄性野鸡。此句是对前一句的补充，却也并非简单的补充，细细思考就会发现这两句是有逻辑问题的。首先，河水已深得将要满溢出堤岸，为何行车却能不沾湿车轨呢？其次，雌鸡鸣叫追求雄鸡也并不符合古人对于爱情的正常理解。方玉润在《诗经原始》里还质疑道："《尔雅·释兽》正例，飞曰雌雄，走曰牝牡，是不特以雌求雄，且以飞之雌求走之牡，其无伦也甚矣。"古人对于性别区分的用字很严谨，雌雄用来称呼飞禽，牝牡用以称呼走兽。诗中讲雌鸟求"牡"，即公性走兽，便是逻辑混乱了。诗人在次章究竟想要表达什么呢？朱熹在《诗集传》中有比较合理的诠释："今济盈而曰不濡轨，雉鸣而反求其牡，以比淫乱之人不度礼仪。"诗人在诗歌首章表达的是一个待时而动的人生道理，次章所写的知水深却行车渡水，雌性飞鸟追求雄性走兽，则是诗人在用反例作论证。如果不遵循事物合适的规律，不知深浅不合时宜就会造成如此离谱的结果。当然诗人所讲并非一定如朱子所说指淫乱之人，但不度礼仪这点却是非常明显的。

正面论证

诗歌第三章"雍雍鸣雁，旭日始旦"。"雍雍"指大雁鸣叫之声，"旭"《说文解字》解为"日旦出貌"，是指太阳初升。"雁者随阳而处"（《毛诗郑笺》），日出气暖，大雁雍雍地鸣叫着飞过天际。大雁是候鸟，会在冬季飞往南方追逐温暖的日光。诗人借此也是道出"待时而动"的道理。"士如归妻，迨冰未泮。""士"指未婚男子，"归妻"即娶妻之意，"迨"是趁着之意，"泮"是融解之意。此句意为：男子娶妻，要趁着春天来临之前，冰雪还未融化之时。"古人行嫁娶必于秋冬农隙之际"（姚际恒），古时男子娶妻须赶在春天冰雪融化之前，是因为春天一到人们就要开始忙于农务，没有闲暇时间筹办婚礼事。因此，诗歌此句也同样说明了"待时而动"的处事之道。

由此可见，诗歌第三章是从正面继续论述了首章提出的"待时而动""审时度势"的论点主题。这样一来，此诗的逻辑结构就明朗起来，看似各章间毫无关联的内容却是在说明同一个主旨。好比一篇构思精巧的议论文，首章抛出论点，次章、三章分别从反正两面举例加以论证。方玉润评价道："通篇以涉水喻处世。中间插入雉雁喻伦物，词皆隐约，局阵离奇，忽断忽连，若规若讽，极风之人意趣。"诗人分别从野鸡、大雁之例来正反论证主旨。语句隐约隐晦、内容忽断忽连，时讽时颂、布局离奇，特别能体现出国风诗歌之意趣。

天时地利，还需人和

诗歌末章诗人再次结合自己的实际状态进一步为自己所阐述的处世之道作辩护。末章下笔极其精彩，峰回路转又回到首章所讲到的涉水主题。"招招舟子"，"招招"即招手、挥手之意，"舟子"即指船夫。此句是讲船夫在岸边挥手招呼诗人坐船过河。诗歌之前讲涉水时要知深浅而后行，但若有一艘小舟，岂不是无论深浅都可直接渡水了吗？对此诗人给出的答案是："人涉卬否。""卬"指诗人自己。诗人坚决地给出了否定的答案，即便有小舟可渡河，船夫热情招手呼喊，其他人也都过去，但诗人还是不去，那是因为"卬须我友"。原来船上没有诗人的朋友啊！"同舟之内苟无良朋，覆可立待。"（方玉润《诗经原始》）当然这是诗人的比喻,诗人以"渡河小舟"比自身所处的环境,若身边没有互相信任支持的知己相伴,那么在人生旅途中就会难以克服诸多坎坷艰难。正所谓"同舟共济",在一舟之上的人要顺利渡河到达彼岸,一定要是良朋益友并互相扶持才能成功。诗歌末章升华了前三章的论述,告诉读者想要做好一件事不单要"知深浅,度时务",更要有良朋益友相伴,"天时地利"当然需要,而"人和"更不可或缺。

  关于此诗历来还有诸多其他理解,如诗歌里讲到男女相求和男子娶妻的时间,所以就有将此诗诠释为是一位女子等待未婚夫渡河来求婚的故事。还有一种很特别的解释是高亨先生在《诗经今读》中所讲,他认为此诗是一位男子要入赘到女方家成婚所作,"归妻"一词即指男方入赘。各种不同理解也拓宽了读者对于这首诗歌的品读空间,我个人还是更倾向于这是一首以"涉水"比"处世"之诗,诗中虽有一些关于两性相求和男女婚姻的描写,但都是诗人用以论证观点的例证而已,并非真实故事背景。

谷风（一）

最怕人情如纸薄

习习谷风，以阴以雨。黾勉同心，不宜有怒。采葑采菲，无以下体？德音莫违，及尔同死。

行道迟迟，中心有违。不远伊迩，薄送我畿。谁谓荼苦，其甘如荠。宴尔新昏，如兄如弟。

泾以渭浊，湜湜其沚。宴尔新昏，不我屑以。毋逝我梁，毋发我笱。我躬不阅，遑恤我后。

就其深矣，方之舟之。就其浅矣，泳之游之。何有何亡，黾勉求之。凡民有丧，匍匐救之。

不我能慉，反以我为雠。既阻我德，贾用不售。昔育恐育鞠，及尔颠覆。既生既育，比予于毒。

我有旨蓄，亦以御冬。宴尔新昏，以我御穷。有洸有溃，既诒我肄。不念昔者，伊余来塈。

邶风

夫妇和谐如谷风化雨

历来关于《谷风》一诗的主旨没有争议，它是一首被丈夫所抛弃女子的诉苦哀歌。诗歌如泣如诉，诗人从其被抛弃的当下写起，回忆往昔，抒发心中的不甘与怨恨之情。究竟诗人做错了什么导致被抛弃呢？或是其中另有隐情？读者可以带着这个疑问品读此诗，首先是诗歌首章。"习习谷风，以阴以雨。"此句理解之关键在于"谷风"一词。通常"谷风"被理解为山谷中的风，有诠释结合弃妇诗的背景，将此句理解为山谷中狂风大作又暴雨倾盆，但这样的理解值得商榷。"习习"《毛诗》解为"和舒貌"，所以"谷风"并非狂暴疾风之意。同样"谷风"也不能单纯按字面理解为山谷中的风，古时"南风谓之凯风，东风谓之谷风，北风谓之凉风，西风谓之泰风"（《尔雅》）。故"谷风"是指东风，即春日之风。东风化雨滋润万物，"谷"即生之意。王先谦在《诗三家义集疏》中解此句说："阴阳和调则风雨有节，兴夫妇和顺则戾气不生。"古人认为春日徐徐谷风是阴阳和谐之产物，此时风雨有节。同样夫妻之间亦是一阴一阳，关系和谐就不会有矛盾。结合下句"黾勉同心，不宜有怒"，此句应理解为夫妻间同心协力，关系就会如温和谷风吹拂下的自然界一般和谐，也就不应有怒。诗歌开篇两句应是诗人内心对于美好家庭关系的理解。

人之交，择一善而取

偏偏现实中，诗人的家庭婚姻关系并不美好。她与丈夫间的关系有了裂痕。"采葑采菲，无以下体？""葑"指蔓菁，是一种类似萝卜的蔬菜。"菲"即指萝卜。"葑、菲根茎皆可食，而其根则有时而美恶。"（朱熹《诗集传》）这两种蔬菜共同的特点是它们的茎、叶都可食用，而其根却有好有坏，"下体"即指植物根部。诗人以葑、菲自比，意指没有一个人是完美的，就像地里的蔬菜，有些部位甘美可食，有些部位则沾染在淤泥中，但它们却是一个整体，不应过于求全责备。"人之交当如采葑采菲，取一善而已，君子不求备于一人。"（《毛诗郑笺》）真正君子之交，彼此身上若只有一点闪光之处便值得互相学习欣赏，不应要求对方处处完美。夫妻关系更是如此，长久相处中的彼此包容极其重要。诗人的丈夫却没表现出该有的包容和爱，因妻子身上一些小缺点，就如丢弃蔬菜一般将她抛弃，夫妻间的关系也随之破碎。"德音莫违"，"德音"即指夫妻间曾经许下的美好誓言与动人承诺。"及尔同死"即指丈夫曾经许诺要与诗人携手到老、一同生死，而如今却背弃承诺，将她狠心抛弃。

心苦逾荼

诗人在首章讲述其夫妻感情从起初的和睦到后来丈夫变得挑剔，最终将她抛弃的事实之后，诗歌次章则着重描写了诗人离开的场景。"行道迟迟，中心有违。""迟迟"指行走缓慢之态。"违"有违背之意，亦有解为徘徊之意。此句是描写诗人辞别丈夫独自离家，行在路上且慢且缓，挪不开步子，因为她内心不愿意离开。在诗人离别伤感之际，丈夫又是怎样一番状态呢？"不远伊迩，薄送我畿。"这句与前句形成了文学上的鲜明对比。原来此时丈夫完全是另一番状态。"迩"意为近,"畿"意为门槛。"言君子与己诀别,不能远维近耳,送我裁于门内,无恩之甚。"(《毛诗郑笺》)按理说,夫妻一场面对分离时无论如何也该还存有几分情谊,丈夫理应送妻子一程,事实却是丈夫止步于门槛。这是真心送别吗?"薄"字用得极好,不仅说明了丈夫在送别时,其行为上之勉强,更道出他的薄情无义。

丈夫在最后分别时如此冷酷无情,诗人心中悲伤万分,所以说道:"谁谓荼苦,其甘如荠。""荼"指苦菜,"荠"指带有甜味的荠菜。诗人感慨自问:谁说苦菜苦呢?与我如今的状态相比,苦菜可谓如荠菜一般甘甜了。诗人运用了一个源自生活体验的比喻来说明其内心苦闷至极。这份苦楚除了是因为丈夫在分别时的薄情冷漠,还有一个更深层的原因:"宴尔新昏,如兄如弟。"原来此时丈夫已经有了新欢且要与之成婚,所以才待诗人如此冷漠,可见其喜新厌旧,薄情至甚。诗人心中痛苦难耐,而丈夫却沉浸新婚燕尔的欢愉之中。"宴"即快乐之意,"如兄如弟"是指丈夫与新欢两人亲热得如同兄弟一般。一边是丈夫欢乐的婚礼,一边是妻子落寞的背影,诗歌此处文学对比极其强烈,将诗人内心难以接受、无法释怀的情绪推向极致。

泾渭分明

诗歌第三章进一步表达出诗人内心的不甘与不满。"泾以渭浊,湜湜其沚。""泾"指泾水,"渭"是渭水,"湜"《说文解字》里解为"水清底见","沚"三家诗里都作"止","止"在《说文解字》里解为"下基也",即底部之意。此句是指原本清澈见底的泾水因流入渭水之中而变浑浊。渭水是黄河最大的一条支流，因水中多泥沙故非常浑浊。泾水是渭河的支流，其水非常清澈。泾渭二水在西安相汇，汇合处清浊分明。此处诗人以"泾水"自比，作为妻子的她如"泾水"般清澈见底，而其丈夫却如"渭水"般污秽浑浊，与他在一起让原本清澈的自己变得浑浊不堪。现在常用到"泾渭分明"这一成语，就是出自此诗，用以形容人与人、事与事之间界限分明。是什么事情让诗人觉得被"污染"了呢？"宴尔新昏，不我屑以。""屑"是纯洁之意。原来是因为丈夫喜新厌旧，抛弃原妻与他人再婚这件事情使他们原本从一而终纯洁的婚姻变得浑浊，让诗人陷在这份污浊关系中受尽屈辱。"屑"也有顾及之意，意为丈夫因有新欢就不再顾及原妻，这种解释也能说通，但个人认为将其理解为纯洁之意更能与"泾以渭浊"的比喻产生逻辑上的关联。

　　既然已经"泾以渭浊"，诗人要如何做到与丈夫"泾渭分明"呢？"毋逝我梁，毋发我笱。""梁"指捕鱼时用石头堆起的鱼坝，"笱"是捕鱼用的竹篓，二者是结合使用的，先用鱼坝堵，再用鱼篓捕鱼。"发"通"拔"，是打开之意。此句表达了诗人内心的不甘与怨恨之情，既然分开那就此分清。诗人在告诉丈夫：请你不要再动我做的鱼坝，也不要打开我放置的鱼篓，这些都是我曾经对家庭的付出，是属于我的，别人不许碰触。我想读者可以感受到这些都只是诗人不甘心的气话。既然都要离去了，又怎能管得了别人动不动那鱼坝、鱼篓呢？所以诗人接着自我宽慰道："我躬不阅，遑恤我后。""躬"即自身之意，"阅"是接纳之意，"遑"意为来不及，"恤"是忧虑顾及之意。诗人"旋又自叹自解"(方玉润《诗经原始》),她明白自己已被抛弃,哪还能顾得了自己走后之事呢?鱼坝和鱼篓又跟自己有什么关系呢?在发泄了心中的委屈愤恨之后,只得为自己开解,对于离开之后的事情就让它释然吧。

　　诗歌至此,已将诗人被抛弃的原因说清,诗人心中因离别而委屈伤苦、怨恨不甘的情绪也表达得淋漓尽致。但故事到此还未结束,人在离别时往往会回忆过往。诗人过去究竟做过些什么呢?是不是真的有不足之处才导致被抛弃的结局呢?接下来诗人开始回忆往昔的点滴,也借此进一步抒发其内心情感。

谷风（二）

贫贱之知不可忘，糟糠之妻不下堂

黾勉持家

诗歌第四章"就其深矣，方之舟之"，"方"即指小竹筏，"舟"指小船。此句是指如遇水深之处，就撑竹筏或行小舟渡过。"就其浅矣，泳之游之"意思是如遇水浅之处，就游泳渡过。诗歌此处为何突然写到渡河呢？人生处世就如渡河涉水，要知深浅度时务，而婚姻持家亦是同样的道理，经营家庭也需要懂得时宜、运用智慧。诗人此时可能是在离别的路上无意间走到一处河边渡口，望着河水触景深情，想到自己平日操持家庭就如渡过不同深浅的河水一般，纵然纷繁复杂，但自己依然能有力有节处理得当。诗人是如何操持管理家庭的呢？"何有何亡，黾勉求之。""亡"通"无"。在经营家庭的过程中，家中物品或有或少，诗人都能勤勉置办，可见其为家庭付出之多。更难能可贵的是操持家事之余，她还能为左邻右舍提供帮助，"凡民有丧，匍匐救之"就说明了这点。"丧"泛指凶祸或困难之事，"匍匐"现在理解为手脚伏地行走，此处为竭尽全力之意。朱熹在《诗集传》里讲：

"妇人自陈其治家勤劳之事。言我随事、尽其心力、而为之。深则方舟、浅则泳游。不计其有与亡、而勉强以求之。又周睦其邻里乡党、莫不尽其道也。"诗人陈述了她治家勤劳的过往之事,诉说了她为家庭尽心尽力,处事得当,有缺失也努力创造经营,又能与相邻街坊和睦相处,不管从哪个方面来说都做得符合妇德。

追忆糟糠之时

诗人既是家中的贤内助,也是街坊的好邻居,可惜她的丈夫却不懂珍惜。每每想到过往所付出的一切,诗人又怎能不倍感委屈呢?诗歌接下来更进一步,诗人将回忆再往前推进到成婚之初的岁月。"不我能慉,反以我为雠。""慉"三家诗皆作"愹",意指扶持,引申为爱之意。"雠"通"仇"。诗人抱怨薄情的丈夫不仅不再爱护帮助自己,而且还以她为仇。"既阻我德,贾用不售。""阻"即为难、拒绝之意,"贾"指商品。"既难却我,隐蔽我之善,我修妇道而事之,觊其察己,犹见疏外,如卖物之不售。"(《毛诗郑笺》)如今丈夫已不念旧情,拒绝妻子的好意,对妻子以往的付出视而不见。诗人自感如同一件尚好的商品,置于市集却无人问津,只剩下无尽的凄凉孤寂。无论自己付出再多,做得再好,丈夫始终冷漠待之,这是因为他心中已没有了爱。"昔育恐育鞫,及尔颠覆。"朱熹《诗集传》解此句道:"育恐,谓生于恐惧之中,育鞫,谓生于穷困之际。"诗人想到当年初婚之际,虽然家中一贫如洗,生活穷困潦倒,但彼此却能患难与共,从未有怨言。而如今"既生既育,比予于毒",如今家境转好,不再为贫困担忧,但丈夫已不再记得当初同甘共苦的夫妻之情,在他眼中妻子就好像是一条令人厌恶的毒虫。诗人如泣如诉,痛诉丈夫丝毫不顾念当初岁月,无情至甚。古人有云:"贫贱之知不可忘,糟糠之妻不下堂。""糟糠"指酒糟、米糠之类粗劣食物,旧时穷人用以充饥。意思是在贫困潦倒时愿意与你相交的朋友才是真朋友,千万不能忘却;在患难困苦时陪伴你的妻子也绝不该将其抛弃。人生起伏无常,生命中的低谷就如一面镜子,一方面能让每个人看清楚自己到底有多大的能力、承受力和意志力,得到自我历练,在艰苦环境下学会奋勇向前;另外一方面,这面镜子还能照亮身边的朋友、亲人、爱人,可以看清哪些人会离你而去,哪些人会陪你到底。《谷风》一诗的诗人就是这样一位"糟糠之妻",她在丈夫最穷困潦倒时不离不弃,与他患难与共,不曾想她的丈夫早已将这些忘得一干二净,家境改善后就开始嫌弃她年老色衰,对诗人冷漠无情之甚让读者也倍感不公,心酸不已。

邶风

为他人作嫁衣裳

诗歌末章"我有旨蓄,亦以御冬"。"旨蓄"即指蓄以过冬的美味干菜、腌菜。古人生活不如现代,食物极其匮乏,冬季不能种植收获,所以需要提前预备食物。诗人善于持家,冬天来临之前就早早准备好腌制的蔬菜,以备过冬。如今被弃后,她曾为家庭所做的一切都已不再属于她。"宴尔新昏,以我御穷。"丈夫现在又娶新欢,新婚之后就用诗人所储备的食物舒舒服服度过冬季,而诗人只能独自离开。如果这些储藏只是留给丈夫一人食用,诗人或许还心甘情愿,但是他却要与新欢分享诗人辛苦的劳动成果。诗人勤勉持家到头来却为他人作嫁衣裳,这是何等令人无法接受啊!"有洸有溃,既诒我肄。""洸洸,武也;溃溃,怒也"(《毛诗》),"洸"原指水激荡而波光涌动,"溃"指水流溃决而四散流淌。诗歌借用水流状态引申形容人愤怒暴戾之态,在此均指丈夫对诗人动粗暴怒。不仅他在态度上对妻子蛮横无理,在实际生活中也不愿意承担家庭责任,所以诗人写道"既诒我肄","诒"意为留下,"肄"指劳苦的工作。丈夫将最苦最累的工作都留给诗人,可见其对家庭毫无担当。末句"不念昔者,伊余来塈"是诗人最后的喟叹。"塈"王先谦在《诗三家义集疏》中解为通"爱",诗人哀叹:如今这位冷漠的薄情郎已完全不再顾念过去,而自己心中却还有一份爱,所以诗人才始终无法做到像丈夫那般冷酷无情。

  此诗六章叙事与抒情相互交融,抒发了诗人内心因被丈夫抛弃而无比委屈痛苦之情。如今读来依然让人无比心酸,只可恨古时男尊女卑,若换作在现代,如此抛弃糟糠之妻的薄情之人根本不值得妻子留恋。

式 微

微言大义，千古归隐文学始祖

式微，式微，胡不归？微君之故，胡为乎中露？
式微，式微，胡不归？微君之躬，胡为乎泥中？

苦役百姓的怨言

《式微》一诗极其简短，一共两章且重复较多。现在主要认为此诗表达了苦于劳役的百姓对统治者发出的深深抱怨，然而就是这样一首简单的诗歌对后世却产生了极大的影响，可谓是微言大义。

诗歌两章首句完全相同。"式"是发语词，无实际涵义，"微"是幽暗、灰暗之意。高亨在《诗经今读》中认为"微"通"黴"，《广雅》中解"黴"为"黑"，古人用"微"表示日月无光、天空灰暗。因此，"式微"在此即指天色灰暗。"胡不归"，"胡"即为何之意。诗人在问：天色已黑，为何还不回家呢？这是一个设问句，诗歌下句就给出了答案："微君之故"。此句的

邶风

"微"与"式微"之"微"意思就不同了,是否定之意。之所以不得回家,还不是因为统治者的缘故啊。"胡为乎中露","露"指夜晚的露水,因为统治者令诗人苦于劳役,所以天黑仍在劳苦赶工,被夜晚的露水沾湿了衣服。下章"微君之躬,胡为乎泥中","躬"指身体之意,在此也指统治者,意思是若非因为统治者,诗人又怎会如此辛苦,陷于淤泥之中呢?"夜露"和"淤泥"先后出现,可见诗人苦役工作的环境之恶劣肮脏、泥泞不堪。

微言大义

此诗单从字面解读应是一首苦役百姓的怨言之歌,但它有没有更深一层的理解呢?方玉润在《诗经原始》中评价道:"语浅意深,中藏无限义理,未许粗心人卤莽读过。"意思是此诗文字虽浅,但却意义深厚,读者可不能粗心鲁莽地简单读过了之。此诗究竟蕴藏了什么深刻意涵呢?

首先是对"式微"的理解。字面是指天色黑暗之意,更深层的理解则是诗人以昏暗天空作比,隐喻其所处环境之衰微阴暗。诗歌连用两遍"式微"更是用意深切。"再言之者,言衰之甚也"(朱熹《诗集传》),诗人一遍一遍地重复是为了着重指出其所面临的环境阴暗衰微至甚。其次是对"夜露"和"淤泥"的理解。二者也非单纯指露水泥土,而是引申比喻卑贱、屈辱之事。"夜露"的引申含义在《召南·行露》一诗中曾出现过,诗人用夜晚的露水沾湿外衣来比喻自己遭受了不公和屈辱,此诗也是异曲同工。另外,古人常用陷于污浊不堪的淤泥来比喻陷于卑贱屈辱之中,故诗中"淤泥"的引申含义亦可显而易见。

由此可见，此诗虽诗文简短却微言大义、内涵颇深，历来也有诸多关于此诗背景的深入拓展解读。

黎国往事

古时关于此诗的主要两种解读都是从一个古老的诸侯国——黎国展开的。古时称黑土为"黎"。山东靠近海滨区域土壤带黑色，故这片地区也被称为黎，居于此地最早的人群亦被称为黎人。他们迅速繁衍成为中国最早的原始种族，在黄帝时代黎人已是东部大族并形成许多派系，称为"九黎"，其中"九"代表众多之意。后来黄帝统一中原各大部落，黎族也在战争中一再失败，被迫不断迁移。商朝时有两个黎国，其中一个位于山西，之后被周文王所灭，另一个位于山东。这两个黎国都是远古部落九黎之后。这与《式微》一诗有何关联呢？

一种说法是《毛诗》里所讲："黎侯寓于卫，其臣劝以归也。"春秋时期黎国被北方少数民族狄人侵占，国君黎侯出逃寄居在卫。古时侵略中原国的少数民族有个特点，他们虽然侵略但不久居，只抢夺所需财物。因此黎国大臣希望黎侯能够尽早回国振兴国家，故作此诗，寓意国君迟迟不归就如天空暗了人们无法回家一般，国人跟着黎侯一起在卫国寄人篱下受尽屈辱，就如同衣沾"夜露"和深陷"淤泥"一般，他们盼望能早日回到自己的祖国。

另外一种解读出自鲁诗，是关于黎庄夫人的故事。这个故事出自《列女传》，也是从黎侯寄居卫国讲起。当时卫国国君将女儿嫁给黎侯，即黎庄夫人。这当然是一门只有利益可言的政治婚姻，婚后二人因习惯爱好截然不同，故虽有夫妻之名，而无夫妻之实。黎庄夫人的保母同情夫人贤惠，但不被黎侯宠爱，故作此诗，意在奉劝黎庄夫人早日离开黎侯，不要陷于这样一场有名无实的婚姻之中。结果黎庄夫人断然拒绝，依然选择从一而终坚守婚姻。此二种解读，历来《毛诗》所解影响较大，赞同较多。

千古归隐文学始祖

　　《毛诗》对此诗中"劝归"一词的理解对后世影响很大，因此"式微"一词的含义也渐渐引申为中国古典诗歌中"归隐"之意象。"归隐"指从世俗缧绁之中脱身而出，回归真我自然之意。以"式微"表"归隐"对后世文人影响很深，尤其是田园诗人的诗歌和文章中有诸多引用。王维《渭川田家》一诗中有"即此羡闲逸，怅然吟式微"，孟浩然亦有诗云"因君故乡去，遥寄式微吟"，都是用"式微"一词表"归隐"之意。

　　此外，历来打动无数人的陶潜名作《归去来辞》，首句"归去来兮，田园将芜胡不归？既自以心为形役，奚惆怅而独悲？"意思是：回家去吧！田园将要荒芜，为什么还不回去呢？既然明知自己的心灵为形体所役使，为何还要如此失意而独自伤悲？这句文字直击人心，虽未直写"式微"二字，但"胡不归"一问也是出自《式微》一诗，可见此诗对后来文人影响之深，可谓千古归隐文学始祖。

旄 丘

一场等待，由春至冬，从期望到绝望

> 旄丘之葛兮，何诞之节兮。叔兮伯兮，何多日也？
> 何其处也？必有与也。何其久也？必有以也。
> 狐裘蒙戎，匪车不东。叔兮伯兮，靡所与同。
> 琐兮尾兮，流离之子。叔兮伯兮，褎如充耳。

邶风

一场等待

关于《旄丘》一诗的背景故事历来有诸多不同看法和争议，不过明确的一点是此诗是在描写一场等待。诗人将等待过程中层层递进的心理状态刻画得淋漓尽致。诗歌共四章，可分成两部分来品读，首先是诗歌的前两章。

"旄丘之葛兮"，"旄丘"在《毛诗》里解为"前高后下曰旄丘"，指前高后低的小土山。也有其他解释认为"旄丘"指卫国的一处地名，我个人认为小山的解释更为恰当。因为这是一首描写等待的诗歌，而登高是古人在等待过程中最常见的一种表现。

读者可以想象这样一幅画面，诗人心怀焦虑登上一座小山，向远方驻足眺望，希望自己所等的人能够出现。诗人在向远方眺望等待时就望见了山间的"葛"。"何诞之节兮"，"诞"通"延"，即蔓延生长之意，"节"指葛的枝节。此处特别要注意一个字——"何"，所以这是一句疑问：为何山间的葛在伸展枝节蔓延生长呢？这句疑问说明诗人已不止一次登山眺望，因为若他只去了一次是不会发现植物生长的变化的。另外，"葛"点出了时节，葛是春天初生夏季长成的植物，这说明诗人至少已经等待了一季。"何者，警讶之词，览物起兴，以见为日之多。"（王先谦《诗三家义集疏》）"何"表达的是诗人内心的惊讶与追问，他看到事物变迁和植物生长才突然意识到时间已过了很久，自己也已不知不觉中等待了很久。

"叔兮伯兮"，"叔伯"是理解此诗歌的关键。一般来说"叔伯"是古时兄弟之称，亦有理解认为此处"叔伯"指统治者。首章末句又是一句疑问："何多日也"，同样也点出诗人等待之久。

自问自答

为何等待之人还不来呢？对方又能否听到诗人内心的疑问呢？在通讯落后的古时，诗人无法即时联系到所等之人，所以他心中的疑惑必是得不到任何回应的。焦躁疑虑是人在等待时的最初状态，当这样的疑虑始终得不到确定答案时，也许会自己给自己一个能接受的答案，这是人之常情。诗歌次章便是诗人给自己的答案："何其处也？必有与也。""处"即停留、安居之意，"与"指同行之人。诗人自问自答：为什么我等的人还不归来，还停留在原地不出发呢？或许是因为他在等另外同行的人一起吧，所以耽搁了一些时间。"何其久也？必有以也。""以"意指原因、缘故。诗人继续自问：为何对方让我等了这么久呢？他一定有不可抗的原因吧。言下之意，诗人认为并不是对方不愿意来，而是他必定遇到了某种不得已的情况才令自己久等。

诗歌次章承接首章的焦躁疑虑，从诗人自问自答中读者可以感受到他内心还抱有期望，认为所等之人一定会出现，也给自己心中的疑惑找到了能让自己宽慰的答案。这种状态应该每个人或多或少都经历过，在等待时心中不由自主地去联想猜测对方不来的原因。清代姚际恒评价诗歌次章"自问自答，望人情景如画"，意指诗歌在此运用了自问自答的文学手法，将诗人焦躁等待的心理状态刻画得逼真如画。

充耳不闻

等候的时间愈久，诗人心中的失落也愈强烈，诗歌后两章层层递进地描写出诗人心理上之变化。"狐裘蒙戎"一句最重要的一个信息是令读者知道诗人已从春夏等到了寒冬。从起初心中抱有期望到如今已是满满失落。"蒙戎"《毛诗》解为"以言乱也"，指狐裘外衣上的皮毛蓬松杂乱。"风诗美刺多寄服饰"（王先谦《诗三家义集疏》），此正与诗人内心的忐忑不安和纷乱失望相呼应。

"匪车不东"，字面解释是诗人在哀叹：并非我不愿驾车前往东方去寻找所等之人。原来，诗人消极久等至今而非主动去寻找对方，是无奈的、有原因的，原因就是："叔兮伯兮，靡所与同。""所与"即指身边之人,意指诗人是因为身边无人与他的想法相同、目标一致,所以才什么都做不了。人生中有很多事情并非能靠一己之力完成,而需要他人支持,同心协力才能做到。最怕的就是,身边本以为可依赖信任之人的想法却与自己完全不同,这就是诗人目前所处的境遇。诗人满心期望他人可以帮助自己,但是得到的只是令人失望的结局。他逐渐意识到曾经美好的期望即将破灭,只剩下孤独与无助。"琐兮尾兮,流离之子。""琐"即细微之意,"尾"《说文解字》里解为"微也",亦指渺小、低微之意,"流离"即飘散流亡之意。当一个人孤立无援时就会有这样的感受,觉得自己如此渺小孤独、流离失所。

末句"叔兮伯兮,褎如充耳"。"褎如"指盛装华饰,"充耳"是古人挂在冠冕两旁的装饰物,用丝带垂至两耳处。意指诗人并非没有祈求他人帮助,他也曾多次诉说心中所想,但身边人就好像被堵塞了耳朵一般,根本听不见他的呼唤。成语"充耳不闻"即是出自此诗,用以形容不听他人的话语与建议。此诗四章,"一章怪之,二章疑之,三章微讽之,四章直责之"(朱公迁),将一场等待从起初的期望到最后的绝望及等待之人的内心状态,层层递进描写得入木三分。

背景故事

此诗背后究竟是一个怎样的故事呢?历来比较多见的诠释是《毛诗》所讲的"黎之臣子以责于卫也"的故事背景。春秋时黎国受北方狄人侵占,黎国国君和部分臣子出逃寄居卫国。《旄丘》一诗即由此讲起,表达了寄居在卫的黎国臣子期盼卫国能出兵帮助他们回归故地，诗中"叔伯"即指卫国统治者。但卫国迟迟没有行动，所以黎国臣子作此诗讽刺卫君，表达心中不满。这个故事背景虽然讲得通，但与诗中"匪车不东"一句不符，因为据考证黎国地处卫国之西，卫国出兵应是往西而非往东。当然，历来亦有许多解读尝试解决这点矛盾，如认为此诗是滞留于黎国的大臣希望卫国能够派兵相助，故多次去往东边的卫国求助，却始终没有回应，也可备一说。现在比较多的解读是认为此诗讲述从外国流亡到卫国之人，盼望得到卫国贵族帮助却没有成功而作此诗。这样一来就不必考虑诗中提的方向问题，比较容易贯通诗意。不论是何种背景故事，此诗最出彩之处是其对焦躁等待之人心理状态变化层层深入的细致描写。

简 兮

解放肢体,向古人学习舞蹈

简兮简兮,方将万舞。日之方中,在前上处。
硕人俣俣,公庭万舞。有力如虎,执辔如组。
左手执籥,右手秉翟。赫如渥赭,公言锡爵。
山有榛,隰有苓。云谁之思?西方美人。彼美人兮,西方之人兮。

古人舞蹈的礼仪

《简兮》是《诗经》中第一首描写古代大型宫廷舞蹈的诗歌,文字虽简单,却给后世留下了宝贵的舞蹈史方面的资料。

诗歌共四章,首章是概写,道出了这场宫廷舞蹈开始的时间及舞蹈讯息。"简兮简兮,方将万舞。""简"在鲁诗中解为"择也",即挑选之意。"方将"是即将之意。"万舞"是一种古时在朝廷、宗庙和各种祭祀仪式上表演的舞蹈。"万者舞之总名,兼文、武二舞。"(王先谦《诗三家义集疏》)"万"是古代宫廷舞蹈的总称,它包含文舞、武舞两种。诗歌首句意为:挑选啊,挑选啊,因为万舞就要开始了!所要挑选的当然是舞者,"谓方将万舞,故先分别舞人,如'诸侯用六'是也"。(姚际恒)万舞开始之前先要甄选舞者,一方面要择优而选,另一方面是根据不同场合选择不同的舞蹈编制与礼仪。如周代诸侯等级只能用"六佾",而天子则可用"八佾",一佾为一行,一行八人。可见古人对于舞蹈礼仪是有明确规范的。

除舞者需筛选编排,万舞开始的时间亦有所规定。"日之方中",即指正午太阳当空之时。"古人仪节烦重,事毕需时,不独祭礼然矣,'日之方中',谓祭毕时。"(王先谦《诗三家义集疏》)古人的各种活动礼仪其开始结束都有时间规定,并非随性随时,诗歌所讲"日之方中"即指上午祭祀完毕后,待正午时分,万舞才能开始。"在前上处",即写到舞蹈主人公,意指领舞者站在队伍前列最显眼之处。

武舞举重若轻

诗歌首章描写了万舞即将开场,后两章则生动地描写了"万舞"具体是一种怎样的舞蹈。"硕人俣俣,公庭万舞。""硕"《说文解字》解为"头大也",此处引申为大之意,"硕人"即指身材高大之人。"俣"亦意为大,此句是指舞者身材魁梧健壮。"公庭"点出了舞蹈场合——公爵之庭堂。既然万舞是古时宫廷舞蹈之总称,包含文、武两类,诗歌就先描写了"武舞",这也是舞者为身材魁梧的"硕人"的原因所在。"有力如虎,执辔如组。""辔"指缰绳,"组"指编织的丝线。舞者力大如虎,手执马缰就如同舞动丝线般灵巧。此句说明舞者技艺高超、能力出群。"夫组织之匠,成文于手,犹良御执辔于手而调马口,以致万里也。"(高诱)技艺高超的纺织匠人可用手将丝线编织出美丽的花纹,优秀善驾的御马者也可用手控制缰绳,调动马力以致万里。诗中的舞者手执缰绳,技艺炉火纯青,粗大的缰绳在其手中好似轻柔的丝线,野性十足的马匹在其手下也变得温和顺从。这正是所谓的举重若轻,古人认为真正的能者在完成极其困难的事情时也会看似不费吹灰之力,诗中舞者正是如此技艺超群、举重若轻之人。也有解释认为此句所描述的舞蹈中并非真有匹马在宫廷之上令舞者执辔牵服,而是舞者手执丝帛模仿驾车的肢体动作。

文舞有礼有节

诗歌第三章描写了"文舞"。"左手执籥,右手秉翟。""籥"《说文解字》解为"乐之所管,三孔,以和众乐也",即是一种类似于笛但比笛短,只有三孔的吹奏乐器,用于舞蹈伴奏。"翟"指野鸡尾部长羽,可在舞蹈时手持挥舞。舞者在文舞时左手持三孔籥吹演伴奏,右手执野鸡彩羽翩翩挥舞。此句除描写文舞的具体表演内容外,还写出了舞者高超技艺及有礼有节。何以见得呢?首先,边舞蹈边奏乐体现了舞者和谐的节奏律动;其次,舞者挥舞的野鸡翎毛并非简单的道具,而是"礼"的代表。王先谦在《诗三家义集疏》中讲:"盖鸿舞者殷制,翟舞者周制。"商代舞蹈使用鸿羽,即大雁的羽毛,这种羽毛相对质朴,没有漂亮的色彩花纹。周代舞蹈则用了翟羽,即野鸡尾部翎毛,这种翎毛有着漂亮的花纹,它代表周代不仅注重内在质朴更注重外在礼仪,因此"秉翟"表达了周人重视礼仪的文化内涵。

舞者表演时高超的技艺还不足以诠释其出色绝伦,所以诗人补充写道,"赫如渥赭"。"赫"即红色,"渥"是湿润之意,"赭"是一种红色颜料。"赫如渥赭,谓其颜色赫然明盛,如霶渍赤土然也。"(王先谦《诗三家义集疏》)在完成舞蹈之后,舞者脸色红亮有光如同涂上红色颜料一般气色非凡,并没有因运动舞蹈而气喘失色。此句是进一步从舞者的脸色说明其高超技艺,是非常精彩到位的补充描写。《毛诗郑笺》总结:"硕人多才多艺,又能籥舞,言文武道备。"面对这样一位优秀的舞者,作为观众的公爵诸侯们当然被折服,不吝奖赏,所以"公言锡爵"。"锡"通"赐","爵"是三足酒器,意指公爵欣赏完舞蹈后即刻下令赏赐舞者美酒作为肯定与奖励。

讽刺诗还是爱慕诗?

诗歌前三章细致描写了这场公庭万舞的盛大场面及舞者的高超技巧,至此还只能算作一首赞美之歌,而此诗最精彩且特别之处在于诗歌末章,诗人在此突然笔锋急转。

"山有榛,隰有苓。""隰"指低洼潮湿之地。"榛"即榛树。"苓"历来解释较多,有解为苍耳,也有解为甘草、黄药,甚至荷花,总之应指生于低洼湿地的植物。此句意为山上有榛树,湿地有苓草。读者可能读到此处往往会有突兀之感,诗歌为何突然从公庭舞蹈转而写到高山湿地的树木植物了呢?《毛诗郑笺》解释道:"榛也,苓也,生各得其所,以言硕人处非其位",即山上榛树和湿地苓草都生长在最适合之地,而这位文武兼备、技艺高超的硕人舞者空有一身本领却依然只是一位公庭上的舞者,他的能力远超他现在所处的地位。从这一角度出发,此诗便是一首讽刺诗,讽刺统治者不懂用人,令如此贤能之士沦落为低微舞者。《毛诗》也认为此诗"刺不用贤也,卫之贤者,仕于伶官"。

"云谁之思","云"是语气词,此句意为当一位贤能之人被这样冷落,不能在其位时,他该想念谁呢?答案便是末句:"西方美人。彼美人兮,西方之人兮。"他思念的是西方美人。"美人"在此并非指漂亮女性,而是特指有德君子,"西方"特指周,因为周朝发迹于西。"言思周家盛时之贤者,皆见用于王朝。"(王先谦《诗三家义集疏》)诗人回想当年周朝建立之初、鼎盛之时,文王、武王等诸位贤明之君都能慧眼识人,各路贤才都得以派遣至最合适的岗位,而如今王室衰微,卫君亦不懂用人,令人扼腕叹息。

除讽刺诗的诠释角度外,此诗还有另一种理解角度,是一位女子在观看盛大万舞表演时,爱上了领舞的舞者,故作此诗。诗歌末章表达了她对舞者的爱慕之情,因为舞者来自西方,所以诗人称他为"西方之人"。这种解读也说得通。诗无达诂,读者可反复品读,找到自己认可的理解角度。

泉　水

心怀故乡泉，奈何不得归

　　毖彼泉水，亦流于淇。有怀于卫，靡日不思。娈彼诸姬，聊与之谋。

　　出宿于泲，饮饯于祢。女子有行，远父母兄弟。问我诸姑，遂及伯姊。

　　出宿于干，饮饯于言。载脂载舝，还车言迈。遄臻于卫，不瑕有害？

　　我思肥泉，兹之永叹。思须与漕，我心悠悠。驾言出游，以写我忧。

邶风

人不如泉

　　《泉水》一诗的背景，历来有诸多不同说法，不过明确的一点是，诗歌表达了一位从卫国嫁到他国的女子的思乡之情。

　　诗歌共四章，先看首章。"毖彼泉水"，"毖"朱熹解为"泉始出之貌"，意指泉水涌动而出的样子。此处"泉水"并非泛指，而是特指一处卫国水名。"亦流于淇","淇"即淇河,也是卫国水名。整句意为:涌动的泉水流淌而出,最终流入淇河之中。"泉淇皆卫地水,女适异国,无由得见,追忆之以起兴。"(王先谦《诗三家义集疏》)泉水、淇河皆卫国水名,诗人因远嫁异国,故而思念故乡的山川河水,诗歌首句便用泉水流入淇河来道出诗人对于故乡山河的眷恋思念之情。另一方面,诗人想到泉水流出最终还能汇入淇河,而自己却远嫁他方再也回不了故乡,只得空有思乡之愁,为之无奈忧伤。"有怀于卫,靡日不思。""靡"即无之意,意指诗人心中每日都在挂念故国。这一句不仅直接写出诗人的乡愁,也明确说明诗人思念的国家就是卫国。如此的思念之情该向谁述说呢?"娈彼诸姬,聊与之谋。""娈"即美好之意。卫国是姬姓国,因此"诸姬"指诸多卫国女子。先秦时贵族婚姻有媵妾制,出嫁女子通常会有同姓女子陪嫁,这些陪嫁的女子也均为姬姓卫人,故称"诸姬"。诗人身处异国他乡,身边有几位随自己陪嫁而来的故国姐妹同伴是非常珍贵的,所以诗人认为她们极其美丽。"聊与之谋","聊"即姑且之意,"谋"多被理解为谋划之意,其实有见面之意,所谓"谋面"即此意。诗歌此句讲述了诗人因心中满怀思乡之情,故与身边陪嫁姐妹们见面,述说心中愁闷。

追忆出嫁之时

一个人在思念故乡时,最容易想到的必定是离开故乡那天的场景,这往往是最让人难忘的。诗人远嫁他国,出嫁时与父母亲人别离的那天仍是历历在目,所以诗歌次章便是诗人追忆出嫁那天的场景:"出宿于泲,饮饯于祢。""泲""祢"均为卫国地名。

"宿"指停留之意,"饮饯"指送行时所摆下之酒宴。"送行饮酒曰饯"(《韩诗》),古人有送别之礼,尤其诗人作为贵族女子,远嫁送别就更加隆重。父母亲人长路远送,在最后离别处摆下酒席,饮酒而别。诗人回想出嫁之时,父母亲人一路送行,他们在沛地休息停留,在祢地摆下酒宴饯别。何以见得此句是在描述出嫁送别呢?因为下句"女子有行,远父母兄弟"。"行"在此即出嫁之意。"问我诸姑,遂及伯姊。""问"指问候之意,"姑"指父亲的姐妹,"姊"指同胞姐姐。亲人们一路送行且一送再送,但送君千里终须一别,所以在祢地作最后分别。摆下酒宴,诗人最后再与亲人们一一问候道别,这些场景至今历历在目,让诗人难以忘却。

臆想返乡

诗人如此思念故乡,何不返乡探亲呢?事实上古代出嫁女子的生活与现代完全不同,回娘家并非寻常之事。尤其对于贵族女子来说,出嫁后回娘家更是困难。因此,诗人只能通过想象自己回家的美好来聊以自慰,诗歌第三章便是描述她心中的想象。"出宿于干,饮饯于言。""干""言"是诗人当前所在之国的两处地名。诗人想象自己要回卫国,夫家将其送至干地暂时停歇,再送到言地饯行告别。诗人臆想得如此具体,可见她心中不止一次地想象过自己回故乡的路线,所以在何处停歇、何处饯别早在心中导演筹划了无数遍。此外,诗人也懂得回娘家不宜停留过久的道理,故也想好了如何速去速回的对策:"载脂载辖,还车言迈。""脂"指油脂,用于润滑马车车轴。"辖"指车轴两头的金属。诗人知道回去一次时间有限,所以要在马车上多涂油脂,在车轴插上金属辖,这样就能加快赶路的速度。"遄臻于卫","遄"是迅速之意,"臻"是到达之意。诗人多希望能速去速回,只为见一眼思念已久的故乡。"不瑕有害"是诗人在内心自问:如此速去速回绝不会有任何问题,为何不能回去呢?此处不仅是反问,更是诗人在为自己筹谋已久的回国想法找一个正当理由。

出游消愁

只可惜臆想终究只是臆想,回不去的事实仍是她无法改变的。诗歌末章则是描写了诗人如何排解心中的思乡之愁。"我思肥泉","肥泉"即指诗歌开篇提及的"泉水",这是一种文学上首尾呼应的写作手法,再次用思念家乡的泉水来表达诗人思乡之情。"兹之永叹","兹"在《说文解字》中解为"草木多益",即草木盛多之意,在此引申为增益之意。意指诗人每每想到故乡泉水,其内心的乡愁就不断地滋长,但事实上她又不得回国,所以只得无奈长叹:"思须与漕,我心悠悠。""须""漕"都是卫国地名。前句诗人想到故乡的山河泉水而思乡长叹,这句则是想到故乡的城市心感忧伤。这份忧伤要如何开解呢?"驾言出游,以写我忧。""写"通"泻",是抒发、发泄之意,诗人只能通过驾车出游来消解抒发心中的无限乡愁。

为何不得归?

此诗在文学上的特别之处在于虚实结合,诗人一边实写心中对于故乡山河之思念,一边虚写驾车归卫的臆想情景来抒发内心乡愁,末尾又从虚幻想象回到现实,诗人只能通过出游来排遣心中郁闷。此诗的背景故事是什么呢?按理说,不论贵族或平民,古时出嫁女子都应有归宁之时,为何诗人却连一次都回不去自己的故乡呢?历来对于此诗背后故事的诠释有很多。

第一种诠释来自《毛诗》,认为此诗是"卫女思归也。嫁于诸侯,父母终思归宁而不得,故作是诗以自见也"。卫国女子远嫁他国而思念故乡,但自己的父母已去世,故无法再回家乡。古时诸侯贵族,出嫁女子的父母若健在,便可以定期归宁,若父母去世,就不能再回娘家。诗人思念家乡其他亲人而感到忧伤,但由于当时礼仪所限无法再回国,故作此诗以表心中无限思乡之愁。《毛诗》的解读对后世影响很大,所以逐渐引申出另一层涵义——"发乎于情,止乎于礼"。古代儒家的礼教认为一个人感情再强烈,行为上也要符合礼仪。诗人虽然有着强烈的思乡情绪,多次想象谋划归家的情景路线,也考虑了速去速回的合理性,但最终没有付诸行动,没有让自己的行动越过礼仪之界限。因此,后世多认为诗人的行为是"发乎于情,止乎于礼"的典范。

另一种解释认为此诗作者是许穆夫人。许穆夫人是卫懿公之妹,因政治联姻嫁于许穆公,故被称为许穆夫人。许穆夫人嫁到许国后,卫懿公在北方狄人入侵的战争中死去,卫国濒临灭亡。诗歌末章所讲"思须与漕",其中"须"是卫国故都,战后被狄人攻陷,"漕"是卫国战后新都,所以诗歌这句提及了卫国因战乱而产生的国都迁移。许穆夫人得知故国之难,希望许穆公能出兵帮助卫国收复国土，可许穆公怕引火烧身，不愿出兵。许穆夫人无奈之际决定亲自返卫，但却遭到许国大臣的拦阻指责，她在悲愤无奈中写作此诗，以抒发自己对祖国的热爱思念之情，故乡有难却不得回，内心的忧伤跃然纸上。

北 门

人生最苦无知己

出自北门,忧心殷殷。终窭且贫,莫知我艰。已焉哉!天实为之,谓之何哉!

王事适我,政事一埤益我。我入自外,室人交遍谪我。已焉哉!天实为之,谓之何哉!

王事敦我,政事一埤遗我。我入自外,室人交遍摧我。已焉哉!天实为之,谓之何哉!

君子忧道不忧贫

《北门》一诗描写了一位朝廷官员日夜操劳、公事繁重,却依然窘困艰辛,得不到认可的故事。诗歌共三章,可分两个部分来品读,首先是诗歌第一章。

"出自北门,忧心殷殷。""殷"通"隐",意为忧愁深重之貌。诗人是一位朝中小官吏,独自从城北门而出,心中充满隐忧。他在忧虑什么呢?"终窭且贫"。"窭"在《说文解字》里解为"无礼居也",朱熹在《诗集传》里讲:"窭者,贫而无以为礼也",意指因生活贫穷而无法做到事事都符合礼仪。有人不禁疑问,贫穷会导致为人处世上的不合礼仪吗?这点虽非绝对,但很多时候生活中人际关系的打理是需要一定物质基础的,对于诗人这样一位有着一定身份的官吏来说更是如此。所谓"仓廪实而知礼节,衣食足而知荣辱",拥有财富不代表有礼,但如果基本生活都捉襟见肘,就免不了为了维持生计去做一些委求于人有损尊严礼节之事。古人云,"马行无力皆因瘦,人不风流只为贫",再有脚力的千里马,若吃不饱也就跑不远,而人如果没有一定的物质基础也就很难做到生活上的完全体面。财富虽非万能,但若过于贫穷,为人处世就难免会有顾虑与不得已之处。另外一点值得注意的是,"窭"放在"贫"之前,是让读者明白对于诗人来说,忧心之处更在于因贫穷而失去为人的尊严礼仪,并非贫穷本身。《论语》里讲:"君子谋道不谋食,君子忧道不忧贫"。真正的君子心中追求的是道,是在生活中为人处世的尊严礼仪,并非简单所谓的财富或物质享受。

莫知我艰

诗歌至此,读者可能会简单地认为诗人因贫穷生活得不够体面故而为之忧虑,然而诗歌下句就写出了诗人所真正忧虑的其实并非这点,而是"莫知我艰"。方玉润在《诗经原始》里讲"莫知二字是主",原来诗人不被他人理解才是此诗真正的主旨所在。古有谚语:"谁为为之?孰令听之?"意思是:我做这一切是为了谁呢?谁又能真的听懂我的心声呢?人生最无奈忧伤的并非物质上的匮乏，也不是因贫穷而产生的不体面或失礼的生活，而是自己为他人的付出与所遭受的艰难，他人却不懂。因为人最需要的是理解。诗歌后两章就告诉了读者何人不理解诗人。原来诗人于公得不到卫君的认可赏识，于私又得不到家人的关心理解。面对如此境遇，诗人只得无奈感慨："已焉哉！天实为之，谓之何哉！""已"是既然之意，诗歌三章后一半都重复了这句哀叹，反复强调表达了诗人觉得人到此地步，既贫穷落魄又无尊严礼仪，更得不到他人理解，可能这是天命吧，让人无话可说。

困于内外

诗歌首章是一个总体概写，道出了诗人内心的深深隐忧，所忧者非贫穷，而是不被理解。因此诗歌后两章就不再提及贫穷之事，而是主要描写了诗人于公于私都得不到理解的事实。后两章首句都是诗人在讲述自己作为一位在朝官吏是如何被统治者不理解的。"王事适我，政事一埤益我。""王事""政事"皆指公务差事。"适"通"擿"，意指扔。"适我"即指统治者将繁重的差事扔给诗人。"埤"在《说文解字》里解为"增也"，意为增加，"益"也有增益添加之意。统治者丝毫不理解诗人的艰辛疾劳，不仅将公事都扔给他做，还不断地增加他的工作量，他一人承担如此繁重的工作却得不到相应的报偿，痛苦至极。诗中"适"字用得极好，表达出统治者在委派工作时完全不考虑诗人感受，一股脑全都丢给他去完成。末章"王事敦我，政事一埤遗我"，"敦"即敦促之意，意指统治者不但将大量工作都扔于诗人，还一直催促他，根本不顾及他能否承受如此大量的工作，冷漠无情令人寒心。

诗歌后两章中间两句:"我入自外,室人交遍谪我""我入自外,室人交遍摧我"。"谪"即责备之意。"摧"《毛诗郑笺》里解为"摧者,刺讥之言",意指讽刺挖苦。原来诗人不仅在朝中公务繁重又不得统治者理解,他的家人也联合起来轮番责怪数落、讽刺挖苦他。家是每个人的依靠与港湾,而诗人却遭遇家人如此对待,这是多么令人寒心。"王室既适我矣,政事又一切以埤益我。其劳如此,而窭贫又甚,室人至无以自安,而交遍谪我。则其困于内外极矣。"(朱熹《诗集传》)诗人的处境真的是困于内外到了极致,只得一遍又一遍地重复哀叹:"已焉哉!天实为之,谓之何哉!"

患不知人也

通常认为此诗描写了一位于内于外都得不到理解且工作艰辛又贫困窘迫的底层官吏的悲哀诉苦之声。不过我想对于千年后的读者来说,仅仅同情诗人的遭遇是不够的,更应去思考此诗能带给我们怎样的关于为人处世的反思。其中最重要的启迪就是教会我们要去体谅他人,学会换位思考。

《论语》里讲,"不患人之不己知,患不知人也",意思是不怕他人不了解自己,最怕的是自己不能了解他人。他人不理解自己固然令人无奈,但至少我们还是可以尽量表达自己,试图让人理解。但为人处世若没有换位思考的能力,不懂得去了解他人的处境和想法,那就是一个大问题了。《北门》一诗讲到的统治者和诗人的家人都犯了这样一个以自我为中心、不换位思考理解他人的错误。首先，对公而言，管理者在分派工作时应换位思考下属的感受，思考这位下属能否承担这些工作，试着体会他的心理状态。如果只是不负责任地把工作全塞下去，即使报酬不低，下属的心里还是会有意见。工作的分配不纯粹是钱的问题，更重要的是对于他人的尊重，主动关心和换位思考并给予他人尊严和认可是一名优秀管理者的基本素养。其次，对内而言，换位思考对待家人亲友也同样重要。体谅亲人在生活中的难处、苦恼，给予他们理解和帮助，这才是亲人间应有的相处关系。所谓"家和万事兴"，家庭最重要的是和睦，彼此理解和互相体谅是建立和睦的基础。若能互相扶持、相处和睦，即使家境再贫困窘迫，一家人也能过得开心知足。

因此，此诗也是一首能让后世读者反思为人处世之道的诗歌，让读者学会静下心来换位思考、理解他人，避免以自我为中心，如此待人既能获取他人尊重，又能在生活各方面建立良好的关系。

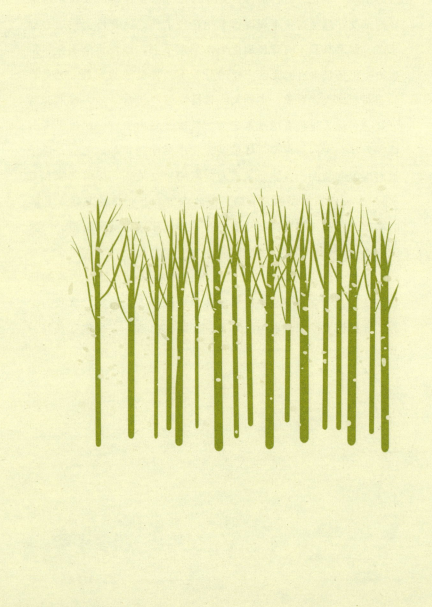

北 风

良禽择木而栖,贤臣择主而事

  北风其凉,雨雪其雱。惠而好我,携手同行。其虚其邪?既亟只且!
  北风其喈,雨雪其霏。惠而好我,携手同归。其虚其邪?既亟只且!
  莫赤匪狐,莫黑匪乌。惠而好我,携手同车。其虚其邪?既亟只且!

严寒风雪喻世道危乱

  《北风》一诗讲述了诗人和友人一起逃避祸害,远走避难的故事。诗歌共三章,文字上有诸多重复,先品读诗歌前两章。
  "北风其凉,雨雪其雱。""北风"在《毛诗郑笺》里解为"寒凉之风,病害万物",意指冬季的寒冷北风,北风不像"凯风""南风"温暖滋润万物,它凛冽刺骨、病害万物且还常常伴随大雪。"雨雪"的"雨"作动词用,即下雪之意。"其凉""其霏"可理解为"凉凉""霏霏","霏"是形容雪下得很大的样子。诗歌首句总体描述了严寒将至、北风呼啸、大雪纷飞,一派阴冷压抑的气氛。次章首句也是类似意涵,只是将"凉"换成了"喈","霏"换成了"霏"。"喈"通"湝",《说文解字》里解为"寒",亦表寒冷之意。"霏,雨雪分散之状"(朱熹《诗集传》),也是指大雪纷飞。

朱熹在《诗集传》里讲:"言北风雨雪,以比国家危乱将至。"诗人以北风凛冽、大雪漫天开篇,隐喻其所处时代即将面临危乱。北风起,冬天将至,动物们都各自躲藏起来,怕寒冷的候鸟也迁往南方,同样当一个国家处于危乱边缘,统治者昏暗不明,社会动荡不安时,人们也会像动物遭遇寒冬那样四散躲藏逃离。

贤者见几而去

诗人用严寒雨雪天气隐喻世道衰败后切入正题,开始描述逃离。"惠而好我,携手同行。""惠而"即惠然,古时"然""而"通用,意为服从、赞同。"好"在此作动词用,是待人友好之意。"行"是道路之意。《毛诗郑笺》里讲:"性仁爱而又好我者,与我想携持同道而去,疾时政也。"面临如此严酷的社会政治环境必然要逃脱避难,诗人当然要叫上志同道合的知心好友一起上路。次章此句"惠而好我,携手同归"也是同义。"归"需要特别注意,朱熹《诗集传》解释说,"归者,去而不反之辞也",是指离开一个不属于自己的地方,回到所归属之地去,意味着离开就再也不回来了。"其虚其邪?""虚"通"舒","邪"通

"徐",二字都是缓慢从容之意。诗人呼唤好友一同逃离,可他们竟然还一副笃定从容之态,完全不知大难将至。诗人不得不催促道:"既亟只且。""亟"是赶紧、急切之意。有的解释认为"亟"通"急",其实有失偏颇。"亟"和"急"虽都表急切之意,但在古时用法却是不同的。"亟"指事情急切,而"急"则指心里着急,此诗中指逃难一事非常急迫,所以此处"亟"作本义解更合适。"只且"是语助词,无实际涵义。诗人不断催促好友:不要慢悠悠啦!事情已经很紧急了,我们赶紧走吧!

诗人看似简单的催促其实大有隐意。试想一下,如果时局已糟糕得非常明显,诗人的好友们还会如此慢慢悠悠吗?他们之所以如此从容舒缓,是因为没有意识到情况的危急和紧迫。因此,可以证明诗人是一位能够洞察社会时局走向的智者,他一定是通过一些细微征兆预测到危乱将至。这便是所谓的贤人智者,当普通人无所察觉时,他却能看得更远更透彻。这样的人才能占据主动把握先机,否则真等到社会政局已混乱动荡,再想逃离又怎么来得及呢?因此方玉润在《诗经原始》里亦认为此诗是"贤者见几而作也"。

奇语似古童谣

诗歌末章"莫赤匪狐,莫黑匪乌","狐"是狐狸,"乌"指乌鸦。此句意为天下狐狸都是红色,天下乌鸦都是黑色。诗人借此作比,讽刺当时卫国统治者们自上而下都昏暗无能,暴政虐民。如今"天下乌鸦一般黑"这句谚语就是出自此诗。另外,此句中的红、黑二色也是有所指。高亨在《诗经今注》里解释:

"诗以狐比大官,以乌鸦比小官。周代大官穿红衣,小官穿黑衣。"诗人用狐狸和乌鸦来作比喻可谓十分贴切,这两种动物在古代都是不祥之物。如《封神榜》中,因为狐狸精妲己作乱导致了商朝灭亡。乌鸦因其叫声诡异在古人眼中也是不吉之鸟。方玉润在《诗经原始》中评论此句:"妖孽频兴,造语奇辟,似古童谣",认为赤狐黑乌都属妖孽,它们的出现是国家社会祸乱的征兆。诗中讲到这两种动物,用语古怪奇特,就好像是上古诡异童谣一般。古时人们都相信当一个国家将要灭亡时,街头巷尾就会传唱一些诡异童谣,且多出自小儿之口,是不祥征兆。如《东周列国志》里讲到西周灭亡的故事是从一个童谣开始的,当时周宣王在路上见到几个小童拍手唱着一首童谣,"月将升,日将没。檿弧箕箙,几亡周国",意思是:月亮要升起,太阳要落下,桑木做的弓,箕木做的箭袋,周国将要灭亡。这听着就很诡异,怎可能是出自小儿之口呢?宣王害怕,就问童谣是何人所作,百姓回答是一位红衣小孩教给大家的,教完后,此人就不知所踪,极其恐怖诡异。值得注意的是西周是在幽王时灭亡,而幽王是宣王之子,所以这首带有预言性的可怕童谣居然早在宣王时就已传唱。同样《北风》一诗的诗人也是很早就预见亡国异象,在普通人都未察觉之时,他已经准备逃难。诗歌末句再次重复:"惠而好我,携手同车。其虚其邪?既亟只且!"这又是描写诗人预见大难将至,反复催促友人赶紧一同逃离避祸。

良禽择木而栖

通读诗歌,读者可感受到诗人所处的时代即将面临危乱以及他呼唤好友赶紧逃难的急迫心情,也能发现诗人是一位洞察细微、能预见时局发展的贤人智者。

不过,对比之前的《柏舟》一诗,诗人有着高尚气节,即使受到不公与诬陷,忧愁伤心到捶胸顿足、夜不能寐,依然坚定地留在自己的祖国,不妥协不放弃。而此诗中,诗人虽然是一位贤者能士,但当他预见危乱将至,为何选择逃跑呢?这似乎有些缺乏气节。君子应该是要有坚定的社会责任心,国家存亡的关键时刻怎能自己先逃离呢?关于这点疑问,方玉润在《诗经原始》里这样解释,"与首篇《柏舟》忧谗悯乱之作相应。盖彼知其乱而不忍去,此则见其将亡而比速去",即认为《北风》《柏舟》两诗相互对应,《柏舟》讲述了贤臣虽面对国家纷乱,但还有挽救的余地,所以不忍离去,而《北风》的诗人则预见了国家将要灭亡的征兆,且已回天乏术,所以选择赶紧离开。正所谓"良禽择木而栖,贤臣择主而事",既然当下危乱已无药可救,趁早离开或许是一种明智的选择吧。关于诗人选择逃离这一行为的理解,仁者见仁智者见智。读者可以试想一下如果自己是这位诗人,面临所处国家的危乱昏暗,甚至即将灭亡,自己又会作何选择呢?是留下与祖国共命运,还是早点避难远祸呢?每个人心中都会有一个属于自己的答案。

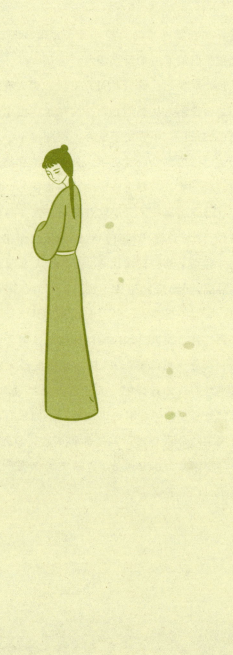

静 女

以爱之名,化平凡为珍贵!

静女其姝,俟我于城隅。爱而不见,搔首踟蹰。
静女其娈,贻我彤管。彤管有炜,说怿女美。
自牧归荑,洵美且异。匪女之为美,美人之贻。

悸动的约会

《静女》一诗是一首真挚的情歌。诗歌共三章,可分为两部分来解读,首先是诗歌首章。

首章讲述了一场情侣间充满悸动心情的约会。"静女其姝,俟我于城隅。""静女"指文雅安静的姑娘,也有认为"静"通"靖",是美好之意。"俟"是等待、等候之意,"隅"最初是指山水弯曲处,后引申为角落之意,所以"城隅"即指城墙角落的隐蔽处。诗人和心仪女子相约,幽会地点不会在大庭广众之下,所以约在城角人少之地。诗人如约而至,不曾想这位姑娘却和他开了个小小的玩笑。"爱而不见,搔首踟蹰。""爱"通"薆",

意为隐蔽、躲避,有种故意躲避起来不让人看见之意。这位赴约的姑娘也很俏皮,她可能早早就到了约定的城角,趁诗人还未到,就决定捉弄他一下,于是故意躲藏起来,看看诗人到达后未见到她时着急的神情。"搔首踟蹰"一句描写得特别传神。明儒黄一正解释道:"搔首,人烦急而手爬其首;踟蹰,行不前也。""搔首"指人在急躁心烦时不由自主用手抓头的样子,"踟蹰"是指人心乱不定时在原地徘徊不前之态。这两个动作生动地刻画了诗人此刻心急如焚、焦灼不安的神态。这真是一场既考验耐心又令人悸动的约会。用以形容人心情焦灼、彷徨犹豫的成语"搔首踟蹰",正是出自此诗。

甜蜜的回味

诗人最终在城角见到心爱的女子了吗?诗中没有直接交代。后两章中,诗歌进一步描写了约会之后诗人拿着姑娘赠送的定情礼物,睹物思人、爱意绵绵,由此也可得知诗人应该如约见到了心仪的姑娘。

"静女其娈,贻我彤管。""娈"是指女子美好。"贻"是赠送之意。"彤管"即是姑娘赠予诗人的定情礼物。古时写字草字头和竹字头通用,所以"管"通"菅",指茅草,"彤管"即指红色茅草。"彤管有炜,说怿女美。""炜"《说文解字》解为"盛赤也",意指红得发亮,像火焰一般。诗歌在此不仅指茅草颜色火红,更想表达的是这份爱情的真挚火热。"说怿"是喜爱之意,诗人捧着这份美丽的礼物,心中思念着心爱的姑娘,真的是爱不释手。"自牧归荑,洵美且异。""牧"即郊外,"归"通

"馈",即馈赠之意,"荑"也是意为初生的茅草,指的就是上句所讲的"彤管"。诗歌又一次提及这份爱情礼物,它是姑娘从野外特地采摘回来赠予诗人的。"洵美且异","洵"是副词,是实在、确实之意,"异"在此是特别之意,在诗人眼中,这份定情信物真是鲜艳美丽而又特别至极。

爱人及物

"彤管"如此美丽特别,难道它是一种世间稀有的植物吗?其实不然,"彤管"只是一种常见的生长在野外的茅草,并非罕见之物。诗人为何如此爱不释手又叹其特别呢?诗歌的末句便道出了答案:"匪女之为美,美人之贻。"原来并非这茅草有多么美丽,而是因为它是心爱的姑娘所赠。《尚书》里讲,"爱人者,兼其屋上之乌",意思是如果喜欢一个人会连他家屋顶上的乌鸦也一同喜欢。真正爱一个人的时候,所有与其相关的事物都似乎有了这个人的气息,都变得惹人喜爱。"爱屋及乌""爱人及物"这样的成语也沿用至今。王先谦在《诗三家义集疏》中解释道:"美此人之贻我,重其人,因爱其物耳。"诗人正是有这样一番心绪。因为他心中无比喜爱这位姑娘,所以虽然礼物只是普通的茅草,也依然令他觉得格外特别,由此也说明诗人对于这位姑娘爱之深切,这就是所谓的"物轻情重"。

存在的意义

诗中关于茅草的描述并非客观的,而是源自诗人的心理。诗人充满爱意的心让如此平凡的事物变得与众不同。人类最特别之

邶风

处就在于我们是富有强烈情感的动物。我们无时无刻不在与这世界上的事物发生联系，并用我们的意识赋予周遭一切以独有的意义与内涵，从而让平凡事物和我们的生命产生关联。《小王子》里有一段关于小王子和玫瑰花的故事。花园中有一朵玫瑰花，小王子每天悉心浇灌它，保护它，除它身上的毛虫，倾听过它的怨艾和自诩，也聆听过它的沉默。纵使世界上的玫瑰千千万万，这一朵对于小王子来说却是独一无二的。小王子的付出使他与这朵玫瑰之间产生了感情关联，让一朵平凡无奇的花朵与他的生命产生了联系，因而变得意义非凡。明代哲学家王阳明的心学认为，世间任何事物的存在并非我们通常所以为的客观存在，真正的存在是对于每个人心灵和感知而言的。如在亚马逊丛林里的一朵小花，它在那里盛开虽是客观存在，但对我们而言它的存在是毫无意义的。因此，王阳明认为一朵你看不到的花，纵然在世界上的某处生长开放但却与你无关，它对你来说相当于是不存在的。如果我们真真切切地看到这朵花，感知到它并用心灵赋予它意义时，它对我们来说才是真的存在，这即是所谓的"心外无物"。英国哲学家贝克莱也有类似"存在即是被感知"的理论。《静女》一诗亦是如此，那棵原本长在野地里的茅草本与诗人无任何关联，恰恰由于诗人与心爱姑娘间的美好爱情，将这棵被当作礼物的普通小草赋予了特别的意义，这种属于心灵的意义让它胜过一切世间的珍宝。

新 台

喜剧片里的讽刺意味

新台有泚,河水瀰瀰。燕婉之求,蘧篨不鲜。
新台有洒,河水浼浼。燕婉之求,蘧篨不殄。
鱼网之设,鸿则离之。燕婉之求,得此戚施。

邶风

卫宣公其人

《新台》历来被认为是一首讽刺卫宣公的诗歌,所以在品读这首诗歌之前先了解一下卫宣公其人。《左传》中有关于卫宣公的记载:"初,卫宣公烝于夷姜,生急子,属诸右公子。为之娶于齐,而美,公取之。"先秦书籍总是能体现古人文字的精简干练,短短二十几个字,言简意赅但却意涵丰富。其中提及了卫宣公的两件事。首先是他与夷姜私通,生子名伋,立为右公子。为何说是私通呢?因为"烝"在古时指儿辈与母辈乱伦。夷姜是卫宣公父亲卫庄公的姜室,按辈分来说是宣公的后母,故称"烝"。宣公与后母私通本已是大逆不道,但还不止于此。《左传》还记载宣公为儿子伋从齐国娶妻，名为宣姜，后宣公得知宣姜貌美便在她嫁给伋之前，自己霸占了她。卫宣公先与后母私通，后又霸占儿媳，所做之事令人发指，留下荒淫无道之恶名一点也不为过。此诗就是当时卫国百姓厌恶宣公卑劣乱伦之行径而作，主要讽刺其霸占儿媳宣姜一事。

罪恶行径欲盖弥彰

此诗共三章，可分成两部分来解读，首先是诗歌前两章。前两章在文字结构上相对应，内容重复且相似，只有个别几字有所改动。"新台有泚"，"台"《尔雅》解为"四方而高曰台"，指方正且较高的建筑，所谓"新"即指新建之台。是谁又为何建造此台呢？《毛诗》里解释："纳伋之妻，筑新台于河上而要之。"原来"新台"是卫宣公所造，目的是为霸占儿媳，故在黄河边造此新台，用以迎娶宣姜。"泚"在三家诗中作"玼"，《说文解字》解为"玉色鲜也"，意指新玉颜色鲜美，此处引申为新台鲜明漂亮。"河水瀰瀰"，"河"在古文里特指黄河。黄河是中国的主要河流，其地位非常高，故特称"河"，古时称其他一般的河流为"水"。"瀰"指水流盛满。首句写出了刚建造落成的新台，鲜明别致，坐落黄河边上，应和盛满的河水，极其美丽。次章首句也是相似意涵，"新台有洒，河水浼浼。""洒"是高耸峻立之意，用以形容新台之高。"浼"在韩诗里作"浘"，亦指水流盛满之貌。诗歌开篇字面上是从赞美的角度描写了宣公刚建造的新台高峻鲜明，其实是在隐晦反讽。宣公造新台是一种为自己的丑恶行径掩人耳目的行为，所谓"此地无银三百两"，他以为建造一座华美崭新的高台，就可为自己荒淫无道的乱伦行为做遮掩。事实上，人人都知道这座华丽新台背后见不得人的丑恶之事，如此之举只是欲盖弥彰。

台新人衰

诗歌前两章的后一句："燕婉之求，籧篨不鲜""燕婉之求，籧篨不殄"。"燕婉"韩诗里解为"好貌"，指柔和美好之意。"籧篨"《说文解字》里解为"粗竹席也"。方玉润在《诗经原始》里讲："籧篨，疾之丑者也。本竹席名，编以为囷状，如今人之臃肿而不能俯，故又以名疾也。""籧篨"原指粗竹席，因为这种席子被编织成不能弯曲的囷状，所以后被引申为一种身体臃肿且不能俯身弯腰的疾病，诗歌此处的"籧篨"即指这种疾病之丑态，用以形容宣公年老丑陋之貌。"鲜"是善美之意，"不鲜"即不善不美。《毛诗郑笺》道："伋之妻齐女，来嫁于卫，其心本求燕婉之人，谓伋也；反得籧篨不善，谓宣公也。"齐国女子宣姜，本以为嫁到卫国是要嫁于一位柔和美好的夫君，即公子伋，万没想到却被卫宣公这丑陋的老公公所霸占。次章此句的"殄"通"腆"，也是善美之意，"不殄"即不善，与上章此句表达了相同涵义。

诗歌两章前句隐射宣公欲盖弥彰，在美丽高耸的高台背后做尽丑恶之事。后句又进一步做了一个文学上的对比来进行讽刺。新台作为一座崭新的华美高台，本应是让美好新人在此成婚，想不到来自齐国的佳人却被宣公这荒淫无道的丑恶之人霸占。"新台"与如同"籧篨"一般的卫宣公产生了鲜明对比，加强了诗歌的讽刺意味，用现在的俗语来形容就是"一朵鲜花插在了牛粪上"。

所求非所得

诗歌末章写得极为生动形象，将上文中的文学对比又作了进一步的刻画。"鱼网之设，鸿则离之。""鸿"据闻一多考证指癞蛤蟆，"离"在此通"罹"，是捕获之意。此句意为在捕鱼时，渔网都已安置完毕，本以为会捕到鲜美大鱼，结果只网到许多令人讨厌的癞蛤蟆。诗人在此处处皆隐喻，"捕鱼"一事即婚娶，古人常用钓鱼比婚姻或男女求偶之事。"渔网"比"新台"，而"癞蛤蟆"毫无疑问是形容宣公丑恶之态。这些隐喻生动贴切，将理想的美好与现实的丑恶间的落差刻画得淋漓尽致。末句"燕婉之求，得此戚施"，"戚施"亦是蛤蟆之意，意涵与前句相同。

此诗最大的特点是在文学上的极端对比，美好理想和残酷现实间的冲突构成了明显的戏剧张力，"新台"和"新娘"是如此美丽，却落到卫宣公这样一个丑恶荒淫的君主手中，"美"与"丑"之间的对比，"善"与"恶"之间的落差，构成了这首诗歌独有的艺术魅力。

喜剧的本质

这首讽刺诗给读者最大的感受就是读来十分可笑。宣公霸占宣姜就好似癞蛤蟆想吃天鹅肉，所以方玉润在《诗经原始》里评价此诗是"谈笑而道之"。全诗好比一部充满讽刺意味和深刻内涵的喜剧片。普通的喜剧可能只是看过哄堂大笑而已，而真正优秀的喜剧片是有深刻内涵的，在滑稽好笑的外衣之下隐含着极其严肃的主题，会让观众看过后有所反思，甚至有些会让人笑着流泪。

西方最早的喜剧源自古希腊，那些优秀的喜剧作品大多是在用诙谐戏谑的台词引逗观众欢笑的同时，借以揭露社会的矛盾或暴露政治的黑暗，背后反映的大多都是现实生活的残酷。喜剧之王卓别林的喜剧作品《摩登时代》《大独裁者》等，也并非只为逗观众一笑，而是为了表达一个个严肃且促人反思的时代问题。如《摩登时代》讲述了现代社会经济危机背景之下人与机器、人与人间的关系，这是对人性最深的拷问。《新台》一诗亦是如此，表面上诗人用戏谑的言语讲述了一个好笑的故事，背后却隐含着他对现实严肃的讽刺与批判。试想这样的国家，这样的国君，不仅直接导致了宣姜这位年轻的齐国新娘悲惨的人生，在如此统治者的管理之下，卫国人民又怎会有幸福的生活呢？

二子乘舟

有一种孝叫"愚孝"

二子乘舟,泛泛其景。愿言思子,中心养养。
二子乘舟,泛泛其逝。愿言思子,不瑕有害?

二子何许人也?

《二子乘舟》的"二子"是指两位男子,诗歌的内容是讲两人坐船离开的故事。解读此诗首先要明白"二子"何许人也。上一首诗歌《新台》讲述了荒淫无道的卫宣公与其后母私通,生下一子名伋,之后卫宣公霸占其子伋的未婚妻宣姜的故事。《二子乘舟》的故事便从这里继续。宣公娶宣姜后,宣姜为他生下二子,哥哥名寿,弟弟名朔。起初宣公宠爱公子伋,立他为太子,但在娶了宣姜后,可能宣公因霸占宣姜做贼心虚开始厌恶太子伋,所以想废伋太子之位。另一方面,宣姜也并非善类,她与小儿子朔一同在宣公面前诽谤太子伋,想要将他挤下太子之位。宣公于是派太子伋出使齐国,交给他白色旄节,并在暗中指使强盗埋伏在卫国边境，待看见手执白色旄节之人就将其杀死。宣姜长子寿得知此事后，在太子伋将要动身赴齐时，就劝告他千万不要出使齐国，并将刺杀一事和盘托出，催促太子伋赶快逃走。不曾想太子伋断然不从，他认为自己不能违背父亲之命，即便是死也要赴命使齐。公子寿为救太子伋只得再使一计，他待太子伋临走时，用酒将其灌醉，偷走白色旄节代其前往齐国。公子寿一到卫齐边境便被早已埋伏在此的强盗所杀，替太子伋而死。酒醒后的太子伋竟也闻讯赶到，主动对强盗说："你们应该杀的人是我。他有什么罪？请杀死我吧！"强盗随即也将太子伋杀害了。这就是历史上非常有名的太子伋和公子寿两兄弟争相赴死之事。此诗中的"二子"历来多被认为就是太子伋与公子寿。

忧心送别

此诗共两章，内容基本重复。首句"二子乘舟，泛泛其景"。"泛泛"是指小舟漂浮荡漾，"景"通"憬"，是远行之意，亦有说法认为"景"通"影"，指二人坐船远去之身影，也可说通。此句描写太子伋和公子寿兄弟二人坐小舟在水中漂荡，渐渐远去。下章首句"二子乘舟，泛泛其逝"，"逝"也是远去、消逝之意。"愿言思子，中心养养。""愿"是思念之意，"养"通"恙"，指心中忧虑不安。诗人内心哀叹：你们两兄弟就此远去，望着你们的身影，我心中充满了思念不舍与忧虑不安。下章"愿言思子，不瑕有害？""不瑕有害"也是诗人心中充满怀疑忧虑的自问，担心二子此去是否会遭遇祸患。此诗如此简单，字面上描写了诗人望二子坐舟远去，心中满是怀念又忧虑不安，希望他们不要遭遇不测，所以现在也有认为该诗内容与太子伋和公子寿没有关系，只是一首普通的送别诗。

同舟救太子

这首简简单单的送别诗，古人是如何将其与太子伋和公子寿两兄弟联系起来诠释的呢？汉代刘向在其《新序》中讲了这样一个故事："使人与伋乘舟于河中，将沉而杀之。寿知不能止也，固与之同舟，舟人不能杀。伋方乘舟时，伋傅母恐其死也，闵而作诗。"宣公企图杀太子伋，派他坐舟入河，想趁机让驶船之人将船弄沉以加害太子。公子寿得知此事后，想救太子伋但又不能公开阻止父母，所以就主动要求和太子伋一同出行，迫使卫宣公不得下手，致使此次暗杀行动失败。此诗就是因此故事而作，历来也有很多人都接受了这个故事。可是这样的诠释也有问题，因为史书上只记载了太子伋和公子寿争相出使齐国，在边境被杀之事，却对二人一起坐舟一事只字未提，所以刘向的这种解释很有可能只是为了迎合诗意的杜撰，并不十分可信。

陷亲于不义，非孝也

关于此诗另外还有一种解读，方玉润在《诗经原始》中认为此诗是讽刺太子伋和公子寿两兄弟争相赴死一事。读者可以思考一下，他们的做法究竟对不对呢？太子伋明知出使齐国是个陷阱还执意要去，因为他认为父亲的命令不能违背，即便赴死也不能逃避，这是他自认为的"孝"。真正的尽孝道，应该如此唯命是从吗?

　　司马迁在《史记·卫康叔世家》里有这样的评论:"余读世家言,至于宣公之太子以妇见诛,弟寿争死以相让,此与晋太子申生不敢明骊姬之过同,俱恶伤父之志。然卒死亡,何其悲也!或父子相杀,兄弟相灭,亦独何哉?"意思是太子伋和公子寿二人争相赴死,这种做法和晋国太子申生所做的又有何不同呢?他们这样白白死去,反而让他们的父亲背上恶名,就算死了也根本不值得为他们悲伤。他们这样做和一般父子相杀或兄弟相灭并没有区别。司马迁提到的晋太子申生是晋献公之子,也是晋国的太子。晋献公娶骊姬,骊姬为献公又生一子,于是便在献公面前诽谤申生,想改立自己的儿子为太子。最终申生居然选择自杀,所以司马迁认为太子伋和公子寿的所作所为与晋国太子申生是同一种性质,都不是真正的"孝",不值得同情。真正的孝是当父母要对自己实施不义之举或痛下杀手时,子女一定不能让他们得逞。因为如果让他们成功了,首先自己受到了伤害,其次父母也背上了不义的恶名。真正的孝是不能让父母背上如此的千古骂名。子女遇到这样的情况该怎么做呢?首先,如果父母还有理智良知,子女要努力劝诫他们放弃不义之举。如果劝诫无用,就该远离逃避。只要子女还有人身自由,就可以逃离以使父母不能加害自己,这样自己既得以保全,父母也不至于背上不义恶名。

　　方玉润在《诗经原始》里举了舜的例子,说道:"夫古人有行之者,舜是也。焚廪浚井,非不及人伦之变,而卒能保身以格亲心,所以为孝之大。"舜是五帝之一,他一直被父亲和后母迫害。父亲让他去修补屋顶借机放火想烧死他,让他去挖井借机往井里投石想砸死他,舜都能机智地逃脱,既保全性命,也不至于陷父母于不义之名。《史记·五帝本纪》里也记载舜的父母"常欲杀舜,舜避逃;及有小过,则受罪。舜事父及后母与弟,日以笃谨,匪有解"。每当舜的父母要杀害他时,他就想办法逃避;如果对他是小的惩罚,舜就乖乖顺从父母接受其罪。舜每天能够做到侍奉父母和友爱弟弟,在尽孝的同时都保持谨慎,从不懈怠。不愧为圣贤君子,他充满智慧让自己免于不测,又能够侍奉父母。反观太子伋,则是愚孝至极。明知道出使齐国会遇害,也知道自己遇害后父母要背上杀子的不义之名,还执意前往,更连累公子寿一同被害,这是多么愚蠢的行为啊!因此方玉润认为此诗主旨在于讽刺太子伋和公子寿,认为与其二人争相送死,还不如坐上小舟逃离卫国。这样既能保命,宣公也不至于背上杀子恶名,这才是孝子在万不得已时该做的正确决定。

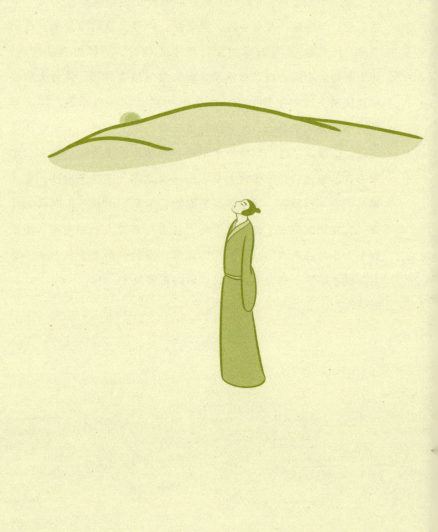

廓风

柏　舟

山无棱，天地合，才敢与君绝

泛彼柏舟，在彼中河。髧彼两髦，实维我仪。之死矢靡它。母也天只，不谅人只！

泛彼柏舟，在彼河侧。髧彼两髦，实维我特。之死矢靡慝。母也天只，不谅人只！

身虽飘零志不移

《鄘风》首篇《柏舟》的主旨明确，表达了一位女子对爱情的忠贞不渝。不过此诗背后的故事却有诸多不同诠释。

诗歌共两章，先看两章首句。"泛彼柏舟"，"泛"即漂浮之意，"柏舟"是用柏树木制作的小舟，"中河"即"河中"，指河水之中。下章此句的"河侧"指河两侧近岸处。二章首句都描写了用柏木做成的小舟在水中漂漂荡荡、随波逐流，一会儿漂到河中央，一会儿漂到河岸边。两句借漂动的小舟起兴，形象地比喻出诗人所处的无依无靠、飘零无定的人生状态。另外，柏树也富有内在气节,《论语》里讲"岁寒,然后知松柏之后雕也"。只有经历了最寒冷的时节才知松柏之挺拔不落。因此,诗人也是借柏舟自比,表示内心之坚持,虽处于飘零流离、无所依靠的绝境,但她依旧心志不移、信念坚定。

心有所属

诗歌两章次句"髧彼两髦","髧"指头发下垂之貌,"髦"通"髳",《说文解字》里解为"发至眉也",指额前留海垂至眉毛的位置。"两髦"是古时的一种发型,程俊英《诗经注析》提道:"古代未成年的男子前额头发分向两边披着,长齐眉毛,额后则扎成两绺,左右各一,称为两髦。"如此说来诗人爱慕的对象应是一位未成年男子吧?可也未必,因为这种发型不单属于年轻人,方玉润《诗经原始》引《丧大记》的解释:"幼时剪发为之。年虽成人,尤垂于两边,若父死,脱左髦,母死,脱右髦。亲没不髦,谓此也。"古人儿时将头发剪成"两髦"发型,长大成人后也一直留着,若父亲去世就剪去左边,若母亲去世就剪去右边,双亲都离世后才不再留髦。因此,诗人心仪男子也未必是一位未成年男子。这位男子的年纪对于理解此诗极为重要,这点稍后将详细说明。"实维我仪","仪"本意是法则、规则之意。在古代家庭关系中,丈夫是妻子的法度,"夫修于家,妻则而象之谓之仪,故'仪'训'匹'也"(王先谦《诗三家义集疏》)。古时丈夫在家中起到管理者的角色,妻子从属服从于丈夫,这样的从属关系称为"仪",在此引申为匹配之意。下章"实维我特","特"亦是匹配之意,"特"韩诗作"直",意为值得,也

鄘风

讲得通。总之，此句讲出诗人心仪对象是位留着"两髦"发型的男子，他与诗人合适匹配。由此可见，诗人对这份爱情已是心有所属且坚定不移。

至死不渝

既然诗人开篇即用柏舟自比，以表达对于爱情的坚定不移，所以读者也能够猜到故事的结局不是有情人终成眷属那么简单。

诗歌首章后一句："之死矢靡它。""之"通"至"，"之死"即至死之意，"矢"通"誓"。诗人发誓至死也不会再有其他想法，心里也不会再有其他爱慕对象。下章此句"之死矢靡慝"，"慝"历来有两种看法，一种是朱熹在《诗集传》里解为"邪也"，是邪念之意，在此引申为变心。另一种说法认为"慝"通"忒"，指变更、更改之意。总之两种解释都表达了诗人绝不变心的态度。此句坚定的誓言是诗人用以表达至死不渝的爱情信仰，不仅对自己说，同时也是说给那些阻碍她追求爱情的人听的。那些人是谁呢？"母也天只，不谅人只！"此句两个"只"都是语气词，"谅"是相信、体谅之意。这些人中首先是"母"，即诗人的母亲，其次是"天"，"天"历来有两种解释，一指诗人一边抱怨母亲不理解自己，阻碍自己与心仪男子间的爱情，另一方面又在向老天爷喟叹。这样的理解会产生一个疑问：诗人的父亲呢？所以，朱熹在《诗集传》里怀疑诗人的父亲此时已经去世，他说："母之于我，覆育之恩如天罔极，而何其不谅我之心乎？不及父者，疑时独母在，或非父意耳。"另一种关于"天"的解释出自晋代杜预："妇人在室则天父，出则天夫。"古时男尊女卑，未出嫁女子在家中以父为"天",出嫁后,以夫为"天",这是古代普遍认同的家庭伦理。故此句"天"指诗人的父亲。总之,不论哪种理解,都可以说明诗人在爱情中所面对的最大阻力是她最亲近的家人。父母的不理解,对她而言是最悲伤也无法接受的事实。

诗歌背后的爱情故事

此诗非常明确地表达了诗人对爱情坚定不移的信念,但具体的爱情对象是谁,诗中并未交代,这就留给后世诸多遐想的空间,甚至诗人爱慕的对象是生是死也有很大争议。前文提到"髧彼两髦"一句引发了对诗人心仪对象年龄的疑问,对此的答案引发出了对诗人身份的各种猜测。

第一种猜测认为诗人深爱的对象是一位未婚年轻男子,那么诗人也应是一位未婚待嫁女子。这便是姑娘爱上小伙、非他不嫁、可父母却执意将自己许配给其他男子的故事。另一种猜测认为诗人深爱的对象已经过世,所以诗人的身份是一位寡妇。清代姚际恒就持此主张,"当是贞妇有夫蚤死,其母欲嫁之,而誓死不愿之作",认为此诗是一位寡妇誓不改嫁的悲愤之作。《毛诗》也从此理解,并且还附加上了一个卫国的故事,认为此诗是"共姜自誓也。卫世子共伯蚤死,其妻守义,父母欲夺而嫁之,誓而弗许,故作是诗以绝之"。共姜是卫共伯之妻,共伯被其弟所杀,共姜贞洁守义不愿改嫁,写此诗以抒发内心悲怨之情。不过以此则故事来诠释诗歌疑点诸多,最明显的是据历史记载共伯被杀时已近五十,并不能谓之早逝,所以《毛诗》提及的故事背景牵强附会的可能性很大。其实,若单从字面理解,《柏舟》应该就是一首民间女子为了爱情信念,誓死不从家人安排而作的诗歌。

两首《柏舟》对比

　　值得注意的是,《邶风》首篇诗歌也名为《柏舟》,而且这两首同名的诗篇感情色彩有相似之处,都表达了诗人在面对不公时心中坚定不移的信念。不过两首诗歌也有不同之处。首先,在文学上两首诗歌有较大区别。《邶风·柏舟》文字描述隐约迂回,运用许多比喻间接抒发感情,如"我心匪石""我心匪鉴"这些句子令人印象深刻;《鄘风·柏舟》则完全相反,文字干练,诗人抒发感情时十分直白,没有过多迂回。其次,二诗在内容上也有所不同。《邶风·柏舟》通常被认为表达了为政官员受到小人陷害和不公待遇时,依然坚定不妥协的高尚气节;而《鄘风·柏舟》则是一首关于女子对于爱情坚贞不渝的动人誓言。方玉润《诗经原始》评价:"《柏舟》二诗,一为贤臣忧谗悯乱之作,一为烈妇守贞不二之词,皆可以为后世法,又皆冠于二《风》之首。"无论内容有何不同,两首诗歌中主人公们坚定的信念都值得后世效仿,故此二诗均被置于两国风之首,这也说明古人编排之用心。

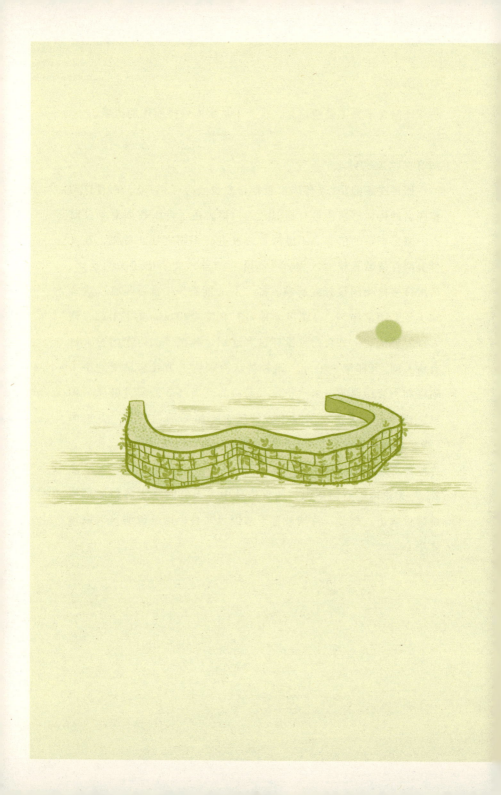

墙有茨

若要人不知，除非己莫为

墙有茨，不可扫也。中冓之言，不可道也。所可道也，言之丑也。
墙有茨，不可襄也。中冓之言，不可详也。所可详也，言之长也。
墙有茨，不可束也。中冓之言，不可读也。所可读也，言之辱也。

乱及三世的宣姜

《墙有茨》是一首讽刺当时贵族统治者宫廷生活荒淫无道的诗歌。自古以来多认为此诗所讽刺对象是卫宣姜。关于卫宣姜，在之前《新台》《二子乘舟》等诗中已做过介绍。宣姜其人并非善类，她与小儿子朔一同害死太子伋和公子寿，但其恶行远不止于此，齐诗讲，"墙茨之言，三世不安"，意指宣姜导致卫国连续三代统治都不得安宁。鲁诗里也有相同评论："卫宣姜乱及三世，至戴公而后宁。"宣姜祸乱三世，直到卫戴公继位，卫国才逐渐恢复安宁。具体在这三世中发生了什么呢？

第一世是宣公时期，宣公是个彻底的昏君，上烝下报，先与后母私通，后又霸占儿媳宣姜，宣姜乱卫也至此而始。第二世是宣姜幼子朔继位后，即卫惠公时期。因为宣姜曾与惠公一起害死太子伋，造成卫国一度混乱，部分卫国贵族打着为太子伋报仇的旗帜趁机起兵作乱。第三世是惠公之子赤继位后的卫懿公时期。卫懿公更是出了名的昏淫无道，司马迁在《史记》中记载："卫懿公即位，好鹤，淫乐奢侈。"懿公爱鹤并在宫中养鹤，不断扩建宫苑增加养鹤数量使百姓负担繁重，甚至还将鹤加封不同官阶，给予相应俸禄。懿公出游时，这些鹤分班侍从，各依品第乘载于华丽马车中同行。养鹤消耗大量资金，卫懿公就下令向百姓强征赋税，这使得百姓生活苦不堪言。就在卫懿公好鹤荒政时，北方狄人趁机突袭卫国，懿公此时才下令征兵，可百姓们都痛恨他入骨，纷纷说道："大王既然喜欢仙鹤，请派鹤去打仗吧！它们都享受官职俸禄，而我们穷得连饭都吃不饱，怎有力气打仗呢。"卫国人心涣散，军队不堪一击，懿公也惨死在狄人乱刀之下，据说他身上的肉被狄人分食，只剩下肝脏。卫国这三世的统治者，分别是宣姜的丈夫、儿子和孙子，所以古人评价宣姜乱及三世也不足为怪。

此外，宣姜还做过一件极其淫乱无耻之事。宣公死后，她与宣公另一子公子顽乱伦私通，生下三男二女。如此昏暗的政治环境和宫闱丑闻令卫国百姓愤慨不已，故作《墙有茨》揭露宣姜的无耻恶行。此诗特别之处在于并未点名道姓，而是从"不忍述说"的角度去反衬宫闱丑事，通篇欲言又止，可谓下笔绝妙。

墙有茨，喻人有礼

此诗是运用《诗经》中最常见的一唱三叹模式。虽然文字上有诸多重复，但通过不断反复更加强了诗歌的讽刺意涵。诗歌每章首句"墙有茨"，"墙"指围墙，"茨"是植物名，通常认为是蒺藜，是一种藤蔓植物，也被称为爬墙草。古人在墙上种蒺藜主要有两个作用，一是蒺藜果实带刺，可起防贼之用。另一方面墙上的蒺藜也可防闲内外，利用藤蔓植物的遮蔽可分隔内外，屋中之事不易被外人所知。此诗正是借用了"墙有茨"的这两层作用来作比反讽。

既然"茨"有加固围墙之用，就不能随意去除，所以诗歌三章分别讲道："不可扫""不可襄""不可束"。这三个动词的使用是层层递进的，"扫"即扫除之意，是最简单的清理方式。"襄"在《说文解字》里解为"解衣耕谓之襄"，原意指田野耕地时除草的动作。"扫"只是表面扫去，"襄"是类似于除草那样连根去除，比"扫"更进一步。"束"王先谦在《诗三家义集疏》里解释，"总聚而去之，言其净尽也，较扫、襄义又进"，指将所有东西聚集在一起去除，即把墙上所有"茨"都清理去除干净，涵义上更进一层。

诗歌三章首句都在告诉读者围墙之上蔓延生长的蒺藜不能去除，如果去除的话，围墙就会失去防护作用，变得不牢固。诗人用意当然并非字面之意如此简单，试想围墙没有了"茨"就不再牢固，同理，人如果没有了"礼"也就不能称之为人。王先谦在《诗三家义集疏》里讲："墙之有茨，以固其家，犹人之有礼，以固其国。"墙有茨是为固家,就如统治者有礼一样,统治者有礼,则国家也能稳固。言下之意,如遇到宣姜、宣公之类毫无礼仪的统治者,国家就会动乱不堪,百姓则不得安宁。即使对普通人而言,"礼"也是为人处世的根本之道,《荀子》里讲:"人无礼则不生,事无礼则不成,国家无礼则不宁。"古人尤其是儒家认为"礼"是贯穿百姓、文人君子到统治者的基本修身处世之道,如果失礼,则一切都无法成就。

内丑不可外扬

诗歌每章次句,诗人是从"墙有茨"的第二层作用来写的,即墙上的蒺藜具有遮蔽之用,可分隔内外。"中冓"指宫闱之内,诗人意指如若去除宫廷围墙上的"茨",宫内所发生之事就会人人皆知,那些丑恶至极的淫乱之事是外人不忍直视的啊!内丑不可外扬!

诗人同样运用了文字的层层变化进行描述:"不可道也""不可详也""不可读也"。"道"是普通言说之意;"详"指详细地说,在韩诗中作"扬",指扩散、传播之意,比"道"更进一步;"读"是反复言说之意。"盖道者约言之,详者多言之,读者反复言之。诗意盖谓约言尚不可,况多言之乎?况反覆言之乎?三章自有次第。"(胡承珙《毛诗后笺》)诗人用字上层层深入,是为表达宣姜在宫闱中所做荒淫之事,连简单言说都难以启齿,更何况细谈或反复传扬了,简直是难堪至极、羞耻至甚。

诗歌每章末句也是层层深入的描写。"所可道也,言之丑也"意思是:如果只是简单说出来,会觉得羞耻丑恶。"所可详也,言之长也"意思是：如果要详细地说，这样的丑事实在太多了，讲也讲不完。"所可读也，言之辱也"意思是：如果要反复地去说这些事情，真的是卫国统治者的奇耻大辱，也是卫国百姓的耻辱啊。

全诗只字未提究竟宫闱之内发生了怎样羞于言说之事，但诗人在写作手法上极具特色。诗歌欲言又止、欲说还休的反衬手法可谓别具一格，从侧面强烈讽刺了当时卫国统治者荒淫无道和失礼失德的生活作风。

若要人不知，除非己莫为

此诗还给后世留下一个警示，那就是"若要人不知，除非己莫为"这个道理。宋儒杨时评价此诗："自古淫乱之君，自以为秘于闺门之中，世无得而知者，故自肆而不反。圣人所以著之于经，使后世为恶者，知虽闺中之言，亦无隐而不彰也。"自古荒淫无道的统治者们，自以为在宫闱之中所做的丑恶之事外人不知，其实都是自欺欺人。《诗经》之所以会收入这首诗歌，我想也是为警示后人切勿作恶，作恶必被人所知。《中庸》里讲"君子慎独"，是指有道德的君子哪怕是一人独处，无人知晓其所做所为，依然能够自律守礼、谨慎言行，这才是真正的无愧于心、坦荡泰然。

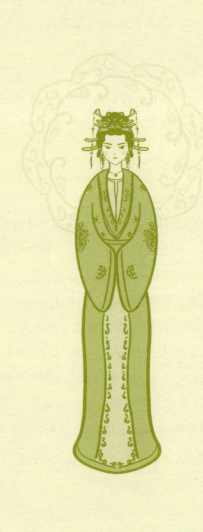

君子偕老

绣花枕头一包草，华丽背后的破败

　　君子偕老，副笄六珈。委委佗佗，如山如河，象服是宜。子之不淑，云如之何？

　　玼兮玼兮，其之翟也。鬒发如云，不屑髢也。玉之瑱也，象之揥也，扬且之皙也。胡然而天也？胡然而帝也？

　　瑳兮瑳兮，其之展也。蒙彼绉絺，是绁袢也。子之清扬，扬且之颜也。展如之人兮，邦之媛也！

绣花枕头一包草

　　《君子偕老》历来被认为是一首讽刺诗，用"丽辞"写"丑行"的反讽手法是此诗最特别之处。不过要贯通理解此诗，仅知道其文学手法是不够的。品读此诗之前，需要了解一个关键线索——诗歌的创作背景。历来此诗都被认为是讽刺卫宣姜，关于宣姜其人在之前的诗歌中已有所提及。此诗的写作背景是描写宣姜从齐国初嫁于卫的盛大婚礼。宣姜本是卫宣公之子伋的新娘，后被宣公强行霸占,诗人故作此诗加以讽刺。

诗歌首章是总体的概写。首句"君子偕老"一语出奇,方玉润在《诗经原始》里讲:"发端一语忽提'君子偕老',几与下文词义不相连属。"诗歌下文都在描述宣姜出嫁时华丽的衣装仪容,而发端首句诗人却莫名道出"君子偕老",似乎与下文内容毫无关联。其实诗人的用意是要借此句点出诗歌的创作背景。诗歌作于宣姜初嫁于卫宣公之时,世人对新婚男女最好的祝福便是希望新人白首偕老,"君子偕老"一句即点出这场婚礼看似祝福,实则反讽,讽刺宣姜和卫宣公的婚姻并非"君子偕老",反而充满了诸多无德无礼的丑恶行径。"副笄六珈"是描写宣姜的华丽首饰装扮,"副"通"覆",是一种覆盖在头顶的首饰,《释名》中解"王后首饰曰副,副,覆也,以覆首",是古时王后或诸侯夫人佩戴的首饰。"笄"指发簪,横向插于发中以固定头发及覆于头发上的"副"。"珈"指发簪两边垂下的饰物,一般为玉制,伴随步伐前后摇摆,故汉时也称"步摇"。"六珈"的"六"有说指代发簪两边下垂的"珈"的数量,也有说是古时六种祥瑞之兽,总之是用以描述宣姜头饰之丰富华丽。"副""笄""珈"是一整套华丽头饰,是古代王后或诸侯夫人所佩,诗歌在此点明了宣姜的高贵身份。

"委委佗佗,如山如河"是形容宣姜仪态之美。"委佗"指宣姜举止从容、姿态怡然自得之貌。"如山如河",王先谦在《诗三家义集疏》中解释,"如山凝然而重,如河渊然而深,皆以状德容之美",意指宣姜的仪态如高山稳重,如河水凝静。如此形容其实并不夸张,因为古人的服装举止是与不同场合相匹配的,诗歌下句"象服是宜"点明了此时并非一般场合。

"象服"指镶嵌珠宝、绘有文饰的华丽礼服,亦称"袆衣"。"袆是王后之服,而诸侯夫人得服之者,盖嫁摄盛之礼,明此诗为宣姜初至时作矣。"(王先谦《诗三家义集疏》)"袆衣"是古代贵族王后所穿礼服,身为诸侯夫人的宣姜只会在出嫁这样的隆重场合才会穿着。诗人在此再次点明诗歌写作背景是宣姜初嫁至卫时的情景。既然她身处如此隆重的场合,"如山如河"的仪态就不为过了。

至此,读者看到了一场盛大的婚礼,画面中是一位雍容华贵、举止庄重、姿态优雅的贵族女子。女子初婚本应是一件值得祝福的大事,但诗歌首章末句却笔锋一转,诗人通过一句疑问,极具戏剧性地将极端赞美之辞转为讽刺——"子之不淑,云如之何?""淑"即善美之意。此句反问:新娘宣姜,即便你身着礼服、头戴华饰、举止故作庄重,可你内在无德不善,空有这华丽外在又有何用呢?可以说是绣花枕头一包草。如此一句充满讽刺之反问现于极尽赞扬之后,反差尤为鲜明强烈,令人印象深刻。

何来颜面祭天地

诗歌次章,"玼兮玼兮","玼"原意指玉色鲜美,在此指崭新鲜明。何物崭新鲜明呢?"其之翟也","翟衣,祭服。刻绘为翟雉之形而彩画之以为饰也。"(朱熹《诗集传》)"翟"是绘有野鸡纹饰的祭祀礼服。宣姜所穿翟衣崭新靓丽,诗人借此说明此章要描写的是这场婚礼中的祭祀场景。

"鬒发如云,不屑髢也。"描写了宣姜秀发之美。"鬒"指乌黑头发,"如云"形容头发稠密状。"髢"是古人所用假发。发稀者需用假发,宣姜的秀发稠密如云且乌黑亮丽,完全无须假发装点。"玉之瑱也,象之揥也","瑱"即充耳,指垂于两耳旁玉制饰物,"揥"指发簪。此句继续描述宣姜佩戴了美玉充耳和象牙发簪,可见其首饰之华丽。"扬且之皙也","扬"指眉上额头,"皙"《说文解字》里解为"人色白也"。此句描写宣姜面额宽广且皮肤白皙明亮。诗人在反复描写宣姜的美丽非凡之后,次章末句再次出现文学上的反转,"胡然而天也?胡然而帝也?""胡"是为何之意,"而""如"古时通用,故此"而"是如同之意。此句反问为何宣姜如同天仙帝女一般在大婚之时祭祀天地呢?"言服翟衣事神明,必其德足当之,非谓姜有其德也,何如而可以事天?何如而可以事帝?此刺姜令自思。"(王先谦《诗三家义集疏》)宣姜初婚穿着翟衣祭祀神明,祭祀本身只是形式,更重要的是她内在德性必须端正才有资格祭祀,而诗歌上章很明确点明"子之不淑",所以诗人在此再次反问宣姜这般无德之人有何资格被称为天仙帝女?又有何资格祭祀天地祖先?诗文字字如针,讥讽之意表露无遗。

可惜美人无德

诗歌末章,"瑳兮瑳兮","瑳"与上章"玼"一样,均指玉色鲜明,这里也引申为崭新之意。何物崭新鲜明呢?"其之展也","展"是另一种礼服。周有"后妃六服",即王后或诸侯夫人有六种礼服。这些礼服不单是款式不同,其作用及穿着场合亦各有不同。之前讲到"象"是在最隆重的场合所穿,"翟"是祭祀时所穿,此句的"展"则是礼见君王宾客时所穿礼服。诗人借此点明此章要描写婚礼时会见君王宾客的环节。由此可见，诗歌三章层次绝非简单排列，宣姜所穿的三套礼服代表三个不同的场景，从婚礼盛典到祭祀天地祖先再到最后会见来宾，有层次递进的关系。在点明背景后，诗人继续赞叹宣姜之美："蒙彼绉绤，是绁袢也。""绉绤"指用精细葛布所制之衣。"绁袢"指贴身穿着的里衣。此句描写宣姜衣着之考究，贴身穿着的里衣之外是精细的葛布罩衣。"子之清扬，扬且之颜也。""清扬"指目光明亮。此句赞美宣姜双眸明亮、眉清目秀、面额宽广、容貌非凡。"展如之人兮，邦之媛也！""媛"指美人。诗歌末句赞叹宣姜乃国中之绝世美人。此句字面赞美，实则亦是隐讽，且带有怜惜之意。诗人叹息宣姜如此美貌的女子，原本该有一桩美好婚姻，结果却因卫宣公失德失礼，致使她沦落到如此丑恶的关系之中，真是可惜可叹。

宋儒东莱吕氏评价此诗："首章之末云：'子之不淑，云如之何'，责之也，二章之末云：'胡然而天也？胡然而帝也？'问之也，三章之末云：'展如之人兮，邦之媛也！'惜之也，辞益婉而意益深矣。"诗歌三章末句，从直责宣姜不淑，到疑问反问，再到怜惜同情，讽刺意味愈加晦涩减弱，而怜悯之意却愈加强烈，可见诗人不单意在挖苦讽刺，也对宣姜的不幸遭遇深感同情。体会诗人在情感上的逐章变化，正是理解此诗之关键。

桑 中

想唱就唱，唱你所想

爰采唐矣？沬之乡矣。云谁之思？美孟姜矣。期我乎桑中，要我乎上宫，送我乎淇之上矣。

爰采麦矣？沬之北矣。云谁之思？美孟弋矣。期我乎桑中，要我乎上宫，送我乎淇之上矣。

爰采葑矣？沬之东矣。云谁之思？美孟庸矣。期我乎桑中，要我乎上宫，送我乎淇之上矣。

鄘风

自问自答，道出思念之人

《桑中》一诗虽简单但特别，历来被称为"无题诗始祖"。从内容来看，诗歌主旨明确，是一首关于爱情甜美回忆的情诗。诗歌共三章，可分成两部分品读。

首先是诗歌每章前两句，诗人采用了自问自答的形式，这是民间歌谣最为常见的表达方式。"爰采唐矣？""爰"闻一多在《诗经新义》里解道："爰，'于焉'之合音，尤言在何处也。"

"唐"有说是蔓生植物女萝，还有说通"棠"，在此不必细考。诗人问道：到哪里采"唐"这种植物呢？"沬之乡矣"。"沬"经后人考证是指牧野，即当时卫国都城，故采唐应在牧野之乡。次章"爱采麦矣？沬之北矣"，意指何处采摘麦穗？答案是牧野之北。末章"爱采葑矣？沬之东矣"，"葑"指蔓菁，是类似萝卜的植物，意为何处采摘蔓菁？答案是牧野之东。

三章首句写到要采摘唐、麦、葑这些植物需去到不同地方。诗人想借此表达何意呢？诗人在此是用植物作比心仪的对象，"沬乡""沬北""沬东"这些地方不仅有尚好的植物，更有心仪的姑娘，所以诗人一想到这些地方就自然思念起自己的爱人了。诗人思念的爱人是谁呢？"云谁之思？美孟姜矣。"原来是美丽的孟姜。"孟姜"并非人名，春秋时女子不称名，一般是在她的姓氏前加上"孟、仲、叔、季"等字表示她在家中排位。年纪最长称"孟"，之后依次是"仲""叔"，年纪最小称"季"，所以此处"孟姜"指姜家长女。后两章"孟弋""孟庸"也是同样意涵，分别是指弋姓长女和庸姓长女。诗歌各章前半部分，诗人通过一问一答将爱情故事娓娓道来，道出心中所深深思念的对象。

甜美的爱情记忆

思念一人时理当会想到与对方一起经历过的事，诗歌各章末句就写了一段诗人与爱人间的甜美记忆，内容完全相同。"期我乎桑中"，"期"《说文解字》解为"会也"，即会面之意。"桑中"是卫国一处地名，亦称桑间。诗人与心仪的女子在桑中相识会面，双方一见钟情。"要我乎上宫"，"要"通"邀"，见面后

鄘风

姑娘主动邀请诗人去上宫约会。"上宫"有说是卫国地名,也有说是指某处高楼名。最后到了分手时刻,诗人要离开外出,彼此依依不舍,"送我乎淇之上矣"即指姑娘一路将诗人送至淇水岸边。从最初一见倾心到甜蜜约会,再到最后分别时的依依不舍,三章末句讲述了一场甜蜜爱情的回忆,又带有些许离别时的哀伤不舍。

作者何许人?

此诗内容极其简单,读者通常会产生一个疑问:此诗描写了诗人的美好爱情,但为何诗歌三章分别写了"孟姜""孟弋""孟庸"三位不同的姑娘呢?历来对诗歌作者身份的问题产生过诸多不同猜想。

首先,最为人接受的诠释源自《毛诗》。《毛诗》讲,"《桑中》,刺奔也",认为此诗讽刺了当时卫国贵族青年淫乱无道的生活作风。《毛诗郑笺》也认为,"男女相奔,不待媒氏以礼会之也",批判讽刺当时卫国贵族男女私奔,婚姻结合无礼失德。朱熹也认同此观点,还举姜、弋、庸都是当时贵族姓氏来证明这首诗讽刺的是贵族男女淫乱失德。这种理解在过去儒家礼教的环境下影响极大,但在现代读者看来可能并非如此,我们从诗歌里看到的是男女青年之间轻快直接、炽烈甜蜜的爱情,并无所谓的讽刺之意。

另外还有一种看法认为诗歌作者是位多情浪子。他去过许多地方,在不同地方遇到不同的姑娘,因沉浸在过往丰富的爱情经历之中而作此诗,其中多少有些得意之情。这种说法虽然可讲通，但却无法解释"桑中""上宫""淇水"在三章中的重复，难道诗人和不同的姑娘约会都是在同样的地点吗？所以关于浪子一说也有不妥。

最后一种看法，我个人比较认同，即认为此诗是当时卫国普通劳动者在日常劳作过程中集体创作出来的民间歌谣。日常劳作艰辛枯燥，男子们在劳动时，回忆曾经与心仪姑娘甜蜜约会的爱情经历，不仅可消除劳作之辛劳，还能用歌声表达自己对美好爱情的向往。如何解释诗歌每章重复约会地点的问题呢？其实"桑中"即桑间，此地是当时卫国青年男女聚会之处，《汉书·地理志》记载："卫地有桑间濮上之阻，男女亦亟聚会，声色生焉。"当时卫国桑间之地位于濮水之上，是青年男女幽会之处，所以诗里的"桑中"是一个标志性地点，可能当时卫国许多青年都是在那里结识心仪异性的，就类似现在的"相亲角"一样。"上宫""淇水"应该也是类似的标志性地点。因此，此诗应是卫国普通劳动者所传唱的固定格式民谣，诗中所提的三位女子均为虚指，每位青年在吟唱时都可以将女子的名字替换，就好比现在唱的《生日歌》，在给不同人庆生时就可将歌词中的人名改成要祝福的人名。

无题诗始祖

以民间传唱歌谣的角度去理解此诗，就会发现诗歌内容虚实结合、交错变化。"实"是它关于爱情的主旨，"虚"是诗歌中的地点、人名都非实指，可由歌唱者随心更换。因此，方玉润在《诗经原始》评价此诗说，"此姜与弋与庸，则尚在神灵恍惚、梦想依稀之际,此后世所谓无题诗也",认为诗中"孟姜""孟弋""孟庸"等女子名就像是诗人在恍惚梦境中的想象,并非确切真实之人,如此似是似非,也使《桑中》一诗成为后世无题诗之始祖。

何为"无题诗"呢?清代顾炎武说:"古人之诗,有诗而后有题;今人之诗,有题而后有诗。有诗而后有题者,其诗本乎情;有题而后有诗者,其诗徇乎物。"古人写诗多为无题诗,所谓无题诗是在创作时先有诗歌后加标题,这种创作过程是完全出自真情流露、不加限制。后人的诗歌,多是先有题,后作诗,如此创作便有所限制。正所谓"无题之诗,天籁也;有题之诗,人籁也"(袁枚)。无题诗有如天籁而成,有感而发,有题诗则多是刻意为之。王国维在《人间词话》里甚至讲,"诗有题而诗亡,词有题而词亡",认为诗词一旦有题就失去了生命力。虽然此言略有夸张,但由此可见"无题诗"之魅力所在。上古歌谣大多无题,如《诗经》《古诗十九首》等都是无题之作,诗人有感而发,并没有创作的思维定式。《诗经》中各篇的标题都是后人取诗歌前几字起的,所以只称此诗为无题诗始祖稍有不妥,但此诗的确典型地诠释了无题诗之特点。无题诗的特点是主旨较模糊,有些虽有大致主题,但内容仍晦涩难懂。例如此诗的主旨关于爱情,内容上虚实结合以抒情为主,但叙事部分却不明确,给人以遐想空间,读者可对号入座将其改编成一首属于自己的诗歌,从欣赏者转换为创作者。

中国历史上最有名的无题诗人非唐代李商隐莫属,他关于爱情的无题诗写得缠绵悱恻、优美动人。当然因为无题诗虚实结合的特点，李商隐的诸多诗歌显得过于隐晦迷离，很难解释。不过品读无题诗并非是要求得甚解，更重要的是在品读过程中结合自身经验去产生独有的体悟。如"相见时难别亦难，东风无力百花残""身无彩凤双飞翼，心有灵犀一点通"等句并不需读者明确知晓李商隐在句中所指是谁，因为每位读者在阅读时都会自然沉浸于自身感情经历中体会诗句之魅力。《桑中》一诗亦是如此，卫国青年们传唱此诗时，不会在意原诗所指"孟姜"究竟是何人，而会自然想到自己心仪的姑娘，回忆属于自己的情感经历，这才是此诗的精髓所在。

鹑之奔奔

人与禽兽的一线之隔

鹑之奔奔,鹊之彊彊。人之无良,我以为兄。
鹊之彊彊,鹑之奔奔。人之无良,我以为君。

鄘风

鹑鹊之比的争议

《鹑之奔奔》一诗主旨明确,直言不讳地谴责了卫国贵族阶层。诗歌内容简单,但历来争议颇多。

诗歌每章首句,"鹑之奔奔,鹊之彊彊""鹊之彊彊,鹑之奔奔","鹑"即鹌鹑,"鹊"指喜鹊。历来争议最多的是对"奔奔""彊彊"两个形容词的理解。对于这两个词,有两种完全截然相反的看法。

首先,比较普遍的理解出自《毛诗郑笺》,认为"'奔奔''彊彊',言其居有常匹,飞则相随之貌",即两词都用以指代鹌鹑、喜鹊成对栖息,成双出行时雌雄相随的样子。这种解释虽的确符合这两种鸟的生活习性,但"奔""彊"本意并无成双之意,为何叠用后能与成对栖息飞翔之意联系起来呢？王先谦在《诗三家义集疏》里尝试对此问题解释道，"《说文》：奔，走也。雌雄同走，是居有常匹；彊，健也。齐飞而羽翮健劲，是飞则相随"，即认为"奔"是奔走之意，描写鸟类雌雄同走；"彊"为强健之意，描写飞鸟齐飞羽翼健劲之态，故引申为鹑鹑喜鹊两两成对、雌雄相随。我个人认为这样的解释比较牵强，后世诸多解读都不假思考地沿用《毛诗郑笺》之解，但也无合理的解释，故此解值得商榷。

另有一解，三家诗齐鲁二诗中"奔奔"作"贲贲"，"彊彊"作"姜姜"。"贲"有勇猛、好斗之意，古有"虎贲军"，亦有"虎贲中郎将"等武将官职，此"贲"即为勇意。"贲"与诗中两种鸟类有何关系呢？其实鹑鹑是好斗之鸟，尤其雄鸟间经常斗得不可开交，所以民间还有鹑鹑斗架的活动。喜鹊也是如此，"鹊值他鸟争巢，列队相拒，亦善斗之鸟"（王先谦《诗三家义集疏》）。当有其他鸟类来争抢巢穴时，喜鹊会列队抵抗，也是种勇猛善斗之鸟。故"奔奔"在此解为鸟类争斗的样子。另外，古时"彊""强""姜"通用，所以"彊"在此有强健之意，亦是形容鸟类争斗时凶猛有力之状。

上述关于"奔奔""彊彊"二词涵义的不同解读截然相反，两种不同的诠释也将诗歌的解读引向了完全不同的方向。

究竟谴责何人？

诗歌两章次句从字面来说很好理解，是诗人的直言谴责。"人之无良"指人不善良。"我以为兄""我以为君"，诗人竟要以上句所讲的不善之人为兄、为君。言下之意即指如此无良之人不配为人兄长，为人之君。因对"奔奔""彊彊"的不同理解，此诗具体的谴责对象也就有了不同指向。

  首先，据《毛诗郑笺》所解雌雄鸟类两两相随，进而从爱情忠贞的角度来理解此诗。诗歌先描写鸟类间相伴相随，后转而写"人之无良"，故诗人所要谴责的是一位对爱情不忠之人，讽刺此人还不如鹑鹑、喜鹊之类的禽鸟。按此解读，读者很容易联想到一个人——宣姜。宣姜的故事已提及多次，她先被公公宣公霸占，宣公死后，又与宣公之子顽乱伦生子。因此，有说法认为此诗作者是一位卫国小辈贵族，为谴责宣公或公子顽而作此诗。"我以为君"的"君"历来多被认为是谴责宣公。

  其次，从鸟类好斗的角度理解，诗人则是在以鹑鹑喜鹊的凶猛好斗来比喻卫国统治者的残暴统治、强取豪夺。王先谦在《诗三家义集疏》里就从此意解说："小鸟之贲贲，一如大鸟之姜姜，皆争斗为恶。"

  上述两种解读，第一种谴责统治者爱情不忠的角度是历来最常见的，但我个人并不赞同。其原因一是"奔奔""彊彊"是否有鸟类相伴相随之意还值得商榷；二是历来诸儒多将卫国讽刺诗与宣姜的故事联系解读，难免有牵强附会之嫌。

  通过对此诗的解读，读者更应明白在阅读中反思的重要性。《诗经》里许多诗歌虽言语简单，但意涵并不浅显。此诗短短四句，其中意涵极其耐人寻味，作为读者也不能理所当然地将前人之解读照单全收，应有自己的思考与理解。

人无礼不成人

最后,我们再深入思考一下此诗。诗歌将谴责对象与禽鸟进行对比也是其文学上的特别之处。朱熹在《诗集传》里引范氏语曰:"卫诗至此,而人道尽,天理灭矣。中国无以异于夷狄,人类无以异于禽兽,而国随以亡矣。"意思是卫诗写到如此讽刺谴责之程度,可见当时卫国已是毫无人道、天理丧尽,这个国家的国君与禽兽没有区别,接下来就只待亡国了。这句评价得很重,但也道出了中国古人的一个价值观——何以为人?

孟子讲,"人之所以异于禽兽者几希",他认为人之为人,人与禽兽的不同之处就在于那心中一点点的"仁"。人该是有道德、有礼仪的,如果没有了礼仪,那么人和禽兽也就没有什么区别了。

《论语》里孔子讲,"夷狄之有君,不如诸夏之亡也",意思是当时中原周边地区虽然也有国君,但还不如中原一个没有国君的国家,倘若没有文化礼仪,那么国家存在也如灭亡一般。中国是礼仪之邦,千百年来中原大地经历无数浩劫,但我们的民族文化依然生命力顽强,这就是文化的强大力量所在。

在西方也是如此,黑格尔在《哲学史讲演录》开卷中讲道:"一提到希腊这个名字,在有教养的欧洲人心中自然会引起一种家园之感。"古希腊文明是西方文化的一个重要源头。虽然在两千年前,古希腊被马其顿大军占领,后又被罗马统治,最终分裂成许多国家,但其璀璨的文明始终未曾灭绝,它扎根在每位有教养的欧洲人心中,成为他们的精神家园。

人无礼不成人,道德文化是人类区别于禽兽的最大不同。《鹑之奔奔》即是诗人对于当时卫国君主无道、社会昏暗的痛心疾首的责备:一国之君若天理沦丧、禽兽不如,这样的国家已是名存实亡,离真正的毁灭也不远了。

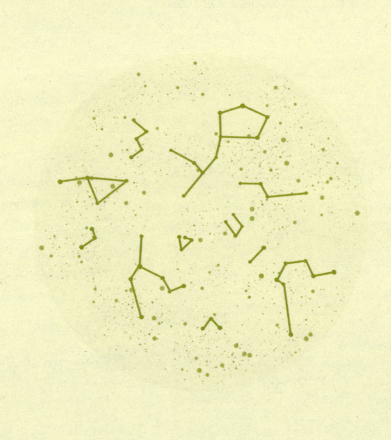

定之方中（一）

十年之计，莫如树木

定之方中，作于楚宫。揆之以日，作于楚室。树之榛栗，椅桐梓漆，爰伐琴瑟。

升彼虚矣，以望楚矣。望楚与堂，景山与京。降观于桑。卜云其吉，终焉允臧。

灵雨既零，命彼倌人。星言夙驾，说于桑田。匪直也人，秉心塞渊。騋牝三千。

鄘风

大难不死，文公兴卫

卫懿公好鹤荒政、昏庸无能，在他统治时期，百姓苦不堪言、人心离散。北方狄人趁机突袭卫国，卫军大败，懿公也惨死于狄人乱刀之下。好在天无绝人之路，卫国前线两名史官冒死逃回卫都，将前线战败的消息告知后方，剩余卫人才得以连夜撤逃。狄人一路追杀，后在宋国帮助之下，仅存的几百卫人渡过黄河，在漕地安顿，卫国才免于灭亡。懿公已死，卫人立其堂弟申为国君，即卫戴公，不幸的是他在继位当年就去世了。因卫国数次动乱，五霸之一齐桓公就率领诸侯帮助卫国，在楚丘修建新都并立卫戴公之弟燬为新君，即卫文公。《定之方中》一诗的主人公即是卫文公。

史书对卫文公评价很高，《左传》里记载，"卫文公大布之衣，大帛之冠，务材训农，通商惠工，敬教劝学，授方任能"，意指卫文公平时穿粗布之衣，戴粗帛之帽，作为一国之君完全不贪图个人物质享受。他努力促进生产，教导百姓农耕，便利商贩通商，惠及卫国各类手工业发展，同时重视教育，奖励求学，悉心向臣下传授为官之道，任用贤德之人。所谓"大难不死，必有后福"，卫国几近亡国，终于迎来文公这样一位贤明有德的君主，他使卫国国力蒸蒸日上，再次复兴。此诗描写了卫文公在楚丘重建卫国家园，恢复农业生产等相关事迹，赞颂他励精图治、振兴国家的伟大功绩。

建国以时以地

此诗共三章，首章描写文公带领卫人重建家园，对于古人来说重建家国的第一要事就是兴建宗庙宫室。首句中"定"指星宿名，亦称"营室"，即经营宫室之意，故此星出现与古人兴建宫室有密切关联。"方中"即指在天空正中。《春秋》记载"正月，城楚丘"，即指卫文公在楚丘建城是正月之时。要注意的是春秋时期的历法与如今不同，周历以如今农历十一月为正月。此时"定星昏中而正，于是可以营制宫室。定昏中而正，谓小雪时"（《毛诗郑笺》）。逢小雪节气，大约如今农历十月中下旬之时，定星会出现于黄昏时天空正南,古人此时兴建宫室。"作于楚宫","于"三家诗作"为",动工建造之意。"楚"即指楚丘之地。"楚宫,谓宗庙也"(《毛诗郑笺》),即卫国宗庙。"揆之以日,作于楚室。""揆"是测量之意。朱熹《诗集传》解释道:"树八尺之臬,而度日出入之景,以定东西。又参日中之景,以正南北也。"古人在地上竖起八尺高杆,通过测定其在太阳照射下产生的阴影来确定方位。首句"定之方中"是写兴建宫室要在合适之时,即定星正中。此句则是写兴建宫室要选择合适方位,房屋朝向须认真规划。"楚室,居室也。君子将营宫室,宗庙为先,厩库为次,居室为后。"(《毛诗郑笺》)"楚室"在此指人所居住的宫室。古人营造宫室先建宗庙,其次建马厩仓库,最后才建人所居之房屋,建筑动工有先后次序。另外,还需注意的是"定之方中"和"揆之以日"分别写在前两句,并非指建造楚宫时无须测量方向或建造楚室时无须挑选时间。开篇两句是整体概写,古人兴建宫室房屋时,动工时间与房屋布局是同时考虑的,诗歌前两句在此各取其一,只是文学上以点代全、分开表达而已。

先秦宗庙制度

借此诗提及宗庙宫室营建,拓展介绍一下古人的宗庙制度。宗庙制度源于古人的祖先崇拜,他们认为已故去的祖先会成为自己生活的庇护者。先秦时期,上至天子诸侯、下至不同级别的贵族都有自己的家族宗庙,用以祖先祭祀等重大典礼活动。《论语》里讲,"慎终追远,民德归厚矣",古人慎重对待死亡,常追念已逝的祖先故人，民德淳厚。《荀子》里也讲："事死如生，事亡如存。"在中国古人心中，逝去祖先的灵魂与当下的活人一样，也有日常生活需要，如饮食、活动等等。所以先秦时期的宗庙基本都与活人居所建造在一起，内部构造也与活人居所相似。区别只在于宗庙是历代已逝宗主所居之所，普通居室则是活人的居所。"宗"字的宝盖头代表宫室的形象，"示"是其中所居住神主的象征。古人认为宗庙是祖先居住的宫室，所以经常将宗庙称作"宫"，所以诗中"楚宫"即指楚丘的卫国宗庙。

古时宗法制度下，家族里的一族之长称为"宗子"。他的职责是继承历任祖先之地位、权力与责任，要经常向宗庙祖先报告述职，这种行为称为"告庙"。告庙的目的一方面是向祖先报告家族管理的情况，更重要的是希望得到祖先的庇护和降福。在古人看来，如果一个宗族灭亡致使宗庙断绝祭祀，这是最大之不孝，所以立家立国首要之事就是兴建宗庙。

宗庙的作用也并非只是祭祀，古人诸多重要典礼和重大决定也都在宗庙举行或宣布。如成年男子的"冠礼"、婚礼中的亲迎之礼、国家重要政治典礼（新君即位、任命官员、各类朝见）等都在宗庙进行。正是活人与已故祖先之间的宗庙制度，加强了宗族间的紧密联结。

目光长远，凡事循礼

诗歌首章末句描写了营建宫舍时的另一件必要之事，即种植树木。"树之榛栗"，即指要在宗庙宫舍外种上榛树、栗树。这两种树木都有美味的果实，是古人经常用以祭祀之祭品。"椅桐梓漆"是四种树名，"椅"是梧桐的一种，"桐"是梧桐树，"梓"是楸树的一种，以上三种树木质细腻，都可用来制作家具、日常器具。"漆"指漆树，"六七月以竹筒针入木中取之"（方玉润《诗经原始》），六七月时用竹筒扎入漆树干，即可取汁作漆。种植此四种树木目的是什么呢？"爰伐琴瑟"。原来是为了树木成材后可用以制作琴瑟类的乐器。诗人在此提及植树有两层深意，首先要表明卫文公是一位深谋远虑的国君。《管子》里讲："一年之计，莫如树谷；十年之计，莫如树木；终身之计，莫如树人。"树木之功用要在十年之后才能体现，由此足见卫文公不求近功、目光长远。其次，首章讲到卫文公植树以用于琴瑟制作，据时间和方位营造宫舍等，这些都为说明文公是一位懂礼守礼之君。《荀子》里讲："人无礼则不生，事无礼则不成。"任何事情要成功都需合礼，治国强国之道亦需以礼为纲。文公选择"定之方中"之时起营造之功，认真地"揆之以日"以测量方位，在宫舍周围种植可制作礼乐之器的树木，这些举动都是循乎礼仪的表现，可谓是贤德之君。《论语》里孔子道："能以礼让为国乎？何有？"意思是如果一位统治者能实实在在地做到礼让有德，那治理国家还有何困难呢？卫文公能带领卫国走向复兴也不足为奇了。

定之方中（二）

尽人事而后知天命

实地考察，一丝不苟

诗歌首章描写了卫文公在楚丘重建卫国宗庙宫舍，次章则描写了卫文公兴建宗庙宫室后规划建国之事。"升彼虚矣"，"升"即登高之意，"虚"一说卫国故都漕地旧址，一说土丘，总之是在写文公登高远望。远望何处呢？"以望楚矣"，文公登高俯瞰楚丘之地，是为了了解楚丘的整体地理状况，为重新建国做布局规划等准备工作。"望楚与堂"，"堂"也是卫国城名。"景山与京"，"景，测景以正方面也"（朱熹《诗集传》），指观察测量之意，"山"指高山。"京"《说文解字》解为"人所为绝高丘也"，即人造高丘。此二句都是从细节上描写文公登高观察楚丘及周边城邑的地形，测量高山土丘用以规划卫国都城之建设蓝图。"景"也有认为通"憬"，意为远行，即指卫文公远行至高山土丘实地考察，此解也可备一说。从此二句，读者不仅了解了卫文公如何规划建设都城，同时也能发现文公是一位一丝不苟、认真谨慎的君主。《毛诗郑笺》评价："观其旁邑及其丘山，审其高下所依倚，乃后建国焉，慎之至也。""降观于桑"，"桑"指种植桑树田地，此句描写卫文公登高观察地形后又走进田地。《毛诗》里讲："地势宜桑，可以居民。"适合种植桑树之田地，其周边也就适合百姓居住生活。因此卫文公来到田地是为体察民情，了解百姓对于兴建都城的看法。综合诗歌前两章内容，可见卫文公重建卫都时，在天时、地利、人和各方面都谨慎仔细、考虑周全。

古人的占卜习俗

对于古代统治者来说，国之大事除须做到"天时、地利、人和"外，还有一事也必须要做，即观天意。若天意遂人所愿，才真正表示适合在楚丘建都。古人如何知晓天意呢？通过占卜。诗歌次章末句写道："卜云其吉，终然允臧。"其中"卜"即指占卜，是一种通过灼烧龟壳以进行预测天意的占卜方式。龟类寿命很长，古人认为寿命越长的动物就越通灵。他们在龟甲上打一个圆形凹陷的小窝，但不能穿透，再将其置于火上烘烤使其破裂，龟壳破裂后产生的裂纹被称为"兆"。古人依据龟甲上的裂痕形状来判断吉凶。最后，占卜最重要的一个环节是观察占卜结果是否准确，所以古人一般将占卜的内容、结果及最后是否应验都刻于龟壳上保存。这些刻下的文字就是卜辞，我国最早的文字"甲骨文"就是古人利用龟壳、兽骨进行占卜所刻文字。"卜"本是象声字，即源自龟壳在灼烧之下开裂的"卜卜"之声。"占卜"活动在现代被认为是迷信，但对古人来说却极其重要。《毛诗》讲道，"建国必卜之"，尤其像建都建国等重大事件是必须要进行占卜的，只有了解天意后才能进行。

尽人事而后知天命

卫文公建都占卜结果如何呢？"卜云其吉，终然允臧。""吉"是吉兆之意，"终"是结果之意，"允"意为确实，"臧"是善好之意。诗歌告诉读者占卜结果非常好，可谓天时、地利、人和、天意都站在了卫文公这边，助他能再次复兴卫国。

为何诗歌要将占卜内容放在两章最后呢？文公为何不先占卜吉凶再开始着手兴建的准备工作呢？这样的先后顺序其实表现了古人另一个重要的价值观，即先尽人事而后知天命。要成大事除运气天命，更重要的还是自身努力。所谓"尽人事"即指尽自己全力做好所有能做的，然后再去观天命，即使天意不遂人愿，最终无法实现目标也无愧于心。相反，若未先"尽人事"就没有资格去"知天命"。卫文公是一位谨慎务实的统治者，他在占卜之前以自己能力之极限，做足了所有准备工作，最后再占卜观天意是否遂愿。一分耕耘一分收获，机会是给有准备之人，先"尽人事"而后"知天命"这一顺序在古人眼中绝不能颠倒。

亲力亲为，振兴卫国

建国容易治国难，要新建都城和重建国家并非最困难之事，而建国之后该如何治理使国家蒸蒸日上、国富民强，才是对于统治者来说最艰巨的考验。诗歌末章描写了卫文公是如何亲力亲为治理国家的。"灵雨既零，命彼倌人。""灵"意为善，"灵雨"即指好雨，风调雨顺是祥瑞之兆。"零"指雨徐徐落下，"既零"指雨刚下完。"倌人"指驾驶马车的官员。祥瑞细雨刚下完，卫文公就命令车官备好马匹车辆,准备出行办公。值得注意的是后句"星言夙驾","夙"意为早,黎明星空微亮之时,文公便已出行,足以说明他丝毫不图享乐、勤政至极。"说于桑田"说明了文公出行所办之具体公务内容,"说"通"税",是停留之意。文公的马车停在桑田边,目的是为视察卫国的农业情况。《毛诗郑笺》里讲:"说于桑田,教民稼穑,务农急也。"因为农业是一国之本,卫文公便亲力亲为、励精图治,下到田间指导百姓从事农业。司马迁在《史记》里也称赞文公的勤勉功绩,"文公初立,轻赋平罪,身自劳,与百姓同苦,以收卫民",意思是卫文公刚继位就减轻赋税、减免刑罚,亲力亲为与百姓一同劳苦,所以大获民心。诗歌中也是一番赞美之辞:"匪直也人,秉心塞渊。""匪直"是不仅之意,赞颂卫文公所做一切不为一己私欲,而是为整个卫国的富强昌盛。"秉心"是操心、用心之意,"塞渊"是深谋远虑之意。方玉润认为,"秉心句是全诗主脑",此句是全诗赞颂文公的主旨所在。

卫文公这样一位凡事躬亲,在天时、地利、人和及天意各方面都考虑周全,有着深谋远虑的贤德明君,他的作为给卫国带来了怎样翻天覆地的变化呢?诗歌末句"骒牝三千"即是点睛之笔。"骒""牝"均指马,"骒"指七尺以上之马匹,"牝"指母马。"三千"是虚数,表示马匹众多。春秋时期以马的数量作为衡量国力强盛之标准,马匹越多则国力越强。《左传》里记载文公之治:"元年革车三十乘,季年乃三百乘。"从刚继位建国时,卫国马车只三十辆,到建国后第三年就增加到三百辆,十倍之差可见文公治国之善。"不数年而戎马寖强,蚕桑尤盛,为河北巨邦。"（方玉润《诗经原始》）卫国在文公的贤能治理下，只用了短短几年就戎马众多、人民富足、国力强盛，再次成为河北大邦。

叙事诗体

此诗描述了卫文公在楚丘励精图治、重建卫国的伟大功绩，也赞颂了他勤恳努力、深谋远虑的治国之道。此诗在文体上与以往《国风》诗歌略有不同，这是一首叙事体诗歌，有史诗之感。通常《国风》诗歌会以自然事物起兴，而此诗则是完全平铺直叙地记述卫文公的丰功伟绩。从这点可推测此诗应是文公晚年的追述之作，卫国复兴后，百姓感恩戴德为记录文公曾经的辛劳付出和伟大功绩而作此诗。

鄘风

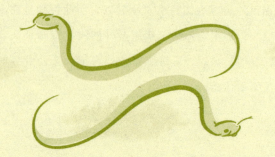

蝃蝀

古人眼中的彩虹有何不同？

蝃蝀在东，莫之敢指。女子有行，远父母兄弟。
朝隮于西，崇朝其雨。女子有行，远兄弟父母。
乃如之人也，怀昏姻也。大无信也，不知命也。

古人眼中的彩虹

《蝃蝀》一诗讲述了一位女子与爱人私奔而远离家人的故事。诗歌特别之处在于写到了一种自然现象——彩虹，也写出了先秦古人对于彩虹的看法。彩虹是由太阳光照射空气中的水滴折射而生。在现代文化中，雨后绚烂的彩虹往往有着美好希望的意涵，而此诗中古人对彩虹的认知却有所不同。诗歌共三章，可分两部分品读，首先是诗歌前两章。

"蝃蝀"在《毛诗》里解为"虹也"，即指彩虹。"蝃蝀"皆为虫字旁，很容易将其错认为某种昆虫。为何彩虹在古时的名字"蝃蝀"是虫字旁呢？其原因与古人心中彩虹的形象有很大关系。

远古先民认为彩虹是划过天空的巨蛇或巨龙，现在民间还有将彩虹叫作"龙吸水"。甲骨文"虹"字是一条中间拱起的双头龙形象，且张开血盆大口，所以在古人眼中彩虹是恐怖的超自然怪兽，并非现代人所认为的那般美好。诗中"蝃蝀"是指"双彩虹"现象，光线在空中水滴里经过两次反射，会同时出现两条彩虹，一条色彩明亮，一条色彩暗淡。在现代人看来这是正常的自然现象，但古人却不这么认为。两晋时期的文人郭璞讲，"虹双出，色鲜盛者为雄……暗者为雌"，古人认为双彩虹中色彩鲜艳的那条是雄性巨蛇，色彩暗淡的那条则是雌性巨蛇，两虹同时显现为不祥之兆，"乃阴阳之气不当交而交者，盖天地之淫气也"（朱熹《诗集传》）。两虹紧紧相依如男女交合，古人认为这是男女间失礼淫乱之象征。

诗歌首句"蝃蝀在东，莫之敢指"，意指当彩虹出现时，古人很忌讳用手对着天空去指它。据说先秦古人习俗认为若用手指彩虹则手指会烂，由此可见古人对于彩虹之忌惮。次章"朝隮于西"，"隮"亦指彩虹，"朝隮"指清晨天空中的彩虹。清晨的彩虹在天空西面，上章所写"蝃蝀"是指傍晚的彩虹，其位置在东。"在东者，莫虹也。虹随日所映，故朝西而莫东也。"（朱熹《诗集传》）因为彩虹是日光映射而成，所以位置总与太阳相对，清晨在西，傍晚在东。"崇朝其雨"，"崇"通"终"，"崇朝"即终朝，"从旦至食时为终朝"（《毛诗》），古人将日出到吃早饭的这段时间称为"终朝"，即为整个早晨之意。清晨彩虹常伴随阴雨绵绵的坏天气而出现，由此也可见古人认为彩虹并非是好的自然现象。

为爱私奔

前两章首句描述了彩虹出现及其不祥之兆后,诗歌主人公就要登场了。两章次句的内容基本相同。"女子有行"指古时女子出嫁。出嫁要远离父母兄弟是很正常的,不过如果结合前句彩虹来看,此处就并非简单的出嫁了,而是指诗中女子不顾父母兄弟反对,不顾当时媒妁之礼,执意与爱人远走私奔,所以历来各家对此诗主旨的理解均认为这是一首讽刺女子不顾婚姻伦理而私奔的诗歌。《毛诗郑笺》里讲,"天气之戒,尚无敢指者,况淫奔之女,谁敢视之",意指彩虹在天空出现,面对此不祥征兆人们都避之不及,甚至不敢用手指,更别说诗中所讲的私奔女子,当时世人更是无法接受她的离经叛道之举。

古人的婚姻礼仪

古人认为婚姻讲究门当户对且十分注重婚姻礼仪。古代婚礼过程具备六种礼节,俗称"六礼",即纳采、问名、纳吉、纳征、请期、亲迎。纳采指男方上门提亲,问名指男方询问女子生辰八字并占卜,纳吉指男方将婚姻占卜之结果告诉对方并提出订婚请求,纳征是男方再次上门赠聘礼并正式订婚,请期指双方确定婚礼举办的日期,迎亲则是完成正式婚礼。这一整套婚姻礼仪在周时就已确立,古人极其重视并沿用了上千年。因此,私奔这一行为在古人看来完全是大逆不道、不可接受的。现代人提倡婚姻自由,并非一定要沿守古人诸多烦琐的婚姻礼仪及其背后的价值观。不过,对于古人的爱情观和婚姻观,我们也应抱有一颗理解

鄘风

之心。每个时代都有其特有的价值观及局限性，身处现代的我们完全没必要用现代道德标准去严厉批判两千多年前的古人。品读《诗经》时，抱着求同存异、宽容理解的态度是不可或缺的。

世俗的谴责

诗歌末章对女子的私奔行为进行了道德上的批判。"乃如之人也，怀昏姻也。""怀"通"坏"，此句是诗人的责备：怎么会有这样的人啊！如此缺乏道德败坏婚姻礼仪！"大无信也"，"大"一说通"太"，"信"指忠贞、专一之意。诗人认为私奔女子对于爱情婚礼缺乏诚信忠贞，在古人的理解中，如果没有履行婚礼的正当程序，男女之间的爱情就有失忠贞。当然现在可以不接受古人的这种观念，但至少要理解古人为什么会做出如此严厉的谴责和其背后的价值观根源为何。

何为"命"？

诗歌末句"不知命也"中的"命"历来有较多不同解释。最常见的一种认为"命"指父母之命，即父母对女子婚姻之旨意。古代婚姻崇尚"父母之命，媒妁之言"，子女婚姻都由父母做主，所以私奔在古人看来是违背父母意志的不孝之举。这种婚姻模式延绵存在几千年，当然有其合理性，但婚姻毕竟最终要落实到夫妻二人的相处，每个人都应该有自己的意愿与选择，所以由父母决定的终身大事很有可能因不尊重当事人的意愿而酿成许多爱情悲剧。关于"父母之命"的解释，我个人认为也较符合诗意与古人的习俗。

另一种解释认为"命"指"天命",这种解释就上升到了哲学层面。"天命观"是中国古代哲学很重要的一个概念,后世诸儒对此"命"也做了许多哲学诠释,如朱熹就以此加以发挥诠释其"天理观"之哲学。简单来说,朱熹认为此"命"指人心中的理性。人与动物都有欲望,而人与动物最大的区别在于人能用理性克制自身欲望。诗中这位私奔女子有其情感上的欲望,但她却无法做到用理性加以控制,最终导致违背婚姻礼仪,这正是所谓"不知命也"。

相 鼠

由内而外才是真"礼"

相鼠有皮,人而无仪。人而无仪,不死何为?
相鼠有齿,人而无止。人而无止,不死何俟?
相鼠有体,人而无礼。人而无礼,胡不遄死?

外在的教养

《相鼠》一诗属于《诗经》中典型的一唱三叹文学模式,其最大特点是言辞激烈、尖刻直接,诗人毫无保留地斥责他人无礼失德。所斥责之人为谁呢?有人认为是卫国贵族,也有人认为是妻子谴责丈夫,但由于诗文未明确说明,所以已不可考。读者不必过分解读,只需认真品味诗意即可。

诗歌首章"相鼠有皮,人而无仪","相"《说文解字》解为"省视也",即观察之意,"鼠"即指老鼠。不言而喻,老鼠是令人厌恶的,它们见不得光又贪婪至极。"仪"是威仪之意。此句诗人以老鼠作对比斥责说:仔细看那老鼠啊!连老鼠如此令人厌恶的动物还有一层皮毛，而这个人却毫无威仪。言下之意即此人连老鼠都不如。何为威仪呢？威仪指人外在言谈举止庄重得体且符合礼仪。这是君子教养的外在体现，也是他们与他人相处时给人最直观的感受，古人尤其看重这点。

诗人进一步质问斥责道："人而无仪，不死何为？""人以有威仪为贵，今反无之，伤化败俗，不如其死，无所害也。"（《毛诗郑笺》）人贵在行为处事和外在表现都能做到保持威仪，若威仪丧尽，伤风败俗，还不如一死了之，免得祸害世人。

诗人在首章尖锐地批评一个人没有外在庄重得体的仪态。有一则出自《论语》的故事说明了威仪的重要性。《论语·八佾》里讲："子入太庙，每事问。或曰：'孰谓鄹人之子知礼乎？入太庙，每事问。'子闻之，曰：'是礼也。'"故事讲的是孔子到太庙祭祀，每件事都要问太庙管理者。有人听说了就嘲笑孔子说："不都说孔子特别懂礼吗？他怎么连祭祀礼仪都不懂，进了太庙还总是请教别人呢？"孔子听后说："我不断请教他人，这正是礼啊！"孔子作为儒家创始人，中国几千年的礼仪教化从他而始，他怎会不懂庙堂祭祀礼仪。鲁国太庙是供奉开国之君周公的宗庙，在这样的环境里，不管有多大的学识也应放低自己，学会谦卑，事事请教。"问"不代表不知道，而是有文化教养的表现，这是真正符合礼的行为。这则故事告诉我们，"威仪"不是虚伪表面的东西，而是能体现一个人的内在修养，既是对他人的尊重也是对自己的尊重。

内心的自律

诗歌次章"相鼠有齿，人而无止"，"止"韩诗解为"节"，即节制、自律之意。王先谦在《诗三家义集疏》里讲："凡有所自处自禁，皆谓之止。"此句诗人继续斥责道：看看那令人讨厌的老鼠还有牙齿，而这人却没有任何节制和自律。诗人以"节制"与老鼠的"牙齿"作对比，是因为牙齿是嘴的门户，人若不能自律，在与他人相处的过程中往往最先得罪人的就是脱口而出的话语。更深一层地讲，一个人的节制不仅是与他人相处过程中的自我控制，更是其独处时面对自己内心的自律，即古人所谓的"慎独"。"慎独"观念在之前的诗歌里也有所提及，是指一个人在独处时也能够自我节制、道德自律。一个人独处时最容易放松懈怠，因此"慎独"也是所有君子追求的完美状态。

诗人在此章道出了一个重要道理，即"节制"最关键之处在于"止"，也就是知道何时应该停止。中国人常讲"有礼有节"，"有礼"最重要是在于"有节"，即"止"。这是一种内在的自制，是意志力战胜欲望的过程。音乐里有个术语叫"节奏"，好听动人的音乐也在于"节"，在于一位演奏家知道如何适时停顿。音乐里有很多不同的休止符，利用这些停顿去控制整段音乐的进程才会和谐动听。真正的美并不在于添加多少，而是在于能够在最恰当的时机停止，这是一种美学乃至生活的智慧。近代西方大哲学家康德非常提倡人内心的自律。他曾说过一句名言："自由即自律。"可能一般人会觉得自由应是没有任何限制，但康德却不这样认为。他认为真正的自由源自内心的自律，只有通过自律，用意志去控制行为才能免于被无尽的欲望深渊所吞噬，不会在欲望中迷失自我。康德本身就是一位极具人格魅力、生活极其自律的哲人。他一生都生活在德国的哥尼斯堡小镇，从未离开。

每天下午他都准时在家门前的小路散步，时间如此精确，邻居便根据他散步的时间来调准时钟。就是这样一位一生都生活在小镇里的哲学家解决了近代西方精神的最大问题。我们可以说他的生活有些刻板，过于自律，但他的思想却是那个时代最自由的。他用内心的自律和专注铸就了近代人类思想史上最闪亮的一颗明星。

诗人也讲了一个人若做不到自律的后果。"人而无止，不死何俟？"这同样是一句严厉尖刻的责问。"俟"即等待之意，意指人若做不到道德和行为上的自律，不赶紧去死，还在等什么呢？

何为"礼"？

诗歌末章"相鼠有体，人而无礼。人而无礼，胡不遄死？""遄"是迅速之意。此章字面很好理解，意指连老鼠都有身体，而这个人却没有礼，一个人如果没有了礼，怎么还不快点死去呢？此章若仅从字面意义去理解是不够的，王先谦在《诗三家义集疏》里讲，"首二章皮、齿指一端，此举全体言之"，意指诗歌前两章分别讲到老鼠的皮毛和牙齿都是其身体上的一部分，而末章是总写老鼠身体。诗歌首章讲到"仪"，指外在威仪，次章讲到"止"，即内心自律。结合人外在与内在的整体表现就构成了此章所讲的"礼"。"礼"是内外的结合统一，这也是长久以来许多人对中国文化，尤其是儒家文化所谓的"礼"最容易误解之处。很多人认为"礼"只是一种外在礼仪或一种形式上的表现，这是极其粗浅的理解。孔子讲："人而不仁，如礼何。"一个人若内心没有仁爱，表面上所做的礼节行为便是空洞而毫无意义的。

真正的"礼",不仅要外在做到有威仪有教养,更要有源自内心的行为源头。孔子认为这一源头就是"仁",是每个人心中的仁爱,它能支持人们道德自律从而实现真正的"礼"。孟子亦有"四端说",即每个人都有"恻隐之心,羞恶之心,辞让之心,是非之心"这四个源头,由此四端发生出仁爱之礼。恻隐之心即同情心,羞恶之心即羞耻心,辞让之心即谦让心,是非之心即判断对错善恶之心。孟子认为这些都是人与生俱来的本质,从此"四端"自发产生了人性之礼及自我规范,这完全是一个由内而外的自然过程,所以中国文化所谓的"礼"绝不是外在的形式,而是人性本质的内外统一。《相鼠》一诗虽然言辞激烈、直吐怒骂斥责他人,但在斥责言语背后真切道出了"礼"的深刻内涵。

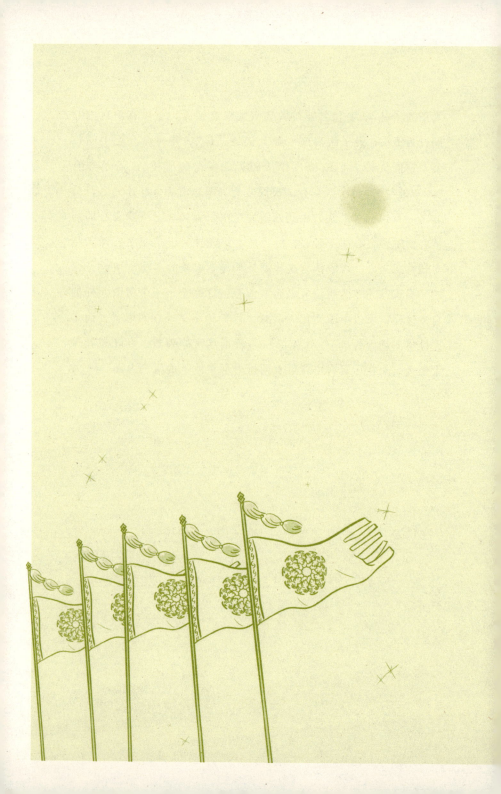

干旄

用画面感塑造文本的张力

孑孑干旄，在浚之郊。素丝纰之，良马四之。彼姝者子，何以畀之？
孑孑干旟，在浚之都。素丝组之，良马五之。彼姝者子，何以予之？
孑孑干旌，在浚之城。素丝祝之，良马六之。彼姝者子，何以告之？

鄘风

由上至下的眺望

《干旄》历来被认为是一首赞颂卫国统治阶层好贤纳士的诗歌。

全诗共三章，可分两部分品读，首先是每章首句。"孑孑干旄"，"孑孑"朱熹《诗集传》解为"特出之貌"，即单独突出之意。"干"三家诗作"竿"，指旗杆。"旄"是一种旗帜，旗杆顶端以牦牛尾作装饰。《毛诗》里讲："注旄于干首，大夫之旃也。"古时能树旗的并非普通百姓，诗中用牦牛尾装饰的旗帜通常都是大夫等级的贵族所用。此诗在文学上最大的特点是需要读者与诗人在同一个视角上体会眼前画面。试想一下，有一支卫国贵族队伍从远处而来，诗人远远地望见高耸旗帜顶端的牦牛尾。"旄之为物至小，而表立干首，望之孑然"（王先谦《诗三家义集疏》），从远处眺望，旄虽小，但却在最高处，所以以极其突出。"在浚之郊"，"浚"是卫国城邑名。诗人可能站在浚邑的城头之上，顺着诗人的目光继续眺望，首先进入眼帘的是高高竖起的旗帜顶端的牛尾，随着视线慢慢顺旗杆往下，就会望见飘扬的旗帜。"素丝纰之"，"素丝"指白色丝线，"纰"指在旗帜上缝制镶边，用以装饰。这面旗帜用白色丝线镶边，在风中飘舞，十分漂亮。诗人的目光再顺旗帜往下，就看到了"良马四之"，即马匹和队伍。诗歌首章首句描写了诗人从远处眺望，视线由高到低依次望见旗杆、旗帜和马匹队伍，画面感跃然纸上。

由远及近的画面

诗歌后两章首句，诗人换了另一个视角去观察。远道而来的这支队伍慢慢地走近浚城，走近诗人，由远及近的画面感和运动感呼之欲出。

次章"孑孑干旟"，"旟"指绘有疾飞鹰雕之类飞鸟的旗帜。三章"孑孑干旌"，"旌"王先谦《诗三家义集疏》解道，"析羽注旄上，无析羽者但谓之干旄，故诗先旄后旌"，"旌"也是一种旗帜，它是在"旄"顶端的牛尾上再装了五彩羽毛。读者可以感受到，随着队伍逐渐走近，诗人首章眺望到的是旗杆顶端最突出的牦牛尾，次章看到了旗帜上的鹰鸟花纹，末章连牦牛尾上装饰的羽毛也可看清了。三章三句，分别三字变化，让诗歌描写的画面由远及近、逐渐清晰。"在浚之都"，"城郭之邑曰都"（《毛诗郑笺》),"都"指城邑边缘近郊。下章"在浚之城","城"指城市之内。三章首句,"郊""都""城"三字变化也非常明确地描绘出这支队伍由远及近的进行过程。首章"素丝纰之"的"纰"在后两章换成了"组""祝"。闻一多在《诗经新义》中讲道,"纰、组、祝,皆束丝之法",认为这三字都是古时的缝织手法,可见随着来人越走越近,诗人连旗帜丝线的编织手法也看得更加清晰。后句从首章"良马四之"到"良马五之"再到"良马六之",马匹数量上的不断增加也说明了随着队伍渐近,诗人视线变得更加清楚全面了。

画面推进的文学张力

诗歌三章诗人从第一视角的观察描写带给读者的画面体验感是此诗极其出彩之处,千万不能忽视。类似通过文字描写给人以视觉逐步清晰的文学作品后世也有很多,如唐代杜牧的《过华清宫》:"长安回望绣成堆,山顶千门次第开。一骑红尘妃子笑,无人知是荔枝来。"此诗在画面感上的编排可谓异曲同工。诗人让读者跟随他的视线一同"回望",首先望见秀丽深远的骊山大全景,那里树木葱郁、锦绣如画、美不胜收,就如电影中的全景镜头。接着视线推进望见山上雄伟壮观的华清宫,宫门依次慢慢打开。之后再深入聚焦到宫门前一位使者快马飞驰而来,扬起红色尘土。诗歌画面步步推进,读者不由自主地好奇这匹快马上的使者为何如此匆忙?诗歌气氛也随之紧张起来,悬念逐渐加深。最后诗人才给出答案,原来飞驰而过的使者是为给杨贵妃送荔枝而来。诗歌画面精心安排,由远及近步步推演,让诗歌的文学张力一下子鲜活了起来。《干旄》一诗也是如此，随着画面不断推进，文字的张力也不断增强，使读者心中也有了悬疑，紧张了起来：来人到浚城是做什么呢？是来攻城吗？

求贤访才

诗歌每章末句揭晓了答案。"彼姝者子，何以畀之？""彼姝者子，何以予之？""彼姝者子，何以告之？""彼姝者子"，"姝"即顺从美好之意，"子"是古时对人之尊称，此处指贤者。原来在浚城有位贤德之士，从远方而来的贵族队伍是为求贤纳士而来。何以见得是求贤呢？王先谦《诗三家义集疏》解道："此诗干旄、干旟、干旌皆历举招贤者之所建。"诗中写到的牛尾旄旗、绘有鹰鸟装饰的旟旗以及饰有五彩羽毛的旌旗，都是古时用以招纳贤士而做的。可能古时统治者为表示对贤德人才的尊重和求贤若渴之心，故制大旗以表隆重。另外，诗中所提的"良马"是古代出行、生活以至战争等各方面都非常重要的工具，自古亦有"宝马良驹匹君子"的传统。古代统治者以马匹为礼物赠予心爱的将领或臣子是很常见的。如《三国演义》中曹操就将吕布的赤兔兽赐予关羽以表君臣之好。因此，诗中描写的"良马"并非来人自骑，而是要作为赠予贤士的礼物。

面对来人如此隆重的礼仪及厚重的礼物，贤者内心自然喜悦感动。如此礼贤下士且求贤若渴的统治者，贤士怎会不想辅佐他呢？诗歌末句写到"何以畀之"，"畀"是给予之意。贤者心中也在思索，面对这样远道而来如此真诚的邀请，自己有什么是可以给到对方的呢？次章"何以予之"，"予"亦是给予之意。三章

"何以告之","告"是建议之意。贤者能做出的最大贡献就是给予统治者治国安邦的建议与谋略。由此可见,贤者心中颇为欣喜,诗人将一切看在眼里,写下此诗时心中亦是充满赞扬。《毛诗》评价此诗道:"美好善也。卫文公臣子多好善,贤者乐告以善道也。"认为此诗主旨是赞颂卫国在文公治理之下,统治阶层惜才爱贤,卫国的贤能之士也都乐于将治国之道提供给统治者,真是一派君臣共乐的美好氛围。

鄘风

载　驰

巾帼不让须眉

载驰载驱，归唁卫侯。驱马悠悠，言至于漕。大夫跋涉，我心则忧。

既不我嘉，不能旋反。视尔不臧，我思不远。既不我嘉，不能旋济。视尔不臧，我思不閟。

陟彼阿丘，言采其蝱。女子善怀，亦各有行。许人尤之，众稚且狂。

我行其野，芃芃其麦。控于大邦，谁因谁极？大夫君子，无我有尤。百尔所思，不如我所之。

鄘风

心系祖国的许穆夫人

《载驰》和《诗经》里大部分的诗歌有一个不同之处，即后者大多是没有确切作者的，而此诗的作者却有历史记载。《左传》记载："卫立戴公，以庐于漕。许穆夫人赋《载驰》。"前句"卫立戴公，以庐于漕"的相关历史在《定之方中》里有所提及。卫懿公统治时,由于他好鹤荒政致使卫国被北方狄人攻陷,卫军惨败,懿公惨死于北狄乱刀之下,卫国几近灭亡。在宋国帮助下,仅剩的几百卫人渡过黄河在漕安顿。最后在齐桓公的帮助下,卫文公被立为国君并在楚丘修建新都,卫国才得以重建。后句"许穆夫人赋《载驰》"明确点出《载驰》一诗是由许穆夫人所作,创作时间大约在卫国被狄人攻陷、败退到漕之时。

许穆夫人是卫宣姜和公子顽私通而生,后嫁给许穆公,故被称为许穆夫人。她最为人称道之处是她的深谋远虑且极其热爱自己的祖国——卫国。《烈女传》记载了她的一则故事。许穆夫人自小聪明过人、才华横溢,非常引人注目。她年少时,许国和齐国都来向卫国求婚,当时卫懿公想要将她嫁给许国,但许穆夫人却有自己不同的想法。她认为从卫国的安全考虑,许国弱小且距离较远,一旦卫国有难,许国无力前来救援。而齐国既强大又与卫国毗邻,如自己嫁到齐国,日后一定有凭借齐国之力帮助卫国的机会。可惜懿公固执己见,最终还是将她远嫁许国。虽然这是一场政治婚姻,却体现了许穆夫人处事的深谋远虑。不出所料,之后狄人侵占卫国,祖国沦陷。当时许穆夫人已远嫁许国,身在异乡的她希望许穆公出兵帮助卫国收复国土,但许穆公却迟迟不敢出兵。许穆夫人迫于无奈,决定亲自快马加鞭赶赴卫国,而许国的大臣们却纷纷指责并阻拦她回国,许穆夫人便在悲愤之中写下《载驰》一诗。由于《左传》对此有明确记载,所以许穆夫人也被认为是中国文学史上第一位女诗人。

既明确又模糊的故事背景

诗歌共有四章，首章是对整个创作背景的介绍。"载驰载驱"，"载"是语助词，马跑为"驰"，鞭策为"驱"，在此合指快马加鞭、疾行赶路之意。如此匆忙是为何呢？"归唁卫侯"，原来诗人要赶紧回卫吊唁卫侯。"唁"在韩诗里解为，"吊生曰唁，吊失国亦曰唁"，古时吊唁一般指对丧事表示慰问，慰问的对象是活着的人，所以诗中所指"卫侯"是活着的卫君。另外，此处不单是指因懿公之死而回国吊唁，还因卫国被狄人攻陷，慰问失国之痛也称"唁"。"驱马悠悠，言至于漕"，"悠悠"《毛诗》解为"远貌"，"漕"即漕邑。此句点明诗人一路快马驱驰赶去漕邑吊唁，路途遥远，也证明了此诗的创作背景正是卫国被狄人攻陷、卫人逃至漕邑之时。末句"大夫跋涉，我心则忧"。"跋涉"《毛诗》解为："草行曰跋，水行曰涉。"此句描写诗人夙夜赶路、登山涉水，其内心之急迫跃然纸上。用以形容远路艰辛的成语"跋山涉水"，正是出自此诗。

到底有没有回去？

诗歌首章明确说明了诗歌创作的背景，但也留下一些疑问，"大夫"是指何人？许穆夫人究竟有没有亲自回到漕邑。关于这些问题，历来有几种不同看法。

首先一种观点认为许穆夫人并未回卫国。王先谦在《诗三家义集疏》里认为："国君夫人父母既没，唯奔丧得归，后遂不复归也。"古时出嫁别国的贵族女子，若父母健在，可定期回娘家，但若父母过世，奔丧之后就再也不能回去了。按此说法，"载驰载驱"赶回卫国吊唁之人就并非许穆夫人本人，而是她派出的使臣，"大夫"指的亦是这位使臣。许穆夫人想到使臣长途跋涉赶去卫国，身在许国的她心中对陷于危难的祖国充满担忧。另外一种观点认为许穆夫人是亲自回国了，那么"载驰载驱"赶回卫国的人即是她本人，"大夫"则是指许国大夫。因为许国大夫不赞同许穆夫人回卫国吊唁，就追赶她并在途中要求她返回许国，所以许穆夫人心中忧伤愤慨。这一理解角度历来也更为人所接受，也是我们继续品读此诗所采用的诠释角度。

追切爱国之心不被理解

诗歌次章，"既不我嘉"，"既"意为都，"嘉"是赞同之意，许穆夫人在此哀叹那些许国贵族大夫不赞同她回卫吊唁，在半路上追赶她，阻止她继续前行。"不能旋反""不能旋济"，"反"即返回之意，"济"是渡水之意，此处也引申为返回之意。两句都是许穆夫人用以表达自己坚定的信念，不论许国来者如何阻挠她，她也要回卫吊唁，绝不回头。

"视尔不臧，我思不远。""视尔不臧，我思不闷。""臧"是善、好之意。"尔"在韩诗里作"我"，原文"尔"意为你，而韩诗中作"我"则是指诗人自己，故此句引发了两种诠释。若按"视尔不臧"解，此句意指许穆夫人责备抱怨许国大夫们不善不好，不但拒绝出兵助卫，还阻止自己回国吊唁。若按"视我不臧"解，此句则指许国大夫不通情理，认为许穆夫人回国的行为不符合礼仪。两种解释都能贯通，品读时可兼而取之。"我思不远""我思不闳","远"指遥远,此处引申为思想空远、不切实际,"闳"指思想闭塞不通。此二句是许穆夫人在为自己得不到许国人的理解而辩解,认为自己回国吊唁的想法和行为并非不切实际,也不是闭塞不通。此处用语上似乎有点问题,若仅是回国吊唁一事本身并不至于不切实际和闭塞不通。其实诗歌此处透露了一个关键的信息,许国人反对的并非是许穆夫人回卫国,而是另有其事。

提出切实的救国之策

诗歌的最后两章,许穆夫人就将迫切要赶回卫国的真正目的告诉了读者。"陟彼阿丘,言采其蝱。""陟"是攀登之意,"阿丘"指一边高的小山,"蝱"朱熹《诗集传》解为"贝母也,主疗郁结之病",即贝母,古人认为能用于治疗人心中忧郁之症,也被称为忘忧草。许穆夫人登上小山采摘忘忧草以解心中的忧郁伤悲,一方面是因为祖国在危难之际,内心痛苦无比,另一方面是因为许国上下对自己不理解,也不愿意帮助卫国。"女子善怀,亦各有行","善怀"指心中多忧思之意,"行"是道理、方式之意。此句是指女子容易有忧虑思情,但许穆夫人并非只为母国处境而忧愁,更是其心中已有救国之法,可是"许人尤之,众稚且狂","尤"即责备、否定之意,指许国上下都责备否定许穆夫人的救国谋略。

诗歌末章写到了具体的救国之策及其可行性。"我行其野,芃芃其麦。""芃"《说文解字》解为"草盛也",指植物生长茂盛之貌。许穆夫人急切赶回卫国漕邑,途中经过生长繁茂的麦田,她望着故国长势旺盛的田地心中甚是忧伤。《毛诗郑笺》里讲:"麦芃芃者,言未收刈,民将困也。"本来这时节应是务农收割之际,而如今国破家亡,卫国的麦田繁盛却无人收刈,卫国百姓一定也是陷于困苦之中。"控于大邦,谁因谁极?""控"是奔赴走告之意,"因"是依靠之意,"极"指到达,此处引申为救援。此句道出了许穆夫人心中的救国之策:她急忙赶回卫国的目的是要卫国去向大国求援,依靠大国来击败狄人收复山河。这个方法的确是切合实际的,最终也正是齐桓公出兵帮助卫国收复了失地,并且帮助卫文公在楚丘重建都城才复兴了卫国。许穆夫人可谓有卓识远见,她在最初政治联姻时就曾选择嫁到齐国,以备将来卫国有难时能获得帮助。如今她当时的忧虑果然应验,而许国上下却胆小如鼠,不仅没有任何实际救援措施,还责备自己提出的救国之策,真可谓是"众稚且狂"。因此,许穆夫人在诗歌末句再次道出心中抱怨:"大夫君子,无我有尤。百尔所思,不如我所之。""尤"在此是过错之意,"百尔"是指你们这些人,此句意为:你们这些许国大夫君子怎么就不理解我呢?我并没有错。你们没有好的对策,也没有实际的行动去帮助卫国,还不如让我回去帮助祖国寻求大国救援来得实际可行!

  许穆夫人可以说是位了不起的女子,她心中满溢爱国主义情怀,为了祖国不顾个人安危与他人阻挠。她更是深谋远虑,在卫国危难之际提出了切实可行的救国之策,比起许国那些鼠目寸光、胆小怯懦的大夫不知道强过多少倍,真可谓"巾帼不让须眉"。

卫风

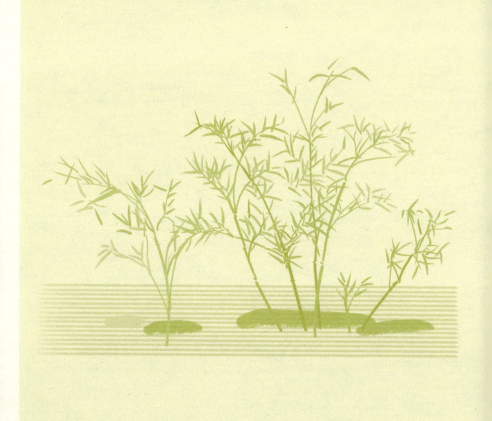

淇奥

谦谦君子的人生必修课

瞻彼淇奥,绿竹猗猗。有匪君子,如切如磋,如琢如磨。
瑟兮僩兮,赫兮咺兮。有匪君子,终不可谖兮。
瞻彼淇奥,绿竹青青。有匪君子,充耳琇莹,会弁如星。
瑟兮僩兮,赫兮咺兮。有匪君子,终不可谖兮。
瞻彼淇奥,绿竹如箦。有匪君子,如金如锡,如圭如璧。
宽兮绰兮,猗重较兮。善戏谑兮,不为虐兮。

卫武公的故事

《淇奥》是《卫风》首篇,此诗历来多被认为是一首赞颂卫武公的诗歌。卫武公是卫国的一位贤明国君。司马迁《史记·卫康叔世家》记载,"武公即位,修康叔之政,百姓和集",意思是卫武公继位后,延续了卫康叔的统治之道,使卫国强盛、百姓和睦、生活安定。卫康叔是卫国开国之君,所以司马迁认为武公继承康叔之业是对其极高的评价。卫武公统治时经历了周平王东迁这一重要的历史事件。当时，周幽王因宠幸褒姒而荒政误国，导致犬戎入侵西周占领首都镐京并杀死幽王。为保周朝，几个诸侯国联合起来抗击犬戎，卫武公就是其中之一。平定犬戎后，周平王将周朝国都从西安迁至洛阳，史称"平王东迁"，这也是从西周到东周的历史分界点。卫武公因在平定犬戎战争中立下大功，所以被周平王分封为公爵，并命他担任周朝卿士。此诗正是卫武公离开卫国赴朝廷述职时，百姓为纪念他而作。

勤于修身致学

全诗共三章，先品读诗歌首章。"瞻彼淇奥"，"瞻"意为望，"淇"指淇水，"奥"通"隩"，指是河水岸边弯曲之处。"绿竹猗猗"，"猗猗"朱熹《诗集传》解为"始生柔弱而美盛也"，指竹初生柔弱但又特别美丽茂盛。首句字面意为：淇水岸边弯曲处，新生翠竹美丽茂盛。诗人以"绿竹"起兴，其中隐喻在之后说明。"有匪君子，如切如磋，如琢如磨。""匪"通"斐"，形容人有文采。这句便是对卫武公的赞颂，称他是一位有文采的谦谦君子。历史上的卫武公不但雄才大略，在军事政治上功绩突出，同时在文学造诣上也很有成就。他善于写诗，据说《诗经》中的《抑》和《宾之初筵》二诗都是他所作。当然此诗并非特指武公的文学造诣，而是概写他是一位温柔有才的君子。一个人该如何做才能成为一名谦谦君子呢？首先需要"如切如磋，如琢如磨"。"切""磋""琢""磨"都是古人制作器具的方法，四字顺序是一个循序渐进的过程。制作一件精美石器或玉器，首先要切料，然后磋出基本的形状，接着精致雕琢，最后磨平表面使其光滑圆润。同样道理，要成为谦谦君子也要经历一番"切""磋""琢""磨"。《毛诗》里讲，"道其学而成也，听其规谏以自修，如玉石之见琢磨也"，即要成为真正的君子要经历两个方面的"切""磋""琢""磨"。首先是自我修炼，在求学问道上勤奋努力，其次要虚心接受他人规劝，旁人的建议亦是对于自身的一种修炼琢磨。只有经历了自我和他人的"切""磋""琢""磨"，才能让自己从一块粗糙的石头变为一块温润的美玉。《礼记》里讲，"玉不琢不成器，人不学不知道"，美玉要经过细心雕琢才能成形，人也只有勤于修身致学，才能通透人生之道，成为真正的君子。

谦谦君子不能忘

"瑟兮僴兮，赫兮咺兮"，"瑟"指矜持庄严之貌，"僴"指威武之貌，"赫"指光明正大之貌，"咺"指心胸坦荡开阔。这四字都是褒义，用以赞美卫武公在百姓心中庄重威武又光明坦荡的君子形象。"有匪君子，终不可谖兮"，"谖"是忘却之意，此句意为：这位文采斐然的谦谦君子现在离开启程，我们百姓将永远不会忘记你啊！《毛诗》里讲："道德甚至善，民之不能忘也。"卫武公是一位道德至善、深受百姓爱戴的国君，如今他被周王任命为朝廷的卿士，即将离开卫国上任，百姓当然对他依依不舍、念念不忘。

注重仪表得体

诗歌次章，"瞻彼淇奥，绿竹青青"，"青"通"菁"，意指植物叶子茂盛，比前章"猗猗"更进一步，描写绿竹已经生长得枝繁叶茂。诗歌首章"切""磋""琢""磨"是从内在修身的角度来讲述君子之道。此章"有匪君子，充耳琇莹，会弁如星"则是从外在着装的角度来谈论君子之道。真正的君子不仅要有内在的自我要求，还要注重外在的仪表姿态。"充耳"是古人垂于冠冕两旁的装饰物，一直垂到两耳旁，一般用玉石制作。"琇"是卫武公用来制作充耳的宝石，等级次于玉石。"莹"指充耳的宝石美丽晶莹。卫武公不直接用玉石来做充耳是一种礼仪规范。《毛诗》解释说："琇莹，美石也。天子玉瑱，诸侯以石。"周代礼仪细致，只有周天子的充耳才为玉制，卫武公这级诸侯要用比玉低一级的宝石，所以一位君子的穿着打扮并非越奢华越好，而是要得体并且符合礼仪和自己的身份。

"会弁如星"，"弁"指戴在头上的皮冠，即皮帽，一般用鹿皮制作。"会"指皮帽上皮与皮相接处，古人在此装饰宝石。"如星"王先谦在《诗三家义集疏》中解为"玉之罗列而光明"，意指卫武公皮帽上的宝石整齐罗列，明亮夺目如天空中闪烁的明星。武公的皮帽也有讲究，《毛诗郑笺》里讲，"天子之朝服皮弁，以日视朝"，意指皮弁是臣子朝见天子时所戴，武公赴任卿士，所以头戴皮弁上朝，这也再次体现他着装得体。

如金如玉，终成君子

诗歌末章"瞻彼淇奥，绿竹如箦"，"箦，栈也，竹之密比似之，则盛之至也"（朱熹《诗集传》）。"箦"指栈，栈指木条横竖编排的样子，在此形容竹子已生长成熟且茂盛至极。也有说法认为"箦"通"积"，形容集聚茂盛之貌，亦可备一说。诗歌三章描写淇水岸边的绿竹,从首章的初生柔弱到次章的郁郁葱葱再到最后完全长成的茂盛至极,是一个层层渐进的过程,所以"绿竹"在此并非简单的文学起兴,而是隐喻一个人从内在勤于修身到外在仪表得体,最终成为温润有为的谦谦君子的修炼过程。真正的君子是怎样的呢?"有匪君子,如金如锡,如圭如璧。""金""锡"是两种贵重金属,都要通过历练而成。"圭""璧"都是精美玉制品,"圭"《说文解字》解为"瑞玉也,上圆下方"。"璧"是圆形中间有孔的玉块。"武公器德已百炼成精如金锡,道业既就,琢磨如圭璧。"(孔颖达)卫武公通过不断地自我要求和努力,如金属百炼成金,道德至善如精美雕琢的温润美玉一般,真是一位实至名归的君子。

真正的君子温润从容、充满喜乐

诗歌末两句是诗人对于卫武公的再次赞颂。"宽兮绰兮,猗重较兮","宽"是宽宏能容人之意,"绰"是舒缓柔和之意。方玉润在《诗经原始》里讲道:"始虽瑟僴赫咺,犹有矜严之心,终乃宽兮绰兮,绝无勉强之迹。"前两章所讲的庄重严肃、光明正大是对卫武公正面形象的赞颂,但字里行间似乎还有矜持严肃之感。最后一段写到的舒缓柔和的状态就显得十分自然了。"猗重较兮"也是描述卫武公潇洒自然之态。"猗"是依靠之意,"重较"是古代卿士所乘马车,车厢前两边分别伸出弯木可供乘车人在车上扶持依靠。此句描写了卫武公坐车时潇洒从容的姿态。"善戏谑兮,不为虐兮"一句最有意思,"谑"指开玩笑,"虐"是过分之意。此句具体描写了卫武公毫无拘束,言谈风趣但也有度。朱熹在《诗集传》里评价:"言其乐易而有节也。"卫武公喜乐大方、宽容和善,并非一副高高在上之态,但同时又节制有度。这便是古人对于君子境界的最高定义。君子绝不是通常所理解的那种凡事都绝对庄严谨慎、过于刻板使自己与他人都很拘束的人。最高的君子境界是时常喜乐、温柔从容、有节制且不过分,让身边的人没有拘束之感,与其相处舒服愉快。中国古人,尤其是儒家非常讲究所谓的乐感文化,很多人长久以来都误解儒家主张的君子就是枯燥的礼教捍卫者和严格死板的书呆子,其实不然。《论语》开篇讲,"学而时习之不亦说乎,有朋自远方来不亦乐乎",这便告诉我们不管学习还是人际交往,对于君子来说最重要的是内心的喜乐,这种乐感文化是中国儒学特别重要的前提。真正的谦谦君子绝对不会总是端着一副刻板枯燥的架子,君子的人格魅力是自然而然、发自内心的,能够给他人带去喜乐满足。

此诗不能只从赞颂卫武公的角度去理解,更重要的是要从中领悟如何才能成就一位谦谦君子。首先内在勤于修身致学,其次注重外在仪表得体,最后也是最重要的是要保持一颗时常喜乐宽柔的心境,这是每一位君子的人生必修课。

考槃

你不是真正的快乐

考槃在涧,硕人之宽。独寐寤言,永矢弗谖。
考槃在阿,硕人之薖。独寐寤歌,永矢弗过。
考槃在陆,硕人之轴。独寐寤宿,永矢弗告。

卫风

隐逸诗之始

　　《考槃》一诗历来被认为是歌颂隐士在山林间快乐隐居的赞歌。诗歌内容简单,但其主题却很特别。中国自古以来就有贤人归隐山林的文化传统,也相应在文学上产生了隐逸诗流派,历经各代经久不衰。为人所熟知的有东晋诗人陶渊明,他创作的诸多归隐田园主题的诗歌情景交融、淡然悠远,被称为"古今隐逸诗人之宗"。若将隐逸诗的发展历史再往前推移,此诗便绝对可称得上是中国隐逸诗之始。

　　先来品读诗歌每章首句。"考槃"历来有不同解释,最常见的理解认为"考"是建筑、建成之意。"槃者,架木为屋,盘结之意也"(黄一正),即指用木头架构的房屋。因此"考槃"解为建造木屋之意。另一种理解认为"考"通"扣",是敲击之意,"槃"通"盘",是一种盛水的木质器皿,"考槃"即指贤人雅士有节奏地叩击盛水木盘并和声歌唱,这种说法也可备一说。在此,我们还是用"建造木屋"之解来诠释此诗。

"考槃在涧",两山间所夹溪水称为"涧"。诗歌开篇就描述了诗人的隐逸生活,在山涧中建成一间小木屋。"硕人之宽","硕人"在此即指贤人,"宽"指宽阔。此处构成一个文学上的对比,诗人在山涧所建木屋虽小而简陋,但其内心却无比辽阔宽广。如刘禹锡在《陋室铭》里所讲:"斯是陋室,惟吾德馨。"虽屋小简陋,但物质上的局限并不重要,重要的是居住之人的品德高尚与内心广阔。下章首句"考槃在阿,硕人之薖","阿"《毛诗》解为"曲陵曰阿",指山陵弯曲之处。"薖"历来说法较多,现在普遍认为通"窠",指动物的巢穴或人安居的处所。此句也是描写诗人在山陵凹曲处修筑小屋并隐居于此。末章"考槃在陆,硕人之轴","陆"《说文解字》解为"高平地",意指山林高处之平地,"轴"原指马车车轴,因车轴转动时始终保持在一个位置范围之内,这里借以指代诗人"盘桓不行之貌",即这位隐士在山林高平处建筑木屋并在此安居不再离开。

诗歌三章首句都在描述诗人在山林中修建木屋,归隐田园。诗文用字上有其层次所在,建筑木屋的地点从山涧到山林高平之处,地势由低到高表达了诗人离世俗生活越来越远。诗人从内心宽阔到最后确定在此隐居,不再离开山林,也是层层递进地表达了其坚定的归隐之心。方玉润在《诗经原始》里评论道:"结庐不在尘境,而在溪涧之间,陋且隘矣。即或深傍曲阿,旷处平陆,亦不过老屋三间,风雨一床,亦何适意之有?然自硕人视之,则甚宽也,可以为吾之安乐窝矣。"意指诗人不在尘世之地建造居所,而在山林之中修筑木屋,这种环境里的居所一定极其简陋狭窄,不过老屋三间,刮风下雨也未必能完全遮挡,从物质条件上来说肯定不宜居住,然而由于这位贤者隐士的内心宽广开阔,即便是如此陋室也成了他的安乐窝。如此淡然飘逸、心气高雅的隐士之歌,成为后世隐逸诗之始自然名副其实。

中国文化的儒道交融

中国文化中,自古对于隐士文化是十分推崇的。历来文人雅士们所崇尚的并非只是山林田园生活的清新淡然,更是那一份与世无争、逍遥于尘世之外的至高心境。关于这份心境,庄子在《逍遥游》里讲过这样一则故事:"尧治天下之民,平海内之政,往见四子藐姑射之山,汾水之阳,窅然丧其天下焉。"尧是五帝之一,他平定四海、贤明有德,是儒家心中君王之典范。这世间可能无人比尧更德高望重、受人尊崇。当他来到远离尘世、遥远缥缈的姑射山,看到山上住着的四位隐士,他们晨吸清风暮饮白露,游行于山林白云之端,逍遥于四海尘世之外。尧此刻的心情却是"窅然"。"窅然"是迷茫、迷惘之意,如此伟大的帝王居然迷茫了,感觉如同"丧其天下"一般。隐士们潇洒飘逸的生活让尧突然觉得天下都不那么重要了,在世间汲汲营营于凡尘琐事,束缚自己的身心,这一切意义又何在呢?即使拥有天下万人的尊崇,但与四位隐士超凡的心境相比又如何呢?不得不说庄子实在太会讲故事,将与世无争的隐逸生活描绘得如此令人向往。

中国文化历来并不只有儒家那份"修身、齐家、治国、平天下"的入世社会责任,也有道家那份"逍遥无为、与世无争"的心境。儒、道两种思想作为中国文化的根源,是相互对立又相互交融的矛盾体,在中国历代文人雅士身上都可以同时看到儒和道的影子,所以切勿将中国文化中的儒、道绝对分离开来去理解。李泽厚先生在《美的历程》里讲道:"儒、道是离异而对立的、一个入世,一个出世;一个乐观进取,一个消极退避;但实际上它们刚好相互补充而协调。不但'兼济天下'与'独善其身'经常是后世士大夫的互补人生路途,而且悲歌慷慨与愤世嫉俗,'身在江湖'和'心存魏阙',也成为中国历代知识分子的常规心理及其艺术意念。"

天地闭,贤人隐

其实并没有所谓天生的隐逸之士,既然称"士"就说明是有现实追求的,至少曾经有过类似"修身、齐家、治国、平天下"的理想。即使是陶渊明这样的"古今隐逸诗人之宗",归隐前还任职彭泽县令。问题的关键不在于归隐生活的美好,而在于选择归隐山林的原因。《周易》里讲,"天地闭,贤人隐",贤人之所以归隐是因为天地对他关上了大门,空有一身本领却在四海间无立足用武之地,故退而选择消极避世。此诗是否也透露出这样的端倪呢?先来继续品读诗歌每章次句。

"独寐寤言","独"是独自之意,"寐"指睡着,"寤"指醒着,"言"是说话。此句意指诗人在山林中独睡、独醒、独自说话。后两章"独寐寤歌""独寐寤宿"指诗人独自歌唱和独自居住,由此可见隐士的孤独。"永矢弗谖","永"是永远之意,"矢"通"誓","谖"是忘却之意,诗人意指自己永远不会忘记此刻独处的状态。次章"永矢弗过","弗过,谓不与人相过也"(王先谦《诗三家义集疏》),指发誓不再返回俗世,不再与人交往。末章"永矢弗告"意指发誓永不将自己心中的想法告诉他人。

  诗人在每章末句的发誓之辞相比归隐山林者的淡然超脱之态,在文学上的表达似乎显得太过用力。读者不禁会疑问,诗人真的享受独居、独醒、独睡、独自言语歌唱的状态吗?其实也许没有人真的愿意孤独一生,谁都想要与他人交往倾诉,只是时代所限,可能身边稀有知音能懂自己。这位诗人应该也是如此,从诗歌三章次句的强烈语气中,读者能感受到他心中的无奈和怨气。不论是亲情、爱情、友情或是君臣关系,都贵在能遇到知音。所谓"若有知音见采,不辞遍唱阳春",没有人真的喜欢自言自语、独自歌唱,若能遇到心灵相契合之知己,哪怕《阳春》唱遍也在所不辞。当然,诗人在山林之间也是享受那番怡然自得的状态的,只是他也并非完全洒脱快乐,可能他心中还有一份不甘。这种心理是复杂的,读者亦不能将此诗简单地理解为一首隐士自得其乐之歌。

  关于归隐贤士的心理,鲁迅曾经在评论魏晋风度时分析得极其透彻。魏晋时期有诸多退隐山林的贤人逸士,如竹林七贤,他们生活自由随性、放浪形骸,不愿受尘世缧绁束缚。鲁迅讲这些人是"表面上毁坏礼教者,实则倒是承认礼教,太相信礼教,只

卫风

因为心中不平之极,无计可施,激而变成不谈礼教,不信礼教,甚至于反对礼教",即认为魏晋时代的贤人隐士,表面上放荡不羁不讲礼教,但内心深处却极相信礼也极有抱负,只是所处时代太过昏暗,使他们的志向无人接纳,满腔抱负无处施展,心中不平至极才产生如此逆反心理,走到了礼的对立面,用完全放纵自己的方式来表达对现实的不满。《考槃》中的隐士又何尝不是如此呢?《论语》里孔子讲"贤者避世",也是出于这份无奈吧。孔子如此心存天下的圣人,心底里当然不会赞同避世隐居,但面对昏暗乱世之时,也不得不出此言论。在礼崩乐坏的时代,贤者生不逢时,或许归隐田园、寄情山水才是最明智的选择吧。

硕人（一）

千古美人绝唱，一笑倾国倾城

　　硕人其颀，衣锦褧衣。齐侯之子，卫侯之妻，东宫之妹，邢侯之姨，谭公维私。

　　手如柔荑，肤如凝脂，领如蝤蛴，齿如瓠犀，螓首蛾眉。巧笑倩兮，美目盼兮。

　　硕人敖敖，说于农郊。四牡有骄，朱幩镳镳，翟茀以朝。大夫夙退，无使君劳。

　　河水洋洋，北流活活。施罛濊濊，鱣鲔发发，葭菼揭揭。庶姜孽孽，庶士有朅。

卫风

先秦贵族婚礼制度

　　《硕人》一诗的主人公是卫庄姜。《左传》里记载："卫庄公娶于齐东宫得臣之妹，曰庄姜，美而无子，卫人所为赋硕人也。"关于卫庄姜其人，《邶风·燕燕》已有所提及：她是齐国公主，齐是姜姓诸侯国，古时出嫁女子在称呼上会带上原来的姓氏，因嫁于卫庄公，故被称为"庄姜"。庄姜出嫁时场面盛大，可惜她嫁给卫庄公后并无子嗣，婚后不久就受到冷落，日子过得非常凄凉。此诗是卫人为其所作，生动详细地描写了她最初嫁到卫国的盛况。

品读诗歌之前，先介绍一下先秦贵族婚姻的一些基本规则。周代贵族统治实行严格的宗法制度，所谓宗法制度是父系社会的产物，贵族的社会地位和权力都与其家族血缘关系紧密相关。周天子是周代地位最高的人，他的嫡长子是天子继承人，其他儿子为各国诸侯，比天子低一级。诸侯的嫡长子是诸侯国的继承人，其他儿子则再低一级，为卿大夫。因此，从天子依次类推到诸侯、卿大夫、士、平民就形成了一套非常严格的社会等级制度。贵族之间的通婚也须严格按照宗法制进行。首先，贵族为维持自己的社会等级和权力，便会让子女与同等级贵族通婚。当然，因为天子是唯一的，所以天子只能求婚于诸侯。其次，当时贵族实行一夫多妻制，即"媵妾制"陪嫁制度。由于血缘正统是最重要的贵族标志，所以陪嫁女子一般都是正妻的姊妹、侄女或处于同一血缘宗族内的女子。这两条是周代贵族间通婚的基本规则，其重要性在此诗中也有体现。

家族之尊，外戚之贵

全诗共四章，诗人在文字上用心编排，先来品读诗歌首章。"硕人其颀，衣锦褧衣。"此句概写点出诗歌主人公庄姜。"古人硕、美二字为赞美男女之统词，故男亦称'美'，女亦称'硕'。"（王先谦《诗三家义集疏》）古时"硕""美"都是对

卫风

人的美称,并不分男女,所以有时诗歌中称君子为"美人",亦有称女子为"硕人",此诗"硕人"即指庄姜。"硕"指身材修长高大,说明庄姜身材极好、个子高挑。前一个"衣"作动词用,"锦"指华丽的衣服。之前《君子偕老》一诗中写到贵族女子婚礼中在不同场合须穿不同款式的礼服,锦衣只是一般场合的华丽外衣,并非婚礼礼服。《毛诗郑笺》里解道,"国君夫人衣翟而嫁,今衣锦者,在途之所服也",意指国君夫人出嫁应穿翟衣,即绘有野鸡纹饰的华丽礼服,庄姜所穿的锦衣是她从齐国出嫁到卫国路上所穿的服饰,并非正式婚礼礼服。"褧"指麻布做的罩衫,罩在锦衣外遮挡路途中的尘土。从中我们能体会到古代贵族女子着装之考究,同时也明白了诗歌是从庄姜由齐国出发赴卫讲起。

诗歌接下来交代了庄姜显赫的贵族背景,以说明这场婚姻门当户对。"齐侯之子,卫侯之妻","子"在古文中是子女的统称,此句意为:庄姜是齐侯的女儿,嫁与卫侯为妻。齐侯、卫侯都是一国之君,这场通婚可谓门当户对。诗人还进一步介绍了庄姜的家庭背景:"东宫之妹,邢侯之姨,谭公维私。""东宫"指太子,古时太子居于东宫,故用"东宫"指代。庄姜是太子的妹妹,也就是未来齐国国君的妹妹。"邢侯"指邢国国君,庄姜的亲姐妹嫁给邢国国君,所以庄姜是邢国国君的小姨子。"谭公"是谭国国君,"私"朱熹《诗集传》解为:"姊妹之夫曰私。"古时姐妹之间称对方丈夫为"私",所以谭公也是庄姜姐妹的丈夫。由此可见,庄姜的家族背景都是皇亲国戚,极其显赫。"首章极称其族类之贵。"(朱熹《诗集传》)诗人将庄姜高贵的血统与身份放在诗歌开篇说明，可见古人对于婚姻中门当户对的重视至极。

仪容之美，千古绝唱

在介绍了庄姜显赫的贵族背景后，诗歌次章聚焦在描写庄姜仪容之美，诗人下笔活灵活现、淋漓尽致。"手如柔荑"，"荑"是初生的茅草，指庄姜的双手如初生茅草般洁白柔嫩。"肤如凝脂"，"凝脂"是指凝结的脂肪，描写庄姜的肌肤就如凝结起来的脂肪那般细腻光滑。"领如蝤蛴"，"领"《说文解字》解为"项也"，即指脖颈。"蝤蛴"是天牛的幼虫，"白而长，故以比颈"（孔颖达）。"齿如瓠犀"，"瓠犀"指葫芦籽，"瓠中之子，方正白洁，而比次整齐也"（朱熹《诗集传》），葫芦籽色白方正且排列整齐，用以形容庄姜的牙齿洁白齐整。"螓首蛾眉"，"螓"是一种类似蝉的昆虫，它体型较蝉小，其额头宽大方正，在此用以形容庄姜前额宽阔。"蛾"指蚕蛾，其触角细长而弯，用以形容庄姜眉毛弯曲细美。诗歌这一连串的类比可谓精巧至极，简直将庄姜描写成了一件精美的工艺品。细心的读者在此会发现一个问题，诗人描写了诸多外貌细节，却唯独缺少了很重要的一处——眼睛。眼睛是五官中最传神之所在，就像在画龙点睛的故事中，巨龙被点睛之后画面瞬间生动起来。文学创作亦是如此，若次章只有之前一连串比喻，即使写得再精妙，也还是不够鲜活生动。"巧笑倩兮，美目盼兮"，此句便是诗人的画龙点睛之笔。"倩"指笑而有酒窝之貌，"盼"指眼球转动黑白分明。此句描写庄姜微笑时嘴角深藏酒窝，眼神跟随转动，双眸黑白分明。此处文学画面一下子就从之前静态的比喻变成了动态的描写，这句点睛之笔在动静结合、虚实之间使之前略显刻板的描述生动起来，读者仿佛真的见到这位美人，她仿佛带着甜美的笑容和闪光的眼眸，从千年前文字里活了过来。美学大师宗白华评价此章道："前五句堆满了形象，非常'实'，是'错采镂金、雕缋满眼'的工笔画。后二句是白描，是不可捉摸的笑，是空灵，是'虚'。这二句不用比喻的白描，使前面五句形象活动起来了。没有这二句，前面五句可以使人感到是一个庙里的观音菩萨。有了这二句，就完成了一个如'初发芙蓉，自然可爱'的美人形象。"从精美的工笔画到动感灵气的神情描写，从端详的观音菩萨到自然可爱的美人，正是源于次章末句极其出色的点睛之笔。此章可谓"千古颂美人者无出其右，是为绝唱"（姚际恒），其对于女性容貌之美的描写对后世文学影响极大，尤其"巧笑倩兮，美目盼兮"一句被认为是古代诗歌的典范。唐代白居易在《长恨歌》中描写杨贵妃"回眸一笑百媚生，六宫粉黛无颜色"也是继承此句之动感神秘之美，无论怎样长篇大论地去刻画杨贵妃的容貌都比不上这一句来得精妙绝伦。

硕人（二）

个中冷暖心自知，无奈生在帝王家

车服之盛，礼仪之细

《硕人》一诗前两章分别描写卫庄姜显赫的贵族背景及倾国倾城的绝美容貌。诗歌第三章"硕人敖敖，说于农郊"，"硕人"即指庄姜，"敖敖"《毛诗》解为"长貌"，即身材修长，意指庄姜身材高挑。"说"历来有两种解释：一说通"税"，即停留之意，指庄姜的盛大婚礼车队从齐国出发，风尘仆仆到了卫国近郊，停留稍作休整以便正式进入卫国举行婚礼；另一说法认为通"襚"，"说，当作襚，衣服曰襚。此言庄姜始来，更正衣服于卫近郊"（《毛诗郑笺》），指庄姜到达卫国近郊休整一番并更换婚礼礼服。两种解释都能说通。接下来，诗人的视线聚焦到庄姜随行车队之上以描写出嫁车服的盛大场面。"四牡有骄"是描写庄姜所乘马车的马匹。"牡"指雄马，"骄"《说文解字》解为"马高六尺"，在此指马匹高大健壮。古代不同等级的贵族所乘马匹也有所不同。《春秋公羊传》写道，"天子马曰龙，高七尺以上。诸侯马高六尺以上"，天子乘马称之为"龙"，高七尺以上。诸侯

卫风

乘的六尺之马,即诗中所称的"骄"。庄姜是诸侯夫人,故其马车由四匹健壮的六尺大马领头牵拉。"朱帻镳镳","朱"是大红色。朱熹在《诗集传》里解此句道:"帻,镳饰也。镳者,马衔外铁,人君以朱缠之也。"意指"帻"是缠绕在"镳"上的装饰物,即朱红色绸带,因庄姜出嫁,用红色亦有喜庆之意,"镳"指牵马时缰绳套在马嘴上的金属露出部分。"翟茀以朝","翟"指野鸡羽毛。"茀"三家诗都作"蔽",是古时马车车厢上用于遮挡的车蔽。妇人,尤其是新婚女子的马车,车厢要遮挡起来不能随意让他人窥探,所以婚车车厢上装有车蔽,并用华丽的野鸡羽毛作为装饰。"以朝"即指庄姜乘坐车仗朝见卫国国君并举行正式婚礼仪式。诗歌此章描写了健壮的六尺大马、朱红色飘扬的绸带、华丽野鸡羽毛的车蔽,如此细节均可见庄姜出嫁车服奢华至极。

文学上的角度切换

如果诗歌通篇只描写庄姜的显赫背景及其美貌容颜和华丽车队,再精彩也不过是一出独角戏,缺乏文学张力。因此诗人接着转换了一个视角,有意写了一句卫人的反应:"大夫夙退,无使君劳。"此句可谓是绝妙一笔,在读者可能感到乏味时,突然换了个角度,让诗歌充满了新鲜感和活力。"大夫"即指卫国大夫,"夙退"指早早退朝,为何卫国大夫要早退呢?这一笔悬疑令读者兴趣盎然。原来是因为"无使君劳",即为了不要令"君"操劳。"君"历来有两种不同解释,一指卫庄姜,在先秦称呼国君夫人有时也称"君"。《春秋公羊传》里讲,"礼,夫人至,大夫皆郊迎"，指在先秦礼仪中，国君夫人嫁到本国，在近郊休整时，士大夫需前往迎接拜见。故此句意为：请卫国士大夫拜见完庄姜后早点退下，不要让已经一路舟车劳顿的国君夫人太过劳累。此处的角度转换体现出卫人对于庄姜到来的热情态度，诗人不从正面写士大夫拜见庄姜，而是反过来奉劝士大夫早些退下，下笔可谓出其不意。另外一种解释认为"君"即指卫国国君，朱熹在《诗集传》里讲："谓诸大夫朝于君者宜早退，无使君劳于政事，不得与夫人相亲。"诗人在此希望卫国大夫早点退朝，勿让卫庄公劳于政事而耽误与庄姜的婚礼大事，这种说法亦可备一说。无论哪种理解都是从卫人的视角来说明他们对于这场婚礼的重视程度，这种角度切换也使诗歌在文学维度上更具张力。

邦国之富，随行之多

再品诗歌末章。"河水洋洋，北流活活。""河"指黄河，黄河在齐西卫东，从齐国到卫国必经黄河。"洋洋"指河水茫茫一片，水势盛大之貌。"活活"指水流动之貌。黄河水茫茫一片，向北奔流而去，诗人在此借景抒情。"施罛濊濊，鳣鲔发发。""罛"指捕鱼用的渔网。"濊濊"是象声词，形容渔网撒入水中之声。"鳣"指大鲤鱼，"鲔"指鲟鱼，都是体大味美的鱼类。"发发"指大鱼入网，鱼多之貌。诗歌此句描写在黄河水中撒下渔网后收获颇丰。古文常用捕鱼入网形容男女婚姻嫁娶，故诗歌在此隐喻卫君迎娶庄姜这样一位高贵女子，就如收获一条美好的大鱼，借此赞美这场婚姻的盛大美好。"葭菼揭揭"，"葭"是初生芦苇，"菼"是初生荻草，"揭揭"指芦苇荻草长势高貌。诗人此处除借物起兴外,也有另一层深意,"皆以葭菼未秀时言,诗为庄姜初至时作,于古礼'霜降迎女'合"(王先谦《诗三家义集疏》)。古人有"霜降迎女"的传统,婚礼一般都在农歇时举行,即在深秋霜降时行迎亲结婚之事,所以庄姜出嫁也在此时。此处芦苇荻草是为点明婚礼的时间。"庶姜孽孽","庶姜"指众多姜姓女子,"孽孽"亦指身材高挑。此句指随庄姜出嫁的还有众多身材高挑、盛装打扮的齐国女子,她们是庄姜的陪嫁,因"媵妾制"的陪嫁之女也须是贵族血统,所以她们都姓"姜",是庄姜所在家族的姊妹。"庶士有朅","庶士"指陪嫁的男性臣子,"朅"指威武雄健之貌。朱熹《诗集传》道:"齐地广饶,而夫人之来,士女姣好,礼仪盛备如此。"此句说明不仅庄姜本人美貌非凡,连随她一起陪嫁的媵妾亦是美丽姣好,随从男子皆英勇雄壮。可见庄姜娘家齐国国力之强盛,邦国之富裕,另外也从侧面描写了这场婚礼对卫国来说,不单是在婚姻上,在政治上也是收获颇丰。

叠字之美

末章诗人对叠字的使用非常出彩,一共用到"洋洋""活活""浟浟""发发""揭揭""孽孽"六组叠字。叠字的使用一方面可以使全诗的音韵结构在朗读吟唱时更富节奏感,另外也加强了描绘事物的情感强度。古典诗歌中叠字的使用频率非常之高,据统计,《诗经》三百零五篇中使用叠字的有二百篇。在我们已品读过的《诗经》篇目中已经有很多例子,如"关关雎鸠""桃之夭夭,灼灼其华""喓喓草虫,趯趯阜螽"等。之后的《古诗十九首》在叠字运用上也堪称典范,其中《青青河畔草》开头六句连用了六组叠字:"青青河畔草,郁郁园中柳。盈盈楼上女,皎皎当窗牖。娥娥红粉妆,纤纤出素手。"唐代杜甫《登高》一诗中亦有"无边落木萧萧下,不尽长江滚滚来","萧萧""滚滚"是两组用得极妙的叠字,写出了落木寒肃之声和长江汹涌之状,在无形中传达出光阴易逝、壮志难酬之感伤。王维的"漠漠水田飞白鹭,阴阴夏木啭黄鹂"一句则用叠字生动地描写出田园生活的怡然自得。宋词最为人所熟知的是李清照《声声慢》中连用的七组叠字"寻寻觅觅,冷冷清清,凄凄惨惨戚戚",将词人心中的孤独寂寞和凄凉愁苦描绘得淋漓尽致。清代顾炎武在《日知录》中讲:"诗中叠字大都以状词居多,有状形者、有状声者。当单字不足以尽其态,则重言以发之,盖写物抒情,两字相叠,能使兴会与神情一起涌现。"文学作品尤其是诗歌里叠字的使用,一方面让语句更富韵律节奏,另一方面往往是因为单字不足以表达情绪故用叠字加以修饰,使感情表达更为强烈,既丰富了语言内涵也在修辞上更富有活力。

婚姻的本质

此诗从多个角度描写庄姜初嫁卫国时的盛况,首章描写庄姜显赫的贵族背景和外戚关系,次章是千古绝唱,生动刻画了庄姜的容貌之美,最后两章则描写婚礼车服盛大及陪嫁随从众多。在古人眼中这无疑是一场门当户对的完美婚礼,但通读诗歌,却有一点值得思考:为何一场婚礼描写了这么多方面却唯独没有一点与爱情本身相关的内容呢?婚姻最重要的本质难道不应是新人间的彼此深情与爱慕之心吗？由此可以想见，庄姜在婚后被冷落的结局也不足为奇，因为这门婚姻从头至尾完全是一场毫无爱情可言的政治联姻，只是空有虚华的外表而已。庄姜婚后的悲哀也只能如人饮水冷暖自知，如此门庭显赫的绝美女子终究成为政治的牺牲品，令人不禁唏嘘。所谓"无奈生在帝王家"，这或许也是古代贵族女性最大的悲哀与不幸吧。

氓（一）

人生自是有情痴，此恨不关风与月

  氓之蚩蚩，抱布贸丝。匪来贸丝，来即我谋。送子涉淇，至于顿丘。匪我愆期，子无良媒。将子无怒，秋以为期。
  乘彼垝垣，以望复关。不见复关，泣涕涟涟。既见复关，载笑载言。尔卜尔筮，体无咎言。以尔车来，以我贿迁。
  桑之未落，其叶沃若。于嗟鸠兮，无食桑葚。于嗟女兮，无与士耽。士之耽兮，犹可说也。女之耽兮，不可说也。
  桑之落矣，其黄而陨。自我徂尔，三岁食贫。淇水汤汤，渐车帷裳。女也不爽，士贰其行。士也罔极，二三其德。
  三岁为妇，靡室劳矣。夙兴夜寐，靡有朝矣。言既遂矣，至于暴矣。兄弟不知，咥其笑矣。静言思之，躬自悼矣。
  及尔偕老，老使我怨。淇则有岸，隰则有泮。总角之宴，言笑晏晏。信誓旦旦，不思其反。反是不思，亦已焉哉！

卫风

甜蜜的初恋

《氓》历来被认为是一首弃妇诗。封建时代男尊女卑，使得痴情女子被负心汉抛弃却得不到同情，这样的解读赋予了此诗极其悲伤哀怨之气息，不过细品之后，读者会发现或许并非如此。

"氓之蚩蚩"，"氓"历来有两种解释，一指百姓庶民，二指流亡百姓。总之，诗歌开篇登场的这位男主人公是一位普通百姓。与世界其他文明中的古代史诗文学不同的是，《诗经·国风》的主人公们大多不是流传千古的英雄人物，而是寻常百姓。千年后的读者们虽然已无从知晓这些诗歌的作者，却依然深受感动，只因它们讲述的都是最寻常百姓的故事和每一位普通人都能引发共鸣的情感。"蚩蚩"指笑嘻嘻之貌。这位满脸笑容的普通小伙要做什么呢？"抱布贸丝。"《毛诗》解，"布，币也"，远古时人们以布为币交换贸易，这里引申为钱币之意。"贸"是贸易之意。原来这位小伙带着钱来买丝，向谁买呢？就是诗歌的女主人公。同样读者也不知这位女子是谁，她只是个寻常的采桑女子。"匪来贸丝，来即我谋。"聪明的姑娘心里当然明白小伙为何而来，虽曰买丝，实则是来追求姑娘以期许婚姻。"谋"在此即商量婚事之意。一段美好的爱情就此展开，正因姑娘早已知晓小伙的心思，故言语中还透露出几分自信与得意。

"送子涉淇，至于顿丘。"字面上很容易理解，此句意指到了离别时刻，姑娘将小伙送过淇水直到顿丘。可见这位小伙已取得了姑娘的芳心，姑娘也已深陷爱河，她送别小伙到淇水边还不舍离去。古人过河并不方便，尤其在农村淌水渡河更是件麻烦事，

卫风

而姑娘因不舍，甘愿陪小伙一起渡过淇水，一直送到顿丘才止住脚步。这就像热恋中的年轻情侣送对方回家都会想要绕远路，借机增加相处的时光。此处，姑娘对小伙的称呼也有了变化，从首句的"氓"到此句的"子"，一字之差可并非简单变化，这代表了小伙在姑娘心中身份的改变。"氓"指普通百姓，没有感情色彩，而"子"是古时对男子的美称。他们二人已恋爱甚至私定终身，这位小伙对于姑娘来说已不再是普通人，而是自己心爱的恋人、今后的丈夫。这种称谓上的变化虽细微却将姑娘内心之变化表露无遗。

坠入爱河前的一丝清醒

姑娘此时还未因爱情而失去理智，所以她向对方提出了对于婚姻的想法与要求："匪我愆期，子无良媒。""愆期"即延期、过期之意。姑娘并非故意延期，也不是不愿立刻嫁给小伙，而是小伙还未托媒人提出正式婚约。前面的《螽斯》一诗介绍过古代的婚姻礼仪，古人正式成婚前要请媒人牵线做媒。诗中小伙心急想要立刻成婚，而姑娘虽属意于他但还记得要遵循正式的婚礼礼仪。王先谦在《诗三家义集疏》中讲："初念尚知待媒，虽有成约，犹欲以礼自处也。"尽管姑娘嘴上拒绝，内心还是心疼小伙，所以又安慰他道："将子无怒，秋以为期。""将"意为请，姑娘在对小伙说：请不要动怒生气，我并非故意为难你。我们以秋季为期限，我会一直等你来娶我。

漫长等待的煎熬

对于两千年前没有发达通讯设备的先民而言，等待是最折磨

卫风

人的事情。离人一去杳无音信，根本不知他当下的现状与想法。次章"乘彼垝垣，以望复关"，"乘"是攀登之意，"垝垣"指残破的城墙。小伙离开后，姑娘就陷入漫长等待的煎熬之中，常常独自登上残破城墙望着他离去的方向，痴心等待他早日归来。"复关"历来不同解释较多，常见的解释认为是城门。王先谦在《诗三家义集疏》中道，"近郊之地，设关以讥出入，御非常，法制严密，固有重关"，即古时在城市近郊设有城门关口，用以战时防御，有些关口有两道，称为重关，即复关。还有一说认为"复关"是地名，甚至还有人认为"复关"是小伙的姓名。我个人较倾向高亨先生在《诗经今注》中的解释，他认为"关"指马车车厢，"复关"指来往进城的车辆。姑娘天天在城头望着来往车辆，多希望其中能有小伙回来迎娶她的婚车。然而"不见复关，泣涕涟涟"。时间一天天地过去，姑娘始终没见到心中期待之人，这等煎熬令她泪流不止。也许秋季之约时节已过，但爱人却还未出现，姑娘对他的思念有增无减，难以控制自己的深情，每天望眼欲穿、焦灼等待。

勇敢为爱而走

"既见复关，载笑载言。"原来小伙终究没有食言，姑娘终于将他盼来，他们久别重逢喜悦欢笑，有许多的话要向彼此倾诉。小伙对姑娘的爱似乎并未改变，他带回了好消息，"尔卜尔筮，体无咎言"。"卜"和"筮"是古人占卜之法，"卜"是用火灼烧打过孔的龟壳，依据龟壳裂纹进行占卜。因为龟甲有限，所以古时的百姓还用身边常见植物"蓍草"进行占卜，称为"筮"。

"筮"用五十根蓍草反复排列，依据得出的卦象占卜吉凶祸福。小伙告诉姑娘他已对这段婚约进行了占卜，其结果是"体无咎言"。"体"指卦体，即占卜结果，"咎言"指不吉之言。占卜结果没有任何不吉，说明他俩的婚姻会非常幸福。至于小伙是否真的进行了占卜，或只是甜言蜜语讨好姑娘，则不得而知。经历了漫长的等待之后，即便小伙没有带着聘礼媒人归来，只是几句动听的情话也足以让这位姑娘放下所有的矜持，她愿意"以尔车来，以我贿迁"。"贿"指财物，此处引申为嫁妆。姑娘心中的痴情令她决定勇敢地为爱而走。她希望小伙立刻赶车带上她和嫁妆一同离开。诗歌至此，这位姑娘很显然已完全陷入爱情的漩涡无法自拔，初恋的甜蜜和等待的煎熬加深了她对这份感情的期待和投入，爱人归来后重逢的喜悦也坚定了她痴情无悔的决心。

桑鸠自比，为爱迷醉

原来诗歌前两章的甜蜜爱情和为爱勇敢奔走都只是这位姑娘在回忆过往的美好点滴，诗歌第三章笔锋一转开始描写伤感的现状。"桑之未落，其叶沃若。""沃若"指树叶繁茂润泽，此句描写桑叶还未落下，桑树仍是枝叶繁茂、郁郁葱葱。诗人此处运用了文学上的空镜头，将景物描写作为情感转换的过渡。此句也是姑娘的自比。平日采桑做丝的她就像这桑树一般，爱情初期是最美好的时节，自己就如茂盛的桑叶润泽美丽。"未落"依稀为将来的枯黄陨落埋下伏笔，为悲伤的故事作了铺垫。"于嗟鸠兮，无食桑葚。""于"通"吁"，"于嗟"即感叹之意，"鸠"指斑鸠，"桑葚"是桑树果实。此句意为：贪吃的小斑鸠切勿吃桑树

卫风

的果子啊!《毛诗郑笺》里讲:"食桑葚过,则醉而伤其性。"古人认为斑鸠若食入过多桑果就会陷入迷醉状态,这也是姑娘在自我提醒。"于嗟女兮,无与士耽。""耽"即沉迷之意,姑娘提醒自己千万不要太沉迷于爱情而无法自拔。此处姑娘称小伙为"士","士"的感情与赞美程度比起之前的"子"又进一层,在古文中亦指心仪爱人。由此可见,尽管姑娘希望自己保持清醒,但她对小伙称呼的变化再一次点明她的用情更深了。"士之耽兮,犹可说也。女之耽兮,不可说也。""说"同"脱",是摆脱之意,意指男人若沉迷爱情还可摆脱,而女人一旦沉迷爱情就再也脱不开身了。很显然,姑娘已经完全坠入情网,难以自拔。

人生自是有情痴

这位姑娘慢慢地为爱痴迷沉沦,若从古人礼教层面去评判她的这种状态,其实已属不正常。"痴"是病字头,古人认为这是一种病态,不是常人应有的状态。现代人很多时候可能无法理解人性中的"痴迷""执着"。古时很多对此诗的诠释都认为诗人的痴情是不尊礼仪的表现,她沉迷爱情而最终被抛弃是她咎由自取。但我想,这首诗歌的动人之处恰恰正是诗歌女主人公所表现出的痴情与真性情。她为爱情和爱人不顾时代世俗的束缚,勇敢付出一切。无论结果如何,这样的人生比起那些只追求婚礼形式的女子来说活出了不同的意义。欧阳修《玉楼春》写道:"人生自是有情痴,此恨不关风与月。"感性范畴是每个人生命经历的一部分。古代礼教压抑了人心中之感性,而现代科学理性也同样压抑着现代人心中的感性。现代人活得如此精确,用科学工具来丈量周遭一切，却失去了人之为人最重要的感知力。当我们走进自然，看到漫山遍野盛开的花朵，是否还能拥有那份感动呢？能有一个自己深爱之人或一份热爱之事并沉浸其中，那种忘我感动的状态也是人生中最美妙的时刻。梵高曾说："我不知道世间有什么是确定不变的，我只知道，只要一看到星星，我就会开始做梦。"所谓"痴人说梦"虽不切实际，但永远保持清醒的现代人是不是已失去了爱与感动的能力了呢？

卫风

氓（二）

人生若只如初见，何事秋风悲画扇

淇水——人生的分隔线

  诗歌前三章讲述了一个甜蜜的爱情故事，但也隐隐埋下忧伤的伏笔，预示这段爱情最后的结果并不尽如人意。诗歌第四章"桑之落矣，其黄而陨"，秋天桑叶枯黄陨落，似乎爱情和容颜也要跟着枯萎，万物春生秋落，这一切似乎都无法挽回。往昔的美好正在慢慢消逝，姑娘心中当然不舍，她回忆起过往时光："自我徂尔，三岁食贫。""徂"即前往之意，"三岁"是虚数，即指这些年，"食贫"指生活贫困窘迫。姑娘刚嫁给小伙的那些年，生活贫苦艰辛。虽然物质匮乏，但他们之间相爱相守，姑娘并无怨言。"淇水汤汤，渐车帷裳"，姑娘接着回忆，想到她为爱奔走的初嫁时刻。"帷裳"《毛诗》解为"妇人之车也"，因车厢边有垂帘如女子所穿的裙子，故称"帷裳"。在此指姑娘出嫁时所乘之车，她想到最初随小伙离家，坐着婚车渡过淇水，车厢两边的帘子被河水沾湿。这些细节描写说明，那一刻是姑娘心中永远记得的生命里的闪光一刻。她为了爱情放弃一切，和一无所有的小伙一同渡过淇水，奔向对岸那一片未知的生活。"淇水"对她来说是一条无形的生命分隔线，从此岸渡到彼岸需要勇气，因为人生就此将完全不同。她将从一位没有烦恼的采桑女子变成一位甘愿为爱担起生活重担的人妇。这不是一次普通的涉水过河，而是她人生中最重要的一个决定。

等闲变却故人心

虽然姑娘出嫁时的场面并不盛大，婚后的生活也贫苦艰辛，但诗中对这些回忆的描写还是能让读者感受到诗人心中的怀念不舍。真正让爱情慢慢如桑叶枯黄陨落的原因是什么呢？是人心啊。"女也不爽，士贰其行"，"爽"即差错之意，"贰"指前后不一。姑娘在感叹这些年来她并无过错，而爱人却与以前不同，他的心变了。"士也罔极，二三其德"，"罔极"是指没有定数、反复无常。小伙婚后慢慢变心，不再像从前那样用情专一，姑娘为此伤心不已。所谓"等闲变却故人心"，一个人的心怎么就如此轻易地改变了呢？

感情里的主观感受

接下来诗人又写到了婚后生活的艰苦辛劳，但与前章不同的是，此时她已从心甘情愿转为一种抱怨的态度。"靡室劳矣"，《毛诗》解为，"靡，无也，无居室之劳，言不以妇事见困苦"，意指这些年妻子从未抱怨，操持着家中的一切。"夙兴夜寐，靡有朝矣。""夙兴"指早起之意，"夜寐"指晚睡之意。天天清晨早起忙碌一直到很晚才能休息，姑娘没有一天不是这样度过的。

丈夫却是"言既遂矣，至于暴矣"，"遂"指顺心，即愿望达到之意。他如愿以偿娶到姑娘，在她的辛勤努力下家境转好后，却反而粗暴地对待曾经深爱的妻子。诗歌此处点出男方婚前婚后的具体变化，"暴"历来解释都认为是小伙对姑娘施暴，已到了拳脚相加的程度，描写了一位含辛茹苦的女子婚后被丈夫粗暴对待的场景。但事实上，诗歌并未提到拳打脚踢这类粗暴行为，只是讲了丈夫"士贰其行"，前后不一。人的很多感受，尤其是感情方面都是极其主观的，因此"暴"对每个人而言可能意义都是不同的。两人甜蜜热恋时，每天情意绵绵难舍难离，走进婚姻后关系有了变化，男生不再像以前那样时刻甜言蜜语，但女生却依然希望一切如初，所以心里产生了落差，或许就认为男生对自己冷暴力。因此不能简单地去解读诗歌中的"暴"字，人的心理情感是复杂的，有时会夸张或带有戏剧性，尤其感情中所谓的"暴力"更是无法言说与定义。

家人的不理解

当然，无论丈夫做了什么，其行为至少让诗人在主观上感受到了"暴力"，感受到他婚前婚后不一致的态度，故而无法接受这样的落差。当夫妻相处时，遭受委屈首先会想与家人亲人倾诉，可惜家人的态度更令姑娘失望。"兄弟不知，咥其笑矣。""咥"意为笑。姑娘将自己的遭遇告诉兄弟却得不到他们的理解同情，反而还笑话她。家人的不理解有两方面的原因，首先是"从前本从复关之时，不告于兄弟，后至夫家，始末情事，兄弟亦茫然不知，今见我归，但一言之，皆咥然大笑，无相怜者"

（王先谦《诗三家义集疏》）。姑娘当初为了爱情与小伙离开并未经家人同意，其所经历的生活与感情家人也并不了解，如今归来诉苦，家人只得一笑而过，嘲笑的同时也有苦笑在其中。另一方面，如之前所说每个人对于自己处境的感受是主观的，也许对于姑娘来说是遭受了极大的不公和家庭暴力，但是对于其兄弟亲人来说可能她所抱怨之事只是家庭生活的小矛盾，所以一笑了之。每个人主观感受不同，并不见得是姑娘矫情做作，也未必是兄弟冷酷无情，在感情中，旁人眼中的一件小事，对当事人来说却大过天。许多事情并无对错，只是每个人看待问题的角度和理解程度不同而已。能理解你的人可以感同身受，懂得你的伤心忧虑，不理解的人只会觉得好笑。"静言思之，躬自悼矣"，姑娘静下心来想到自己的遭遇和亲人的不理解，无人诉说，只得独自神伤。

人生若只如初见

诗歌前五章描写了爱情的发生、诗人的回忆、婚姻的凋零，但都还未说明诗人如何成为了弃妇。

诗歌末章"及尔偕老"这句是诗人心中理想的爱情，愿得一人心，白首不相离。只是事与愿违，丈夫对生活可能有着不同的理解。婚后生活与恋爱不同，但姑娘却始终怀着一份对爱情的理想主义。"老使我怨"是指如果一直与丈夫如此相处下去，留给诗人的只有怨恨，因为这已不是她想要的爱情了。此句特别需要注意的是"怨"，是指姑娘在怨恨，认为这样的生活不是她想要的，而不是丈夫的埋怨。"淇则有岸，隰则有泮"，"隰"指低湿之地，意指淇水虽宽阔但还有堤岸，湿地虽水漫但还有河畔，而诗人认为如今的生活与爱情却已失去依靠。丈夫对她没有了以往的关心体贴，他们的爱情没有了温暖的归属感，就如秋天桑叶陨落一般飘零孤独，她心中荒芜一片。

"总角之宴，言笑晏晏"，"总角者，童女直结其发，聚之为两角"（王先谦《诗三家义集疏》），"总角"是指儿童将头发扎在头顶两侧聚成圆形。"宴"指欢乐之意，"晏晏"亦指快乐融洽。此句又是诗人在回忆过往，想起和小伙在孩提时已相识相知且互相喜欢，那时他也不止一次来买过丝线，从青梅竹马到长大后私定终身，这段孩童岁月是诗人心中最美好的时光。所谓"人生若只如初见，何事秋风悲画扇"，最初相识喜笑颜欢的时光多么美好，而如今爱情被时间慢慢改变了模样，这并非是谁的错，只是各自心中对爱情的理解和期许已不再相同，再也回不去以往的美好与甜蜜了。末句"信誓旦旦，不思其反"，"旦旦"即指诚恳之貌。成语"信誓旦旦"就是出自此诗，用以形容誓言说得极其诚恳的样子。曾经的山盟海誓姑娘还记得，只是小伙早已忘却。面对爱情的逝去和理想的破灭，诗人心中的埋怨之情已经到了无法妥协的地步。

一别两宽

按传统弃妇诗的理解，此诗所描写的故事应是诗人一心想要回到原来的生活状态而丈夫却无情将其抛弃，使她痛苦不堪。不过诗歌末章只是告诉读者，诗人已无法忍受这样的生活，并未埋怨丈夫将她抛弃。事实上诗歌从头至尾也未曾提及抛弃一说。诗歌末句"反是不思，亦已焉哉！"更加明确这点，"已"是停止之意，意指就到此为止。既然丈夫已和以前不同，诗人所向往的爱情也已变质，自己又何必勉强，倒不如一别两宽。诗人的离开究竟是被抛弃还是自己的选择呢？从整首诗文来看，我个人始终认为此诗是一位拥有理想主义爱情观且敢爱敢恨的女子的心声。诗歌完整地描述了一场爱情从最初甜蜜到最终消逝的过程，而诗人始终保持着对美好爱情的向往。她一开始为爱忍受等待的煎熬，后来勇敢与爱人私定终身，渡过淇水嫁为人妇。爱情是美好的，人生却有各种各样的意外，诗人始终抱着一颗炙热的初心不愿意向现实妥协，这是理想主义者的坚持也是悲哀。直到她意识到一切都已无法改变，才心灰意冷毅然决定离开，敢爱敢恨的她不念过去也不畏将来。

历来诸多解读都赋予此诗浓厚的意识形态包袱，认为诗歌反映了封建时代男尊女卑、女性没有自由只能任人抛弃的命运。事实上，诗歌自始至终都在描述诗人在自己选择人生，不论是为爱私定终身还是最后一别两宽，都是她自由选择的结果。品读此诗时不应过分解读，只需跟随诗人一同经历这样一场凄美的爱情故事。从初见之甜蜜喜悦到最终悲伤分离，从执着痴迷到释然放手，这或许正是爱情本来的样子。

竹　竿

水是故乡清，月是故乡明

籊籊竹竿，以钓于淇。岂不尔思？远莫致之。
泉源在左，淇水在右。女子有行，远兄弟父母。
淇水在右，泉源在左。巧笑之瑳，佩玉之傩。
淇水滺滺，桧楫松舟。驾言出游，以写我忧。

卫风

围绕淇水展开的乡愁之歌

《竹竿》是一首文字清新优美又充满思乡哀愁的动人诗歌，抒发了诗人对于故乡卫国的深切思念之情。诗歌有一个特别之处在于每章都提及"淇水"。淇水在之前《卫风》诗歌中多次出现，它是黄河支流，也是流经卫国的一条重要河流，可说是卫国的母亲河。此诗就是围绕淇水而展开的乡愁之歌。

诗歌首章"籊籊竹竿"，"籊籊"《毛诗》解为"长而杀也"，"杀"是纤细之意，指竹竿又长又细。"以钓于淇"指竹竿的用途是在淇水中垂钓。朱熹在《诗集传》里讲："竹，卫物；淇，卫地也。言思以竹竿钓于淇水，而远不可至也。"竹竿是卫国产物，淇水也是卫国河水，诗人开篇描写在淇水边用竹竿垂钓是在回忆往昔身在卫国的岁月，如今却远离家乡而不得归。"岂不尔思"，"尔"即指曾经在淇水河畔悠闲垂钓无忧无虑的日子，现在也已遥不可及，因为"远莫致之"，离家乡太遥远，回不去了。

贵族女子远嫁异国他乡

诗歌次章娓娓道出诗人远离家乡不能返回的原因。"泉源在左，淇水在右"是方位上的描写。诗人从首章思念往昔开始慢慢幻想，似乎又身临其境回到卫国，亲近着故乡的山水自然，左有涓涓涌动的源泉，右是川流不息的淇水。"水以北为左，南为右。泉源在朝歌北，故曰在左。淇水则屈转于朝歌之南，故曰在右。"（陈奂《毛诗传疏》）古人将在北面的水称为"左"，将南面的水称为"右"，也许是因为水东流入海，所以面向东面时左为北，右为南。诗中"泉源"具体指何泉现在已不得而知，《水经·淇水注》中写到卫都朝歌西北面有两股泉水源头，所以"泉源"应在朝歌北面，故称"在左"。淇水蜿蜒流转，其下游在朝歌西南，故称"在右"。诗人提到故乡的泉水与淇水不仅是回忆故乡山河，还如《毛诗郑笺》所讲"小水有流入大水之道"，细小泉水源头虽在朝歌之北，淇水下游虽在朝歌之南，可它们终究能够汇流，而诗人远离故乡却再不得回，还不如这故乡涓涓泉涌，这是多么令人伤感的现实啊。

"女子有行，远兄弟父母"是诗人远离家乡的原因。"女子有行"指女子出嫁，原来诗人因为远嫁他乡，所以才无法回到祖国。由此可知诗人可能并非身份平凡的女子,因为寻常百姓家的姑娘一般不会远嫁,只有贵族女子为了履行政治联姻才会远嫁异国他乡。前面的诗歌里也介绍过远嫁的贵族女子很少有机会回娘家,父母若健在还可偶尔归宁,若父母离世则再没机会回到故乡。诗人思乡心切,在幻想回忆中又重回故乡,故想到出嫁时离开家乡与父母兄弟告别的那难忘一刻。

仙骨姗姗,风韵欲绝

诗歌第三章"淇水在右,泉源在左"与上章此句只是更换了前后顺序,亦是诗人在回忆往昔,幻想故地重游。此章诗人想到曾在卫国家中悠然自得的生活场景。"巧笑之瑳,佩玉之傩","瑳"《说文解字》解为"玉色鲜白",在此引申指女子笑时露出洁白如玉之齿。在家中的生活自然是怡然自得、心情愉悦的,诗人回忆浮现的都是自己曾经快乐欢笑的画面。"傩"《说文解字》解为"行有节也",指人走路时步履舒缓优雅而有节奏,说明诗人在家中心情愉悦,举止怡然自得,走路轻盈婀娜。诗人身上还戴有佩玉,玉石之间随着步伐轻柔碰撞,发出动听悦耳的声响。此句短短八字从快乐的神情、婀娜的体态、悦耳的听觉三个方面向读者呈现了一位在家中从容喜悦又雍容自得的贵族女子形象。方玉润在《诗经原始》中评价此章道:"三章,仙骨姗姗,风韵欲绝。"诗歌此章文字细腻优雅,完全描绘出诗人曾在故乡的生活画面,一方面充满仙气如出水芙蓉一般,另一方面又极富女性风韵,姿态迷人。这段美好的故乡时光也是如今远嫁他乡的诗人所深深怀念的。可想而知,诗人因政治联姻远嫁异国,婚姻缺乏感情基础又寄人篱下，生活各方面都不再像以往在故乡家中那般悠然自得、自由自在了。

古人的玉佩文化

在此介绍一下中国古代的玉佩文化。"玉"《说文解字》解为"石之美"，意指玉本身是美丽的石头。古人将玉视为石之精华，极为珍视。商周时期，贵族就开始把玩玉石并用玉石作装饰。中国自古就有"君子无故玉不去身"的说法，孔子也讲："夫昔者君子，比德于玉焉。"古人认为君子的德性就如玉一般。"石之美者有五德。润泽以温，仁之方也；䚡理自外，可以知中，义之方也；其声舒扬，专以远闻，智之方也，不挠而折，勇之方也；锐廉而不忮，洁之方也。"（《说文解字》）玉之五德即仁、义、智、勇、洁，分别与玉石的五种物性相关。玉石温润光泽不像金属冰冷生硬，即"仁"；玉石通透，纹理表里一致，即"义"；玉石敲击声清脆悦耳，即"智"；玉石质地坚韧不易损坏，即"勇"；玉石碎后断口处平滑不伤人，即"洁"。此五德正是君子所应具备。古时不仅贵族君子佩戴玉石，贵族女子也有随身佩玉的礼仪制度，如玉环、玉珠串等等。诗人在家中生活华贵，所以日常休闲之时也少不了精美玉石的贴身陪伴。

同一条淇水，两处不同的情感

诗歌末章，诗人又从幻想回到了现实之中。"淇水滺滺，桧楫松舟"，"滺滺"指淇水流动之貌。"桧楫松舟"指用桧木所做的船桨，用松木所做的小舟。此句写得很妙，诗人还是用淇水将诗歌内容从对往昔的回忆转回无奈的现实。此处的淇水并非指卫国境内的淇水。王先谦在《诗三家义集疏》里讲："古之小国数十百里，虽云异国，不离淇水流域，前三章卫之淇水，末章则异国之淇水也。"周代各诸侯国其实都不大，不过数十里土地，虽说是异国他乡也不外乎都在淇水流域之内。前三章诗人指的是故乡卫国的淇水，末章则转而写到诗人所在异国他乡的淇水。同一条熟悉的河流勾起了诗人无限的思乡之情，此句淇水中的小舟或许使诗人回忆起自己出嫁时乘坐船只一路顺淇水远离故乡的场景。"仍怜故乡水，万里送行舟"，淇水是故乡水，父母兄弟、亲人朋友一送再送但也终须一别，而故乡之水却一直陪伴着诗人出嫁所乘小舟驶往异国他乡。故乡卫国的淇水与异国他乡的淇水，初嫁时所乘小舟与当下眼前所望的松木小舟，这是绝妙的文学蒙太奇，将诗歌的画面渐渐从回忆切换回现实。此外，此句中诗人也用漂荡在水面上无依无靠的小舟来比喻自己如今远离故乡独自飘零之状态。所谓"月是故乡明"，同一条河流在故乡是温润我心的母亲河，在异国他乡则是小舟飘零无依之境。对同一事物的不同情感体验，也更进一步突显诗人的思乡之情。柯灵在《乡土情结》写过这样一段话："乡土的一山一水，一虫一鸟，一草一木，一星一月，一寒一暑，一时一俗，一丝一缕，一饮一啜，都融化为童年生活的血肉，不可分割。"故乡是每个人来到世界上睁开双眼看到的第一片土地，这里的一切都有着不同寻常的生命记忆和情感意义。诗歌末句"驾言出游，以写我忧"，"写"通"泄"。最后诗人回到现实，思乡情切也只得驾车郊游，以期望能暂时忘却心中的烦恼。

比较《泉水》《载驰》二诗

在品读《竹竿》一诗时,我们会自然联想到另外两首诗歌,一首是《邶风》中的《泉水》,另一首是《鄘风》中的《载驰》。《竹竿》与此前两首诗歌的主人公都是女性,也都描写自己远在他乡思念故乡卫国,所以历来多认为这三首诗歌均出自许穆夫人之手。大家也可分析这三首诗歌,对比它们在表达情感和背景故事上有何异同?究竟是否都出自同一作者之手?每位读者想必会得出属于自己的答案。

芄 兰

一堂生动的美学课

芄兰之支,童子佩觿。虽则佩觿,能不我知。容兮遂兮,垂带悸兮。
芄兰之叶,童子佩韘。虽则佩韘,能不我甲。容兮遂兮,垂带悸兮。

卫风

芄兰比觿韘

《芄兰》一诗主旨隐晦不明。历来对它的诠释众说纷纭,朱熹在《诗集传》里讲:"此诗不知所谓,不敢强解。"这首连朱子都不知所谓的诗歌到底在讲述一个怎样的故事呢?诗歌共两章,先来品读每章首句。

"芄兰"亦称萝藦,是蔓生植物。"芄兰之支"指芄兰的枝干。"芄兰之叶"指芄兰的叶子。"童子佩觿","觿"《说文解字》解为"佩角,锐耑可以解结",意指古人随身佩戴的一种弯型器具,它的一头尖锐,一般用兽骨或者玉石制成,用以解结。古人随身佩戴解结工具的原因与古代服装特点有关,现代服饰有拉链或纽扣,而古人的衣服都用衣带系束。古人讲究礼节,穿衣系带后为了防止衣带散开导致衣裤脱落而失礼，所以往往会将衣带打成死结，因此会随身佩戴解结工具。"童子佩韘"，"韘"也是古代男子随身佩戴的器具。《毛诗》里讲"能射御则佩韘"，指古代男子射箭时佩戴在手上的扳指。中国古人射箭与现代不同，现代射箭常用食指和中指拉开弓弦，而古代射箭的方式是用大拇指向后拉弓弦，所以古人要在大拇指上套用兽皮做的环，也有用玉或兽骨制作，用于在拉弦时保护手指，此环就称"韘"。两章首句中的"觿""韘"和"芄兰"之间又有何关联呢？因为芄兰茎部顶端结有叶荚，俗名"羊犄角"，它的样子与觿非常相似。芄兰的叶子会卷曲成环，它的样子又与韘非常相似，所以诗歌以"芄兰"指代类比"觿"和"韘"这两种器具。

赞美或是讽刺

两章首句除以"芄兰"类比"觿""韘"外，"童子"也是关键。诗中所写"觿"和"韘"这两种器具都由童子佩戴，但若了解"觿""韘"的用途之后就会发现这其中是有问题的。西汉刘向《说苑》道："能治烦决乱者佩觿，能射御则佩韘。"因为觿用于解结，所以有指代佩戴者善于解决困扰难题的寓意。古代的帝王贵族都喜欢佩戴玉觿，用以象征佩戴者聪敏能干、富有智慧。韘则是古代男子射箭时携带的器具，所以也逐渐成为象征君子英勇威武的装饰品。如此一来，这两种象征非凡智慧和过人英武的器具却由一位"童子"佩戴就不合适了。儿童如何能称得上有智慧和英武呢？诗歌至此出现了文学上的反差。

如此反差会产生两种角度的解读，一种角度是为写出儿童佩戴成人器具来模仿成人的童趣,就如我们小时候会穿戴父母的衣服或物件模仿他们的举止,幻想自己是个大人一样。宋代诗人范成诗云:"昼出耘田夜绩麻,村庄儿女各当家。童孙未解供耕织,也傍桑阴学种瓜。"讲的是初夏之时大人们都在农地忙碌,男人耕地女人织布,忙得不可开交,儿童们也跟着凑热闹去模仿大人种瓜。诗歌写出农村儿童的天真可爱,充满了童趣之乐。《芄兰》一诗,或也取此意,这种角度的理解比较常见。另一种角度认为此诗是一首讽刺诗。但通常运用文学反差来讽刺成人比较多见,用来讽刺儿童则少有,毕竟儿童一般都代表天真烂漫和涉世未深。那么,这到底是一首童趣诗还是讽刺诗呢?就要从诗歌两章次句来寻找答案。

主角是儿童的讽刺诗

"虽则佩觿,能不我知"是一句转折。"能"通"而",意指因为觿是象征智慧的配饰,而儿童并无过人智慧可言,所以他虽佩觿却不了解诗人心意。下章"虽则佩韘,能不我甲"。"甲"历来有两种解释,一是《毛诗》认为通"狎",指亲昵之意,意指虽然这位儿童佩韘,但却不与诗人亲近。另一种是朱熹《诗集传》的解释,即认为"甲"指"长",即高于、超过之意,指儿童虽佩韘却还不如诗人。从这两句带有一丝责备的转折中,读者就可知此诗并非是从童趣的角度来写,而是一首主角为儿童的讽刺诗。

表里不一,衣不配人

诗歌两章末句是一样的:"容兮遂兮,垂带悸兮。"此句亦有两种说法，一种认为"容""遂"指外表雍容安闲之态。"悸"本意指心动，在此指东西下垂自然摆动之态。《毛诗》里讲，"容仪可观，佩玉遂遂然垂其绅带，悸悸然有节度"，意指这位儿童打扮得像一位仪表雍和的成年贵族，腰间玉佩垂下有节奏地摆动。另外一种解释源自《毛诗郑笺》，认为"容"指容刀，即一种小刀，是贵族佩戴在身上用于装饰的，刀口未开，不能切割东西。"遂"通"瑞"，是一种玉制的装饰品，意指这位儿童佩戴着容刀和玉瑞这两样贵族男子的随身饰品，腰间的衣带自然地下垂摆动，一副雍容安逸之貌。

这两种诠释虽然个别字意解释不同，但要表达的主旨是相似的，即认为这位儿童佩戴着成人男子的饰品，穿着成人男子的服饰，一副成年人雍容之态。这是诗人的讥讽之语，讽刺儿童虽然衣着成熟，但内心仍只是个孩子，"不知我"又"不甲我"，可谓是表里不一、衣不配人。

一堂生动的美学课

诗歌两章末句言褒义贬，讽刺意味极浓。诗人对于童子外表衣着的描写配合其儿童身份给读者上了一堂生动的美学课。试想一个儿童佩戴着贵族华丽的首饰，穿着贵族精致的礼服，即使这些首饰和礼服再精美华盛，但穿戴在孩童身上也是毫无美感可言。美与衣着装饰本无关，重点在于合适，美是一种恰到好处的装饰。《论语》里讲"素以为绚兮"，意指要在洁白素雅的布上才能绘画出美丽的图案。即使再美丽的图案，若画布上已画满了图、写满了字，也只会令人觉得不匹配或杂乱无章。美是一种综合的结果,而非简单的叠加。英语里常说的 less is more(少即是多),也是同样的道理。装饰并非越多越好而在于学会做减法,在于适可而止。诗歌里的儿童应该匹配单纯天真的装扮,却偏偏要加上原本不属于他的装饰,这便失去本真显得虚假。美的另一个重要本质就是真实。英国诗人约翰·济慈有一句名言:"美即真,真即美,这就是你在世上所知道和所需知道的一切。"此诗通过对这位儿童不匹配的衣装配饰描写,给读者以美学上的强烈反差来起到文学上的反讽作用。

背后故事的猜测

此诗背后的故事,历来主要有两种解读。

一种源自《毛诗》所讲"刺惠公也。骄而无礼,大夫刺之",认为此诗是当时卫国朝中士大夫讽刺卫惠公骄傲自大、待人无礼所作。卫惠公是宣姜之子,关于宣姜的故事之前诗中已有所提及。卫宣公去世后,公子朔继位为卫惠公,因他曾连同母亲宣姜害死两位哥哥,自然不得民心。《左传》记载惠公继位时很年轻,所以《毛诗》认为这是一首讽刺卫惠公继位后对朝中官员傲慢无礼的诗歌。不过这种解释被方玉润在《诗经原始》里质疑道,"然惠公从小而无礼,臣下刺君,不应直以'童子'刺之",他认为即使惠公年少不懂礼仪,但朝中官员应是懂礼的,用"童子"来称呼惠公并不合适。另外《毛诗》总爱将《诗经》套上当时贵族宫廷的故事也有牵强附会之嫌。另一种解读是高亨先生在《诗经今读》里所讲:"周代统治阶级有男子早婚的习惯。这是一个成年的女子嫁给一个约十二三岁的儿童,因此作诗表示不满。"

此解也可备一说。总之关于此诗背后的故事的确难有确切答案，如朱熹所云，"不敢强解"。

真正讽刺的是谁

虽然此诗背后的故事扑朔迷离，但诗歌借用描写儿童着成年人的装扮作讽刺之意非常明显。还有一点值得思考的是，一般以儿童为主角的诗歌多是描写天真童趣，此诗则是少见的讽刺之辞，那么诗人真的只是在讽刺一位儿童吗？小小年纪的儿童戴着与自己身份不匹配的装饰，难道是他的过错吗？我认为并不是。诗人讽刺的并非这位儿童，而是儿童背后的成年人，即当时的整个社会。儿童最易耳濡目染、模仿学样，或许此诗也能让读者有一些关于教育的反思。孩子是未来，我们作为成人如何以身作则去为下一代创建一个自然纯真的环境，不强加给他们原本不属于他们的东西，这是值得深思的问题。

河 广

怀人咫尺是天涯

谁谓河广？一苇杭之。谁谓宋远？跂予望之。
谁谓河广？曾不容刀。谁谓宋远？曾不崇朝。

卫风

并非河广不得渡

《河广》一诗共两章，内容极其简单。首章首句"谁谓河广？""河"在古代一般专指黄河，这是一句设问，诗人问：谁说黄河宽广呢？"一苇杭之"，"苇"即芦苇编制的舟筏，"杭"是渡之意。在诗人看来，黄河之宽仅凭一只芦苇小筏就能渡过。《毛诗郑笺》里讲，"谁谓河水广舆？一苇加之则可以渡之。喻狭也"，意指诗人在此讲一只芦苇小筏就可渡过黄河是为比喻河水狭窄，横渡并非难事。二章"谁谓河广？曾不容刀"，同样也是设问。"刀"通"舠"，亦指小舟。此句是写黄河窄得都容不下一片小舟。诗人告诉读者，面前的黄河并不宽广，同时也让读者产生两点疑问：首先，黄河对岸究竟有什么令诗人如此心驰向往呢？

其次，既然渡河只需一叶小舟，诗人又为何不渡河而去呢？

并非宋远不可往

"谁谓宋远？""宋"点明了黄河对岸是诗人向往的宋国。卫国在黄河以北，宋国在黄河以南，从卫到宋必要渡过黄河。之前《鄘风·定之方中》一诗中曾讲到卫国被北狄侵占，几乎灭国，幸存的卫人在宋国帮助下渡过黄河才逃过一劫。因此，历来多认为此诗写在卫国被狄人攻陷之前，因为被攻陷后的卫国已迁渡黄河在楚丘建都，就不存在此诗所讲的隔河思念宋国之事了。"跂予望之。""跂"三家诗都作"企"，《说文解字》解"企"为"举踵也"，即踮起脚尖之意。诗人问道：谁说宋国遥远呢？只是与卫国一河之隔，踮起脚尖就能看到。

下章"谁谓宋远？曾不崇朝"，"崇"通"终"，"终朝"《毛诗》解为，"从旦至食时为终朝"，古人将日出直到吃早饭这段时间称为"终朝"，此句意为去到河对岸的宋国只需一叶小舟，一个早上的时间就能够到达。既然到达对岸如此简单，诗人为何不去呢？朱熹在《诗集传》里认为，"明非宋远也不可至也，乃义不可而不得往耳"，意指真正阻碍诗人回到宋国的原因并非黄河，而是其内心的道义和礼节。

母子相思的故事

此诗主旨明确，诗人身在卫国思念宋国却不得往，故作此诗以抒发心中思念之情。无法回宋的具体原因诗人并未言明，因此引发了诸多不同解读。

历来较为常见的解读认为此诗是宋桓公夫人所作。宋桓公夫人是卫人,卫宣姜所生,卫文公和许穆夫人的妹妹。《毛诗郑笺》认为:"宋桓公夫人,卫文公之妹,生宋襄公而出,襄公即位,夫人思宋,义不可往,故作诗义自止。"宋桓公夫人嫁到宋国后产下一子,即后来的宋襄公,生子后她不幸被桓公遗弃,回到卫国。宋襄公继位后,宋桓公夫人在卫国思念儿子,所以想去宋国,可自己是被遗弃回国,于礼不能再前往宋国,故作此诗以表思念之情。

历来也有人不同意这种解读。因为从时间上考证,襄公继位时卫国已在楚丘建都,所以不应存在望河思宋之说。但我想,一位母亲对亲生儿子的思念并非是从儿子继位才开始的,更可能是宋桓公夫人在被宋桓公遗弃返卫之后就已写下此诗。历史记载宋襄公其人极其守礼仪、重诚信,甚至一味地讲仁义道德已经到了愚蠢的地步。著名的泓水之战就是一例。当时宋楚两军在泓水作战,楚军在泓水南岸,宋军则占据有利地形在泓水北岸列阵迎敌。当楚军开始渡河时,军师建议宋襄公趁敌军渡到一半时发起进攻,但襄公拒不同意,他认为仁义之师绝不应该趁此时攻击对方。楚军渡河后开始排列军队,军师又建议宋襄公趁楚军列阵混乱、立足未稳之际发起进攻。襄公还是不同意,认为仁义之师绝不能乘人之危,必须要等到楚军列阵完毕后才正式战斗。结果楚军实力强大,宋军大败,宋襄公也受重伤。襄公在战争中讲求"仁义"真可谓愚昧至极,但这个故事也从侧面反映出他平日是一位重礼重仁之君。

母亲被赶回卫国后,他应该也非常思念。刘向在《说苑》里讲了一个故事：宋襄公因思念母亲宋桓公夫人竟不愿继位宋国之君，因为继位后就不能去卫国探望母亲。当然此则故事未必真实，但古人用如此一则母亲隔河思子的故事来诠释《河广》一诗，也是希望借此传扬动人的母子深情，颇具教化意义。方玉润在《诗经原始》里讲，"子之念母，虽千乘而不顾，母之念子，从一苇而难杭。两两相望，难乎为情，正在此际"，意指襄公思念母亲连国君之位都愿放弃，宋桓公夫人思念儿子站在黄河岸边却因礼仪束缚无法前往，二人两两相望，思念心切却又难于现实之阻，可谓动人之至。

咫尺天涯：文学中的心理距离

此诗的文学手法也有出奇之处。黄河是中国最重要的河流，也是世界第五大长河，即使再窄之处也绝非寻常小河可比。诗人说用芦苇竹筏渡河并不现实。同样，宋国也绝非踮一踮脚就能看到。诗歌的这些描写都运用了夸张的手法。这些描写都体现出文学中的心理距离。日常生活的距离是客观绝对的，可以用米、公里等单位计量，而在文学创作者心中，距离就并非绝对了，如心情愉悦时，走很长一段路也会感觉没走多远，而心情沉重低落时，即使走很短的距离也如万里之遥。

《河广》一诗中，诗人亦是用心理感受来定义卫宋之间的距离，因为心中太过思念，所以诗人感觉宋国好像近在眼前，只要一叶小舟就能到达，只要踮一踮脚就能望见。所谓"咫尺天涯"，有些人可能近在咫尺却远如天涯，有些人可能远在天涯，却感觉近在咫尺。这是人们对于距离的心理感受。

类似心理距离的描写在中国文学中，尤其在诗歌里运用很多，如李白的《早发白帝城》："朝辞白帝彩云间，千里江陵一日还。两岸猿声啼不住，轻舟已过万重山。""千里江陵"并不可能"一日还"，即使现代发达的水路工具都难以做到，更何况李白所处的时代。诗人之所以这么写是因其心理感受使然。当时李白在白帝城突然接到朝廷赦免之令，他心情轻松至极，以至于漫长的水路行舟也顿觉轻快，似乎千里外的江陵一日就能到达。"轻舟"之"轻"也并非指船轻，而指诗人心情轻松畅快。因此，在品读文学作品时，要结合作者心理，了解其内心独特体验，才能更好地理解诗歌。

伯 兮

女为悦己者容

伯兮朅兮,邦之桀兮。伯也执殳,为王前驱。
自伯之东,首如飞蓬。岂无膏沐?谁适为容?
其雨其雨,杲杲出日。愿言思伯,甘心首疾。
焉得谖草,言树之背。愿言思伯,使我心痗。

卫风

美女爱英杰

《伯兮》一诗主旨明确,是闺中妇女思念在外丈夫幽怨所作。这类主题的诗歌之前也出现过,但此诗的特别之处在于它所刻画的女性思夫心理对后世文学影响极大,因此,此诗可谓闺怨诗始祖。

诗歌共四章,先品读首章。"伯兮朅兮,邦之桀兮。"古人对兄弟姊妹长幼顺序的称呼,依次为伯、仲、叔、季,"伯"指年龄最长者,此句诗人用以称呼自己丈夫,类似于现在称呼"哥哥"。在很多山歌民谣里,女子称爱人为"阿哥",也是一种爱称。"朅"指威武雄健之貌,"邦"指国家,"桀"朱熹在《诗集传》里解为"才过人也",即贤能有才且杰出过人之意。开篇字里行间,诗人对丈夫的爱慕之情溢于言表,她心目中的这位阿哥威武雄壮,而且还是国家出类拔萃的人才。偏偏这样一位她深爱的人却不在身边,他去何方了呢?

春秋时的战争礼仪

"伯也执殳,为王前驱","殳"为古代兵器,《毛诗》解为"长丈二而无刃",即一根长一丈二不带刃的木杆。此句点明诗人的丈夫因为外出征战而远离家园。春秋时期的战争与现代人想象的短兵相接、奋力厮杀的场面完全不同。那时战争有诸多礼仪,能上战场的都是贵族,一般平民是没有资格打仗的。贵族里等级最低的是"士",一般战斗也都以"士"作为主力,现代"战士""士兵"这类称呼也由此而来。贵族平日不用干活,他们唯一的职责就是在战争时为统治者上战场,而且国家不提供战斗的兵器装备,贵族需自行准备。富裕的贵族会准备精良的装备,一般贵族装备就普通些。那时物质匮乏,只有少数贵族才用得起金属兵器,大部分士兵都用木棍作为武器。现在形容战争还有一个成语"血流漂杵","杵"指的就是古时战场上大部分士兵所用的木棍。

诗人的丈夫能去往前线参加战斗,说明他至少是"士"等级的贵族。"为王前驱"说明他在军队中担任的职责。"王"指卫王,"前驱"指马车前的先锋兵。春秋时期的战争都以马车作战,马车上坐的是等级较高的贵族。王先谦在《诗三家义集疏》里讲,"执殳前驱者当为中士",意指在马车前手执殳作为前驱先锋的是中士级别的士兵。一般作战马车周围共有十六名士兵,左右各八人,手执不同兵器随马车前行,为保护战车上的贵族将领。马车周围的士兵多为下士级别,作为前驱先锋的中士则是这群士兵的首领,因此诗人的丈夫是军队里的一个小首领,所以可称得上是一国的杰出人才。

女为悦己者容

丈夫外出征战就意味着长时间的分离,诗人在次章进入主题,倾诉了心中的哀思幽怨之情。"自伯之东"指自从丈夫去东方征战以来的这段时间。"首如飞蓬"指这段时间诗人生活状态的外在表现,"首"指头发,"蓬"指蓬草。蓬草遇风四散乱飘,故称"飞蓬"。此句描写十分形象,写出诗人因思念丈夫神情恍惚、心不在焉,慵懒而没有精气神的状态。头发好像被风吹散的蓬草,她却无心打理。"首如飞蓬"这一成语就是源自此诗。"岂无膏沐?""膏"指古人抹脸用的油膏,是古时女子用的化妆品,"沐"指洗发。诗人在此反问:如此"首如飞蓬"的状态难道是因为自己没有涂化妆品吗?难道是因为自己不会洗发吗?当然不是。其原因可想而知,一方面是因内心思念过度而无心修饰,而更深一层的原因是"谁适为容"。"适"指喜欢,所谓"士为知己者死,女为悦己者容"(《战国策》),勇士甘愿为赏识了解自己的人献出生命,女子愿意为心仪之人打扮梳妆。爱人不在身边,诗人梳妆打扮得再漂亮,头发梳理得再整齐,又给谁去欣赏呢?

不堪忧思，痛心疾首

诗歌第三章是一个文学上的过渡，承接前章首如飞蓬的状态进一步描写。诗人并未直接续写，而是通过一个描写自然的文学类比来带出内容。"其雨其雨"，"其者，冀其将然之辞"（朱熹《诗集传》），"其"是一个包含期待希望之意的语助词。诗人在期待一场雨，就如干旱荒芜的大地渴望雨水滋润那般，她日夜期待着丈夫能早日回到身边滋润自己孤单寂寞的心田。可惜却是"杲杲出日"，"杲"下半部"木"指树木，上半部"日"指太阳，意指太阳高高照耀，极其明亮。诗人心中渴望雨水滋润，现实却偏偏烈日当头，真是事与愿违。《毛诗郑笺》里讲，"人言其雨其雨，而杲杲然日复出，犹我言伯且来伯且来，则复不来"，就如陷于干旱之中的人们整天期盼大雨，但第二天仍是烈日中天，诗人每天心中默默乞求爱人归来，但第二天仍是未归，这多么让人失落无助。"愿言思伯，甘心首疾。""愿言"指念念不忘，"甘心"是苦心、劳心之意，"首疾"是头痛之意。诗人陷于无日无夜、遥遥无期的思念之中，起初无精打采、无意梳妆的萎靡状态渐渐加剧，她内心的忧郁也开始引发生理上的不适，以至头痛首疾。

心病难愈，何以忘忧

面对愈演愈烈的思念之情，想要摆脱的最好办法或许就是努力忘却。诗歌末章"焉得谖草"，"谖"即遗忘之意。古人认为食用谖草可忘却内心忧愁（朱熹《诗集传》"食之令人忘忧"）。

关于谖草究竟为何历来有诸多看法，有人认为确指某种植物，有人认为只是虚指，在此不必深究，重要的是明白诗人迫切想通过遗忘来摆脱思念不已、肝肠寸断的悲伤状态。"忧以生疾，恐将危身，欲忘之"（《毛诗郑笺》），所以诗人才会自问自答道：哪里有忘忧草呢？如果有的话，我要将它种在屋子后面，每天食用。"言树之背"，"背"通"北"，指房屋北面。古人屋子正面朝南，北面即屋后。只可惜现实中没有忘忧草，诗人的思念忧伤只会越来越深，最终"愿言思伯，使我心痗"。"痗"即生病之意，相比前章的"疾"在涵义上又更进一层。古语中"疾"指小毛小病，而"病"则指几乎难愈的严重疾病。"心痗则其病益深，非特首疾而已。"（朱熹《诗集传》）心痗指诗人因为思念而身体状态每况愈下，以至得了严重的心病，不再只是之前所讲的普通头痛而已了。

诗歌后三章"始则首如飞蓬，发已乱矣，然犹未至于病也。继则甘心首疾，头已痛矣，而心尚无恙也。至于使我心痗，则心更病矣。其忧思之苦何如哉"（方玉润《诗经原始》）。开始诗人首如飞蓬、不修容貌，只是心理上的无精打采，还未引发身体不适；之后则因思念忧郁而头痛，但还不至于特别严重；最后发展到终于心痗难愈、病入膏肓。这将诗人因漫长等待而愈来愈消沉痛苦的状态，描写得层层深入，入木三分。

闺怨诗始祖

此诗精妙地刻画了女子思夫的心理过程，对后世影响极大。宋代词人李清照的《凤凰台上忆吹箫》中"起来慵自梳头，任宝衾尘满"一句就与"首如飞蓬"一句异曲同工。柳永词里的千古名句"衣带渐宽终不悔，为伊消得人憔悴"与本诗中不堪忧思之情如出一辙。此外，东汉才女徐淑写给其丈夫秦嘉的《又报嘉书》中有一段写道："思心成结。敕以芳香馥身，喻以明镜鉴形，此言过矣，未获我心也。昔诗人有飞蓬之感，班婕妤有谁荣之叹，素琴之作，当须君归，明镜之鉴，当待君还。未奉光仪，则宝钗不列也；未侍帷帐，则芳香不发也。"大致意为：我牵挂你的心郁结难解，收到你的来信说让我借香囊香薰身体，借明镜修饰容貌，你这样说便不得我心。从前《诗经》中有"首如飞蓬"之叹，班婕妤因遭汉成帝冷落而写下"君不御兮谁为荣"这样的诗句，都是因为女为悦己者容！家中的那张琴要等你回来才能好好弹奏，那面镜子要等你回来才能好好照看梳妆。见不到你，我装饰的金钗再不会拿出，如果不能与你厮守，我的香囊再不会打开。这段话文字优美、真情流露、令人动容，而其中闺妇忧思的文学渊源也正是《伯兮》一诗。

有 狐

淇水寄思愁,愿君多添衣

有狐绥绥,在彼淇梁。心之忧矣,之子无裳。
有狐绥绥,在彼淇厉。心之忧矣,之子无带。
有狐绥绥,在彼淇侧。心之忧矣,之子无服。

文字上由深到浅

《有狐》一诗运用了《诗经》常见的一唱三叹基本模式。诗歌共三章,内容简单,回环反复。简单的文字其意涵往往深刻,更能留给后人宽广的解读空间。

先来品读诗歌每章首句,"有狐绥绥","狐"即狐狸。"绥"在齐诗里作"夊",《说文解字》解为"行迟曳夊夊也",即指走路舒缓、慢悠悠之态。"在彼淇梁","淇"指淇水,是经流卫国最主要的一条河流。"梁"指河中桥梁,古人造舟为梁,即将几艘小舟排列后用绳索联结,在上铺木板供人通行,或也可在水中堆石,在上面铺木板通行。诗歌首句诗人望见一只慢悠悠在淇河桥梁上行走的狐狸。后两章此句也是类似涵义。"在彼淇厉","厉"通"濑",《说文解字》解为,"濑,水流沙上也",即指水边浅滩。"在彼淇侧","侧"是水边、岸边之意。三章"梁""厉""侧"在使用上层次递进。"上章石绝水曰梁,为水深之所;次章言厉,为水浅之所;三章言侧,则在岸矣,立言次序如此。"(王先谦《诗三家义集疏》)狐狸由深到浅,先从水中桥梁走到河边浅滩再到水边岸上,这样的过渡是与每章次句相呼应的。

忧思爱人的衣着冷暖

接着看每章次句。诗歌每章首句其实并未表达诗人情绪,而次句才点出诗歌的情感基调。"之子无裳","之子"是诗人对心爱之人的称谓,"裳"是古代类似于裙子遮蔽下体的衣服,古人男女都穿裳。因为狐狸慢悠悠地在桥上行走,满溢的淇水有时漫过桥面,沾湿狐狸的腿脚,诗人望见此情此景便忧心爱人是否无裳可穿,过河时是否也会被河水沾湿呢?二章"之子无带","带"指腰间衣带。末章"之子无服","服"指上衣。随着狐狸从河中到浅滩再到岸边,诗人的视线也从下往上移动,内心对爱人的忧虑也从下身之裳到了腰间之带再到上身之衣。诗中所讲"无裳""无带""无服"并非指爱人没有任何衣服可穿。古代底层百姓的生活极其贫苦,有的连一件像样的衣服都没有,有时忙于劳作徭役也未必有适合穿着的衣服。现代人对季节变化冷暖的感受并非那么敏感,而古人经常与自然直接接触,能够感受季节变化和冷暖差异,所以人与人之间最重要的关心也是以冷暖为主题的。中国人打招呼说"寒暄",其本意即指冷暖。古人思念远方的朋友和爱人时最容易想到的也是冷暖。纳兰性德的词"无语问添衣,桐阴月已西"即是描写古人在思念他人时最想问的是对方要不要多添衣裳。可见,只有理解古人对衣物冷暖的关注和敏感,才能更好地理解此诗。

忧心征夫无衣可穿

此诗背后的故事历来有几种主要的理解。第一种是方玉润在《诗经原始》里讲的"妇人忧夫久役无衣也",他认为此诗描写了一位女子担忧在外服役的丈夫无衣可穿。古时百姓服役遥遥无归期,其间季节更替,独自在家的女子心中思念远方爱人,担忧他的冷暖,所以望见淇水边的狐狸还有皮毛,而丈夫在外辛劳却无一件可穿得上的衣服,这种反差让她哀愁不已,丈夫过得还不如一只山间狐狸般自在。

寡妇欲嫁鳏夫之说

另一种关于此诗的解读比较特别,认为这是一首民间单身女子因爱慕一位男子而作的诗歌。朱熹在《诗集传》里认为,"有寡妇见鳏夫而欲嫁之,故托言有狐独行,而忧其无裳也",即一位寡妇见到一位鳏夫,心生爱慕,想要嫁给这位鳏夫。她眼看淇水边一只形单影只的狐狸慢悠悠地走过,想到心爱的男子,感到无限孤独。《毛诗郑笺》也认为此诗"寡而忧是子无裳,无为作裳者,欲与为家室",即一位寡妇想与心仪男子成家,为爱人做衣裳。这种解释自古影响较大,且历来认为寡妇和鳏夫之间的爱情故事之解是在讽刺当时卫国世风日下，男女不守礼仪、淫乱成风的现象。

贫苦百姓的忧愤之作

最后还有一种解读是我个人较为赞同的，来自高亨先生的《诗经今注》。他说此诗是"贫苦的妇人看到剥削者穿着华贵的衣裳，在水边逍遥散步，而自己的丈夫光着身子在田野劳动，满怀忧愤，因作此诗"。《邶风》的《北风》一诗已出现过用狐狸、乌鸦来比喻统治者的文学手法。狐狸在古人眼中是不祥又狡猾的动物，诗人用它来比喻统治者身着华丽厚衣悠然自得地在淇水边漫步，对比之下，诗人想到在外劳作的丈夫连一件像样的衣服都穿不上，所以忧伤悲愤。

这样的理解应该更符合周代社会现实。那时社会生产力各方面都较为落后，工具也不发达，农业和手工业需大量人工，贵族对于百姓的剥削残酷无情。周代贵族从周天子开始往下层层分封土地，分土地的同时也将土地上的百姓一并分封。当时农业实行"井田制"，即将土地分成多块，其中肥沃且面积大的土地为贵族所有，称为"公田"，其余贫瘠的土地分给社会底层的庶人百姓作为"私田"，面积小得可怜，收成只够糊口。更过分的是，贵族占有的肥沃"公田"却不是由自己耕种，而是让百姓轮流为其耕种，还规定庶人百姓必须每年要先在公田劳作，然后才准许耕种私田。百姓除了无偿为贵族耕种土地外，还要每年交税，上缴自己私田里的部分收成。此外，百姓还要上缴布匹，每个成年人每年至少要上缴两匹布，如果布匹织得不合格还会受到惩罚。

《韩诗外传》里讲,"百姓内不乏食,外不患寒,乃可御以礼矣",意指真正好的治国之道应是让百姓吃得饱、穿得暖,这样才能构建一个和谐幸福又充满礼仪道德的社会。反观诗中描写的社会环境,统治者们外表雍容华丽、风度翩翩,但这一切都是从穷苦百姓身上剥削而来,他们完全不关心百姓的冷暖温饱。这种阶级不公造成的悬殊差距又怎能不叫人忧伤哀愤呢?此诗正是来自当时最底层困苦百姓内心深处的呐喊。

木 瓜

为人莫忘感恩心

投我以木瓜,报之以琼琚。匪报也,永以为好也。
投我以木桃,报之以琼瑶。匪报也,永以为好也。
投我以木李,报之以琼玖。匪报也,永以为好也。

卫风

来而不往非礼也

《木瓜》一诗千年来脍炙人口、为人熟知。中国台湾女作家琼瑶的笔名就出自此诗。诗歌共三章,先品读每章首句。"投我以木瓜","投"即赠送之意。"木瓜"并非我们现在食用的木瓜,作为水果的木瓜是十七世纪从美洲传入东方的舶来品。此诗所讲的木瓜,历来有几种看法,比较常见的解释认为它指一种植物,其果实类似黄金瓜,既可食用也可赏玩。也有人认为木瓜是用木头雕刻的瓜果形装饰物。总而言之,此句是指有人赠送给诗人一只木瓜。"报之以琼琚","报"是回赠之意。"琼"《毛诗》解为"玉之美者",意指美丽玉石。"琚"《说文解字》解为"佩玉名",指古人随身佩玉的一种。对于他人相赠的木瓜，诗人回赠对方的是精美的佩玉。后两章"投我以木桃""投我以木李"的意思也相类似。关于"木桃""木李"所指之物历来有不同看法，有人认为它们是与木瓜同属的植物，也有人认为指桃李果实，还有人认为是用木头制作的桃李装饰物，在此不必深究，理解诗歌大意即可。对方除了赠送给诗人"木瓜"之外，还赠予他"木桃""木李"作为礼物，诗人也都有所回赠。"报之以琼瑶"，"瑶"《说文解字》解为"石之美者"，指仅次于玉的美丽宝石。"报之以琼玖"，"玖"《说文解字》解为"石之次玉黑色者"，指仅次于玉的黑色宝石。"琼琚""琼瑶""琼玖"都是非常珍贵的美玉。中国是礼仪之邦，讲究礼尚往来，《礼记》里讲"来而不往非礼也"。面对他人的热情馈赠，有所回馈才算符合礼节之道。

互赠的礼物对等吗？

诗人非常懂得礼尚往来，对方相赠木瓜、木桃、木李为礼，诗人回赠对方美玉宝石为报。礼仪之道固然重要，不过对方只赠送诗人一些植物或装饰品，诗人却回赠对方精美玉石。如此回礼是否过于贵重了呢？诗人如此回赠用意何在呢？诗歌三章次句便给了读者答案。"匪报也"，"匪"通"非"，即否定之意。诗人非常明确地说明，如果只是回赠礼物，正常情况下只需价值相近即可，但诗人的回赠并非只为礼尚往来，其真正目的是为了"永以为好也"。此句是点睛之笔，使整首诗歌不同于世俗意义上的礼尚往来。这说明礼物的贵重与否是次要的，诗人真正憧憬的是一份天长地久的美好关系。对于这样一种高层次的精神追求来说，木瓜木桃也好，美玉宝石也罢，都不足道也，一切都是值得的。

诗歌背后的故事

对于此诗的背景故事历来有几种不同看法。

第一种较为常见的解释是朱熹《诗集传》里的观点，他认为《木瓜》是"男女相赠答之词"，即这是一首青年男女互赠礼物表达衷心的诗歌。诗人是一位青年男子，因为他身佩美玉，故其身份可能是贵族子弟。他收到来自心爱姑娘赠予的简单平凡却又心意十足的礼物，便回赠贴身佩玉为报，以表达对姑娘的爱意深沉且永恒，希望能与对方永结同心、厮守相爱。我个人认为这一解释较符合诗歌原意。

另一种解释是西汉贾谊的观点，他说此诗是"上少投之，则下以躯偿矣。弗敢谓报，愿长以为好"，即认为诗歌里的双方是君臣关系。君王即使给予臣子一点点鼓励，臣子也会感动万分，竭尽全力以身报国。诗人希望这样美好和睦的君臣关系能永远维持。贾谊是西汉人，离《诗经》诞生的年代比较接近，所以这样的诠释也有一定可信度，可备一说。

最后一种解释来自《毛诗》，认为此诗是"美齐桓公也。卫国有狄人之败，出处于漕，齐桓公救而封之，遗之车马器服焉。卫人思之，欲厚报之而作是诗也"。意指此诗是卫人所作，目的在于赞美齐桓公。卫懿公统治时，卫国遭北狄侵占，剩余卫人在齐桓公的帮助下于楚丘重建国都，由此卫国才得以复兴，卫人内心感激齐桓公之恩德故作此诗。《毛诗》的这种解释历来影响很大，但后来也遭到不少质疑，方玉润在《诗经原始》里认为齐桓公帮助卫国重建国都、赠送车马器服等行为都是对卫国的再造之恩，怎么能是诗中"木瓜""木桃"等平凡薄礼可作类比的呢？事实上，根据史书记载，卫国事后并未报答齐国恩情，反而在桓公死后，趁五子乱齐时出兵干预齐国内政。因此，方玉润进而认为此诗并非卫人在赞美齐桓公，而是讽刺卫人不思往日情谊、恩将仇报的恶劣行径。不论方玉润的解读是否牵强，他对于《毛诗》的反驳还是很有说服力的。

保有感恩之心

无论诗歌背后是一个怎样的故事，此诗对于当下读者来说，最值得体悟反思的就是"感恩"一词。此诗留下了一个千古成语"投木报琼"。《增广贤文》里讲"滴水之恩当涌泉相报"，这句话与此诗所表达的内涵是一致的。它不仅传达了一个知恩图报的道理，更告诉世人所谓恩情不在于物质的大小轻重，而在于物质背后的真情。《木瓜》中，诗人收到对方一份平凡的礼物却以精美昂贵的美玉宝石作为回赠，表面上看价值并不对等，但这背后的情谊又岂能用价值去衡量呢？如欧阳修所讲，"鹅毛赠千里，所重以其人"，虽跋涉千里，对方所赠予的礼物只是一根轻轻的鹅毛，但鹅毛背后所承载着的情谊却深沉如山。所谓"物本无贵贱，人心有高低"，礼物只是一种外在形式。天下所有的事物原本就无高低贵贱之分，那些所谓的价值都是世人所赋予的。真正拥有一份感恩之心，首先就应抛开世俗物质的价值判断，用心衡量自己所得到的每一份帮助和馈赠，再用心去回报。人的真情才是世间真正无价而珍贵至极的东西。

林栖品读诗经

从王风到唐风

林栖 著
毛小鹿 绘

复旦大学出版社

目录

王风

401　黍离　知音少，弦断有谁听？

407　君子于役　寂寞忧思对夕阳，最难消遣是黄昏

413　君子阳阳　空洞的糖，甜到忧伤

419　扬之水　乱世离人伤心曲

425　中谷有蓷　文学上的灾难纪录片

431　兔爰　哀莫大于心死

437　葛藟　漂流零落异乡人

443　采葛　时间是心灵的延伸

447　大车　问世间情为何物？直教生死相许

451　丘中有麻　难忘忆中人

郑风

459　缁衣　平凡温馨，赠衣寄真情

465　将仲子　嘴上说不要，行为很诚实

471　叔于田　我的眼里只有你

477　大叔于田（一）　中国第一角斗士

483　大叔于田（二）　张弛有度，君子之道

487　清人　外强中干纸老虎

493　羔裘　怎样的人是国之楷模？

497	遵大路	低到尘埃,开出花朵
501	女曰鸡鸣	细语真情,岁月静好
507	有女同车	颜如花,德如玉
513	山有扶苏	如何看清一个人?
519	萚兮	落叶也值得歌唱
523	狡童	一寸相思千万绪,人间没个安排处
527	褰裳	自语真意,浅情人不知
531	丰	错错错,莫莫莫
537	东门之墠	景因情生美,情缘景更浓
541	风雨	自强不息,真君子!
547	子衿	青青子衿情,脉脉爱人心
551	扬之水	兄弟心连心,勿忘手足情
557	出其东门	斯人若彩虹,遇上方知有
561	野有蔓草	倾心一遇,惊艳一生
567	溱洧	极简言情微小说

齐风

575	鸡鸣	幸福的唠叨
581	还	勤礼莫如致敬
585	著	生活要有仪式感
591	东方之日	步履相依,一生相随

595 东方未明　何为管理者的底线？

599 南山　齐鲁二国的耻辱往事

605 甫田　面对易逝人生的千古智慧

611 卢令　一幅肖像画，时尚时尚最时尚！

615 敝笱　家家有本难念的经

621 载驱　选择冷漠还是同情？

627 猗嗟　古代的射箭运动会

魏风

637 葛屦　富而无骄，乐道好礼

643 汾沮洳　无与伦比的美丽

649 园有桃　邦无道，则可卷而怀之

655 陟岵　一人一语，字字情深

661 十亩之间　一诗四解，言简意深

665 伐檀　无功受禄，君子所耻

671 硕鼠　恶官贪如鼠，苛政猛于虎

唐风

679 蟋蟀（一）　候虫知时节

683 蟋蟀（二）　居安而思危，君子勤无休

689　山有枢　人生得意须尽欢

697　扬之水（一）　一场因取名而引发的祸乱

701　扬之水（二）　身在曹营心在汉

705　椒聊　是忠臣还是叛徒？

711　绸缪（一）　揭秘古代婚礼渊源

715　绸缪（二）　爱上你是情非得已

719　杕杜　"小康"与"大同"

725　羔裘　等闲变却故人心

731　鸨羽　百善孝为先

737　无衣　名不正则言不顺

743　有杕之杜　何为真正的领导力？

749　葛生　可怜河边骨，春闺梦里人

755　采苓　谗言误国，君勿信！

王风

黍 离

知音少，弦断有谁听？

  彼黍离离，彼稷之苗。行迈靡靡，中心摇摇。知我者，谓我心忧。不知我者，谓我何求。悠悠苍天，此何人哉？
  彼黍离离，彼稷之穗。行迈靡靡，中心如醉。知我者，谓我心忧。不知我者，谓我何求。悠悠苍天，此何人哉？
  彼黍离离，彼稷之实。行迈靡靡，中心如噎。知我者，谓我心忧。不知我者，谓我何求。悠悠苍天，此何人哉？

幽王失国，平王东迁

  品读《王风》之前，先来了解一下这部分诗歌创作的相关历史背景。到周幽王统治时，因其沉迷酒色不理国事，周朝逐渐衰败。幽王极其宠爱妃妾褒姒，可褒姒总是郁郁寡欢。幽王为博褒姒一笑就号令全国，凡能让褒姒笑者奖赏千金。"千金一笑"这一成语就由此而来。人们纷纷献策，可都未能成功。有个名为虢石父的大臣献计，建议幽王派人点燃烽火台。烽火台是国家遭遇外敌入侵时点燃来传递消息的,但幽王为博美人一笑,就命手下点燃了烽火台。各国诸侯见狼烟四起,以为有外敌入侵,立刻带兵匆匆赶来救援,结果只看到幽王与褒姒在烽火台上望着被戏弄的诸侯大军开怀大笑。幽王将烽火当儿戏,三番五次点燃戏弄诸侯,之后诸侯们便不再相信他。这便是史上有名的"烽火戏诸侯"的故事。不料之后犬戎真的入侵,此时幽王再点燃烽火求救兵已无人响应。后犬戎攻破镐京杀死幽王,西周就此灭亡。幽王死后,其子平王即位重建周朝并迁都洛阳,洛阳地处东边,所以史称"东周"。东周时期,周王朝已不如往昔,日渐衰败。王室能控制的只剩洛阳周围小块区域,诸侯国各自为大,不再听命于周天子。周天子只在名义上还是天下共主,周王室在遇到危难时甚至要向有实力的诸侯国寻求帮助。《王风》皆为平王东迁后的作品,产生地区也都在东周新都洛阳一带。周王朝此时已是帝国末日、苟延残喘,故《王风》普遍充满悲凉哀伤之气息。

不舍故土,不愿东迁

首篇《黍离》一诗,全诗三章,内容几乎完全重复,每章只改动三字。此歌对后世影响极大,方玉润称其为"凭吊诗中绝唱也"。

先品诗歌每章首句。"彼黍离离,彼稷之苗。""黍"《说文解字》解为"禾属而黏者也",指带有黏性的农作物,即现代北方的黄米。黄米煮熟后有黏性,是古时北方黄河流域的主要粮食,亦是五谷之一。"离离"指庄稼长势茂盛、密集排列的样子。"稷"指高粱。诗人眼前所见,黍米在田野中行行列列,高粱苗长势繁茂。面对这样一片长满农作物的田野，诗人的状态却是"行迈靡靡，中心摇摇"。"行"是行走之意。"迈"《说文解字》解为"远行"。"靡靡"《毛诗》解为"犹迟迟也"，即走路迟疑缓慢之态。"中心"即心中。"摇摇"三家诗里都作"愮愮"，意指内心忧伤、心神不定之貌。此句点出整首诗歌的情感基调，诗人即将远行，望着眼前的景物和熟悉的故土，心中忧伤不安，挪不开脚步，不舍得离开。因《王风》都在平王东迁后所作，故历来认为此诗创作背景也与东迁有关。诗人可能是一位深切热爱故土的君子，因故国西周破灭，要随周平王东迁洛阳而心中忧愁不舍。杜甫《春望》中有"国破山河在，城春草木深"一句，描写安史之乱时国都长安沦陷、山河依旧却已遭战火蹂躏得残破不堪，乱草丛生林木荒芜之景象。此诗首句亦是表达此意，诗人在东迁之际回望故都镐京，往日繁华络绎的景象已荡然无存，偌大的城市荒芜成田野，悲凉之情不禁油然而生。

醉于忧，噎于言

诗歌次章"彼黍离离，彼稷之穗"，"穗"指高粱穗。"行迈靡靡，中心如醉"，结合诗歌上章，"如醉"体现了诗人在用词上的细腻递进。上章诗人望见田野里的高粱苗在风中瑟瑟摇动，便用"摇摇"来形容内心不宁、忧郁悲伤。此章诗人望见高粱之穗，"稷穗下垂，如心之醉"（朱熹《诗集传》）。高粱顶端结穗自然弯垂，如同喝醉之人一般垂头无力，同样也表达了诗人此时此刻的心情。诗人陷于忧伤心情之中，无精打采、沮丧至极，就如被满心的忧伤灌醉了一样。诗歌末章则更进一步，"彼黍离离，彼稷之实","实"指高粱果实。诗人望见高粱丰硕的果实,便感"行迈靡靡,中心如噎"。"噎"是堵塞之意。"稷之实,犹心之噎。"(朱熹《诗集传》)诗人内心好像也被这些果实塞满了一样,忧伤得无法呼吸、无法言语。他有满腔情绪要表达,却如鲠在喉、中心如噎,咽不下去又吐不出来。

知音少,弦断有谁听?

西周灭亡,即将东迁,但诗人却从"彼稷之苗"到"彼稷之穗"再到"彼稷之实",如此长的时间里依旧留恋不愿离开,其心中所想又无法言说的真正原因是什么呢?答案就在诗歌每章的最后三句,这三句重复了三遍,是诗人内心深处的呐喊与哀叹。"知我者,谓我心忧。不知我者,谓我何求。悠悠苍天,此何人哉?"这千古名句实实在在地道出了诗人中心如噎的原因所在。明儒朱善讲:"其土地,则先王之土地;其人民,则先王之人民也。为子孙者,正当守之而不去,今乃举旧都弃之,而即安于东。而王自弃之,为之臣者又寂无一人以为言。"诗人对于平王东迁心中不满并有怨言,认为这是退缩逃离之举,镐京是周武王创立周朝之初所建国都,是先王宗族的宗庙所在。古人对宗庙的重视非同一般,绝弃先祖宗庙被视为最大不孝。此外,旧都人民世世代代生活在此,没人愿意离开这片土地。作为先王子孙的周平王,其最大的责任是要守护祖先的土地和人民,怎可轻易放弃,迁都他处?但心中的怨言诗人不会直说,因为他不可公开反对天子命令。更让诗人忧愤难耐的是,即使他说了也无人能懂。所谓"知我者,谓我心忧。不知我者,谓我何求",懂得自己心中忧郁的人当然知道原因所在,而事实上却没有人懂,诗人满腔言语不仅无人诉说,别人反而还质问他"何求"。"谓我何求,怪我就留不去。"(《毛诗郑笺》)他人责问诗人为何还在此逗留,难道是有什么要求吗?这种充满责备与不满的语气最令诗人心寒。

岳飞《小重山》里有一句"欲将心事付瑶琴。知音少,弦断有谁听",他想将满腹心事忧愁付于瑶琴,弹奏一曲,可是高山流水知音稀,纵然用尽情绪,琴弦弹断,又有谁会听呢?岳飞的处境与诗人是相似的。金人攻破北宋都城开封,掳走徽、钦二宗。宋朝迁都江南,史称"南宋"。岳飞满腔热血想要收复北宋失地,救回徽、钦二宗。可无奈当他在前线节节抗击金兵时,高宗和秦桧却连下十二道金牌令岳飞退兵。他心中一腔报国热血无处挥洒,最终还以莫须有之罪被处死。只能说岳飞太过正直,不谙政治,他一心系于人民山河,却不曾想过,若击退金人,接回徽、钦二宗,宋高宗该如何自处。心胸高洁的岳飞哪里懂得这些为一己之利而苟且安于南方的统治者的心思呢?

《黍离》作者的处境如出一辙。周平王原是幽王与正妻申太后所生之子,为正统太子。后幽王宠幸褒姒废正妻申太后,同时也废太子。平王逃回母家申国,之后申国联合犬戎进攻消灭周朝。周平王也间接参与其中,所以他之所以放弃故都镐京迁都洛阳,其背后可能是与犬戎有见不得光的利益交换。诗人正直爱国,看不明白这些肮脏的政治游戏,他只有对于故土山河的满腔热爱与满心不舍,既无人理解也无人述说,所以才最终仰天长叹:"悠悠苍天,此何人哉?"无奈问苍天,在如此时代,面对国破山河,自己却无能为力,这又能去怪谁呢?这一声绝望的喟叹真是痛煞人心。故方玉润称此诗为"凭吊诗中绝唱",诗人是在凭吊失去的故土山河。连续三章仰天喟叹,这份失乡失国之痛,低回无限、萦绕盘旋、绵绵无尽、久久不散。

此诗对后世影响很大,如辛弃疾词中的"莫望中州叹黍离",讲的也是亡国之痛。另外,杜甫《春望》一诗用"国破山河"与"城春草木"对应,也明显有此诗的影子。"黍离"一词也成为后世文人感叹亡国、触景生情时常用的典故。

君子于役

寂寞忧思对夕阳,最难消遣是黄昏

君子于役,不知其期,曷至哉?鸡栖于埘,日之夕矣,羊牛下来。君子于役,如之何勿思!

君子于役,不日不月,曷其有佸?鸡栖于桀,日之夕矣,羊牛下括。君子于役,苟无饥渴!

王风

君子于役,遥遥无期

《君子于役》是一首家中妇女深情思念在远方服役的丈夫而作的诗歌。类似题材在之前的篇目中出现过不少,而此诗与众不同之处在于它开启了情景交融、如诗如画的思愁诗歌之先河,对后世文学影响很大。

全诗分两章,先来品读诗歌每章首句。"君子于役","君子"是古时妻子对丈夫的称呼。诗歌开篇直奔主题,告诉读者诗人的丈夫不在家中。"役"《说文解字》解为"戍边",即戍守边疆、服兵役。古时统治者对百姓的压榨不仅是物质上的,还有人身劳力上的。庶民百姓的税赋是上缴粮食布匹,这属于物质上的剥削;而服徭役则属于人身劳力上的压榨。徭役之"徭"一般是指无偿为统治者干体力活。古时没有机器,人力便是最大的生产工具,所以国家建设大工程需要强迫许多百姓无偿劳动来完成。一般主要工程都和治水有关,古代最大的自然灾害是水害,尤其在黄河流域,河水泛滥极难控制。王安石说过:"齐天下之役,其半在于河渠堤埽。"此外,百姓其他的徭役主要是和统治者本身奢靡的生活相关,如兴建宫室。"役"在古时特指兵役。工程的徭役至少有完工之时,而被派往前线打仗、戍边服兵役则是遥遥无期;且普通徭役大多是体力劳动,不会有很大的生命危险,一旦服兵役上战场就生死难料。诗歌首句明确地告诉读者,诗人的丈夫很不幸被统治者派往前线服兵役。"不知其期","期"历来有两种看法,一种解释认为指归期,诗人感叹丈夫远征兵役,不知何时归来。另一种解释认为指日期,即丈夫外出时日已经久到算不清,这种解释和诗歌下章的"不日不月"相互对应。王先谦在《诗三家义集疏》里讲"'不日不月'者,不能以日月计",丈夫外出服役多年,已无法用日月计算,诗人自己也记不清了。两种解释都能讲通,总之都指君子离家年月日长且归期不明。

漫长等待中的内心独白

不言而喻,诗人此时心中最大的期待是希望丈夫能早日归来与自己团聚。"曷至哉?"是诗人内心的独白,表达她心中的忧虑。对于此句历来也有两种解释。一种解释认为诗人在想丈夫如今身处何方,因为兵役要跟随军队远征,古时交通不便、路途周折,所以诗人不知丈夫目前行军至何处,故作此问。另一种说法则认为"至"是归来之意,诗人心中焦急期盼,丈夫何时才能归来。下章此句"曷其有佸?""佸"《毛诗》解为"会也",即相聚、会面之意。此句亦是诗人心中的自问与期盼,丈夫何时才能回来与自己相聚?古人通讯落后,杜甫曾有诗云,"烽火连三月,家书抵万金",战争时期能收到家人的一封书信绝对能够抵上万金之价。正是在这样的时代局限之下,古人对于时间、距离的体悟、其内心的坚持和毅力,是现代人望尘莫及的。木心先生的诗《从前慢》里有一句,"车,马,邮件都慢,一生只够爱一个人",这是过往人民真实的生活写照,也是农业时代真实的时间观。一切都是慢慢的,时间静静地流淌,人心却坚定永毅,即使一生可能都用来等待一个人也从未觉得是一种浪费。古人对于生命中的一切倍加珍惜。如今消费时代通讯发达,社会发展反而让人失去耐心而变得浮躁,这也是人性中极大的损失。那番经历漫长持久的努力和等待而最终获得的喜悦与幸福,是现代人很难有机会再去感受到的,因为现代人已经难有毅力坚持到那一刻。

情景交融,即诗即画

诗歌每章次句是最大亮点,也是区别于《国风》中其他闺怨诗的不同所在。"鸡栖于埘","栖"指鸟儿栖息、回巢之意。"凿墙而栖曰埘。"(朱熹《诗集传》)古人家里的墙都是土墙,在墙上挖洞作为鸡窝,称"埘"。后章"鸡栖于桀","桀"通"榤",是木桩之意,指古时鸡窝中供鸡栖息的横木。家中养的鸡都已回巢休息,说明已到黄昏之际、夜色降临。"日之夕矣"点出了这一时间点。"羊牛下来"指白天放在田野里的羊牛都下了山坡,回到了羊圈牛圈里休息过夜。"羊牛下括","括"通"佸",是聚集之意,指夕阳西下羊儿牛儿回到窝里聚在一起。

  诗人由对丈夫的思念转而描写了一些家庭化的场景,如此描写有两方面的原因。首先,诗人塑造了文学上的画面感。一个温馨的家庭,暮色下垂时田园恬静而美好,而美中却有极大缺失,即缺少了爱人的陪伴。家的味道最重要的是团圆的温暖。暮色降临时家中灯火通明,厨房里锅碗瓢盆的碰撞声、飘香四溢的饭菜味,屋里家人欢声笑语,如此这般才叫作"家"。尤其在中国这样一个以农耕文化为主的社会中,普通百姓最注重的就是家人团聚,"两亩半地一头牛,老婆孩子热炕头"就是最幸福美好的事了。中国自古有阖家团圆的"中秋节"以及游子返乡的"春节",这种重家庭的文化现象对西方人而言也许是无法理解的。《论语》讲"父母在,不远游",若家中父母健在,做子女的就不应出远门。虽然实际生活中并非如此绝对,但这句话却真实反映出在中国人眼里家是每个人心里的根与归宿。诗人家中缺少了爱人的陪伴,就缺少了最重要的活力与生气,如此的"家"只得说是一套房子而已。其次,诗人的转折描写还有另一层涵义。《毛诗郑笺》里讲,"鸡之将栖,日则夕矣,羊牛从下牧地而来,言畜产出入尚有期节,至于行役者乃反不也",家中养的鸡在晚上都回窝休息,羊牛也都从牧野回到圈中过夜,家禽牛羊都有固定回来的时间,而自己在外服役的丈夫却不知归期,如此对比令人感到忧伤。

  首章末句"君子于役,如之何勿思!"意指每每到这样的夜晚，屋里都齐整了，唯独缺了爱人，诗人又怎会不愈加思念忧愁呢？次章末句"君子于役，苟无饥渴！""苟"是或许之意，是一个充满期望的疑问语气词，意指诗人在想，丈夫独自在外远征，应该不会饿肚子吧？古人的生活水平较低，普通百姓最关切的便是温饱之类的基本问题。诗人的丈夫在外作战守边更是艰苦，诗人不在其身边悉心照料，他是否连饭都吃不饱呢？诗人最后这句空对远方的疑问，让千年之后的读者心中不禁酸楚万分。

日暮怀人

此诗在文学上的最大特点是构建了一个温馨恬静的家庭场景，用以对比突出家中缺少爱人的寂寞与荒凉之感。另外，从此诗开始，"日暮黄昏"就成了具有特殊涵义的文学意象，形成所谓"日暮怀人诗"。后世文学作品里，黄昏这一时间点往往最容易与思念远方亲朋的心绪结合在一起。

黄昏时分，日落西山，飞鸟禽兽都归返巢穴休憩，此刻也应是人们在结束了一整天的辛苦劳作后返家之时。久而久之，"日之落"与"人之归"之间就产生了难舍难分的文学联系。陶渊明的诗歌里有"山气日夕佳，飞鸟相与还"一句，描写山间落日时分，飞鸟结伴而归，此时人们也应该回到家中了啊。李清照的《醉花阴》写道："东篱把酒黄昏后，有暗香盈袖，莫道不销魂，帘卷西风，人比黄花瘦。"该词是李清照婚后所作，她在重阳节的黄昏时分独自饮酒，思念着远方的丈夫赵明诚，希望他能早日归来与自己团聚。此外，《声声慢》也写道："梧桐更兼细雨，到黄昏、点点滴滴。这次第，怎一个愁字了得！"黄昏之时还伴随索索细雨,思念席卷心头又怎不叫人愁苦万分呢?李白亦有诗云:"黄云城边乌欲栖,归飞哑哑枝上啼。机中织锦秦川女,碧纱如烟隔窗语。停梭怅然忆远人,独宿孤房泪如雨。"同样也是"日暮怀人"的主题。诗中描写夕阳西下时天边黄云绵绵,乌鸦归巢,在树枝上哑哑啼叫,在家中织布的秦川女子,隔着碧绿如烟的纱窗,凝视窗外归鸟双双,感到无比寂寞孤单,思念远方爱人都出了神,不由自主停下手中的织布,眼泪早已滚下脸颊。清代许瑶光在《再读〈诗经〉四十二首》里评价《君子于役》道:"鸡栖于桀下牛羊,饥渴萦怀对夕阳。已启唐人闺怨句,最难消遣是黄昏。"认为此诗构造了日落时分鸡禽回窝、牛羊下坡、闺妇寂寞思念远方爱人的经典文学画面,开启了唐诗闺阁妇女思愁的文学先河,也成就了一天中最寂寞难耐的黄昏时分的千古文化情怀。

君子阳阳

空洞的糖，甜到忧伤

> 君子阳阳，左执簧，右招我由房。其乐只且！
> 君子陶陶，左执翿，右招我由敖。其乐只且！

《王风》中难得的愉悦之作

《王风》诗歌的创作背景多为平王东迁之后，周王朝帝国末路之时。此时，周天子虽名义上还是天下共主，但对于各诸侯国的影响力已微乎其微。诸侯国各自为政，不按时进贡，已然不将周天子放在眼里。周王朝东迁后，只有都城洛邑一带是其管辖区域，可搜刮的民脂民膏极其有限，所以王室经济拮据愈发落魄。在这一背景下，《王风》诗歌大都充满悲凉忧伤的气息，不过《君子阳阳》却一反《王风》整体情感基调，文字极其快乐愉悦。

此诗共两章，文字简单，先品读每章首句。"君子阳阳"，"君子"一词后世被儒家赋予了道德内涵，指品德高尚之人，但其实在先秦时,"君子"原指君王之子,即地位崇高的贵族子弟。"阳阳",王先谦《诗三家义集疏》解为"得志之貌",指得意洋洋、快乐自得之态。下章"君子陶陶","陶陶"《毛诗》解为"和乐貌",亦指快乐之意。诗歌两章开篇非常直接地写出作为诗歌主人公的这位君子快乐愉悦的状态。

先民的乐器

君子为何如此快乐呢?因为有音乐相伴。诗歌第二句,"左执簧"指君子左手拿着簧。"簧,笙中簧也"(《说文解字》),指"笙"这类吹奏乐器中振动的簧片。声音由物体振动而产生,簧片是吹奏乐器发出美妙声音的关键部位。成语"巧舌如簧"即指人的舌头如乐器中的簧片一般,用以形容人花言巧语,善于言辞。

周代用于演奏的乐器种类丰富,主要有几个大类。第一类是金石类乐器,用青铜器或石头制成,如常用于隆重典礼或祭祀场合的编钟,用空心石头制成、敲击时可发出清脆悦耳之音的磬等。第二类是丝竹类乐器,丝指琴弦,古代琴弦都用丝制成,以手拨弹,如《关雎》中提到的琴、瑟等。竹类乐器则用竹管制成,如笛、箫等。第三类是陶类乐器,用陶土制作,内中掏空,如缶,即陶制内中空心的瓦罐,通过敲击发声。陶笛亦是陶制空心乐器,表面有孔,可吹奏出声。第四类是匏类乐器,匏是类似于葫芦的植物果实,掏空后内部安置簧片就能吹奏出声,笙即属此类。此诗所讲的"簧"即泛指匏类乐器,而非具指簧片。

载歌载舞,快乐无边

心情愉悦的君子左手执簧演奏歌曲,他不但要自己演奏,还要诗人一起配合他。"右招我由房"指君子正在用右手招呼诗人。"由房"历来解释较多,一般认为指当时的房中乐。"房中乐"是周代宫廷贵族音乐的一种,清儒胡承珙讲:"由房者,房中对庙朝言之,人君燕息时所作之乐,非庙朝之乐,故曰房中。"认为"房中"是相对"宗庙朝堂"而言,较隆重场合所演奏的是庙堂音乐,而贵族人君后堂内宫等休息场所演奏的音乐则称为"房中乐",相对来说更具有娱乐性,不比庙堂音乐那般严肃庄重。

除音乐之外还有舞蹈,次章"左执翿,右招我由敖","翿"通"翳","翳,舞者所持,谓羽舞也"(《毛诗郑笺》),意指舞蹈演员握于手中挥舞的道具,用羽毛制成。这位君子左手挥动羽毛舞具,右手招呼诗人陪他共舞。"由敖"历来解释也较多,据清代马瑞辰《毛诗诗笺通释》考证,"由敖"应指周代一种名为"骜夏"的舞蹈。

从这两句描述中可见,诗中君子应是一位贵族子弟,因为寻常百姓家中不可能有这般奏乐和舞蹈的条件。他在内庭私人场所心情怡然自得,时而拿着簧招呼诗人与他一起演奏"由房",时而挥动"翿"招呼诗人与其共舞,诗人可能是当时贵族手下的乐官舞者。这位贵族君子的生活可谓歌舞升平、快乐无边,诗歌两章末句都点出这种欢快气氛。"其乐只且!""只且"是句尾语助词,表感叹之意,诗人不禁感叹如此载歌载舞的生活真是不亦乐乎。

周代礼乐的合一

诗歌写到了音乐舞蹈，借此介绍一下周代"礼乐"。周代以礼为重，《论语》里孔子讲，"郁郁乎文哉，吾从周"，周代礼仪制度非常完备且丰富多彩，连孔子也心驰向往。"礼"中最重要的一部分是"乐"，"乐"指音乐、舞蹈。现代观念中"礼"是一套静态行为制度规范，它是理性的，而"乐"则是感性的，尤其周代的"乐"不单指音乐，还包括舞蹈，如此一静一动，理性与感性两者之间如何相提并论呢？其中原因要从"礼"字本源说起。"礼"在《说文解字》里解为"所以事神致福也"。"礼"的本意并非条条框框的制度规范，而是指古人为祈求神灵降福的宗教活动。原始宗教活动不是纯理性的礼仪制度，也有诸多丰富的感性宣泄和自由幻想。李泽厚在《美的历程》里讲："原始歌舞和巫术礼仪在远古是合二为一的，是同一个原始图腾活动：身体的跳动（舞）、口中念念有词或狂呼高喊（歌、诗、咒语）、各种敲打齐鸣共奏（乐）混沌一体。"先民的歌舞、音乐、文学是结合在一起的共同体，而现代观念的"礼乐"早已脱离了原始宗教的影响，分化成不同体系。如《诗经》对我们来说只是诗歌文学，而在两千多年前，它可用来歌唱，也可配之以舞蹈。因此在阅读元典文学时，读者要时刻牢记对于先民来说"礼乐"原是合一的。

肤浅空洞的声色之乐

此诗充满了愉悦的气息，自古以来对其有诸多解读。朱熹认为此诗是接续前首《君子于役》而作，讲述丈夫兵役归来，夫妻二人载歌载舞。这种解释非常牵强,因为在古时能拥有"簧""翿"等乐器舞具并在家中歌舞的一定是贵族,而贵族子弟是不可能服遥遥无期的兵役的。还有人认为此诗描写了宫廷舞师和乐工共舞的快乐场面,可备一说。此诗之所以在解读上带来诸多困惑,是因为诗歌本身并未告诉读者诗中这份快乐究竟源于何处?这份快乐似乎是没有缘由的,是空洞的。另外,诗歌描写的这位君子,其行为举止也让人觉得有些轻浮。周代重礼,"礼乐"不可分,音乐舞蹈亦是"礼"的重要组成部分,如果"乐"没有了"礼",也就没有了精神支撑,成了空洞肤浅的声色之乐。《相鼠》一诗曾讲到古人所理解的真正的"礼"是由内而外、富有内涵的。同理,古人所理解的真正的"乐"也不能脱离"礼"的内涵支撑。《论语》里孔子讲,"人而不仁,如礼何?人而不仁,如乐何",意指一个人若没有仁爱之心,即使遵守礼仪又有何用呢?一个人若没有仁爱之心,即使奏乐舞蹈又有何用呢?因此,古人认为若缺乏内在精神支撑就根本谈不上"礼乐"。《毛诗》评价此诗中君子洋洋得意的状态为"无所用其心也",十分到位地抓住了此诗情感表达的关键——"空",即无心。"凡无所用心之人,未有不自得者"(王先谦《诗三家义集疏》),若一个人缺乏精神追求,会显得无知且自以为是、沾沾自喜。诗中这位君子正是如此,肤浅空洞、沉迷于声色之乐,他却不以为然,完全一副"人生得意须尽欢"之态。

生于忧患,死于安乐

  细品全诗,可以体会诗人所用的是文学上的反衬手法,写尽极致的快乐是为衬托出这份快乐背后的忧伤。周代朝廷设有专职乐工舞者用于重大典礼仪式上的表演，这些乐工舞者同时也会为统治者提供以娱乐为目的的私人表演。平王东迁后王室衰微，苟安在洛阳方圆五六百里之地，虽然如此落魄，王室统治者们却依然沉浸于歌舞升平之中，不思治理朝政。乐极则悲生，诗人正是通过对当时统治阶层不知王朝危难已至，依旧沉迷歌舞娱乐如此空洞无心的状态描写，反衬出帝国末日前的悲凉气息。《孟子》里讲"生于忧患，死于安乐"，面对一个千疮百孔的周朝帝国，统治阶层却依然深藏宫闱之中载歌载舞，不顾百姓疾苦、社会动荡，如此王朝怎会有复兴之希望呢？唐朝杜牧诗云"商女不知亡国恨，隔江犹唱后庭花"，其中意涵与此诗亦是如出一辙。

扬之水

乱世离人伤心曲

扬之水,不流束薪。彼其之子,不与我戍申。怀哉怀哉,曷月予还归哉?

扬之水,不流束楚。彼其之子,不与我戍甫。怀哉怀哉,曷月予还归哉?

扬之水,不流束蒲。彼其之子,不与我戍许。怀哉怀哉,曷月予还归哉?

王风

平王东迁后的时代变革

《扬之水》一诗是一位被周朝统治者派至远方戍守边疆的士兵因心中怨恨和思念家乡而作。诗歌共三章,内容回环反复,其特别之处在于诗歌非常清楚地反映了当时周王朝东迁后的整体社会政治环境。

《王风》诗歌大都创作于西周灭亡、平王迁都洛邑之后。平王东迁后,王室急速衰微,其原因并不在于迁移都城,而在于统治者周平王。周平王是周幽王与原配申太后所生太子，后周幽王宠幸褒姒废申太后及平王太子之位，所以周平王便逃回母家申国。后申侯联合外族犬戎攻击周朝，杀死幽王并灭亡西周。如此一来，问题就产生了。当时，虽然中原各诸侯多认为周幽王荒淫无道，但还没有到要推翻他、置他于死地的程度。因此周平王继位后，中原诸侯开始分裂，其中一部分支持周平王并想依靠周天子各自得利，这些支持者着手帮助周朝东迁都城。还有许多诸侯则对周平王不满，认为他联合外族杀害父亲，弑君加弑父之嫌疑令周平王和周王室在诸侯中的威信及认同感急速下降。既然周天子这一曾经的天下共主已失去威信，诸侯之间也就不再团结一致，他们开始互相攻伐，都想称霸中原，从此历史迈入动荡的春秋战国时期。诸侯间相互侵伐，那些位于王室都城周边的屏障小国也无法幸免，如申国、许国就遭受了其他诸侯国的侵犯，因其弱小而无力抵抗，周天子只能派出周朝子民去这些周边小国戍守边疆，《扬之水》反映的正是这一时代历史背景。

水不浮薪，力不从心

先品读每章首句。"扬之水"，"扬，悠扬也，水缓流之貌"（朱熹《诗集传》）。"不流束薪"，"薪"是柴薪，"束"是一束、一捆之意。诗歌首句意为这缓缓流淌的小水流微弱得连一捆柴薪都漂不走。后两章"不流束楚"和"不流束蒲"也是类似涵义。"楚"是灌木荆条之意，与柴薪类似。"蒲"指蒲柳，也是一种枝条细长的灌木，可以作柴。三章首句借物起兴，诗人透过这样的描述隐喻一种无力无助之感：一方面，周王室衰落使诗人被

王风

派遣戍守边疆,自己的人生前途未卜归期无望,当他看到眼前停滞在细小水流中无法漂浮、搁浅停滞的束薪,就仿佛看到了自己陷于异国他乡无力无助却又无可奈何的状态;另一方面,诗人想通过水不浮薪来隐喻周朝东迁后王朝衰弱,王室自身都已无力抵御诸侯崛起,更别说派遣士兵帮助周边小国了,这简直是杯水车薪、螳臂当车,根本不可能改变整个时代格局。

戍边三国背后所透露的讯息

诗歌每章次句交代了诗人所在的位置,这也体现出此诗的现实主义特点,它明确点出了诗人远征戍边的诸侯国名,如实反映了当时的时代背景。"彼其之子"意指那个人。"不与我戍申","申"即申国。"不与我戍甫","甫"即吕国。"不与我戍许","许"即许国。诗文提到的这三个小国透漏出两方面信息。首先,申国是平王母亲的母国,申侯是平王的舅舅,他当年勾结犬戎灭亡西周,因此申国为平王继位立下大功。许国、吕国在平王东迁过程中都出过力,是周王室的亲戚和拥护者。如今其他诸侯不再诚服王室,只剩这几个小国拥护,当它们遭到别国侵犯而求救时,周平王不得不派兵援助。其次,很有意思的一点是,诗歌三章分别写到三个不同国家,并非指诗人同时去申、吕、许三国戍边,而是说明了此诗并非由某一个人所作,应是当时在周朝洛阳一代传唱的民间歌谣,反映了当时社会的普遍现象。周王室东迁后势力衰弱、人力紧缺,许多周人都被迫远征去周边各国戍守边疆,此诗正是当时远征戍守的士兵们传唱之歌谣。另外,也说明当时进入春秋时期,天下混乱、诸侯分裂,各诸侯国都面临战争威胁，互相侵伐兼并，不再团结一心。这一现象到了战国时期则愈演愈烈。

叛逆的楚国

到底是谁侵略王室周边的小国呢？方玉润在《诗经原始》里结合当时历史给出了答案："夫周撤既东，楚实强盛。申、甫、许实为南服屏蔽，而三国又非楚敌，不得不成重兵以相保守，然后东可以立国。"平王东迁时正值楚国日益强大之时，诗中讲到的申、吕、许三国都是位于王室南面的屏障国家，它们隔挡着强大的楚国，但又都不是楚国的对手，所以周平王不得不派重兵戍守边疆。这种解释非常符合当时的历史背景和诸侯格局。平王东迁后不久，楚武王继位。从"楚武王"这一称号就说明楚国的昭然野心。之前诗歌中也提到过许多诸侯国君，如齐桓公、卫文公等，他们都称为"公"，但楚武王却已称"王"。在秦始皇之前并无"皇帝"称号，"王"即指周天子，这是贵族最高称号，天子之下再分"公、侯、伯、子、男"五等爵位，所以一般诸侯最高称"公"，而楚君却自称为"王"，便是与周平王平起平坐，其背后野心不言而喻。楚国原是南方蛮夷，中原诸侯都看不起楚国。后因楚国帮助周朝灭商有功，所以西周初年被封国号并在南方建国。比起齐卫这些被周王室封为公侯的大国，楚国当时只被封了个小小的子爵，自然不会有更好的封地。事实上周王室一分地都未给楚国，所谓分封只是一张空头支票，楚国其实被封在原地，地处最南，再往南是外族蛮荒之地。王室如此分封的意图很明显，如果楚国想要更多土地，就只能自己打败南方外敌获取国土，但如果南方外族发起进攻，楚国就必须当炮灰抵挡在前。楚国之后渐渐收复了南方土地，逐渐强大，也开始介怀周王室和各诸侯长期以来对本国的不屑而变得越发叛逆。楚武王任性地自封为"王"便是一例。此后强楚不断逐鹿中原，加入到诸侯争霸的队伍。楚是当时第一个自称为王的诸侯，春秋时代的礼崩乐坏亦是从此而始，随后越来越多的诸侯开始称王，至此天下大乱。诗歌中所讲的申、吕、许三国之后也都被楚国所灭。

己所不欲，勿施于人

诗中所言"彼其之子"究竟是谁？是谁不和诗人一同去异国戍守边疆呢？对此历来有诸多不同看法，有人认为此人指诗人所思念的家乡亲人，也有人认为"彼其之子，戍人指其家室也"（朱熹《诗集传》），即诗人的妻子家人。以上这两种理解都有问题，试问哪个远征服兵役的士兵会希望家人妻子和自己一起去异国他乡吃苦戍守呢？诗歌所谓"彼其之子"应是指周王。《论语》里讲："己所不欲，勿施于人。"周朝统治者们天天在宫廷奢靡享乐，却让普通百姓踏上如此艰苦的征程，自己不愿做的事偏偏逼迫他人去做，这何来公平可言呢？这才是诗人心中最大的控诉与不满。诗歌每章末尾，诗人想到这遥遥无期的兵役，心中只得无奈哀叹，"怀哉怀哉，曷月予还归哉？"意指诗人心中日日夜夜思念故乡，但何时才能回家呢？在那样的时代中最受苦的必是普通百姓，这份战争之苦和分离之痛又怎能不叫人同情唏嘘。

王风

中谷有蓷

文学上的灾难纪录片

中谷有蓷，暵其干矣。有女仳离，嘅其叹矣。嘅其叹矣，遇人之艰难矣！

中谷有蓷，暵其脩矣。有女仳离，条其啸矣。条其啸矣，遇人之不淑矣！

中谷有蓷，暵其湿矣。有女仳离，啜其泣矣。啜其泣矣，何嗟及矣！

王风

荒年离乱的真实故事

《中谷有蓷》反映了西周灭亡后社会动荡，底层贫苦百姓痛苦不堪的悲惨处境。诗歌层层递进，其最大特点是采用第三人称的视角以体现写实性，全诗就像一部真实动人的纪录片。

诗歌共三章，可逐句品读。"中谷有蓷"，"中谷"是倒装结构，即"谷中"，指山谷之中。"蓷"是植物名，今称益母。益母常生长于山野草地，需要充足水分，山谷是水流潮湿的聚集之处，此环境最适合益母草生长。诗人却又告诉读者"暵其干矣"，"暵"指非常干燥，行将枯萎之貌。益母这种需要湿润生长环境的植物，在潮湿的山谷之地却干燥得将要枯萎，这说明当时气候干旱，或许正在经历一场严重的旱灾。旱灾对于以农业生活为主的中国古代百姓来说伤害极大。水是生命之源，田地、植物、牲畜和人都需要水，缺水会引发饥荒等诸多严重的社会问题。诗歌下句就讲述了这场旱灾所带来的伤害。

"有女仳离"，"仳"方玉润在《诗经原始》里解为"别也，流离失所之状"，即有位女子因旱灾和饥荒正遭受夫妻离散之苦。诗人开篇用益母作比，还有另一层深意。"益母"是古代医生用于治疗女性妇科病的一种草药，对女性有益，故称"益母"，在此它也有象征女性之意。干旱中渐渐枯萎的益母草与这位荒年乱世中走投无路的女子形成了文学上的关联。从诗歌首句可得知，诗人并非这位女子。有诸多解读认为此诗是一位处于荒年离乱中女子的自述诗。其实不然，诗人是从一个旁观者的角度来描写他所见女子的悲惨处境，故用"有女"二字。

面对悲惨的人生处境，这位女子只能"嘅其叹矣"。"嘅"是叹息之意，这位被抛弃的女子在路边唉声叹息、忧伤不已。诗文紧接着又重复一遍"嘅其叹矣"。反复叹息强调女子对生活命运的无助无奈。"遇人之艰难矣"，"遇人"在此是嫁人之意。"艰难"《毛诗郑笺》解为"自伤遇君子之穷厄"。这位女子叹息自己与丈夫的生活本来就已窘迫艰辛，现又遭遇旱灾厄运，可谓雪上加霜、难上加难。

文字上由浅至深

诗歌后两章在文字上变化不大,其出彩之处在于每章变化的几字并非随意更换,而是有一个层层递进的过程。次章"中谷有蓷,暵其脩矣","脩"《说文解字》解为"脯",指风干的肉,在此引申为风干、晒干之意。诗歌首章写益母在烈日下慢慢枯萎,此章则已快要风干,其程度更进一步。末章"中谷有蓷,暵其湿矣","湿"在此并非潮湿之意,而是通"㬉",意指暴晒之下枯焦之状。朱熹在《诗集传》里讲,"暵湿者,旱甚,则草木生于湿者亦不免也",意思是"暵湿"指干燥到极其严重的地步,就连益母这种生长在低洼山谷湿地的植物也不能幸免,程度上又进一步,可见干旱至极。

诗歌每章次句的描写也是层层递进。次章"有女仳离,条其啸矣","条"意为长,"啸"指人拉长声音所发出的哀嚎之声,比上章"叹"在情感表达上更为强烈。末章"有女仳离,啜其泣矣","啜"韩诗作"惙",《说文解释》解为"忧也",即忧伤之意。"泣"指哭泣,这位遭受离乱之痛的女子因心中忧伤而流泪哭泣。"干、脩、湿,由浅及深;叹、啸、泣亦然。"(姚际恒《诗经通论》)山谷中的益母从枯萎的"干",到风干的"脩",再到最后的"湿",用字上层层递进。此外,诗人描写这位女子面对悲惨人生境遇时,从起初叹息,到仰天长啸,再到最后忧心哭泣,文学刻画不断深入,用意深厚。

遇人不淑的真正涵义

次章末句"条其啸矣，遇人之不淑矣！""不淑"是不善之意。"遇人不淑"这一成语即出自此诗，如今通常形容女子遇到不好的另一半，或引申为生活中遭遇品德较差的人。不过"不淑"的最初意涵还值得探究，朱熹在《诗集传》里讲："古者谓死丧饥馑，皆曰不淑。盖以吉庆为善事，凶祸为不善。"意指古时人们称好的事情为"善"，而凶祸之事都称"不善"或"不淑"，故此诗中的"不淑"不能简单理解为人品不善。诗中女子遭遇"仳离"之苦，但并未明确交代分离的原因，也未明确说她是被丈夫抛弃。因此历来还有另一种理解，即认为这位女子并非被丈夫抛弃，而是因遭遇荒年离乱和旱灾饥馑，她的丈夫在这场灾害中不幸去世。此句的"不淑"是指死亡之事。我个人认为此解也讲得通，没必要每首诗歌都习惯性地往古代妇女被抛弃的角度去理解。末章"啜其泣矣，何嗟及矣！""何嗟及矣"应作"嗟何及矣"，"何及"是无济于事之意。不管是被丈夫抛弃还是遭遇家破人亡之不幸，这都令女子悲伤不已、难以接受，但面对现实的残酷，她又能怎样呢？只能忧伤心碎，凭空流泪。

一物失所，而知王政之恶

诗中的女子在荒年离乱中遭受分别之苦，是老天降下旱灾之过吗？还是其丈夫在旱灾饥荒中抛弃妻子之错？我想都不完全是。所谓天灾人祸，往往造成悲剧的更多并非天灾，而是人祸。历史上，不论哪个时代，自然灾害都在所难免，但是一个完善的社会、一个强盛的国家应该具有灾害之前的预防措施和遭遇灾害之后的善后能力。如在正常时期储备充足粮食，就可在遭遇灾害时及时安顿救济百姓，不至于让人民流离失所。灾害不是最可怕的，最可怕的是整个社会缺乏应对灾害的措施。宋儒范祖禹讲："于一物失所，而知王政之恶；一女见弃，而知人民之困。周之政荒民散，而将无以为国，于此亦可见矣。"从一些小事物的流离失所，就能察觉到当时社会治理出了问题。这样一位平凡女子的遭遇，折射出了当时百姓都遭受着的痛苦。平王东迁后王室衰微、荒于政治、百姓疾苦，这些正是此诗要反映的时代大环境。春秋时期礼崩乐坏、社会动乱，这不仅是天灾，更是人祸。据史书记载，当时楚宋两国开战，楚国围困宋国，宋国城内粮食吃尽，百姓最终走投无路，只得易子而食。这是何等悲惨的境地，试问天下哪有父母愿意孩子被吃呢？若非时代动荡，怎会出现如此惨绝人寰的悲剧。诗中的这位女子亦是如此，流年不利，遭遇自然灾害固然无奈，可周王室并未给予陷于灾难中的百姓一点帮助，才会最终导致这场流离失所、家破人亡的悲剧。

文学中的纪录片

此诗在文学上运用了第三人称视角的写作手法。诗人是一位旁观者，如纪录片般描绘着当时社会底层百姓困苦不堪的现状。纪录片虽是写实，但并不代表它是毫无情绪的直白记录，后期的编排剪辑也可以表达导演的情感与态度，只是在表现手法上更接近真实记录。此诗可以说是一部标准的文学纪录片，诗人通过对在荒年饥馑中遭遇分离之苦的女子层层递进的描写，表达了自己对于纷乱时代的悲愤忧伤之情。"诗圣"杜甫的诗作也以写实闻名,真实描绘了安史之乱后唐朝社会动荡纷乱、百姓困苦流离的现状,表达了他无尽的怜悯之情,充满了对世人的同情和对百姓命运的关切。如"朱门酒肉臭,路有冻死骨"一句,就描写了当时贵族人家酒肉飘香,而穷人们却在街头因冻饿而死,这种强烈反差下的现实描写,道尽世态之炎凉,令人心痛。如此写作手法与本诗如出一辙。

兔 爰

哀莫大于心死

有兔爰爰，雉离于罗。我生之初，尚无为。我生之后，逢此百罹。尚寐无吪。

有兔爰爰，雉离于罦。我生之初，尚无造。我生之后，逢此百忧。尚寐无觉。

有兔爰爰，雉离于罿。我生之初，尚无庸。我生之后，逢此百凶。尚寐无聪。

王风

兔与雉的寓意

《兔爰》是一首写于乱世的作品，其动人之处在于诗人从内心记忆铺展开来，通过往昔天下太平时的美好与当下社会的纷乱动荡形成鲜明对比，以表心中哀伤。

先品诗歌三章首句。"有兔爰爰，雉离于罗。""兔"指野兔。"爰爰"《韩诗》解为"发踪之貌也"，指解脱自由之态。这句描写野兔在山野中自由自在没有束缚的状态。"雉离于罗"，"雉"

是野鸡。"离"通"罹",是遭受苦难不幸之意。"罗"是猎网。野兔在山间自由奔跑,而野鸡则遭遇不幸被猎网捕获。诗歌后两章首句也是类似涵义。次章"有兔爰爰,雉离于罦","罦"《毛诗》解为"覆车也",指带有机关的猎网,猎人在两根辕木间设置猎网,鸟兽进入就会触动机关,猎网自动盖下罩住猎物,即称"罦"。末章"有兔爰爰,雉离于罿","罿"和"罦"类似,也是自带机关的猎网。诗歌三章首句都在讲述同样的内容,山野之中的野兔和野鸡两种动物,它们的生存状态完全不同,野兔自由自在,而野鸡落网被擒。诗人为何以兔和雉两种动物作比呢?"兔和雉"的比喻其实反映了当时统治者为政不均。《毛诗》里讲:"言为政有缓有急,用心之不均。"兔子和雉鸡有的可以自由自在,有的却被猎人捕捉,诗人借此影射当时统治者缺乏治理之道,用心不匀造成了社会的不公。"兔狡得脱,而雉以耿介,反离于罗。以比小人致乱,而以巧计幸免;君子无辜,而以忠直受祸也。"(朱熹《诗集传》)古人认为野兔狡猾,而野鸡却是耿直的禽鸟。狡猾的野兔逃脱猎人的捕捉自由自在,耿直的野鸡却被网罗,隐喻当时时代黑暗、统治者昏庸无道,导致正直的君子反而被害,狡诈的小人却能逍遥法外、潇洒自在。毫无疑问,诗人在此也表达了自己当下的处境,他也正遭受着灾难和不应有的迫害之苦。

当下和往昔的对比

若诗人所处的社会一直都是昏暗无道的,或许他现在也就麻木了。但是诗人曾经历过美好的时光,对比当下产生的强烈反差令他难以接受。诗歌三章次句，诗人追忆往昔，对比当下的不同处境，抒发心中无限的落差与失望。"我生之初"即"言我幼稚之时"（《毛诗郑笺》），诗人回忆起自己年幼之时。"尚无为"，"尚"意为还，"无为"即无事之意。诗人年幼时天下太平，但是"我生之后，逢此百罹"，"罹"指苦难不幸，"百"在此是虚数，即指众多。如今诗人长大后却遭遇如此多的不幸，这与在儿时天下无事、快乐自在的生活状态形成巨大反差。后两章亦是类似涵义。次章"我生之初，尚无造。我生之后，逢此百忧"，"造"意与前章"为"同，"忧"指忧伤。末章"我生之初，尚无庸。我生之后，逢此百凶"，"凶"指凶祸之事。诗歌末章并非简单重复，而是更进一步告诉读者诗人所遭遇之事。"庸"意为劳，"劳"有两层涵义，一指劳作徭役之苦，二指战乱兵役之苦。不管是徭役或兵役，诗人在儿时天下太平之际都未曾遭遇过。如今周王室衰微，诸侯侵伐，战乱不止，这一切苦难也都随之附加于诗人身上，就如沉沉的重担，令其无法承受。

哀莫大于心死

面对生活的苦难和心中极大的落差，诗人此刻"尚寐无吪"，"尚"在此指希望、但愿，"寐"指闭眼睡着，"吪"意为动。"今但庶几于寐，不欲见动。无所乐生之甚。"（《毛诗郑笺》）诗人遭受如此不幸又无法改变当下处境，他只希望自己能永远睡着不要醒来，不想再看到这令人悲伤的黑暗世界，甚至有了轻生厌世的想法。后两章"尚寐无觉"和"尚寐无聪"也是相同意涵。"觉"是清醒、有知觉之意。"聪"指听觉。"无吪、无觉、无聪，亦不过不欲言、不欲见、不欲闻已耳。"（方玉润《诗经原始》）诗人不想说话、不想看见、不想听到，希望一直睡去，不再与这个世界的纷乱困苦有任何瓜葛。虽然他不一定是想要离开人世，但至少表达了对这个世界彻底绝望的心理状态。人生路漫漫，总会面临各种艰难。"真的猛士，敢于直面惨淡的人生，敢于正视淋漓的鲜血"，只要抱有希望，就应努力抗争，就算失败，至少也曾经努力过。"哀莫大于心死"（《庄子》），人生最大的悲哀是心如死灰，对世界和一切都失去信心，不再抱有任何希望，彻底绝望放弃。很不幸，诗人正处于这样绝望的状态之中，他不想看、不想听、不想说，因为心已如槁木死灰，世间一切都已毫无意义。

脆弱的没落贵族

此诗在文学上的特别之处在于诗人用两处鲜明的对比生动刻画出自己当下痛苦艰难的处境。首先是"兔"和"雉"的对比，野兔逍遥自在而野鸡罹难被捕，两种动物截然不同的生存状态表达了诗人被时局所困，无法解脱的心声。其次，过往与当下处境之对比，写出了时局动荡变化对诗人生活状态的深刻影响，幼时无忧无虑，而如今却饱受徭役之苦。

那么，这位诗人到底是什么身份？西周初期，尽管文王、武王统治时期时局稳定，普通百姓的生活还是贫苦的，当时社会本质上还是等级分明的奴隶社会。所谓"兴，百姓苦，亡，百姓苦"，这正是古代社会中百姓生活的真实写照，普通百姓在过去任何时候的生活都非常不易。诗人之前的生活无忧无虑、快乐自由，只是如今才遭受罹难、徭役之苦，所以诗人的身份很有可能是一位没落贵族。平王东迁后，王室地位衰弱，周天子作为最高贵族都已走向没落，更别说曾经的小贵族沦为平民，被新生贵族力量所取代。诗人也许就是这样一位没落贵族，在平王东迁之前过着无忧无虑的惬意生活，未曾想却遭遇了西周灭亡，在离乱战火中，其贵族地位丧失殆尽，最终沦为平民，背负起艰辛的劳役之苦。想到当初，再看眼前，他忧伤至极甚至产生了轻生厌世之心。由此可见，诗人也是一位心理承受力较弱的贵族，那些无论国家兴亡都生活在困苦之中的平民百姓，他们不还在勇敢地面对生活的艰辛吗？那些万千劳苦百姓比起这位诗人不知要勇敢多少倍。

葛藟

漂流零落异乡人

绵绵葛藟，在河之浒。终远兄弟，谓他人父。谓他人父，亦莫我顾。
绵绵葛藟，在河之涘。终远兄弟，谓他人母。谓他人母，亦莫我有。
绵绵葛藟，在河之漘。终远兄弟，谓他人昆。谓他人昆，亦莫我闻。

河水滋润，葛藟延绵生长

《葛藟》是一首异乡流浪者的哀叹之歌，文字简单却颇为伤感。诗歌共三章，运用《诗经》常见的一唱三叹的文学形式。

先品诗歌三章首句。"绵绵葛藟，在河之浒"，"绵绵"《毛诗》解为"长不绝之貌"，意指植物生长蔓延不断。"葛藟"是一种藤蔓植物，亦称野葡萄。"浒"指水边之意。"葛也藟也，生于河之厓，得其润泽以长大而不绝"（《毛诗郑笺》），即指河边有充足水源，葛藟得以滋润并蔓延生长。后两章此句也是相同意涵，只是各改一字。次章"在河之涘"，"涘"《说文解字》解为"水厓"，亦指水边。末章"在河之漘"，"漘"晋儒郭璞解为"厓上平坦而下水深者为湑",指临水的山崖,亦含水边之意。

流离失所,乞讨为生

诗歌三章次句,"终远兄弟","终"即"既",是已经之意。"兄弟,犹言族亲也"(《毛诗郑笺》),在此兄弟为泛指,指家族亲人。诗人远离故土亲人,如今望着河岸边茂盛延绵的葛藟,不禁哀叹起自己流离失所、漂流孤单的命运。"故人一去乡里,远其兄弟,则举目无亲,谁可因依"(方玉润《诗经原始》),连葛藟这样的植物都有河边堤岸可依靠攀缘,有河水滋润补充养分,而诗人却远离家人,身在异乡举目无亲,又可以依靠谁呢?诗人以葛藟起兴,自叹还不如这岸边自由生长的葛藟。

诗人流落异乡悲惨到何等境遇呢?"谓他人父""谓他人母""谓他人昆","昆"《毛诗》解为"兄也"。诗人在异乡流离失所,不仅没有生活的依靠也失去了为人的尊严,甚至悲惨到要称他人为父、为母、为兄的地步。历来有解释认为此诗是一位流落异乡以乞讨为生的底层流浪者所作,因为在乞讨时人会放下所有尊严,称他人为父母。这样的理解虽讲得通,但诗人未必真的就是一个乞丐,也有可能是流落异国生活窘迫,需要他人帮助。诗人为了生活,在万般无奈下,只得卑微地放低自己,称他人为父母兄长以获取救济。

无依无靠,无人关心

有人帮助诗人了吗?诗歌三章末句告诉读者,他人不仅未提供帮助,反而雪上加霜。"谓他人父,亦莫我顾","顾"是照顾、眷顾之意。朱熹在《诗集传》里讲,"己虽谓彼为父,而彼亦不我顾,则其穷也甚矣",意指诗人在异乡为了生存已卑微到哭爹喊娘的境遇,但即便如此,他人却依然连一点眷顾都未曾给他,可见诗人落魄艰难之甚。次章"谓他人母,亦莫我有","有"通"友","古者谓相亲曰'有'"(王念孙《广雅疏证》),古人称人与人间亲切友爱为"有"。诗人为得到异乡人的帮助而称呼他人为母亲,结果对方依然冷漠至极,连一丝友好之意也没有。末章"谓他人昆,亦莫我闻","闻"通"问",是恤问、关心之意。诗人放下尊严乞求他人,但没有得到任何体恤关心。这就是诗人在异乡真实的悲惨遭遇,世态炎凉、人情冷漠。全诗通篇"沉痛语,不忍卒读"(方玉润《诗经原始》)。

孤独的异乡情节

为何诗人会遭遇如此处境呢?历来认为其原因与当时平王东迁、王室衰微有着密不可分的关系。《毛诗》认为此诗是"王族刺平王也。周室道衰,弃其九族焉",意指诗人原是一位周朝贵族。周平王东迁使其亲人失散,曾经的贵族地位不复存在,诗人只得在异乡举目无亲、飘零流落,故而写下此诗讽刺平王。诗人原本身份是否贵族已不可考,但即使是普通百姓经历西周破灭的战火纷乱、东周迁都的背井离乡,被迫流离失所、无所依靠也是极有可能的。

除了背井离乡的客观之苦外,最可怕的还是时代环境对诗人的心理影响。诗人处在帝国末日分崩离析之时,内心充满了疏离孤独之感，异乡情节分外强烈。

首先，平王东迁后远离周朝宗族。周代从创立之初世世代代都在镐京，其宗庙也在镐京。中国古人非常重视祖先崇拜和宗庙制度。《左传》有言"凡邑有宗庙先君之主曰都，无曰邑"，意指一个国家的都城必须要建有宗庙以纪念先君，若无宗庙则不能称为都城，只是一座普通城邑。周朝宗庙在原都镐京，东迁洛阳后远离宗庙祖先，故在周朝臣民的心中洛阳只是东面的一座城邑，没有历史归属感。况且东迁之后中原纷乱，大量底层百姓由于战争而长期在外服役。曾苦心经营一辈子的幸福安定生活被战争瞬间毁之一炬，飘零流落的孤独异乡情节也油然而生。

其次，求助却得不到任何回应的无助之感对诗人的心理冲击也是极大的。诗歌三章反复提到诗人曾渴望寻求依靠和帮助，甚至放下尊严，但最终换来的却是人情冷漠。人是社会性动物，需要与他人产生交集。世界上最大的孤独便是发出任何呼唤都得不到回应。哪怕被人骂上几句，也好过无人理睬。

法国哲学家帕斯卡尔认为，孤独感和异乡情绪是扎根在每个人内心深处的，因为人类本身就很孤独，这源于我们每天都要面对寂静空洞、广袤无声的宇宙。"我被扔进这个无限浩瀚的空间之中，我对它无知，而它也不认识我，我被吓坏了。"（帕斯卡尔《思想录》）寂静广阔的宇宙对于人类任何一次热情交流的尝试都报以冷酷无言。人类和地球在宇宙中就像微弱的芦苇一般孤立无援。正是由于这种深深埋藏在人类意识深处的孤独无助感，人类才需要彼此友爱、互相支撑的社会环境，亲朋好友的存在是消除孤独感的重要因素。诗人身处异乡远离亲人，他每一次心底的呼唤都得不到他人的回应,就如被抛入广袤无边的宇宙一样,无论怎么做、怎么说,周围都只是一片寂静,笼罩着诗人的只有无尽的孤独,而他又无法挣脱。

此诗蕴含的孤独悲凉的异乡情节对后世文学也有一定影响,后人常用"葛藟"一词指代流亡他乡、无依无靠的状态。

采 葛

时间是心灵的延伸

彼采葛兮，一日不见，如三月兮！
彼采萧兮，一日不见，如三秋兮！
彼采艾兮，一日不见，如三岁兮！

王风

思念对象何许人也？

　　《采葛》是一首关于思念的内心独白。其文字简单至极，一共只三句，但其诗句直到如今还常被引用，可见其对后世影响之深。

　　首章"彼采葛兮"，"葛"是一种田野间常见的草本植物，也是与古代先民生活息息相关的植物。葛的应用甚广，其纤维可用来织布做衣。首句意为：那采葛之人啊！这位采葛之人是谁呢？正是诗人思念之人。思念到什么程度呢？"一日不见，如三月兮"，一天未见就好像过了三个月之久，此处"三"是虚数，即指多月。此句充分表达了诗人内心的煎熬，同时也写出了这位采葛之人在诗人心中地位之重。

次章"彼采萧兮","萧"通常认为指茵陈蒿,是一种充满香味的蒿类植物。朱熹在《诗集传》里解释,"有香气,祭则焫以报气",古人在祭祀时点燃用以熏香。末章"彼采艾兮","艾"也是一种蒿类植物,《毛诗》解"艾,所以疗疾",指艾是一种可用以治病的药草,据说其叶可用于制药或针灸。诗人所描述的采摘"葛""萧""艾"之人应是同一人,从这些植物描写可判断此人应是一位女子。因为古时采撷工作多由女子所作,男子一般从事重体力活。另外,葛可用来织布做衣,萧可用来祭祀熏香,艾可用来制药针灸,这些植物的用途涉及的工作内容在古时也多由女子从事。想必这位女子与诗人之间是情侣或爱人的关系,所以诗人对她才会如此思念至深。

一日未见,如隔三秋

诗歌三章后两句,诗人表达了对心爱女子的思念程度之深。三章描写层层递进,首章"一日不见,如三月兮"指诗人一天未见爱人就如隔了三个月那般漫长难耐。次章千古名句"一日不见,如三秋兮",意指一天未见爱人就如过了三个秋天。成语"一日不见,如隔三秋"便出自此诗,用来形容人与人之间思慕殷切,见不到对方便度日如年般煎熬。"三秋"到底指多长时间呢?唐代孔颖达解释,"年有四时,时皆三月,三秋谓九月也",意指一年有四季,每季有三月,"三秋"即指三个秋天,也就是九个月之久,所以这里比首章所讲的"三月"在时间跨度上更进一步。此解可备一说。古文中的"三"多为虚数,表示众多意,不必实解。末章此句"一日不见,如三岁兮","岁"指年。诗人对爱人的思念随着时间的推移愈加浓烈,常言道度日如年,诗人更是度一日如三年,可见其缠绵悱恻、痴心绝对。

既然一年有春夏秋冬四季,诗人为何不用"三春""三夏"或"三冬"作比呢?这就和秋天这一季节之特点有关。秋天是丰收的季节,也是万物萧瑟、枯萎凋谢的时节。每到这时,人们特别容易感伤。一方面看到大地丰收,再想到自己空空如也,事业或爱情如果还未有着落,不免伤心悲切。另一方面,秋季的植物开始衰败,这也激发起人们心中的无限失落忧伤。诗人是一位悲伤男子,心中思念着爱人,一天未见就如同过了好多个萧瑟落寞的秋天那般悲凉失望。

心理时间的文学共鸣

诗人殷切思念所爱之人,"三月""三秋""三岁"的递增,也将他内心的焦灼难耐表露无遗。尽管情绪如此热烈,文字却十分优雅、韵味十足。方玉润在《诗经原始》里评价,"雅韵欲流,遂成千秋佳语",一个人内心炙热的情感能用如此优雅婉转的语言表达出来,不可不说是绝妙之笔。正因如此,"一日不见,如三秋兮"的诗句才能久富生命力,成为流传千古的佳句。

另外值得注意的是,诗中描写的时间与现在理解的客观时间是完全不同的。客观时间一分一秒均匀流淌,诗中的时间却极富弹性,一天的时光可以变成三月之长,并随诗人情绪发展不断延长至"三秋""三年"之久。看似有悖常理的现象,却真实地唤起了每一位情感丰富的读者的内心共鸣,这也正是此诗最妙之处。

　　《卫风·河广》一诗曾提到过人对距离的主观感受，同样，时间当然也有其主观的一面。现在生活中还有这样的体验：人们常说"快乐的时光总是短暂"，比如与好友一同玩乐聚会时就感觉一天的时间过得很快，又比如焦虑地等待考试成绩时，即使五分钟也觉得漫长。这就是所谓的"心理时间"，即人们内心主观的时间。"心理时间"可以将过去、现在和将来互相渗透交织融合。人们越是进入自己的意识深处，客观时间就越不适用，主观时间就越有意义。在心里深处是没有过去、现在和将来的界线的。古罗马哲学家奥古斯丁说："正是在我的心里，我度量时间。"他认为时间就是一个人心灵的延伸。千万不可小觑人类潜意识对于时间的感知力和塑造力。唐代沈既济在小说《枕中记》中讲了这样一则故事：一位叫卢生的男子在家中煮小米饭时迷迷糊糊地睡着了，他梦见自己娶了美丽的妻子，考上进士又入朝为官，一路平步青云。之后连他的五个孩子也都做了高官、娶了富家千金，他子孙满堂一直活到八十岁得病去世，就在断气的那一刻他梦中惊醒，再看灶头上煮着的小米饭，还只是刚下锅时的样子。如果按客观时间计算的话，其实只过了三五分钟，而在卢生心里已经荣华富贵过完了一生，还过得如此真实，成语"黄粱一梦"即出于此。由此可见，一个人的心理时间与现实时间之间可以有着极大不同，这也正是人类心灵最迷人之处。心灵和现实的对比差异也是文学艺术创作取之不尽用之不竭的动人源泉。正是把握住了人类心灵共有的主观时间体验，此诗才会引发千古不衰的文学反响。

大 车

问世间情为何物？直教生死相许

大车槛槛，毳衣如菼。岂不尔思？畏子不敢。
大车哼哼，毳衣如璊。岂不尔思？畏子不奔。
榖则异室，死则同穴。谓予不信，有如皦日。

王风

先闻其声，后见其车

《大车》是一首坚贞不渝的爱情誓言。诗歌背后的故事比较模糊，历来有诸多不同猜想与诠释。

诗歌共三章，先品前两章。"大车槛槛"，"大车"是"大夫之车"（《毛诗》），即贵族所乘之马车。"槛槛"是象声词，形容马车行驶时车轮与路面碰撞的声音。"毳衣如菼"，"毳"指野兽身上的细毛，"毳衣"即指用兽毛制成的衣服。朱熹《诗集传》解释："毳衣，天子大夫之服。""菼"指柔嫩的青白色初生芦苇，在此指衣服颜色为淡青白色。诗歌首句描写了一位坐着马车、穿着毳衣的贵族大夫。次章首句也是类似描写。"大车哼哼"，"哼哼"《毛诗》

解为"重迟之貌",即马车行驶缓慢之貌。"毳衣如璊","璊"原意指红玉,在此亦指衣服颜色。次章的描写比前章在画面上更进一步,先闻其声后见其车,诗人先听见马车从远处行驶来的声响,再见其缓慢地从眼前经过。诗人可能早已在路边某处等待多时,由此可见其对车上这位贵族的感情并不一般。

征夫远行

首章后句"岂不尔思?"意为:怎么可能不思念你呢?"尔"指车上的贵族。很明显,他坐车是要离开,所以诗人才会道出思念之语。既然思念不舍,为何又要眼看对方离去不挽留呢?"畏子不敢","子"通常理解是指车上这位即将离开的贵族男子。此句意指诗人有让对方不离开的办法,只怕这位离人不敢去做。由此可判断诗人与车上这位贵族男子应是爱人关系。如今两人面临分离,诗人心中难舍难分,所以早早在路边等候马车到来又目送它缓缓远去。除不舍外,诗人心中更有些许哀怨,因为这场分离或许本可以避免,只是需要对方拿出勇气。诗人避免分离的方法是什么呢?次章末句道"畏子不奔","奔"原意指奔跑、逃跑,在此指男女为爱私奔。私奔是古时男女为捍卫爱情采取的最极端方式,由此可见诗人对这位男子用情至深。男子为何不敢与诗人一同私奔呢?况且诗中也没有交代这位贵族男子要离开的原因,这便给后世解读留下了很多想象空间。

我个人比较认同方玉润在《诗经原始》里的解读,他解此诗为"征夫叹也",认为车中男子因远征而与诗人别离。当时周王室衰微,天下纷乱诸侯相争。诗人的丈夫受王命远赴前线,何日归来遥遥无期。从"大车啍啍"一句所描写的马车缓慢行驶之状也说明男子心中并不愿离去，但却又无可奈何。诗人多希望男子能放下一切与自己私奔，可惜这却很难实现，并非是男子缺乏勇气，只是现实无奈。王命不可违，无情的战争和昏暗的乱世才是这场别离的罪魁祸首。

忠贞不渝，天地可鉴

此一别，两人便各处异地，不知何日才能重逢。但这场分别并不是爱情的终点，无法阻止爱人间的无限深情。诗歌末章，诗人道出心中坚定不移的爱情诺言。此章是升华之笔，令这场普通的别离更为凄美感人。"榖则异室"，"榖"本意指善、美之意。先秦书中常会出现"不榖"一词，通常是诸侯君主对于自己的谦称。中国自古即礼仪文化之邦，在表达上也谦虚含蓄，如君王称自己为"寡人"（即寡德之人）亦是类似谦称。"榖"在此引申为活着之意。"异室"指分居两室。此句诗人讲：即使与爱人不能再相处一室相依相伴，我也绝不变心，绝不放弃爱情。"死则同穴"亦是诗人对这份爱情的坚定誓言。"同穴者，约死之誓言。"（王先谦《诗三家义集疏》）"同穴"指合葬在同一墓穴之中，即便是死，诗人也要与丈夫葬在一起。"谓予不信，有如皦日"，"皦"是白色光明之意。白日为证，天地可鉴，诗人对于爱情的坚定信念至死不渝。

悲剧美学

末章诗人对于爱情的坚贞誓言非常决绝，令人印象深刻。

人生之别离，不是"生离"就是"死别"，诗人如今与爱人遭受着生离之苦，但立誓不愿死别，要与爱人合葬在一起。"问世间情为何物，直教生死相许。"一旦人的情感，尤其是爱情上升到以生死作为条件的程度，其悲剧之美就一下子表现了出来。

什么是悲剧？鲁迅曾说："悲剧就是将人生有价值的东西毁灭给人看。"每个人心中都渴望与爱人长相厮守的永恒爱情，可是在许多悲剧文学作品中，爱情是被毁灭的，如此产生的凄凉之美极其触动人心。《红楼梦》就描写了一段用死亡毁灭来成就的凄美爱情悲剧。宝玉和黛玉有着前世木石情缘，但最终有情人未能终成眷属，而是以毁灭性结局告终，黛玉将一生眼泪还尽而亡。这种悲剧文学将爱情的凄美表现得淋漓尽致。本诗亦是如此。诗歌开篇描写了爱人被残酷战争活生生撕裂，承受分别之苦。诗人最后说出"穀则异室，死则同穴"的决绝誓言，是在用死亡和毁灭来证明自己对爱情的忠贞不渝。这种悲剧文学背后传达出的人性之美，即使隔上千年也依然感人不已。

丘中有麻

难忘忆中人

丘中有麻,彼留子嗟。彼留子嗟,将其来施施。
丘中有麦,彼留子国。彼留子国,将其来食。
丘中有李,彼留之子。彼留之子,贻我佩玖。

王风

思贤之诗

　　此诗是《王风》中最令人难以琢磨的一首作品。诗歌文字简单,但文意并不明确。历来对此诗的诠释有诸多不同角度。最流行的观点认为这是一首思贤之诗,即乱世中有才能的贤士被放逐,百姓念之而作。《毛诗》和三家诗基本都持此观点,清儒方玉润在这种诠释的基础上作了更多引申。我们先从思贤之诗的角度来品读此诗。

　　诗歌首章"丘中有麻","丘"是土坡小山。"麻,谷名,子可食,皮可绩为布者"(朱熹《诗集传》),麻籽可食用,其皮可用以织布做衣。开篇诗人描写了山坡上的一片麻地,其用意是睹物思人，诗人后句也道出了所思之人。"彼留子嗟"，《毛诗》里解"留，大夫氏；子嗟，字也"，意指"留"是大夫姓氏，"子嗟"是其字，故诗人所思之人名叫留子嗟。马瑞辰在《毛诗传笺通释》里也考证道，"刘、留古通"，认为"留"在此指姓氏。这位留姓字子嗟的男子与这片麻地之间有何关联呢？"丘中垲埍之处，尽有麻麦草木，乃彼子嗟之所治。"（《毛诗》）山坡土丘原是土地较贫瘠之处，而今却种满麻麦，这都是因为留子嗟曾带领大家所种。由此，留子嗟应是一位贤能有德之士，他带领百姓一起开垦荒地山坡，种植农作物以丰富生活所需。如今周朝衰微政治昏暗，这位贤能之士也被放逐，所以百姓望着这片麻地便自然怀念起他。下句"彼留子嗟"，诗人又一次呼唤这位贤士的名字以表达内心思念之情。"将其来施施"，"将"意为请，"施施"在南方一些旧本《诗经》里只作一个"施"字。从与上下诗文对称的角度来看，单字似乎更适合。"施"在此是帮助、施舍之意。"言此麻麦草木，皆留子嗟之德教功劳，今虽放逐，且将复来以惠施我乎。"（王先谦《诗三家义集疏》）山坡上种植的麻麦草木都由贤士留子嗟带领大家开垦种植，都是他教化之功劳。如今他却被放逐，大家多希望能请他再回来相助，施予人们更多的恩惠。

"留子嗟"和"留子国"究竟为何人？

诗歌次章"丘中有麦"，诗人以山坡上的麦地起兴睹物思人，所思之人是"彼留子国"。次章所写之人并非首章中的留子嗟，而是留子国，此二人之间的关系则是千古疑案。《毛诗》认为"子国，子嗟父"，即留子国是留子嗟的父亲，历来同意并沿用这种解释的人不在少数，不过诗文中并未证实此点。我个人认为留子国可能是当地留姓家族的一位成员，他与留子嗟都是这一家族的青年子弟，且都贤德有才并给予当地百姓许多帮助，百姓对他们充满怀念之情。"彼留子国，将其来食"，"食"作动词用，意为给人食物吃。百姓爱戴留姓家的有为青年，所以盼望他们能早日回来。如今山坡上的麦子也要成熟，盼望他们到老乡家一起吃顿饭。吃饭是中国人特有的社交文化，请客吃饭在中国可不是简单解决温饱而已，而是一种联络感情的特别方式。中国人的饭桌和西方不同，西餐是一人一份，而中国人则自古就有"共食"文化，大伙儿一起吃一大桌子菜。中国人最重视大家聚在一起吃饭的过程，而非吃本身。吃什么不重要，聚在一起才最重要。盛着同一锅里的饭，夹着同一盆里的菜，喝着同一碗里的汤，人与人之间的情感就像亲人一样亲近。因此，诗人希望留子国能早日回来，请他吃上一顿饭，表达内心对他的亲近爱戴之意。

忆中人归来

诗歌末章"丘中有李，彼留之子"，"李"是李树。此时已到第二年春夏季节，山坡上李树茂盛生长。"彼留之子"即指留姓小伙，泛指留姓家族的贤能子弟而非具体某一人。经过漫长的时间，诗人始终充满着怀念期待之情。"贻我佩玖"，"贻"是赠送之意。"佩"即随身玉佩。"玖"指类似玉的黑色宝石。诗歌末章没有再用"将"，而是写道：在山坡李树繁茂之时，留姓子弟赠与诗人佩玉。因此，很有可能此时诗人所殷切怀念的留姓贤士已经回来，赠送佩玉的举动也透露着一丝忆中人归来的喜悦之情。

招贤借隐说

诗人通过山坡上种植的麻麦草木见物起兴、睹物思人，写出了百姓对于留姓家族贤能子弟的怀念之情，并希望他们能够早日回来继续帮助百姓从事日常的劳作，从而治理一方土地，成就平安富足的生活。诗歌最后似乎写到了忆中人的回归，可说是圆满的结局。方玉润则在此诠释基础上更进一步，认为此诗是一首招贤借隐之作。当时天下纷乱，诗人是一位贤能之士，他选择在乱世中归隐山林，同时也号召其他贤能之士与他一同归隐。诗中他对同道贤能之士说："看那山野里的麻可用来食用制衣，山野的小麦可以饱腹。真希望你们快来与我一同归隐，在山林间自由自在地生活，远离乱世岂不是不亦乐乎？而且我们还可互赠桃李玉佩以表亲近友好。"方玉润的这种诠释是在百姓思贤的基础上做了一个反向理解，亦可自圆其说。

情诗说

古代男女相爱定情时，男方通常会赠与女子随身玉佩以表真心，所以历来对此诗最后"贻我佩玖"一句就引发了此诗可能为一首男女间的情诗的理解角度。这一诠释在当代较为主流，即认为此诗是一位女子在山丘田野中等待爱慕对象时所作。最后女子也等到了心仪的男子，对方还赠送她玉佩作为定情之物。这种解释似乎也说得通，但这里一个最大的问题是：诗歌前两章分别出现留子嗟和留子国两人，诗人在一首情诗里怎会思念两位不同的心仪对象呢？历来也有很多学者试图加以解释，有人认为留子国是留子嗟的父亲，如此一来首章诗人希望心爱之人留子嗟归来，次章则是诗人想请未来的公公留子国吃饭，虽也能自圆其说，但仍有些牵强。不论此诗是思贤诗还是情诗，诗歌所表达的诗人对于忆中人的无限怀念之情却是非常明显的。

王风

郑风

缁 衣

平凡温馨，赠衣寄真情

缁衣之宜兮，敝，予又改为兮。适子之馆兮，还，予授子之粲兮。
缁衣之好兮，敝，予又改造兮。适子之馆兮，还，予授子之粲兮。
缁衣之席兮，敝，予又改作兮。适子之馆兮，还，予授子之粲兮。

郑风

郑国往事

郑国开国君主郑桓公是周宣王之弟，故郑国也是姬姓国，与周王室同宗同姓。周宣王继位后封其弟郑桓公于郑地建国，当时郑地位于现今陕西省境内。虽说是封地，但这片土地靠近周王室都城，仍被王室控制，所以郑国起初只能算是畿内诸侯，即周天子辖地范围内的诸侯国，不算真正独立。周幽王继位后任命郑桓公为周朝司徒。司徒是上古时的重要朝廷官职，掌管全国土地人民，权力极大。后幽王宠幸褒姒，误国误政。郑桓公眼看西周形势走衰，就开始筹谋保全自身。他仗着自己王室司徒之位，连哄带骗加威胁迫使当时虢、郐两个小国献出十城。郑国以此十城为基础，拥有了真正独立建国的根基。后犬戎入侵，幽王被杀，西周灭亡，郑桓公也在这场战争中死去，其子郑武公继位。平王东迁后，郑武公借虢、郐两国所献十城为立足点，鸠占鹊巢，灭虢、郐二国并迁国都至郐，即现今河南新郑。从此郑国正式成为一个独立于周王室辖地范围之外的诸侯国。新郑地处溱、洧两河间。《汉书·地理志》讲古代郑地，"土狭而险，山居谷汲，男女亟聚会，故其俗淫"，意指郑国地理狭窄险要，人们住在山林峡谷间，民间男女经常游玩相会，文化习俗较为开放。故《郑风》多是男女言情之作，这也是其最大特点。

华夏服装文化

《郑风》首篇《缁衣》现在通常被认为是一首夫妻间表达爱意的赠衣情诗。诗歌共三章，每章文字重复，只是略改几字。

先品诗歌三章首句。"缁衣之宜兮"，"缁"指黑色。《周礼·考工记》记载："三入为纁，五入为緅，七入为缁。"古人染布，复染三遍所出颜色为纁，即深红色；复染五遍后颜色更重，为緅，即深青色；复染七遍最后得缁色，即深黑色。如此细分可见中国古人对于服装色彩的考究，这也是中华民族最引以为傲的文化。中国之所以称为"华夏"，也与服装色彩有关。《尚书》里讲："冕服采装曰华，大国曰夏。""华"即指服饰华彩之美，自古以来美丽的服饰冠冕是中国人区别于周边国家的文化特点之一。现在许多人爱穿西服洋装，但若了解一下中国古人的服装，就会发现其博大精深、灿烂丰富，从材料到颜色再到着装场合极为讲究。诗中所讲"缁衣"，即黑衣，这一颜色经重重步骤染色而成，当然绝非一般平民百姓所穿，而是"卿士听朝之正服也"（《毛诗》），即贵族卿士朝堂时所穿官服。"宜"意为合身得体。

爱人赠衣之情

"敝，予又改为兮"，"敝"是破敝之意，指衣服破旧不堪。"予又改为兮"，"改为"意为重新制作。诗人仔细端详着这位身穿缁衣的男子，感叹道：你穿这身衣服实在合适不过。如果穿旧穿坏，我再给你重新做一身。此句中诗人与这位身着缁衣男子之间的亲密关系也浮出水面。古时织布做衣一般出自妇女之手，所以诗人很有可能是这位男子之妻。丈夫一早上朝忙公务，诗人为他打理衣装，望着丈夫身穿缁衣合身得体、一表人才，她心中充满爱慕之情。作为妻子，诗人对丈夫十分关心，所以才对他说若衣服破旧了，再亲手为他做一身新衣。这点滴的爱意在字里行间表露无遗。后两章首句亦是相同意涵。次章"缁衣之好兮，敝，予又改造兮"，"好"是美好之意。"造"与上章"为"相同，都是制作之意。末章"缁衣之蓆兮，敝，予又改作兮"，"蓆"《毛诗》解为"大也"，指衣服宽大。此处说衣服宽大并非指其不合身。中国古人服饰以宽大为美，直到如今我们形容有气质的人还称其"风度翩翩"，即指服饰宽大飘逸之貌。中国自古文人雅士特别推崇潇洒飘逸之美，追求衣服宽松，尤其是袖子肥大。汉民族服装中的标志性宽袖除飘逸潇洒外，也有其实用价值，如能用来置物，古人许多随身物品都塞于袖内。这种宽松的服装亦有不便，如不适合运动劳作，打仗作战时尤为累赘。到了战国时期，战争频繁的中原人开始了服装改革，学习周边游牧民族，出现了紧身服装及收口窄袖。不过士大夫、文人雅士的平时着装，还是以宽大飘逸洒脱为主。所以诗中"蓆"是指衣服宽大而美之意。后文"改作"也与前两章"改为""改造"同意。诗歌三章首句都写出诗人与身着缁衣男子之间的亲密之情，故当下多认为此诗描写的是爱人之间的赠衣之情。

嘘寒问暖，多加餐饭

诗歌三章次句重复三遍，进一步表达了诗人与丈夫的深厚情谊。"适子之馆兮"，"适"是前往之意。"馆"指这位男子的办公场所。诗人帮丈夫整理完衣装后，充满爱意地嘱咐说：你赶紧去上朝忙公务吧，记得要早点回来呀。接下来的"还"意指归来。诗人盼着丈夫早点回来干什么呢？"予授子之粲兮"，"粲"通"餐"，意指等丈夫退朝归来后，诗人要为他做一顿美餐。三章首句都描写了诗人对爱人着装的关心，次句则充满了家庭气息。丈夫劳累忙于公务，诗人在家中做好可口餐饭，嘱咐对方早点回来一同享用。从关心衣装冷暖到照顾餐饭饥饱，诗人真是一位贤良淑德、温柔体贴、无微不至的好妻子。"粲"历来还有另解，闻一多在《风诗类钞》中讲，"粲，新也，谓新衣"，认为"粲"在此是鲜明崭新之意，即指代新衣。如此一来，诗歌末句就意为诗人要为爱人制作新衣。这样解释当然也说得通，但我个人认为每章若前后接连两句都写衣装似乎有重复之感，不如解为餐饭更能全面体现出夫妻间的浓浓爱意。

好贤如缁衣

此诗背后的故事还有不同诠释。在古时，未必一定是爱人之间才会互相赠衣，君臣之间也可赠衣。古时君王常会赠予下臣礼服，作为对其工作的认可。除赐衣外，赏赐下属餐饭也很常见。在那个物资匮乏的年代，衣服和食物都是常见赠礼。诗中"予授子之粲兮"一句的"授"是授予之意，一般也用于上级对下属的赐予，不太用于夫妻之间。尤其在中国古代家庭里男尊女卑，故"授"从妻子口中讲出也未必合适。故《礼记》解此诗主旨为"好贤如缁衣"，即认为此诗是为赞颂君主礼贤下士而作。历来多认为诗中这位君主是指郑武公。他对贤德人才关心备至，看到下属衣服穿得破旧，就下令为其做套新衣。诗中"适子之馆兮"一句则被解为郑武公亲自赴贤能君子家中，等他归来并请他吃一顿情意浓浓的君臣饭。这种诠释在古时影响很大，《毛诗》和三家诗也都是从君主礼贤下士的角度来理解此诗的。当然不论是爱人间的赠衣诗也好，还是君臣间的爱贤诗也好，读者都能从中体会到的温暖体贴、融洽和谐的美好情谊。

将仲子

嘴上说不要,行为很诚实

将仲子兮,无逾我里,无折我树杞。岂敢爱之?畏我父母。仲可怀也,父母之言,亦可畏也。

将仲子兮,无逾我墙,无折我树桑。岂敢爱之?畏我诸兄。仲可怀也,诸兄之言,亦可畏也。

将仲子兮,无逾我园,无折我树檀。岂敢爱之?畏人之多言。仲可怀也,人之多言,亦可畏也。

里和社

《将仲子》一诗非常有趣,当下解读多认为此诗讲述一位闺阁中的女子拒绝对自己热烈追求、爱慕无比的男子的故事。有趣之处在于,此诗绝非一首简单的爱情拒绝诗,字里行间透漏出这位女子复杂微妙的心理。

诗歌共三章,先品三章首句。"将仲子兮","将"意为请。古人家中子女排行从长至幼依次称伯、仲、叔、季,"仲"即指追求诗人的男子在家中排行第二。开篇诗人在请求男子，请求他做什么呢？"无逾我里"，"二十五家为里"（《毛诗》），古时五家称"邻"，五邻称"里"，里是一个较完整的小单位居民群落。有说古人在里外会建围墙，其实未必，可能只是以村落田头的分界线作为群落边界。"逾"即跨越之意。诗人请求男子不要越过里界跑到自己所在的村子里来。他为何要越界而来呢？当然是爱情的驱使。"无折我树杞"，"杞"指杞树，有说是杞柳。马瑞辰在《毛诗传笺通释》里讲："古者社必树木，里即社也，杞即社所树木也。"古代里也称"社"，社指社神，即土地神，每个居民群落都有祭社神之庙。社庙周边一定会种植树木，杞树就是社庙边所种的树木。面对这位热情的男子，目前诗人是持拒绝的态度，所以才会请求他不要越过里界，不要弄伤种植在里界的杞树，不要因为爱情冲昏头脑、鲁莽冲动。

嘴上说不要，行为很诚实

首章首句诗人面对追求者的态度似乎是拒绝之意。次章首句"将仲子兮，无逾我墙，无折我树桑"，与上章相比只改动二字，但却改得意味深长。"墙"指围墙，即女子家的围墙。"桑"是桑树，"古者桑树依墙"（王先谦《诗三家义集疏》），古人都会在家园墙边种桑。诗人请求对方不要翻过围墙，不要因翻墙而弄折桑树。诗歌至此，读者应该都意识到这文字背后的耐人寻味之处。诗人真的是在拒绝对方吗？按理说若真心拒绝应是越拒越远，怎么对方反而越走越近了？上章对方还在村头里界，现在却已到诗人家围墙下了。末章"将仲子兮，无逾我园，无折我树檀","园"指家中的园子,园中种有檀树。此句在位置上又更进一步,对方已经翻入围墙,直接来到诗人家的园中。此时诗人还再请求对方不要进入园内,不要弄折园中檀树。从村头到围墙再到园中,诗人似乎不是在拒绝对方,而是在迎接带路。现在的流行语"嘴上说不要,行为很诚实",借以形容诗人再适合不过。她完全是口是心非,嘴上一直拒绝对方,行为上却一路从村头把男子带回了家。历来很多人解释此诗为一首女子婉转拒绝男子的诗歌,其实并非如此。这完全是一首青年男女的幽会情诗。末章讲到的花园就是他们最终幽会的地点。古代男女美好的爱情故事大都在园子里发生。那里树木繁茂,百花盛开,象征着青春绽放,是古时男女幽会的绝佳地点。此诗中的这对青年男女正是一对坠入爱河的恋人。诗人悄悄地将心爱的小伙带到自家后院的园中私会,但她心中又极其矛盾。因此嘴里总是拒绝,好像一副不情愿之态,但行为上却半推半就,欲拒还迎。诗人之所以这样做除了出于女生的矜持之外,还有另一方面的原因。

心理与现实相呼应

首章次句"岂敢爱之?畏我父母","之"指前句所提杞树。诗人对男子解释说之所以不让他越过里界,并非是她心里爱惜杞树,怕其被折坏,真正的原因是害怕父母。为何害怕父母呢?"仲可怀也,父母之言,亦可畏也。""仲"即指男子,"怀"是牵挂、思念之意。诗人心中牵挂男子,想与他见面约会,但又害怕"父母之言",即父母的责备。他们一定责备诗人不遵守婚姻之礼,私会情人。古时男女之间的婚姻都讲求"父母之命,媒妁之言"。《孟子》里讲:"不待父母之命,媒妁之言,钻穴隙相窥,逾墙相从,则父母国人皆贱之。"这句话意指,古时如果男女之间恋爱不遵守父母之命、媒妁之言,私自幽会会被父母亲人甚至邻里街坊集体谴责。迫于礼教压力,诗人才会如此嘴上婉言谢绝对方。后两章此句也是相同意涵,且在文字上层层深入。次章"岂敢爱之?畏我诸兄。仲可怀也,诸兄之言,亦可畏也",诗人从害怕父母,讲到了害怕兄弟,其实是泛指惧怕家中亲人的责备。末章"岂敢爱之?畏人之多言。仲可怀也,人之多言,亦可畏也",诗人从家里亲人又进一步讲到邻里之间的冷眼谴责。"由逾里而墙而园,仲之来也以渐而迫也。由父母而诸兄而众人,女之畏也以渐而远也。"(徐常吉)诗歌三章层次递进分明,男子从村头里界到女子家的围墙再到家中花园,诗人带着男子越走越近。在这一过程中,诗人心理压力也越来越大,起初只是害怕父母责备,而后想到亲人谴责,最后害怕邻里的流言蜚语和指指点点。诗人带着男子每走近一步,她担心害怕的范围也扩大一点,这种文学手法所表现出的心理感受与现实空间相互对应的层层递进精彩至极。

认知失调

古希腊哲学家苏格拉底曾说:"知识即美德。"他认为人之所以会做违背伦理道德的错事是因为他不知道自己犯了错。他坚信人若知道自己所做是错事就绝不会去做。犯错的原因是缺乏相关的道德知识因而不知自己正在做一件错事。苏格拉底的这种观点其实并未考虑到人的情感和现实之间的矛盾。此诗就是一个明显的反例，诗人难道心中不知她这样与男生幽会违反当时社会的伦理吗？她当然具备这方面的道德知识，但是人有情感，不可能做到绝对理性。现代心理学有个概念叫"认知失调"，指一个人在同一时间有着两种相矛盾的想法，因而产生纠结、紧张的状态。诗人面临的就是一种认知失调的心理状态，一方面内心爱慕眼前这位男子，想和他恋爱约会；另一方面又害怕自己违背礼教被父母亲人责备、被外人邻居耻笑。这两种想法是矛盾而不可调和的，情与理之间徘徊两难的局面造成了诗人心理认知上的失调。正是这一番诗人心理上复杂而微妙的冲突，造就了此诗独有的文学魅力。

叔于田

我的眼里只有你

叔于田，巷无居人。岂无居人？不如叔也，洵美且仁。
叔于狩，巷无饮酒。岂无饮酒？不如叔也，洵美且好。
叔适野，巷无服马。岂无服马？不如叔也，洵美且武。

郑风

空巷的悬疑

《叔于田》通常被认为是一首女子赞美心爱的猎人的情歌。诗歌三章反复，一唱三叹，其特别之处在于文学上使用了极其精彩的反衬手法，用以表达诗人对爱人的炽热爱慕之情。

先品诗歌三章首句。"叔于田"，"叔"指诗人的爱慕之人在家中排行老三。"于田"指去郊外田野打猎。诗歌首句就点出了青年男子的身份，即一位猎人。"巷无居人"，"巷"在王先谦《诗三家义集疏》中解释："古者居必同里，里门之内，家门之外，则巷道也。"古人二十五家称"里"，是一个完整的居民群落单位，在里之内，每户人家门口有一条贯穿的道路，称为"巷"。

此句指青年猎人出门打猎后，他居住之处的街头巷尾就没有了人影。次章首句也是类似涵义，"叔于狩，巷无饮酒"。"狩又为田猎之通称，于狩犹于田也"（马瑞辰《毛诗传笺通释》），"狩"是古人对田猎的通称，亦指打猎之意。此句描写这位青年外出狩猎后，巷子里一片冷清，无人饮酒作乐。末章"叔适野，巷无服马"，"适"意为去，"野"指野外。青年去往野外打猎后，街头巷尾竟没有人能驾驭马车了。此处"服"应解为驾驭之意，因为在春秋时古人还未直接骑马，真正骑马始于战国。早期古人用马拉车，人在车上驾驭马匹，故"服马"不应解为骑马，而应是驾驭马车之意。三章首句写得非常有意思，诗人描写他爱慕的年轻猎人外出打猎后，街头巷尾空空如也，喝酒作乐的人也消失了，驾驭马车的人也不见踪影，这究竟是怎么一回事呢？这一笔精彩的悬念，让诗歌显得更引人入胜。令读者迫不及待地想要读下去一探究竟。

乡遂制度

先穿插介绍一个小知识点，以便更好地理解此诗。诗歌末章"叔适野"，"野"是有特别意涵的。阅读先秦古文时，经常会读到"国""郊""野"等，"郊"和"野"之间有何区别呢？其实并非简单地指"郊外"或"野外"之意，它们的意涵与周代乡遂制度有着密切关联。

乡遂制度是周代的社会区域划分制度。当时以君主王室所在地为中心进行区域划分，不同区域有不同称呼，所居住之人亦有不同身份等级。总的来说，周代每个国家的地域都可分为"国"

和"野"两大区域。"国"指王城国都,即城市中心区域,而"野"指远离国都的广大野外。"国"和"野"之间的分界区域称为"郊"。"郊"有交界之意,因为它最初所指的就是"国""野"的交界处。在当时社会制度下,"国"以及其周边的"郊"被统称为"乡",而"郊"外的"野"被称为"遂",即产生了"乡遂制度"。"乡遂制度"不单是区域划分,其中所居住之人也有不同身份。居住在"乡"的人民称为"国人",地位相对较高,而居住在"遂""野"的百姓,被称为"野民"或"氓"。"氓"在之前诗歌《氓》中出现过,指的就是生活在"野"的庶民。这些"野民"都是底层劳动者,他们最大的任务是耕种土地。《孟子》里讲,"无君子莫治野人,无野人莫养君子",意指居住在"国""郊"之内的"国人""君子"是统治者,而居住在外的"野民"则是被统治者。"野民"辛勤劳作是为供给、养活"国人、君子"。"国人、君子"的职责是保卫国土、参加战斗,所以春秋之前的战场主力都是有一定身份的"国人、君子"。理解"国""郊""野"的涵义,有助于更好地理解此诗及其他先秦古文。

我的眼里只有你

诗歌三章后半部分,"岂无居人?"诗人将读者会产生的疑问写了出来。青年外出打猎后,难道真的巷内没有人了吗?当然不是,诗人写无人的真正原因在于"不如叔也"。青年外出之后,巷子里当然有剩下的人,只是那些人都不如他啊!在诗人眼中,就算再熙熙攘攘的街道,若没有心爱之人,也变得空荡冷清、毫无生气。他究竟有什么好呢？"洵美且仁"，"洵"即确实之意，"仁"指温柔宽厚之意。青年猎人既英俊美丽又温柔宽厚，怎不叫人喜爱呢？诗人爱他已到如此疯狂的程度，眼里只有他，以至于其他人对她来说就如空气一样。他的离开令诗人心中无比空虚，而这一份空虚也只有爱人才能填满。诗歌后两章后半部分也是相同意涵。次章"岂无饮酒？不如叔也，洵美且好"，青年走后，并非巷中无人饮酒，只是其他人都不如他那般俊美优秀。古人重视品酒鉴人，酒后很能显现出一个人的真实性情，有些人会疯疯癫癫、失礼失德，而君子无论在什么状态下都能保持理智，从不失态。诗人在此很有可能是在赞扬心爱之人喝酒有度，始终温柔敦厚、风度翩翩。末章"岂无服马？不如叔也，洵美且武"，诗人眼中的他驾驭马车时潇洒英武，令人爱慕不已，是他人所不能及的。驾驭马车是周代贵族青年需学习掌握的一项基本技能。古人学习"六艺"，即礼、乐、射、御、书、数。"礼"即礼仪，"乐"即音乐，"射"即射箭，"御"即驾驭马车，"书"即书写、识字等文化技能，"数"即算数。这六种技能是古代贵族青年必须掌握的。由此可见诗人爱慕的男子的确年轻有为、出类拔萃。

反衬的文学手法

此诗的特别之处在于运用了反衬的文学笔法，诗人并非直接写自己爱慕的青年多么优秀，而是反衬地写出没有这位男子时，诗人所看到的世界是如此荒芜，诗人的内心是如此空洞，诗人的眼中只有此人而别无他人。这种以虚写实的文学笔法，通过反衬对比将诗人内心的爱意表达得更为深刻、愈加绵长。

后世文学里也有诸多运用与此诗类似的文学反衬笔法,如唐代元稹怀念亡妻的著名诗句"曾经沧海难为水,除却巫山不是云",意指曾经到临过沧海,别处的水就不足为顾,除了巫山,别处的云便不称为云。元稹心中的已故爱人正是那"沧海""巫山",爱过她之后,他再也不可能爱上别人。这份对爱的执着令人动容,感动千古。其中使用的精彩的文学反衬笔法,也值得我们在文学创作中学习借鉴。

大叔于田(一)

中国第一角斗士

叔于田,乘乘马。执辔如组,两骖如舞。叔在薮,火烈具举。襢裼暴虎,献于公所。将叔无狃,戒其伤女。

叔于田,乘乘黄。两服上襄,两骖雁行。叔在薮,火烈具扬。叔善射忌,又良御忌。抑磬控忌,抑纵送忌。

叔于田,乘乘鸨。两服齐首,两骖如手。叔在薮,火烈具阜。叔马慢忌,叔发罕忌。抑释掤忌,抑鬯弓忌。

郑风

两首《叔于田》之间的关系

《郑风》中接连两首诗的标题里都有"叔于田",此首《大叔于田》与之前的《叔于田》有何关系呢?首先,关于此诗标题里的"大",马瑞辰在《毛诗传笺通释》里解释道:"古通以长为大,谓此诗较前《叔于田》篇为长,故言大以别之。"《诗经》中的诗歌原本都无题,标题为后人整理时所加,大多选诗歌首句字词为题。若按后人给《诗经》诸篇命名的方式来说,此诗应也取第一句为题，即《叔于田》，不过由于此诗篇幅较之前一首《叔于田》更长，古时"大"通"长"，故在此篇标题前加上"大"以示与前诗之区别。

两首"叔于田"的诗歌内容都以青年猎人捕猎为主题，但也有明显不同。前首在文学上主要是以虚写实，描写青年男子外出捕猎后，诗人望着熙熙攘攘的街头巷尾，内心却空荡荒芜，以此反衬出诗人对男子的爱慕之情。本诗中，诗人则直接作为一场精彩狩猎活动的亲历者，极其细致地描写了一位青年男子狩猎的完整过程，在文学上"描摹工艳，铺张亦复淋漓尽致，便为《长杨》《羽猎》之祖"（姚际恒《诗经通论》）。《长杨赋》《羽猎赋》都是汉代辞赋家扬雄的名作，用极其华丽的辞赋文体描写狩猎场景，而此诗的文字也细腻丰富、刻画生动，将古代贵族青年狩猎的诸多细节淋漓尽致地描绘出来，故被称为后世《长杨赋》《羽猎赋》等辞赋名作的开山之祖。

驾车出猎，英姿飒爽

本诗共三章，先品每章首句。"叔于田，乘乘马。"与前诗类似，这位家中排行老三的青年要外出打猎。两个"乘"，前者作动词，表乘坐马车之意，后者作名字用，意为马车。春秋时的马车若称"一乘"，则包含一辆车和四匹马，车上一般坐三人，驾车人坐中间，贵族在左，陪驾侍卫在右。若是作战所用马车，一乘还要配上七十二步卒，围绕在侧保护马车，再加后勤人员二十五人，共百人。由此可见，古时贵族出行阵仗之盛。所以在春秋战国时，国家实力都按马车数量计算。成语"千乘之国"，即用马车数量极多来形容国力之强大。诗中贵族青年坐马车外出打猎，打猎出行未必像战争时有百人随行，但其阵仗也不会小。首章所讲"乘马"是统写，下两章首句就细节描写出了马匹的毛色。次章"乘乘黄"，"黄，马之上色也"（方玉润《诗经原始》），黄色是上成好马之毛色。末章"乘乘鸨"，"鸨"指马匹毛色黑白相间，亦是色泽的细节描写。

　　诗人除了描写马匹毛色外，还极其细腻形象地描写了青年乘坐马车出行及狩猎过程中，高超的驾驶马车技巧和马匹运动时整齐有序又姿态灵动之状态。首章第三句"执辔如组"，"辔"指缰绳，"组"是编织的丝线。青年驾驭马车技艺娴熟，手执缰绳控制马匹行进需要力量与技巧，而他却好像拿着丝线一般轻松。"两骖如舞"，古时一乘马车由四马并列牵拉前行，左右外侧二马称"骖"。"如舞"二字"盖谓骖马安行，如舞者之有行列，从容中节也"（王先谦《诗三家义集疏》）。青年驾马技艺实在高超，外侧两匹骖马就如灵动舞者一般，前行时从容自如又整齐有序。舞蹈尤其是多人的舞蹈，最注重的是整齐划一。一群舞者只有达到动作高度统一才有美感。诗中青年驾驭的两匹高速行进的骖马在正是步调和谐统一、整齐优雅。"两骖如舞"亦是对马匹行进状态的总写，后两章此句则更作了进一步的深入描写。次章"两服上襄，两骖雁行"，四马位置处于中间的两匹称"服"。"上"意为前，"上襄"即指中间两匹服马并驾齐驱，跑动时稍微在队列中突出靠前。左右两侧骖马则如"雁行"，"雁行者，言与中服相次序"（《毛诗郑笺》），即指两侧骖马位置相对服马靠后，如大雁群飞时的"人字形"行列一样整齐划一。末章"两服

郑风

齐首，两骖如手"也是同样涵义，只不过换了一种比喻方式。"齐者等也，等着同也，同即如也"（马瑞辰《毛诗传笺通释》），"齐"意为如同，"首"即头。两匹服马就如人的头部一样冲在最前，两侧骖马如人之双臂，位置稍后但对称整齐地在两侧跟随服马并驾齐驱。前章用大雁飞行时的整齐行列作比，此章用人的头和双臂等肢体位置作比，再加上首章用舞者作比马匹行进时的统一与美感，可见诗人在文字上的细腻丰富，将贵族青年驾驶马车时英姿飒爽的潇洒姿态刻画得生动无比。

徒手搏兽，英勇无比

诗歌在描写青年驾马车出行时的潇洒姿态和高超驾马技艺后，开始描写打猎的具体过程。首章的后半章"叔在薮"，"薮，泽，禽之府也"（《毛诗》），即草木繁多的湿地，这里是指诸多禽鸟野兽的藏身之所，也就是打猎的围场。古人极富智慧，狩猎前先将隐藏在草木中的猎物驱赶出来。如何驱赶呢？"火烈具举"，"举"意为起。猎手点燃熊熊烈火熏烧草丛，隐藏其中的猎物难耐炙热火焰、浓烟熏烤，纷纷逃窜而出，如此便可开始狩猎。"襢裼暴虎"是描写青年上阵狩猎之场景。"襢裼"指脱去衣服，光着膀子。"暴"朱熹《诗集传》解为"空手搏兽也"。"虎"并非实指老虎，而是泛指猛兽。这位青年猎手威武勇猛，不用任何兵器，光着膀子冲入猎场与野兽肉搏。他如此拼命一方面是对自己的能力信心十足，另一方面也是为表现自己的勇猛非凡。捕获的猎物要"献于公所"，即献给国君统治者以表衷心。试想此时此刻，在边上观看这位青年猎人的随从都是什么状态呢？他们一定都紧张至极，毕竟青年与猛兽肉搏是非常危险的。大家都为他捏了一把汗，目不转睛地观战。有些人为了青年的安危，还在一旁时刻提醒："将叔无狃，戒其伤女。""将"意为请。"狃"原意是习，"习"繁体上半部是"羽"，即指鸟儿练习飞翔时不断挥动翅膀，在此引申为多次练习后熟练之意。"无狃"即指不要因熟练而麻痹大意。"戒"是警惕、防备之意。众人在旁提醒青年：千万不可麻痹大意！请时刻保持警惕，不要让猛兽伤到自己。我认为此句是本诗最精彩的一笔，诗人一下子将读者的视线从青年猎手转移到他身边众人。若全诗始终描写青年的勇猛威武，则不免单调乏味。这一笔换位，借用青年身边人紧张的状态、言语的提醒来侧面写出捕猎时惊心动魄的场面，极具文学张力，也更进一步写出青年的英勇非凡。

大叔于田（二）

张弛有度，君子之道

善于射御，张弛有度

诗歌次章后半部分，诗人进一步描写青年驾驭马车追击捕猎的娴熟技艺。"叔在薮，火烈具扬"，"扬"意为"举火而扬其光耳"（孔颖达），即指此时猎场中烈火烧得更为猛烈，野兽已无处躲藏。青年此时发挥出他高超的驾车射箭技艺。"叔善射忌，又良御忌"是一句总写。诗人在一旁感叹青年既善于射箭，又善于驾驭马车。一边驾驶马匹追赶猎物一边射箭百步穿杨是很难做到的，可见青年捕猎技巧之精湛。后句"抑磬控忌，抑纵送忌"是对青年精湛技巧的细节描写。"抑"是发语词，无实际涵义。"磬"是一种古代乐器，为一片弯折的石器，可敲击出悦耳动听之声。此处借"磬"的外形来形容青年的体态，描写他在驾驭马车时身躯弯曲之貌。"控"是控制之意。"忌"是句尾语气词。青年驾驭马车时身体前屈弯腰勒紧缰绳，以便控制马速。"抑纵送忌"，"纵送"指放纵缰绳，让马快跑。此句进一步描写青年驾驶马车捕猎时忽快忽慢且张弛有度，体现了运动中的完美控制力。驾驭技巧的核心在于控制，诗歌

郑风

之前描写青年控制马匹行进如舞者般优雅地保持整齐划一，此处则描写他在捕猎时，根据猎物的移动完美地控制马匹速度，一张一弛、驾轻就熟。聪明的猎物有各自逃脱的法子，优秀的猎手应运用技巧和控制而非蛮力捕捉猎物。海明威的小说《老人与海》中讲述了老人圣地亚哥在海中遭遇一条巨大的马林鱼，花了两天两夜才将其捕获的故事。书中描写了钓鱼的技艺，并非鱼一上钩就拼命拉线，而是有许多迂回的捕鱼技巧以防止鱼线被扯断，时而放松时而收紧，这需要捕手掌握绝佳的控制力而非蛮力。诗中青年猎手也正是如此，比起之前描写他徒手与野兽搏斗的勇猛，此章诗人更进一层，写出在狩猎过程中勇猛只是基础，张弛有度才是猎手真正的智慧。《论语》里有一则故事，子路问孔子："老师，若让您率领军队作战，会挑选怎样的人一起共事呢？"孔子答道："暴虎冯河，死而无悔者，吾不与也。必也临事而惧，好谋而成者也。"意思是说那些赤手空拳和野兽搏斗、不坐船就过河的人虽然勇敢不惧死，但是孔子不会和他们共事。因为他们虽然勇敢拼命，但只是匹夫之勇，缺乏谋略与控制力，故难成大事。真正的君子除了勇气之外，还要有谨慎节制之心，有智慧善谋略。诗中青年张弛有度的捕猎画面正体现了他有勇有谋这一面，诗歌文字内涵也较之前提升了一层。

狩猎尾声，从容潇洒

再品诗歌末章后半部分。"叔在薮，火烈具阜"，"阜"是旺盛之意。此时猎场火势依然旺盛，但狩猎已接近尾声，故诗歌写到"叔马慢忌，叔发罕忌"，"罕"即稀少之意，意指青年放慢了马车的速度，射出的箭也越来越少。尽管狩猎将要结束，但诗歌依然在描写青年高超的技术和完美的控制力。

中国人认为能人做事应该举重若轻，凡事留有余力。一个人若使用能力之极限去完成一件事，并非真正的强者，相反，若能完成困难之事还留有余力，才是真能耐。诗歌描写的这场狩猎，其过程极其激烈，猎手先与野兽肉搏，后控制马车追捕猎物，将结束时则是最劳累也最容易懈怠之时，但青年依然有余力可以控制马车速度，把控射箭频率逐渐减少，可见他水平之高超。"抑释掤忌，抑鬯弓忌"进一步描写出青年的从容之态。"掤"指箭筒的盖子。青年从容地完成收尾工作，将多余的箭支放回箭筒。"鬯"指放弓的袋子。青年再将弓收回袋中，至此这场狩猎完美结束。

朱熹在《诗集传》里评价此句："言其田事将毕，而从容整暇如此，亦喜其无伤之词也。"诗歌之所以最后描写收箭归弓的细节是为表现捕猎接近尾声时，青年从容洒脱之态，似乎刚刚剧烈的捕猎过程对他的体能没有丝毫影响，他依旧轻松自在、游刃有余。诗人从侧面赞扬了青年的高超技艺，字里行间表达了无限的惊叹。现在有一句流行话："只有拼命努力，才能看起来毫不费力。"一场如此激烈的狩猎活动是对猎手体力和智力的双重考验，青年表现出的张弛有度、出众技艺一定和他平时默默付出的艰辛努力是分不开的。

庄公克段

当下对《大叔于田》《叔于田》的诠释都以青年猎手狩猎为主题，表达了诗人对其赞美之情。古时对此二诗却有另一种解释，认为它们讲的是"庄公克段"的故事。这个故事出自《左传》，讲述了郑庄公与其弟共叔段之间的斗争。郑庄公和共叔段都是郑武公和其妻武姜之子。武姜偏爱幼子共叔段，据说是因为郑庄公出生时难产令武姜承受了极大痛苦。武姜一直怂恿郑武公废郑庄公立共叔段为太子，但郑武公并未同意。郑庄公继位后，武姜仍不死心，她为共叔段索要土地，郑庄公难抗母命，就将京城赐予共叔段所有。共叔段占据京城后便开始招兵买马，侵占附近城邑，准备与武姜里应外合除掉郑庄公。郑庄公手下的大臣纷纷提醒他要防范其弟，郑庄公其实也早有防备。之后郑庄公在共叔段出兵造反之际，先发制人击败共叔段，平定了动乱。这则故事中除共叔段失礼失德以下犯上被世人批判外，古人对郑庄公也同样持批判态度，认为他作为一国之君和兄长不能及时匡正弟弟的行为，不怀好意地纵容其弟共叔段在错误的道路上越走越远，以至最后以悲剧收场。共叔段的名字里有"叔"，他后来占据京城，故又被称为"京城大叔"。这似乎就与《大叔于田》一诗有了关联，"太"通"大"，有人认为"大叔于田"应读成"太叔于田"，太叔即指共叔段。古时多将这两首诗与"庄公克段"的故事结合起来诠释，认为这两首诗歌字面上在赞扬共叔段，实则反讽郑庄公纵容其弟。尤其《大叔于田》中的"将叔无狃，戒其伤女"一句，"狃"意为习，古人认为此句是诗人在提醒郑庄公千万别让共叔段的不义举动变得习以为常，发展下去只会伤害到自己。不过现在看来，这种解读难免有牵强附会之嫌。这两首诗歌的文意都表达了诗人对于青年贵族猎手真挚的爱慕赞扬之情，在此不必过分解读。

郑风

清 人

外强中干纸老虎

清人在彭，驷介旁旁。二矛重英，河上乎翱翔。
清人在消，驷介麃麃。二矛重乔，河上乎逍遥。
清人在轴，驷介陶陶。左旋右抽，中军作好。

郑风

高克散师

《清人》一诗的创作背景在史书里有明确记载，历来无任何异议。《左传》记载："郑人恶高克，使帅师次于河上，久而弗召，师溃而归，高克奔陈。郑人为之赋《清人》。"当时郑国有位大臣名叫高克，郑文公十分讨厌他。据《毛诗》记载，文公讨厌高克的理由是"好利而不顾其君"，即指高克此人贪利而不顾君主，但史书中并没有相关事件的记录。当时与郑国一河之隔的邻国卫国常受北狄骚扰，郑文公就派高克到郑卫两国边境的黄河边戍边，以防狄人侵卫后骚扰郑国。此举名义上是派高克带兵驻守，实则是将其谪离，之后郑文公几乎遗忘了高克及其军队。高克带兵在黄河边驻守，起初还有模有样操兵演练。按常理，戍边士兵应有归期，期满后应有新军接替，而郑文公全无召回之意，加之前方并无战事，高克及其士兵就逐渐懈怠，整日无所事事。狄人就在此时入侵卫国，卫懿公好鹤荒政而战败，几乎灭国。这一消息传至高克军队，因缺乏积极应战的准备，军心涣散，不战而溃。高克见士兵纷纷逃散，无法回郑交差，便逃往陈国。一支军队应纪律严明、骁勇善战，即使实力不济也须应战，虽败犹荣，而高克之军还未交锋就望风而逃，这在当时是郑国的奇耻大辱。因此，郑人作《清人》一诗讽刺高克及其军队不战而溃、军纪败坏。

真的是威武之师吗？

全诗共三章，先品读三章分别首句。"清"是地名，据说高克是清地之人，他带领的士兵也都来自清地，故这支军队被称为"清人"。"彭"是黄河边的一处地名，是高克驻军之地。"驷介旁旁"，四马曰"驷"。古代战车由四马牵拉，故"驷"在此亦指战马。"介"《毛诗》解为"甲也"，即盔甲，在此指战马身上的铠甲。"旁"三家诗作"骁"，《说文解字》里解为"马盛也"，意指马匹强壮有力之貌。诗歌此句描写高克军队驻扎在黄河边，战马身披盔甲健壮威武。后两章此句也是类似涵义。"消""轴"都是地名，具体位置现已不可考，但应都指高克所率军队在黄河边的驻扎地。"驷介麃麃""驷介陶陶"都是形容军队战马。"麃麃"指马雄健威武。"陶"通"骁"，《说文解字》解为"马行貌"，指马极速奔驰之貌。诗人在三章首句极力盛赞高克驻扎在黄河边的军队及其雄壮有力的战马，似乎这是一支英勇善战、充满战斗力的雄师。

外强中干纸老虎

  诗歌每章后句"二矛重英"，"二矛"指竖立在战车上的两支矛。矛是兵器，古人战车上一般会插有二矛，一支用于作战，另一支备用。诗歌前句描写雄壮有力、身披盔甲的战马，此句则是描写战车上的兵器。"重英"有两种说法，一种认为是矛上的红色丝绸装饰，另一种认为在矛杆上所刻并用红色颜料填充涂画的纹饰。两种解释都是描写二矛之美，借以说明这支军队武器之完备。下章"二矛重乔"，"乔"通"鸹"，是一种野鸡，即指战车上的二矛用华丽的野鸡羽毛作装饰，迎风飘扬。诗人笔下的这支军队战马雄壮、武器完备，似乎是一支极具战斗力的精锐之师，可是读者总会感觉这样的描写背后缺乏底气，其主要原因就在于诗人虽描写了战马武器，却偏偏缺少了人物。

  诗歌三章末句，诗人开始进入对主角的描写。"河上乎翱翔"，"翱翔"朱熹《诗集传》解为"游戏之貌"，即闲散游玩嬉戏之貌。下章"河上乎逍遥"，"逍遥"指散漫自在之态。诗人告诉读者尽管战马雄壮、兵器精良，但这支军队的士兵们却一副松散之态，完全没有严明军纪可言。朱熹在《诗集传》里分析："言其师出不久，无事而不得归，但相与游戏如此，其势必至于溃败而后已尔。"高克所率军队戍守黄河边，长时间无所事事也无归期可盼，导致军心涣散，因而造成了之后的不战而溃。诗人之前在文学上使用了反讽的笔法，先力赞军队战马兵器，再转而描写士卒涣散的状态，通过前后对比达到反讽效果。"翱翔""逍遥"是较为婉转的讽刺，末句则是极其鲜明的反讽。"左旋右抽"，"左旋""谓将左手执旗指麾以相周旋，教其坐作进退之节"（王先谦《诗三家义集疏》），意指一军之中的将领高克左手执旗指挥士兵演练作战。"右抽"指士兵们在将领的指挥下右手抽出兵器，拔刀演练搏斗。此句看似描写了英勇好战的士兵们正在努力备战，但实际上只是在摆虚架势。诗人直接辛辣地讽刺道："中军作好。""中军"指军中，即高克所率军队。"作好"指表面工作做得漂亮。诗人讽刺将领士兵装模作样地挥旗拔刀，只是虚有其表而已。一支军队真正的实力应表里如一，平时军纪严明、军容雄壮，战时骁勇善战、勇往直前，而这支未战就四散溃逃的队伍真可谓是一群外强中干的"纸老虎"。

郑文公统治失职

这支军队沦落溃散难道是高克一人之过吗？我想作为郑国之主的郑文公也有不可推卸之责任。

首先，郑文公派出这支军队后就不再过问，以至戍边士兵无归期可盼，即使再精锐的部队也不免军心涣散、怨声载道。郑文公作为统治者有失诚信，他只为个人喜好而将高克驱赶谪离，却不顾士兵死活，毫无统治者应有的处事之道。所谓"君使臣以礼，臣侍君以忠"（《论语》）。臣子对于君主应该忠诚，但前提是君主也要以礼相待。"礼"的表现是真诚有信，所以郑文公不许诺士兵归期已是失德失礼之举。其次，郑文公对于高克的处理方式亦是极不明智。若高克其人确实有罪而罔顾君主，可以采取很多方式处置他，而郑文公偏偏选择了最不明智的方式。北宋学者胡安国评价道："使高克不臣之罪已著，按而诛之可也。情状未明，黜而退之可也。爱护其才，以礼驭之亦可也。乌可假以兵权，委诸竟上，坐视其离散而莫之恤乎！《春秋》书曰：'郑弃其师。'其责之深矣！"郑文公作为一国之君，若高克罪名确凿就应依法处置；若其罪名不明但不被信任，则可罢其官职；若他是可用之才但君主不喜爱，则应以礼相待。郑文公居然给他兵权派往边境又不许归期，真是眼睁睁地将一支好好的军队放弃，使其溃败离散。方玉润《诗经原始》进一步评论道："幸而师散将逃，国得无恙；使其反戈相向，何以御之？"意思是幸好高克其人无能，军队溃散后他便逃走，郑国在此事上也只是丢脸而已。如若高克野心勃勃，率兵造反，郑文公岂不是陷国家于危难之中吗？可见郑文公是一位极其缺乏智慧的统治者，领导无方、昏庸不明。

羔 裘

怎样的人是国之楷模?

羔裘如濡,洵直且侯。彼其之子,舍命不渝。
羔裘豹饰,孔武有力。彼其之子,邦之司直。
羔裘晏兮,三英粲兮。彼其之子,邦之彦兮。

忠于使命,不负担当

《羔裘》是一首赞美诗。诗人赞美当时在朝的贵族官员品格高尚、秉性正直。诗歌共三章,可逐章品读。

"羔裘如濡","羔裘"指羔羊皮制作的皮袄,朱熹《诗集传》解为"大夫服也",即指贵族大夫所穿服饰。事实上当时的普通百姓也穿不起羊皮袄,因此诗歌所描写的对象应是一位在朝为官的士大夫。"濡"《毛诗》解为"润泽",即指羔羊皮袄质地柔软且有光泽。"洵直且侯","洵"是确实之意,"直"指品格正直,"侯"原指有地位的男性,字意相当于"君",在此引申为美好之意。诗人赞扬这位身穿羔羊皮袄官服的男子为人正直且美好。如此形容是非常笼统空泛的，需有相关细节的描写才能令人信服。诗人接下来就写到了这位官员的优秀品质。"彼其之子"，"其"是语气助词，此句是诗人略带感叹地称呼这位大夫。"舍命不渝"现在已成为一个常用成语，通常认为"命"指生命，意为宁愿舍弃生命也不会改变，用以形容人坚定的意志和决心。但在理解此诗时，并不能将"命"简单理解为生命，这里的"命"其实指君命，即统治者交代的任务。"舍"也不能简单理解为舍弃，《毛诗郑笺》解释："舍，犹处也。""舍"原是居住、安处之意，在此引申意指这位大夫官员能安于统治者所委派给自己的使命，忠于职守，不轻易改变。诗人赞扬这位大夫官员具备的第一项优秀品质是忠于使命，这也是当下所讲的职业精神、匠人精神。一个人在生活或职场中不论担任何种角色，即使面临再大的困难，都应勇于承担对应的责任和使命。勇敢、坚持、专注是一个人在社会立足的基本素养，如此才能被称得上是一位正直的君子。

刚正不阿，敢于直言

诗歌次章"羔裘豹饰"，"豹饰"《毛诗》解为"缘以豹皮也"，指羔羊皮衣边缘，如袖襟、领口等处用豹皮缝作装饰。豹是猛兽，诗人借此是为侧面描写这位官员威武刚强的一面。"孔武有力"现今也已成为常用的成语，"孔"是非常之意。此处是文学上的一笔虚写，并非指在朝为官需要肌肉发达、力大无比，诗人透过外在威武刚强的描写来引申表达官员应具有内在刚正不阿的品质。所以诗歌下句就道"彼其之子，邦之司直"，"邦"指国家，"司"是主持之意，"直"即指正直，意指这位官员刚正不阿、主持公道。有说法认为"司直"是当时官名，主要职责为劝谏君主之过失，亦可说通。这是诗人赞扬这位官员的另一种正直品质——敢于直言进谏。上章所讲忠于职守是基本品质，更进一步的话，面对统治者或共事之人有过失之处，真正的君子应敢于坚持真理而非阿谀奉承。同样，统治者也应认真采纳、虚心接受进谏之言。诗人所述的这些品质在现代同样具有现实意义。当下人作为职场中的普通职员应保有坚持真理、刚正不阿的品质，而作为管理者的则应有宽大的胸襟，能就事论事去接纳正确的建议，绝不能小肚鸡肠。

德服相称，文质彬彬

诗人赞颂了这位在朝官员所具备的两项优秀品质，一是忠于使命、不负担当，二是刚正不阿、敢于直言。诗歌还有一点值得注意，首章诗人通过描写羔羊皮质柔软光泽，引申出官员忠于使命的品质，因为这种品质是偏"文"的，所以以羔羊柔软的皮质类比。次章诗人通过描写豹皮装饰引申出官员刚正不阿的品质，这种品质是偏"武"的，故以豹饰类比。正因有不同角度的类比描写，历来也有说法认为此诗赞颂的并非一位官员，而是每章分别描写不同对象，泛指当时整个朝廷上上下下为官者都非常出色优秀。首章赞扬朝中忠于使命的君子文官，次章赞扬刚强威武、敢于直言的武官谏官。如此理解，亦可备一说。另外，对官员服饰不同特征的描写对应类比其内在优秀的品质，也反映了古人"德服相称"的理念。古人认为一个人的德行应与其着装服饰相匹配，即内在德性要称得上其所穿之服。因此，真正的君子要懂得着装的关键在于得体而非奢华，穿着要与本人身份和内在素养品质相称，才能相得益彰。

邦之楷模，国之栋梁

诗歌末章"羔裘晏兮"，"晏"在当下常见的《诗经》解读中多被解释为鲜明之意，这种解释有所偏差。"晏"最初在《说文解字》中解为"天清也"，即天气清朗、万里无云，给人以舒适之感。《尔雅》里解为"温温，柔也"，即温柔之意，亦是指安稳、舒适、柔和之感。因此"晏"在此是形容羔羊皮裘温柔舒适之意。"三英粲兮"，"英"指古代服装上用丝线所缝制的纹饰，"粲"是鲜明美丽之意。此句从内外两方面描写羔羊皮袄，既写它内在质地温柔舒适，也写它外在纹饰鲜明美丽。诗人借此隐喻称赞这位大夫官员是一位内外兼修的优秀君子。他对内能坚持职责、忠于使命，对外又直言敢谏。"邦之彦兮"，"彦"《毛诗》解为"士之美称"，即指杰出美好君子之意。闻一多认为"彦"还引申为模范、楷模之意。诗歌最后是诗人发自内心的感叹，赞颂这样一位内外兼修的君子真是国之楷模。

此诗对于这位身着羔裘的官员内在优秀品质的极力赞美令后世读者收获良多。虽然我们并非人人要成为国之楷模，但诗中所讲到的忠于职守、刚直不阿的内在品质却值得每个人不断努力学习。

遵大路

低到尘埃，开出花朵

遵大路兮，掺执子之祛兮。无我恶兮，不寁故也。
遵大路兮，掺执子之手兮。无我魗兮，不寁好也。

郑风

大路上的一场别离

《遵大路》一诗内容极其简单。现在多认为这是一首弃妇诗，讲述了一位被抛弃妇女努力挽留其深爱男子的心酸故事。

"遵"是遵循、沿着之意。诗人开篇写到自己正在沿着大路行走。一般诗歌中的"路"多有象征意义。此诗中的"路"象征一场别离，正是在这条大路之上，一个悲伤的故事正在上演。"掺执子之祛兮"，"掺"是拉住、抓住之意，"祛"《毛诗》解为"袂"，指袖口。诗人紧紧抓住离人的袖子，不舍对方离去。也许诗人是在路上送别对方远行，一送再送却始终不愿分离，故才拉住对方衣袖。下章"掺执子之手兮"更进一步，从拉住对方衣袖到拉住对方的手，不舍之情从这一细节描写中表露无遗。诗人除了不愿放手，同时也在苦苦哀求对方："无我恶兮。""无我恶"是倒装结构，即"无恶我"，"恶"是讨厌之意，诗人乞求对方千万不要讨厌嫌弃自己。"不寁故也"，"寁"《说文解字》解为"意之速也"，本意指疾速，在此引申为快速离开之意。"故"指往日旧情。诗人央求离人不要那么快离开，不要忘却那曾经的旧情。下章"无我魗，不寁好也"也是类似苦苦哀求之意。"魗"在当下很多《诗经》解读中都作"丑"解，认为诗人希望对方不要嫌弃自己丑恶而离去，但这样的理解是有偏差的。清儒马瑞辰考证"魗"通"㪉"，《说文解字》解为"弃"，即放弃之意。《毛诗》也解"魗"为"弃"。"魗"在此应解为放弃、离弃，而非丑恶之意。此句是诗人再次央求对方不要离开抛弃自己。"好"指过去彼此间友好亲密的情谊，诗人希望对方勿忘过往的美好，不要绝情离去。诗歌两章末句诗人呼唤恳求的话语情感真挚，她真切地希望对方不要抛弃自己，也希望一切都重归旧好，这番痛苦和无奈的情绪令人动容。

是不是弃妇诗

这首诗歌内容实在太过简单，可以说是无头无尾。开篇诗人并没有交代究竟离人与自己是何关系，又为何要离诗人而去。诗歌的结尾也是戛然而止，同样没有告诉读者这场哀求和挽留到底是怎样的结局，诗人留下了太多的空白交由后人填补，这也是此诗最耐人寻味之处。朱熹《诗集传》认为此诗是"男女相悦之词"，即一首关于爱人离别的诗歌。现代对于此诗的诠释几乎都沿用了朱熹的观点，认为这是一首弃妇诗。我个人认为通读诗歌文意，将其理解为一首爱人的离别诗并不为过，但若按弃妇诗解，其实并没有非常明确的证据支撑。此外，诗歌作者未必是一位女子，也有可能是一位挽留心爱女子的男子。传统礼教思维常将妇女地位放低，所以诸儒多认为此诗为弃妇诗，但在先秦时还没有如此严格的礼教环境，因此男子央求女子也并非没有可能。

爱情让人卑微

相传如今的《诗经》是由孔子编订而成，据司马迁在《史记》中记载，当时流传的诗歌有三千多首，孔子对这些诗歌进行精心编订和筛选，最终确定了目前的三百零五篇。本诗诗意如此简单，也没有完整地描述一个故事，为何编者要将其保留下来呢？

当然，编者最初的用意现在已不得而知，这里分享一下笔者的个人理解。此诗的特别之处在于全篇只是在描述一个情绪片段，流露的是一番爱人离别时的挽留之情，这份情绪表达得如此真实而动人。也许有人认为诗人在爱情里太过卑微，何苦如此哀求对方呢？但我想两人之间的感情并不该有卑微之说。在爱情中，动了真情的一方或多或少都有过这样的体会，曾经有一刻为了对方而忘记自己，再自私再高傲的人有时也会因为爱情而放低自己，甚至放下尊严。有时因为深爱对方，付出一切也只为了让对方开心一笑。如此沉沦在爱情中而迷失自我的状态，或许过后回头想起来是有些傻，但却傻得可爱。因为这就是爱情的力量，也是每一个动过真情的人都曾有过的感受。这样的例子有太多太多，如《罗密欧与朱丽叶》中，罗密欧只因为朱丽叶对他说了一句话就幸福得无以复加，他激动地说："她说话了。啊！再说下去吧，光明的天使！因为我在这夜色之中仰视着你，就像一个尘世的凡人，张大了出神的眼睛，瞻望着一个生着翅膀的天使，驾着白云缓缓地驰过了天空一样。"朱丽叶在他眼中就是一位天使，而他觉得自己只是一个普通凡人在仰望赞美自己的女神，这就是爱情的魔力。又如才女张爱玲，当她遇到胡兰成时，便坠入爱河无法自拔，她将自己的照片赠予胡兰成并在背面写道："见了他，她变得很低很低，低到尘埃里，从尘埃里开出花来。"无论男女，无论古今，当一个人动了真情，总有那么一刻会因为对方忘却了自己。带着这份对爱情魔力的理解和感受再去品读此诗，就会觉得它写得实在太美。诗里这份因爱情而忘我的状态无比真实。作为读者，我们绝不会认为诗人卑微，因为爱情本来就会使人卑微。人之为人，难免会有片刻执迷，这难道不正是人性中最美的一部分吗？因此我想或许正是看出了这样一份殷切真情，编者才选择留下此诗，令千年后的读者继续与之、为之共鸣。

女曰鸡鸣

细语真情，岁月静好

女曰鸡鸣，士曰昧旦。子兴视夜，明星有烂。将翱将翔，弋凫与雁。

弋言加之，与子宜之。宜言饮酒，与子偕老。琴瑟在御，莫不静好。

知子之来之，杂佩以赠之。知子之顺之，杂佩以问之。知子之好之，杂佩以报之。

情景剧开场

《女曰鸡鸣》一诗在文学表达上非常特别，它是一部极简的情景剧，通过一对夫妻间的亲密对话，从平凡生活的细微之处着手，描绘出家庭幸福的本质。

诗歌首章首句"女曰鸡鸣，士曰昧旦"，虽简短但交代了重要信息，即这部情景剧的主人公及故事发生的场合。"女曰"和"士曰"说明故事主人公是一对夫妻，这是他们夫妻间的对话。

"鸡鸣"指公鸡鸣叫，古人起床以鸡鸣为信。妻子正对丈夫说："天快亮啦，公鸡都打鸣了呢。""昧旦"朱熹《诗集传》解为"天欲旦，晦明未辩之际也"，意指天空将亮未亮之时。丈夫回答妻子说："天还没完全亮呢。"诗歌简短的第一句交代了故事发生的时间在黎明破晓之前，地点在家中卧室内，情景是一对夫妻在床头私语，妻子督促丈夫快点起床，而丈夫似乎还是睡意蒙眬，赖床不起。

最浪漫的起床呼唤

明确了时间、地点、人物之后，一场温馨的家庭情景剧就拉开了序幕。诗歌接下来自然而然开始你一言我一语的夫妻对话。"子兴视夜"，"子"是夫妻间充满爱意的称呼，"兴"是起床之意。此句妻子催促丈夫起床，让他看看已经明亮的天空。"明星有烂"，"明星，启明之星，先日而出者也"（朱熹《诗集传》），此处"明星"特指启明星。启明意味光明即将到来，启明星是日出之前东方天空中最亮的一颗星。"有烂"是明亮之意。妻子让丈夫起床去看看已经升起的启明星，证明天真的就要亮了。妻子的这句话特别浪漫，星空或许是世界上最迷人的事物之一，古人夫妻间在清晨呼唤彼此起床的话语是让对方和自己一同看星星，可谓温馨浪漫。相比之下，如今城市人在生活中能仰望星空的机会实在太少。非常巧合的是，中国人所说的启明星即指金星，它在西方被称为维纳斯。维纳斯是爱与美的女神，她一生都在追逐爱情，所以启明星在西方也是一颗象征爱情的星星。虽然中国古人对此并不知晓，但是诗句中却隐约赋予其充满爱意的理解，真是妙不可言。

勤劳是一切幸福的源泉

清晨睡意蒙眬之际,听到妻子在耳边如此浪漫地呼唤,再想赖床的丈夫也会睁开眼睛去看一下东方的天空吧。这时丈夫望着微亮的天际,天空中不仅有启明星在闪烁,甚至还有自由翱翔的飞鸟。下句就是丈夫充满爱意的回应:"将翱将翔。""翱翔"本意指飞鸟自由翱翔,在此引申为人外出游逛。"弋凫与雁","弋"是捕猎工具,古人在弓箭尾部系上丝线用于捕鸟,射中后可用丝线将箭和猎物一起拉回来,这种箭即称作"弋"。"凫"指野鸭,"雁"指大雁。丈夫对妻子说:"天色快亮了,我待会儿就出门捕猎,给你带野鸭大雁回来。"丈夫赶紧起身,赶在天亮前准备外出打猎,为家庭准备食物。这一幕不仅表现了这对小夫妻间的浓浓爱意,也表现了他们的勤劳生活。所谓"天道酬勤",一分耕耘便有一分收获。这也正是幸福家庭的经营模式。夫妻共同勤奋努力才能创造一个幸福温暖的家。世上没有不劳而获的幸福,而勤劳就是一切幸福的源泉。

丰衣足食,礼乐相伴

诗歌次章的对话,"弋言加之,与子宜之","加"在此指射中之意。"宜"《毛诗》解为"肴也",即烹饪菜肴之意。妻子对丈夫说:"外出打猎若有收获,回来我为你做成美味佳肴一起吃,就这样简简单单地与你一起厮守到老。"妻子借一顿夫妻间普通的餐饭道出心中关于爱情最美好的期望,一下子就触动了读者的心。平淡之中见真情，两个人勤劳地经营着甜蜜的小家，每一顿饭菜都显得如此平凡温馨又充满着爱意，就像一场关于爱情的小小仪式，见证着他们之间真挚的爱情。"琴瑟在御，莫不静好"，妻子接着又说："我们就这样每天在一起，还有琴瑟音乐作伴，这便是最幸福静美的生活的样子啊。"古人常用"琴瑟和鸣"，即乐器之间的和谐共鸣来类比夫妻关系的和顺美好。妻子的这段话真是甜得能将千年后读者的心都融化。诗中道出了幸福美满、岁月静好的生活本质，即是夫妻同心勤劳创造丰衣足食的小日子，满足了物质生活还要琴瑟和鸣，有礼乐之追求。古希腊哲学家伊壁鸠鲁曾说，"肉体无痛苦和灵魂无纷扰"的生活才是最幸福的。真正的幸福应该是物质和灵魂两方面都得到满足。诗歌中的这对夫妻，虽然过着平凡的小日子，但能在物质上丰衣足食，在精神上有礼乐相伴，同心相好，如此这般可谓是最幸福甜美的了。

感恩是保持幸福的秘诀

诗歌末章是丈夫对妻子在次章所说之话的回应，你一言我一语，就如情景剧中两人边说边唱，充满了其乐融融的气息。"知子之来之，杂佩以赠之"，"来"是关心、爱护之意。丈夫回应妻子说："你为我做可口的饭菜，我知道是你对我的关心，所以我要将杂佩赠予你作为爱的回报。""杂佩"指男子随身携带的玉佩。古代男子玉不去身，他们对爱人表达爱意最常用的方式之一就是赠送对方贴身的玉佩为信物。之后两句也是类似涵义。"知子之顺之，杂佩以问之。知子之好之，杂佩以报之。""顺，谓与己和顺"（《毛诗郑笺》），指妻子对丈夫体贴和顺之意，"问"

也是赠送之意。诗歌末章,丈夫身体力行地告诉读者该如何保持幸福的家庭生活,那就是始终保有一颗感恩之心。幸福的家庭来之不易,也是彼此共同努力付出的结果。夫妻在享受幸福的同时也应懂得回报对方的辛勤付出。也许有人会认为夫妻之间不必赠送玉佩如此客套,但表达感恩的方式是需要有一点仪式感的,哪怕再亲近的家人也要时常礼貌地说一声谢谢,也要时常用一些贴心的小礼物来装点生活,这样才能让幸福具有延续下去的持久生命力。

  作为千年后的读者,在欣赏这首如小情景剧一般的诗歌时,心中一定会感受到无比的甜蜜温馨。方玉润在《诗经原始》里高度评价此诗道:"直可与《关雎》《葛覃》鼎足而三。"他认为这首诗歌可与《周南》中的《关雎》《葛覃》二诗相媲美,并称为《诗经》中的美好婚姻生活三部曲。

有女同车

颜如花,德如玉

有女同车,颜如舜华。将翱将翔,佩玉琼琚。彼美孟姜,洵美且都。
有女同行,颜如舜英。将翱将翔,佩玉将将。彼美孟姜,德音不忘。

郑风

迎亲还是邀游?

《有女同车》是一首以美好爱情为主题的诗歌。此诗共两章,先品每章首句。"有女同车"很好理解,诗人应是一位男子,他正与心爱的女子一同坐车出行。二章首句的"行"在此是道路之意,意指诗人和女子一同乘坐马车行驶在大路之上。"颜如舜华"是描写这位女子的容貌。"舜"鲁诗作"蕣",指一种植物,今称木槿。"华"通"花"。诗人赞叹身边同车的女子容貌美丽动人,就如盛开的木槿花那般鲜艳明媚。闻一多在《风诗类钞》里讲:"蕣华赤色,'颜如舜华'谓朱颜也。"他认为木槿花一般是鲜艳的粉红或红紫色,诗人借以形容心爱女子容貌红润之美。二章"颜如舜英"也是相同涵义,"英"亦指花。诗人赞美同车女子貌美如花的容颜，心中爱意表露无遗。读者会产生一个疑问，诗人与这位女子一同乘车出行的目的是什么呢？关于这个问题，诗歌并未明确说明，历来对此有两种看法。一种接受度较高的诠释源自《毛诗》"亲迎同车也"，意指诗歌描写了一场婚礼迎亲的过程。这是一支行进中的迎亲车队，诗人是新郎，他与新娘同坐马车。诗人望着新娘，心中感到幸福无比而作此诗。另一种诠释则认为诗歌描写了一对恋人共同驾车出游。到底是迎亲还是出游？可试着根据后文作进一步判断。

玉声和谐，有礼有节

再品诗歌每章次句。"将翱将翔"，"翱翔"原意指鸟儿自由飞翔，在此引申为外出游玩。因此此诗很有可能是一首描写青年男女一同驾车出游的诗歌。诗歌首句从视觉的角度描写了同车女子如同木槿花鲜艳明媚的容貌，次句"佩玉琼琚"则是从听觉的角度进一步描写。"琼"《毛诗》解为"玉之美者"，即美丽的玉石。"琚"《说文解字》解为"佩玉名"，指随身佩玉的一种。古时有身份的贵族男女都会随身佩戴玉石作为装饰，此诗以描写女子为主，故指诗人身边女子随身所佩戴的玉石。通常，古人佩戴在身上的玉石不止一块，有时是一串，有时是分开的几块。随着马车前行颠簸，玉石间也会有节奏地碰撞发出清脆悦耳的响声。因此次章写道，"佩玉将将"，"将"通"锵"，是象声词，即指玉石相互碰撞之声。诗人描写女子身上的佩玉也是从另一个侧面来赞美他心爱的姑娘。精致的玉佩是美丽的装饰物，成语"如花似玉"就是用"花"和"玉"作比形容一个人的美丽。诗人在此诗里也使用了"花"和"玉",所以在他心里这位姑娘就好比花儿一样美丽,如同美玉一般温柔润泽。

"花"和"玉"在此诗中的文学作用历来也有不同看法。有人认为花是从静态的角度形容女子动人的容貌,而玉石的碰撞之音则是从动态的角度描写女子优雅的身姿。还有人认为花是形容外表之艳美,而美玉则形容了其内在的优秀品质。古人常用玉来类比君子、美人,认为玉有"五德",这点在之前的诗歌中已经提及。除此以外,古人佩玉更重要的一个原因是它可以节制一个人的行为,使人仪态得体、举止优雅。因为身上佩玉后,行动时玉佩会发生碰撞,所以就需要佩戴者举止优雅,才能让佩玉有节律地碰撞,而非胡乱撞击导致损坏。孔颖达讲,"言其玉声和谐,行步中节",意指诗人描写女子身上佩玉撞击锵锵有声是从一个侧面描写这位女子举止优雅、有礼有节。

内外兼修,贤淑有德

诗歌每章前两句,诗人对于同车女子的赞美是有所递进的。首句着重描写女子美丽如花的容颜,次句则借佩玉之音进一步写到了女子的内在之美,同时,也是一笔起到过渡作用的虚写,为每章末句实写女子内在性情品质之美作了铺垫。

"彼美孟姜",在此诗人点出这位女子的名字与身份。"孟"和"伯"意思类似,都是指在家中兄弟姊妹排行最大者。"姜"是女子的姓氏。古代女子一般没有名字,通常在姓氏之前加上家中排行作为称呼。该女子称"孟姜",应该是家中排行最大的姜姓女子。"洵美且都","洵"是确实之意。"都"朱熹《诗集传》

解为"闲雅也",是贤淑优雅之意。诗人眼中的这位姜姓女子既美丽动人又贤淑有德。下章此句也是类似意涵。"德音不忘","德音"是接着佩玉碰撞锵锵悦耳之声而言。诗人借玉佩之声的延绵悠长类比这位女子的美德令人难忘。"不忘"《毛诗郑笺》解为"不忘者,后世传其道德也",意指这位女子的道德至美至善,令后人难以忘怀。

诗人对女子由外而内的描写,也从侧面说明诗人并非贪图外表的平庸之辈。诗歌用木槿花来比喻女子的外在容貌,也有其寓意所在。《说文解字》里讲"木槿,朝华暮落者",意指木槿花的花期只有一天,清晨盛开夜晚凋落。诗歌以此花隐喻容颜虽美却易逝,真正永恒的是一个人内在的令人难忘的美德。《论语》里讲"贤贤易色",意指选择爱人应注重品德而非容貌,再美丽的容颜终有凋零衰老之时,只有内在贤德之人才可伴随一生,始终影响和感化身边人。

太子忽不娶齐女

关于此诗背景故事的诠释大多源自《毛诗》,认为此诗讲述了一场新婚迎亲的故事。诗中的新郎通常被认为是郑国的太子忽,即郑昭公,新娘则是齐国公主。故事讲的是郑昭公还是太子时,齐国遭到北戎入侵。国君郑庄公派太子忽带兵援助齐国抗击北戎,齐国国君齐僖公为表达对太子忽的感激之情,想将女儿嫁给他,但太子忽却婉言谢绝。在真实的历史中,太子忽并未和齐国公主成婚。既然如此又何来这样一首美好的新婚迎亲诗呢?那是因为虽然太子忽拒绝了这场婚事,但是齐国官员和百姓都很希望他能够迎娶齐国公主。因为齐国是当时的大国,与齐国联姻对郑国而言是获得了一个强大的势力支撑,对位于晋、楚两个大国之间的郑国来说是有利于政治的好事,所以民间便创作了此诗,以表达百姓希望郑齐联姻的美好心愿。当然这个故事未必真是此诗创作之因,但这种诠释也算能自圆其说,可备一说。

郑风

山有扶苏

如何看清一个人？

山有扶苏，隰有荷华。不见子都，乃见狂且。
山有乔松，隰有游龙，不见子充，乃见狡童。

郑风

高下大小，各得其宜

《山有扶苏》一诗多被认为是一位女子抱怨找不到如意郎君而作。诗歌最精彩之处在于使用鲜明的对比来抒发一位渴望美好爱情的女子在面对不尽人意的现实时心中强烈的落差。

诗歌共两章，先品每章首句。"山有扶苏，隰有荷华。""山"指高山，"隰"指低洼潮湿之地，"扶苏""荷华"及下章的"乔松""游龙"分别指四种不同的植物。"扶苏"现在多认为是山上生长的小树，但因"荷华""乔松""游龙"都为实指，所以也有说法认为"扶苏"亦指某种特定树名，有的认为是指桑树，但具体为何现已不可考。总之，"扶苏"应指山上茂盛生长的树木。"荷华"，"华"通"花"，指在低洼湿地中生长的荷花。"乔松"指高大的松树,"乔"即高大之意。"龙"指马蓼,是一种生长在低洼湿地处的植物。"游"朱熹《诗集传》解为"枝叶放纵也",意指马蓼生长茂盛,枝叶繁茂。诗歌两章首句,诗人以四种不同的植物起兴,其用意何在呢?《毛诗》解释:"言高下大小各得其宜也。"诗人描写生长在高山之上和低洼湿地的植物,是为了说明这些植物各生所宜、各得其所。不同的植物生长在最适合它们生长的地方,这是大自然最恰当的安排。诗人借此感叹大自然的植物都如此合宜,然而自己却偏偏遇不到那一位与自己要求相符的如意郎君。

爱情的落差

诗歌两章次句是诗人的内心独白。"不见子都",字面意思是指未见到子都这个人。"子都"是何人呢?《毛诗》解"子都,世之美好者也",意指子都并非指具体的某人,而是当时郑人对于美男子的通称,泛指当时年轻女子心中最理想的另一半。"乃见狂且","狂"是狂妄之意,"且"通"伹",《说文解字》解为"拙也",即笨拙之意。此句是诗人的心里话,她对于理想中另一半的期望是如此美好,希望遇到一位如"子都"一般的美男子。不曾想现实的落差太大,她遇见了一位狂妄自大又愚蠢笨拙之人,令她失望至极。诗歌二章末句亦是相同涵义。"子充"也是通称,泛指美好的男子。"狡童"方玉润《诗经原始》解为"狡狯小儿也",意指奸诈狡猾的小人。诗人再次抱怨自己不仅没有遇到理想的爱人,反而还遭遇了阴险狡诈的小人。

其实在生活中即便遇不到完美的对象,但在大多情况下还是可以找到相对合适的伴侣。诗人却使用如此极端夸张的文学对比,来体现她的理想与现实的天壤之别,目的是为说明其内心极大的失落感和对现实的不接受程度之深。

路遥知马力,日久见人心

"子都"和"子充"都是公认的美男子的别称,但"美"是一种外在的特质,而诗人所厌恶的"狂妄、愚拙、奸诈"都是内在恶劣的品质,这些品质并非一眼就能识别。从某种角度来说,"狂妄、愚拙、奸诈"和"美男子"并不矛盾,一位外表帅气的男子也有可能在品德上是恶劣的。也许诗人最初是被这位男子的外表所吸引,经过一段时间的相处才发现此人内在的虚伪,因而才会发出如此失落的感叹。正所谓"路遥知马力,日久见人心",要看透一个人并非易事,非朝夕可辨。也许诗人太渴望爱情了,以至于在识人上吃了亏。不过有些人的确善于花言巧语伪装自己,即使是孔子这样的圣人也有看错人的时候。《论语》里有这样一则故事:孔子有个学生名叫宰我,其人善于花言巧语,将自己塑造成优秀学生的形象,孔子也一度认为他是一位勤奋自律的学生。然而有一次孔子发现宰我在大白天睡觉,荒度光阴,并非他自己所说的那般勤勉。孔子极其失望地说道:"朽木不可雕也,粪土之墙不可圬也!始吾于人也,听其言而信其行;今吾于人也,听其言而观其行。于予与改是。"意思是:腐烂的木头不能用来雕刻,粪土一样的墙面不堪涂抹。一个人如果内在低劣就无法再改变他了。孔子起初对人的态度也是从信任的角度出发,而因宰我一事，改变了他判断一个人的方式。之后孔子观察他人除了听其所说，更要察其所做，如此才能识别此人到底如何。此诗背后也道出了一个相同的道理：看人不能只看表面，也不能只听他的言语，而要看清他的本质。在爱情中尤为如此，千万不能因一时冲动而失去判断力。

观人之法

究竟该如何从一个人的行为看清他的本质呢？孔子在《论语》里有一段精彩的教导，他说："视其所以，观其所由，察其所安。人焉廋哉？人焉廋哉？"意思是：看一个人的本质，首先要观察他做的事。君子多做善事而小人多做卑劣之事。其次，要观察他做事时所使用的方法。这点并非显而易见，所以孔子在此用了"观"，比之前的"视"要更进一步。君子处事之法光明正大，而小人则卑劣不堪。最后，不但要观察他的行为更要注意他的灵魂安于何处，这是一种精神上的考察，所以孔子用了"察"，比之前的"观"和"视"再进一步。一个人若从"道"和"真理"出发行事，便会追求远大的理想和高尚的目标，他的外在表现和行为也会坦然正直且富有远见。相反，一个人若专注私利，他的心灵就不会安宁祥和，外在的表现也会汲汲营营、苟且不安。如此一步步地深入观察一个人，从他的行为处事到其灵魂安于何处，此人的本质便无法隐藏了。

爱人间戏谑之词

此诗还有另一个诠释角度，即认为此诗是一对情侣间的戏谑之词。诗人是在对爱人开玩笑，称自己本想寻得一位绝世美男子为伴，没想到却找了现实中的这样一个傻瓜。诗中戏谑责备的言辞其实是爱人间的打情骂俏，充满了深深的爱意。这种解读角度也非常有意思，充满情趣，亦可备一说。

萚兮

落叶也值得歌唱

萚兮萚兮，风其吹女。叔兮伯兮，倡予和女。
萚兮萚兮，风其漂女。叔兮伯兮，倡予要女。

郑风

落叶中歌唱起舞

《萚兮》一诗内容虽简单，但意涵表达却颇为模糊，所以历来对其解读众说纷纭。现在通常认为此诗描写了古代青年男女聚会，载歌载舞的欢乐场景。我们品读此诗也可从这样的角度切入。

先品诗歌两章首句。"萚兮萚兮"，"萚"《说文解字》解为"草木凡皮叶落陊地为萚"，即指树木的皮叶干枯脱落。诗歌开篇描写了纷纷陨落的树叶，故可推断此诗对应的创作时间应为深秋。"风其吹女"，"女"通"汝"，作代词，在此指陨落的树叶。此句诗人描写了落叶被风吹动纷纷坠落之态。下章此句"风其漂女"亦是同样涵义，描写枯叶在风中飘零陨落。

在两章首句，诗人通过描写风吹落叶飘零，勾勒出了一幅萧瑟颓废的画面。

　　出乎意料的是，诗歌两章次句的气氛一下子欢快起来。诗中主人公是一位开朗活泼的年轻女子，她对一同聚会的青年男子热情说道："叔兮伯兮，倡予和女。""叔"和"伯"均是泛指，类似于哥哥、兄弟之意。"倡"通"唱"，是歌唱之意。毛亨先生在《诗经今注》里解释："始歌为唱，随歌为和。""和"作动词用，意为跟着应和歌唱。"倡予和女"是倒装结构，应作"予倡女和"来解。"予"指我，即诗人自己。"女"通"汝"，指你们。女子热情洋溢地对一同聚会的男子们说："我先唱几句，哥哥兄弟请跟着我一起唱。"这是一幅青年男女在山林落叶之下聚会游玩的画面，他们载歌载舞，女孩们唱一句，男孩们跟着应和。现代农村青年男女之间依然会有类似对歌的活动。因此，有的说法进一步认为，此诗是描写古代青年男女聚会相亲。这样的理解当然有可能，但我个人认为，男女青年聚会未必一定要以相亲为目的，日常劳作之余青年们聚会游玩也属正常。尤其郑国民风相对开放，后世礼教所谓"男女有别"的思想在先秦还未完全成形，故先民在这方面束缚较少。诗歌次章"叔兮伯兮，倡予要女"也是类似涵义。"要"通"邀"，是邀请之意。这位女子热情地邀请大家一同歌唱。这场青年聚会气氛是如此热烈而欢快，读来仿佛身临其境。

落叶也值得歌唱

　　诗人描写了秋叶随风飘落的萧瑟景象之后，为何又转而描写了一场男女青年的欢乐聚会呢？这两者之间是否有矛盾呢？长久以来，我们对落叶的看法似乎已形成了一种固有的思维模式：秋天代表悲凉，而落叶则代表落寞。若抛开这些成见，用一颗关照万物的心去看待这一切的话，其实秋天也未必就等同于悲伤，落叶也未必就等同于萧瑟。秋天也好，落叶也罢，都是自然更迭和平凡生命中最正常不过的组成部分。春夏秋冬、聚合离散、生长衰老不都是一个完整生命的不同阶段吗？如果春阳和绿叶值得歌唱，那秋风和落叶也同样值得。各个生命阶段都有其特有的审美价值。庄子在《齐物论》中讲："其分也，成也；其成也，毁也。凡物无成与毁，复通为一。唯达者知通为一。"世间一切并没有绝对的形成与毁灭。这些都是人们赋予的主观概念而已，一切成也好，毁也罢，都是贯通一体的。这样的道理只有通达的人才能明了。不拘泥于某种固定的理解和概念中作茧自缚，用通达关照的眼光看待一切是一种人生的智慧和境界。因此抛开"落叶代表枯萎萧瑟"这样的观念去理解此诗，就会发现诗中所描绘的落叶被风吹动飘落的场景也是极美的。女生歌唱男生应和，青年之间交融愉悦，就如空中的金黄叶片被微风席卷翩翩舞动那般轻盈动人。

在后世文字中也有诸多类似表达，王勃的《滕王阁序》中有千古佳句："落霞与孤鹜齐飞，秋水共长天一色。"此句用火红的落霞、翱翔的孤鹜、满盈的秋水和浩瀚的长天四种景象勾勒出一幅宁静致远、美不胜收的经典画面，令人心旷神怡。这里关于秋景的描写同样毫无萧瑟落寞之感。李商隐也有描写残花枯叶之美的诗句："秋阴不散霜飞晚，留得枯荷听雨声。"诗人在秋天怀念远方友人，心情惆怅之际突然有意外发现。萧瑟的秋雨敲打池中残败的荷花，这声韵竟然如此动听，别有一番情趣。普通人眼中的荷花可能只在夏日最美，秋天枯萎凋零后便被人丢弃，而李商隐却偏偏用一个"留"字，留下枯荷来欣赏雨滴落在其上的点滴之声，这何尝不也是一种美的享受呢？

  此诗文字虽短，但却意味无穷。它教会读者用心去体会生命中不同的状态。秋风落叶和青春男女之间不再对立，而是和谐唯美，也许这正是品读此诗最大的收获。法国雕塑家罗丹曾说："世界上并不缺少美，而是缺少发现美的眼睛。"很多时候或许只需换一下角度看待一切，世间生命的每个阶段、每种状态都能美到令人心醉。

狡 童

一寸相思千万绪，人间没个安排处

彼狡童兮，不与我言兮。维子之故，使我不能餐兮。
彼狡童兮，不与我食兮。维子之故，使我不能息兮。

郑风

爱情中的一场冷战

《狡童》一诗内容简短，现在较多理解认为此诗描写了一场恋人之间的冷战。

"彼狡童兮"，孔颖达解"狡"通"姣"，指美好之意。后世多从孔氏之解，但这种解释值得商榷。《山有扶苏》一诗中也出现过"狡童"一词，用以与"子都""子充"这样当时的美男子做对比。若"狡"解为美好之意，就不存在文学上的对比了。故此诗的"狡童"也应解为狡猾之人，此句是抱怨责备之辞。诗人因为生气，故称与自己冷战的爱人是狡猾之人。我猜测"狡童"可能是当时郑国较常用的损人之语，类似于如今"坏小子"之类的说法。在用法上，可以用来形容一个人是真的坏，也可用来表达心中的抱怨，甚至是充满爱意的戏谑。与此相类似，如今恋人之间也会经常称对方为"傻瓜"。"傻瓜"一词既可以形容一个人很笨，也可以是情侣间充满爱意的玩笑或小抱怨。因此"狡童"的具体涵义要结合诗歌语境理解，不可断章取义。

诗人和爱人之间经历着一场怎样的冷战呢？"不与我言兮"指这位男子不和诗人说话。爱人间本应有很多交流，古时的恋人更是如此。古人最怕的就是离别，他们没有现代通讯设备，若一分离就意味着不知何时才能相聚。柳永的《雨霖铃》中有一句："此去经年，应是良辰好景虚设。便纵有千种风情，更与何人说？"意指两人之间一去相别，即使之后自己遇到再好的美景也形如虚设。因为爱人不在身边，满腹的情意又能和谁述说呢？古时爱人可能因分别而不能交谈，但最可悲的是，明明四目相对却沉默得如隔着千山万水一般遥远，这正是诗人当下的处境。如此的冷漠寂静最令诗人难熬。"维子之故，使我不能餐兮。"此句是指因为男子的缘故，诗人内心难受而无心饮食。此句一方面是怨恨对方的无声冷战，另一方面也说明诗人对这位男子用情至深。如果跟一个不在乎的人无交流也罢了，偏偏是深爱的人与自己冷战，诗人当然会茶不思饭不想。

诗歌次章的描写更进一步。"彼狡童兮，不与我食兮。"此句说这个"坏小子"不仅不与诗人说话，连饭也不与她同吃。男子居然如此绝情，非但不愿交流，连日常生活饮食也不与诗人一起，诗人心中该如何来承受这份孤独呢？"维子之故，使我不能息兮。"诗人面对男子的冷待道出自己最深的悲伤。"息"，有的解释认为是睡觉之意，指诗人因爱人的冷漠而心绪烦乱、寝食不安、无法安睡。这样的理解过于简单。马瑞辰在《毛诗传笺通释》里说："人之气，急曰喘，舒曰息。"一个人的气息在着急心乱时非常不稳定，称为"喘"，而当心情平和时，气息则舒缓顺畅，称为"息"。因此，此句是指诗人因为爱人不与自己说话吃饭而心中纷乱，连呼吸也无法舒缓，就好像要窒息一般，心情无法平复。所谓"一寸相思千万绪，人间没个安排处"，正是诗人目前的内心状态。爱人之间最舒服的状态应该是一份互相依靠的安心。两人时常相互关心，让彼此的心有可安放之处，而冷漠不语则会令彼此的心悬在半空，千思万绪无处安放。别说是寝食难安，就连正常呼吸也难以做到。

麦秀歌

毫无疑问，此诗通过简短的内容讲述了一场爱人间的冷战，这也是当下最为人所接受的诠释。不过品读此诗时与另一首诗歌《麦秀歌》对照来看，或许会有另一番不同解读。

《麦秀歌》一诗创作时间比《狡童》更早，全诗内容也极其简短："麦秀渐渐兮，禾黍油油。彼狡童兮，不与我好兮。"诗歌大意是：田野中的麦子竖起尖尖的麦芒，庄稼茁壮地生长，而那个坏小子却不愿意与我友好交往啊！末句"彼狡童兮，不与我好兮"几乎和《狡童》中的诗句一模一样。这两首诗歌之间有何联系呢？《史记·宋微子世家》里讲了一个故事：据说《麦秀歌》的作者名叫箕子，他是商纣王的叔父。箕子对商纣王的暴虐无道非常担忧，一直劝谏纣王改正错误、用心治国。纣王用象牙筷子吃饭并对身边大臣炫耀，众人都应和奉承，唯独箕子在一旁叹息道:"用一双象牙筷子吃饭对于一个君王来说看似不算什么,但统治者的昏庸就是从这一点点小事开始的。今天用象牙筷子吃饭,明天可能就要配上玉制的酒杯,后天可能要更多精美的物件供自己享用,再到追求车马舒适和宫室高大华丽,如此一发不可收拾,国家也会因此江河日下无法振兴。"由此可见,箕子是一位有远见的智者,他对国家和人民忠诚用心。可纣王自始至终都没有理会这位叔父的劝谏,导致了商朝最后的覆灭。周朝建立后,武王拜见箕子,箕子也悉心将治国之道告知,但因他本是商朝臣子,所以不愿仕周。武王则不勉强,始终以礼相待并分封箕子到朝鲜。有次箕子路过商朝故都朝歌,见城墙宫室已毁,长满了野生的禾黍。他对商朝由于纣王昏庸暴虐而灭亡感到悲伤,但此时已是周朝,自己无法公开表露内心之哀伤,无奈之下便作《麦秀歌》。借男女之间的埋怨之词,隐喻箕子对于商纣王不听劝谏而最终亡国的无限悲伤。诗中"狡童"即指商纣王。《麦秀歌》在周初时已经写成,被称为中国最早的"文人诗"。因此,历来有人认为《狡童》一诗是在模仿《麦秀歌》,诗人也借用男女之间的埋怨之词表达其对于当时统治者昏庸无道的不满之情。这两首诗歌之间是否真有联系,现今已无从可考,但将此二诗如此对比理解也赋予了《狡童》一诗更为深刻的内涵。

褰 裳

自语真意,浅情人不知

子惠思我,褰裳涉溱。子不我思,岂无他人?狂童之狂也且!
子惠思我,褰裳涉洧。子不我思,岂无他士?狂童之狂也且!

郑风

究竟何人渡河?

《褰裳》是一首与男女爱情有关的短小诗歌。诗人从女性的角度切入,其表达的情绪和文学手法较其他类似主题的诗歌有所不同。

诗歌共两章,先品读两章首句。"子惠思我","子"是诗人对心爱男子的爱称。"惠"《毛诗》解为"爱也",即喜欢、爱慕之意。此句是诗人的自言自语,自问那位她心爱的男子到底是不是真的爱自己呢?"褰裳涉溱","褰"是提起之意。"裳"指古人下身所穿的裙子。现在"衣裳"二字连用泛指所有衣服,而在古时"衣"指上身穿的衣服,"裳"指下身穿的裙子。"涉"即涉水过河之意。"溱"是郑国河名。次章"褰裳涉洧"亦是同样意涵。"洧"亦是郑国河名。此二句都是诗人在内心默默设想：如果那位男子真的爱自己、想念自己的话，就会提起裙裳蹚过溱水洧水。蹚水过河之人是谁，诗中并未说明。因为古代男女都穿裙裳，所以此句的理解可以有两个角度。一种常见的理解是诗人希望自己所爱的男子能蹚水过河来与自己相聚。当然，也可以反过来理解。诗人心里想只要对方是真爱自己，那自己便提起裙子蹚水过河与对方见面，以此表达诗人的坚决爱意。究竟哪种理解才是诗人的本意，如今已不得而知，我个人倾向于前种解释。总之，诗歌次章首句要表达的意涵是，如果对方对诗人有情，就应过河相见。有没有另一种可能，即落花有情，流水无意，对方根本不想念爱慕诗人呢？

爱情中可怜的"优越感"

如果诗人得知对方并不爱自己，会有怎样的反应呢？诗歌两章次句就描写了这样的境遇。"子不我思"是倒装结构，应作"子不思我"解，意指男子不思念自己。"岂无他人？"是一句出人意料的反问句，也是此诗在文学上最精彩的一笔。诗人反问道："如果男子不爱自己，难道就没有其他人了吗？难道就只有他一个吗？"下章此句也是同样涵义。"岂无他士？""士"朱熹《诗集传》解为"未娶者之称"，即指未婚男子。诗人意指除了这位男子外，未婚优秀的青年多得很，并非只有此一人值得爱恋。

两章末尾诗文内容一模一样，是诗人内心的强烈抱怨之辞。"狂童之狂也且！""且"是句末语气词，无实际涵义。"狂童"与前诗的"狡童"一词类似，都是当时一种表达不满的称呼。

"童"不能理解为孩子,而是指笨拙无知之意。诗人生气地责骂对方为狂妄又愚蠢之人,以表内心埋怨之情。前文分析了两种可能性,一种是对方思念诗人渡河相聚,一种是对方不爱诗人没来找她。既然末句诗人有如此埋怨之辞,可见事实应该是后一种情况,所以诗人才会抱怨说对方既然不找自己,那她就去找其他男子谈婚论嫁。

可能读者认为诗人在这段爱情中表现出了一份优越感,似乎除了此男子外,她还有诸多其他选择,所以有种毫不在乎的感觉。其实并非如此,诗人与男子隔着河水,那时没有电话网络,诗人所说的这些话,对方是听不见的。事实上男子根本不知道诗人心中设定的这些条件,当然也就不可能按照诗人的要求去做了。因此,诗人的这些话其实是讲给自己听的,是一种心理上的自我安慰。因为对方不爱自己,而自己却偏偏想念不止,无可奈何又不甘心承认在这份爱情中的弱势地位,只能赌气反问自己难道无人可爱了吗?诗人所有的表达都只是从心理上给自己找一份虚无的优越感和主动权聊以自慰。作为旁观者,读者对诗人的深情和自欺欺人其实已经看得很清楚,诗中这句出人意料的反问从反面将诗人硬撑的那一份"优越感"刻画得入木三分,也是她作为情感之中弱势者的可怜之处。

弱水三千,只取一瓢

历来有种解释简单地认为,此诗表达了诗人洒脱的个性和反抗的精神,这样的解读是很肤浅的。所谓"欲把相思说似谁,浅情人不知"。诗以载情,每首诗歌都在抒发作者心中最深处的情感。隐含在文字背后的那一份深情，浅情之人又如何能够读得懂呢？真正动过真情的人就会懂得在爱情里一旦动了情就覆水难收，哪里可能做到如诗人这般洒脱？爱情不是买卖物品，无法轻易退换，情感中最特别也最折磨人的是内心的排他性，在诗人心中那位男子谁也无法取代。《红楼梦》里贾宝玉对林黛玉说："任凭弱水三千，我只取一瓢饮。"意指这世上有无数江河湖海，而我却偏偏只饮属于我的这一小勺水。同样，人生中会遇到太多人，能打动我们心扉的人却寥寥无几。我想这才是品读此诗应有的切入角度，诗人在表面的洒脱和优越感之下隐藏着的对男子的深情才是爱情真正的模样。这一份藏在文字之下的眷恋也正是此诗最为动人之所在。

丰

错错错，莫莫莫

子之丰兮，俟我乎巷兮，悔予不送兮。

子之昌兮，俟我乎堂兮，悔予不将兮。

衣锦褧衣，裳锦褧裳。叔兮伯兮，驾予与行。

裳锦褧裳，衣锦褧衣。叔兮伯兮，驾予与归。

郑风

即将喜结连理的男女

《丰》描写了一场令人无比心酸的爱情悲剧。全诗共四章，先品读前两章。首章"子之丰兮"，"子"是诗人对所爱男子的爱称。"丰"《毛诗》解为"丰满也"，此处丰满有两层涵义：一指这位男子容颜丰采、俊秀美丽；二指在诗人心中这位男子也是内在丰盈斐然的杰出青年。次章"子之昌兮"，"昌"指男子体魄健硕。诗歌两章首句，诗人极尽赞美之辞表达自己对他的爱慕之情。"俟我乎巷兮"，"俟"是等待之意，"巷"指一片居民区中经过每户人家门前的主要道路。诗人意指这位男子对自己也充满爱意，因为他曾在巷路上等候诗人。下章"俟我乎堂兮"在涵义上更进一层，男子等待诗人的地点从她家门外的巷道变成了她家的庭堂。由此可见，这位男子对于诗人的爱慕痴心。另外，"堂"还有更深一层的意涵，即指男子上门提亲。古代男女婚姻有"六礼"，分别是纳采、问名、纳吉、纳征、请期、亲迎六个步骤。最后一步"亲迎"指在成婚当天，新郎亲自到女方家中庭堂等待迎娶新娘。因此，此句指这对相爱的青年男女已经到了成婚之日，男方的迎亲队伍已在女方家中的庭院等待新娘。至此，诗歌完全是一幅美好的画面，相爱之人喜结连理，走进幸福的婚姻殿堂。

旧时代的爱情悲剧

出人意料的是诗歌前两章末尾突然转折，故事从幸福瞬间转为悲伤，令人措手不及。"悔予不送兮"，"悔"将接下来的所有文字遮上了一层伤感的阴影，也告诉读者原来之前的所有美好画面都是诗人在后悔惋惜情绪中的回忆。诗人回忆男子当初来家中迎娶自己的那一天，而最终这场迎亲却无疾而终，诗人因此追悔莫及。"送"指送女出嫁。"予"本意指我，这里是指我家，即诗人的父母家人。原来男子已上门迎亲，而诗人的家人却临时变卦，没有将诗人嫁予男子。现代婚恋较为自由，而两千多年前的古人则认为婚姻是父母之命、媒妁之言，儿女的终身大事必须由父母代为做主。这是那个时代的悲哀，也正因为这样的社会伦理导致了诸多爱情悲剧，此诗的故事就是其中之一。次章"悔予不将兮"也是相同涵义，"将"意为送。读者不禁为这对苦命鸳鸯唏嘘不已，明明相爱即将成婚却活生生地被当时的社会习俗和父母家人无情拆散。面对这样残酷的现实，诗人无力改变，留给她的只有无尽的悔恨。

爱人请带我走

　　诗歌后两章，诗人又回到悲伤回忆之中，描写了婚礼当天的情形。

　　三章首句"衣锦褧衣"中两个"衣"，前者作动词，意为穿。"锦"指华服，是女子出嫁时所穿着的礼服。"褧"指麻布做的罩衫，为防止女子出嫁路上尘土颠簸而罩在锦衣之外。"裳锦褧裳"亦是相同意涵。诗人回忆亲迎当日，她早就做好了准备，穿上了精致的礼服，心中充满无尽期许和幸福之情默默地坐在闺房之中等待着白马王子的出现。末章首句内容与三章一样，只是换了语句的前后位置。诗人在特意强调她多么希望那天穿着礼服的自己能顺利地嫁给心爱之人。可惜事与愿违，她的父母家人在当天取消了这场婚礼，这对当时身处闺房中的诗人就如晴天霹雳。她伤心欲绝，心中苦苦地重复期盼着："叔兮伯兮，驾予与行。""叔""伯"《毛诗》解为"迎己者"，意指随新郎同来迎亲的男方家人。"行"在此指出嫁。诗人请求男方的家人能赶紧驾着马车带她与新郎一同离开，可见诗人心中是多么渴望嫁给对方。末章"叔兮伯兮，驾予与归。""归"亦指女子出嫁。诗人无法面对突如其来的残酷现实，一切就好像是美丽的泡沫，一碰就破碎消失。在婚礼当天，新郎正在庭堂外翘首渴盼新娘的出现，新娘身着礼服在闺阁之中望眼欲穿等待新郎。只是一墙之隔，但他们可能今后此生都无法再见。诗歌最后定格在这样一幅令人悲伤的画面上，阻隔在爱人之间的并不是这一堵墙，而是当时那个时代不自由的婚姻制度。

错错错，莫莫莫

此诗讲述了一场凄凉的爱情悲剧。人在短暂生命中能遇到深爱之人实属不易，若因社会的束缚而错过真爱着实令人遗憾。时间不可逆转，人生如单向道无法回头，此生错过也许永远不会再相遇。"此情只待成追忆，只是当时已惘然。"

在品读此诗时，我常常不由地联想到南宋诗人陆游与唐婉之间的动人爱情故事。陆游在二十多岁时娶表妹唐婉为妻，两人感情十分深厚。唐婉也是位才华横溢的女子，可陆游的母亲不赞成这场婚姻，逼迫陆游与唐婉离婚，硬生生将这对有情人拆散。十年过后，两人已各自另行嫁娶。有一天，陆游在沈园春游时与唐婉不期而遇，此情此景令两人感慨万千，但又无言相对。唐婉征得丈夫许可后，派人送给陆游一些酒菜以表关怀，之后便离开了。分别后，陆游心中悲伤不已，在沈园墙壁上写下《钗头凤》一词。因为最初两人成婚时，陆游曾送给唐婉一支凤钗作定情信物，所以此词取名《钗头凤》。"红酥手，黄縢酒，满城春色宫墙柳。东风恶，欢情薄，一怀愁绪，几年离索。错、错、错！春如旧，人空瘦，泪痕红浥鲛绡透。桃花落，闲池阁。山盟虽在，锦书难托。莫、莫、莫！"陆游写下该词后次年，唐婉再来沈园，看到这首《钗头凤》后感慨万千，于是提笔又应和作了一首。"世情薄，人情恶，雨送黄昏花易落。晓风干，泪痕残。欲笺心事，独语斜阑。难，难，难！人成各，今非昨，病魂常似秋千索。角声寒，夜阑珊。怕人寻问，咽泪装欢。瞒，瞒，瞒！"写完不久，唐婉便忧郁而死。时间又过去四十年，陆游已是七旬老人，他心中因怀念唐婉故重游沈园，此时才见到唐婉四十年前所回他的词句，然而时过境迁，唐婉早已不在人世。一曲《钗头凤》的故事，前后相隔四十余年。其间陆游从一位意气风发的青年成为一位白发苍苍的老人。一对有情人，自四十年前的偶遇之后，余生再未曾相见。

"错错错，莫莫莫"，这字句背后的一往情深，这一场造化弄人的错过，令后世多少人为之喟叹落泪。就如《丰》这首诗一样，美好的爱情因为时代伦理的阻碍最终以遗憾收场。庆幸我们生在当代，可以自由地去追求爱情，与爱人相爱厮守。珍惜当下、珍惜所爱也是此诗带给读者的另一番感悟。

东门之墠

景因情生美,情缘景更浓

东门之墠,茹藘在阪。其室则迩,其人甚远。
东门之栗,有践家室。岂不尔思?子不我即。

郑风

室迩人远,咫尺天涯

《东门之墠》历来被认为是一首男女之间的情诗。诗歌简短,内容情景交融,情深意切。

先来品读诗歌首章。"东门之墠","东门"指城邑东侧城门。"墠"《韩诗》解为"犹坦也",指平坦土地。开篇诗人描绘了一幅大全景画面——东门外平坦广阔的土地。下句"茹藘在阪","阪"指土坡,"茹藘"亦称茜草,是常见植物,其根可用作染料,将丝绸布匹染成漂亮的红色,所以茹藘也是中国历史上使用最为悠久的植物染料之一。此句诗歌的画面感从"东门之墠"的平坦之地慢慢往前推进,跟随诗人的目光,读者望见这片平地上的小土坡,接着又进一步看到生长在上面的茹藘。在这片茹藘蔓延的土坡边有着一户人家，所住的正是诗人朝思暮想的爱人。为何诗人要从屋边的茹藘写起呢？因为诗人是一位女子，织布染色是她平日的工作。她望着心爱之人家边土坡上的茹藘，不由地想象着自己能嫁到这位男子家中，为他织布做衣，再采摘屋边的茹藘将衣服染成鲜艳的红色给他穿上，那该是多么幸福美好啊。

次句"其室则迩，其人甚远"是诗人心中的感叹。"迩"意为近。诗人感叹那户土坡边的人家距离自己如此之近，一眼就可望到，而她的心上人却偏偏离她如此遥远。此处诗人所谓的"远"和"近"并非客观距离，而是一种心理距离。现代常用的成语"室迩人远"就出自此诗，意指房屋虽在近处，但房屋的主人却离得遥远，多用于表达咫尺天涯的殷切思念之情。诗人在此留给读者一笔悬疑，究竟是什么原因导致诗人觉得爱慕之人虽近在咫尺却又可望而不可即呢？

由景入情，情景交融

首章情景交融是此诗在文学上的最大特点，诗人对于景的描写极富层次且恬静唯美，由景入情自然动人。在文学作品，尤其是在诗歌中，"景"和"情"两者之间往往交融渗透，所谓"景乃诗之媒，情乃诗之胚"（谢榛《四溟诗话·即影》）。"景"的描写是诗人用以表达情感的媒介和手段，"情"则是诗歌的真实内涵，就如胚芽一般，要依靠"景"的辅助成长抒发而出。诗人通过这样一番恬静悠远、层层递进的景色描写，表达出了对幸福静好生活的渴望。

二章"东门之栗，有践家室"。"栗"指栗树。此时诗人的目光还停留在爱人居住的小屋上，屋边有一棵栗树。"践"在《韩诗》里作"靖"，有宁静、美好之意。王先谦在《诗三家义集疏》中讲"有靖家室，犹今谚云'好好人家'也"，意指"有践家室"一句如现代通常所讲的"美好的人家"之意。诗人之所以会如此认为，不仅因为这是她所爱慕之人的家，更是因为诗人认为若她能在那儿与所爱之人一同生活才是真正美好的家。特别值得注意的是诗人在此用到的"家室"并非单纯指一所房子，而是指一个有着温暖气息的"家"。《毛诗郑笺》也讲："言东门之外，栗树之下，有善人可与成为家室也"，亦认为诗人希望自己能与爱人结为家室，故而此处的"家室"不能简单理解为栗树边的一栋房屋。二章前两句诗人通过一番景物描写，情景交融地引发出内心渴望爱情和美好家庭的真切期许。

爱情中期待的煎熬

"岂不尔思？子不我即。"诗人在全诗末尾终于解答了首章留下的悬疑，道出了她所爱之人可望而不可即的真相所在。"岂不尔思"是语法上的倒装，即"岂不思尔"。这是诗人的一句扪心自问："难道是我不想你吗？"当然并非如此，诗人日夜都思念着爱人，每天都深情地望着东门外山坡旁栗树之下爱人的居所。无法在一起的原因就是下句"子不我即"，此句也是倒装结构，即"子不即我"，"即"是靠近之意。诗人埋怨对方："并非是我不想念你，而是你都不来找我。"原来这才是诗人觉得与所爱之人咫尺天涯的真正原因。对方不主动来找自己，不与自己联系，而诗人作为女子总要保持一份矜持，不可能冒冒失失地前往男方家中。所以诗人心中才会有些许的失落和埋怨,但并非一定是指男子对诗人无情无义,作为读者应从恋爱的心理状态去理解此句。有可能不久前男子刚来找过诗人相聚约会,只不过诗人太深爱男子,以至于觉得分开几天就如过了一个世纪般漫长,所以才会认为男子离自己似乎隔着银河般遥远。诗人的内心太希望彼此可以天天相见,甚至可以一起生活,厮守到老。《国风》里亦有其他诸如"一日不见,如隔三秋"这样的诗句,表达了古人因为强烈的情感而变得非常主观的时空感。由此可见诗人内心的爱慕之情热烈至极。从这样的角度去品读此诗,再配合诗歌中描写的恬静优美的景物——山坡、植物、树木、房屋,这一景一情并不会令读者觉得过分忧伤,反而让我们在千年后之后也品味出了那一番爱情中甜蜜的幻想和期待的煎熬。

除此之外,当下还有很多人认为此诗是一首男女之间的对唱情歌。首章是男子所唱,他埋怨女子不理睬自己,拒人于千里之外。次章则是女子回应男子说自己也非常想念他,并责备男子不来找自己。二人一唱一和打情骂俏,这种解读也可备一说。不过通读此诗似乎没有特别明显的男女对唱痕迹,所以我个人更倾向于将其解读为一位女子由景生情,期待爱人与自己相聚的内心独白。

风 雨

自强不息,真君子!

风雨凄凄,鸡鸣喈喈。既见君子,云胡不夷?
风雨潇潇,鸡鸣胶胶。既见君子,云胡不瘳?
风雨如晦,鸡鸣不已。既见君子,云胡不喜?

郑风

风雨交加,天色昏暗

《风雨》描写了一场清晨相聚的片段。诗歌三章文字基本相同,一唱三叹、反复吟唱,加深了诗人的情绪表达。诗歌开篇并未直接描写诗人情绪,而是由景写起。

"风雨凄凄","凄凄"朱熹《诗集传》解为"寒凉之气",即寒凉阴冷之意。此时正是清晨时分,诗人望着窗外寒风冷雨交加,感觉阴冷逼人。为何此时是清晨时分呢?因为后句"鸡鸣喈喈"。"喈喈"即指鸡鸣之声,故此刻为一日之晨。清晨应是一天中最美好的时分,万物经过一整晚的休息而精神饱满。公鸡打鸣后,人们都抖擞精神,起床开始一天的新生活。然而一早窗外风雨交加，如此的阴冷寒意令人倍感不适。诗歌接下来两章层层递进，次章"潇潇"《毛诗》解为"暴疾也"，意指寒风阴雨愈加凶猛，风越刮越大成了暴风，雨越下越急成了骤雨。末章"晦"指天空昏暗、黯淡无光之意，这场清晨的疾风骤雨已让整个天空都变得阴霾，失去了清晨应有的明媚。此时打鸣的公鸡依然鸣叫，次章"胶胶"三家诗都作"嘐嘐"，指鸡鸣之声。末章"鸡鸣不已"指虽风雨愈加猛烈，但鸡鸣之声始终未停。诗歌三章首句，诗人描写的景色给人以悲凉暗淡之感，读者能够感受到一种难以抗拒的阴冷寒意。

心病痊愈，内心喜悦

接下来诗人并未继续描写天气的阴冷，而是转而描写了一场温暖的相遇，抒发了内心的喜悦。"既见君子，云胡不夷？""夷"原意为平，在此指诗人内心平复。清晨昏暗的天气和阴冷的风雨使诗人心烦意乱，而因为见到了朝思暮想的那位君子，诗人渐渐平静下来。由此可知，诗人之前烦乱的心绪不只是因为这场清晨的风雨，更多是源于对这位君子的思念。君子的出现让诗人烦乱的心境得以平复，有了依靠和安全感，就如心灵的小船驶过风浪汹涌的大海，终于停靠在安静温暖的港湾。此时即使窗外的疾风骤雨再猛烈，天地再黯淡无光，诗人的心情依旧会因为这场相聚的喜悦而变得明媚起来。次章"瘳"朱熹《诗集传》解为"病愈也，言积思之病，至此而愈也"，指生病痊愈之意。诗人并无身体上的病症，有的是因日夜积累的思念而生出的心病。当见到君子的那一刻，她心中郁结的相思之病也即刻痊愈。三章用字层层递进，诗人的心病因见到君子而好转的过程就如同人们平时生理疾病痊愈的过程一样。首先是"夷"，表示见到君子那一刻心烦意乱之症状得以平复；其次用"瘳"，表示心情状态慢慢平复后，之前因思念而郁结的心病也得到痊愈；末章则更进一步用"喜"来表示在心情平复、心病痊愈之后，诗人的内心终于喜悦起来。

对立情景，加倍抒情

通读此诗，读者能够体会到诗歌绝妙的情景交织的文学笔法。

三章前句写景，后句抒情，虽然是情景交融，但又并非普通的借景抒情，因为诗中所描写的景与诗人内心的情是对立的。窗外是愈演愈烈的寒冷风雨和暗淡无光的天色，而诗人的心情却恰恰相反，从心情平复到喜出望外，窗外天气不断恶化而诗人内心却因与君子相见而愈发欣喜若狂。就一般借景抒情的写法而言，恶劣的天气和喜悦的心情是相互矛盾的。通常恶劣的天气会用以抒发悲壮忧郁的情绪。如"风萧萧兮易水寒，壮士一去兮不复还"，即用阴冷的寒风来抒发壮士荆轲渡易水前去刺杀秦王时注定不回的悲壮和凄凉。而此诗却别出心裁，将诗人的喜悦情绪和窗外的凄风冷雨对立起来。这非但不会让读者觉得突兀，反而起到了更加突出情感的效果。王夫之在《姜斋诗话》里讲："以乐景写哀，以哀景写乐，一倍增其哀乐。"意指巧妙地利用景与情之间的对立，用欢乐的景色来衬托心中的哀伤，用悲凉的景色来衬托心中的快乐，如此可以达到加倍的文学效果。

此诗正是一首情景对立的典范之作。诗人成功运用这种文学手法的关键在于"既见君子"一句，若没有关于"见到心中思念已久的君子"这一事件的描写，阴冷的风雨和喜悦之情用在一起就显得极不合适。诗人通过一个相聚事件进行文学穿插，巧妙地将情与景之间的对立消解，而且使得景的描写更能突出情。读者可以深刻体会到诗人是如此朝思暮想着这位君子，以至于见到他之后，即使天气恶劣无比都难掩其心中的欣喜。这一文学表达技巧正是此诗的绝妙一笔。

君子自强不息

当下较多理解认为《风雨》一诗描写的是一对夫妻的久别重逢，不过诗歌并未明确说明这一点。虽然写到"既见君子"，但"君子"未必是夫妻间的称呼，亦有可能是朋友或君臣之间的尊称，所以不能太局限地将此诗解读为一首男女情诗。此诗有多种解读的可能，也许描写的是朋友之间的想念和相逢，也许描写的是一位统治者遇到期盼已久的贤德能人前来辅佐。

由于诗歌三章首句描写窗外风雨愈演愈烈而公鸡始终鸣叫不停的场景，故古人由此从君子身处昏暗乱世依然自强不息的角度来理解此诗。《毛诗》里讲，"思君子也。乱世则思君子不改其度也"，意指此诗是在赞美君子处于乱世依然不改心中志向和为人处世的准则。自古以来，这种解释影响了诸多文人，他们都用"鸡鸣不已"来自我激励。人生在世，随波逐流容易，而坚定不移甚至逆流而上成为时代的中流砥柱，不论现状如何昏暗依然能坚持真理不动摇，这是极难的。屈原曾说，"举世混浊而我独清，世人皆醉我独醒",整个世界如此浑浊不堪,而自己却要保持一份清白和高洁。世人都烂醉如泥、混沌迷失,而自己却要保持着灵魂的清醒、绝不妥协。这样的人勇敢却也注定孤独,但也正是这样的人才配称得上是真正君子。《晋书·载记·吕光传》引此诗道,"陵霜不凋者,松柏也。临难不移者,君子也。何图松柏凋于微霜,而鸡鸣已于风雨",意指经历严寒而不凋零的是松柏,面对艰难世道依然坚定不移是真君子。他们就像在寒风凛冽中生长的松柏,在凄风冷雨中鸣叫不止的公鸡,绝不妥协于昏暗艰难的世道。

另外值得一提的是,现代著名画家徐悲鸿于1937年春天,即抗日战争爆发前夕,作了一幅著名的中国画,名为《风雨鸡鸣》。画中是一只在暴风雨中伫立在巨石之上引吭高啼的公鸡。此画也取材于此诗,象征画家盼望志士仁人在民族危亡时刻能够挺身而出,发出救亡之呐喊。因此,君子自强不息,也是此诗给予后世读者另一层值得品读千年的深刻意涵。

子 衿

青青子衿情，脉脉爱人心

青青子衿，悠悠我心。纵我不往，子宁不嗣音？
青青子佩，悠悠我思。纵我不往，子宁不来？
挑兮达兮，在城阙兮。一日不见，如三月兮。

细腻的文学视角

《子衿》是《诗经》名篇，其中"青青子衿，悠悠我心"是千古流传的佳句。诗歌共三章，先来品读一、二章首句。

"青青子衿，悠悠我心。""衿"指衣服领边。古人的衣服由一块大布包裹在身上，腰间用衣带束扎起来。衣服边缘从领子向下倾斜一直连接到下端。"衿"指衣服边缘靠上的部分，即领口位置。"青青"是颜色，即指青色的衣领。"子"是诗人对对方的爱称。诗人爱慕的男子是一位身着青色衣领外衣的青年。诗歌次章前两句也是类似含义，都是诗人在描写她爱慕的男子。"佩"在此指青色佩带，诗人所爱之人身着青色衣领的外衣，系着青色佩带。

　　为何诗歌两章首句能成为千古佳句呢？一般来说，描写爱人通常会写到他的容貌、神情、举止行为等，但诗人并未作这些方面的描写，只是写到了衣领和佩带的细节。由此表现诗人对所爱之人的视角之特别，如此细腻的视角描写反映出诗人的心理，这是此诗在文学上的绝妙之处。古代女子非常羞涩矜持，诗人面对心爱男子不敢抬头，所以她不可能直视对方，而是目光略微向下。因此她所见的只是对方的衣领和随身佩带。如此细腻的文学视角描写出了爱情的青涩美好以及女子微妙的情感心理，可谓是意味绵长。现代读者要从此句中体会到诗人面对爱人时的紧张羞涩和低头矜持，才能品味出这一千古佳句的隽永魅力所在。

思念忧心，爱情里的小埋怨

　　其实诗人所爱男子当下并非在诗人眼前，青色的衣领和佩带都是诗人的回忆。她上次见到爱人时害羞得不敢抬头，所以现在思念对方时，映入她脑海的自然也只是对方衣领和佩带的画面。"悠悠我心"，"悠"《说文解字》解为"忧也"，即忧愁之意。王先谦在《诗三家义集疏》中讲，"'悠悠我心'者，不得见而思之长也"，意指诗人对爱人的思念之情浓烈无比，因见不到爱人而内心空洞寂寞、忧伤难耐，思念绵长之状。这一份爱情带来的忧愁让人心悬在半空没有着落。下章"悠悠我思"亦是类似涵义。试想一位当着面都脸红得不敢抬头正视对方的女子，即使内心再思念也会因害羞矜持而不能主动寻找对方。正因如此，诗人心里颇有一点小埋怨。"纵我不往，子宁不嗣音？""纵"是纵然之意。"嗣"韩诗作"诒",是传递、寄送之意。诗人埋怨对方,纵然自己不去找对方,对方怎么也一点音讯不给自己呢?难道他根本就不想念自己或者已经将自己忘记了吗?若非如此,哪怕托人带来信物或者寄一封竹简也好,至少可以让诗人知道所爱之人的处境。爱人之间哪怕见不到面,只要能了解对方的一举一动也能心安。若是音讯全无,心中无限的思念之情便无处安放。下章"纵我不往,子宁不来?"也是同样涵义。此句诗人埋怨得更加直接,从埋怨对方不给音讯到责备对方不来找自己,这也从一个侧面反映出诗人心中焦灼的思念之情。

思念情绪的升华描写

诗歌末章与前两章有所不同,是文学上的升华。将诗人对爱人的思念之情从行为和心理两方面又作了一次总结性的表达。"挑兮达兮,在城阙兮"是从行为方面来描写诗人对爱人的无尽思念。"挑达"《毛诗》解为"往来貌",即不断地来来回回。"在城阙兮","城阙"指古代城门两边的高台。原来诗人每天都要来回多次去往城门楼上,站在城楼高处远望爱人是否来找自己,由此可见其心中之焦虑。类似的表现在现代热恋中的情侣中也很常见,假若对方没有发信息来,心里就会焦躁不安,时不时地要看手机,定不下心做自己的事情。诗人亦是如此,每天多次往返城楼张望,控制不住自己因思念而焦躁不安的内心,只有见到对方或收到对方的音讯,才能暂时平复心绪。诗歌末句"一日不见,如三月兮"从心理上再次描写诗人难以平复的相思之情。此句在之前的诗歌里就出现过,指一天没有见到爱人就好像过了三个月一样漫长难耐。当然，对方未必真的离开了很久。文学上的心理时间感是和客观时间不同的。特别想念一个人时，就会觉得时间特别漫长，也许对方前几天刚来过，诗人只是因为用情太深所以才深陷在强烈的思念中无法自拔。

流传千古的"学子"意涵

此诗讲述的故事很明确，是一首表达思念的情诗。但此诗的另外一种解释对后世影响很大，以至于历代几乎不认为这是一首情诗。这种解释的源头来自《毛诗》，《毛诗》里讲，"青衿，青领也，学子之所服"，即认为诗歌中写到的青色衣领是指古代学生穿的衣服，所以诗人描写的对象是当时郑国的学生。《毛诗》认为这是一首讽刺诗，讽刺当时郑国社会动荡混乱，人心不求上进，连学校都已荒废。诗人是一位老师，他忧虑着四散的学子们，希望他们能早日重归学堂。"唐、宋、元、明诸儒，皆主此说。"（方玉润《诗经原始》）可见《毛诗》的诠释对古时文人千百年来的影响之深远。"子衿"一词后也成了读书人或学生的代称。因此，在古诗文中若出现"子衿"或者"青衿"这样的词语一般都是指代青年学生。这也是人类文化传承的魅力所在，不论"子衿"用以指代学生这种解释在本意上是否正确，它对于后世文学的巨大影响已不可磨灭。

扬之水

兄弟心连心,勿忘手足情

扬之水,不流束楚。终鲜兄弟,维予与女。无信人之言,人实诳女。
扬之水,不流束薪。终鲜兄弟,维予二人。无信人之言,人实不信。

心中无奈,借歌抒情

《扬之水》一诗文字虽然简单,但历来解读却众说纷纭,似乎一直是个谜。诗中并未交代主人公为何人,也没有任何背景描写,有的只是诗人对于亲人发自内心的劝诫。

诗歌两章首句"扬之水,不流束楚""扬之水,不流束薪",《王风》中也有一篇名为《扬之水》的诗歌,开篇也是同样的诗文。个人猜想《扬之水》可能是当时民间流传广泛的一首歌谣,这两句是通用的民歌开头。当时的大部分人或许都会唱这首歌谣,歌谣开头雷同,接下来的内容由歌唱者自由发挥,这也是民间歌谣最常见的创作模式。

"扬"朱熹《诗集传》解为"悠扬也,水缓流之貌"。"束"

即一束、一捆之意。"楚"是灌木、荆条之意，在此亦指柴薪。"薪"指柴薪。此句描写缓缓流淌的小水流漂不走一捆柴薪，可见其水流之微弱，连木材这种能浮于水面的物体也无法承载。如果《扬之水》是当时的一首民间歌谣，诗人为何要选这首用于自己的诗歌创作呢？《王风·扬之水》的作者是一位被统治者派遣到遥远他国戍守边疆的士兵，遥遥路途、背井离乡、归期无望。诗人借用微弱水流难以浮薪来表达心中对于残酷兵役的无力无助之感。这种面对现实无力无助的情绪正是《扬之水》这首民间歌谣的文学基调。当时的民间百姓如果心中有这样的无奈之情和无力之感想要抒发，就会自然而然地想到这首歌谣，故《郑风》中的《扬之水》所要表达的应该也是诗人对于现实的无奈之情。

孤立无援的无助

诗人通过两章后句娓娓道出心中无奈酸楚的原因所在。"终鲜兄弟，维予与女""终鲜兄弟，维予二人"，"终"意为"既"，是已经之意，"鲜"意为少。诗人感叹兄弟亲人已经很少，可以说是无依无靠。"维予与女"和"维予二人"都是在表达兄弟本就不多，现在只有两人相依为命、孤立无援。古时先民生活以农业为基础，家族网络有着极其重要的作用。古人要立足社会，其人际关系都是从以家庭为基本单元展开，家族越大，亲人越多，各方面的支援和帮助也就越多。诗人所叹只有兄弟二人相依为命道出了其孤立无援的无奈之感，也符合《扬之水》的情感基调。诗人就如同一股微弱的水流，现实生活就如一捆柴草。柴草虽轻，但以诗人微弱的力量却依然无法将其承载，心有余而力不足,只能无奈地被现实的沉重压迫束缚,无处可逃。

信任丧失的无奈

虽然只有兄弟二人,但所谓"兄弟同心,其利断金"。只要兄弟二人团结一致也可以互相支持。诗人又何以如此无奈,觉得孤独无助呢?诗歌两章末句道出了原因所在。

"无信人之言"意指千万不要随便相信别人的话。原来诗人感到无奈的真正原因不仅是兄弟稀少,更是诗人与兄弟之间产生了隔阂。唯一可以依靠的兄弟相信了外人之言而与自己疏远,这是诗人最不愿看到的事实。"人实诳女""人实不信"是诗人对兄弟的肺腑之言。"诳"是欺骗之意。诗人告诫自己的兄弟,外人之言都是谎言,绝不可信。方玉润在《诗经原始》中评价此诗道:"慎无信人之言,而致疑于骨肉间也。语虽寻常,义实深远。故圣人存之,以为世之凡为兄弟者戒。"意为诗人深切告诫自己的兄弟千万要谨慎,不要轻信外人的流言蜚语而使骨肉手足的兄弟之间产生不必要的怀疑与猜忌。诗歌言语虽通俗,但意义深远,这也正是此诗被圣人编入《诗经》的原因所在,目的是要告诫后世为人兄弟者须保持清醒的头脑,珍惜骨肉之情,携手同心、相互信任。

忽突争国,兄弟相争

关于此诗的背景故事历来解释和猜测很多。有一种主要的解读认为此诗所描述的兄弟不和与郑国的一段历史有关。《毛诗郑笺》里讲,"忽兄弟争国,亲戚相疑",认为此诗讲的是郑国"忽突争国"的故事。

平王东迁后,第一个强大起来的国家就是郑国,最有机会成为春秋第一个霸主。郑武公帮助周平王击退入侵的犬戎并一路护送平王东迁洛阳,加之郑周同宗同姓,因此郑国立功后被分封大片土地,继而逐渐强大又吞并周边许多小国。正在前景一片大好之时,郑国却发生了内乱并直接导致郑国衰弱。这场内乱缘起于"忽突争国"一事。

"忽"和"突"是人名,他们都是郑庄公的儿子,互为兄弟。太子忽其人骁勇善战但想法另类,在援助齐国抵御北戎入侵后,齐国国君欲将女儿嫁给太子忽以表感激之情,但他婉言拒绝。齐国当时是一方强国,郑国拒绝这场婚事事小,失去强齐的支持事大。庄公死后,太子忽继位,即郑昭公。昭公政治势力薄弱,其母是邓国人,邓国是小国,无法在背后支撑昭公。昭公同父异母的弟弟公子突有着强大的娘家背景,突的母亲是宋国人,宋国是当时一方诸侯强国。昭公继位后,公子突和宋国的政治势力蠢蠢欲动,威逼利诱郑国当政大臣祭仲,将昭公逼走,流亡卫国。公子突继而成为郑国新君,即郑厉公。厉公只在位四年又被祭仲赶下台,郑国又重新迎昭公回国为君。昭厉二君就如棋盘上的棋子一般被换来换去。昭公复位不久又被另一位郑国大臣所杀,而厉公在外流亡近二十年才回到郑国。这一场兄弟相争中,昭厉二君都是受害者,并没有赢家。"忽突争国"一事受害最深是郑国本身,郑国由此内乱转强为衰,失去了角逐中原的实力。历来很多人认为此诗是郑人因此而作,为劝诫兄弟二人勿要反目成仇,应互相信任,如此才能复兴国家、造福百姓。

巽与之言，绎之为贵

不论诗歌背后的故事是否与"忽突争国"的历史背景有关，这首文字质朴的诗歌流传千古，内容本身也足以给后世读者诸多深刻反思。人与人之间，尤其是骨肉同胞之间应同心协力，面对外人的花言巧语更要保持清醒的头脑。《论语》里孔子说："巽与之言，能无说乎？绎之为贵。"意指那些投人所好又顺耳好听的话，任谁听了都会高兴，但真正聪明的人会对这些话语加以分析，而非盲目相信接受，这才是一个人最可贵的品质。古希腊哲学家苏格拉底也曾经说："未经反思的生活是不值得过的。"如果一个人只会听信他人、人云亦云、盲从盲信，这样的生活是不值得过的。面对人生的每一步，我们都要学会反思和谨慎判断。这样人才能越活越聪明、越过越明白，这样的人生才是真正值得过的人生。

出其东门

斯人若彩虹，遇上方知有

出其东门，有女如云。虽则如云，匪我思存。缟衣綦巾，聊乐我员。
出其闉阇，有女如荼。虽则如荼，匪我思且。缟衣茹藘，聊可与娱。

郑风

世间繁华，如云如荼

《出其东门》一诗主旨明确，文字真切动人。诗人表达了自己对于爱情的忠贞信念，留下千古佳话。诗歌共两章，先品读每章首句。

"出其东门"，"东门"指城邑东侧的大门。王先谦在《诗三家义集疏》中讲，"东门为游人所集"，意指当时郑国都城东门之外是游人云集之地。诗人走出东门便步入了热闹繁华、熙熙攘攘的出游人群之中。次章此句的"闉阇"指古时城门之外的曲城之门。古代城墙最重要的功能是用于战时防御，所以不止一层，在里层的城门外还有一圈城墙和另一道城门，最外则还有作为防御工事的护城河。诗人走出东城门，穿过东门外的曲城门，来到了当时游人聚集之地。郑国风俗中男女关系比较开放，所以男女青年在城边郊外聚会游玩是很正常的现象。"有女如云"，"如云"朱熹《诗集传》解为"如云者，美且众也"，形容东门外的青年女子多且美貌非凡。下章此句"有女如荼"亦是相同涵义。"荼"马瑞辰在《毛诗传笺通释》里解为"茅、苇之秀通可称荼"，意指白茅、芦苇所开出的白色小花通称为荼。这里诗人用荼花比喻城外青年女子貌美如花且人数众多。按常理，诗人作为一位青年男子应该赶紧去结识一下这些美女们，但他却不然。诗歌接着来了一笔大大的反转。原来诗人描写东门外的世间热闹繁华，美女如云如荼是为了反衬自己内心的不为所动，表达自己忠贞不渝的爱情观。

心有所属，无动于衷

诗歌两章次句，东门外美女"虽则如云""虽则如荼"，但诗人却丝毫不为之所动，其原因就是"匪我思存"。"匪"通"非"，即否定之意。"存"是存在安放之意。"此如云者，皆非我思所存也。"（《毛诗郑笺》）诗人告诉读者，这些美女们并非他思绪情感的安放之处。二章此句"匪我思且"也是相同含义。"且"通"徂"，是去往之意，意指这些女子并非诗人心之所往，因为他心中的情和爱已有了唯一的归宿。

诗人用"云""荼"形容女子的美貌和繁多，其实"云""荼"还有另一层含义。"如云者，如其从风，东西南北，心无有定。"（《毛诗郑笺》）云虽美但却漂浮在天空中，随风而动无所定。"荼，茅秀，物之轻者，飞行无常。"（王先谦《诗三家义集疏》）荼是白茅的花朵，虽美丽繁多，但却小而轻盈，风一吹便四散飘走，同样是无有定所。此处诗人并非在赞扬这些东门之外社交聚会的青年男女，而是有一些委婉的批判。这些青年男女沉迷于社交集会，难免喜新厌旧、见异思迁，在爱情上没有定数，如此漂浮不定的状态并非诗人向往的爱情。诗人想要的是心有所属、思有所存、一心一意的美好爱情。

贤贤易色，知足心安

诗人内心对待爱情的专一态度令人欣赏，读者难免会产生好奇，诗人所爱之人又是怎样的呢？她与东门外的美女们到底有何不同？每章末句便揭晓了答案。"缟衣綦巾"，"缟衣"指素白色的衣服，"綦巾"指淡青色的围裙，也有说"巾"指妇女的头巾。二章此句"缟衣茹藘"，"茹藘"是一种植物，也称茜草，其根可用于染色，是一种古老的植物染料，丝绸布匹可由其染成漂亮的红色。这两句都是诗人对心爱女子的描写：她身穿素白色外衣，系着淡青色围裙，身上还戴着用茹藘染成红色的佩巾。这位女子的穿着可谓非常质朴，并不是花枝招展的装扮。诗中描写的素白色外衣和青色佩巾都是一种文学上的借代手法，即通过描写衣着服饰来借代人物本身。从这一身朴素的衣着，读者便知诗人所爱之人是一位平凡质朴的女子。后句"聊乐我员"，"员"通"云"，马瑞辰《毛诗传笺通释》考证其为亲爱友好之意。诗人告诉读者，这位质朴的女子让他感到无比的快乐和亲近。这份爱意与亲近并不在于外表的美丽，而是一份内心的愉悦。韩诗里"员"作"魂"，也说明诗人对于爱情的追求在于内心灵魂的契合。二章末句"聊可与娱"也是相同意涵。《论语》里讲"贤贤易色",不应注重对方的容貌外表,更重要的是其内在的贤惠品德。诗人也是如此,面对东门之外美女如云的虚华外表,他更注重爱人的内在品行和彼此间灵魂的相悦。方玉润在《诗经原始》里讲,"不屑与人寻芳逐艳,虽荆钗布裙自足为乐,何必妖娆艳冶",意指诗人不似世俗男子般寻芳逐艳,即使爱人穿着朴素,也因彼此的心灵契合而感到知足安心,这才是真正美好爱情的样子。

斯人若彩虹,遇上方知有

朱熹《诗集传》高度评价诗人的专情,他写道,"是时淫风大行,而其间乃有如此之人,亦可谓能自好,而不为习俗所移矣",意指当时郑国青年男女之间爱情开放,关系自由,而诗人在这样的大环境下依然保持着专一的爱情观,不沦于世俗,不随波逐流,这是非常难得的。这也说明了诗人的确遇到了真爱,对方能给予他灵魂上的抚慰和满足。这份真挚的爱情也令千年后的读者羡慕无比,能在芸芸众生中遇到一生所爱,是多么难能可贵。电影《怦然心动》中有这样一段话:"人的一生中会遇到许许多多的异性,有些人浅薄,有些人沉默,有些人金玉其外,有些人内在光华,但你终究会有一天,遇到一个像彩虹般绚丽的人。当你遇到了这个人,你就会觉得其他的一切都是浮云。"诗人与其所爱之人间的那份心灵契合使他犹如见到了绚丽的彩虹。斯人若彩虹,遇上方知有,千年之后这一曲动人心扉的爱情誓言令我们更相信了美好爱情的存在,也希望每一位读者都能遇到那位一生相伴的知心爱人。

野有蔓草

倾心一遇,惊艳一生

野有蔓草,零露漙兮。有美一人,清扬婉兮。邂逅相遇,适我愿兮。野有蔓草,零露瀼瀼。有美一人,婉如清扬。邂逅相遇,与子偕臧。

郑风

短暂相遇,露水之缘

《野有蔓草》一诗描写了一场短暂而快乐的邂逅。历来解读多从男女情爱的角度出发进行诠释,但美好的邂逅并非一定发生在情人之间,也可能存在于朋友、知己之间。

诗歌共两章,先品读诗歌每章首句,"野有蔓草,零露漙兮""野有蔓草,零露瀼瀼"。《叔于田》一诗提到过先秦的乡遂制度。周代各国地域都可划分为"国""野"两大区域,"国"指王城国都、城市的中心区域,"野"指远离国都的广大野外。这首诗中的"野"即指城市最外围广大的山林旷野。"蔓"是蔓延之意。首句诗人描写了城邑之外广阔山野之中蔓延生长着的野草。"零露"指降落的露珠。"漙"朱熹在《诗集传》中解为"露多貌",

即指露水繁多。诗歌次章首句也是相同含义。"瀼瀼"《毛诗》解为"盛貌",亦指露水丰盛充足之貌。诗人开篇描写了野外蔓延生长的野草和丰盈繁多的露水,这与诗歌描写短暂快乐邂逅的主旨有着密切的关联。露水是因地面的水气升腾冷凝而成的水珠,其形成依赖于气候和温差的条件,一般只在春秋两季出现,且只出现在清晨或傍晚,形成后一会儿便会蒸发消失。古人认为露水是天上滴落的宝水,非常珍贵且可以入药,故称之为甘露。野草与露水相聚的时间极其短暂,而在这短暂相逢的时光里,露水能滋润野草,给予它生命的养分和成长的力量,这正是自然界中最美的一场短暂邂逅。成语"露水情缘"就用以形容短暂而美好的男女之情。曹操《短歌行》中"对酒当歌,人生几何。譬如朝露,去日苦多"一句,用露水的短暂来比喻人生的短促,表达要活在当下,享受生活的生命感悟。诗人开篇用野草露水的相逢作比,正是为了进而描写这场邂逅的美好和短暂。

清扬美人,一见倾心

接着品读诗歌每章次句。"有美一人"点出诗人邂逅的对象。"美人"并非现代意义上的美女。古时"美"即指美好,并非单指外表的美貌,所以此诗并不一定是讲述一位男子遇见一位美丽女子。古人形容男性君子也常使用"美人"一词,如屈原《离骚》中写道"惟草木之零落兮,恐美人之迟暮",这句中的"美人"即指君子,意为有理想抱负的贤德君子面对岁月的流逝,渴望把握短暂的人生,做出一番事业。方玉润在《诗经原始》里讲,"士固有一见倾心,终身莫解,片言相投,生死不渝者,此类是也",认为诗歌所描写的"美人"是指诗人的知己好友。君子之间也有一见倾心和终生难忘之时,片刻间的言语交流是如此投机,让他们成为终生不变的知己。故此诗很有可能描写的是君子间的默契相投。后句"清扬婉兮","清""扬"都指眼睛明亮美丽。眼睛是心灵的窗口,心地美好纯真之人,其眼眸必是清澈明亮、闪闪发光。"婉"《说文解字》解为"顺也",即和顺温柔之意。此处指美人不仅容貌秀美,内在也是温柔和顺。诗人与这样一位外表清秀、目光明亮、内心和顺、温柔美好的美人短暂相遇,无论是情人之间的邂逅也好,或是君子知己间的相逢也罢,对于彼此来说都是生命中闪闪发亮、一见倾心的美好一刻。

何为真正的"邂逅"?

何为真正的邂逅呢?如果只是将其理解为与一位美好的人相遇未免过于简单。或许在每天相遇的人中发现一两个内在丰盈、外在秀美的人也并非难事。何以邂逅如此珍贵,让诗人用野草与甘露的相逢来作比形容呢?诗歌两章末句便是答案。

"邂逅相遇","相遇"是指遇见,这只是"邂逅"的第一步而已。朱熹在《诗集传》里讲:"邂逅,不期而会也。"所以邂逅的第一个重要特点在于"不期而遇"。在遇见之前,诗人的心中是没有任何期待和预设的。邂逅是在预料之外的惊喜,所以才令人倍感珍贵。就如清晨睁开双眼时,突然发现窗外绿叶上挂满了晶莹剔透的露珠,如此这般完全出乎意料的欣喜惊艳之体验。末句"适我愿兮","适"是适合、满足之意。诗人道出了邂逅另一个更重要的特点,即是心灵上的如愿以偿。如果只是不期而遇，双方没有任何交流和互动，这也只是碰面罢了。相遇之后对方能满足自己内心的愿求，如甘露一般滋润自己的灵魂，才称之为"邂逅"，而且这种满足也不是单方面的。下章末句"与子偕臧"就更进一步。"臧"是美好之意。王先谦在《诗三家义集疏》中讲，"偕臧，谓偕之于善，有互相劝勉意"，意指这场邂逅不单令诗人如愿以偿，精神得以满足，更重要的是双方都感受到了这场邂逅带来的美好和善意，都能获得精神层面的勉励，是一种共同进步和共同满足。这也是为何这场邂逅如野草遇见甘露一般弥足珍贵，这不仅是一场不期而遇的惊喜，更让诗人与对方彼此的心灵都得到了充盈，享受到了进步的喜乐。

面对"邂逅"的心境

邂逅如此美人一定是诗人生命中的闪光一刻。作为读者或许可以作进一步的思考，在这珍贵又短暂的时刻之后诗人又是怎样一番心境呢？在之后寻常的生活中，他是一生执迷于这场美好，或是淡淡地怀念直到有一天遗忘释然呢？我们每个人都渴望生命中闪光的邂逅一刻，但却又害怕面对邂逅之后继续平淡的生活，害怕自己会因此变得不知所措。无论如何，人生中若能有这样一场美好的邂逅也不枉此生。徐志摩有一首《偶然》，也是描写了一场动人的邂逅，据说是他写给林徽因的。《野有蔓草》一诗的品读就以此诗作结。希望每个人能足够幸运，在生命中邂逅那位令彼此心灵闪光的人，不管是爱人或是知己，倾心一遇，惊艳一生。

《偶　然》

我是天空里的一片云，
偶尔投影在你的波心。
你不必讶异，更无须欢喜。
在转瞬间消灭了踪影。
你我相逢在黑夜的海上，
你有你的，我有我的方向；
你记得也好，最好你忘掉，
在这交会时互放的光亮！

郑风

溱洧

极简言情微小说

溱与洧,方涣涣兮。士与女,方秉蕳兮。女曰:"观乎?"士曰:"既且。""且往观乎?"洧之外,洵訏且乐。维士与女,伊其相谑,赠之以勺药。

溱与洧,浏其清矣。士与女,殷其盈矣。女曰:"观乎?"士曰:"既且。""且往观乎?"洧之外,洵訏且乐。维士与女,伊其将谑,赠之以勺药。

郑风

言情微小说

此诗是一篇真情流露的言情微小说。其文字虽短小精悍,但细节却刻画得细致入微、丝丝入扣,绝对是一篇上乘佳作。

诗歌共两章,两章首句写明了地点和时间的信息。"溱"和"洧"是当时郑国主要的两条河流,是郑人日常生活或休闲游玩都离不开的重要环境背景。"涣"韩诗里作"洹",解为"三月桃花水下之时至盛也",意指仲春时节,冬季水中结的冰已经完全融化,此时桃花盛开，溱洧两河的水流充盈盛大之貌。《毛诗郑笺》里也讲"仲春之时，冰以释，水则涣涣然"。所以诗歌这里描写水流盈盛，是从侧面说明故事所发生的时间，即仲春之时。"浏其清矣"是描述春天的河水。"浏"朱熹《诗集传》解为"深貌"，即指河水充盈深满，"清"指河水清澈。诗人开篇描写了仲春时节在溱河与洧河的岸边，气候温暖怡人，河水充盈清澈。一个爱情故事也配合着如此阳光明媚、水流丰盈的时节拉开了序幕。

上巳节聚会

接着来品读诗歌两章次句。"士与女"指故事的男女主角。古时未婚男子称为"士"，未婚女子称为"女"。这里是讲春暖花开时节，一群男女青年在溱河与洧河岸边游玩踏青。为何此句并非在特指某位男生或女生呢？因为"殷其盈矣"。"殷"即表示众多之意，意指溱、洧水边的男女青年络绎不绝。虽然郑国的男女关系比较开放自由，聚会活动也很多见，但诗中的这场聚会却格外热闹，这是因为故事发生在一个特别的日子——上巳节。

上巳节是中国非常古老的民间节日，先秦时期就已经发展成大规模的民俗节日。尤其在当时的郑国，上巳节最为人崇尚。韩诗里记载，"郑国之俗，三月上巳之日于两水上，招魂续魄，拂除不祥"，意指郑国有这样的习俗：在三月上巳这天，人们要来到溱洧水边，用河水沐浴并举行祭祀活动，以祓除不祥，祈求幸福平安。上巳节最早起源于远古巫术，古人在举行巫术活动前会沐浴斋戒，所以上巳节也逐渐发展为一个经过漫长冬日后人们集体沐浴斋戒的节日。在仲春气候宜人的温暖时节，先民用河水洗涤宿垢去除病患,既能神清气爽也能保持身体健康。沐浴并非简单用水清洗,还要配合使用熏香,所以诗歌此句讲到"方秉蕳兮"。"秉"是持有之意。"蕳,兰也。当此盛流之时,众士与众女执兰而被除邪恶。"(韩诗)"蕳"是一种称为"兰"的香草,但并非现在的兰花。因其香气袭人,古人认为可以通灵,所以被用于祭祀前的斋戒沐浴。

上巳节时,春日河水充盈,青年们用兰草沐浴,浸染芳香,去除邪恶不祥之气。该节日传统在古代中国流传久远,从上古时代有祭祀性质的巫术活动逐渐演变为民众集体踏青的快乐节日,到魏晋之后,上巳节的时间基本固定在每年农历三月三日。历来许多脍炙人口、流传千古的文学作品都以上巳节为背景创作。东晋王羲之的《兰亭集序》描写了上巳节当日王羲之和友人共四十一人出游踏青,在水边聚会,曲水流觞的经过。文章记录了兰亭周围的山水之美和聚会的欢乐之情,抒发了作者对于生死无常的感慨。这篇文章文采斐然,再配上王羲之出神入化的书法,可谓不朽神作。据说唐太宗在去世时就以《兰亭集序》一同陪葬。杜甫的新乐府诗歌《丽人行》,开篇首句"三月三日天气新,长安水边多丽人",也描写了上巳节当天长安水边游春仕女的体态之美和服饰之盛,亦是千古佳作。《溱洧》一诗可谓是中国文学史上第一篇以上巳节为背景的诗歌,生动描写了上巳日,众多郑国青年在水边郊游踏青、快乐聚会的场景。

真情流露的极简对白

诗歌两章第三句,诗人开始描写具体的语言细节。他作为一位旁观者记录了一对青年男女真情流露的对话。

姑娘主动对心仪的小伙说："观乎？"即在问小伙愿意一起去水边看看吗？姑娘热情地邀请对方去城外的溱洧河边看看那怡人的春色和荡漾的水波，一同加入上巳节的游人之中。读者当然是旁观者清，知道姑娘"醉翁之意不在酒"，她是想和心仪的小伙多些近距离接触的机会。就好像现代青年男女邀约对方看场电影或演出一样，虽然时隔千古之远，但展开一段爱情的套路却依然相似，可见人类的情感无论古今都有共通之处。面对姑娘的邀请，小伙的回答是："既且。""且"通"徂"，意为去往。令人意外的是，这位小伙欲擒故纵地告诉姑娘他已经去过了。虽说去过，但他并没说不愿与姑娘同去，可见他是故意吊姑娘的胃口。这一招还真是管用，从姑娘接下来的回答中可以看出她的内心更为悸动："且往观乎？""且"是再次之意，可爱的姑娘对小伙撒娇，希望他能再陪自己去一次。想必小伙内心也有了一丝小小的得意和满足，于是便欣然与姑娘一同出发。诗人描写的这段对话虽然简单，但一来一回的对白却将男女青年单纯真情的自然流露、欲擒故纵的假装矜持、情意绵绵的任性撒娇都体现出来。三言两语便将青年爱情中的蠢蠢欲动的真情悸动刻画得入木三分，可见其文字功力之了得。

精彩收尾画面定格

诗歌两章末句是这部微小说综述性的收尾概写，由虚到实，由粗到细。"洧之外，洵訏且乐"，"洵"是确实之意，"訏"是宽广之意。此句意为洧水河边那片开阔广大之地，游人聚集都在参加上巳节活动，热闹非凡又充满了快乐气息。诗歌若就此总结收尾,那其文学水平便称不上高超。诗人在这句虚写的大全景概括后,像一位电影导演一般,突然将文学画面的镜头聚焦,进入细节描写。先是一个关于人物的中景描写,从广阔热闹的河边聚焦到一对青年男女。"维士与女,伊其相谑","伊"是语助词,"谑"是嬉笑之意。一对互相心仪的青年男女玩笑戏谑,其乐融融。这一笔画面的聚焦描写是诗人从虚写人群的欢乐到实际细节描写的过渡之笔。两章末句诗人更是一笔将文学画面更加聚焦,定格在一个特写镜头之上——"赠之以勺药"。男女间互赠勺药花,这实在是太绝妙惊艳的一笔,足见诗人深厚的文学功力。他并没有俗套地描写某个人,而是将画面定格在一朵定情的勺药花之上,诗歌至此戛然而止但又意味绵长,令人浮想联翩。

一朵勺药花为何会如此令人回味无穷呢?古人的勺药并非现在花如牡丹的芍药,而是一种称为"江蓠"的花。江蓠的谐音有将要离开之意,所以这是古时情侣间行将别离时互相赠送的定情之花。"勺"在古时又与"约"同音,因此还隐含着来日再约、结成良缘之意。诗人将诗歌结尾定格在这一朵勺药花上,也是隐隐告诉读者上巳节的聚会游玩已接近尾声。心仪男女青年之间互赠花朵以表情意,同时也为下一次见面定下良约,这样的意涵既让读者感受到一番真挚的情意,也同时让人产生了一份美好的期待和无尽的想象。

品读此诗,除了品味其文字中透露出的美好之外,读者也应了解古人重要的习俗——上巳节,感受中国传统文化的迷人之处。比起当下人们推崇的圣诞节、情人节等西洋节日,我们应更注重中华民族的文化习俗和传统节日,勿忘中国文化之美。

齐风

鸡 鸣

幸福的唠叨

鸡既鸣矣,朝既盈矣。匪鸡则鸣,苍蝇之声。
东方明矣,朝既昌矣。匪东方则明,月出之光。
虫飞薨薨,甘与子同梦。会且归矣,无庶予子憎。

鱼盐大国,春秋首霸

《齐风》是当时齐国民间传唱的歌谣。我们大致回顾一下之前国风的篇目:《周南》是周公旦管辖地区的诗歌,《召南》是召公奭管辖地区的诗歌,周公旦和召公奭都是周武王之弟;邶、鄘、卫都是当时卫国的诗歌,卫国开国之君卫康叔也是周武王之弟;《王风》是当时周王室所在地区的诗歌;《郑风》是郑国诗歌,郑国开国之君郑桓公是周宣王之弟。所以之前的国风篇目,所涉及的国家地区都是和周王室同宗同姓的姬姓国家。

《齐风》则有所不同,齐国并非姬姓国家,而是一个与周王室没有血缘关系的诸侯国。虽无直接的血缘关系,但齐国的开国君主

齐风

却和周王朝之间关系极其密切,以至于齐国的地位甚至在当时许多姬姓诸侯国之上。这位开国之君就是姜子牙。姜子牙原来只是一位隐居在渭水河边垂钓的老翁,周文王到渭水河边求贤,请姜子牙出山辅佐,任命他为国师治理周国。文王去世后,武王继位,任命姜子牙为太师。太师是当时周朝最高的官职,太师、太傅、太保统称"三公",都是周天子身边最亲近的辅佐大臣。周武王所任命的"三公"中,太师是姜子牙、太傅是周公旦、太保是召公奭。周公旦和召公奭都是周武王的亲弟弟,只有姜子牙和周武王没有血缘关系。姜子牙的地位由此可见一斑,他和周王之间的关系绝不输给其亲兄弟。姜子牙善于用兵,最终不负众望,帮助武王灭商,建立了周王朝。周朝建立后,武王便将齐地分封给姜子牙,这便是后来的齐国。

齐国在今山东省渤海湾区域。因齐地靠海,故有鱼盐之利,资源丰富。所有的中原内陆国都需要食盐,而齐国产盐丰富,基本垄断了所有盐货供应资源,可以说富甲一方。《史记》记载:"太公至国,修政,因其俗,简其礼,通商工之业,便鱼盐之利,而人民多归齐,齐为大国",意指姜子牙被封齐国后,修明政治,简化烦琐的周礼,开放工商业,利用海洋资源,从事鱼盐生产,齐国不久便依靠先天的地缘优势迅速发展起来。到了春秋初期,齐国已经是富饶大国。后齐桓公当政,在管仲的辅佐之下,齐国一跃成为春秋时代实至名归的第一任霸主,齐桓公也是公认的"春秋五霸"之首。《齐风》里的诗歌是当时齐国流传的民间歌谣。因为齐国强大富庶,所以《齐风》诗歌无论是描写社会政治,还是百姓生活,在文字风格上都较为大气清绮,没有过多的儿女情长和私人情感,颇有大国风范。

自欺欺人，哭笑不得

《鸡鸣》一诗非常有趣，是一对夫妻之间清晨的对话小品。全篇诗歌都以你来我往的对话串联起来，充满了生活气息，字里行间也将对话者的性情刻画得淋漓尽致。正因此诗是由一连串的对话交织而成，而诗人又未写明每一句话是由谁所说，故历来有很多不同看法，也令此诗模糊难解。先品读诗歌前两章，这两章有一点非常明确，这是夫妻二人相互交替的对话，你一言我一语，非常精彩且戏剧性十足。

诗歌首句是夫妻对话的第一句。"鸡既鸣矣"即指公鸡已经打过鸣，言下之意天已将亮。"朝既盈矣"，"朝"在此指官员朝会，古代君主一般清早组织官员大臣朝会，即"早朝"。古人的作息时间与当下人不同，当下人夜生活丰富，而古人晚上没有照明设备，也没有电视手机，每天很早入睡。睡得早也起得早，所以古代官员早朝时间也比当下早很多，两三点起床准备，天还未亮便要出门上朝。"盈"意为满。此句是夫妻中的某一人在说："公鸡已打鸣，早朝朝堂上应该已经有很多人到了，所以要赶紧起床了。"读者其实并不知这句话是谁说的，有可能是妻子在催促丈夫起床上朝，也有可能是丈夫在跟妻子说自己要赶紧起床上班。暂且不管是谁说的，先来看第二句对方的回应："匪鸡则鸣，苍蝇之声。"此句比较容易理解，意指对方听到的并非公鸡打鸣之声，而是苍蝇嗡嗡之声，所以认为天还没亮，时间还早。虽然还不能确定说话者身份的顺序，但夫妻二人之间有一位要早起，而另一位则在故意找借口赖着不起床，这个情景是清楚的。

次章亦是如此，但是比首章更进一步。"东方明矣，朝既昌矣。""昌"也是满盛之意。此时东方的天空已蒙蒙亮，所以上朝官员应该到得更多更齐了。尽管如此，另外一位还在接着耍赖，并狡辩道："匪东方则明，月出之光。"意指东方天空并不是日出的亮光，而是夜色中的月明之光。诗歌前两章这对夫妻之间一来一回的对话，我每次读到总会不由自主地笑起来。因为这段对话实在太生动，而且充满戏剧性，活灵活现地描写了一个自欺欺人的"大懒虫"。明明公鸡叫了，却说是苍蝇飞；明明天亮了，却说是月亮光，总能找到一个让人哭笑不得的借口，为自己赖床找理由。虽是耍赖，但却让人感到一份人性中的可爱调皮。我们的生活中也一定有过这样的经历：上学时赖床不起，迷迷糊糊地找个让人哭笑不得的理由跟父母耍赖。诗歌前两章的对话正是如此贴近生活，充满了寻常家庭的温暖气息。

谁言谁语？是君是臣？

诗歌前两章的对话情景有两种可能：一是妻子催促丈夫早起上朝，丈夫却赖床不起；另一种是丈夫要起床去上朝，但妻子撒娇不舍丈夫离开。另外这位丈夫的身份究竟是君还是臣，也是一个重要的问题。《毛诗》认为此诗的主人公是齐国国君，早晨大臣都已在朝堂上，国君却还赖在床上不愿临朝听政，而现在的理解则多认为诗歌主人公是一位应早起朝会的官员大臣。关于上述两个问题，可以从诗歌末章探求答案。

"虫飞薨薨，甘与子同梦。""薨薨"是象声词，指虫飞之声，在此即指之前提到的苍蝇飞动之声。"甘与子同梦"意指说话之人不愿起床，甘愿和爱人一同多睡一会，共同入梦。此句必是出自赖床人之口。"甘"字很重要，点出了赖床者的身份。"甘"是甘愿，有比较之意。即指相比另一件事，此人宁愿与爱人一同入梦。言下之意当然是与早朝一事相比较。诗歌至此非常明确了，这位赖床之人就是本该早起参加早朝的丈夫。他留恋床笫，妻子则一直催促他起床工作。

"会且归矣"，"会"即指朝会。"且"是将近、将要之意。此句是妻子又在催促丈夫："你再不起，早朝就要结束了，参加朝会的官员们也都要回家啦。""无庶予子憎"，"无庶"是倒装结构，即"庶无"。"庶"是希望之意，"庶无"意为希望不要。"予"是给予之意。此句是妻子在告诫丈夫："你如此缺勤迟到，真希望别人不要对你有所憎恨和厌恶。"从这句妻子的劝勉之中，读者可知丈夫的身份应是一位臣子。因为即便他不参与，早朝还是会正常开始结束，他只是缺席的一分子。若是君主缺席，就不存在早朝即将结束、大臣即将退朝的问题了。

天真的亮了吗？

由前所述，此诗描写了一位本应参加早朝的官员，虽其妻子多番催促，但他还是找理由赖床不起。全诗用对话形式写成，文学风格巧妙，极富创意。生动且生活化的语言，将人物的真性情刻画得活灵活现。

这首诗歌是否还有另外一种可能？或许丈夫所说的飞虫嗡嗡之声和夜色月光并非赖床的借口，而是真实存在的。也许的确天还未亮，但妻子为丈夫操心，提前开始催促他起床，准备出门早朝。这样的情况也是有可能的。方玉润在《诗经原始》里认为此诗是："警其夫欲令早起，故终夜关心，乍寐乍觉，误以蝇声为鸡鸣，以月光为东方明，真情实景，写来活现。"意指是这位妻子搞错了时间。她对丈夫充满爱意，非常为他的事业操心，丈夫第二天一早要参加重要朝会，她怕他睡过头，所以一晚上都睡不踏实，听到苍蝇嗡嗡之声以为是公鸡打鸣，看到窗外月光误以为是东方天空日出，故反复催促丈夫起床。这份对丈夫的关心爱意，由此表现得淋漓尽致。我们读书的时候，如果第二天有重要考试，父母也会如此，他们也是很早就起床催促，有时候甚至还故意唬骗我们说考试已经要开始了。这样的人生经历就像极了此诗中的描写。诗中妻子的不断催促，是一种来自家人、爱人的真情爱意的表达，一种充满关心的唠叨。

　　当下诸多《诗经》解读都简单地认为此诗主旨是为批判这位官员的懒惰散漫，这样的理解多少有些肤浅。细细品读此诗，不管是否真的天亮，不管这位官员是真的赖床也好，还是妻子因为紧张弄错时间提前催促他起床也罢，此诗最动人之处在于这几句寻常家庭对白中体现出的点滴爱意。正是因为妻子特别爱丈夫，将丈夫的事看得尤为重要，怕他出什么闪失，所以才会有这样一番琐碎唠叨。千年之后，我们品读此诗，理解的重点并不在于去批判诗歌主人公的懒惰，而是要懂得去体会这份爱人之间的琐碎细语和脉脉温情。或许我们在品读时会自然地想到自己的父母、自己的爱人，他们也曾经有过相同的充满爱意的唠叨。我们曾经可能会觉得他们啰唆，但是细细想来，人生中能有这样充满爱意的唠叨相伴，又何尝不是一种幸福呢？

还

勤礼莫如致敬

子之还兮,遭我乎峱之间兮。并驱从两肩兮,揖我谓我儇兮。
子之茂兮,遭我乎峱之道兮。并驱从两牡兮,揖我谓我好兮。
子之昌兮,遭我乎峱之阳兮。并驱从两狼兮,揖我谓我臧兮。

齐风

打猎偶遇,极力赞美

齐地多丘陵山地,所以狩猎是百姓常见的生活方式,《齐风》里有多首内容与狩猎有关的诗歌。《还》即是一首以狩猎为主题的诗歌。诗歌共三章,内容基本重复,每章只是略改几字。此诗在文学上与常见的《诗经》诗歌有所不同,并非四字一句重复,而是每句字数多变,四字、七字、六字交替,读起来朗朗上口,风格清绮。

先品读每章首句。"子之还兮","还"通"旋",是敏捷、灵敏之意。开篇首句诗人在夸奖赞美对方身手敏捷,这不免让人产生好奇,夸赞的对象是谁呢?"遭我乎峱之间兮"。"遭"是遭遇、遇见之意。"峱"是齐国山名。"间"指山谷之间。原来诗人和对方在山谷间不期而遇，既然是不期而遇，诗人又为何夸赞对方呢？《毛诗郑笺》解释说，"子也，我也，皆士大夫也，俱出田猎而相遭也"，认为诗中所说的"子"是指诗人在山间遭遇之人，"我"是诗人自己，两人都是士大夫。他们都在外狩猎，并在山间相遇。先秦时贵族都要学习"六艺"，"六艺"中不单包含文化知识，还包括音乐、射箭、驾驭马车等实践技术。外出狩猎是练习射箭、驾驭马车最好的实践方式，所以贵族官员都会定期安排打猎活动。诗中两位外出打猎的士大夫在山中偶遇，当然要打个招呼，客气一番。诗人赞扬对方打猎技巧高超，身手敏捷。后两章首句也是相似意涵。次章"子之茂兮，遭我乎峱之道兮"，"茂"《毛诗》解为"美也"，即美好之意。诗人再次在山间道路上遇见对方，于是热情地称赞对方射猎技艺高超。末章"子之昌兮，遭我乎峱之阳兮"，"昌"《毛诗郑笺》解为"姣好貌"，意指外表美丽英俊。古人山南水北谓之阳，所以"阳"指山的南面。此句是指两人又在峱山南面相遇，诗人再次称赞对方一表人才、英姿飒爽，不但狩猎技艺高超，人也俊美不凡。

并驾齐驱，惺惺相惜

面对诗人的屡次夸赞，对方也在诗歌每章末句作出了回应。"并驱从两肩兮"，"并驱"指诗人和对方都驾驶马车狩猎，两辆马车互相平行并驾齐驱。"从"在此为追逐、追赶之意。"兽一岁为豵，二岁为豝，三岁为肩，四岁为特"（《广雅·释兽》），此处"肩"指三岁左右的野兽，是二人狩猎的对象。诗人在山中狩猎,遇到对方后,两人驾驶马车并驾齐驱,一同追逐猎物。面对诗人的盛赞,对方作出回应"揖我谓我儇兮"。"揖"指拱手作揖,是古人的一种礼节,对方向诗人作揖行礼,同时也回夸了诗人一番。"儇"指身手敏捷轻快之意,对方也夸诗人狩猎技巧娴熟、敏捷利索。后两章此句也是类似意涵。次章"并驱从两牡兮,揖我谓我好兮","牡"指雄性野兽。诗人与对方又一次在山路上相遇,并驾齐驱追赶两只雄性野兽,互相夸赞彼此身手不凡。末章"并驱从两狼兮,揖我谓我臧兮",两人在山南面再次相遇,并驾齐驱追赶两匹野狼,彼此夸奖对方非常美好。"臧"即美好之意。可见两人之间颇为惺惺相惜。也有解读认为诗歌前两章提到的三岁野兽和雄性野兽,指的都是末章所讲的野狼,故三章描写的是同一次捕猎经历,亦可备一说。

假誉驰声,互夸作秀

全诗内容很简单,描写的是两位士大夫在山中狩猎相遇,非常有礼貌地互相夸赞。此诗是否还有更深一层内涵呢?读者也许会产生疑惑,作此诗的目的究竟是什么?是要描写两位猎手高超的捕猎技巧吗?并非如此,通篇只讲了二人一起追赶猎物,并没有任何细致的狩猎技巧描写,就连最后二人到底有没有捕捉到猎物,读者也不得而知。既然如此,有什么值得两人相互吹捧呢?另外值得注意的是,二人先后在山间、山道、山南相遇。更夸张的是,每次遇见都要互相称赞。这些都是仔细品读诗歌后让读者感到不寻常之处。因此历来对于此诗还有一种理解,即认为这是一首讽刺诗,讽刺当时齐国风气不正,士大夫之间互相吹捧,不务实的社会现象。方玉润在《诗经原始》里讲:"齐俗急功利,喜夸诈之风,自在言外,亦不刺之刺也。"认为当时齐国虽为有鱼盐之利的富饶商业大国,但也有严重的社会问题,那就是在商业气息浓厚的大环境下,人心急功近利,容易浮躁。人与人之间喜欢互相吹捧、互相夸耀,比较虚伪。此诗正是描写了当时齐国士大夫官员出游狩猎时,互相夸赞的情形,虽然没有明讽,但文字之间的虚浮气息已透露无疑,讽刺意味油然而生。成语"假誉驰声"是指那些没有真才实学,靠互相吹捧而扬名在外之人,用来形容此诗最合适不过。这两位士大夫不用心好好练习狩猎技艺,只会互相炫耀吹捧,满足彼此的虚荣心。最夸张的是,他们甚至在驾驶马车追赶猎物时,还要互相拱手作揖。试想一位真正的猎手,在如此紧张追逐猎物之时怎有时间作揖行礼呢?这样的礼是打上双引号的"礼"。《左传》有云:"勤礼莫如致敬。"中国自古以来是礼仪之邦,时时处处讲究礼仪,但"礼"归根结底是外在的形式,真正重要的是内心的"敬",切不可本末倒置。狩猎时要尽心尽力地"敬事",认真做好狩猎一事,这才是最大的"礼"。相互吹捧这种形式上的虚"礼"虽然做得很勤,但却是舍本求末,虚假浮躁。这也正是此诗想要传递给后世读者关于为人处世的千古智慧吧。

著

生活要有仪式感

俟我于著乎而，充耳以素乎而，尚之以琼华乎而。
俟我于庭乎而，充耳以青乎而，尚之以琼莹乎而。
俟我于堂乎而，充耳以黄乎而，尚之以琼英乎而。

齐风

新郎亲迎

《著》这首诗的内容历来并无太多争议，基本认为描写的是新郎迎亲的过程。但是关于此诗想要表达的意涵，历来却看法不一。诗歌共三章，一唱三叹，三章内容基本重复，只是略改几字，先品读诗歌每章首句。

"俟我于著乎而"，"俟"是等待之意，在此指新郎迎亲时等候新娘。古人的婚礼仪式非常严谨，共有六个主要步骤，称为"六礼"，分别是纳采、问名、纳吉、纳征、请期、亲迎。最后一步"亲迎"是指在成婚当日，由新郎亲自到女方家中迎接新娘。"著"朱熹在《诗集传》里解为"门屏之间也"，意指古人家中大门与屏风之间的位置。"乎而"是表示感叹的语气词组，无实际含义。次章"俟我于庭乎而"，"庭"的位置较上章的"著"更进一步，古代人家一进大门会有一面屏风，也称影壁。"著"指大门到屏风之间的区域，屏风之后到正房房门间这片区域称为"庭"。末章"俟我于堂乎而"，"堂"在位置上又进一步，指进入正房房门之内，屋中正厅的区域。诗歌三章首句描写了新郎在不同位置迎娶新娘，三个位置层层递进，由外及里，也让读者感受到了中国古代宅院的布局妙趣。

中国的建筑美学

这里先介绍一下中国文化特有的建筑美学。屏风是中国特有的居家装饰，它主要的作用是隔断空间。在现存的一些古宅院里，一进院门就会看到一道屏风，绕过屏风才能走到正屋。除了院门，很多屋门内也有屏风，用于隔离出一块屋内较为隐私的空间。一般屋内的隔断称为屏风，屋外院中的隔断称为影壁。中国人较含蓄，注重礼节和隐私，任何事不喜过于直接。屏风的设置是中国文化的最好体现。由于被屏风遮挡，站在院门之前，通常一眼看不到院中房间布局，而绕过屏风后却发现别有洞天。这与西方建筑布局截然不同，西方建筑多以单个建筑的雄伟高耸为特色，如高耸入云的哥特式教堂，人们走进其中就感觉被抛入一个巨大幽闭的空间之中，抬头仰望高耸的穹顶，能感受到自己的渺小，心中充满畏惧。中国的建筑美学没有那种特别高耸入云、令人敬畏的单体建筑，而是以整体建筑群的布局取胜，更富有生活情趣和诗意特征。人们走进这复杂多样的建筑群中，不会感到压迫和畏惧，而是充满若隐若现的惊喜和柳暗花明的期待，可能漫不经心地绕个弯就能遇到一片新的视野。李泽厚先生在《美的历程》里讲："中国建筑的平面纵深空间，使人慢慢游历在一个复杂多样楼台亭阁的不断进程中，感受到生活的安逸和环境的和谐。"屏风在中国建筑中起到了很好的隔离视野、婉转空间的重要作用。中国古人还会在屏风上雕刻、绘画，使其不仅是一张起到遮蔽作用的隔板，更是一件精美优雅、富有品位的艺术品。

新郎装饰精美

诗歌每章二、三句描写的是这位新郎的装扮。"充耳以素乎而"，"充耳"是古代贵族常用的装饰物，在冠冕两侧垂下丝线，一直垂到耳边位置，在丝线末端挂上一块美玉或宝石。"素"指悬挂充耳美玉的丝线为素色，即白色。下两章"充耳以青乎而""充耳以黄乎而"，意指丝线的颜色为青色和黄色。因为丝线下要垂挂宝石美玉，所以古人一般使用几股不同颜色的丝线编织在一起，缠成一根彩色的线，既能垂吊宝石，又显得更加美观。诗歌三章末句则是在描写丝线下垂吊的美玉宝石。"尚之以琼华乎而"，"尚"是附加之意。"琼华"即指华美光洁的玉石。后两章的"琼莹""琼英"都是相同涵义，即描写美玉宝石的晶莹透亮、纯洁无瑕。由此可见，这位新郎应是一位比较有身份的贵族男子，因为寻常百姓人家没有条件佩以如此精美的玉石。

充耳这种装饰物的内在涵义是一种礼的体现。古人戴的帽子称为"冠"，冠不仅在耳朵两边垂下充耳，贵族官员的冠上还会有一块长条形的板，叫作"綖"。冠和綖合在一起称为"冕"。冕

齐风

上綖板的前后会垂下一串串流苏，称为"旒"，旒上串有宝石。根据贵族等级不同，旒的数量也不同，天子的冕前后各垂十二串，诸侯前后各九串，士大夫七串，以此类推。所以古代贵族的冠冕不仅两侧垂有充耳，前后也都垂有冕旒。这种装饰一方面显示了贵族身份的华贵雍容，另一方面也有礼仪上的讲究。首先，由于冠冕四面垂下一串串的玉石，佩戴者的行为举止就不能过分激动，需要坐得端正、行得稳当，不然这一串串玉石就会打在脸上，非常狼狈。不管是充耳还是冕旒，它们的一个主要作用就是让佩戴者在行为和情绪上保持节制礼貌，做到温文尔雅。其次，《大戴礼记》记载："故古者冕而前旒，所以蔽明也；统纩塞耳，所以弇聪也。故水至清则无鱼，人至察则无徒。"古代帝王贵族作为统治者，其冠冕前后垂挂一串串冕旒遮挡视线，其目的是告诫自己，凡事不要看得太清楚；冠冕左右垂下充耳塞住双耳，其目的是提醒自己，凡事不要听得太仔细。其内在深意是时刻告诫统治者要保持宽容，因为大部分人都有缺点，人无完人，待人不可过于苛刻。作为领导者要虚怀若谷，有容乃大，面对他人的缺陷，只要不是原则性错误，得饶人处且饶人。水若太清澈，鱼就不能在其中生存；人若太精明较真，尤其在管理上过于求全责备，就没有人会安心顺服。这是中国人特有的领导智慧，其中充满了温暖的人情味。

陈三代之礼以讽刺当下

此诗内容实在简单，只讲了两件事：一是新郎在不同的地点迎亲等待新娘，二是新郎头冠两旁精美的充耳装饰。那么这首诗到底要表达什么呢？对此历来有诸多不同诠释，最常见的解读认为此诗内涵如其字面含义一样简单，描写了一位新郎迎亲，新娘望着自己未来丈夫佩戴着精致华美的装饰充耳，非常喜悦幸福而作此诗。这样的理解当然可以说通。不过全诗通篇只是陈述，而无抒情。诗人只是描写了新郎在不同地方等候自己，却没有明确表达自己的情绪，读者无从得知诗人内心究竟是否喜悦幸福，这总令此诗显得颇为奇怪。另外，新郎为何在著、庭、堂三个相近的地点三次等待新娘，也引发了另一种更深入的诠释。马瑞辰在《毛诗传笺通释》里考证，"夏后氏逆于庭，殷人逆于堂，周人逆于户"，意思是夏、商、周三代关于婚礼迎亲之礼有所不同。夏代迎亲在庭，商代迎亲在堂，周代迎亲在户，户相当于诗中所讲的著。如比对应诗歌的三章内容，诗人为何要陈述夏、商、周三代不同的迎亲礼仪呢？《毛诗郑笺》解释，"时不亲迎，故陈亲迎之礼刺之"，认为当时齐国虽然富饶，但因为姜子牙创立齐国时极力发展商业而简化周礼，将礼仪放在较为次要的位置上。渐渐民间也不再重视礼仪，甚至婚礼的制度也被忽略。当时齐国男女成婚已经没有所谓的迎亲礼节，所以诗人在诗中罗列夏、商、周三代亲迎之礼，用以讽刺当时社会礼崩乐坏的现实。从此角度此诗便是一首讽刺诗，其涵义与字面理解完全不同，更为深刻丰富了。

生活要有仪式感

婚礼亲迎的礼仪真的如此重要且必不可少吗？的确如此，"礼"从本质上说是人类文化的体现，也是文化延续的重要形式。

婚丧嫁娶是人类生活中的大事，如果连这样的大事都不注重礼仪，那人类的文化又从何体现呢？当然礼仪也无须过于烦琐，可以简化和调整，但决不能轻易舍弃。《论语》中有一则故事："子贡欲去告朔之饩羊。子曰。赐也。尔爱其羊。我爱其礼。"孔子的徒弟子贡很富有，是孔子弟子中的首富，他在鲁国当官。按当时周礼，每月初一鲁国国君都要祭祀祖庙，接受周天子政令。祭祀时要用一只活羊作祭品。但那时社会礼崩乐坏，鲁国国君根本不去参加这样重要的祭祀，只是派人弄一只羊过去装装样子。子贡就想，既然国君都不来，羊也没必要了，干脆去除这个礼节作罢。孔子得知此事后，就对子贡说："子贡啊！你不舍得那只羊，而我不舍得的是那份礼。"孔子言下之意是，其实羊并不重要，重要的是祭祀之礼。如果鲁国国君能够去祭祀，就算没有活羊也没关系，但如今祭祀的人不去，羊也没了，整个礼仪就都没了，这是多么可惜啊。

生活要有一份仪式感，虽然无须太形式主义，但是面对一些传统的重要习俗、人生的重要日子，还是需要一份内心的恭敬和诚意，应有礼的表现。中国人会在清明、冬至祭奠祖先，男女结合时要举行婚礼等等，这些礼仪的背后都包含着人们对于生活的庄重真诚。因此，此诗也告诫每一个读者，对待生活要保有那份敬畏之心和庄重之情。说得更简单点，时常记得父母爱人的生日，为他们准备一顿美餐，朋友亲人间定期打个电话问候关心，见到长辈老师谦恭地鞠躬行礼，这都是一个人内在文化教养的体现。生活的仪式感不仅能体现出一个人的高尚素养，还能令平凡普通的日子变得更美好、更值得纪念，生活也会因此充满意义。

东方之日

步履相依，一生相随

东方之日兮，彼姝者子，在我室兮。在我室兮，履我即兮。
东方之月兮，彼姝者子，在我闼兮。在我闼兮，履我发兮。

齐风

东方日月，以喻爱人

《东方之日》是一首男子吟唱的爱情诗，诗中描写了他心爱女子的美丽非凡。诗歌文字简单，共两章，内容重复，每章仅换三字。

先品每章首句。"东方之日""东方之月"是指从东方升起的太阳和月亮。太阳一早从东方升起，光芒万丈，这是正常的。而"东方之月"就有问题了。月亮虽然和太阳一样也是每天东升西落，但由于月亮也在绕地球转动，所以每天升起落下的时间都不太一样。月亮本身不发光，所以有时太阳还未落山，月亮即便升起也会因为太阳光太强烈而不被看见。有时人们傍晚能看到月亮的时候它已经移动到西面了，会误以为月亮是从西面升起，其实只是因为它在东方升起时太阳还未落下,肉眼无法看见而已。一般来说,在地球上每个月都有几天可在晚上看到月亮悬挂在东方,此时也是月亮最圆最亮的时候。王先谦在《诗三家义集疏》中讲:"云'东方之月',取其明盛也。"意思是诗中所讲的"东方之月"真正想表达的是月亮在东方最明亮之时,所以诗人在两章首句讲到"东方之日""东方之月",都是取其明亮光芒的状态。诗人写到光芒万丈的日月用以比喻爱人在自己眼中的美好状态。"古者喻人颜色之美,多取譬于日月。"(马瑞辰《毛诗传笺通释》)诗人在此用日月光芒比喻自己爱人的容颜秀美,这份美丽不仅是指外表,对于诗人来说这位爱人亦是他心中的日月,用光亮温暖着他的内心灵魂。

爱人相伴,婚姻幸福

这样一位如同日月般令诗人无比爱慕的女子,是否已经和诗人有情人终成眷属了呢?"彼姝者子","姝"是美好、美丽之意。"子"是诗人对爱人的爱称。此句诗人直接赞美自己心爱的女子美丽姣好。更幸运的是,这样美好的爱人离自己并不遥远,"在我室兮"。"室"指室内。爱人此刻就在诗人家中。次章此句"在我闼兮"也是相同涵义。"闼"《毛诗》解为"门内也",指在家门之内。既然诗歌此处点明女子就在诗人家中,便说明了诗人与女子的关系应是一对深爱彼此的夫妻。在古代,如果只是普通的情人或者朋友关系,女子是不太可能到男方家中的。历来也有一种说法认为,这是一首描写男女新婚的诗歌。诗人作为新郎终于迎娶到了朝思暮想的女子,将她接到家中一起生活,内心感到由衷幸福。故作此诗抒发与爱人同处一室的美好甜蜜。

夫唱妇随，形影不离

新婚燕尔，同处一室其实还并不是最幸福的。这只是一种表面的形式，有许多夫妻每日同处一室，也未必真的过得幸福。所以诗人没有仅仅停留在此外在形式的描写之上，而是更进一步，告诉了读者夫妻生活真正幸福的样子。

诗歌两章末句"在我室兮"是诗人又一次甜蜜地重复讲述新婚后能与爱人同处一室共同生活。紧接着则道出了比同处一室更幸福的事："履我即兮。""履"常见意思是指鞋子，在此作动词用，解为踩。"即，就也。言此女蹑我之迹而相就也。"（朱熹《诗集传》）"即"有跟随、相随之意。夫妻二人间形影不离，如胶似漆。新娘时时刻刻都跟随着诗人，追寻他的脚步与他同行。次章末句"在我闼兮，履我发兮"亦是相同意涵。"发"马瑞辰在《毛诗传笺通释》里考证认为通"跋"，即行走，意指新娘一路跟着诗人行走的足迹。为何新娘要形影不离地跟着新郎呢？我想可能有两方面原因：首先，因为她刚嫁入夫家，内心还有一点陌生和羞涩，所以紧跟着丈夫；其次，他们夫妻之间的关系非常亲密，就算同处一室也片刻不能分离，可见幸福甜蜜至极。诗人想要告诉读者：爱人间真正的幸福就该是夫唱妇随，手牵着手，步跟着步，形影相随。这样美好的状态，真是令千年之后的读者羡慕不已。

诗人所讲的与爱人之间的形影相随，其实不只是在一间屋子里踩着彼此足迹这么简单，而是隐喻今后整个婚后生活都是如

齐风

此。婚姻让他们之后的生命紧紧地联系在一起，这份责任感让他们不管是经历阳光还是风雨，都能相依相伴、心甘情愿地携手共度余生。"在天愿作比翼鸟，在地愿为连理枝"，这是自古以来人们对于婚姻最美好的期许。如今的西式婚礼中，司仪也会问新人同样的问题："你愿意一直爱着对方吗？无论富裕或贫穷、疾病还是健康，都永远相互扶持、珍惜相伴直到死亡才将彼此分开？"现代婚礼中的这个环节和新人坚定承诺的背后也传达着与此诗相同的婚姻理念。如何让爱情和婚姻永远保持这样的生命力呢？诗人在诗中并没有说明，因为我们每个人都知道答案：真正让爱人们坚定地相依相伴、携手一生的是那一份志趣相投和灵魂契合，这才是源源不断又美好可贵的爱情甘露。

东方未明

何为管理者的底线?

> 东方未明,颠倒衣裳。颠之倒之,自公召之。
> 东方未晞,颠倒裳衣。倒之颠之,自公令之。
> 折柳樊圃,狂夫瞿瞿。不能辰夜,不夙则莫。

齐风

起早摸黑,忙乱不堪

《东方未明》是一首抱怨诉苦之作。字里行间虽有一些生动诙谐的画面,但在这戏谑背后却是令读者无比心酸的真情。诗歌共三章,可分成两个部分来品读,前两章内容相似,末章则是诗人的诉苦埋怨。

先品读诗歌前两章。诗歌首句描写了一幕令人觉得好笑的画面。"东方未明"即指东方的天空还未露出亮光,天还没亮。此时人们应沉浸在睡梦之中,但诗人却已摸黑起床。"颠倒衣裳",古代"衣"指上衣,"裳"指下身的裙子。古人男女都穿裙子,诗人摸黑起床,睡意蒙眬。一阵慌忙混乱之中,居然将下身穿的裙子套在了身上，将上衣穿在了腿上。如此上下颠倒令人忍俊不禁。次章"东方未晞，颠倒裳衣"也是相同涵义。"晞"《毛诗》解为"明之始升"，指天将亮之时，在此也指黎明之前天色黑暗。诗歌前两章开篇描写了诗人天还未亮就起床，慌乱之中衣服穿颠倒了，画面如此生动形象，就如喜剧片一样，令读者发笑。同时会让人产生疑问，诗人是谁，又为何早起，因何事如此慌乱呢？

号令突然，急迫无奈

"颠之倒之"，为什么衣裳会穿得上下颠倒呢？因为"自公召之"。诗人接到了来自统治者的召唤，让他去应付公差。次章此句也是相同涵义。"倒之颠之，自公令之。""令"指公差号令。原来诗人摸黑起床，如此忙乱是因为要赶着去工作。这两句诗文透露了两点。首先，诗人的身份应该是一位处于底层的小官吏或为公劳役的普通百姓，他起早贪黑是为了公差而奔波忙碌。其次，诗人一早接到的公差号令一定非常突然，并没有充足的准备时间，否则也不至于如此慌乱不堪，颠倒衣裳。了解了诗人的身份和早起忙碌的背后原因，读者就不会觉得好笑了。这番隐含在文字之下的心酸和苦涩，反而使人对诗人的遭遇产生了同情。

官不称职，以权压人

诗人在描写了自己天未亮被召唤的遭遇之后，在诗歌末章道出了内心的抱怨与控诉。末章首句历来令人费解，因为这一句转变得太突然，好像与前两章所讲的完全不是一件事。"折柳樊圃"，"折柳"即指折下柳树枝条，"樊"指园子周围的篱笆，此处作动词用，意指为园子筑篱，"圃"指菜园。此句字面之意指用折下的柳条为园子筑起篱笆。表面看来似乎与诗歌之前的内容不太连贯。有解释认为这是诗人的工作，他之所以一大早被召唤，就是去服劳役为统治者修筑园篱，而且诗人的工作环境非常恶劣，有监工一直瞪着眼睛盯着他。"狂夫瞿瞿"，"瞿瞿"即指愤怒瞪着眼睛看，"狂夫"在此指监工官员。这样的理解可以说通，但其实诗歌此句还有更深一层的意涵。《毛诗》里讲，"折柳以为樊园，无益于禁矣"，意思是柳树的枝条如果用于制作园子的篱笆是不合适的，起不到遮挡的作用。因为柳条纤细柔软，很容易折断，而制作篱笆则要用一些较硬的树木枝条才能够起到防护作用。诗人此处这样描写有两层含义。首先，诗人一早被命令去完成用柳条做篱笆的工作，说明指派工作的管理者并不懂这项工作，完全是让诗人白费力气做无用功。不仅如此，他还倚仗着自己是上级，监工般地盯着下属。如今工作中也常会有这样的现象，有些管理人员完全不懂业务，却管理着一群业内人士。他提出的工作内容都是一些不切实际的想法，但却仗着职位的高低，压迫专业人士完成毫无意义的工作。其次，可能诗人并非从事"折柳樊圃"的工作，只是借此比喻来抱怨统治者的管理无方。诗人埋怨管理者大清早就发号施令，让自己做一些毫无意义的工作，还要被监视压迫，使人心中痛苦万分。

使民以时，管理之道

诗歌末章次句，又从另一个角度对统治者的管理无道提出了更直接的抱怨。"不能辰夜"，"辰夜"在此是守时之意，意指统治者除了之前提到的不懂工作之外，更令人无法接受的是他们不懂守时。如果工作内容没有意义，但工作时间有规律，能够正常作息，诗人或许也能忍受。不幸的是，这份工作却是"不夙则莫"。"夙"意为早。"莫"通"暮"，意为晚。意思是这份工作完全没有准确的时间安排，时而很早，时而很晚，每次命令都来得很突然。自古以来，所有优秀统治者都有一个共同特点——"使民以时"，即在最恰当的时间让百姓从事恰当的工作。"以时"不单指在一天里安排好工作时间，还指在整个一年里都要选择合适的时节安排工作。古时中国普通百姓家中都有农田，统治者安排工作不应占用农业劳作最繁忙之时，而是应该挑选百姓农歇空闲时，这样才不耽误农作，不影响人民生计。

《论语》讲道："道千乘之国，敬事而信，节用而爱人，使民以时。"意思是一个国家的统治者，要做到尽心尽力，言而有信，朴素节俭，关爱人民，尽量不让百姓做为自己奔波的事。当然一个国家会有很多公共事业，不得不动用百姓人民的力量去完成。当遇到此类不可避免要号令百姓劳役的工作时，一定要做到把工作安排在最恰当的时间，最大程度不影响百姓的正常生活作息，这才是真正的统治之道。这个道理也非常值得当今的社会管理或者工作管理者们借鉴。如何在工作安排上考虑到员工的作息规律，让他们在一个更为舒适的状态下完成工作，这展现了一位优秀管理者的情商和智慧。此诗中的统治者连最基本的"使民以时"都做不到，还有什么资格去统治一个国家呢？也难怪百姓会写出这样的诗歌诉苦抱怨了。

南 山

齐鲁二国的耻辱往事

　　南山崔崔，雄狐绥绥。鲁道有荡，齐子由归。既曰归止，曷又怀止？

　　葛屦五两，冠绥双止。鲁道有荡，齐子庸止。既曰庸止，曷又从止？

　　艺麻如之何？衡从其亩。取妻如之何？必告父母。既曰告止，曷又鞠止？

　　析薪如之何？匪斧不克。取妻如之何？匪媒不得。既曰得止，曷又极止？

齐鲁二国的耻辱往事

　　品读此诗必须先了解一段令齐鲁二国都倍感耻辱的往事。这个故事得从郑庄公之子太子忽讲起。关于太子忽其人，《郑风》的《有女同车》和《扬之水》都有所提及。当时北戎入侵齐国，太子忽带兵助齐国抵御戎敌。齐僖公为表感激之情，欲将女儿文姜嫁于他，可是这桩极好的政治联姻却被太子忽委婉拒绝。其原因一方面是其为人极有个性、我行我素，另一方面还有一层不太光彩的因素，齐国公主文姜未出嫁之前与其同父异母的哥哥有暧昧关系。太子忽可能也听到些风言风语，就婉拒了这场婚事。后来齐僖公将文姜嫁予鲁国国君鲁桓公。文姜出嫁后不久齐僖公去世，其子齐襄公继位。齐襄公正是与文姜有不伦关系的哥哥。让人感到羞耻且无法容忍的是文姜作为鲁君夫人还依然和齐襄公保持着私通关系。鲁桓公十八年，鲁桓公和齐襄公在泺地会面。两国君主国事会面一般不带夫人，但文姜却执意要求一同前往。果然到齐国后，文姜和齐襄公便相会私通。鲁桓公得知此事后实在忍无可忍，私下狠狠责备文姜。具体的内容在《春秋公羊传》里有所记载，鲁桓公斥责文姜道："同非吾子，齐侯之子也。"言下之意是因为文姜长期与齐襄公私通，鲁桓公甚至怀疑其与文姜所生之子并非其亲生。虽是斥责，但也是夫妻间的私事。谁都未曾想到，文姜竟将此事告于齐襄公。齐襄公气急败坏，假意宴请鲁桓公，席间将桓公灌醉，后派一位大力士护送桓公上车返回，途中将桓公杀死（据说鲁桓公是被大力士当场夹断肋骨而死）。鲁桓公真可谓窝囊，作为一国之君，其妻与齐国国君私通，最终自己也客死齐国。事后鲁国因惧怕强大的齐国，此事竟不了了之。这是一件令齐鲁两国都倍感耻辱之事，齐人也对此厌恶无比。此诗是当时齐国民间所作，以讽刺文姜和齐襄公私通一事。

齐君荒淫无道

诗歌共四章，可分两部分品读。前两章的主旨是讽刺齐襄公荒淫无道。"南山崔崔","南山"是齐国山名。"崔"《毛诗》解为"高大",即指南山雄伟壮丽,高耸入云。"雄狐绥绥","雄狐"指雄性狐狸。"绥绥"朱熹《诗集传》解为"求匹之貌",指狐狸慢慢悠悠地行走在南山之上,寻求异性。"狐,邪媚之兽,故以此比襄公。"(方玉润《诗经原始》)在古人眼中,狐狸是邪恶妖媚之物,诗人在此用以比喻齐襄公。巍峨雄伟的南山隐喻齐襄公作为齐国君主,地位高高在上,但内心却如此邪恶不堪,如一只漫步寻求异性的狐狸一般。雄伟壮丽的南山和低微邪淫的狐狸之间形成了鲜明对比,以讽刺襄公与其妹文姜之间令人羞耻的兄妹不伦。"鲁道有荡,齐子由归","鲁道"指从齐国通往鲁国的大道,"有荡"即平坦之意。文姜正是从这条平坦宽阔的齐鲁大道之上嫁往鲁国。"齐子"即指文姜。"归"指女子出嫁。面对文姜已出嫁鲁国的事实,诗人不禁道出心中疑惑:"既曰归止,曷又怀止?"既然文姜已走上了婚姻的坦荡大道,而作为其兄的齐襄公又为何依然对她念念不忘,追着不放呢?这一句设问句的答案每个人都心知肚明。此诗的文学特色就在于此,每章末句诗人都用设问收尾但未给出结论,诗人透过设问的文学手法,也更增强了诗歌的讽刺意味。

首章诗人以南山与雄狐之间的高低对比,讽刺了齐襄公荒淫无道。次章同样用了精彩的文学对比谴责齐襄公的淫乱无德。"葛屦五两,冠绥双止","葛屦"指用葛麻编织而成的鞋子,"五"通"伍",是成双成对之意,"冠绥"指古人帽子上的垂带,"双止"也是成双成对之意。"葛屦,服之贱者。冠绥,服之贵者。"(《毛诗》)古时用葛麻编织的鞋子是低微的百姓所穿,制作精美两旁垂下丝带的冠冕则是贵族所戴。诗人在此用成双成对的"葛屦""冠绥"作隐喻,意指不管是百姓还是贵族的婚姻都是以夫妻成双、互相忠诚为基础。文姜明明已正式嫁于鲁桓公,就应该安心与桓公做一对和睦夫妻,却偏偏还和兄长保持着不正当关系,这违背了最基本的夫妻伦理道德。"鲁道有荡,齐子庸止。""庸"意为由。此句也是讲文姜是由齐鲁大道嫁到鲁国。"既曰庸止,曷又从止?""从"是尾随之意。《毛诗郑笺》里讲:"此言文姜既用此道嫁于鲁候,襄公何复送而从之,为淫泆之行。"诗人在此责问:既然文姜已嫁去鲁国、身为人妇,齐襄公又为何还要跟着不放,想要重温旧情呢?这个问题的答案当然也是不言而喻。如此不光彩之事,作为齐国国君的齐襄公当然要为自己的荒淫无道负主要责任。

鲁君懦弱无能

这一事件中,文姜只是一位女子,古时女子地位较低,很多时候无法掌控自己的命运。齐襄公作为一国之君,完全有能力阻止这不光彩之事的发生,但他却不知廉耻、愈演愈烈。相比之下,鲁国国君鲁桓公看似是受害者,其妻与他人私通,最终自己也惨死于齐襄公之手。尽管如此,诗人也没有流露出一丝同情之意,在诗歌后两章,同样也讽刺谴责了鲁桓公的懦弱无能。"艺麻如之何","艺"是种植之意。"如之何"是一个疑问句式。此句意为:如何才能种植好麻呢?答案是"衡从其亩"。"衡"通"横","从"通"纵"。古人耕种田地有方向之分,东西向为"横",南北向为"纵"。《毛诗郑笺》解释此句道:"树麻者必先耕治其田，然后树之。"要种植好麻，首先要反复横纵地耕地，这样才能收获丰盛。下章"析薪如之何？匪斧不克"，"析薪"指砍柴。此句意为：如何才能将柴砍好呢？工欲善其事必先利其器，一定要先有一把好的斧子才行。诗歌后两章首句非常特别，突然从讽刺写到了种麻和砍柴。其文字背后也有所隐喻，这两章后句写道："取妻如之何？必告父母。""取妻如之何？匪媒不得。"既然种麻和砍柴这样的工作都要有预先的准备，婚姻娶妻一事当然也有重要的前提，那就是要经过父母的同意和媒人的介绍。古人婚姻最重要的规则就是"父母之命，媒妁之言"，这是一桩正当言顺、明媒正娶婚姻的前提条件。鲁桓公和文姜之间的婚姻在形式上做到了这个前提，但在这桩婚姻中，鲁桓公作为丈夫却极其不够格。诗人在后两章末句表达出了对于鲁桓公为夫无能的谴责："既曰告止，曷又鞠止？""既曰得止，曷又极止？""鞠"意为穷尽，"极"意为极致。这两句都在责备鲁桓公：既然你和文姜之间是明媒正娶的夫妻关系，作为丈夫，作为一国之君，你为何不能按照婚姻礼仪的要求去约束自己的妻子呢？为何不加管束，放纵她的行为和欲望，以至做出如此乱伦之事？所谓可怜之人必有可恨之处。鲁桓公的遭遇虽然悲惨，但他明明可以阻止文姜与齐襄公的会面私通，可是却懦弱无能，忍气吞声，最终只能落得一个惨死异国他乡的结局。这其中很大的一部分责任也应该由鲁桓公自己承担。

　　诗人对齐鲁两国的国君齐襄公和鲁桓公的讽刺，不单是通过形象的比喻来表达，更通过每章末的设问句将讽刺之意提升到责问的地步。齐鲁两国之所以会发生如此耻辱之事，不正是因为一

齐风

位无道、一位无能的国君直接导致的吗？在这一事件中，没有一个人是无辜的，他们都是罪恶的帮凶，因此民间百姓才会痛恨至极而作此诗。

甫 田

面对易逝人生的千古智慧

无田甫田,维莠骄骄。无思远人,劳心忉忉。
无田甫田,维莠桀桀。无思远人,劳心怛怛。
婉兮娈兮,总角丱兮。未几见兮,突而弁兮。

齐风

甫田虽好,劝君勿田

《甫田》一诗在《诗经》中并不太为人所重视,但它其实意涵深远、极为特别。此诗与《诗经》中的其他诗歌在文学风格上有所不同,甚至历代诸儒都认为此诗无解。方玉润在《诗经原始》里讲,"此诗词义极浅,尽人皆识。惟意旨所在,则不可知",即认为此诗内容看似浅显,但隐藏在浅显文字背后的真意却难以理解。其难解的原因在于此诗通篇都是隐喻虚写,但却又句句箴言。文字背后隐含着深刻的人生智慧,极富哲理。若非反复吟诵、思考推敲,则难以品出其中意味。

诗歌共三章，先品读前两章首句。"无田甫田"，此句有两个"田"，前者作动词用，意为耕田。"甫"《毛诗》解为"大也"。"甫田"即指广阔的良田。此句诗人劝告说："不要去耕种那宽广的良田。"后句"维莠骄骄"，"莠"是植物名，《说文解字》解道，"莠能乱苗，不去莠则苗不殖"，莠是生长在田间的杂草，对于农作物有害，其生长会影响到田苗的健康繁殖。"骄骄"形容莠草高高生长之貌。次章此句"维莠桀桀"，"桀桀"通"揭揭"，亦是形容莠草生长茂盛，高高挺立之貌。诗人不要耕种甫田的劝告与甫田中茂盛生长的莠草之间有何关联呢？理解的关键在于"甫"，"甫"意为大。"大田过度而无人功，终不能获。"（《毛诗》）其实诗人并非意指宽广的田地不能耕种，而是告诫他人，在耕种宽阔的田地之前，首先要好好想想自己有没有那样的能力。如果能力和人工达不到耕种广阔田地的水平，而偏要去追求越大越好，结果只能是得不偿失。自己最终劳累无比，田地杂草丛生，劳无所获。这里蕴含着一个深刻的人生道理，即凡事切勿好高骛远、眼高手低。理想远大美好，但是要切合实际，与自身能力相符，否则再美好的理想也是空想。

志大心劳，终归无益

接着看下面的内容，"无思远人"指不要去思念那些在远方之人。其原因是"劳心忉忉"。"忉忉"朱熹在《诗集传》里解为"忧劳也"，即指内心忧伤。次章"劳心怛怛"，"怛怛"亦是忧伤、悲恸之意。此二句指如果思念一个远在天边、无法触及的人，就算他再美好，但既然无法企及，思念和向往只会令你内心劳累忧伤、疲惫不已。"爱所不当爱，则忧将至矣"（王先谦《诗三家义集疏》）。诗人表达的是与前句相同的道理，前句讲的是"劳力"，即耕种一片力所不能及的田地，只会劳力而无果。后句讲的是"劳心"，爱一个遥不可及的人，结果只会是劳心忧伤。

从诗歌前两章的内容，可以发现此诗的特别之处，两章内容都是虚写，看似语意间毫无关联，但诗人都在借用比喻引申出人生智慧。"以戒时人厌小而务大，忽近而图远，将徒劳而无功也。"（朱熹《诗集传》）诗人通过种田、怀人的比喻告诫当时之人：切勿因追求远大目标而脱离实际，切勿因贪图远方而忽略眼前。细细品味，可谓句句箴言，令人警醒。《齐风》里的前述诗篇已经反映出了齐国虽然富有但百姓却内心浮躁的现状，这是商业气息浓厚社会的通病。现代许多大都市人也有这样的浮躁心气，不够踏实务实，目标远大美好，但自己却不愿勤勤恳恳，努力奋斗。诗人看出了当时社会风气的问题所在，故作此诗以警世人。

人生易逝，岁月惊换

现在有一句流行话："听过很多道理，却依然过不好这一生。"道理人人都明白，问题是光听道理是没用的。要看懂人生的本质才能真的明白那些道理之于生命的意义和价值。此诗如果只是停留在前两章所讲的道理上，就显得乏善可陈。真正惊艳精彩之处就在诗歌末章，诗人在此点明了人生的本质所在。

"婉兮娈兮"，"婉""娈"都是美好之意。是什么如此美好呢？"总角丱兮"，"总角"《毛诗》解为"聚两髦也"。古代儿童

齐风

不论男女都将头发聚拢，在头顶左右扎成两个小球，就如头上顶着两角一般，故称"总角"，后用"总角"指代童年岁月。"丱"字中间两竖，左右各弯出一笔，像儿童总角之状，亦指幼年之意。原来诗人所讲的美好是指童年时光。青春岁月就如一朵初开的鲜花，朝气蓬勃、活力无限。"未几见兮"，"未几"意为不久。那头上顶着两个总角的青春少年，不久再见就已变了模样。"突而弁兮"，"弁"指古人头上所戴的冠，即帽子。古人二十而冠，总角就不能再留，要带冠帽表示成年。末章讲到一位美好稚嫩的儿童，不久再见就已变成一位头戴冠帽的成年男子。诗人在此要讲的人生本质即是生命的短促，时光的易逝。"突"用得极好，让读者不禁心头一惊。生命的稍纵即逝可能不会在日常生活中被关注到，但是突然有一天意识到它时，你会发现时光如梭，从青春到衰老，好像只是一夜之间，转瞬即逝。"情怀渐觉成衰晚，鸾镜朱颜惊暗换。"（钱惟演《木兰花》）有时候不经意间面对镜子，会突然惊讶地发现曾经的红颜已逝，就好像岁月偷偷将我们的容颜更换。有的人会认为诗人所讲的"突而弁兮"是指一晃不见就已成年，古人二十成年，也是充满生命力的年华，并不应理解为衰老。其实并非如此。现代社会生活条件优越，医学发达，人的寿命更长。相对来说，二三千年前古人的生活质量并不高，医疗技术和食物营养都不如现代人。古代幼儿成活率很低，再加之社会战乱频繁，整体寿命也不过四五十岁。对古人来说，生命更显得短暂而珍贵。

　　读者在领悟了末章所讲的人生短促、岁月易逝的生命本质之后，再去品读前两章诗人所讲的切勿好高骛远、眼高手低的人生道理，就能有所体悟、有所共鸣。如果人生是无限的，时间可以随意挥霍，也许好高骛远就不足而论了。偏偏生命如此短促有限，时光不会为任何人停留片刻，所以才值得珍惜，不能肆意挥霍，不能沉浸在空远的目标中消磨时光，而要踏踏实实，走好人生的每一步。

如何面对易逝的人生

《论语》里有这样一句话："子在川上曰：'逝者如斯夫！不舍昼夜。'"孔子曾站在河岸边，望着那浩浩荡荡、奔涌向前的河水，感叹时光就如这奔腾的河水一样，不论白天黑夜，都在不停地流逝，试图阻挡它的一切都被无情地撕碎。中国自古以来就有诸多感叹时光流逝的文学作品，《甫田》一诗可以说是这类诗歌的鼻祖，其中表达出中国人特有的生命思考。

首先，面对生命的短促，中国人的态度绝不仅仅停留在忧伤哀叹之中。一个只知道感叹人生短促的人，终究只是一个叹老嗟贫的碌碌无为之辈。中国人和西方人不同，西方人宗教思想浓厚，注重天国和彼岸，中国人更重视此生，要在短暂生命中活出一个人应有的价值。《周易》有云："天行健，君子以自强不息。"宇宙不停运转，时间不停向前，真正的君子乃天之骄子，要在有限的生命中自强不息，积极自勉，不匍匐于天地之下，要勇敢激发起内心昂扬的生命力和创造欲，这是儒家精神中最重要的核心价值观。

在拥有强调勇敢创造、活出生命本真的儒家精神的同时，中国人也有另一份达观通透的心境，试图在短暂生命之中找到永

齐风

恒。"天地与我并生，万物与我为一"，让自己的生命与瞬息万变的宇宙融为一体，用经验和感受去体悟世间臻美，人生真谛，那又是一番无比辽阔、自由至美之心境，这便是道家的哲学精神之所在。儒道二家并不矛盾冲突，而是相辅相成构成了中国人精神的两个侧面。既能积极创造，又能逍遥通达，以出世之心成入世之事，这是中华民族千年以来面对生命的博大智慧。

这首两千多年前诗歌中吟唱的句句箴言，直到如今依然焕发着耀眼的智慧光芒。

卢 令

一幅肖像画，时尚时尚最时尚！

卢令令，其人美且仁。
卢重环，其人美且鬈。
卢重鋂，其人美且偲。

齐风

骏犬项环铃铃响

　　《卢令》一诗历来被认为是一首赞美青年猎人的诗歌。其内容非常简单，一共三章三句，共二十四字。诗歌描写的对象是一位青年猎人与他身边的猎犬。

　　先品读诗歌三章前半句。"卢令令"，"卢"即指猎犬，但这并非一般的猎犬。《战国策》记载："韩国卢，天下之骏犬也。""卢"是当时韩国的一种名犬。现在形容犬类品种优良，还有成语"韩卢宋鹊"，其中"韩卢"即指春秋时产于韩国的黑色猎犬，"宋鹊"是另一种黑白花纹的猎犬，产于宋国。这两种猎犬都被誉为天下之疾犬，反应敏捷、速度极快，极适合辅助猎手捕猎

"令令"历来主要有两种解释。一是《说文解字》将"令"写作"獜",意指猎犬健壮之貌。另一种是《毛诗》的解释,"令令,缨环声",认为"令令"是一对象声词,指猎犬金属颈环碰撞时发出的"铃铃"声。我个人较倾向于后一种解释,因为作象声词解就与后文有了逻辑上的关联。次章"卢重环","重环"《毛诗》解为"子母环也",即指在一大环之上套一小环。由此可见,"令令"解为金属碰撞之声更能令诗意前后连贯。末章"卢重鋂"也是指猎犬的项环,但与"重环"不同。"重鋂与重环别,一环贯二,谓一大环贯二小环也。"(孔颖达)重鋂是指一个大环套着两个小环,本质与"重环"差不多,只是款式有所不同。这样的项环套在猎犬脖子上,随着猎犬奔跑会发出悦耳动听如银铃般的声音。诗歌三章的前句,诗人在文学处理上颇为用心。首章前句非画面描写,而是听觉的铺垫。未见其物,先闻其声,这样的开篇极具新意,充满了悬念。读者想必会好奇是什么东西在发出如此清脆悦耳的铃铃之声呢?后两章首句再次描写了猎犬佩戴的精致项环,解答声音的源头所在,可谓下笔巧妙。

猎手美好勇且智

诗歌三章次句是对猎手的描写。"其人美且仁"是指这位猎手既长得漂亮俊美,为人也仁善温厚。次章"其人美且鬈","鬈当读为权,权,勇壮也"(《毛诗郑笺》),意指猎手壮勇威武。马瑞辰在《毛诗传笺通释》中也考证认为"鬈"通"拳",亦是拳勇、威猛之意。末章"其人美且偲","偲"指多才、能干之意。诗歌三章除称赞青年猎手的俊美外表外,还从他性格温厚、勇猛威武、多才能干三个不同方面进一步表达了对诗人的溢美之词,文字简练到位。

华而不实的赞美诗

  长久以来对此诗的理解多认为是一首赞美青年猎手的民间歌谣,但其实这样的理解过于表面。《国风》篇目中有多首以赞颂猎手为主旨的精彩诗歌,如《召南》里的《驺虞》、《郑风》里的《大叔于田》等,在此我们可简单地比较一番。《驺虞》赞颂猎手高超的捕猎技巧,写到他"壹发五豝""壹发五豵",一箭射中多只猎物,技艺之高超令人叹为观止。《大叔于田》描写了更多捕猎的细节,下笔更为细腻。诗人写到猎手高超的驾驭马车本领,徒手与野兽搏斗的精彩场面,以及张弛有度、潇洒从容的射箭技艺等,读者如临其境,仿佛亲身体验了一场激动人心的狩猎活动。《卢令》一诗则完全不同,虽说诗人也用了"美、仁、鬈、偲"等多个形容词赞美青年猎手,但这类词都较为空泛,诗中并没有一点细节描写来使赞美具体化。诗人对于猎犬的描写亦是如此。猎犬项圈上铜环碰撞的清脆悦耳之声和狩猎活动其实是相互矛盾的。专业的猎犬在狩猎过程中,不应佩戴会发出响声的铜环。因为捕猎过程需要安静专注、守候伏击。敏锐警惕的猎物如果听到铜环之声就会察觉到猎人的存在,四散隐匿逃跑,根本无从抓捕。这些戴着铜环的与其说是猎犬,还不如说是宠物。方玉润在《诗经原始》里评价此诗:"词若叹美意实讽刺,与《还》略同。"认为此诗与之前的《还》一诗有相似之处,都是表面看似赞美实则颇含讽刺之意。

一幅贵族肖像画

方玉润的评价其实只说对了一半,诗中的确有华而不实的赞美之词,但它未必真的是一首讽刺诗。诗中的虚浮赞美反映了当时齐国的整体社会风气,尤其是贵族之间的浮躁心态。一个重商的富饶大国,贵族生活奢侈,喜欢姿态化做样子,却不务实。与其说这是一首赞颂或讽刺青年猎手的诗歌,倒不如说这是一幅当时齐国贵族的肖像画。

画中的贵族青年并非一位真正的田野猎手,而是打扮成猎手的模样,身边牵着一条极其名贵的韩国卢犬。这种造型可能是当时齐国贵族青年的流行装扮,就如我们当下的潮流新款一样。欧洲资本主义刚刚兴起时的贵族肖像画其实也是如此。那个时代的潮流是有钱人家都要找画师给自己画一张肖像画,不仅是为了记录容颜,更是为了炫耀家族财富。很多欧洲肖像画里人物的姿势和打扮都很接近,甚至首饰也是相同款式。因为这就是当时整个欧洲社会名流追逐的潮流时尚。

从此诗中读者也能看到这样一幅肖像画,看到千年前齐国贵族青年的潮流时尚。然而配齐了装扮和名贵猎犬并不代表真的会打猎,这些都只是外在的形式。一个社会的可悲之处就在于人们都只追求那些外在的形式,忽略了事物的本质。时尚的潮流一波接一波,永远追逐只会身心疲惫。现在有句流行话:"好看的皮囊千篇一律,有趣的灵魂万里挑一。"无论如何打扮、外表有多时尚,也掩饰不了内心的空洞虚无,心灵的丰富才是任何时代最迷人的时尚。

敝笱

家家有本难念的经

敝笱在梁，其鱼鲂鳏。齐子归止，其从如云。
敝笱在梁，其鱼鲂鱮。齐子归止，其从如雨。
敝笱在梁，其鱼唯唯。齐子归止，其从如水。

齐风

庄公不能防闲文姜

《敝笱》一诗描写的是嫁到鲁国的齐国公主文姜与她的哥哥齐襄公私通的丑闻。

此事的来龙去脉在之前《南山》一诗中已有详细介绍，齐襄公荒淫无道，与妹妹私通，鲁桓公懦弱无能，不仅不能管束好妻子结果还惨死他乡，文姜作为有夫之妇无礼无德，亦非善类。

其实故事至此还未结束，鲁桓公在齐国被杀之后，文姜作为鲁国国君夫人应该回到鲁国处置桓公后事，但她可能因为害怕并未返鲁。直到桓公之子鲁庄公继位后，文姜作为庄公之母才回到鲁国。所谓江山易改,本性难移,文姜并没有反思己过,她反倒愈加猖狂,更加频繁地私会齐襄公。《春秋》《左传》中都有记载:从鲁庄公继位算起,庄公元年三月,文姜赴齐;庄公二年冬十二月,文姜和齐襄公在禚地私会;庄公四年春二月,文姜和齐襄公在祝丘见面;庄公五年夏,文姜再次赴齐;庄公六年,文姜主动请齐人来鲁;庄公七年春,文姜和齐襄公在防地相见;庄公七年冬,文姜和齐襄公在谷地相见。史书上白纸黑字记载的会面次数都有如此之多,更难保还有许多未曾记录下来的。为何从鲁庄公八年之后,史书中就没有文姜赴齐的记录了呢?因为庄公八年齐襄公去世,文姜无人可见了。

面对文姜如此无德无礼的行为,齐人是看在眼里,恨在心里。古时女性地位不高,对于女子的评价多从其所属的男性出发。故鲁桓公作为丈夫未能管束好妻子,最后导致杀身之祸,世人多批评鲁桓公懦弱无能。桓公死后,对于文姜变本加厉的行为,其子鲁庄公也有不可推卸的责任。当时齐人认为鲁庄公作为鲁国国君、文姜之子,继位后,任由母亲毫无羞耻地频繁与齐襄公来往,却不加以阻拦,这是作为国君的失职。此诗正是讽刺鲁庄公的民间歌谣。

破网水中置,鱼儿自由行

全诗共三章,风格上保持了《诗经》一唱三叹的基本文学模式,可分成两部分来品读,首先是诗歌每章首句。

"敝笱在梁","敝"意为破。"笱"是古人用以捕鱼的竹篓。"梁"即鱼梁。古人捕鱼,先在河中堆石成坝,然后将坝中挖空并将捕鱼用的竹篓置于空处,当鱼游过时就会落入竹篓之中。此句意为在鱼梁中放置了一个破败的竹篓。下句"其鱼鲂鳏",诗人描写了河中游过的鱼儿。"鲂"指鳊鱼。"鳏"三家诗都作"鲲"。"鲲"《尔雅·释鱼》解为"鱼子",即小鱼,置于"鲂"后作定语用,表示还没长大的幼小鲂鱼。

次章首句"敝笱在梁,其鱼鲂鱮"相比上章只改动一字。"鱮"有人解为鲢鱼,我个人认为诗歌前两章首句都重复讲到鲂鱼,所以其主要的描写对象也应是鲂鱼。故"鱮"在此也作"鲂"的定语用,引申义为大,指鲂鱼已长成大鱼,与上文所讲的"鲂鳏"形成文意上的对称呼应。"鲂鱮"《毛诗》里也解为"大鱼"。河中游来游去的大小鲂鱼面对这破败的鱼篓,它们的命运如何呢?"敝笱在梁,其鱼唯唯。""唯唯"韩诗作"遗遗",解为"言不能制也",意指鱼儿自由自在、不被限制。《毛诗郑笺》里解释,"唯唯,行相随顺之貌",即指鱼儿一前一后相随,自由顺利、畅通无阻地游来游去。原来河中的鱼儿,无论大小都自如地在破败的鱼篓间穿梭游弋,这鱼篓简直形同虚设,根本起不到捕鱼的作用。"齐人以敝笱不能制大鱼,比鲁庄公不能防闲文姜。"(朱熹《诗集传》)齐国百姓用破旧的鱼篓不能捕捉到鱼来讽刺鲁庄公作为鲁国国君不能约束管好自己的母亲,让她多年多次往返于齐鲁之间,与齐襄公保持着见不得光的不伦关系。

诗中先讲小鱼再讲大鱼,代表了一个时间上的变化,暗喻文姜起初去齐国时还并非如此频繁,但由于鲁庄公的放任不加制止,以至于后来文姜愈发大胆放肆,罪恶行径不断发展,私会频繁不止,就如小鱼慢慢长成了大鱼一般。鲁庄公就像破旧的鱼

齐风

篓，只是一个空架子，身为鲁国国君，却纵容文姜来去自由，坐视不管。

鲁君纵其母，来往随心欲

诗歌每章第三句诗人更进一步地实写文姜频繁来往齐鲁之间的事实来进行更为直接的讽刺。"齐子归止"，"齐子"即指文姜，"归"在此指文姜回齐国娘家。可能文姜每次赴齐私会的理由都是用回娘家当借口。诗歌每章末句是非常形象生动的文学比喻，"其从如云""其从如雨""其从如水"。"从"指与文姜一同来往齐鲁之间的随从。文姜是鲁国国君之母，作为贵族外出当然有车仗仆人一路护送。"如云""如雨""如水"是形容文姜随从之多之盛，如同天空的浮云、细密的雨滴、连绵的流水。这也是一种暗讽。如此见不得光的羞耻之事，还光明正大地带着这么多随行人员，高调张扬，招摇过市，真可谓全无愧疚羞耻之心。这也证明了鲁庄公对文姜的放纵之甚，即便真的无法阻拦，至少也应让她低调一点，不要让别人一眼看穿。他们作为鲁国的贵族统治者，一举一动关乎鲁国的颜面和尊严，丑恶不伦之事还如此盛大高调，真是恬不知耻。

家家有本难念的经

全诗并未明确地评判河中鱼儿的对错，也没有直接批评文姜回齐这件事。诗歌主要的讽刺对象还是破鱼篓，诗人认为发生这一切罪恶的最主要原因还是鲁庄公未能约束文姜的行为。但是平心而论，鲁庄公始终是文姜的儿子，这是他面临的最大难处。一方面作为国君理应制止罪恶不伦的行径，另一方面，所谓"子不查母奸"，面对母亲和舅舅的私情，鲁庄公也确有无奈之处。鲁桓公曾经怀疑鲁庄公就是文姜和齐襄公私通所生。虽然可能只是桓公的一时气话，但不免令后人产生怀疑联想。若真如此，文姜和齐襄公对于鲁庄公来说便是亲生父母，这就更令庄公为难了。鲁庄公或许也是徘徊在情与理的矛盾之间难以抉择。即便如此，对于看热闹的普通齐国百姓而言，鲁庄公如此放任文姜的行为难免被人诟病。作为读者不得不感叹，真的是家家有本难念的经。

齐风

载 驱

选择冷漠还是同情?

载驱薄薄,簟茀朱鞹。鲁道有荡,齐子发夕。
四骊济济,垂辔沵沵。鲁道有荡,齐子岂弟。
汶水汤汤,行人彭彭。鲁道有荡,齐子翱翔。
汶水滔滔,行人儦儦。鲁道有荡,齐子游敖。

专刺文姜为主

《载驱》一诗背后的故事也与文姜的私通丑闻有关。《齐风》中已有两首取材相同的讽刺诗歌,分别是《南山》和《敝笱》,不过它们侧重点不同。《南山》主要讽刺齐襄公无道、鲁桓公无能,《敝笱》主要讽刺鲁庄公放纵文姜,面对私通丑闻不加约束,而《载驱》一诗的讽刺角度较前两首又有不同。"此诗以专刺文姜为主。"(方玉润《诗经原始》)

马车急驰会情郎

全诗共四章,先品读前两章首句。"载驱薄薄","载驱"指马车奔驰之意。"薄薄"为象声词,形容马车车轮滚动时发出的声音。王先谦《诗三家义集疏》解释道,"薄之言迫也,重言'薄薄',谓驱驰之声甚疾急也",意指"薄薄"之声是马车急速行驶时发出的响声,由此说明车上之人出行急迫。诗歌开篇非常特别,诗人先作了一个声音上的描写,未见其人,先闻其声,构成了一个文学上的悬念。读者好像和诗人一同站在路边,远远听到马车飞驰之声,见其由远及近驶到眼前。这是一辆怎样的马车呢?"簟茀朱鞹"。"簟茀"指马车车厢上的竹帘。"朱鞹"指朱红色的车盖。很显然这辆马车非同一般。《毛诗》里讲,"诸侯之路车,有朱革之质而羽饰",认为装饰如此豪华的马车是诸侯等级的贵族所乘,车上通常饰以红色皮革及华美羽毛。马车越驶越近,读者跟随诗人的目光也更为清晰。次章"四骊济济,垂辔沵沵","骊"指黑色骏马,"济济"指马匹步调一致,虽急速奔驰,但依然整齐划一。"垂辔"指马的缰绳自然下垂,非常优雅。"沵沵"指缰绳质地柔软。通过此句读者更清晰地看见这辆马车的华美。首先,四匹黑色骏马品质上等,佩戴的缰绳质地柔韧;其次,驾车之人技艺高超,马匹疾驰前行整齐划一,可见乘车之人必定身份高贵。

诗歌前两章次句便具体写到了乘车之人。"鲁道有荡"是诗人点出故事发生的地点在齐鲁之间的平坦大路之上。"齐子发夕","齐子"是诗歌的主人公,即文姜。文姜坐着马车在齐鲁大道上飞驰，目的是去齐国见哥哥齐襄公。鲁桓公死后，文姜频繁地前往齐国与齐襄公私会，诗人在此描写的或许便是某一次文姜出行的画面。"发"是出发之意，韩诗更进一步解"发"为"旦"，即指日出天明之时，所以"发"在此不单指出发，更指天刚亮即出发，包含了时间的概念。"夕，犹宿也。发夕，谓离于所宿之舍。"（朱熹《诗集传》）"夕"本意指日落夕阳，日落时分一般都是人们回到住所休息之时，故在此引申为住所之意。"发夕"即指一大清早就离开住所出发。次章此句也是相同涵义，"齐子岂弟"，"岂弟"《毛诗郑笺》认为通"闿圛"，意指天刚明亮之时。诗歌两章反复描写文姜天刚一亮就疾驰马车出发，这是为了说明她内心之急切。前文车轮的"薄薄"之声已写出马车行驶的急迫之态，再配以"发夕""岂弟"二词，更突出文姜为见到朝思暮想的齐襄公，心急如焚之态。诗人也借以讽刺文姜为情欲所困，沉沦于罪恶的不伦关系中越陷越深不知悔改的状态。

踏入齐国心荡漾

诗歌后两章的内容与之前有所不同，同样也是描写文姜的心情，却有微妙变化。"汶水汤汤"，"汶，水名。在齐南鲁北，二国之竟"（朱熹《诗集传》）。汶水位于齐鲁两国的交界。"汤汤"形容汶河盛大充盈之貌。此句指文姜急行的马车已到齐国国境。下章"汶水滔滔"亦相同涵义。"滔滔"也指水流充足，波涛涌动之貌。齐鲁两国的国境交接之地，必定是人头攒动，熙熙攘攘。下句写到"行人彭彭""行人儦儦"，"彭彭"和"儦儦"两个叠词都是形容行人众多之貌，同时也是讽刺文姜去齐国做如此不光彩的乱伦之事，居然还乘坐华丽盛美的马车，光天化日之下穿行于人流之中，招摇过市，毫无羞耻之心。到达齐国国境后，文姜的心情又有了怎样的变化呢？"鲁道有荡，齐子翱翔""鲁道有荡，齐子游敖"，"翱翔""游敖"都表达了一种无所忌惮、放松快乐之态。两词用得极其生动，描写文姜到达齐国之后愉悦的心情，因为她马上就要见到情人齐襄公。诗歌描写的一前一后的心情对比，一张一弛，一紧一松，历来很多解读都忽略了，但这却是此诗最精彩的一笔，极富张力地将人物的心理刻画得入木三分，淋漓尽致。诗人透过对文姜心理变化的刻画来讽刺其一心只想苟且之事，恬不知耻，无礼无德。方玉润在《诗经原始》里讲："此诗在庄公之年，其会兄也，竟至乐而忘返，遂翱翔远游，宣淫于通道大都，不顾行人讪笑，岂尚知人间有羞耻事哉。"认为此诗写的是文姜在鲁庄公继位之后频繁前往齐国与齐襄公私会的情形，她已沉沦于这场不伦之恋中，甚至乐而忘返。即使马车行驶在人来人往的齐鲁大道之上，她也顾不得他人的冷眼嘲笑，羞耻之心早已荡然无存。

感古人之感，抱有同情之心

虽然这是一首针对文姜的讽刺诗，但透过诗中文姜心理的变化，可以看出她也是位真性情的女子。虽然这是一桩常人无法接受的违背基本伦理的丑恶之事，但我们也从诗中看到了文姜这位女子陷于情欲之中，极其可悲可怜。所以相较之前的《南山》《敝笱》，此诗下笔更为婉转，没有直接的责备之辞。以往很多《诗经》解读都停留在对文姜不伦行径的严厉批判和责备之上，但这样的评价未必全面。文姜是一位女子,在封建社会中,如此行事也需要勇气。这份勇气我想或多或少和文姜作为一个女人,其自身的情感需求有着不可分割的联系。从某种角度来说,文姜也是可怜可悲之人。英国历史学家吉本在《罗马帝国衰亡史》里曾说:"我们的同情心在听到叙述年代久远的悲惨事情时是冷漠的。"这似乎是一个普遍现象,比如谈论千年之前的某一场战争时,现代人看来好像就是一个平淡的历史事件,那些在战争中死去的人也成了一个个冷冰冰的数字。然而不管过去还是现在,任何一个人都是真真实实存在过,都是有血有肉有情感的人。在阅读千年前的诗篇或历史时,我们的身份不该是一位冷眼旁观者,而要让自己充满同情同理之心。感受古人之感受,体验古人之体验。若是如此品读《诗经》,尤其是《载驱》这样的讽刺诗时,我们不要只是去做一个道德评判者,评论是非对错,因为千年以来已经有无数的人评论过,无须再辩。我们真正要学会的是理解探究每一首诗歌背后包含的人性温度。《礼记》有云:"温柔敦厚,《诗》教也。"品读《诗经》的最终目的是为了让人变得温柔敦厚,富有同理之心,这也是品读《诗经》的真正意义所在吧。

猗嗟

古代的射箭运动会

猗嗟昌兮，颀而长兮。抑若扬兮，美目扬兮。巧趋跄兮，射则臧兮。
猗嗟名兮，美目清兮。仪既成兮，终日射侯。不出正兮，展我甥兮。
猗嗟娈兮，清扬婉兮。舞则选兮，射则贯兮。四矢反兮，以御乱兮。

齐风

古人的射箭礼仪

《猗嗟》是一首赞美优秀贵族猎手高超射箭技艺的诗歌。首先让我们了解一下西周、春秋时期古代贵族的射箭礼仪。射箭是古代贵族必须掌握的一项技能，属"六艺"之一。在春秋时期，战争都以贵族为主力军，因此，射箭不单是一项日常休闲运动，更是一项极其重要的贵族军事训练。古时贵族们不仅有日常的射箭练习，更有由统治者定期举办的射箭礼仪活动，目的是通过礼仪的方式加强射箭的教学与实践，这样的活动称为"射礼"。射礼一共有四种，分别是"大射礼""乡射礼""燕射礼"和"宾射礼"。"大射礼"是由周天子或诸侯组织举行的射礼。"乡射礼"是由地方乡大夫或士,即等级比较低的贵族组织举行的射礼。类似于定期举办的射箭运动会,"大射礼"是由天子诸侯举办的高级别运动会,参赛选手是低等级的贵族,如士大夫等。"乡射礼"是由地方士大夫举办的运动会,参赛选手是士大夫青年子弟。这两种"射礼"都较为正式,在贵族生活中占据重要地位。其内容流程相对复杂,有严格的礼仪规范。"燕射礼"和"宾射礼"是偏休闲娱乐的射礼,主要是贵族在宴会之后或招待宾客时所举行的。

以"大射礼"为例来说明古代射礼的主要流程。射礼共分三轮。第一轮是主要参赛选手们出场,即低等级的士大夫贵族,六人一组,每人射四支箭。第一轮射箭后,只算结果,不计胜负,相当于热身赛。第二轮不仅参赛选手要继续参加,主人和来宾们也要加入其中。"大射礼"中,主人即组织者,是周天子或者诸侯国君,来宾基本上也都是各诸侯国君。第二轮同样也要分组,每人四支箭。第二轮具有比赛性质,计算比分,统计每组射中的次数,分出胜负。最后第三轮比赛的参与人员和第二轮相同,主人、来宾和参赛选手们都要参加。但在形式上有所不同,比赛的难度亦有所增加。前两轮只是射箭而已,第三轮在射箭的同时要演奏音乐,射手必须要按音乐的节拍运动并发射弓箭。由此可见,古时一场完整的射礼极其隆重且规范有序。射礼虽有比赛性质,但并非个人项目,需要分组协作,这也是当时贵族为了增加集体协作能力而举办的礼仪活动。

此诗描写的正是一场由齐国国君齐襄公举办的"大射礼"活动。诗歌中射箭技艺高超的主人公是齐襄公邀请来参加射礼的来宾,即鲁国国君鲁庄公。这一事件在《春秋》中有所记载:"冬,及齐人狩于禚。"鲁庄公四年冬,鲁庄公应邀到齐国禚地参加了由齐襄公举办的"大射礼"活动。

描摹庄公,如见其人

全诗共三章,可分为两部分品读。首先是诗歌首章,诗人概括地描写了鲁庄公参加射礼活动时展示出的高超射箭技艺。"猗嗟昌兮","猗嗟"是感叹词。开篇诗人就表达了心中的无限赞美之情。"昌"由两个"日"组成,"日"即太阳,象征光明盛大,"昌"即表示盛大光明华美到了极致。在此用以形容鲁庄公的容颜之美,此时庄公还是位十多岁的年轻小伙,正处于人生中最青春的美好年华,所以诗人赞叹不已。"颀而长兮","颀"是身材修长高大之意。诗歌首句,诗人极力赞叹了鲁庄公作为青年国君的俊美容颜和修长身材。诗人将描写的注意力集中到鲁庄公的脸部。"抑若扬兮","抑"《毛诗》里解为"美色",指鲁庄公容颜之美。"扬"韩诗里解为"眉上曰扬",指宽广的前额。鲁庄公面容俊美,额头宽广。"美目扬兮"的"扬"朱熹《诗集传》解为"目之动也",指目光灵动有神之貌。因为在射箭过程中,射手要用到的最重要的身体器官就是眼睛,看得清不清楚,射得准不准,都是由眼神决定,所以诗人对于鲁庄公脸部描写聚焦在了他的眼睛之上。王先谦在《诗三家义集疏》中讲,"瞻视清明,其美自见",意指鲁庄公眼神光亮清明,俊美不已。首章末句是诗人概述描写鲁庄公高超的射箭技艺。"巧趋跄兮","巧趋"指在射箭的过程中来回运动,步趋灵巧之态。"跄"亦指步伐矫健。

齐风

"射则臧兮","臧"意为好,概述庄公射箭技法高超。方玉润在《诗经原始》就评价此诗首章:"描摹庄公,如见其人。"意思是诗歌首章中诗人非常生动形象地概写了鲁庄公的美好形象,读者也仿佛亲历了这场射礼活动,可见诗人的文学功力之深厚。

箭无虚发,技艺超群

古代射礼共有三轮,鲁庄公是以来宾的身份参加由齐襄公举办的射礼活动,所以他参与的是第二、三两轮。诗歌后两章分别描写了鲁庄公参与这两轮射礼比赛的精彩场面。

后两章首句"猗嗟名兮,美目清兮""猗嗟娈兮,清扬婉兮",再次赞美了庄公清秀俊美的容颜。"名"通"明",形容鲁庄公青春阳光,容颜盛美。"美目清兮",赞美庄公目光清澈明亮,神采奕奕。"猗嗟娈兮,娈"是健壮美好之意。"清扬婉兮","清,目之美也,扬,眉之美也"(朱熹《诗集传》),意指鲁庄公眉清目秀,额上光明宽阔。次章后句"仪既成兮",是指鲁庄公要加入射礼第二轮的比赛。在射箭比赛之前,按照礼仪的要求有一系列的礼节。先要"请射",即向在场各位行礼表示射箭比赛即将开始。其次还要"受射器",即庄公作为来宾接受比赛所用的各种射箭器具。最后还有"命射"之礼,即由司仪先宣布射箭比赛的规则,如怎样计算射中和比分之类。礼毕之后开始正式射箭比赛。"终日射侯","侯"指箭靶。"侯"甲骨文中是一张布上有一支箭的形象,其字源即指箭靶。侯一般是用皮或布做成,根据贵族等级的不同,所使用的材质和数量也不同。每位射手在比赛时都要射自己对应的侯,若射中他人的侯则不计

齐风

分。一般射中得分的要求是"不贯不释",即射穿箭靶得一分。一般参赛者和宾客只有一侯,且要射穿才能得分。为表示对射礼组织者,即周天子或者诸侯周君的尊重和优待,组织者有三侯。只要射中,不论射穿与否一概得分。"终日射侯"一句描写了鲁庄公上场后箭无虚发。"终日"是始终之意,说明鲁庄公每一箭都能射到侯且可贯穿,技艺非常了得。鲁庄公的技艺不仅是命中而已,其精准度也高超非凡。"不出正兮","正"指箭靶正中间的部分。就如现代的射箭比赛,一个圆形的箭靶被画成一圈一圈,射中最中间的圆心得分最高。鲁庄公可谓百发百中,每一箭都射中靶心,毫不偏离。连射礼的组织者齐襄公也不禁感慨道,"展我甥兮",庄公真不愧是他最优秀的外甥啊。鲁庄公是齐襄公之妹文姜之子,所以他与齐襄公之间是舅甥关系,故襄公才会如此称呼。

　　诗歌末章的后两句描写了第三轮射箭比赛的精彩画面。"舞则选兮",第三轮射箭比赛对参赛者的技艺要求更高,他们要根据现场演奏的音乐,一边舞动步伐,一边踩着音乐鼓点节拍准确地射击,故"舞"在此即指随音乐运动时射箭。"选"朱熹《诗集传》解为"异于众也",是出类拔萃之意。鲁庄公伴随着音乐节奏,自然地舞动身躯,步伐轻盈,体态健美,美妙出众。他根据音乐的节奏射出箭支,"射则贯兮"是指每射一箭都丝毫不被音乐和舞动的身体所影响,依然全部贯穿箭靶,由此可见其技艺之炉火纯青。"四矢反兮","四矢"指在射礼比赛中,每位选手每次射四发弓箭。《毛诗郑笺》里解释:"射必四矢者,象其能御四方之乱也。"射箭四发象征射手英勇威武能够抵御四方之乱,这也是古代贵族的美好期望。"反"是反复之意。此句是指鲁庄公射出的四只弓箭每次都能重复射在靶心的同一位置,如此精准,令人叹为观止。诗歌末句也是诗人和在场所有参赛者的一致感叹:"以御乱兮。"如此技艺高超的射手,又如此年轻俊美,矫健非凡。他作为鲁国国君一定能够治理国家,抵御四方乱敌,维护百姓安宁。

言外之意的隐约讽刺

诗歌首章总写鲁庄公的俊美容颜和优秀射技,后两章通过细节描写进一步写明鲁庄公技艺之炉火纯青。千年后的读者也不禁感叹鲁庄公作为一位年仅十多岁的青年国君,可谓是年少有为、杰出非凡。不过历来对于此诗,还有一些不同的解读。包括《毛诗》和朱熹都认为此诗华美盛赞的文笔之下,包含了诗人隐约的讥讽之意。之前的诗歌已多次提到齐鲁两国间那件世人皆知的丑闻,即鲁庄公的母亲文姜和其兄齐襄公长期私通的不伦男女关系。《毛诗》讲道:"齐人伤鲁庄公有威仪技艺,然而不能以礼放闲其母,失子之道。"认为此诗的主旨是诗人讽刺鲁庄公虽然俊美矫健、射技高超,但却对其母与齐襄公的私通行为放纵不管,这是作为国君、作为儿子的失道失德。历来诸儒多认为此诗表达诗人讽刺之意的关键在于后两章末句:"展我甥兮"和"以御乱兮"。首先,对于鲁庄公来说,其最重要的身份是鲁国国君,他的父亲鲁桓公正是死于齐襄公之手。杀父之仇,不共戴天。此处诗人却故意不提鲁国国君的身份,写到了和齐襄公的舅甥关系,隐讽其忘却杀父之仇,与恶人同流合污。其次,诗歌末章写他射箭技艺高超，能抵御四方之乱，是诗人借此暗讥鲁庄公既然如此有本事，能抵御四方外敌之乱，为何母亲的私通之乱却怎么都制止不了呢？朱熹在《诗集传》里评价说："此诗三章，讥刺之意皆在言外，嗟叹再三，则庄公所大阙者，不言可见矣。"意指此诗的讽刺之意虽然都在言语之外，没有表达得非常明显，但若细品诗人的赞叹之语，就可以发现诗人虽则赞叹，实则隐讽，一切尽在不言中。究竟这是否是一首讽刺诗，每个人也可以有自己不同的理解和诠释。无论如何，此诗的确是一首赞美贵族青年男性之美以及射箭技艺高超的佳作。

齐风

魏风

葛 屦

富而无骄,乐道好礼

纠纠葛屦,可以履霜?掺掺女手,可以缝裳?要之襋之,好人服之。好人提提,宛然左辟,佩其象揥。维是褊心,是以为刺。

百姓艰辛多怨诗

《魏风》的发源地魏国是一个姬姓国家。《史记·魏世家》记载魏国是"周以封同姓",即魏国是在西周成立之初由周王室分封的一个同姓诸侯国,不过具体分封给何人,开国国君是谁,史书上没有记载。魏国故地在今山西省芮城县东北,据说那里是舜禹故都,"其地陋隘,而民贫俗俭"(朱熹《诗集传》)。魏国土地贫瘠,人民生活普遍较为艰辛,民风质朴节俭。《左传》记载魏国在春秋时期就被晋国所灭,所以《魏风》应为魏国灭亡之前所作。国家贫弱,而统治者不顾民间疾苦依然过着奢侈享乐的生活,所以《魏风》诗歌的文学基调也较为统一,反映了当时魏国百姓对于统治者横征暴敛、贪得无厌的深深不满。

为他人作嫁衣裳

《魏风》首篇《葛屦》是一首底层百姓对于贪婪无道统治者的讽刺之作。

诗歌共两章,先品读首章。"纠纠葛屦","纠纠"是纠缠交错之意。"葛屦"指用葛麻所编制的草鞋。葛屦一般是穷困百姓所穿,此句是描写编制草鞋的葛麻纠缠交错。"可以履霜","可"通"何",此句是疑问句。诗人反问:这葛麻编织的草鞋,怎能踩在冰霜之上呢?《毛诗》里讲:"夏葛屦,冬皮屦,葛屦非所以履霜。"古人百姓夏天穿葛麻草鞋,冬天穿皮质的鞋。诗中所谓"履霜",即指诗歌主人公应是一位地位低微的寻常百姓,冬季也穿不上皮制厚鞋保暖,依然还穿着夏天的草鞋。下句"掺掺女手,可以缝裳"亦是一句反问。"掺掺,犹纤纤也"(朱熹《诗集传》),即纤细之意。这位冬天穿着草鞋的贫苦女子双手瘦弱纤细,但迫于生活压力,她不得不做起女红,辛勤地缝制衣裳。"要之襋之","要"指衣服的腰身。"襋"是衣服的衣领。两字在此都作动词,指这位女子正在用瘦弱的双手缝制衣裳的腰身和衣领。"好人服之",原来女子缝制衣服是给一位"好人"所穿。清人姚际恒解释:"好人,犹美人,指夫人也。""好人"在此是指这位女子所侍奉的主人,即一位贵族夫人,衣服正是为她缝制。

由此诗中女子的身份也清楚了,"此诗疑即缝裳之女所作"(朱熹《诗集传》)。她是一位织缝女工,正在为贵妇主人缝制华美衣裳,而自己却贫困瘦弱,冬天也穿不上一双能够御寒的鞋子。这一对比,将女子的卑微困苦表现得更为突出。唐人秦韬玉有诗云:"苦恨年年压金线,为他人作嫁衣裳",正适合用以表达此诗首章意境。女子辛辛苦苦、一年到头手中不停缝制的衣裳却都是为他人而作,可悲而可怜。诗歌开篇的两句反问正是这位女子心中深深的喟叹:为何人和人的命运如此不同,自己辛勤付出的劳动成果也不属于自己。这也深刻反映出封建时代剥削制度的残酷与不公。

好人还是小人?

对于我们来说,封建时代的阶级关系已经很遥远。但在当时,这样的主仆关系很普遍,对于底层百姓而言,只是辛苦劳动为贵族服务,用以维持生计,还是可以接受的。因此,首章哀怨的反问并非此诗的重点。

诗歌第二章,"好人提提","提"鲁诗作"媞",指安逸、舒适之貌。此句是描写贵妇人安逸舒适的生活状态。这与上章所描写的冬天穿着草鞋,用瘦弱的双手缝制衣服的贫苦女子形象形成了鲜明对比。下句"宛然左辟","宛然"是转身之意。"辟"通"避",意指这位贵妇人突然转身往左侧避开。她避开的正是这位贫苦的女子。可能贵妇人遇到她,或者她要呈送衣服给贵妇人,贵妇人见她过来就特地避开,其鄙视嫌弃、态度傲慢的形象在此显而易见。"佩其象揥","象揥"是象牙发簪,这也是贵族妇女才用的饰品。此句进一步细节描写贵妇人对女子爱理不理的姿态。她故意转过身,佩戴起自己的象牙发簪以避开女子。这一幕实在太过势利傲慢,这也正是诗人最不能接受的地方。虽然在古时，出生有贵贱，但地位再低下的人也有尊严。贵族们可以高高在上命令他人，但绝没有权利践踏诗人的尊严。所以诗中称其为"好人"，也是一笔隐讽。这位贵妇人哪是好人，简直就是一个自以为是、傲气凌人的小人。诗人最后抒发了自己的心声："维是褊心，是以为刺。""褊"本意指衣服狭小，在此引申意指心胸狭窄。诗人明说：正是因为这位贵妇人如此心胸狭窄、傲慢无礼，所以她才写下此诗讽刺其人。

《诗经》篇目中的讽刺诗以隐喻暗讽为主，像此诗这样直接明了地道出讽刺之意十分罕见。方玉润在《诗经原始》中讲，"明点作意，又是一法"，意指诗人明确地点出诗歌创作目的，也是一种独特的文学手法。我想，未必是诗人在刻意运用什么特别的文学手法，主要是因为遭到了如此践踏自尊的对待心中实在悲伤怨恨，才会如此直诉心肠，以泄心头之恨。

乐道好礼，学问之功

历来许多解读都认为此诗是一首描写贫富差距，讽刺当时贵族统治者的诗歌，这样的理解并没有抓住重点。细品诗歌就会发现诗人真正讽刺的并不是贫富悬殊，而是贫富悬殊之下富人傲慢的态度，这也正是此诗最富有现代意义和解读价值的内涵所在。贫富差距不只是某一时代的问题，不同的社会历史环境下这样的问题都存在。当下的世界亦是如此，有人富裕，有人贫穷。富裕本身并无讥讽的必要，尤其在现代，很多富人也是靠自己的辛勤努力获取的财富。关键在于不管富也好贫也罢，一个人的心境与为人处世的态度。

《论语》里有这样一则故事。孔子的学生子贡问孔子:"老师,如果能够做到'贫而无谄,富而无骄'是不是就很好了?""贫而无谄,富而无骄"意为贫穷时不谄媚他人,富贵时不傲慢自大。孔子答道:"可也。"不过仅仅如此还不够。孔子又接着说道:"未若贫而乐,富而好礼者也。"意思是,一个人能做到贫穷时不谄媚他人,富裕时不骄傲自大已经很好,但这只是应有的处事态度,如果连这点都做不到,那就是一个小人。比此做得更好的,就是君子的态度。君子在贫穷时不仅不谄媚而且还能快乐地求道,在富贵时不仅不骄傲自大而且还能热爱礼仪。如何才能做到"贫而乐道,富而好礼"这样的君子境界呢?钱穆先生曾说过一句话:"知无谄无骄,可由生质之美,而乐道好礼,则必经学问之功。"意思是,要做到贫穷不谄媚、富贵不骄傲的基本态度其实不难,只要懂得为人的道理、有好的环境熏陶就可以培养出这样的性格。但若要在此基础上更进一步达到乐于求道和真理,由衷发自内心热爱礼仪文化的话,就不得不经历学问之功。只有通过学习才会慢慢懂得真理的价值,才能真正体会礼仪文化之美,成为有思想追求、有文化内涵、有道德教养的真君子。

以品读《诗经》为例,这亦是一番学习的过程,品读得越多、思考得越多,就越能发现中国礼仪文化的美好,从而发自内心地热爱上这种传统文化。这就是学习的功用。我想此诗中这位贵妇人之所以会如此心胸狭隘、傲慢自大,主要原因可能还是缺乏学习,没有文化涵养。

汾沮洳

无与伦比的美丽

彼汾沮洳,言采其莫。彼其之子,美无度。美无度,殊异乎公路。
彼汾一方,言采其桑。彼其之子,美如英。美如英,殊异乎公行。
彼汾一曲,言采其藚。彼其之子,美如玉。美如玉,殊异乎公族。

魏风

劳作女子歌唱爱人的平凡珍贵

《汾沮洳》一诗表达了诗人对于爱人的无限赞美之情。全诗共三章,先品读每章首句。"彼汾沮洳","汾"指汾水,在今山西省,是当时魏国的一条主要河流。"沮洳"朱熹在《诗集传》里解为"水浸处,下湿之地",意指在水边低湿之处。汾水边的低湿之地有什么呢?"言采其莫"。"言"是语助词,无实际含义。"莫"是一种野菜名,一说酸模,其嫩叶可作蔬菜食用。原来诗人正在汾水边采摘莫菜。次章"彼汾一方,言采其桑","一方"意为一旁,"桑"指桑叶。末章"彼汾一曲,言采其藚","曲"指河水弯曲之处,即水湾。诗人在此采摘"藚草","藚"现在称为"泽泻",是一种富有药用价值的植物。诗歌三章首句描写了诗人在汾水旁采摘各类野菜。通过这些描写,可以知道诗人的身份应是一位平凡的女子,因为古时采摘野菜桑叶的工作一般是女子所做。此诗的主旨是为赞美爱人而吟唱创作。诗人是一位寻常百姓家的劳作女子,那爱人的身份应该也和她相近,是一位平凡百姓。地位卑微并不代表爱人就不美好,他在诗人眼中也可以是一位优秀的君子贤者。就如"莫""桑""藚"这类菜植,虽然都生长在平凡寻常之地,甚至有的还生长在低洼潮湿的卑微之所,但都是人们生活中离不开,有着极其重要价值的植物。诗人一边采摘着这些生在寻常水边的植物,一边想着自己深爱的男子。他虽然地位平凡,但在诗人眼中却如珍宝般闪亮可爱。

无与伦比的美丽

诗歌三章次句正面表达了对爱人的深情赞美,心中的浓浓爱意表露无遗。"彼其之子,美无度。""其"作语助词用,无实际含义。"美无度"实在写得太好,朱熹在《诗集传》里解释:"无度,言不可以尺寸量也。""无度"指无法度量。在诗人心中,爱人的美好简直无法形容、不可度量。这样的心态在爱情中极为常见。现在形容爱慕对象常称对方为"男神""女神",意为爱人在自己心目中的地位已经到了极致。那些玉树临风、英俊潇洒、沉鱼落雁、闭月羞花之类的形容虽好,但用来形容眼中的爱人,都变得苍白无力,所有美好的词汇加在一起也无法表达诗人心中的爱慕赞美之情。人们对于那些世间最完美的事物都是无法言说的，如宗教里的神、哲学家眼中的道都无法定义。老子讲大道无言，世间最至真至美、最奥妙无限的真义，只能用心去体验，又怎能用言语来定义，用尺度来衡量呢？这位爱人在诗人的眼中就到了这样的高度。千古以来对爱人的形容我想没有能超越"美无度"这句的了。这就是爱情的魔力，让人痴迷，令人沉醉。诗歌后两章此句，诗人似乎从痴狂爱情中恢复了一些理智。也许她认为"美无度"他人未必真能体会，所以又用了两个比喻加以形容："美如英""美如玉"。诗人告诉读者如果真的要具体形容爱人的话，他就好像盛开的鲜花一般，就如精美温润的玉石一样，是无与伦比的美丽。

反衬赞美

　　诗歌三章末句也是此诗极为精彩的一句，令整首诗的文学水准上了一个台阶。既然在诗人心中对于爱人之美已是词穷，再怎样言说也无法形容他的美好。诗人在三章末句便运用了另一种表达方法，即从反面来言说爱人之美，这是文学上的反衬手法。"美无度，殊异乎公路。""殊"即特别之意，"殊异"即指特别不同。既然言语无法正面形容，诗人就反过来告诉读者爱人不同于什么。"路"指君主所乘坐的马车。"公路"是当时的官名，即为国君管理马车的官员。诗人认为，爱人虽然地位平凡，但是他的美是那些高高在上的"公路"官员们所无法比拟的。次章末句"美如英，殊异乎公行"，"公行"亦指官名，与"公路"类似。"公路掌路车，主居守；公行掌戎车，主从行。"（马瑞辰《毛诗传笺通释》）古代君主日常出行和出兵征战都乘坐马车，"公路"是掌管君主日常出行马车的官员,"公行"则是掌管战车的官员。末章的"公族"也是官名,是指掌管贵族宗庙祭祀事务的官员。诗人借描写自己爱人与这些高贵官员的不同,来反衬说明爱人虽然身份平凡,但丝毫不影响他在诗人心目中的美好地位,那些富贵官员也无法与他相比,诸如"公路""公行""公族"之类的官员们就算地位再高,在诗人眼中也如浮云一般。诗歌通过一正一反的生动描写,将诗人心中的浓浓爱意表达得淋漓尽致。

邦无道,富贵为耻

进一步思考此诗,会产生一个疑问,诗人为什么要将爱人与"公路""公行""公族"之类的官员对比呢?其实诗人在此想要对比的不是表面上的地位官职,而是一个人内在的品行。《韩诗外传》里讲:"盖春秋时晋官皆贵族子弟,无材世禄,贤者不得用,用者不必贤也。"诗中提到的"公路""公行""公族"在当时都由贵族子弟世袭。只要是贵族出身就有资格担任这些官职,并不需要贤能有德,所以当时这样的官员多半都是些养尊处优的纨绔子弟,仗着自己贵族出身为官,实际上多为缺乏管理能力和道德素养的顽劣之人。诗人对比讽刺的是这些官员的德行,并非地位。因此,历来有看法认为此诗虽然表面是一首赞美爱人的情歌,但实则是一首讽刺诗。诗人通过对爱人的赞美来隐讽贵族子弟们无德无道的社会现状。这样的理解亦解释得通。财富也好,官职也罢,这些本身并非坏事,关键在于那些拥有财富和官职的人内在如何。《论语》里孔子讲:"邦无道,富且贵焉,耻也。"

财富和官位本身都没有错,但如果国家社会无道昏暗,在这样的世道中,通过剥削他人而变得富有,或担任官职却不尽忠职守,那这样的富贵就是可耻的。百姓因此作诗讥讽,表达怨恨之情,也就不足为奇了。

魏风

园有桃

邦无道,则可卷而怀之

园有桃,其实之肴。心之忧矣,我歌且谣。不知我者,谓我士也骄。彼人是哉,子曰何其?心之忧矣,其谁知之?其谁知之,盖亦勿思!

园有棘,其实之食。心之忧矣,聊以行国。不知我者,谓我士也罔极。彼人是哉,子曰何其?心之忧矣,其谁知之?其谁知之,盖亦勿思!

人不如园中果树

《园有桃》的作者应是一位没落贵族,他对自己的祖国魏国有着非常深厚的感情。无奈当时魏国统治者昏庸无道,世道衰败,诗人有着满腔悲伤却无处诉说,因而写下这首忧伤时世之歌。

诗歌共两章,内容基本相同。先品读每章首句。"园有桃"在《吕氏春秋》中被引为"园有树桃","树"即种植之意。清人马瑞辰考证认为此诗两章首句原本应为"园有树桃""园有树棘",这也更符合《诗经》四字一句的文学特点。"桃"指桃树,"棘"指酸枣树。此二句意为在园中种植着桃树和酸枣树。种植的目的在于它们都会结果,且果实可被食用。此句之后分别讲到"其实之肴""其实之食","肴"即食用之意。诗人为何开篇以桃、棘作比呢?马瑞辰在《毛诗传笺通释》中解释道:"诗盖以园之有桃棘必待人树之,以喻国有民必待君能用之。"人们种植桃树和酸枣树是因为它们有价值,能结出鲜美的果实。同理,一个国家的统治者,须任用有才能贤德之人,才能为国家的发展带来累累硕果。诗人望着园中的桃树和酸枣树,不由伤心悲凉,这样平凡的植物的价值都能被人们发现,悉心种植,收获果实,自己空有满腔的爱国热情,想为祖国作出贡献,却不为人理解,不为统治者重用,还不如这园中的果树。真是叫人心生悲凉。

从歌谣诉愁到出游泄忧

诗人望着园中果树托物起兴之后,在两章次句直抒心中的忧伤。"心之忧矣"是诗人诉说内心的忧伤。这份忧伤如何宣泄呢?"我歌且谣"。"歌""谣"现在常放在一起使用,但古时,其意义有所区别。"曲合乐曰歌,徒歌曰谣。"(《毛诗》)配合音乐所唱称之为歌,没有音乐伴奏,纯粹清唱称之为谣。诗人通过歌唱的方式抒发心中哀伤,他歌唱的内容应该是一些内心的想法和政治主张,其歌唱的目的并非只是直抒胸臆,还希望有人能够听到,最好魏国统治者们能采纳自己的想法,重用自己,振兴祖国。

次章"聊以行国"也是诗人发泄内心忧郁。此句通常的理解认为诗人因为心情伤悲,故选择出游散心以泄心中失落。其实诗歌所讲的"歌谣"与"出游"在时间上有前后关系。"歌谣之不足,则出游于国中而写忧也。"(朱熹《诗集传》)诗人开始想通过歌谣抒发心中想法,希望被人理解,而结局却令人失望。诗人的歌唱没有知音,得不到丝毫回应。面对这样残酷的现实,他只能选择出游以宣泄心中的悲伤。当然出游如果只为宣泄忧伤,其实是无用的。真正内心忧伤、怀才不遇之人,就算出游看到再美好的风景,还是会觉得索然无味。

身为贵族反遭误解

从每章三、四句中,读者可以了解诗人悲伤忧郁的真正原因。如果他人只是不理解但依然信任自己的话,可以慢慢将自己的想法表达清楚,还有希望说服对方,但现实却是他人完全误解了诗人。"不知我者,谓我士也骄。""骄"即骄傲自大之意。次章"谓我士也罔极","罔极"是来自他人更重的责备之辞,意为违背常理,荒唐至极。诗人无奈悲哀地感叹道:"哎,那些不理解我的人啊,你们如果不懂我,不采纳我的建议,但若能体谅我一番爱国的苦心也罢了。偏偏你们认为我所有的想法都是自命不凡、傲慢自大,甚至批判我违背常理,荒唐至极。"这令诗人痛心疾首。虽然具体的误解事件在诗中并未说明,但从字里行间还是能看出一丝端倪,在"谓我士也骄""谓我士也罔极"二句他人的责备话语中,诗人特地用了"士"字。诗人借此表明自己的身份,他是一位贵族。王先谦在《诗三家义集疏》里讲:"言不知我心怀忧者,闻我居位而歌谣,反谓我为骄慢。"意思是,那些不理解诗人的人们因为诗人是一位贵族,所以都误解他身为贵族,已衣食无忧,却还在整天矫情忧伤,认为诗人之所以心存不满、忧心不已,都是装腔作势、故作清高的表现。面对他人的误解,诗人百口莫辩,难道作为贵族就不能忧国忧民了吗?他人的曲解令诗人无法接受。

不陷忧伤,自我开释

诗歌两章之后的内容完全一样,反复表达了诗人内心的忧愤之情。"彼人是哉,子曰何其"依然还是他人不理解诗人的责问之辞。"彼人"指当时魏国昏庸的统治者。"子"即指诗人自己。他人责备诗人说:"统治者说的当然正确无误,而你却表现得如此哀怨不满,你到底想要怎样?"如此责问令诗人愈加痛心,说出这样话的人一定是在统治者身边阿谀奉承、溜须拍马的小人。对统治者惟命是从,以至于颠倒黑白是非,不顾社会已昏暗无道的事实。魏国在春秋早期就被晋国所灭,之所以会有如此下场应该也与统治者身旁都是见风使舵、谄媚奉承的小人有关。面对如此责问,诗人只能无奈感慨:"心之忧矣,其谁知之。"诗人心中对于国家、对于世道的忧虑,又有谁能了解呢?面对世人的误解,诗人在最后作出了另一番选择,他没有沉溺于失落之中,而是选择豁然的自我开释。"其谁知之,盖亦勿思。""无知我忧所为者,则宜无复思念之以自止也。"(《毛诗郑笺》)既然无人了解诗人,无人采纳他的想法,那他也不徒然忧伤了,而是选择不再去想这些问题,所有的想法都不再提。

邦无道，则可卷而怀之

诗人面对世道衰微昏暗时，满腔的爱国热情不为世人所理解，故忧心不已，颇有一番"众人皆醉我独醒"的味道，令后世读者不禁联想到楚国的屈原。他与诗人的处境有诸多相似之处。首先，诗人和屈原都是贵族。其次，他们虽身为贵族却不贪图享乐，对所处时代的社会环境和统治管理有着深深的关切。他们也都深沉地热爱着自己的祖国，希望能改变社会风气，振兴邦国。最后，他们的遭遇也很相似，都不被世人所理解，甚至被误解诋毁，故而忧心不已，无奈伤悲。如此雷同的遭遇，最终此诗的作者却和屈原作了完全不同的选择，表现出了两种不同的人生姿态。屈原的选择是刚毅决绝，决不妥协，最终自投汨罗江以死抗争。此诗的作者则选择自我开释。这并非懦弱的表现，而是一种处世的人生智慧。屈原固然伟大，但诗人的选择却是：既然世道昏暗无法实现自己的理想价值，那就暂且保全自己，等待时机。毕竟只要活着就还有希望，选择死亡就什么都做不了了。《论语》记载孔子有一次夸奖他的好友蘧伯玉道："君子哉蘧伯玉！邦有道，则仕；邦无道，则可卷而怀之。"蘧伯玉是当时卫国贤能杰出的大夫，当国家政治清明时，他做官造福百姓；而当国家政治昏暗，统治者无道、不重用他时，他就将本领藏起来，也不过于悲伤失落，通达自如。孔子称赞他为真正的君子，因此真正的君子绝不是一条路走到黑，也绝不会明知不可为而为之，而是有变通的智慧和隐忍的耐力。回头再看《园有桃》一诗，我们除了为诗人的遭遇鸣不平，理解他的忧心悲凉之外，还应多多学习诗人对待遭遇时通达的自我开解的姿态。

陟　岵

一人一语，字字情深

陟彼岵兮，瞻望父兮。父曰：嗟！予子行役，夙夜无已。上慎旃哉，犹来！无止！

陟彼屺兮，瞻望母兮。母曰：嗟！予季行役，夙夜无寐。上慎旃哉，犹来！无弃！

陟彼冈兮，瞻望兄兮。兄曰：嗟！予弟行役，夙夜必偕。上慎旃哉，犹来！无死！

孝子行役而思亲

《陟岵》是一位远在他乡服兵役的青年男子思念自己家中父母兄弟而作。字里行间用情至深，细腻动人。全诗共三章，先品每章首句。"陟彼岵兮"，"陟"是攀登之意。"岵，山有草木也"（《说文解字》），即指长有许多草木的山坡。次章"陟彼屺兮"，"屺，山无草木也"（《说文解字》），即指草木光秃的山坡。末章"陟彼冈兮"，"冈"指山冈之意。三章首句都描写了诗人登高的状态，他不止一次登高，其时间跨度也很长。从长满草木的山坡到草木凋零光秃秃的山坡，可见季节的更迭，诗人在外服役的时间之长。他远离家乡，心中孤单，一次次地登高远望，为了排解心中的思乡之情。三章后一句"瞻望父兮""瞻望母兮""瞻望兄兮"，是诗人在高高的山冈之上，向家乡的方向眺望，心中思念着远方的父母兄弟。值得注意的是，诗人每次登高都将父母兄弟等亲人反复思念多遍。虽然分别写在三章，但这只是文学上每章的侧重表达，并非指每登高一次只思念一人而已。诗歌三章首句是一笔总写，诗人在之后的内容中详细抒发了其对亲人的思念之情。首章主要描写对于父亲的思念，次章写母亲，末章写兄弟。

回忆与想象虚实结合

诗歌首章后句，"父曰"意为父亲说，所以接下来都是父亲说的话，此处也体现了此诗在文学上的特别之处。诗人站在高冈之上与亲人相距千里，父亲的话当然是听不见的，所以这都是诗人的想象。诗人没有直抒自己的思念之情，而是描写想象中思念之人的状态，通过角色的转换表达出内心深处委婉动人的思绪。在诗人的想象之中，父亲说："嗟！予子行役，夙夜无已。""嗟"是叹息之意。父亲在远方想念着服役在外不知生死的儿子，当然先是一声发自内心深处的叹息，说道："哎，我的儿子在远方服役，战乱频繁，统治者又管理无道，他一定非常艰辛，都不能好好休息吧。"此句表达了父亲对诗人当下状态的忧虑。

"上慎旃哉"，"上"通"尚"，是希望之意。"旃"是代词，是"之""焉"的结合字。父亲在忧虑之余,深深地告诫说:"吾儿一定要小心谨慎地对待困难和战乱啊。"言下之意是希望诗人能小心保重,千万不要命丧战场,要完完整整地回来,家人正在等待着他。"犹来"是回来之意。"无止"王先谦在《诗三家义集疏》中解释说:"言庶几慎之哉,可以归来,无致为敌所止也。"意为千万小心,莫因大意而被敌人停止早日回家的脚步。此处又是此诗的另一个特别之处。诗人笔下父亲的话并非都是诗人的想象。点滴的话语之中,其实亦有真实的回忆。如父亲后一句的告诫之言,让诗人小心谨慎,早日回家,或许这就是临行前父亲对他的嘱告。诗人在登高想象的过程中,由于内心思念之情的驱使,将对亲人的想象和离别时的回忆交织在一起,下笔虚实结合,动人悱恻。方玉润在《诗经原始》中评价:"人子行役,登高念亲,人情之常。若从正面直写己之所以念亲,纵千言万语,岂能道得意尽?诗妙从对面设想,思亲所以念己之心,与临行勖己之言,则笔以曲而愈达,情以婉而愈深。"意为诗人远行服役,远离家乡亲人,登高望远以寄托思念之情,这是人之常情。作诗表达情感,如只是从正面描写内心思念,纵有千言万语也说不完道不尽。此诗绝妙之处是人物角色上的转换。诗人设想亲人远在家中是如何思念自己的,想象之中还夹杂着当日离别之时亲人的深情劝勉,如此曲折的文学笔法和委婉的情绪表达更能将诗人的乡愁刻画得淋漓尽致。

母爱口吻,细腻动人

次章诗人想念起自己的母亲。"母曰:嗟!予季行役,夙夜无寐。""季"指家中排行最小的孩子。母亲忧愁地说道:"哎,我那最小的儿子啊!你去远方服役,一定非常艰辛劳苦,晚上也不能好好休息吧。"朱熹在《诗集传》中解释此句道:"尤怜爱少子者,妇人之情也。"母亲的话语中特别提及诗人的身份是家中幼子,这也表达了母亲最常见的感情,即尤其疼爱幼子。由此可见诗人下笔之细腻,母亲所言与父亲所言略有不同,字里行间的差异体现出父母不同角色的情感侧重和口吻差异。父亲的形象通常重视义理,严厉内敛,父爱不会表露得非常明显。在父亲的言语中,只是提到了诗人是自己的儿子,但并未说他是幼子,因为在父亲眼中孩子都是一样的。而母亲作为女性往往更为感性,会有所偏爱。父亲说"夙夜无已",他更多关心的是儿子为了工作日夜忙碌不停的艰辛,而母亲说"夙夜无寐","寐"是睡觉之意,她想到的是儿子有没有睡好觉,更加体贴细致。

"上慎旃哉,犹来!无弃。""无弃"与父亲所讲的"无止"亦有不同之处。父亲是从义理的角度告诫儿子不要停止回来的脚步,而母亲在口吻上更像一位无助柔弱的女性。"无弃,谓无弃我而不归也"(方玉润《诗经原始》),"无弃"意为不要抛弃。这多像一位母亲、一位女性说的话。母亲害怕幼子一去经年,遥遥无期,战场上生死未卜,最终丢下自己,不再归来。"父尚义,母尚恩。"(《毛诗》)两章诗句中父亲的形象和言语都充满义理,表现出一番公正严肃的形象,而母亲表现得更加感性,充满爱意。这两种不同方式的爱,在诗人的字里行间极其细腻地表现了出来。

兄长尚亲，语重心长

末章描写了对兄长的思念之情。诗人作为家中幼子，他想象中的兄长们思念他时又会说些什么呢？"兄曰：嗟！予弟行役，夙夜必偕。""必偕，言与其侪同作同止，不得自如也。"（朱熹《诗集传》）意指兄长希望弟弟在远方从军不管有什么行动，不论白天黑夜都切勿单独行动，一定要与身边的士兵同行，互相照应，这样才能将危险降到最低。此句明显是兄弟的口吻。兄弟间讲得最多的是同心协力，团结一致。哥哥对于弟弟的关心，也不像父母那样只是关心他是否劳累或能否睡好觉，而是希望他能和身边的战士们像兄弟一样同舟共济。

"上慎旃哉，犹来！无死！""无死！"是全诗中最沉重的一句。兄长们告诫弟弟："你一定要谨慎小心，早日回来，千万不要战死沙场。"这一"死"字，要从口中说出是多么不忍啊，也只有同辈的哥哥能够说出这样的话语，换作父母怎能忍心将这个字说出口呢？所以父言"无止"，母言"无弃"，只有兄弟才将这心底里最深的担忧说明。诗歌至此，读者不免痛心，这样一个美好温馨的家庭就被战争拆散了。诗人远在边疆，登高远望家的方向，思念着最深爱的亲人。父母兄弟遥不可及，诗人只能想象着他们的音容笑貌和临别时的句句真言，此情此景，怎不叫人同情怜悯，为之动容。

认真生活，细腻深情

现有的《诗经》解读中，对于此诗的理解通常只是停留在诗人所表达的深切思乡情绪之上,却都忽略了诗人在逐章描写不同亲人时所运用的细腻笔触,这才是此诗最为动人的细节。诗人为何能做到如此细腻呢?因为他是一个认真的人。这是一种对待生活的认真,对待生命中每一位爱人的认真。反问自己,我们能否记得父母亲人曾对我们说过的每一句真心话呢?能否记得他们说话时的口吻和情感细节呢?人生短促,生命中这些对我们来说最重要的人,相互陪伴的时光可能也只有大半辈子而已,学会珍惜每一段珍贵亲情对于每个人来说都极其重要。可能我们很多时候都活得过于粗线条,日子不经意间就过去了。子欲养而亲不在,人生是不能重来的,与亲人相伴相守,每过一天就少去一天。

古人聚少离多,更懂得珍惜生命中弥足珍贵的相聚。中国文学史上许多优秀的文学创作者也都是用心生活的人。因为只有用心生活,认真对待身边每一个人,才会发现生命中最美好的细节,才能写出如这般细腻动人的诗歌。千年之后,当我们品读此诗时,更多的收获是意识到诗人通过点滴细语教会我们的人生真谛:要认真生活,珍惜身边人,用心用情去过好生命中彼此相伴的每一天。

十亩之间

一诗四解，言简意深

十亩之间兮，桑者闲闲兮，行与子还兮。
十亩之外兮，桑者泄泄兮，行与子逝兮。

单纯至美的田园画卷

《十亩之间》一诗文字极其简单，全诗共两章三十字，但其背后的涵义并不简单。本诗历来就有颇多不同理解。

"十亩之间兮，桑者闲闲兮"，"桑者"指采桑之人，古时从事采桑劳作的多为妇女。"闲闲，往来者自得之貌"（朱熹《诗集传》），意指来往穿梭、悠闲自如之态。诗歌首句描写了在十亩田地之间，采桑女子们虽在劳作，但却悠闲自得之态。为何是十亩田地呢？马瑞辰在《毛诗传笺通释》里解释："古者民各受公田十亩，又庐舍各二亩半，环庐舍种桑麻杂菜。"意思是，古代百姓不仅要耕种自己的土地，还要分摊耕种公田。每户人家分配到的公田即十亩，百姓自家私田为二亩半，围绕着私田和公田之间会种植桑树、麻树。诗人所讲"十亩之间","十"是约数,因为每户人家确切的土地共有十二亩半,诗人便以十亩指代。次章"十亩之外兮,桑者泄泄兮"也是相同涵义。"泄泄,人多之貌。"(《毛诗》)两章开篇是一幅清新秀美的田园风光。在田野之中,桑树之间,采桑女子来来往往,三两结伴而行,愉快地唱着歌谣,悠闲地做着农活,热闹而惬意。这一幅至美至纯、清新恬淡的画面令人心驰神往。

归隐田园的内在含义

诗歌至此为止,仅是一首春日田园的优美画卷,有意思的是,每章末尾令整首诗从单纯的场景描写转而变得意味深长。"行与子还兮","行"清代王引之考证为"且",即姑且之意。现在有较多解读认为"行"应单独理解,即意为走。诗人对身边的人说:"走吧。"去哪儿呢?"与子还兮。""还"通"旋",即归去之意。原来诗人在招呼身边人一同归去。诗歌次章末尾也是相同涵义。"行与子逝兮","逝"本意为消逝,在此引申为返回、归去之意。如此加上了归去的意涵之后,诗意就变得更为丰富,颇有一番归隐诗的意趣。

归隐诗,尤其描写归隐田园的诗歌是中国历代诗歌中极为重要的一个流派。归隐诗以晋代陶渊明为首,其最为人熟知的诗歌《归园田居》中写道:"羁鸟恋旧林,池鱼思故渊。开荒南野际,守拙归园田。"意思是远飞的鸟儿依恋着山林,池中的鱼儿思念着潭水,同样每个人也有一份对自然的向往,渴望返璞归真,脱离世俗的缧绁,摆脱尘世的枷锁,找回那份属于心灵的质朴单纯。既有归隐，就不免产生田园与世俗的对立，即美好理想和现实生活的对立。归隐的本质是一种逃离，人们企图逃离当下回归最单纯美好的自然状态。《十亩之间》最后流露的这番归隐之意，历来引发出诸多不同角度的诠释。

田园劳作，结伴而归

当下解读多认为此诗描写了一群采桑女子在田间劳作，虽忙碌不停，却依然快乐愉悦。一天劳作过后，她们带着一丝疲倦，打着招呼结伴回家。诗歌两章末句"行与子还兮"和"行与子逝兮"是女子之间打招呼的田间话语。如此解读，此诗就仅是一幅田园美好的单纯画面。读者仿佛看到夕阳落下，田园中的农舍升起了袅袅炊烟，鸟儿映衬着落日回巢，牛羊回到温暖棚圈，如此美好的景色配以采桑女子们劳作归来时此起彼伏、互相应和的悠扬歌唱，温馨美好，令人神往。

相约避世归隐之作

古人对此诗的解读不止如此，历代多认为此诗中的归去意涵并非指采桑女子结伴回家如此简单，而是有归隐之意。这种解释也有两种角度，一是解为贤者相约归隐，朱熹《诗集传》认为此诗主旨是"政乱国危，贤者不乐仕于其朝，而思于其友归于农圃，故其词如此"，即诗人是一位贤能之士，当时魏国政治昏暗，统治者治理无道，诗人虽是贤者却不被重用，所以他也不愿再继续担任公职，来到郊外田野之中。他望着美好的自然景色，心生归隐之意，于是招呼身边与自己一样的贤能之士，相约一同归隐田园。二是解为夫妻相约归隐，方玉润在《诗经原始》中讲，"故语其妇曰：世有此境，吾将于子长往而不返矣"，认为诗人是一位男子，他忍受不了世俗生活和昏暗世道，携妻来到郊外，希望与爱人远离尘世，从此粗茶淡饭，草舍良田，永远过着自由隐居的生活。不论这份归隐是出于贤者间志同道合的友情，还是爱人间相依相伴、厮守终身的爱情，都是美好动人的诠释，历来也为人普遍接受。

讽刺国土隘陋，民无居所

关于此诗还有第四种角度的诠释，认为这是一首讽刺诗。《毛诗》里讲，"刺时也。言其国削小，民无所居焉"，认为此诗是讽刺当时魏国统治者无道，人民生活贫穷困苦，流离落魄，连最基本的安稳居所也没有。可诗中明明写了田园桑树，应是一番百姓安居乐业的景象，又何来讽刺"民无居所"呢？王先谦在《诗三家义集疏》里解释得很清楚，他认为，"诗人言他国田蚕之乐，而羡其得所"，即诗人描写的田园美景和悠然自得的采桑女子都是魏国邻国的生活状态，而魏国则是土地贫瘠，统治者横征暴敛，人民生活艰难困苦。诗人羡慕周边富饶国家百姓安居乐业的生活状态，心中无比向往，希望能离开此地去往他国。无奈诗人偏偏生在魏国，被统治者剥削奴役，自己无从选择。这样的诠释虽略有牵强，但亦可备一说。

了解历来诸多诠释后再品此诗，就会体会到其简单文字之下的丰富意涵。不管诗歌描写的是普通劳作妇女结伴而归，或是贤者、夫妻相约归隐，抑或是讽刺，都能自圆其说。至于诗歌背后的故事究竟为何，就要留给千年之后的每一位读者去慢慢体悟了。

伐 檀

无功受禄,君子所耻

坎坎伐檀兮,置之河之干兮。河水清且涟猗。不稼不穑,胡取禾三百廛兮?不狩不猎,胡瞻尔庭有县貆兮?彼君子兮,不素餐兮!

坎坎伐辐兮,置之河之侧兮。河水清且直猗。不稼不穑,胡取禾三百亿兮?不狩不猎,胡瞻尔庭有县特兮?彼君子兮,不素食兮!

坎坎伐轮兮,置之河之漘兮。河水清且沦猗。不稼不穑,胡取禾三百囷兮?不狩不猎,胡瞻尔庭有县鹑兮?彼君子兮,不素飧兮!

魏风

贤者劳而无所用

《伐檀》一诗历来为人所熟知,表达了当时魏国人民对于统治者横征暴敛、不劳而获的深刻讽刺。

诗歌共三章,每章内容有所重复,一唱三叹,先品每章首句。"坎坎伐檀兮","坎坎,伐檀声"(《毛诗》),"坎坎"为象声词,是砍伐树木之声。"坎坎"也并非简单的象声词,它也表示了砍伐者的状态。朱熹在《诗集传》中讲,"坎坎,用力之声"，意指伐木者用力砍伐，檀树的木质非常坚硬，所以更需用力。砍伐檀树目的何为呢？"坎坎伐辐兮""坎坎伐轮兮"，"辐"指车辐，古时马车车轮中心到外圈边缘由多根木条辐射状连接，这种木条即称"辐"。《老子》里讲，"三十辐共一毂"，意指一只车轮共由三十根车辐构成。末章"轮"即指车轮。伐木人在山林中砍伐檀木，目的是为制作马车车轮。

诗歌三章首句的后半句特别有趣。"置之河之干兮"，"干"通"岸"，意为水边。古文中的"河"一般特指黄河。此句意为伐木人辛苦砍伐檀木制作车轮，结果却并未利用它，而是将其置于黄河岸边。后两章"置之河之侧兮""置之河之漘兮"，"侧"和"漘"都意为河边。"伐檀宜为车，今河非用车之处。"（苏辙）辛勤劳作的成果为何被置于河边呢？这正是此诗值得思考之处。王先谦在《诗三家义集疏》中解释："伐木置河间，以喻有才无用。"他认为诗人之所以讲了这样一个伐木制轮但劳无所用的故事，其实有所隐喻。诗人并非伐木工人，他只是借用伐木的比喻来说明自己就如这样一位徒劳的伐木工人一般，虽然有一身才能且费力尽心，却终无所用。诗歌的作者很可能是一位愿全心为国效力的正人君子或贵族子弟，但其努力付出却不得认可，被魏国统治者冷落抛弃，故而作此诗歌。

唯美而忧伤的文学过渡

若是普通作者，在表达自己怀才不遇的无奈处境后，可能接着就要描写自己的经历或内心悲伤之情。但此诗却出人意料，诗人笔锋一转，勾勒出一幅唯美的文学画面。"河水清且涟猗"，

"涟"《毛诗》解"风行水成文曰涟",意止微风吹拂水面引起的波纹。"猗"是句尾表示感叹的语气词,无实际含义。黄河之水清澈见底,微风吹拂,在水面上掀起小小的波浪,产生阵阵涟漪。后两章此句也是相同意涵。"河水清且直猗""河水清且沦猗","直"和"沦"都指水面上波纹的形状。"直"指平直的水流波纹,"沦"《毛诗》解为"小风水成文,转如轮也",意指风拂水面所吹起的旋纹。优秀的文学作品正是如此,不会一下子把所有内容表达出来,而是留下缓冲地带,让读者有时间思考。若毫无过渡立刻将所有答案和盘托出,就缺乏了文学张力和美感。诗人巧妙地利用这样一幅风吹水面的唯美画面作为诗歌前后内容间的过渡,展现了诗歌的文学张力。

此外,此句不只是文学过渡,如此唯美的空镜头背后也是意味绵长的。首先,诗人又一次提到河水,进一步强调砍伐檀木所制作的车轮毫无用处,因为在河水之中无法行驶马车,这一点为这唯美的画面添入了一丝淡淡的忧伤。其次,"诗义盖以河水之清喻君子之廉洁"(马瑞辰《毛诗传笺通释》),清澈河水象征诗人作为一位君子的清廉纯洁的高尚品德。

不劳而获寄生虫

既然诗人是一位清廉纯洁的谦谦君子,为何他如此付出却不被重用呢?诗人并没有直白地解答,而是再一次巧妙地构架起一个文学上的激荡起伏。前句平静水面的描写将诗歌整体节奏放慢,接下来诗人连用两句反问,将此诗的力量推至最高点,"笔极喷薄有力"(方玉润《诗经原始》)。

"不稼不穑,胡取禾三百廛兮?""种之曰稼,敛之曰穑"(《毛诗》),种植称为"稼",收获称为"穑"。"廛"指当时三百户人家所上缴的粮食税收,一般是大夫级贵族所享受的待遇。"三百"是虚数,表示数量众多。此句激烈地反问那些掌权者:"你们从不耕种也不收获,凭什么收取如此多的粮食税收呢?"《毛诗郑笺》里讲:"是谓在位贪鄙,无功而受禄也。"诗人借此严厉斥责贵族统治者贪得无厌、无功受禄,就如寄生虫一般,没有任何付出却横征暴敛,导致百姓们哀声载道、苦不堪言。后两章此句也是同样的反问。"不稼不穑,胡取禾三百亿兮?""不稼不穑,胡取禾三百囷兮?"周时十万为"亿",这与现在的换算单位有所不同,在此也指数量巨大之意。"囷"字结构为"口"中一个"禾",它指古时一种用于存放粮食的圆形谷仓,在此亦指贵族们占有着大量百姓辛苦劳作而得的粮食,生活富足,不劳而获。

除大量粮食之外,魏国贵族们还占有大量其他的百姓劳作成果,故诗人又道:"不狩不猎,胡瞻尔庭有县貆兮?""瞻"意为看。"县"通"悬",即悬挂之意。"貆"通"獾",是一种类似小野猪的野兽。诗人继续质问那些不劳而获的贵族:"你们从不打猎,为何却能看到你们的庭院中悬挂着如此多的猎物呢?"这些猎物当然也都是从百姓猎户手中搜刮而来。后两章此句"不狩不猎,胡瞻尔庭有县特兮?""不狩不猎,胡瞻尔庭有县鹑兮?""特"指三岁大的野兽,"鹑"指小鹌鹑。这些贪婪的贵族们,不管是大的猎物还是小的鹌鹑,全都不放过,将百姓的劳动成果搜刮一空。三家诗鲁诗讲:"能治人者食于人,治于人者食于田。

今贤者隐退伐木,小人在位食禄,悬珍奇,积百谷,并包有土,泽不加百姓。"意思是,由于社会分工不同,每个国家都有管理者,亦有普通百姓,收取税收也属正常,但令人无法容忍的是管理者们如此无能,他们从不劳作却对百姓收取重税,他们家中悬挂着各种猎物,粮仓里存放着丰富粮食,占有大量土地资源,却丝毫不懂统治之道,亦无治理之功,百姓没有从他们这里得到任何益处。这些贵族统治者们整日不劳而获,活脱脱一副寄生虫的嘴脸,实在令人厌恶。

我们不一样

每章前四句,诗人先写自身贤德却不为所用,后又通过激烈的反问斥责魏国贪婪的贵族统治者自身无能却不劳而获。还有一点值得注意的是,诗人在文学创作上也别具匠心。首先,四字、五字、六字、七字错落交替,节奏变化丰富,极具新意。其次,诗中既有空灵幽静、低回婉转的文学过渡,亦有激烈高亢斥责,此起彼伏,张力十足。

每章末两句是诗人最后的总结。"彼君子兮,不素餐兮",此句诗人是在告诉读者,真正的君子应该如何。"素者空也,空虚无德,餐人之禄。"(鲁诗)"素"意为空。"餐"在此作动词用,即指吃饭。"素餐"意为不劳而获、无功受禄地吃白食。诗人认为真正的君子不该无德无功还贪婪地向百姓索取。后两章"不素食兮""不素飧兮"也是同样涵义。"食"亦指吃饭。"飧"字结构为左"夕"右"食",本意指晚餐,在此作动词用,意为吃饭。诗人是一位有德有才的君子,他认为真正的君子无功不受禄,若自己被重用一定和那些贪得无厌的贵族们不同，他内心所渴望的是为国家和社会作出贡献，他心中以那些不劳而获的统治者们为耻。"伤君子不见用于时，而又耻受无功禄也"（方玉润《诗经原始》），通过前后对比，诗人在讽刺魏国统治者的同时，也表达出自己高尚的操守理念。只可惜如此高尚的君子在那个时代却不被统治者所用，令人惋惜感伤，也难怪魏国最终走向灭亡的速度会如此之快。

硕 鼠

恶官贪如鼠，苛政猛于虎

硕鼠硕鼠，无食我黍！三岁贯女，莫我肯顾。逝将去女，适彼乐土。乐土乐土，爰得我所。

硕鼠硕鼠，无食我麦！三岁贯女，莫我肯德。逝将去女，适彼乐国。乐国乐国，爰得我直。

硕鼠硕鼠，无食我苗！三岁贯女，莫我肯劳。逝将去女，适彼乐郊。乐郊乐郊，谁之永号？

硕鼠以比统治者

《硕鼠》一诗为人所熟知，曾被收录在中学语文课本中。诗歌主旨是控诉魏国统治者对百姓的暴敛苛税和沉重剥削。此诗在文学上的最大特点是其文字单纯至极，不论是句式、用词、比喻都非常简单，是来自最底层百姓的质朴心声。正因如此，它成了传诵至今的千古名篇。

诗歌共三章，先品读每章首句。"硕鼠硕鼠"，"硕"意为大，即指大老鼠。对于以农业生产为主要生活方式的中国古人来说，老鼠是最令人厌恶的动物。它们经常在田间啃食庄稼，破坏农作。每章下句诗人分别讲道，"无食我黍""无食我麦""无食我苗"，"黍"指黄米，"麦"指麦子，"苗"指庄稼幼苗。诗人无奈地恳求大老鼠不要啃食自己辛辛苦苦耕种的庄稼。三章此句写出了老鼠的危害，不管是成熟作物还是庄稼幼苗，老鼠都不放过，真是贪得无厌。诗人以硕鼠开篇是为起兴，文字背后有所隐喻。《毛诗郑笺》里解释："汝无复食我黍，疾其税敛之多也。"诗中硕鼠隐喻当时魏国的统治阶层，他们对于老百姓来说就如贪婪讨厌的老鼠，用沉重的赋税压榨剥削百姓，自己却不劳而获，拥有着大量财富。如此比喻很明显出自普通百姓之口，他们从日常劳作出发，看到田间的老鼠自然就想到贪婪成性的统治者们。

不劳而获，自私自利

税收本身并非坏事，国家要正常发展，税收是必要的。合理的税收政策关键在于：首先应考虑百姓的实际承受能力，税赋不宜过重；其次，百姓上缴税收应该得到相应回报，如社会的长治久安和福利等。无奈魏国的百姓不仅承担着极其沉重的赋税，更可恨的是，统治者们将百姓的财富据为己有后毫无作为。诗人在每章次句将这一点详细地描写了出来。

"三岁贯女"，"女"通"汝"，意为你，"贯"即"宦"之假借，是侍奉、奉养之意，"三年"是虚数，多年之意。原来这位统治者已在此为官多年，每年都要征收百姓大量赋税。既然已收取如此多的财富，百姓是否得到回馈呢？当然没有。"莫我肯顾"，"顾"意为回头看。这位统治者就连看都不看百姓一眼。下两章"莫我肯德""莫我肯劳"也都是相同意涵，用字上则层层深入。"德"在此作动词用，是施以恩德之意。"劳"是慰劳之意。贪婪的统治者为政多年搜刮了大量民脂民膏，不仅没有一丝功绩，就连一句感恩之言也没有，甚至连最基本的对百姓多年的艰辛疾苦的安慰也丝毫不见。他从不考虑百姓的艰难贫困，只一味地索取剥削，如此自私自利令人憎恨无比。

绝望的希望

面对残暴贪婪的统治者，诗人在每章末句道出了心底最大的期望。"逝将去女"，"逝"历来有不同解释，有说通"誓"，即发誓之意。《毛诗郑笺》里解"逝，往也。往矣将去汝，与之诀别之辞"，认为"逝"意为去往、离开，此句是诗人对统治者道出诀别之辞。如果真的遭遇鼠害，农民们当然会消灭老鼠而非自己离开。如今的现实却是，真正的老鼠可以被消灭赶走，但贪婪无道的统治者却是无法赶走的啊！所以诗人只能选择离开，这一诀别背后藏着多么深沉的无奈啊！然而最悲哀的是，就连这一句诀别之辞也仅是诗人的期望而已。事实上他根本无处可去。离开意味着放弃自己世代居住的土地家园，终生流离失所、无依无靠。诗人内心多么希望能无忧无虑地生活在一个美好世界之中。"适彼乐土""适彼乐国""适彼乐郊"，"乐土""乐国""乐郊"都是诗人心中的理想国度。在那里没有剥削和压迫，没有沉重的赋税，人们衣食丰足，生活幸福。"爰得我所""爰得我直"，

"爰"意为在那里,"所"即居所之意,"直"通"值"。这是诗人内心深深的喟叹:"如果真的有那样一片理想的家园乐土,那该多好啊!那里才是我的居所,在那里所有的付出都能得到所值得的回报。"可惜现实却是残酷的,诗人无法离开,只能无奈地继续生活下去,那些关于"乐土"的想象都是绝望的希望,是一种虚无的自怜。诗歌最后,诗人再次从美好幻想里重重地跌回现实,无助地哀叹道:"谁之永号?"这最后的一声哀叹多么令人无奈心酸。这就是故事的结局,诗人什么也改变不了。

中国人其实很少去追求虚无缥缈的彼岸,我们的文化就是踏踏实实安于现世。若不是当下的生活实在过不下去,谁又会去渴望所谓的乐土呢?历来有许多诠释都认为诗歌最后描绘了一个美好的理想世界,看似并不那么悲伤。但殊不知这美好理想的背后是一份多么深沉的忧郁。理想越是美好,回到现实时跌得也就越重越痛。诗人以乐写悲,将整首诗歌忧伤的程度渲染得极致动人。

苛政猛于虎

中国古代的税赋收入来自农业,所以农民是当时最苦的社会阶层。关于古时赋税之重,唐代柳宗元在《捕蛇者说》中也讲了一个极为生动却令人心酸的故事。柳宗元时任永州刺史,永州当地有一种剧毒无比的毒蛇,此蛇所经之处,草木皆干枯而死,野兽或人被其咬伤则无药可救,必死无疑。但此蛇可入药,以毒攻毒,治疗重症。为此政府承诺百姓,若谁能捕捉此蛇上缴,可抵一整年税收。柳宗元在永州当地遇到一位捕蛇者,其祖上三代都以捕蛇为生。柳宗元好奇问他捕蛇是不是一件很轻松的工作。此人道：捕蛇其实极其危险。他的父亲和祖父都因捕蛇而死，他自己捕蛇多年也多次险些丧命。柳宗元听罢想帮这位捕蛇者换个工作，结果却被断然拒绝。捕蛇者说了一段极为辛酸的独白，他说："我们家在此世世代代捕蛇已六十年，曾经与我祖父同住在此的百姓，如今十户中已剩不下一户；曾经与我父亲同住在此的百姓，如今十户中只剩不到两三户；而和我同住的人家，现在十户中只剩不到四五户。那些百姓们不是死亡就是迁离。其中缘由即因税赋太重，重到这些百姓将家中田地的所有粮食都上缴依然不够，所以只能饿死或流浪逃离。虽然捕蛇也极其危险，随时都可能丧命，但我却因此存活下来。我每年只要冒着生命危险捕一次蛇就可免去一年的税赋，而那些邻居们却天天都要面对交不出赋税、家破人亡的威胁。这两者之间，还是选择捕蛇更好一些。"柳宗元听后，心情极为沉重，引用孔子之言道："苛政猛于虎也。"意指严苛政治和沉重赋税真的比毒蛇猛虎都要恐怖，每天在蚕食着百姓的一切，甚至是他们的生命。

《硕鼠》一诗也正是如此。虽然诗人将硕鼠作比贪婪的统治者，但在诗人心中，硕鼠可比统治者可爱多了。老鼠虽然啃食庄稼、影响农业，但至少还能对付，而那些横征暴敛的统治者们却是怎样也摆脱不了的。魏国在地理上贫困隘陋，虽然先天条件不比他国，但并非最重要的因素。方玉润在《诗经原始》中讲："汤以七十里，文王以百里，足以致王。魏地纵陋，何止百里？盖其失在贪残且迫急耳。"意思是商朝开国君主汤和周朝开国君主周文王最初所有的土地不过百里，却能努力让自己的人民生活富足、团结一致。魏国虽小，但也不止百里，魏国之所以产生诸多人民的贫苦哀怨，并最终走向灭国的命运，完全都是由统治者的贪婪残忍、治理无道所致。

唐风

蟋蟀（一）

候虫知时节

蟋蟀在堂，岁聿其莫。今我不乐，日月其除。无已大康，职思其居。好乐无荒，良士瞿瞿。

蟋蟀在堂，岁聿其逝。今我不乐，日月其迈。无已大康，职思其外。好乐无荒，良士蹶蹶。

蟋蟀在堂，役车其休。今我不乐，日月其慆。无已大康。职思其忧。好乐无荒，良士休休。

唐风

命中注定的唐国国君

《唐风》收录的其实是晋国诗歌，为何不称为"晋风"呢？朱熹在《诗集传》里解释："周成王以封弟叔虞为唐侯。南有晋水，至子燮，乃改国号曰'晋'。"意思是西周成立之初，周成王将其弟叔虞分封在唐地，故他被称为唐叔虞。叔虞死后，其子燮继位，因唐地南有晋水，故改国号为晋。《诗经》将晋国诗歌称为"唐风"，也是沿用了其建国之初的国号。

唐叔虞是成王之弟、周武王的幼子。据说武王在娶唐叔虞之母时，曾梦到天神对他说："我命你生一男子，取名为虞，并要将唐地封于此子。"之后梦境果然应验，不久唐叔虞出生，史书记载其手掌上竟有一"虞"字。可能是手纹看上去像"虞"字。中国古人较迷信，常根据掌纹附会出诸多故事，类似故事在《左传》中也有。《左传》记载宋武公有一女名叫仲子，她出生时手上有"鲁夫人"三字。后来仲子真的嫁给了鲁国国君，成了名副其实的鲁夫人。这样的故事本身并不足信，但史书之所以这样记载是为了说明唐叔虞成为唐国国君、仲子成为鲁国夫人都是天命所定。

《史记》记载了唐叔虞的另一则故事。唐叔虞幼年时与周成王兄弟二人玩耍，成王捡起一片梧桐树叶，将叶片削成"珪"形赐予唐叔虞。"珪"是一种长条形玉器，上端是圆形或三角形，下端是方形，是中国古代贵族使用的礼器。贵族根据等级高低，所持有珪的大小也有所不同。成王赐叶珪，本是兄弟之间的游戏，哥哥随手送弟弟小礼物而已。不过成王身边的史官并不这么认为，周成王作为天子，他的一言一行都代表着庄严的天命。第二天史官就询问周成王，既然天子昨天将一片叶子做成珪赏赐给弟弟，即意味着要封赏其爵位，那将何地分封给他呢？于是周成王就将唐地分封给了叔虞。

尧帝之故都，分裂的晋国

唐地在今山西中部太原一带，据说最早是尧帝旧都。尧作为五帝之一，是上古贤德君主的典范。《史记》对尧帝评价极高，称他:"其仁如天,其知如神。就之如日,望之如云。"即尧帝其人的仁爱像天一样宽广,智慧像神一样深邃,只要靠近他就能感觉到太阳一般的温暖,望着他就如同仰望云朵一般。尧帝不仅品德高尚,统一中原,最后还大公无私地将王位禅让于舜。唐地人民作为尧帝后代,世世代代沾染着先王气息。"其地土瘠民贫,勤俭质朴,忧深思远,有尧之遗风。"(朱熹《诗集传》)虽然唐地贫瘠,百姓生活贫苦,但民间风俗多被先王所化,人民勤劳节俭,生活质朴,且思虑深远,不苟且于眼前。

按此说法,《唐风》应该富有祥和贤德之气,但事实并非完全如此,原因与晋国在春秋初期的实际国情有关。平王东迁洛阳后不久,晋国国君晋昭侯继位,将其叔父成师分封在曲沃。曲沃之地比晋国首都还大,成叔被封曲沃后势力不断扩张,造成了晋国的分裂。晋昭侯和成师这两股势利为争夺权力,其子孙多年互相征伐,致使晋国分裂的状态持续了将近七十年,直到晋武公时期才最终统一。因此在春秋初期,晋国的基本国情处于分裂战乱之中,百姓生活动荡不安,疾苦不堪。《唐风》也大多在这一时期产生,带有浓厚的忧伤时世之气息。

蟋蟀在堂,年末将至

《蟋蟀》是一首岁末述怀诗。诗人在一年之末感叹时光流逝,字里行间透出无奈的伤感,但更有一种激励人心的自勉之情。诗歌共三章,结构严密,逻辑性强,环环相扣,一气呵成,是一首在文学表达上有理有据、思虑流畅的言道抒志诗。

先看每章首句"蟋蟀在堂",蟋蟀是一种常见昆虫,夏末初秋的夜晚经常能在野外听到蟋蟀的鸣叫之声。首句描写诗人看到蟋蟀在庭堂鸣叫。此句透露了两点。首先，诗人不是一位贫苦百姓，应该是贵族身份，因为其家中有卧室庭堂之分。其次，蟋蟀出现在庭堂之上说明当时的时节已入秋。《毛诗》里讲"九月在堂"，意指蟋蟀在庭堂出现时差不多应在九月，是秋季时分。此时天气转凉，原来生活在野外草丛中的蟋蟀躲进较为温暖的屋内。古人与现代人不同，他们通过周遭自然的细微变化感知时节变化。古代二十四节气中，每一节气都有所谓"三候"，即三种自然界的征兆。通过这些征兆古人便知某一个时节的到来。如看到桃花盛开，就知春天到来；听到蝉鸣，就知夏季到来；望见鸿雁南飞，就知秋冬已至。诗歌中的蟋蟀亦是一种"候虫"，它的出现是自然界某一时节来临的符号，具有自然规律性。

"岁聿其莫"，"岁"意为年，"聿"是语助词，"莫"通"暮"。此句意为一年的时光又要走到尾声。诗人之所以说九月已经岁末，是因为周代历法和后来的传统历法不同。周代以农历十一月为一月，所以农历九月对周人来说已是年末倒数第二月了。时至年末，人们的状态如何呢？末章首句讲"役车其休"，"役车"指用于劳役或农作的服役之车。役车此时已歇工，因为人们都已停工，岁末已至，终于可以放松休息一下了。

蟋蟀（二）

居安而思危，君子勤无休

悲秋伤逝，难以为乐

岁末时分，大部分人在忙碌了一整年后都已进入休息的状态。诗人却一反常态，"今我不乐"一句直白地讲出自己的心情"不乐"，即不开心。其原因在于"日月其除"，"日月"在此意为岁月、时光。"除"意为去，如今还有一个重要节日叫"除夕"，"除"即表示逝去之意。原来诗人心中不快乐的原因是感受到了时光的流逝，岁月的更迭，一年又这样过去，时间匆匆不回头。后两章此句"日月其迈""日月其慆"亦是相同含义。"迈""慆"也都表达时光流逝之意。诗人听着庭堂中蟋蟀鸣叫之声，感受到秋天阵阵寒凉来袭，一年的时光走到尽头，心中悲秋之情油然而生。

在之前的诗歌里提到过，中国古代多有悲秋伤逝之情。古代男子，尤其是心怀抱负的男子，望着秋天的萧瑟之景，想到这原本应是丰收的季节，而自己心中的抱负却还未实现，往往心生悲凉。这样的情景在中国历代文学作品中屡见不鲜，如南宋岳飞有词《小重山》："昨夜寒蛩不住鸣。惊回千里梦，已三更。起来独自绕阶行。人悄悄,帘外月胧明。白首为功名。旧山松竹老,阻归程。欲将心事付瑶琴。知音少,弦断有谁听。"词人开篇讲到被秋天蟋蟀的鸣叫声惊醒,独自醒来在月色下想到自己奋战多年,但家国依然被敌人所占,内心孤寂忧郁,愁绪袭来。类似因秋虫鸣叫而引起的悲伤情绪与《蟋蟀》一诗如出一辙。当然,诗人闷闷不乐的真正原因并非岁月流逝本身,而是在流逝的过程中诗人心中的壮志未酬。

居安思危,君子之忧

中国自古认为人作为天地之骄子,面对"逝者如斯,不舍昼夜"的时光,绝不该叹老嗟贫、自甘堕落,而是要勇敢担当,激发人性中昂扬的意志,参天地之化育,自强不息。此诗作者也是一位自强的君子,他面对时光易逝并没仅仅停留在哀伤的情绪之中,而是道出了自勉之志。每章后句"无已大康","已"是过度之意。"大"通"太"。"大康,过于乐也"(朱熹《诗集传》),意指过分快乐放纵。诗人自我警醒道:在当下大家都放松快乐的岁暮时分,我可千万不能过于放纵。可见诗人内心的"不乐",不仅是客观原因造成的,而且是出于他的自我要求和自我克制。"职思其居","职"马瑞辰在《毛诗传笺通释》中解为"尚",即尚且之意。《毛诗郑笺》解释此句:"当主思于所居之事,谓国中政令。"诗人告诫自己要时常想着自己的本职工作。"国中政令"即国家之政令,由此可见,诗人应是一位贵族官员。"职思其外","外"即指除本职工作之外的其他事务。朱熹在《诗集传》中解释:"其所治之事,固当思之;而所治之余,亦不敢忽。"

盖以事变或出于平常思虑之所不及,故当过而备之也。"意思是诗人作为一名官员,对于自己的本职工作当然要努力做好,此外其他工作也绝对不能忽略,作为一名管理者,要考虑更多更远,对事物的发展和变化有所预判,未雨绸缪才能够做到万无一失。《论语》里孔子讲,"人无远虑,必有近忧",一个人如果没有长远的规划,只看眼前就以为万事大吉,这样的人很容易处处碰壁。诗人是居安思危、深谋远虑之人,所以末章写道"职思其忧",意指诗人思索着工作事务,内心充满了忧虑。诗人的这份忧虑即所谓的"先天下之忧而忧",大家都在放松享受年末时光之时,他仍在为祖国的前途、人民的命运而担忧。

自我勖勉,勿荒于嬉

诗歌三章末句是诗人进一步的自我勖勉。"好乐无荒","荒"是荒废之意。诗人又告诫自己:虽然享受快乐是人之常情,但我千万不能因贪图享乐而荒废正事。业精于勤荒于嬉,一个人过于沉迷享乐,精神就将懈怠,慢慢变得懒惰,最终一事无成。

"良士瞿瞿","良士"指贤良之士,就是所谓的真正君子。"瞿瞿"意指眼睛瞪得炯炯有神,非常警惕严肃之貌,在此即指真正的君子要时刻保持警惕,不可因懈怠享乐而荒度时光。次章此句"良士蹶蹶","蹶蹶"《毛诗》解为"动而敏于事",指勤奋敏捷之意。诗歌逐章在用词意涵上层层递进,先是讲君子的心态要时刻保持警醒,其次在行动上要勤恳努力。末章"良士休休","休休,安闲之貌。乐而有节,不至于淫,所以安也"(朱

唐风

熹《诗集传》),"休休"是安闲之意,但这种安闲并非一般意义上的完全放松,而是要乐而有节,不能过度。君子并非不可安逸,只是有前提,即在所有的事都完成妥当的情况下才可放松,放松也要有节制,不能放纵,这是一种高尚的自律。

君子尽人事

诗人树立了一位自律自勉的君子形象。方玉润在《诗经原始》中评价此诗道:"此真唐风也。其人素本勤俭,而又不敢过放其怀,恐耽逸乐,致荒本业。"意思是此诗作者的性情符合唐地民风,唐地为尧帝故都,先王遗风教化深厚,当地人民普遍勤奋努力、深谋远虑。

当然,这样的君子精神也不单是唐地所有,亦是几千年来深入中国人骨髓的儒家之精神。李泽厚先生曾讲:"在儒学看来,人生是艰难而无可休息的,这就是'尽伦'或'尽人事'。"古人崇尚的儒家精神对于高尚君子的道德要求近似于宗教,它要求每位君子要努力勤勉地活在现世中,孜孜不倦,奋斗一生,要对社会抱有强烈的责任心和使命感。北宋大思想家张载说君子一生的努力都是"为天地立心,为生民立命,为往圣继绝学,为万世开太平",即要为天地确立起生生之心,为人类指明一条共同的康庄大道,继承以往的圣贤高尚思想和学问,为天下后世开辟永久太平的基业。这四句话传颂千年不衰,成为历代文人志士一以贯之的人生座右铭。

在中国的历史长河中,心存抱负志向的仁人志士数不胜数,正是因为千百年来有无数这样"尽人事"的君子,中华民族才能绵延几千年依旧保持勃勃生机。这些仁人志士之所以有如此高尚之情操,最本质的原因是他们对天地苍生的责任心。韩诗讲:"负重责深为忧,更为切至。"担负的责任越重,心中的忧虑就越深。此诗的诗人正担负着这样一份责任,更难能可贵的是这份责任并非他人强加于他,而是一份源自高尚人性的自觉意识。

唐风

山有枢

人生得意须尽欢

山有枢,隰有榆。子有衣裳,弗曳弗娄。子有车马,弗驰弗驱。宛其死矣,他人是愉。

山有栲,隰有杻。子有廷内,弗洒弗扫。子有钟鼓,弗鼓弗考。宛其死矣,他人是保。

山有漆,隰有栗。子有酒食,何不日鼓瑟?且以喜乐,且以永日。宛其死矣,他人入室。

唐风

山木不采,终归无用

《山有枢》一诗旨在鼓励人们活在当下、享受生活。但本诗作者为何人,诗歌背后是一个怎样的故事,历来众说纷纭。

诗歌共三章,先品三章首句。"山有枢","枢"通"蓲",现在多认为是指刺榆树。"隰有榆","榆"即指大榆树,与"枢"不同,"榆"体型更大。次章"山有栲,隰有杻","栲"指山樗,"杻"指檍树。末章"山有漆,隰有栗","漆"指漆树,其汁液可以用作涂料。"栗"指栗树。诗人在此三句中罗列了众多植物树木,山上高处有刺榆、山樗、漆树,山谷低洼之地有大榆树、檍树、栗树。诗人为何开篇罗列出这么多生长在高山低谷之中的树木呢?关于这点,苏辙解释说:"山木之不采,终亦腐败摧毁归于无用而已。"意思是山上如此丰富的木材资源都是可用于日常生活的,但若不采伐利用,它们终归会枯老凋零、腐败毁坏,变得毫无用处。此诗的主旨是要鼓励人们享受当下、物尽其用,所以诗人开篇就以山木作比:山木虽多,若不采用,终归无用。

人生得意须尽欢

每章后两句诗人便切入正题。首章"子有衣裳,弗曳弗娄","曳"是拖拉之意,"娄"通"搂",亦指用手拖拉。"曳""娄"都指代穿衣的动作。诗人的意思是:有那么美丽的衣裳,为什么却不穿呢?藏得好好的,那这些衣服存在还有什么意义呢?"子有车马,弗驰弗驱",唐人孔颖达解释"驰""驱"为"走马谓之驰,策马谓之驱",意指骑马跑动为"驰",用马鞭赶马快行为"驱"。此句诗人以车马为例说道:既然有马有车,为何不乘坐马车驱驰出行呢?天天将马豢养在马厩中,将车停在车棚内,又有什么意义呢?诗歌主旨已非常明显,诗人明确地鼓励他人要物尽其用,能吃就吃,有穿就穿。次章"子有廷内,弗洒弗扫。子有钟鼓,弗鼓弗考","考"是敲击之意。此句意为:家中有大的庭院却不使用,天天待在室内,庭院也不打扫;家中有钟鼓乐器,却不享受音乐之美,从不敲鼓鸣钟。如此有福不享,真是浪费。

末章是诗人给出的忠告:"子有酒食,何不日鼓瑟",既然有美酒可饮,有美餐可食,何不配以钟鸣鼓瑟,一边享受音乐,一边饮酒饮食呢?人生得意须尽欢,莫使金樽空对月。不要因不舍吝啬而白白地荒废这美酒音乐。"且以喜乐,且以永日","永日"意为整天。此句意为:姑且让自己快乐,用美酒饮食,钟鸣鼓瑟陪伴自己愉悦地度过每一天吧!

生命无常,富贵无定

在诗歌三章前几句中,诗人直接地表达了他的人生观和价值观,即"人生得意须尽欢",享受当下所有,让自己快乐是最重要的事。诗人为何会产生这样及时行乐的人生观呢?诗歌每章末句给出了答案。

"宛其死矣","宛"《毛诗》解为"死貌",指人将要死亡的状态。此句意指生命无常,朝不保夕,死亡随时都会来临。诗人因此才会产生及时行乐的想法,既然人生无常,生死不测,不如趁现在好好享受所拥有的一切。《庄子·大宗师》讲过一个非常有深意的寓言故事。一个人有一艘小船,他非常珍爱,不舍得用,不论放在何处都不放心,就将这艘小船置于大山之中,认为那里绝对安全。后来他还是不放心,又将存放小船的整座大山都藏于一片沼泽之中,这样可以说是双保险,沼泽大山都是无法被搬运偷走的。庄子文风夸张绮丽,所谓小舟、大山、沼泽都是比喻,形容人们常将自己最心爱的东西藏在自认为牢而不破的地方。结果庄子说,到了晚上,有个力大无比的怪物,将沼泽、大山和小舟一同背走了。这力大无比的怪物也是庄子充满奇幻的比喻，意指外界一切不可预料、无可抗拒的巨大力量。这则故事告诉我们，世间没有一样东西是真正牢而不破的，因为有太多无法预测的情况存在。死亡本身就是最大的不可预测也不可抵抗的力量。就算存了再多的东西，一旦死去，一切都是空虚，毫无意义。不如趁着拥有时，好好享受利用。所谓的私藏拥有，在死亡面前都是徒劳无益之举。

不过人是社会的动物，有亲人、爱人、子孙后代，如果自己不能享受，为什么不能珍藏财富，留给亲人子孙呢？诗人回答说"他人是愉"。"他人"指与自己没有关系的人，"愉"是快乐、享受之意。诗人告诉读者，千万别有这样的想法，因为死亡来临之后，你所有的财富和珍藏到最后都将被他人享用。后两章"他人是保""他人入室"，"保"是持有、拥有之意。"岂知富贵无常，子孙易败，转瞬之间，徒为人有。"（方玉润《诗经原始》）诗人在其及时行乐的人生观下，其实透露着他关于人生易逝、富贵无常的深深哀伤，就连子孙也是靠不住的。一切东西都有可能在瞬间化为虚无，最终为他人所有。

忧愈深，意愈蹙

对于此诗主旨的理解，历来大多认为这是一首讽刺贵族吝啬守财的诗歌。这样的解读其实过于肤浅。诗人在倡导享乐的言语之下，隐含着他关于人生沉重消极的内在情绪。此诗的重点不在于鼓励享乐，而在于诗歌每章末句。诗人认为生命无常、朝不保夕，在其眼中的社会关系极其疏离，他失去了对亲人的眷恋，失去了对子孙后代的寄托，所以才会认为死后一切都会被他人所占有。因此才会说:"且以喜乐,且以永日。""且"用得极其悲哀。"且"是姑且之意。当一个人对于生命本身和社会关系都没有了期待和信心,最后才会姑且去选择一个及时行乐、完全享受当下的生活方式。一个人只有在精神绝望之后才会让自己在物质中放纵沉沦。朱熹在《诗集传》中讲,"盖言不可不及时为乐,然其忧愈深,而意愈蹙矣",意思是诗人虽然看似潇洒地说要及时行乐,但背后真正的原因是他内心充满了忧伤。忧伤愈深,他心中对于人生的消极情绪就愈发强烈,以至于最终走上完全纵欲的人生。对于当下的读者来说,要理解此诗,首先要品读出诗人这番极端忧伤的消极情绪。

诗人这番对于生命和社会关系的消极情绪究竟由何而来,其心理根源在何处?关于这一问题的解答需要考虑晋国所处时代的历史背景。《唐风》形成的年代,晋国正处于动乱分裂时期,礼崩乐坏,战乱频繁。往往在这样的时代境遇中,人最缺乏安全感。首先,频繁的战乱让人对于生命没有期待,因为死亡随时会来临,这是动荡时代中人们最常见的心理表现。如果处于一个稳定富足的年代,生活衣食无忧,谁又会担忧生死的问题呢?其次,分崩离析的社会也会让人没有归属感。战争造成流离失所,家破人亡,所有的社会关系都变得极其脆弱。加之在礼崩乐坏的年代,贵族之间的权力斗争此起彼伏。臣子弑杀君王,兄弟互相残杀,甚至儿子杀害父亲的悲剧也屡见不鲜。试问在这样一个时代,一个人又怎能找到社会和家庭的归属感呢?这样的乱世心理在后来的魏晋时期也有表现。魏晋时期也是中国社会大动乱之时,竹林七贤适时而生,他们天天放浪形骸,过着放纵不羁的生活。《世说新语》记载阮籍的话,"礼岂为我辈设也",意思是那些世间所谓的腐朽礼仪制度岂能束缚我们这种人呢?但蔑视礼仪都是表面,这些人正是因为心中太执着于真正的道义,而在纷乱的时代中,道义又无从实现,所以他们才会走上极端,用极其叛逆的方式来对抗时代。鲁迅说:"至于他们的本心,恐怕倒是相信礼教,当作宝贝。"如果只从表面看"竹林七贤",认为他们都是放荡不羁、潇洒自在的狂人,那是很肤浅的理解。要真正了解他们狂放生活方式背后的心理根源和他们真正的精神追求,才能理解他们深藏于表面之下的孤独和寂寞。同样,理解此诗也不能仅停留在诗人表面所讲的及时行乐的言语之上,而是要洞察到他言语背后的消极情绪及其产生的根源。

大动荡时期催生出这种及时享乐的心理特征十分普遍,从文化人类学的角度来观察,这种特征也体现在西方世界中。两千年前,当西方鼎盛的古希腊黄金时代走向分崩离析时,罗马帝国用冰冷而强大的战争机器统治了所有希腊化城邦。面对时代的动乱崩坏,古希腊诞生了两种思想流派。一种是伊壁鸠鲁学派的快乐主义,后来发展为纵欲主义。正是因为很多人面对社会动荡心中绝望,对未来和人生毫无希望,所以才会走向及时行乐和纵欲。另一种则完全相反,即斯多亚学派的禁欲主义。当时有很多人因为对世界完全失望,决定不再与这个世界同流合污,用完全禁欲的生活方式来表达自己内心对时代的抗拒。可见这样极端的心理现象往往是动荡时代的缩影。在安宁和谐的时代,人们的生活方式和精神状态都很适中,一旦到了社会大动荡时代,就很容易出现这两种极端的人生观,或是完全放纵享乐,或是完全禁欲节制。

　　《唐风》的首篇《蟋蟀》和第二篇《山有枢》也表达了两种完全对立的人生观和价值观。《蟋蟀》一诗的作者完全用节制和禁欲来苛刻地要求自己，当他人岁末快乐之时，他却要求自己保持勤勉忧虑。而《山有枢》一诗则表达了一种放纵享乐的人生观。这两首诗歌都是时代的产物，虽然表达的价值观完全对立，但其创作心理根源却来源于同一个时代背景。由此可见，品读《诗经》必须要站在历史的高度上，结合时代背景才能品出诗歌背后的真意。

扬之水（一）

一场因取名而引发的祸乱

扬之水，白石凿凿。素衣朱襮，从子于沃。既见君子，云何不乐？

扬之水，白石皓皓。素衣朱绣，从子于鹄。既见君子，云何其忧？

扬之水，白石粼粼。我闻有命，不敢以告人。

唐风

扬之水与无力之感

"扬之水"是当时民间流行的一种曲调。《王风》和《郑风》中都出现过《扬之水》篇。一般以此开篇的诗歌都表达了诗人对现实的无力无助之感。

诗歌共三章，先品读每章首句。"扬之水"，"扬，悠扬也，水缓流之貌"（朱熹《诗集传》），意指水缓缓流淌。"白石凿凿"，"凿凿"指石头颜色鲜明。此句是指在这涓涓水流中，白色的石头鲜明光亮。后两章此句"白石皓皓""白石粼粼"也是相似涵义。"皓皓"是洁白、鲜亮之意。"粼粼"指白石在清澈的水流中非常明显。既然以"扬之水"开篇的诗歌是要表达无力之感，此诗所描写的水中鲜明白石与此种情感基调有何关系呢？宋代苏辙解释说："扬水以求其能流，虽物之易流者有不能流矣，而况于石乎。"意思是微小的水流若浮不起柴薪可能是因水流微弱，如果水流汹涌或许可使得柴薪漂浮流动起来，至少木材本身是可浮于水面的物体。水中白石则不然，就算再大的激流也未必能将其漂浮。诗人若借用白石来比喻现实无法改变的话，那其程度相较之前《扬之水》"不流束薪，不流束楚"则更深更无力，是一种接近绝望的无助之感。

曲沃的故事

诗歌前两章后句，"素衣朱襮"，"素衣"指古人的中衣，亦称"里衣"，是衬在外衣之内所穿，一般是白色的，但诗中这件素衣并非纯白，还有"朱襮"。"朱"指红色，"襮"指衣领。"朱襮"即指衣领部位有红色装饰。次章"素衣朱绣"，诗人将文学画面再拉近一步，"绣"即刺绣，原来这衣领之上的红色是精美的刺绣花纹。诗人为何在此刻意聚焦描写素衣衣领上的红色刺绣呢？方玉润在《诗经原始》里解释："大夫中衣亦用素，不必以绣黼为领。绣黼唯诸侯乃得服之耳。"意思是春秋时不同贵族等级，其所穿着的衣服有所不同。一般大夫级别所穿的中衣应是完全素衣，衣领上并无刺绣修饰。只有诸侯级别的中衣领口才用红色丝线刺绣图案。那么诗中这位穿着刺绣衣领素衣之人，应是一位诸侯等级的贵族。

后一句"从子于沃""从子于鹄","沃"是地名,指晋国曲沃。"鹄"经后人考证亦指曲沃。诗人意指自己跟随他人一同出发去往曲沃。字面意思如此简单,但其背后的意涵却非同一般。这里要讲到一桩影响整个晋国历史发展轨迹的重要事件。这一事件与曲沃之地有着密不可分的联系,也是理解此诗的重要信息。

故事要从给孩子取名讲起。晋国第九任国君晋穆侯娶了齐女为妻,不久妻子怀孕,此时正逢周天子命晋国组织军队与王室军队一同征伐戎敌。此一役打得非常不顺,王室军队开战不久就落荒而逃,剩下的晋国士兵也军心涣散,以战败告终。晋穆侯内心不快,故给刚出生的大儿子取名"仇",以表心中怨恨之情。三年后,晋国又与周边少数民族北戎在千亩开战,这次战役大获全胜。恰巧此时,其妻又生一子,晋穆侯给小儿子取名"成师"。《史记·晋世家》记载:"十年,伐千亩,有功。生少子,名曰成师。"意指因千亩之战晋国大获全胜,晋穆侯心情愉悦,给刚出生的小儿子取名"成师",即出师马到成功,军队大获全胜之意。对于晋穆侯为二子所取之名,当时晋国大夫师服就提出了内心的担忧。《左传》里记载师服曾说:"君命大子曰仇,弟曰成师,始兆乱矣。兄其替乎。"意思是每个文字都有其千古以来传承之内涵,太子名"仇",是罪孽、仇恨之意,此字极为不祥。幼子取名"成师",指军事胜利之意,这隐含了晋国以后动乱的征兆,预示将来晋国太子仇与其弟成师之间会有仇恨,最终成师将出师马到成功,击败其兄。

这样的判断看似迷信且危言耸听,但历史的发展就是充满巧合与不可思议,果真被大夫师服不幸言中。晋穆侯死后,太子仇继位,即晋文侯。此时恰逢西周灭亡、平王东迁。晋文侯一路帮助平王东迁,为东周建立立下大功。晋文侯去世后,其子晋昭侯继位,昭侯封其叔成师到曲沃之地,晋国的动乱分裂也从此埋下祸根。成师到曲沃后,建造的城市规模比晋国国都还大,这完全不符合周礼,可见其政治野心。成师还招兵买马,壮大势力,最终造成了晋国的分裂。这场分裂不是一时的,从晋昭侯开始,太子仇的子孙后代与曲沃成师的子孙后代之间就陷入了长期的分裂状态。这种状态一直持续近七十年,战乱不休,民不聊生。直到晋武公时期才最终统一晋国。晋武公正是曲沃成师之孙,所以最初晋大夫师服关于取名的预言真的得以应验,弟弟成师的子孙最终取代哥哥仇的后代成为晋国国君。因此曲沃之地对于晋国并非是一个简单的地名,而是包含了深刻的政治历史背景,它是分裂时期晋国两股对立势力中成师的大本营。此诗写到的曲沃,也有着不寻常的背景故事。

唐风

扬之水（二）

身在曹营心在汉

一场政变阴谋

诗歌前两章末句"既见君子"，指诗人已经见到那位君子，他应该是诗人到达曲沃之后见到的人。这位君子与诗人的身份牵涉到另一宗发生在晋国的政治阴谋。《史记·晋世家》里记载了此事："昭侯七年，晋大臣潘父弑其君昭侯，而迎曲沃桓叔。桓叔欲入晋，晋人发兵攻桓叔。桓叔败，还归曲沃。"晋昭侯继位后，将其叔父成师分封到曲沃。成师在曲沃招兵买马、笼络人心，势力逐渐壮大。昭侯七年，成师串通昭侯身边大臣潘父，准备里应外合夺取晋国政权。潘父果真得手，将晋昭侯杀死，随后即准备迎接成师来晋国国都登上国君宝座。此时晋人却一致反抗，发兵攻打成师，成师败退曲沃，这场夺权篡位的阴谋最终未能成功。此诗就描写了潘父与成师勾结夺权的阴谋故事。

诗人应是潘父手下的一位随从，他跟随潘父一同前往曲沃会见成师，准备谋划政变。故诗中讲的"君子"，即指曲沃成师。之前"素衣朱襮"也并非诗人自己所穿，而是潘父去曲沃时携带的为献给曲沃成师之物。成师企图夺权成为晋国国君，所以潘父向他献上只有君主才有资格穿的"素衣朱襮"以表忠心。

后句是全诗最意味深长之处,表现了诗人的心理状态。"云何不乐","云何"是为何之意,此句是反问句。诗人反问道:既然已到曲沃,见到君子成师,为何还不快乐呢?次章此句"云何其忧",意为还有什么可忧虑的呢?这两句反问可从两个角度理解。一种解读是诗人在讲:自己已见到曲沃君子,为何还如此不快乐呢?为何还如此忧伤呢?这种解读的本意是指诗人并不快乐。另一种解读则意义完全相反,认为诗人在讲:自己见到曲沃的君子后,又怎会不快乐呢?又怎会忧伤呢?这种解读意指诗人见到对方后,心中非常快乐,内心的忧愁也云消雾散。诗人究竟快乐与否?这就需要通读全诗来判断。

身在曹营心在汉

诗歌末句"我闻有命",此句诗人告诉读者,他听说将有命令下达。诗人随叛臣潘父一同前往曲沃秘密会见成师,所以对于诗人而言,他听说并要执行的命令与这场政变阴谋有着密不可分的关联。诗人面对谋反叛乱的命令是怎样的态度呢?"不敢以告人。"一般来说,对于一名士兵或下属而言,能够作为知情者参与到上级极其重要的秘密行动之中,是上级给予的最大信任,他应该感到非常自豪并具有使命感。诗人则不然,并没有因这样的命令而感到自豪,反而羞愧不堪、无地自容。这场政治阴谋违背道义,是见不得光的邪恶计划,所以诗人打心底觉得身上担负的使命并不光彩,因此不敢告于他人。因此诗人所讲的"云何不乐""云何其忧",是指当得知晋国将要发生一场政变后,诗人并不快乐而是充满了忧愁。诗人的表现可谓是"身在曹营心在汉"。虽然他在叛臣贼子手下,但却对晋国充满着眷恋之情,希望国家稳定平安。最有意思的是,诗人虽然嘴上说不敢透露命令,但却写下了这首民谣,其中写到诸侯所穿的"素衣朱襮",还刻意点出曲沃地名,反倒非常巧妙地将这一绝密的情报信息隐晦地表达出来。晋人听到此歌谣时,只需稍作思考就能体会出字里行间的隐隐讯息。

方玉润在《诗经原始》里讲:"此诗正发潘父之谋,其忠告于昭公者,可谓切至。"他认为此诗的写作背景正是潘父与成师密谋叛乱之时,诗人虽不敢明说,却通过写下一首隐晦歌谣来揭发这场阴谋,以表达自己对晋国与昭侯的耿耿忠心,可谓用心良苦,用情深切。

无力感的真正原因

以"扬之水"开篇的诗歌往往表达了诗人的无力无助之感,此诗通过描写水流难撼固石表达出更加绝望的态度。其中有两方面原因,首先,从诗人内心的角度,他作为叛臣潘父的手下随从,被命令参与执行这样一场政变阴谋,心中极为不愿,但又无可奈何,只能通过诗歌的方式来含蓄地表达内心的绝望。其次,从当时晋国历史背景的角度来看,国君晋昭侯面对晋国即将到来的动乱也是极其无力的,甚至最后昭侯也被潘父所杀,所以欧阳修在《诗正义》中讲,"本义曰激扬之水,其力弱,不能流移白石,以兴昭公微弱不能制曲沃",认为"扬之水"本意指水流弱小而不能撼动水中白石,诗人也借此隐喻当时晋国国君势力微弱已无法控制曲沃成师的壮大,也改变不了晋国分裂的大势,甚至最终为此丢了性命,这也是极其无力的表现。

　　历来关于此诗还有诸多不同角度的理解与诠释。如朱熹认为诗人与潘父成师这群叛臣贼子是一伙的,他被叛军收买,所以高高兴兴地赶去曲沃支持政变阴谋。但我个人认为这样的解读与诗歌开篇"扬之水"所表达的无力感有所矛盾。还有人认为此诗只是一对男女秘密约会的情歌,但如此无法解释为何诗人特意在诗中点出曲沃这一地名,为何要说自己不敢泄露命令。总之历来各种解读众说纷纭,大家也可反复品读,找到属于自己的理解。

椒 聊

是忠臣还是叛徒？

椒聊之实，蕃衍盈升。彼其之子，硕大无朋。椒聊且，远条且。
椒聊之实，蕃衍盈匊。彼其之子，硕大且笃。椒聊且，远条且。

唐风

花椒多籽实

  《椒聊》一诗内容短小，共两章。关于诗歌主旨究竟为何，历来没有定论。朱熹在《诗集传》中也认为此诗"不知其所指"。
  先品诗歌两章首句。"椒聊之实"，"椒聊"即指花椒。古人为何称花椒为"椒聊"呢？"聊"历来有多种解释，有说是语助词，也有说通"樛"，即指树木高耸，树枝弯曲延长之貌，故"椒聊"即指花椒树生长高耸之意。另外还有一种解释是闻一多在《风诗类钞》中讲到的："草木实聚生成丛，古语叫作聊。"认为花椒籽为聚团状，古人称聚团生长的果实为"聊"，故"椒聊"是由花椒果实的样态而称。个人认为闻一多的解释更符合诗意，因为诗歌首句"椒聊之实"亦是在讲花椒果实，即花椒籽，正好也能对应此解。

"蕃衍盈升","蕃衍"是繁多之貌,意指花椒籽数量众多且成团状密密麻麻生长在一起。"盈升","升"是古代量器,一般十升为一斗,但因每个朝代的计量标准有所不同,故不能确定此诗中"升"究竟是指多少。据史料记载,秦汉时期一升大约为两百毫升,差不多相当于现今半瓶矿泉水的体积。以此作参考,花椒籽小,若只是半瓶水大小亦能盛放许多,此句诗人意指花椒果实多到连升这一容器都盛放不下,满溢出来。

下章此句"蕃衍盈匊","匊"通"掬",《毛诗》解"两手曰匊",即指一人双手合捧,手心可容纳的体积大小。此句诗人继续描写花椒果实数量之多,用双手合捧都捧不过来。"盈匊"这一双手合捧来表现数量之多的文学描写非常形象生动,极富画面感,所以在后世诗歌中常被借用。如唐代诗人杜甫《佳人》中有"摘花不插发,采柏动盈掬"一句。关于"匊"历来还有其他不同解释,马瑞辰考证认为"匊"是古时计量单位,一匊等于两升,与上章"蕃衍盈升"一句相互对照,也可备一说。

总之,诗歌两章首句,诗人以花椒起兴,着重描写其果实数量之多。

多实喻硕大

诗歌两章后一句,诗人从花椒果实的描写转而切入正题。"彼其之子","其"是语助词,此句意为:那个人啊!"硕大无朋","硕"意为大,"无朋"是无比、无双之意。由此可见,上句花椒果实之多之盛的起兴是为引出此句中所要描写之人硕大无双。诗歌至此，较多理解认为这是古人为赞美妇女多子而作。诗中提到花椒，其重要特点之一是果实成团聚集、数量众多，所以古人常以花椒结籽形容妇女多子。诗中"彼其之子"即指一位妇女，她的身材"硕大无朋"、丰满肥硕。古人多认为身材丰满的女子宜多生子。中国古代确有用"花椒"寓意"多子"的传统。《汉书》将皇后所居宫殿称为"椒房"，唐儒颜师古解释，"椒房殿名，皇后所居也，以椒和泥涂壁，取其温而芳也"，意指汉时古人用花椒作涂料，涂抹皇后宫殿墙壁，目的是为令宫殿温暖、保持芳香。此解中并未提及花椒寓意多子，但随后世发展，加之花椒又是多籽植物，"椒房"一词逐渐成为专指皇后、后妃之宫殿，象征古人对多子的期望，这样的文化传统也一直流传下来。

但将此诗解为赞美妇女多子会产生两点疑问。首先，"彼其之子"并非一定指妇女，之前多首《诗经》篇目中，出现此句时以指代男性居多。其次，后宫殿被称为"椒房"的文献记载最早为东汉时期，《诗经》成书于春秋时期，相比汉代要早好几百年。故在汉代之前，花椒是否在文化上已有"多子"意涵也无法确定。

我认为此诗并非是为赞美妇女多子而作。诗人所描写的对象是一位男性，诗中以花椒果实作比，但其重点并不在于花椒多籽的生物特点，而是因花椒另外一种鲜明特征。

花椒性芬烈

诗歌两章末句是诗人意味深长的感叹。"椒聊且"，"且"在此表示感叹，是语气词。诗人因何感叹呢？"远条且"，"条"

《毛诗》认为通"修",二字古体字形接近,故"条"在此意为长。此句并非指花椒的枝条修长。《毛诗郑笺》里解释,"言馨之远闻也",即指花椒芬芳的香味飘到远方。这就是花椒另一个非常重要的特点,即香气辛烈。现今花椒依然被作为香料使用。在古时,花椒也是一种香草。《楚辞·九叹》里提到过"椒聊","怀椒聊之蔎蔎兮","蔎蔎"即芳香之意。因此,春秋时期的诗人描写"椒聊",主要是讲花椒辛烈芳香,气味极具感官侵略性。花椒果实越多,这种气味就越强烈,传得也越远。

诗人借用花椒的芳香之气是为作何比喻呢?这又与晋国的历史背景有关了。当时晋国处于内乱,晋昭侯将其叔父成师分封曲沃,成师在曲沃不断招兵买马、扩张势力,造成晋国内乱分裂。《史记·晋世家》有记载:"成师封曲沃,号为桓叔。好德,晋国之众皆附焉。"意指成师被分封曲沃后,被称桓叔。他非常善于实施仁德、乐善好施,以此笼络人心,慢慢地晋人纷纷归附于他。由此可见,成师能够不断壮大势力,最主要的原因在于他有治理之道,会争取人心,所谓"得人心者得天下"。

诗人在诗中借花椒的芬芳香气比喻成师仁德好施,他就如浓烈迷人的花椒气息一样,慢慢浸染,感化百姓。因此诗歌之前讲到的"彼其之子"其实是指曲沃成师,"硕大无朋""硕大且笃"是隐喻成师势力壮大,尤其后句"笃"点明成师势力强大的原因所在。"笃"是忠厚有德之意。"椒之性芬烈而能夺物者也,今其实蕃衍而盈升,则其近之者未有不见夺者也,桓叔笃硕广大,无有与敌者,以桓叔之德而倾晋,犹以椒之芬而夺物也。"(苏辙)花椒本性香气芬烈,且这种香气极具侵略性,可将其他气味都盖过。诗人描写花椒果实之多,在它周围的所有物体没有不被它的芳香所浸染的。这就好像曲沃成师用道德笼络人心,渐渐地壮大,无人可敌。这种道德感化的力量就如花椒的香味一般,虽然看不见摸不着,但却势不可挡。

是叛还是忠?

诗人作此诗的目的究竟为何?借椒聊赞美曲沃成师是因为诗人是被曲沃成师所笼络的众多百姓中的一员吗?关于这些问题历来有不同看法。方玉润在《诗经原始》中有独特的见解:"以桓叔为彼,则必以昭公为君。忧晋之弱,不得不极言沃之盛以警之也,而何以谓其为叛晋哉。"他认为诗人称曲沃成师为"彼其之子","彼"意为那,即在言语中将成师看成外人,诗人心中依然忠于晋昭侯,只不过他眼看曲沃成师势力一天天壮大,心中不禁为晋昭侯的处境担忧,故作此诗。表面上诗人用花椒作比赞叹成师,实则提醒晋国国君要保持警惕。这样的诠释令诗歌内涵更为深刻,细细品读更显得意味深长。当然,究竟诗人是忠于昭侯还是赞美成师,每位读者心中也会有属于各自的答案。

绸缪（一）

揭秘古代婚礼渊源

绸缪束薪，三星在天。今夕何夕，见此良人？子兮子兮，如此良人何？

绸缪束刍，三星在隅。今夕何夕，见此邂逅？子兮子兮，如此邂逅何？

绸缪束楚，三星在户。今夕何夕，见此粲者？子兮子兮，如此粲者何？

唐风

新婚燕尔，柴草作比

《绸缪》一诗描写了男女之间的真挚爱情，这点历来没有争议。关于诗歌描写的场合和背景故事，却有诸多不同看法，有人认为这是一首祝贺新婚的诗歌，也有人认为这是一首描写男女幽会的诗歌。

诗歌共三章，先品每章首句。"绸缪束薪"，"绸缪"是紧密缠绕之意。"束薪"即指一捆柴草。后两章"绸缪束刍""绸缪束楚"也是同样涵义。"刍"指古人喂马的草料。"楚"指荆条。三章开篇描写了一捆捆紧密缠绕的木柴、草料。诗人借此想要表达什么呢？首先，"绸缪"是紧密缠绕之意，亦可隐喻男女之间结合的亲密无间。其次，《毛诗》里讲，"男女待礼而成，若薪刍待人事而候束也"，意指木柴薪草本都是自由生长在不同的树木植物之上，彼此之间没有关联。经砍柴人的砍取整理后，将优质的草料木柴整齐地聚在一起，并牢牢地束成一捆，这正如男女之间的婚姻结合。原本男女双方没有生活的交集和关联，通过媒人的介绍、婚姻的礼仪，最后结合在一起同生活共命运，所以古人常用成捆薪柴比喻男女的爱情婚姻。因此，此诗的故事背景很明确，是与一对男女之间的婚姻有关。

霜降成婚，昏时亲迎

"三星在天"，此句中诗人给出了时间讯息。此时并非白天，而是在能看到星星的夜色之下。"三星"历来解释较多，有说"三"是虚数，指星星众多，也有说是指"心星"，是星宿名。我个人较赞同《毛诗》的理解，即认为"三"通"参"，指"参星"，也是中国古代星宿名。"参"就是现在所熟知的猎户座，它是秋冬季节天空最容易看到的星座之一。诗人看到参星高高地悬挂在天空之中。"在天"在此不是简单意为在天空中，《毛诗》里解释，"在天，谓始见东方也"，意指此时为黄昏时刻，"在天"指参星刚从东方出现在天际。后两章"三星在隅""三星在户"也是相同涵义，只不过描写天空中参星的位置有所不同，层层递进以表示夜色越来越深。"隅，东南隅也。昏见之星至此，则夜久矣。"（朱熹《诗集传》）隅指天空的东南面，参星移动到此位置，说明夜色已深。"户"指古代房门，古代单扇门称"户"，双扇门称"门"。此句意为星星的光线正好照进家门内，一般家门都向南开，所以此时星星的位置已经移动到天空南方，诗人也借此说明时间已到半夜时分。诗人在此三句中反复描写天空中的参星，是要告诉读者两个方面的时间背景。首先是季节，参星出现一般是在秋冬。马瑞辰在《毛诗传笺通释》中讲："古者自九月霜降逆女，至二月判冰，为婚姻之期，正值参星在天、在隅、在户之时，故嫁娶以参为候。"意指古人婚姻一般在九月霜降之后，天气进入秋冬时节才开始。因为此时农歇，不在地里繁忙农作，有时间谈婚论嫁。由于此时节正是天空中可看到参星的季节，故古人也以参星作为男女婚姻时节的一个重要自然标志。其次，故事发生的时间在一天的黄昏时分。"婚"右半边是"昏"。在古代"婚"都写作"昏"，之后才慢慢加上女字旁，因为古人的婚礼一般都在黄昏时分举行。

远古婚姻习俗的文化遗存

　　古人婚礼在黄昏之时举行的原因主要有几种常见的解释。首先《说文解字》里解"婚"为"娶妇以昏时，妇人阴也，故曰婚"，意思是中国古人有阴阳对立的传统观念，男人属阳，女人属阴，白天属阳，夜晚属阴。婚姻是男女结合，亦是阴阳结合。一天之中阴阳结合的时间点即在黄昏时刻，此时为婚姻之吉时，白天和夜晚交接相遇的时分最适合男女的美好结合。另外一种解释较为有趣，认为这与远古时期的"掠夺婚"有关。"掠夺婚"

其实就是抢婚。原始部落时期，男女之间的结合最早只是在同一个氏族之内进行。随着社会的发展，古人意识到不能近亲结婚，就逐渐发展出与外族通婚的制度。但是在远古时代，文明程度不高，与外族通婚很多时候要使用暴力抢夺的手段，即所谓的"掠夺婚"。掠夺婚一般安排在晚上，因为夜晚较容易得手。这种习俗演变到文明时期，虽然不再有抢婚这样的暴力行为，但是婚礼迎亲的时间却固定了下来。现在很多少数民族男女新婚时的"抢婚"环节，也是远古习俗的文化遗留。《礼记·曾子问》里记载："嫁女之家三夜不息烛，思相离也；娶妇之家三日不举乐，思嗣亲也。"意指古代婚姻制度中，女儿出嫁的前三天家中不熄灯。如果家中新娶女子回来，则三天之内不能演奏音乐。为何远古婚姻礼仪中不允许奏乐呢？这也是源自古代掠夺婚的文化遗留。在掠夺婚时代，如果家中有女子出嫁，为防范外族人半夜抢婚，连续三天家里都不熄灯，用以保持警惕，防止女儿被他人抢走。抢了外族女子回来的人家，如果奏乐庆祝，就很容易被女方家知道，再来夺回女儿，所以一般抢完之后都要低调保密，不奏乐庆祝。这种习俗慢慢流传到文明时代就成为一系列婚姻礼仪。另外，古代女子出嫁时头上要盖一块红布遮脸，有人认为这一习俗也是源自古代掠夺婚。因为女子是被抢来的，所以要在回来的路上给女子蒙上盖头，让她找不到回去的路。

黄昏时成婚，包括古代婚姻中的种种习俗，都与早期原始时期掠夺婚有着密不可分的文化关联。通过之前诗文中的柴草之比和秋冬黄昏时分的时间背景，可以确定此诗描写的正是一场男女之间的婚礼。

绸缪（二）

爱上你是情非得已

新郎亲迎，婚礼之重

　　古人的婚礼有诸多步骤，俗称"六礼"。从纳采、问名、媒人提亲到最后的新郎迎亲、正式完成婚礼是一个较为漫长的过程。诗中黄昏时刻举行的正是"六礼"中最重要也是最后一个步骤，即"亲迎"，新郎亲自上门接新娘回家。古人重视亲迎之礼，这一传统从开国国君周文王时期就已开始。相传周文王姬昌在渭水河边遇见太姒，被太姒的非凡美貌所吸引，后来经了解得知太姒仁爱明理，生活勤劳俭朴，所以周文王决定迎娶太姒为妻。在迎亲当天，文王亲自前往。按理说，一国之君娶一位普通渭水河边的女子，根本无须本人亲自前往，但周文王注重礼仪，亲自带队迎亲。当时因渭水无桥，周文王就在渭水上造舟为梁，用许多小船首尾相连搭出一座浮桥，然后过河亲迎太姒，场面隆重盛大，成为流传千古的一桩美谈。据说中国最早的浮桥就是周文王为迎娶太姒搭建而成的。由此可见周人对迎亲的重视程度，作为国君都亲自迎亲，所以各等级贵族也争相效仿，不论新郎身份有多高贵，皆亲自迎亲。这样的习俗也一直流传下来，成为中国文

唐风

化的一部分。《古诗十九首》的《凛凛岁云暮》里有一句"良人惟古欢，枉驾惠前绥"，描写的就是在婚礼当天黄昏之时，新郎驾马车前去迎接新娘。新郎要将马车上的绳索递给新娘，引她上车，借以表示新郎要带新娘一同回家，开启新的生活。东周以后，社会礼崩乐坏，有很多贵族不再遵守婚姻礼仪，而是让手下官员代自己去迎娶新娘。《春秋》《左传》里也记载了很多类似"非礼"的行为，并作了严肃的批评。

喜不自禁，忘了时间

诗歌每章次句，"今夕何夕"是一句疑问，意为今天到底是一个什么日子？这句既是疑问也是感叹，表达了诗人当遇到一个人生特别重要的时刻，甚至不敢相信眼前发生一切的感慨。感叹也分正面的和负面的，此句还不能确定诗人当时的心情究竟如何。诗歌下一句则对此加以说明，"见此良人"，"良人者，所仰望而终身也"（《孟子·离娄》），"良人"是指终生仰望爱慕之人。此句应是新娘所言。在迎亲当天她终于见到了将要一生相守的对象。不比现代人在恋爱时就已见过面，古时婚姻多是父母做主、媒人介绍。《礼记》有云："男女非有行媒，不相知名。"古代男女成婚，如果不经媒人介绍，彼此连对方的名字都不知道，更别说见面了。很多新人都是亲迎的那一刻才第一次见到对方，由此可以体会此时这位新娘内心的激动之情。也许这位新郎的确一表人才、英俊潇洒，所以新娘见到他时，心中不禁感叹："今天是什么日子呀！太美好了，我终于见到了心中的白马王子！简直不敢相信。"朱熹在《诗集传》里解此句为："喜之甚而自庆之词也。"意指此句应是新郎刚到新娘家中迎娶她时,新娘第一眼见到新郎,不禁发出感叹。值得注意的是,此时新郎可能还未见到新娘的真容,因为新娘头戴面纱。

诗歌三章有一个时间上的推移过程,次章剧情继续发展,到了夜色已深的时刻,此时两位新人正坐着马车赶往新郎家中。虽然此时新郎可能还未完全见到新娘的面容,但途中彼此也会说两句悄悄话互相了解一番。"今夕何夕,见此邂逅?""邂逅"在此是指两位新人第一次相遇。王先谦在《诗三家义集疏》里讲:"因会合而心解意悦耳。"可见两人虽然首次相识,但在路上聊天觉得彼此非常投机,心情特别愉悦,所以不禁感叹道:"啊!今天是什么好日子呀!我能和爱人有着这样一场美好的相遇。"

诗歌末章描写了新郎终于将新娘接到自己家中,完成了礼仪,此时夜色更深。诗人在此写"三星在户",也不单是以房门作为表达星星位置的参照物,更是为了告诉读者,此时新娘已经到了新郎家中。新郎慢慢地揭开她的面纱,借着朦胧的星光第一次仔细见到了她的模样。新娘一定是一位美貌非凡、贤淑温柔的女子,所以末章此句即是新郎心中的感叹:"今夕何夕,见此粲者?""粲"指美貌女子。新郎自言自语,激动地感叹说:"天哪!今天是什么好日子呀!居然娶回了这么一位美丽的姑娘!"

诗歌三章在文学上层次分明。一场关于亲迎的描写被诗人分成了女方家、路途中、男方家三个阶段来表达。这三个阶段也分别以女生独白、男女对白、男生独白三种方式来抒发人物的心理状态。逻辑清晰、层次丰富,可谓是千古佳作。诗歌至此还没写完。在感叹之余,这对新人的心中还会升起另一种有趣的情绪。

新人初婚，不知所措

在品读此诗每章末句之前，大家先想象一下，如果是自己在新婚当天遇到这么美好的一位爱人，接下来会怎样呢？按现代人奔放的生活方式，如此心仪的对象想必会拥抱上去，但古人是非常矜持羞涩的。诗歌首章末句"子兮子兮"，这也是一句感叹。"子"马瑞辰在《毛诗传笺通释》里认为通"嗟嗞"，是一个语气上的感叹词，类似于"啊呀"的意思。这是新娘的感叹之辞："如此良人何？"新娘自问道："我今天遇到了这么美好的一位良人，我该怎么办呀？"这是一种手足无措的状态，幸福来得太突然，新娘此时有些不知所措。

后两章此句也是相同意涵。"子兮子兮，如此邂逅何？"是描写在迎亲的路上，男女一同坐在马车之上，彼此都有点不知所措。女生可能低着头不敢说话，男生也是幸福得头脑一片空白。末章"子兮子兮，如此粲者何？"描写的是新郎将新娘迎娶到家中后，第一次如此近距离地望着这位美丽的姑娘，已经不知如何是好。这些都是人之常情，就如我们初恋时见到心仪的对象，也会不知道该说什么话才好，不知道手应该放在哪里。大脑完全被爱意所充满，一瞬间甚至都失去了思考的能力。

方玉润在《诗经原始》里评价此诗："描摹男女初遇，神情逼真，自是绝作，不可废也。"意指此诗在文学上最绝妙之处是诗人通过三章的诸多反问，形象生动地描写出爱人初见时的那份激动、羞涩、不知所措的状态。本诗可谓人物心理描写的千古佳作。

唐风

杕 杜

"小康"与"大同"

　　有杕之杜，其叶湑湑。独行踽踽。岂无他人？不如我同父。嗟行之人，胡不比焉？人无兄弟，胡不佽焉？

　　有杕之杜，其叶菁菁。独行睘睘。岂无他人？不如我同姓。嗟行之人，胡不比焉？人无兄弟，胡不佽焉？

唐风

孤木尚有枝叶为伴

　　《杕杜》是一首流浪者之歌。诗人用伤感的笔触表达了内心的孤独无助，令读者同情不已。

　　诗歌共两章，先品每章首句。"有杕之杜"，"杕"《毛诗》解为"特也"，指树木孤立之貌。"杜"指棠梨树。"其叶湑湑"是描写这棵棠梨树的具体样态。"湑湑"指树木繁茂之貌。下章此句"其叶菁菁"亦是此意。开篇的这一棵孤独生长、枝叶茂盛的棠梨树当然是个隐喻。诗人见到旷野中的棠梨树，不免想到自己也是同样的孤独寂寞。更令人心酸的是，诗人觉得自己还不如这一颗孤独生长的棠梨树。"杜虽孤特，犹有叶以为荫芘。"（马瑞辰《毛诗传笺通释》）棠梨树虽然孤独生长，但至少还有茂盛的枝叶相伴，可以遮阴避雨，而诗人却孤独到了极点，身处偌大的世界之中，连一个相伴的人也没有。

远离兄弟，无依无靠

　　诗歌两章后一句，"独行踽踽"，"独行"是独自行走之意。诗人独自走在路上，这不单是一种流浪的状态，更表达了他内心的孤独落寞。"踽踽，无所亲之貌"（朱熹《诗集传》），诗人没有人可以亲近，无依无靠。下章"独行睘睘"也是相同含义。"睘"通"趌"，《说文解字》解为"独行也"，即孤独行走之意。下句"岂无他人？"是一句设问，也是读者心中的疑问：难道诗人连一个陪伴之人都没有吗？诗人接着解释道：并非没有人，而是他们都"不如我同父""不如我同姓"。"同父"指同一父亲所生，即亲兄弟姊妹。"同姓"《毛诗》解为"同祖也"，意指属于同宗同源的家族亲戚。诗人如此特立独行，并非没有他人陪伴，而是这些人都不如他的亲人。此处透露了几点讯息。首先，诗人可能是一位没落贵族，此时他的亲人都已不在身边，他独自流浪在异乡街头，背井离乡，无依无靠。诗人之所以用枝叶茂盛的棠梨树来对比自己，也正是因为棠梨树的枝叶就好像一个大家族中相互关联扶持的亲人，交错生长，互相陪伴。诗人远离亲人独自流落，怎能不伤感万分？其次，也说明诗人并非与世隔绝，他身边也有来来往往的异乡之人，但这些人都不像亲人一般可以陪伴左右，因此诗人倍感孤独。诗歌至此，读者会对诗人的处境产生一个疑惑：会不会是诗人要求太高了呢？毕竟外人与亲人对待自己的态度有所不同也属正常，诗人又何苦用亲人的标准去要求那些没有血缘关系的外人呢？

人情冷暖，世态炎凉

诗歌两章接下来内容完全一样，是诗人要着重述说的内心感叹。"嗟行之人"，"嗟"是表示哀叹的感叹词，"行之人"指在路上来来往往的行人，即诗人在异乡遇到的那些当地人。"胡不比焉？""比"《说文解字》解为"密也"，原意指紧密，在此引申为亲近之意。诗人悲伤地感叹那些来来往往的异乡过路人为何不与自己亲近？为何不对自己表现出一丝的善意与同情呢？世态炎凉，人人都如此冷漠，令人心酸无比。"人无兄弟，胡不佽焉？""佽"是资助、帮助之意。"行路之人，何不闵我之独行而见亲，怜我之无兄弟而见助乎"（朱熹《诗集传》），诗人面对来往的冷漠行人，道出内心的感叹："为何你们都不可怜我呢？为何不给我一些资助和帮助呢？我已没有兄弟、远离亲人，如此无依无靠，难道你们没有一点同情之心吗？"正因诗歌末句的哀求之语，历来也有人认为此诗是描写一位流浪的乞丐在恳求路人给予自己施舍，这样的理解亦可备一说。

"小康"与"大同"

面对此诗描写的状态，我们可以思考两个问题。第一，诗人为何会沦落到如此孤独悲伤的境地？第二，在一个真正美好的社会中，人与人之间的关系应该是怎样的呢？

首先，诗人之所以会沦落到如此地步，远离家乡亲人，流浪异乡以乞讨为生，是由那个时代分崩离析的社会环境造成的。分裂的晋国、战乱的时代，让许多不幸的人都与诗人一样承受着背井离乡、孤独无助的生活之苦。这也让当下的读者更能体会到和谐安宁时代的美好与珍贵。

其次，社会中人与人关系的问题与每个人都息息相关，因为我们都是社会中的一员。《礼记》里有这样一个故事：有一次孔子参加鲁国祭祀典礼，典礼结束后，孔子一人站在城门楼上，非常惆怅忧伤地眺望远方，叹息不止。他的弟子子游觉得奇怪，祭祀典礼本应是愉悦之事，为何老师却如此惆怅呢？子游问孔子："老师，您为何叹气？"孔子在对子游的回答中道出了他心目中理想社会的样子。我们对于传统儒家思想中社会关系的理解可能只是"君君臣臣、父父子子"，即每个人都要承担起自己在社会中的位置，在家侍奉父母尽孝道，在外工作尽职尽责，一切行为都符合礼仪。孔子认为如果能做到"君君臣臣、父父子子"当然是好的，但这并不完美，这只是一个良好社会的基础。按孔子的话来说这是"小康"，即社会安定、生活富足。在他看来，在一个理想社会中，不仅每个人要将自己的生活过好，还要进一步达到一个更高、更理想的社会状态，就是所谓的"大同"。他说："故人不独亲其亲，不独子其子，使老有所终，壮有所用，幼有所长，鳏、寡、孤、独、废疾者皆有所养。"意思是在"大同"社会中，人们不再只爱那些与自己有血缘关系的亲人，整个社会都互爱互助。老人都能安享晚年，壮年人都可尽其所能为社会作出贡献，孩子们也都能获得应有的教育，健康成长。所有鳏夫、寡妇、孤儿、孤老、残疾人、病人等弱势群体也都能得到悉心照顾，安心生活。人人都没有私心，所有人都被看作是亲人朋友，无私地互相帮助。一个社会中的人要追求的"爱"应该是这种超越血缘关系、超越阶级种族的大爱。这样的大爱正是理想"大同"社会所应该有的。

　　此诗中，诗人正处在一个缺失爱的时代，一个没有温情的时代。当时的人们都只顾自己，社会冷漠无情，这是何等的悲哀。反观当下的时代，虽然相比诗人所处的时代要好很多，但依然还有诸多不足，这世上还有战争，还有饥饿，还有许多不公。我们应该反思自己，我们的"爱"是自私的吗？我们对身边人，哪怕是陌生人是否也能做到亲近友好呢？能否在他人困难之时伸出援手呢？这或许就是此诗流传千年依然具有的现实意义，它时刻激励着我们一同努力去创造一个更加美好的社会。

羔 裘

等闲变却故人心

羔裘豹祛,自我人居居。岂无他人?维子之故。
羔裘豹褎,自我人究究。岂无他人?维子之好。

贵族的高傲

《羔裘》一诗历来有诸多解读,有说是为讽刺当时晋国贵族统治者而作,有说是一位妇女责备丈夫而作。之所以种种诠释众说纷纭,主要是由于此诗过于简短,内容晦涩不明,朱熹也在《诗集传》中认为:"此诗不知所谓。不敢强解。"

诗歌共两章,三十四字,先品每章首句。"羔裘豹祛","羔裘"指用羔羊皮做的皮袄。在春秋时期,能穿得上羔羊皮袄的绝非普通百姓,而是具有一定身份地位的贵族人士。"豹祛","祛"指衣服的袖口。二章此句"羔裘豹褎","褎"通"袖",亦指皮袄袖口。"豹祛""豹褎"都指用豹皮缝制装饰的衣袖。《毛诗郑笺》中讲:"羔裘豹祛,在位卿大夫之服也。"意指羔羊皮袄配以豹皮缝制的衣袖是卿大夫级别贵族所穿的服饰。这位贵族大夫是一个怎样的人呢?"自我人居居","自"是对待之意。"我人"连用意为我,在此即指诗人自己。"居"通"倨",意指人傲慢、自以为是之态。此句意指这位身穿羔羊皮袄的大夫仗着自己是一位贵族,表现出高高在上、高傲无礼的姿态。下章"自我人究究"也是相同意涵。"究究,犹居居也。"(《毛诗》)两章首句诗人描绘出了一位傲慢无礼的贵族形象。

难忘故情之好

出人意料的是,诗人之后并没有讽刺或批判,他对这位傲慢的贵族大夫表现出一种又爱又恨、不愿离弃的矛盾心情。"岂无他人?"是诗人的自问。面对这样一位不近人情、傲慢无礼的贵族大夫,诗人早应该离开,何必一直自讨苦吃,难道没有其他更好的人吗?事实上诗人确实离不开这位贵族大夫。"维子之故","故"意为过往旧情。"我不去者,乃念子故旧之人。"(《毛诗郑笺》)原来诗人处于一种难以抉择的状态之中,虽心中埋怨,但与对方有着深厚的交情,不舍离开。次章末句"维子之好"则进一步描写了这份亲密的故交。诗人无法离开对方是因为他曾经对诗人如此之好。诗歌两章末句这一情绪上的反转,令此诗背后的故事扑朔迷离。有认为诗人是一位普通百姓,作此诗是为了讽刺当时晋国贵族的傲慢无礼,但此解很难说明诗中描写的亲密故交。也有认为此诗是一位女子责备爱人变心而作,我个人也认为此解或许更接近诗歌本意:诗人是一位女子,她与爱人之间的爱情曾坚定不移,如今这位爱人身份有了变化,成了一位贵族大夫，身穿羊皮豹袖皮袄，对待诗人的态度也随之改变，不像曾经那么贴心，反因地位的提升，摆出一副高高在上的架子。可谓是"等闲变却故人心，却道故人心易变"。诗人内心厌恶无比，却又难忘旧情，徘徊在去留之间，纠结不已。

极具时代性的诗歌

此诗描写了诗人爱恨交织、难以抉择的情感状态。令诗人这样又爱又恨之人，他为何会有如此身份地位的前后变化呢？结合时代背景来说，在周代，要从普通人成为贵族并不容易。哪怕原本就是贵族，想要提升贵族的等级也是极难的。以秦国为例，秦国最早在西周初是周的附属国，秦君爵位很低，连诸侯都算不上，长期不被周王室认可。直到西周灭亡时，秦国积极协助平王东迁，平王才封秦襄公为伯爵，正式认可秦国的诸侯地位。从附庸国晋升为伯爵诸侯的过程，秦国用了近两百年，经历六代国君才得以实现。

周代初期，人们要改变自身地位之所以如此之难，是由于当时西周社会施行严格的宗法制。贵族子孙与生俱来就是贵族，平民后代只能是平民，阶级间的鸿沟难以跨越。周代贵族们依靠着稳固的宗法制度维系整个社会的稳定。诗歌的主人公如此轻易地晋升为贵族，这其实反映了当时时代的变革，所以这是一首极具时代性的诗歌。诗中描写的内容真切反映了平王东迁后王室衰微的现实，曾经稳固的统治手段分崩瓦解，进入春秋时期的社会开始了一次全新的大洗牌。腐朽老贵族势力走向没落，新兴贵族群体蓬勃发展。以晋国为例，原晋国国君晋昭侯是老牌贵族，被分

唐风

封到曲沃的成师是新兴贵族，成师觊觎晋国君主之位，不断扩张势力后发动内战，最终成师之孙晋武公取代旧君主势力，成为新任晋国国君。新老贵族间的斗争，旧有权力体系的瓦解，从春秋时期开始一发不可收拾，到战国时期愈演愈烈。所谓"乱世出英雄"，时局动荡、战乱频繁，有许许多多原来地位不高之人，趁乱世之机走上权力顶峰。秦国商鞅靠才能帮助秦国变法，自己也一跃走上人生巅峰；齐国田文，即孟尝君，他靠乐善好施被多国封为宰相，风头盖过当时齐国国君；最夸张的是战国时期的苏秦，他原本只是一介穷困潦倒的农民，后凭借学识口才同时被六国封相。类似的故事数不胜数，那时的人们开始意识到，自己的身份地位、阶级等级不再无法改变。之前几百年社会的固有规则都是"老子英雄儿好汉，龙生龙，凤生凤，老鼠的儿子会打洞"，但如今所有的权力地位都可以靠自己去改变，都可以通过自己的学识或才能来获取，这就是春秋战国时期的重要历史变革。这首诗歌非常典型地反映了当时这种时代变革给人们生活所带来的改变和影响。

五羖大夫百里奚，相堂听琴认发妻

历史上有一则故事与《羔裘》一诗有诸多相似之处，值得放在一起品读。这就是秦国"五羖大夫"百里奚的故事。百里奚原是虞国大夫。虞国被晋国灭亡后，百里奚被晋国俘虏，沦落为奴。在当时，一个人若沦落到奴隶如此低微的地步，可能一辈子也翻不了身。故事的发展却出人意料。晋秦通婚，晋国将公主嫁给秦穆公。百里奚作为陪嫁奴隶，随晋国公主嫁往秦国，他却在陪嫁途中逃往楚国，为楚君养牛。对他而言，在楚国养牛总比做奴隶好过百倍。不曾想，后来有人向秦穆公推荐百里奚，称其贤能有才。秦穆公当时振兴国家心切，想请百里奚到秦国辅佐自己。但如果过于隆重高调地邀请他，其他国家也会知道百里奚是个人才而从中阻挠。所以秦国就假意向楚国提出要求，请楚国允许秦国将陪嫁奴隶百里奚带回秦国按法律处置，而秦国给楚国五张羊皮作为补偿，当时买卖一个奴隶的市场价就是五张羊皮。如此楚国也没在意，将百里奚以五张羊皮的价格卖给秦国。秦穆公将百里奚接回秦国时，百里奚已年近七十，秦穆公立刻封他为秦国大夫。后百里奚被称为"五羖大夫"，"五羖"即指五张羊皮。事实证明，百里奚此人果然才能出众，他帮助秦穆公振兴秦国，进而成为春秋五霸之一，也为后来秦国统一中原奠定了坚实的基础。故事至此还未完，百里奚原本家境贫困，他努力学习，刻苦勤奋。其妻子姓杜，是位很有见识且通情达理的女子。杜氏深知丈夫是一位旷世奇才，于是鼓励他出游列国发挥才能，追求仕途。据说百里奚临走时，杜氏为了让他吃顿饱饭，拿出家中唯一一只母鸡做饭，再将大门拆下，劈成柴给百里奚煮鸡汤。百里奚走后，杜氏带着孩子们四处流浪，以乞讨为生，多年都没有丈夫的音讯。后来杜氏到秦国乞讨，听闻百里奚已为秦国大夫。她应聘成为百里奚府中一洗衣女佣。一日，百里奚正与朋友们喝酒，听到厅堂中传来琴声，一位妇女唱道：

　　百里奚，五羊皮。忆别时，烹伏雌，炊扊扅，今日富贵忘我为。

　　百里奚，初娶我时五羊皮。临当别时烹乳鸡，今适富贵忘我为。

百里奚,百里奚,母已死,葬南溪。坟以瓦,覆以柴,舂黄黎。

搤伏鸡。西入秦,五羖皮,今日富贵捐我为。

歌词大意是责备百里奚如今成为秦国大夫,富贵有势,但却将原配妻子和儿女们忘得一干二净,不念当初临走时妻子将家中木门拆下为他煮鸡送行的旧情。百里奚听完歌谣幡然醒悟,与原配妻子拥抱相认。此事也令当时的人们非常感动,秦穆公特地派人送来财物表示祝贺。杜氏歌唱的内容与《羔裘》一诗有相似之处,但此诗的结局,读者并不清楚。那位贵族在听到诗人的吟唱后,是否会像百里奚一样幡然醒悟,重温旧情呢?对于千年后的读者来说,我们打心底里希望诗人能拥有一个美好的结局。

鸨 羽

百善孝为先

肃肃鸨羽,集于苞栩。王事靡盬,不能蓺稷黍。父母何怙?悠悠苍天,曷其有所?

肃肃鸨翼,集于苞棘。王事靡盬,不能蓺黍稷。父母何食?悠悠苍天,曷其有极?

肃肃鸨行,集于苞桑,王事靡盬,不能蓺稻粱。父母何尝?悠悠苍天,曷其有常?

唐风

鸨羽不树止

《鸨羽》是一首控诉诗。诗人用悲伤至极的哀叹控诉当时晋国统治者昏暗无道、百姓徭役沉重的残酷事实。

诗歌共三章,先品读每章首句。"肃肃鸨羽","肃肃"是象声词,指鸟儿不停挥动翅膀之声。"鸨,鸟名,似雁而大,无后趾。"(朱熹《诗集传》)鸨是一种类似大雁的野鸟,体型较大。"集于苞栩"指出鸨的位置所在。"集"指群鸟栖息停留在树上之意。"苞栩"指丛生的栎树。鸨之所以停留在树上,还要不停挥动翅膀的原因与这种鸟的生物特征有关,它们的脚爪是没有后脚趾的。通常鸟爪有前后趾,可牢牢合在一起抓住东西。鸨没有后脚趾,所以它不能长久停在树枝上,必须不时挥动翅膀保持平衡。诗歌下两章首句也是类似含义。次章"肃肃鸨翼,集于苞棘","翼"指翅膀。"苞棘"指丛生的酸枣树。末章"肃肃鸨行,集于苞桑","行"指野雁飞行的行列,在此指鸟儿成群之意。此句指成群的鸨停落在丛生的桑树之上。诗人每章首句描写成群停留在树枝上的鸨是为表达何意涵呢?《毛诗郑笺》中解释:"喻君子当居安平之处,今下从征役,其为危苦,如鸨之树止然。"意思是一个治理有道、社会安宁的国家,百姓应像栖息在平整地面上的鸨鸟一样平稳祥和,而现在整个社会水深火热,百姓劳役繁重,毫无休息安宁之时,就如鸨鸟停在树枝上一样,总是失去平衡、摇摇欲坠。

王事不以时

诗歌每章后一句具体讲述了折磨百姓的劳役。"王事靡盬","王事"指的是国家摊派给百姓们的劳役之工。"靡"是没有之意。"盬"是停止之意。诗人非常直接地抱怨统治者的差事一年到头都没有一刻停歇,以至于百姓"不能蓺稷黍"。"蓺"是种植之意,"稷""黍"都指粮食。后两章此句"不能蓺黍稷""不能蓺稻粱"也都是相同涵义。诗人诉苦道:这没完没了的劳役之工,严重影响到百姓的生活,为了完成无休止的王事,百姓每天起早贪黑,做牛做马,家中的田地荒芜,无人耕种,百姓因此无以糊口。"使民以时"是中国古人对于统治者最基本的要求,如果连这一点都做不到,就根本不配做一个国家的统治者。所谓"使民以时"是指古代统治者让百姓服役时,不能占用百姓务农之时,而是让他们在农歇时服役,这样不会影响农业生产,不至于让田地荒芜、饥荒成灾。诗歌的现状却是统治者完全不顾百姓疾苦,安排徭役完全不考虑农时需要,只顾自己贪图享受而陷百姓于水深火热之中,让人怨声载道、哀叹不已。

父母无所养

至此此诗还是一首较常见的百姓控诉哀叹之歌。这一类型的诗歌在之前的《诗经》篇目中也有很多。但此诗每章末句却在立意上与之前其他诗歌不同。"父母何怙","父母"指诗人的父母双亲。诗人并非因劳役沉重而求助爹娘,他是在为父母担忧。"怙"是依靠之意,此句表达了诗人对于父母生活的深深忧虑。他整日忙于王事,无暇种地务农,家里没有足够的粮食收成,就无法养活年迈的双亲。后两章此句"父母何食""父母何尝"也是相同涵义。"食"和"尝"都意为吃饭。此诗在立意上的特别之处是诗人第一位考虑的并非自己,而是自己的父母。他担心父母没有自己的赡养,无法生活下去。每每想到这些,诗人只能无奈地面对苍天感慨:"悠悠苍天,曷其有所?"他说:悠远的青天啊!我什么时候才能有一个安居乐业、生活无忧的所在呢?次章"悠悠苍天,曷其有极","极"是尽头之意。此句诗人再次哀叹,如此无助而劳苦的处境要到何时才能结束呢?末句"悠悠苍天,曷其有常","常"是常态之意。诗人内心是多么希望这一切的苦难可以了结，生活能回到曾经衣食无忧、自给自足，没有沉重徭役的安康岁月。正因现实的苦难无力改变，诗人身处绝境才会向天空无助地呼喊以抒发内心哀怨之情。

百善孝为先

关于此诗的创作背景，《毛诗》里讲："刺时也。昭公之后，大乱五世，君子下从征役，不得养其父母而作是诗也。"他认为此诗的创作时代是在晋昭侯将其叔父成师分封曲沃之后，晋国至此陷入分裂，乱世持续近七十年，其间百姓徭役沉重、民不聊生，所以才产生了这样一首表达百姓胸中控诉怨恨的诗歌。

在理解诗歌主旨的同时，也要注意到它的特别之处，即诗人对父母的那份动人孝道。在诗人心中，自己并不是最重要的。他身处乱世，最担忧的是父母的温饱。中国自古就讲"百善孝为先"。"孝"在所有道德品质中排在首位。反观西方人就有所不同，在英语里甚至没有一个常用的单词用以表示"孝"这一含义。英语里用得最多的是"Love"，这是一个宽泛的"爱"的概念。中国人却将子女对父母的爱用一个特别的词来表示，以区别于其他的爱，那就是"孝"。对于中西方文化的这一差异，南怀瑾先生曾有过一段非常精彩的论述："西方自认为是十字架的文化，我看这个十字架断了，是丁字架的文化，因为没有上半截了。"他认为西方社会更注重将爱投入到下一代，子女独立生活后，与父母亲人联系较少，专注自己的生活继续培养下一代。他们对于老人并不重视，认为照顾老人是社会福利体系的一部分，并非子女的责任。子女成年独立生活后和父母都是平等的社会成员，无所谓"孝"。中国人则不同，孝道和尊老的观念源远流长，深深印刻在每个人的内心深处，成为我们文明的一个重要部分。周代创立之初就以尊重老人为人所称颂，《史记·周本纪》记载："西伯善养老。"现在尊重善待老人是很正常的事，但在两千多年前，物质极其匮乏，很多社会资源都偏向于留给青壮年，一个国家的统治者能善待老人可谓极其不易。《鸨羽》一诗在控诉统治者昏暗统治的同时，也真切地反映了春秋时期中国人重视的孝道观。关于中国文化中孝道的本质，《孝经》里讲："立身行道，扬名于后世，以显父母，孝之终也。"意指古人所认为的"孝"的终极目标是通过子女生活在世遵循仁义道德，努力奋斗有所建树，显扬名声于后世来实现的。子女扬名并非为了自己，更是为了使父母荣耀，为祖先争光。一个孝顺的子女要努力成为有修养有道德之人，为社会作出贡献，被他人欣赏的同时也称赞其父母能教育培养出如此优秀有为的子女。这是子女立足社会、为人处世的责任，也是对父母含辛茹苦付出的最大回报，更是中国人千古以来所提倡的"孝道"，对于社会、个人最为积极向上的价值所在。

无 衣

名不正则言不顺

岂曰无衣？七兮。不如子之衣，安且吉兮。
岂曰无衣？六兮。不如子之衣，安且燠兮。

唐风

有衣似无衣

《无衣》一诗共两章三十字，两章内容几乎重复。虽然文字简短，字面意思也清晰易懂，但历来却被拓展出诸多深层解读。

先品诗歌每章首句。"岂曰无衣"是一句设问。诗人问："难道说我无衣可穿了吗？"答案是"七兮""六兮"，这是指诗人拥有的衣服数量，"七套""六套"数量并不算少。诗人之所以说自己无衣可穿，是因为他真正要讲的并非衣服本身。

爱人赠衣情

诗歌两章后一句，"不如子之衣"。原来诗人现有的这些衣服再好都不如对方所赠之衣。正因此句，历来最常见的解读认为这是一首爱人间的赠衣诗。古人与现代人不同，他们的物质条件相对贫乏，所以爱人间赠送类似衣物这样的生活必需品极为常见。"安且吉兮"，"安"是舒适之意。"吉"意为好。此句诗人感叹爱人所赠的衣服穿着真是又舒适又美好。下章末句"安且燠兮"也是相同涵义，"燠"是温暖之意。

诗人之所以觉得爱人所赠之衣比自己的衣服都好，其实并不是因为衣服本身有多好，而是因为在衣服背后隐含着一份深切的赠衣之情。关于诗人的爱人，即赠衣之人，历来有诸多动人解读。首先，古时纺织制衣一般是女子之工，所以通常认为这位爱人应是诗人的妻子，而且许多学者认为，她可能已经故去。闻一多在《风诗类钞》里认为此诗是"感旧或伤逝之作"，意指诗人想通过此诗表达内心对于故人的怀念之情。诗人可能是一位寻常百姓，原本有一位心灵手巧的妻子，二人过着幸福美满的温馨家庭生活。妻子为他织布制衣，照顾他的生活起居。不幸妻子早亡或者因其他原因而离散不见，当他拿起妻子曾经为他悉心制作的衣服时，不禁哀伤，感叹成歌。

唐代李商隐所作的《悼伤后赴东蜀辟至散关遇雪》也是一首类似的作品。李商隐的妻子王氏因病早逝，他内心悲痛万分，怀念往昔点滴，在从军途中作下此诗："剑外从军远，无家与寄衣。散关三尺雪，回梦旧鸳机。"诗人远赴剑外从军，一路艰辛，跋山涉水，困苦不已。他想到亡妻已离去，没有了她就没有了温暖的家，再也没有人会给自己寄来过冬的寒衣。诗人在散关遭遇大雪，皑皑白雪足有三尺之厚，被困无法前行。晚上在驿站入睡，梦中往事点滴又浮现眼前，他想到昔日的爱妻温柔美丽地坐在家中摆弄织机，为自己织布做衣。此诗与《无衣》主旨极为相似，文字也都简单至极，以爱人赠衣之情作为烘托，表达了诗人对于故人的无限怀念之情，以及对于往昔生活点滴的伤感回忆。

历来不同角度的诠释

历来"爱人赠衣"之说并非最主流的解读视角。古时学者们对于此诗的主流解读是怎样的呢？首先"不如子之衣"一句的字面意思应为：不如你的衣服。诗人其实并未明说衣服是对方所赠。只是认为自己的衣服不如对方，可能表达的只是一份单纯的羡慕之情。其次，诗人说自己的衣服为"七兮""六兮"，"七""六"这两个数字是否有所指也值得推敲。基于诗文中的这些细节，《毛诗》认为此诗的主旨是"武公始并晋国，其大夫为之请命乎天子之使而作是诗也"。意指这是晋武公向周天子的使者请求，希望周天子能任命自己为真正合法的诸侯，故作此诗。后世大部分学者，如朱熹、方玉润等也都基本认同这种诠释。读者要理解此解个中缘由，首先要明白周代贵族官员爵位的等级和任命方式，其次要了解晋武公究竟是一位怎样的晋国国君。

周代官爵等级

周代官爵共分九个等级。第一级即最高一等为"九命"，称"上公"。"九命"的待遇仅次于周天子，这一级别不常设官职，是一个虚职。第二级为"八命"，一般是周王室最高的执政官"三公"，即太师、太傅、太保。"三公"若被周天子封地，为表尊重，他们的待遇则升一级为"九命"，称为"上公"，可享受几

唐风

乎与周天子相同的规格待遇。如周公旦,原是周王室"三公"之一,后被封到鲁国,周天子特赐予他可享用周天子规格礼乐的资格。"九命"和"八命"都为公爵。第三级"七命"为侯爵或伯爵,是周王室分封的同姓诸侯国国君。第四级"六命"是周天子身边的卿士。第五级"五命"是一些异姓诸侯国国君,爵位一般为子爵或男爵。第六级"四命"是周王室大夫。第七级"三命"是诸侯国卿士。第八级"二命"是公、侯、伯爵诸侯国的大夫或者子、男爵诸侯国的卿士。最末级"一命"是公、侯、伯爵诸侯国的士或者子、男爵诸侯国的大夫。

以上贵族官爵的任命,除了周王室内部各官员及分封诸侯国国君必须由周天子任命外,《周礼》里还记载,"大国三卿皆命于天子",即指各诸侯国的执政卿士也必须由周天子任命。这样的任命制度是为了帮助周王室控制各诸侯国,同时也体现周天子至高无上的权威。若没有周天子的任命,就不是一位名正言顺的贵族,再有财力也不被他人认可。诗中"七兮""六兮"这两个特别的数字是在暗示官职级别。"七兮""六兮"所对应的是"七命""六命"。"七命"指同姓诸侯国国君,"六命"是周天子卿士,相当于伯爵或侯爵,晋武公正是借此诗向周天子请求封赏爵位。

武公一统晋国

晋国在春秋初期陷入分裂,晋昭侯将叔父成师分封曲沃,成师在曲沃不断壮大势力,意图夺取国君之位。分裂的局面持续近七十年才得以再次统一,而统一晋国之人就是晋武公。晋武公是曲沃成师之孙,就他本身血统而言,并不属于正统国君之后,而是反叛势力的后代。晋武公在统一晋国的过程中,还抓了当时正统国君晋哀侯,后派人将其杀害,再杀了晋哀侯之子,从某种角度来说是弑君之罪。当时周王室曾出兵干预,攻打晋武公。晋武公曾一度战败逃回曲沃,周王室也曾立晋哀侯之弟晋侯缗为国君。因此,在时人眼中,晋武公的形象是企图霸占晋国、弑杀国君的篡位者,连周王室都出兵讨伐他。后来实力强大的晋武公终于统一晋国,但由于之前发生的弑君之事,按礼仪制度,他并非是名正言顺的诸侯国君,对于晋武公来说最重要的是要得到周王室的认可和任命。《史记》里记载:"曲沃武公伐晋侯缗,灭之,尽以其宝器赂献于周釐王。釐王命曲沃武公为晋君,列为诸侯,于是尽并晋地而有之。"晋武公统一晋国后,为得到周王室的正式任命,采用了贿赂的手段,给周釐王送去大量金银财宝,贪婪的周釐王果然正式任命晋武公为晋国国君。由此也可见当时周王室之衰微、周天子之昏庸无道。

正因这段历史背景,古人多认为此诗是晋武公向周天子的使者请求任命时而作。晋武公借此诗说道:"我当然也有'衣服'(即指官职爵位),但这身'衣服'是过去晋国国君所穿,虽然曾也是'七命''六命'的侯伯之爵,但现在已与我无关。穿在身上,再多也不舒心、不温暖。倒不如使者你身上的衣服,你的任命是周天子亲自指派,而我虽统一晋国,但堂堂一国之君,却无周天子任命,名不正言不顺。我多希望能够得到周王室的认可,就如同穿上一件美好温暖、舒适合身的衣服一般。"这样的理解虽然现在看来颇有牵强附会之嫌,但古时却得到广泛认可,影响很大,亦可备一说。

唐风

有杕之杜

何为真正的领导力?

有杕之杜,生于道左。彼君子兮,噬肯适我?中心好之,曷饮食之?
有杕之杜,生于道周。彼君子兮,噬肯来游?中心好之,曷饮食之?

唐风

孤树生道边,孤单无人助

《有杕之杜》一诗历来有诸多不同角度的理解,有说是男女间的求爱诗,有说是君臣间的求贤诗。

诗歌共两章,先品每章首句。"有杕之杜","杕"《毛诗》解为"特也",指树木孤立生长之貌。"杜"指棠梨树。"生于道左",即指棠梨树生长在道路左侧。下章此句"生于道周"。"周,右也"(韩诗),即指道路右侧。诗人以道路两旁孤零零的棠梨树起兴,借以抒发心中的落寞孤寂之感。棠梨树所在位置在道路的两旁,站在诗人的视角,他此时正是站在大道上眺望远方。诗人内心并不甘心孤独,他在等待那位他盼望已久的人从这条大道的远处走来,终结自己心中的孤单。

心盼君子来，与我共分忧

两章后一句诗人道出了他心中期待之人究竟是谁。"彼君子兮"，诗人等待的是一位君子。现在的解读多认为此诗的作者是一位女子，她寂寞孤单地站在大路上望眼欲穿，等待心爱的男子。另一种解读是古代学者们较为支持的，认为此诗作者是当时晋国的一位贵族统治者，他求贤若渴，希望贤德之人能来归附，辅佐自己做好统治管理工作。那么，此诗究竟是求爱诗，还是求贤诗呢？我们先继续往下读。"噬肯适我"，"噬"是置于句首表示疑问的发语词，没有实际含义。"适"意为来。诗人望着延伸到远方的大路，心中感叹发问："我心中等待的君子啊！你何时才愿意来到我这里呢？"下章此句"噬肯来游"，"游"《毛诗》里解为"观"，即观看之意，在此引申为考察，并非游玩之意。比如"孔子周游列国"的"游"也是观察、考察之意。孔子周游列国，其目的是考察各国政治、社会情况，并非旅游。此句是诗人进一步期盼心中的那位君子，即使不愿意来见自己，也希望他能够到这里来转一转、看一看，参观考察一番也好。由此句可知，此诗并不像一首男女间的求爱诗，更像是一首统治者渴望君子人才的求贤诗。

何以待贤士，美酒与美食

两章末句描写了诗人作为统治者是如何求贤纳士的，两章末句内容一致。"中心好之"，"中心"是古文的倒装结构，即心中之意。诗人再次感叹自己内心真的特别渴望贤才。"曷饮食之"，

"饮""食"在此作动词用，意为吃喝。此句的关键在于"曷"字。历来较为常见的理解是"曷"意为"为何不"。马瑞辰在《毛诗传笺通释》里讲"'曷饮食之'谓何不饮食之也"，这是诗人自问："我心中如此求贤若渴，若是贤士人才出现，我何不用美食美酒好好款待他呢？"言下之意，诗人希望君子到来，用好酒好菜招待对方，让贤才君子有宾至如归之感。另一种解释则认为"曷"意为"什么"。此句是诗人弱弱自问："若有君子贤士到来，我该用怎样的美食美酒来款待他们呢？"如此理解显得这位统治者有点缺乏自信。朱熹在《诗集传》里认为此诗的主旨是，"此人好贤，而恐不足以致之"，意思是诗人作为统治者虽然心中极其渴望人才，但又怕自己做得不够好而留不住人才，内心诚惶诚恐。最后还有种解释认为"曷"为"为何"之意，《毛诗郑笺》里讲："曷，何也。言中心诚好之，何但饮食之，当尽礼极欢以待之。"认为此诗末句不是诗人所讲，而是来自旁观者的责问，即质问诗人："你既然如此求贤心切，为什么只用美酒美食来招待那些君子贤士呢？"真正的君子贤才都有远大的理想，他们胸怀天下，并非路边街头的鸡鸣狗盗之辈，绝不会只因一点好酒好菜就前来辅佐。诗人作为统治者应该表现出更多的诚意。这三种对于"曷"的不同解释，引发出了三种对于诗歌意涵的不同诠释。

南辕北辙，好心办坏事

我们作为读者能体会到诗人求贤若渴的迫切心情。不过对于诗人用美酒美食作为求贤方法这一点，值得进一步反思。我个人认为《毛诗郑笺》的理解有一定道理。美食美酒用来吸引凡夫俗子、街头百姓还行，但用这些物质性的东西来吸引胸怀天下、有着治国智慧的高端人才，的确是不合适的。

《战国策》里有这样一则故事：战国时魏国有一个人要去楚国，他驾着马车往北走，有人提醒他去楚国应该往南走，此人回答说："我的马是一匹千里马。"路人又劝他，就算马再好，但这条不是去楚国的路，所以无法到达楚国。此人自信地说："我钱多。"路人再次提醒他，就算马再好，钱再多，走反了路就无法到达目的地。此人仍然执迷不悟，说道："我不仅马好，钱多，为我驾驶马车的车夫也是驾车技术最好的。"路人最终无可奈何，只得叹息摇头，随他而去。这就是非常有名的"南辕北辙"的故事。这告诉我们，为了达到一个目标，不管心里有多积极，行动上有多努力，也需要走对方向，用对方法。如果基本方向弄反了，再多的付出也是白费，结果只会离目标越来越远。

此诗中诗人作为统治者犯了同样的错误。虽然他内心求贤若渴，也很积极地准备好酒好菜，希望人才能前来辅佐，但他没意识到自己的方法用错了。他求的是拥有治国安邦雄才大略的人才，就算摆再多的酒席也是徒劳无用。这一错误是致命的，所以诗人注定等不到贤才的出现。

为政以德，譬如北辰

统治者聚拢人才的方法究竟是什么呢？如何做才能使得身边的能人志士心悦诚服地辅佐自己呢？《论语》里孔子有一段话讲得很有道理，他说："为政以德，譬如北辰，居其所而众星共之。"意思是最能够吸引人才之处,并非物质性的手段,而是统治者自己的德行和人格魅力。好像夜空中的北极星,它处于天空中心的位置,其他的星星都自动围绕它旋转。孔子的这番话并非只是要求统治者用道德力量来感化他人。"北极星"的比喻更有深意所在。

首先,北极星在夜空中的位置恒定不动,故作为统治者要有定性,不能朝令夕改。定性是优秀统治者都应一以贯之的领导理念。其次,北极星最重要的作用是可以让地上的人们辨别方向,找到自己要走的路。这也是一位优秀统治者应具备的重要特质,要成为标杆圭臬,要给所有共事之人明确的奋斗目标和方向。

诗歌中的这位统治者如果能不断提升自己的修养德性,拥有应具备的治国安邦的智慧和领导力,制定明确的治国方向和目标,即使没有物质上的款待,也自然会有贤者能人来辅佐帮助他。

葛 生

可怜河边骨，春闺梦里人

葛生蒙楚，蔹蔓于野。予美亡此，谁与独处。
葛生蒙棘，蔹蔓于域。予美亡此，谁与独息。
角枕粲兮，锦衾烂兮。予美亡此，谁与独旦。
夏之日，冬之夜。百岁之后，归于其居。
冬之夜，夏之日。百岁之后，归于其室。

征妇怨，诗甚悲

《葛生》一诗是一位妇女内心的独白。历来有各种解读，有说是妇女思念兵役在外丈夫的闺怨诗，有说是悼念爱人的悼亡诗。总之，诗歌内容实在太过于悲伤动人。清儒陈澧在其著作《读诗日录》中评价此诗道："此诗甚悲，读之使人泪下。"这样的评价一点也不为过，诗歌字里行间未写一个"思"字，但字字深情，句句痛心，令人不忍卒读。

诗歌共五章，先品前两章首句。"葛生蒙楚"，"葛"是一种野外常见的藤蔓植物，"蒙"是覆盖之意，"楚"指灌木荆条。"蔹蔓于野"，"蔹"也是一种蔓生植物，"蔓"是蔓延生长之意。首句诗人以景起兴，她站在郊野旷原之上，望着藤蔓植物茂盛生长攀附于树木枝干之上，思绪万千。二章此句也是相同意涵。"葛生蒙棘，蔹蔓于域。"现在大多解读都认为"域"是墓地之意，此解由《毛诗》而来。《毛诗》讲："域，茔域也。""茔"常见的解释是坟地之意。但马瑞辰在《毛诗传笺通释》中考证："茔之言营，谓经营而区域之，即今所谓地界耳。后儒误以茔域专指墓地，遂以此诗为悼夫死亡之诗，失之。"意思是"茔域"指古代郊野的地界区域，故诗歌此句"域"与上章的"野"相呼应，都指郊外旷野，并非专指墓地。后世学者多误以为"域"专指墓地，故认为此诗主旨是悼念亡故爱人，这是受《毛诗》影响而造成的误读。

诗歌前两章首句，诗人以野外的蔓生植物"葛""蔹"起兴引发哀怨思情有两方面的原因。首先，朱熹在《诗集传》中解释："妇人以其夫久从征役而不归，故言葛生而蒙于楚，蔹生而蔓于野，各有所依托。"诗人心中挂念在远方当兵作战的丈夫，望着野外生长的藤蔓植物而忧伤，是因为连这旷野中的"葛""蔹"都还有树枝可以攀附生长，有所依靠，而诗人却孤零零一个人，无依无靠，连丈夫身在何方，何日归来也无从可知。其次，"葛"这种植物还有一层更深的意涵，扬雄在其著作《法言》中记载，"死则裹之以葛，投诸沟壑"，意思是上古时人们还没有非常完备的墓葬制度，早期习俗是将死人的尸体用葛缠绕裹覆，然后置于山谷沟壑之中。尤其在古代战场上，士兵如果战死沙场也只是裹上一些植物就地埋葬。诗人看到这些"葛""蔹",不知丈夫是否还健在,不知他是否已战死沙场,被藤蔓裹覆,埋在不知名的旷野中。其实不论生也好,死也罢,哪怕有个确定的音讯,诗人的心也能放下。最难耐的是这样的杳无音信,诗人禁不住胡思乱想,但对于最悲伤的结局又不敢去猜、不忍去想。

物存夫亡,睹物思人

第三章首句使得诗歌的文学场景一下子有了转换,从空旷的原野转换到了诗人的闺房之中。"角枕粲兮","角枕"是古人睡觉时的枕头,用兽骨、兽角做装饰,故称"角枕"。"粲"意为美好。诗人望着闺房卧室中床头的角枕,它是多么精致而美丽。"锦衾烂兮","锦衾"指用锦缎做成的被子。"烂"是灿烂美好之意。如此美好精致的角枕和被子,令诗人的卧房温馨舒适。本来这一切都可让人安心休息、享受生活,但丈夫远征沙场、生死未卜,空有这"角枕""锦衾"又有何意义呢?苏辙说:"物存而夫亡,是以感物而思之也。"诗人心中哀叹:"这些当年一起使用的闺房之物还在,而你却不知所踪。"睹物思人,物是人非,这一番落寞空洞又怎不让人忧郁感伤呢?

另外,诗歌此句还有一个文学特点,前两章诗人面对旷野藤蔓心中那一番绵长悠远的哀伤之情,一下子好像被挤进了这一间小小的闺房之中,郁结而难以释怀。这种由广到窄的空间变换,极具文学张力。唐人陈陶有诗云:"可怜无定河边骨,犹是春闺梦里人。"意思是那些在外征战、战死沙场的平凡士兵,他们的尸骨散落在河边旷野,甚至没有人知道他们是谁,生命如此低微，可在他们身后的家乡，有多少女子正在闺房之中魂牵梦绕地思念着他们，呼唤着他们的名字，期盼着他们归来。读者的心似乎也随着场景由宽阔到窄小的转换，一下子被忧伤所充满。可怜这狭小的闺房，这位女子细微的心灵梦境，如何能够承受得住如此沉重的思念哀伤之愁呢？诗人这一笔文学上的空间转换，是此诗极为出色之处，类似的文学手法在之后的章节也会出现。

苦守空房，思夫断肠

诗歌前三章的后句是诗人的内心独白。"予美亡此"，"予美"朱熹在《诗集传》中解释"妇人指其夫也"，即是诗人对于爱人的称呼。"亡"并非当下通常理解的死亡之意。《毛诗郑笺》里讲："亡，无也。言我所美之人无于此，谓其君子也。"意思是"亡"意为不在。诗人内心默默哀叹："我所爱的美好君子啊！你如今不在我身边，远赴沙场，音讯全无。我独处空房，怎能不挂念你，不为你担心忧虑呢？"诗人的这份担忧到了什么程度呢？"谁与独处""谁与独息""谁与独旦"。"谁与"后应断句，意为与谁相伴之意。此三句皆是诗人自问自答，虽然字句简短，但却一步步将诗人内心的悲伤渲染到极点。"独处"指诗人独守空房。"独息"指诗人在空荡荡的闺房中独自安息。诗人心中有着一份绵长的哀思忧虑，必定无法安睡入眠。后章"独旦"，"旦"即日出之意。一夜又已过去，诗人彻夜未眠，辗转反侧。此处不单是诗人在感慨哀伤自己孤独的状态，这三句发自内心的设问也是诗人在想象着在外艰辛服役的丈夫。他是否也和自己一样孤单哀伤呢？是否也一样挂念自己呢？是否也一样独自无眠，直到天明呢？

　　李白有一首《春思》，也是描写独处闺阁之中的妇女思念在远方征战的丈夫，诗中有一句："当君怀归日，是妾断肠时。"意思是在外的征夫思念着家中的妻子，渴望归期的同时，也正是身处家中闺阁的妇女思念丈夫，伤心断肠之时啊！这份两相思念的动人悱恻之情，正是诗中这三句自问自答所要表达的深情所在。

生不相伴，唯死同穴

　　诗歌最后两章又是文学上的精彩转换，此处转换的不是空间，而是时间。前三章诗人描写自己因思念哀愁，彻夜无眠，但这只是一个晚上而已，人生的漫长并非一天一夜。诗歌最后两章，诗人将时间的维度从一日一夜扩张到春夏秋冬的漫漫人生。文学张力也瞬时凸显而出。诗歌第三章在空间上从空旷原野一下子收缩到诗人闺房，无比绵长的忧伤瞬间被挤进狭小的闺房和诗人的思绪之中，令人体会到一种无以复加的压抑之感。最后两章诗人在时间上做了由短到长的反向文学扩展，将自己一天一夜中哀伤难耐的思绪，填满她漫长的一生。"夏之日，冬之夜""冬之夜，夏之日"，冬天的黑夜是最漫长的，而夏日的白昼也是没有边际。夏、冬分别是一年中日夜最长的两季，诗人借此道出了人生的漫长。谁都希望人生可以长一点，生命可以久一些，但对于诗人而言，失去了爱人的陪伴，如此漫长的人生就等同于一种折磨。她内心的哀愁一天天地堆叠郁结于心头，度日如年。"二章句法只一互换，觉时光流转，瞬息百年，人生几何，能不伤心。"

（方玉润《诗经原始》）

邀死想从，义至情尽

  诗歌后两章末句是全诗最令读者不忍卒读、痛心悱恻的哀伤独白。诗歌通过空间和时间上的转换，不断推进诗人的哀伤之情，直到最后一句，情感抒发也达到极致。"百岁之后，归于其居""百岁之后，归于其室"，"百岁"即指死亡之意。诗人最后提到死亡一事真是令人哀痛不已，她之所以想到死亡，是因为已经对生命没有了期待，她觉得有生之年可能再也见不到自己最心爱的人了，绝望到了心死的地步。诗人只能盼望死亡来临，或许死后还能与爱人厮守在一起。"归于其居""归于其室"，"居""室"在此都指坟墓。这是诗人最绝望的独白："或许死后我们还有机会埋葬在一起吧，爱人啊！我们黄泉再相会！"

  "夏日冬夜，独居忧思，于是为切。然君子之归无期，不可得而见矣，要死而相从耳。"（朱熹《诗集传》）夏日冬夜如此漫长；剩下的漫漫人生旅途，诗人都要在孤单的思念中煎熬度过，她绝望至极，才会在内心与爱人相约死亡，一同在地下相见。或许只有死亡才能让这对爱人不再分开。如此心绪，悲痛至极，试问怎样的心灰意冷才会让一个人对生命完全绝望，将希望寄托在黑暗的死亡之中呢？《毛诗郑笺》中讲："言此者，妇人专一，义之至，情之尽。"诗人最后道出如此悲伤的话语，可以看出她对感情的真挚专一，哪怕是死亡也不愿与爱人相离弃，这世间应该不会有比这更真切的爱情了吧。

采 苓

谗言误国,君勿信!

采苓采苓,首阳之巅。人之为言,苟亦无信。舍旃舍旃,苟亦无然。人之为言,胡得焉!

采苦采苦,首阳之下。人之为言,苟亦无与。舍旃舍旃,苟亦无然。人之为言,胡得焉!

采葑采葑,首阳之东。人之为言,苟亦无从。舍旃舍旃,苟亦无然。人之为言,胡得焉!

唐风

似是而非

《采苓》一诗主旨明确,是一首劝谏诗,目的是劝谏晋国国君要保持清醒的头脑,勿要轻信谗言。诗歌言语恳切,用心良苦,字字都是肺腑之言。

诗歌共三章,先品每章首句。"采苓采苓",即采摘苓草。通常认为"苓"是甘草名。"首阳之巅","首阳"是晋国山名,"巅"指山顶。此句意指诗人在首阳山顶上采摘苓草。次章首句

"采苦采苦，首阳之下"，"苦"即苦菜。此句意指诗人在首阳山下采摘苦菜。末章首句"采葑采葑，首阳之东"，"葑"是蔓菁，一种类似萝卜的植物。此句意指诗人在首阳山东面的山坡之上采摘蔓菁。诗歌三章首句都是描写诗人在首阳山采摘植物蔬菜。诗人以采摘植物起兴，其用意何在呢？马瑞辰在《毛诗传笺通释》中解释："苓宜隰不宜山，葑生于圃，苦生于田，是三者皆非首阳山所宜有，而诗言采于首阳者，盖以三者取兴，正以见谗言之似是而实非也。"意思是苓是甘草，本适合生长在低洼湿地之中，苦菜生长在田地里，葑也是种植在菜园中的蔬菜，诗人却到高山之上去寻找这些植物蔬菜，其实是跑错了地方。此三句似是而非，作为诗歌的开头是为告诫晋国统治者那些谗言媚语也正是如此。说得特别好，听上去像真的，实则都是谎言欺骗，作为统治者一定要有分辨是非的能力，远离小人勿信谗言。

谗言勿信

诗歌三章后一句诗人切入正题。"人之为言"，"为"通"伪"。诗人非常明确地对统治者讲："您所听到的那些话都是身边小人们所说的虚伪谗言。"面对这些欺人谗言，千万要懂得分辨。"苟亦无信"，"苟亦无信，诚无信也"（陈奂）。"苟"在此是确实、实在之意。次章"苟亦无与"，"无与"《毛诗》解为"勿用也"，意为不要采纳许可。末章"苟亦无从"，"从"是顺从之意。诗人对于统治者的告诫，从"无信"到"无与"再到"无从"，意涵上层层递进。对于他人的言语，首先不要轻易相信，其次不要轻易认可采纳，要分辨是非，有明智的判断，最后在行动上要更加慎之又慎，不可轻易顺从、实施。一旦听信谗言并付诸行动，则覆水难收，其产生的危害难以估量。此三句诗人从心理到行为层层展开发自肺腑的劝谏，可见其用心良苦。

馋者无获

诗歌每章三、四句的内容一模一样，反复吟唱，不断强调，可见诗人用意之苦。"舍旃舍旃"，"舍"是舍弃之意。"旃"是代词，相当于"之""焉"连用。此句即是"舍之焉，舍之焉"。这是诗人反复的叮咛，要让统治者"舍弃、抛弃"那些虚伪的谎言以及进谗言的小人。"苟亦无然"，"然"是正确之意。古人说话经常用"然"表示正确之意，"不然"则意为不对。此句是诗人告诫统治者："一定要远离绝弃谗言和小人，因为他们所言真的是不正确的，他们颠倒黑白，指鹿为马。"

如果统治者能做到明辨是非，那么"人之为言，胡得焉"。"得"是得逞之意。"徐察而审听之，则造言者无所得，而谗止矣。"（朱熹《诗集传》）统治者若能做到面对任何意见都仔细核实、调查研究，认真地审视反思，那么制造谗言的小人们就自然不能得逞。久而久之，统治者身边的谗言就会消失。

三章末句诗人的反复叮咛是一个美好的期望，在中国古代，朝政大权全都聚集在统治者一人手中，当权力不能得到限制，自我膨胀时，要做到辨别是非，远离谗言是非常困难的。纵观中国历史上的封建统治者们，真正的明君屈指可数，大部分都是被权力冲昏头脑、肆意妄为的昏庸之辈，也因此几乎每个朝代都有佞臣小人趁机而入。古人常说"忠言逆耳利于行，良药苦口利于病"，而真正愿听忠言、愿吃苦药的统治者又有多少呢？佞臣小人尤其专挑统治者爱听的话说，孔子在《论语》里讲"浸润之谮"，意思是谗言就像水流慢慢浸透物体一般，令人难以察觉。

骊姬之乱

此诗背后究竟是一个怎样的故事呢？诗人如此用心良苦是在劝谏晋国哪一位统治者呢？关于这一点，历来多有引申诠释，认为诗歌背后的故事是非常有名的"骊姬之乱"。

"骊姬之乱"发生在晋献公统治之时。晋献公是晋武公之子，客观地讲，晋献公还是心怀雄才霸略的，他在位初期为晋国开疆扩土，贡献很大。不过到执政的第五个年头，因为一个女人的出现，埋下了之后整个晋国的祸根。

公元前672年，晋献公带兵攻打少数民族骊戎，战胜后得到了骊戎部落的一位绝世美女——骊姬。骊姬的美貌有成语"沉鱼落雁"为证。"沉鱼落雁"最早出自《庄子》，《庄子·齐物论》里有这样一段话："毛嫱、丽姬，人之所美也；鱼见之深入，鸟见之高飞，麋鹿见之决骤。"意思是毛嫱与丽姬都是春秋时期世人公认的美女，毛嫱是越国女子，丽姬即骊姬，她们尽管如此美丽，水中的鱼看见她们却立刻深潜水里，天空中的鸟看见她们就高飞入云，山林间的麋鹿看见她们则迅速跑远。庄子这段话的本意是指美的相对性，在人类眼中最美的毛嫱、丽姬，在鱼、鸟、麋鹿的眼中并非如此，甚至这些动物都被吓得落荒而逃。后世这一典故慢慢演变为"沉鱼落雁"这样一个形容女子绝世美貌的成语。由此证明骊姬的确是春秋时期数一数二的美女，不然庄子也不会以她举例。

骊姬被娶回后，没过几年就为晋献公产下一子，名叫奚齐。骊姬暗中谋划，想将原太子废除，立自己的儿子奚齐为太子。她依仗着晋献公的宠爱，经常吹枕边风。晋献公也因宠爱骊姬被冲昏头脑，竟然真的准备改立太子。晋献公命太子申生外出征战守城，总之哪里危险就派他去哪里，希望申生在前线战死，借机改立太子。没想到太子申生屡获胜利，百姓越发爱戴他，晋献公便无法废除他。

骊姬看此计不行，心中又生一计。她冒用晋献公的名义给太子申生传令，谎称晋献公梦到申生已故母亲，命令申生赶回祖庙祭祀，祭祀完后将祭祀所用的胙肉献于晋献公。胙肉是古人祭祀时置于祭台上供奉祖先的祭肉，祭祀之后通常分给祭祀之人食用。申生听令，祭祀后将胙肉献于父亲晋献公。此时正值晋献公外出打猎，骊姬就暗自在胙肉中下毒。

几天后，晋献公打猎归来，骊姬将胙肉拿出，说是申生太子所献，还虚伪地赞扬了一番申生的孝道。晋献公听后大喜，将要吃肉之时，骊姬假装关心，让晋献公安全起见，要先验毒。她将肉切开一块喂给狗吃，狗当场死亡，再切开一块给宫中仆人吃，仆人也当场毙命。此时骊姬佯装哭泣，委屈地对晋献公哭诉，太子申生在胙肉中下毒，都是因为自己的缘故。自己为晋献公生下奚齐，又得百般宠爱，太子申生压力过大，才会一时糊涂嫉恨做出此大逆不道之事。骊姬假意求情，不要责罚太子申生，并求晋献公允许自己和奚齐离开晋国，以免今后被太子加害。晋献公听后勃然大怒，立刻下令废除太子。

唐风

此时申生已得到消息，有人劝他说："此事非常明显，下毒之人是骊姬，太子为何不对晋献公说明呢？"申生回答说："我父君已老，没有骊姬就睡眠不安、饮食不甘。即使向他解释清楚，又会引起他对骊姬发怒，这可万万不行。"又有人劝太子说："你可以逃奔到其他国家去避难。"不料申生又说："我这样带着谋杀父亲的恶名逃奔，谁又会接纳我呢？我还是自杀吧。"于是申生自杀而死。他虽然看似孝顺，但却是愚孝，所作所为令人惋惜。之后骊姬继续诽谤晋献公另外几个儿子，他们也被迫纷纷逃离晋国。不过骊姬最后未能得逞，晋献公死后，奚齐被晋国大臣所杀，晋国也上演了一场诸公子争夺王位的国家内乱，而这一切都是当初晋献公听信骊姬谗言所致。

《毛诗》认为此诗是"刺晋献公也。献公好听谗焉"，意指此诗是为讽刺晋献公听信谗言，不能明辨是非，最终导致晋国太子自杀，诸公子争夺王位的长期内乱。当然，此诗的创作背景未必真的就是骊姬之乱，但历来有诸多学者都将此诗与这个故事联系起来解读，丰富了诗歌的内涵。

林栖品读诗经

从秦风到豳风

林栖 著　毛小鹿 绘

复旦大学出版社

目录

秦风

763　车邻（一）　从边陲小国到称霸诸侯

767　车邻（二）　礼之用，和为贵

773　驷驖　上阵父子兵

779　小戎（一）　探寻古代车马

787　小戎（二）　一笔委婉，言尽心曲

793　蒹葭　留下空白，待你填满

801　终南　民无信，则不立

807　黄鸟（一）　神秘的殉葬

813　黄鸟（二）　不杀人者得天下

817　晨风　人间亦自有银河

823　无衣　春秋无义战

829　渭阳　何处肠断，日暮渭阳

835　权舆　君子食无求饱，居无求安

陈风

841　宛丘（一）　诸夏之南，原始感性

845　宛丘（二）　敬鬼神而远之

849　东门之枌　上为之，下效之

855　衡门　君子之志，小人之求

861	东门之池	人之相知，贵在知心
865	东门之杨	人约黄昏后
869	墓门	长恶不悛，必受其乱
873	防有鹊巢	无中生有，上下颠倒
879	月出	愿逐月华流照君
885	株林（一）	夏姬之乱，绝色倾国
889	株林（二）	罪魁祸首究竟是谁？
893	泽陂	爱是想碰触又收回手

桧风

901	羔裘（一）	桧国衰亡史
905	羔裘（二）	贪财而取危
909	素冠（一）	白冠素衣，究竟何人？
913	素冠（二）	患难与共，悲愤共勉
919	隰有苌楚	爱是心甘情愿的羁绊
925	匪风	有国才有家

曹风

933	蜉蝣（一）	一个时代的终结
937	蜉蝣（二）	向死而生，绽放生命

943	候人（一）	文公伐曹，一雪前耻
947	候人（二）	德不配位，必有灾殃
951	鸤鸠（一）	君子贞而不谅
955	鸤鸠（二）	从修身到平天下
959	下泉（一）	泉无度，雨有节
963	下泉（二）	王子朝之乱

豳风

969	七月（一）	天下淳风，追根溯源
975	七月（二）	普天之下，衣食为本
981	七月（三）	春光莫负，闲愁几许
985	七月（四）	一年辛劳，自豪甜蜜
989	七月（五）	古代女子的文学典型
995	七月（六）	一气呵成，起承转合
999	七月（七）	瓜果菜蔬，少长之义
1003	七月（八）	生生不息，民生在勤
1009	七月（九）	祭寒祭祖，气顺人和
1015	七月（十）	飨饮酒礼，祝福绵长
1019	七月（十一）	比真更真，至臻至美
1023	鸱鸮（一）	寓言文学之鼻祖
1027	鸱鸮（二）	凡事预则立，不预则废

1031　东山（一）　久别归乡，悲伤何来？

1037　东山（二）　物是人已非，近乡情更怯

1043　破斧　爱人者，人恒爱之

1049　伐柯　方向与方法

1053　九罭（一）　龙袍在身，贵客何人？

1057　九罭（二）　藏衣留客，殷切至极

1061　狼跋　君子不忧不惧

秦风

车邻 (一)

从边陲小国到称霸诸侯

有车邻邻,有马白颠。未见君子,寺人之令。

阪有漆,隰有栗。既见君子,并坐鼓瑟。今者不乐,逝者其耋。

阪有桑,隰有杨。既见君子,并坐鼓簧。今者不乐,逝者其亡。

从西陲附庸到一方诸侯

讲到秦国,大家一定会想到秦始皇统一六国后建立的中国历史上第一个大一统王朝,但《秦风》里的秦国还是一个周朝的诸侯国,统一六国是后来的事。秦国在强大之前是一个怎样的诸侯国呢?

最早,秦国只是一个位于周朝西部边陲的附庸小国。附庸国没有爵位,甚至连正式的诸侯国都算不上。秦国后来的发展壮大的确出人意料,居然从一个毫不起眼的边陲小国晋升为一方诸侯霸主，最终一统华夏。秦国在周灭商的过程中站错了边，并未帮助武王伐纣，而是对商王忠心耿耿。周朝建立后，秦国被周王室边缘化，让秦人居住在西部边疆地区。那时的秦国只是作为周王室的马前卒，抵御西面戎狄。正因地处西部，秦人的风俗很大程度上受到西北戎狄少数民族文化的影响，并未真正融入中原地区。中原各诸侯国也都低看秦国一等。秦人因受少数民族影响，特别善于养马。从舜帝时期开始，秦人就为天子养马。周孝王时，秦人因善于养马而得到周王室肯定，孝王封秦国为周朝附庸，并赐嬴姓。被封为附庸国，并不代表周王室自此看得起秦国，本质上秦人的地位并未有任何变化。秦人也一直在等待机会，直到西周覆灭，秦国积极护送周平王东迁洛阳。平王东迁后，就将原来西周故地赏赐予秦国，但此时这片土地正被戎狄所占。《史记·秦本纪》记载周平王对秦襄公说，"戎无道，侵夺我岐、丰之地，秦能攻逐戎，即有其地"，意思是戎狄不讲道义，侵占掠夺西周岐山丰水地区，秦人若能驱逐戎狄，此地即归秦国所有。言下之意，周平王感谢秦国助其东迁并封秦国为正式的诸侯国，但封诸侯国应同时分封土地，周平王就给了秦人一张空头支票。如果秦人想要这片土地，就要靠自己打拼，赶走戎狄并夺回西周故地。之后秦人艰苦卓绝，经过几代人的努力终于平定西北地区各少数民族部落。秦穆公时期，秦国任用贤人百里奚，他帮助秦国成为春秋五霸之一，为秦国之后统一六国打下坚实的基础。秦国从一个被边缘化的附庸小国，经过近三百年逐步发展成为一方诸侯霸主，这的确是一段极其艰辛而漫长的奋斗岁月。

尚武尚兵,虎狼之国

秦穆公时期,秦国虽然称霸中原,成为春秋五霸之一,但此时的秦国并未真正融入中原文化。由于秦国最初地处西北,被中原各国所排斥,又与周边异族之间接触甚密,故秦人在文化民俗等方面相较中原各国有着非常明显的区别。《论语》里孔子曾说:"夷狄之有君,不如诸夏之亡也。"意思是中原周边文明较为落后的少数民族就算有君主,也还不如中原的诸侯国没有君主来得文明有序。当然这样的说法有点夸张,但从文化的角度来看,秦国长期受少数民族的影响,其风俗的确较为原始粗犷。

据《史记》记载,秦穆公去世后,用一百七十七位活人随从殉葬。活人殉葬制度极其惨无人道,是原始社会时的残忍习俗。当时中原各国早已废除此法,而秦国还保留着如此残忍的殉葬制度,可见秦国虽为五霸之一,但在本质上,其文明程度还是较为落后。《史记·屈原列传》中司马迁说,"秦虎狼之国,不可信也",意思是秦国非常野蛮残暴,就像老虎野狼之类的猛兽一样,毫无人情,不可信任。后来秦军之所以如此骁勇善战、所向披靡,也是因为秦国有所谓的"首级"军功制,即士兵作战时,砍下对方敌人的头颅就可官升一级,故称"首级"。这虽然看似是激励士兵的一种手段,但却残忍至极。在战国时期,秦军上演过各种大屠杀。如长平之战,秦军一夜斩首坑杀赵国四十五万人。据说此战之后,赵国多年不见男丁,因为他们都被秦军所杀,可谓惨绝人寰。这些风俗特点在《秦风》中的表现就是秦人的尚武精神。当然,秦国虽然最后一统六国,但是也仅存在了短短十五年的光景。其中最重要的一个原因就是秦国这样一个靠暴虐武力所统一的帝国不可能持久。真正让百姓心悦诚服的统治者还是要具备仁德的力量。

自带引言的诗歌

《秦风》首篇诗歌《车邻》在文学结构上非常独特。全诗共三章，后两章采用重章叠句的手法，首章则是单独的四句。之前的《诗经》篇目中基本没有出现过类似结构的诗歌。此诗首章在文学上起到了诗歌引言的作用，向读者交代了诗歌创作的背景故事。

"有车邻邻"，"邻"在三家诗的齐诗、鲁诗中都写作"辚"。"邻邻"在此是象声词，指马车行进时所发之声。诗人先从听觉感受出发，描写自己听到从远处传来的马车声。随着马车由远及近，诗歌接着从听觉写到了视觉。"有马白颠"，"白颠"指马额头正中有块白色毛斑。古时这种马匹被称为"戴星"，即指其额上这一撮白毛就如星星一样漂亮，是一种品质优良的骏马。如此骏马良驹所拉马车，车上之人必定非同一般。"未见君子"意为见不到这位车上君子。即便马车从诗人面前经过，离得如此之近，诗人也无法得见车上之人。这是因为"寺人之令"。"寺人"《毛诗》解为"内小臣也"，意指贵族官员身边的侍从小吏。原来诗人想求见车上的贵族君子，并不能直接去找他，而要通过他身边的侍从小官传令，之后才有资格与这位君子见上一面。诗歌首章作为此诗引言，内容极其简短，描写了一位贵族君子一面难见的背景故事。

车邻（二）

礼之用，和为贵

礼乐之好，自秦仲始

《车邻》一诗首章描写的背景故事想要表达的深层意涵是什么呢？这需要结合秦国历史发展来解读。

周朝创立之初，秦国只是一个被边缘化的附庸小国，地处边陲，没有实际爵位，不被王室认可。通过秦人上百年艰苦卓绝的努力，到周宣王时，秦国国君秦仲才勉强被任命为大夫，后到秦襄公时被周平王正式封为诸侯，得到王室认可。对秦人来说，这几百年被边缘化、不被认可的心路历程极为难熬，也非常憋屈。周宣王时，秦仲被封为大夫，虽还没被正式认可为诸侯，但这已经是一个质的飞跃。至少大夫是周王室任命的官职，秦君拥有大夫之职后，就可名正言顺地享受相应的贵族待遇。周代礼乐制度极其严苛，周天子、诸侯、大夫等不同等级的贵族享用的车马礼乐有严格区分。原本在大多数中原诸侯国看来再正常不过的贵族礼遇，对于被冷落排挤了几百年的秦国来说，却非常重要而珍贵。《毛诗》解释此诗首章道，"美秦仲也。秦仲始大，有车马礼乐侍御之好焉"，意指诗歌开篇两句描写了华贵的车马和服侍统

秦风

治者的传令官员，都是在秦仲被任命为大夫后才开始有的贵族待遇。诗人借此告诉读者秦君的贵族地位终于被周王室认可。虽然这原本是一件好事，但任何事都有其两面性。以前秦君没有这样的贵族地位，没有车马随从，他们与身边的官员朋友可能非常亲密，而现在秦仲有了大夫之职，反而与身边的人变得生疏了。

高下大小，各得其所

诗歌首章作为引言交代了诗歌发生的时代背景，接下来诗人就要切入正题。

诗歌后两章首句，"阪有漆，隰有栗"，"陂者为阪，下湿为隰"（《毛诗》），"阪"即指小山坡，"隰"则指低洼湿地。"漆""栗"都是树名。此句指在那山坡上有漆树，在那湿地中有栗树。下章"阪有桑，隰有杨"也是相同意涵，只不过将树名换了一下。古时"杨"指柳树，古人称柳絮为"杨花"。此句诗人讲山坡上生长着桑树，低洼湿地生长着柳树。

诗人借物起兴，其背后是何用意呢？《毛诗郑笺》解释道，"喻秦仲之君臣所有各得其宜"，意思是山坡生长漆树、桑树，低洼湿地生长栗树、柳树，这是指自然界各种植物生长在最适合的地方，高低上下，各得其所的状态。诗人借此隐喻秦国自秦仲被封为大夫后，开始被周王室认可，有了贵族礼遇。在周礼的框架之下，秦国开始真正有了文化的约束和礼仪的规范。不同身份的人，如秦君和大臣间也有了礼仪上的差异规范。正是礼仪让原本一切混乱无章变得井然有序，各得其宜。诗人通过此二句表达了他对于秦国奋斗几百年后最终被容纳到周王室的礼仪体系之中，全国上下面貌一新而感到由衷自豪和快乐。

君臣相得，乐中有忧

任何事物都有其两面性，此诗最深刻之处就在于诗人有着辩证的思维。诗人察觉到了秦国变化所带来的利弊，所以他不仅在诗歌中表达了对于秦国地位提升的快乐自豪，同时也表达了他对于这种变化所带来的弊端的深刻反思。诗歌后两章次句就是诗人从另一个侧面的描写。

"既见君子"是指诗人与秦君终于见上了面。这一面见得可真不容易，在当时贵族礼仪层层制度的约束之下，要先通过侍臣的通报，再经历漫长的等待最终才得见。这场会面的气氛如何呢？秦君会不会变得傲慢起来呢？诗人给出了答案："并坐鼓瑟"，"并坐"和"鼓瑟"之间应断句分开理解。"并坐"指诗人见到国君后，两人非常亲密，同坐一起聊天谈心，而且还配以"鼓瑟"，这里并不是指诗人和君主一同弹琴，而是指现场有乐师演奏琴瑟。可见这次会面气氛非常融洽，君臣相得，快乐美好。下章"并坐鼓簧"也是相同意涵。"簧"是一种吹奏乐器。虽然秦君地位今非昔比，但他还是一如往昔的亲切，君臣间相见甚欢。不过如今和以往最大的不同就是君臣之间因礼仪制度的原因，如同坐促膝而谈的机会越来越少，这也正是秦国地位提升后带来的弊端。因此诗人在后两章末句道出了内心的忧虑："今者不乐，逝者其耋。""耋"本意指七八十岁的年纪，在此则泛指老年之意。下章"今者不乐，逝者其亡"，"亡"亦指年老死亡之意。诗人感叹道："如今好不容易能与君主见上一面，彼此之间相谈甚欢，快乐无比，但因秦君身份的变化，要见一面实在难得，所以要抓住每一次会面的机会，去享受君臣相见的快乐时光，要不然岁月流逝，生命短促，不久就年老，想要见面就更是难上加难。"诗人在此虽然表达了及时行乐的想法，但其言语背后有着一份淡淡的忧伤。诗人并无责备君主之意，因为国君依然表现得极为亲和。诗人心中的忧伤源于如今国家地位提升后所必须遵循的礼仪制度所引发的君臣关系间渐渐疏离的现实。

礼之用，和为贵

人们常说礼仪制度是好东西，可以规范人的行为，令社会运转井然有序。但礼仪制度是不是万能的呢，是不是在某种程度上反而造成了一些所谓的形式主义，以致造成了人与人之间原本亲密关系的疏离呢？

关于"礼"的本质和作用，孔子在《论语》中曾非常明确地表述过，他说："礼之用，和为贵。"即礼真正的作用并非它条条框框的形式，而是在于调和人与人之间的各种关系或矛盾，让每个人都能够达到和谐心安的状态。"礼"在孔子眼中绝不是僵硬、束缚人的严苛律法，而是为增近人与人之间的情感而存在的。《论语》记载了这样一则故事：当时有个鲁国人叫林放，他问孔子"礼"的本质究竟为何，孔子回答他说："大哉问！礼，与其奢也，宁俭；丧，与其易也，宁戚。"孔子首先称赞林放关于"礼的本质"的问题问得非常好，这一问题意义重大。孔子认为，就一般的礼仪来说，与其非常注重形式，铺张浪费，宁可朴素节俭。对于丧礼而言，与其隆重烦琐，倒不如内心能够怀有悲伤之情。孔子将礼的本质说得很透彻：礼的目的不在于形式，而是为内心情感而服务。如果内心真的是一位谦和温柔的君子，其外在的礼仪表现并非一定要铺张浪费，过于烦琐。所有的外在形式如果不是为了人的内心情感而服务，不是为了人际关系中的和谐快乐而服务，那就变得空洞而毫无意义。

此诗中，诗人和秦君本身都非常谦和，乐于彼此亲近，但可能对于礼有了一些较为僵化的理解，过分追求排场和形式，所以才会导致原本亲近的君臣之间反而有了一丝疏离之感。这其实是没有真正领会"礼之用，和为贵"的道理，反而弄巧成拙。

驷 驖

上阵父子兵

驷驖孔阜，六辔在手。公之媚子，从公于狩。
奉时辰牡，辰牡孔硕。公曰左之，舍拔则获。
游于北园，四马既闲。輶车鸾镳，载猃歇骄。

父子同狩，邦国之望

《驷驖》是一首描写秦国贵族出行狩猎的诗歌。诗歌整体基调非常欢快。秦人尚武，所以打猎主题在《秦风》中最为常见。此诗不仅表达了秦人昂扬尚武的精神，更有一份来自遥远边塞的质朴温情。历来对于此诗的解读多忽略其文字背后的脉脉温情，但这恰恰是最令人触动的一笔。

诗歌共三章，先看诗歌首章。"驷驖孔阜"，"驷"三家诗都作"四"，指贵族外出狩猎所乘马车由四匹马牵拉。"驖"《说文解字》解为"马赤黑色"，指马匹全身乌黑且带有暗红色。称其为"驖"也不单是因为马色，方玉润在《诗经原始》里讲："非特有取于色,盖亦取其坚壮如铁也。"因为这种马非常健壮有力,就像钢铁一样坚不可摧,所以称"骥"。秦国人善养马,有如此出色的骏马良驹也正符合秦人的风俗特点。"孔阜","孔"是非常之意。"阜"是强壮硕大之意。诗人进一步赞美四匹骏马极其壮硕。"六辔在手"是指驾驶马车的骑手握着六根驾驭马车的缰绳。一般来说一匹马有两根缰绳,四匹马应该共有八根缰绳,此处只写"六辔"是因为四马中内侧两匹服马的缰绳各有一根系在马车车身上,所以驾驶马车之人手中只有六根缰绳。古代马车上一般坐有三人,中间马车驭手,左右两边都为身披铠甲的贵族。在描写了骏马及驭手后,诗人接着写到马车之上的另两人。"公之媚子,从公于狩。""公"点出了其中一位贵族的身份,一般普通贵族不可称"公",所以此处指的是秦君。秦国在秦襄公前,并未获正式诸侯地位,所以之前的秦君亦不称"公",直到秦襄公后才始称"公",故此诗的创作时间应在秦襄公之后。历来大多解读认为此诗是描写秦襄公外出狩猎,我个人也从此解。此句着重写"公之媚子",所以诗人描写的重点并非秦襄公。朱熹在《诗集传》中解释道,"媚子,所亲爱之人也","媚"意为爱,"媚子"即指秦襄公最亲爱的人。一般来说,最亲爱的人就是亲人,一同在马车上打猎的应该是一位男性,所以这位"公之媚子"应是秦襄公的爱子。"从公于狩"意为秦襄公带着他最喜爱的儿子一同外出狩猎。

之前诸多以狩猎为主题的诗歌大部分都以描写猎手捕猎技术高超、矫健强壮为侧重,而此诗的重点则不在于此。诗人着重描述的是一份贵族父子之间的脉脉温情。在之前的诗歌中,我们读到过爱情,读到过母爱,但是关于父爱或父子之情还是第一次遇见。另外,诗歌首章的文学情感非常愉悦欢快。这份快乐可分两个层次解读,一方面是父子同狩之乐。可以想象在一个阳光明媚的时节,田野中郁郁葱葱,秦君此时放下威严的君主之态,以亲切的慈父身份携爱子一同狩猎,希望他将来也能成为和自己一样强健威武的国君,这是一幅多么暖心动人的画面。另一方面,当时秦国刚晋升为正式诸侯,有了周王室所认可的贵族地位,所以秦君才有资格享有外出狩猎的礼遇。这不单是秦君的快乐,更是整个秦国的快乐。秦人望着自己敬爱的秦襄公带着他年轻有为的公子外出狩猎,感受着秦国地位的提升,体会到邦国发展的希望。民族自豪感和爱国热情也油然而生,心中不胜喜悦。"今秦始有田狩事,其与民同乐可知也。"(方玉润《诗经原始》)这场狩猎不仅是国君父子之间相处的温情时刻,对于整个秦国来说亦是一件与民同乐、可喜可贺之事。

上阵父子兵

诗歌次章正式描写狩猎过程。俗话说:"打仗亲兄弟,上阵父子兵",这对有爱的"父子兵"是如何协作配合,共同狩猎的呢?

古时贵族狩猎并非在深山老林之中,而是在专门的私家猎场里。猎场中有专职官员饲养猎物,若国君前来狩猎,猎场官员须提前准备,将躲藏在猎园中的野兽驱赶而出供国君顺利捕猎。"奉时辰牡","奉"是供奉之意,即指猎场官员将猎物驱赶以供君主捕杀。"时"通"是",在此作代词用。"辰"是时节之意。

"牡"指公兽。不同时节,猎场中可用于狩猎的猎物有所不同。"辰牡者,冬献狼,夏献麋,春秋献鹿豕之类。"(《毛诗》)"辰牡"即指各时节所狩野兽,冬季为狼,夏季为麋鹿,春秋季节则为小鹿或野猪,通称为"辰牡"。"辰牡孔硕"是描写猎物健壮硕大,侧面说明猎场兽官非常尽责有为。狩猎活动由此正式开始。"公曰左之",首先秦襄公指挥马车运行,他就像一位经验丰富的老教练一般,指挥驭手往猎物的左侧驱赶马车。当马车行驶到适当位置时,便可以射箭捕猎。此时搭弓射箭的可能是秦襄公之子,先由经验丰富的父亲指挥马车行进到最佳射猎位置,再由年轻有为的儿子拉弓放箭,抑或是父子二人一同搭弓,儿子仰望父亲的高超技艺,向他学习射箭捕猎之技巧。总之父子间配合默契。"舍拔则获","舍"是放开、松开之意,"拔"指箭尾,"舍拔"指拉紧弓箭的手松开箭尾,即射箭。此句描写父子二人技艺高超,箭无虚发,准确命中目标。朱熹在《诗集传》中讲,"曰左之而舍拔无不获者,言兽之多,而射御之善也",意思是诗人描写父子箭无虚发,其实也有两方面的赞扬。一方面说明猎场中可供捕猎的野兽丰富,数量众多;另一方面更是为说明秦君父子二人技艺精湛。在诗歌次章描写的狩猎过程中,诗人并未细腻地刻画狩猎细节或射箭动作,而是着重描写父子合作的场面。父亲悉心指导,儿子随父亲学习射猎,亲密无间,收获满满。从历史记载也可得知,秦襄公之子正是秦文公,他也是一位胸怀雄才大略、政绩颇丰的国君。文公继承父亲的事业,继续攻打西方戎狄,为秦国开疆扩土,奠定基业。真可谓"有其父必有其子"。

父子同游，温情脉脉

诗歌末章描写了父子间不仅在狩猎场上激烈协作时关系紧密，在放松之时亦有一份闲暇安逸的脉脉温情。"游于北园"，"游"是游玩之意，"北园"是当时秦国圈养动物的猎园。"田事已毕，故游于北园"（朱熹《诗集传》）。此句诗人描写秦襄公和爱子在经历过激烈狩猎之后，一同放松休息时快乐的父子时光。诗人的文学笔触也转换了风格，一切似乎都放松安闲下来。"四马既闲"，不仅是人，连四匹骏马也从紧张的狩猎中得以放松。"辑车鸾镳"，"辑车"指轻便的马车，"鸾镳"指马嘴两旁所佩戴装饰的铃铛。马儿在园中慢步，嘴边鸾铃叮当作响，清脆悦耳，甚是悠闲。"载猃歇骄"，"载"即车载之意。"猃、歇骄，皆田犬名。长喙曰猃，短喙曰歇骄。以车载犬，盖以休其足力也。"（朱熹《诗集传》）古人狩猎用猎犬，嘴较长的称"猃"，嘴较短的称"歇骄"。此时猎犬也都在马车之上休息补充体力，不再追逐奔跑。诗歌末章诗人描绘了一幅狩猎之后休闲安逸的游园画面。可以想象父子二人站在马车之上，马儿悠闲地踏步前行，车上的猎犬趴着吐着舌头喘气休息。父子之间可能正在快乐地交流着刚才狩猎的细节，父亲望着优秀的爱子，看着车上丰硕的狩猎成果，脸上情不自禁地露出自豪的微笑。

古拙之美，真情流露

历来很多解读都认为此诗太普通笨拙，未将狩猎的精彩画面有声有色地描绘出来，这其实是误解。诗人写作此诗的主旨并不是要表现狩猎本身，而是要通过这样一场狩猎活动，表达出背后蕴藏的真挚父子情。故不可只从狩猎这一维度去品读此诗。另外，此诗文字质朴，没有华丽修饰或文学技巧，这也反映了秦国作为当时西方边塞之国的朴素风气，体现了一种古拙之美。

秦汉之前包括《诗经》在内的诸多文学作品，文字都极为质朴单纯，真情流露。因为那是人类文明的早期，先民的思想也像个孩子，特别可爱，不加修饰。后世文学不断发展，辞藻华丽，修饰精致。这虽是文学之进步，但也失去了人类文明早期的那份古拙单纯之美，就不再那么可爱动人了。认为此诗文学表达笨拙的现代学者，也是用后世标准来评判早期文学，所以并不公平也毫无意义。既然要领略《诗经》之美，我们就要让自己寻回初心，融入先民的质朴单纯之中，才能体会到他们真挚而热烈的深情。

小戎(一)

探寻古代车马

小戎俴收,五楘梁辀。游环胁驱,阴靷鋈续。文茵畅毂,驾我骐馵。言念君子,温其如玉。在其板屋,乱我心曲。

四牡孔阜,六辔在手。骐骝是中,騧骊是骖。龙盾之合,鋈以觼軜。言念君子,温其在邑。方何为期,胡然我念之?

俴驷孔群,厹矛鋈錞。蒙伐有苑,虎韔镂膺。交韔二弓,竹闭绲縢。言念君子,载寝载兴。厌厌良人,秩秩德音。

秦风

周代的车马

《小戎》是一首描写妇女思念远征战场的丈夫的动人诗歌。诗歌三章分别对出征战士的车、马、兵器做了细致入微的描写。诗名"小戎"即是古代战车名。在品读诗歌之前,我们先要了解先秦时期古人乘坐车马的相关知识,这不仅对理解此诗非常重要,对于阅读其他古典文献也是必不可少的文化知识。

先秦时期,车马不分开,有车就有马。那时古人还未单独骑马,古人"六艺"中的"御"是指驾驶马车,并非骑马。中国古人真正开始骑马是从战国时期赵武灵王学习匈奴游牧民族胡服骑射之后开始的。在这之前,中原人都以乘坐马车为主。马车在古代贵族生活中有着极其重要的作用。生活出行、作战狩猎等都要乘坐马车,所以驾驭马车也是古代贵族必须掌握的一项技能。

马车由马与车两部分组成。一般周代的马车都由四匹马牵拉,亦有说周天子所乘马车由六马牵拉,但关于这一点考古还未有明确证据,所以四马拉车是先秦时期最主要的马车形式。四马中内侧两匹称为"服马",左右外侧两匹称为"骖马"。马车车厢称为"舆",车舆的形状多样,有方形的、长方形的、六角形的等等。古人乘车是站立在车舆之中,一般一车可乘三人。古人尚左,故尊贵的贵族位于左侧,中间为马车驭手,右侧则是一位武士陪乘,称为"车右"。在作战时,车上三人位置有时会作调整,贵族主帅在中间掌握战鼓、战旗,驭手则换到左侧。车舆左右两侧有木板可倚靠身体,称为"䡠",前方有横木可让站立在车上之人手扶倚靠,称为"轼"。古人是从车舆后方上车,故车舆后方有时是一个缺口,有时则是一块较低可活动的横板,方便上下马车。车舆上方装置可活动的车盖,主要用于挡风遮雨,形似伞。车舆架在车轴之上,车轴两侧则是车轮。古代马车行驶时,车轴不转动,车轮转动。车轮中心套在车轴上的圆圈称为"毂"。车轮最外圈的圆形边框称为"辋"。"毂"和"辋"是一小一大、一内一外的两个同心圆框,它们之间由一根根木条连接,这些木条称为"辐条"。《老子》里讲,"三十辐共一毂",车轮上一般有三十根辐条构成。两只车轮分别套在车轴两端,在车轴穿过车轮伸出露在车轮外侧的部分，古人会套上金属做的销子，称为"辖"，用于固定车轮，以免车轮在行驶过程中从车轴上脱落。"辖"是非常重要的马车零件，它是保证车轮不外脱、马车能顺畅行驶的关键所在。《淮南子》里讲："夫车之所以能转千里者，以其要在三寸之辖也。"意思是马车能够行驶千里，最关键就在于车轮上三寸长的"辖"。有意思的是，"辖"后来也引申为管辖之意。

"车"的部分最重要的是"车轴"，因为车舆架在车轴之上，车轮也套在车轴之上，所以马拉车主要也是拉车轴。车轴上有一根弯曲的长木，用于联结马匹与车轴，称为"辕"，亦称"辀"。辕的一端联结车厢底部的车轴，从车厢前方伸出，向上弯曲，前端架上一根横木，称为"軏"或"衡"。横木压在中间两匹服马的脖子上，用索套套紧。马车主要由两匹服马牵拉前行，外侧的骖马脖子上不架横木，它们的主要作用是控制马车的行驶方向。驭手通过马的辔绳来进行驾驭操作。马车上还有很多其他配件和装饰物，此诗也将描写到。

威武战车，远征启程

诗歌首章前三句，诗人对战士出征所坐马车的"车"这部分进行了细致的描写。"小戎俴收"，"小戎"指古代战车，因为它是士兵所乘战车，在体积上较将领的马车要小，故称"小戎"。军队主帅或将领所乘马车称为"元戎"，"元"意为大。诗人是一位妇女，诗歌开篇她正在回忆丈夫随秦军出征时的场景，一切历历在目。她的丈夫并非军队主帅，而是一位普通的秦国士兵。诗

侧视图

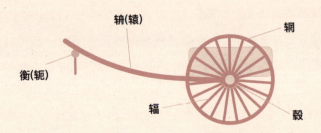

俯视图

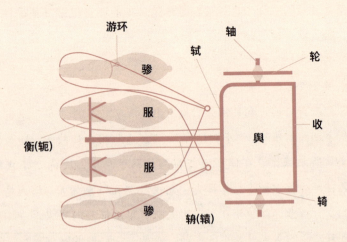

人回忆的细节首先也从丈夫登上战车随军出征那一幕开始。"俴收","俴"意为浅,"收"指马车车厢后方的横木,方便战士上下马车之用。以丈夫所乘马车为起点,诗人的视线开始移动,读者也随着诗人的视角,仔仔细细地看到了一辆华贵精致的马车。"五楘梁辀", "辀"即是连接马和车的一根弯曲长木,亦称"辕",它就如马车的脊梁一般,是马能拉动车厢的重要桥梁,故称"梁辀"。"五楘"方玉润在《诗经原始》里解为:"惧辀之不坚也,故一辕则五分其穹,每分以皮束之使坚,是谓五楘。"意思是因为联结马和车之间的"梁辀"较长,古人担心它容易断裂,就在其上用皮革或金属捆绑包箍起来,共分五段包覆,故称"五楘"。"楘"即意为箍。这就可保证"梁辀"这根长木不会在行驶或作战时意外断裂。

接着诗人的视角慢慢转移到马匹身上。"游环胁驱","游环""胁驱"都是装备在马车上的装置,是驭手控制马匹行进的重要部件。这两个装置可以保证在驾驶马车过程中,左右外侧两匹骖马不跑乱。"游环"是绑在左右两侧骖马身上的一个皮质环,此环可在马背上左右移动,故称"游环"。驭手驾驶马车时,每匹马有两根辔绳用于操控。骖马最外侧的两根辔绳穿过"游环"再由驭手操控。如此一来,骖马就不会向外跑散。此外,为控制骖马保持固定位置,不往中间挤到拉车的两匹服马,就需要用到"胁驱"。"胁驱,亦以皮为之,前系于衡之两端,后系于轸之两端,当服马胁之外,所以驱骖马,使不得内入也。"(朱熹《诗集传》)"胁驱"是一根皮带,一端系在服马脖子所架横木的两端,另一端系在马车车厢两侧。这样在中间的两匹服马和外侧的两匹

秦风

骖马之间就形成了一个隔离物,骖马在跑动过程中就不会往里靠,不会挤到服马从而影响马车行进。诗人在此描写的是古代马车的"操控系统",就如现在汽车的方向盘一样。由此可见古人的智慧及古代车马的精致。诗人接着讲到"阴靷鋈续",这是描写这辆马车的"动力系统"。"靷"字左边是"革",右边是"引",即指牵引马车前行的皮绳。它前端系在服马脖上的横木之上,后端系马车车厢下的车轴之上,服马跑动时就可牵拉马车前行。一般皮绳并没有那么长,所以"靷"被分为两段。一段在车厢下,系于车轴之上,较为隐蔽,故称"阴靷"。另一段是从车厢下伸出系在前方横木之上,称为"续靷"。"阴靷"和"续靷"之间在车厢前下方用铜环相联结,"鋈续"即是联结"阴靷"和"续靷"的铜环,"鋈"指白铜。

"文茵畅毂"是描写马车的豪华装饰,就好像现在的跑车有真皮座椅一样,古代马车也有虎皮车褥。"文茵"指铺在车厢内有花纹的虎皮车褥。"畅"意为长,"畅毂"指车轴伸出车轮的部分非常长。这样不仅美观大气,而且还可以延长车轴对车轮的支撑面,使马车在行驶过程中更为稳定。如遇地面倾斜,伸出的这部分也可作为支撑,不使马车侧翻倾覆,而且这部分在作战时也可用来撞击敌方马车,因此其上往往会覆以坚固的金属,且越长越结实。"驾我骐馵",诗人的视线又回到了车厢上即将出征的丈夫身上,他正在驾驶马车。"骐"指青黑色的马匹,"馵"指马的左后脚为白色。此句重点不在于写马,而是首章关于马车描写的一个泛写收尾。

诗歌首章前三句,诗人主要描写马车的车的部分,从马车中间的"梁辀"这根支柱出发,分别写到了马车的"操控系统"和"动力系统",最后又写到马车的豪华装饰,全面而细腻地描写了古代贵族战车的华贵精致。我们当下读者即便相隔千年也能感受到古代贵族对于生活车马的细节追求和审美情趣。

驷马健壮,英姿飒爽

诗歌次章前三句是诗人对马车前四匹骏马的细致描写。"四牡孔阜","四牡"指车厢前的四匹公马。"孔"是非常之意,"阜"是强壮、硕大之意。此句为诗人概写赞美四匹宝马健壮有力。"六辔在手"即指驭手握六根缰绳,用于驾驭马车、控制方向。诗人在概写之后,更进一步细节描写。"骐駵是中","中"指中间的两匹服马。"骐"指花纹青黑色的骏马。"駵"指红黑色的骏马,据说这种马身上是红色,只有尾巴和鬃毛是纯黑色的,极为漂亮。"騧骊是骖"是描写外侧的两匹骖马。"騧"指身体黄色而嘴为黑色的骏马。"骊"指浑身纯黑的骏马。诗人所描写的四马都是当时非常罕有的骏马良驹。诗人在此是泛写,服马和骖马并不单指一辆车前的四匹马,军队出征有诸多马车,诗人一眼望去都是如此健壮有力的骏马。由此也可见秦人果真善于养马,军队的马匹都是极其优良上乘,这样的军队想必也是所向披靡,战无不胜。

次章第三句后半句"鋈以觼軜","鋈"指白铜,"軜"即指两匹服马内侧系于车厢前方的缰绳。"觼"指装置在车厢前方木板上的铜环,服马的两根内侧缰绳就系于其上。"龙盾之合",诗人将视线转移到马车上的将士。出征的将士要配备兵器,朱熹在

《诗集传》里解释,"画龙于盾,合两载之,以为车上之卫",意思是"龙盾"指绘有龙纹图案的盾牌,在作战时用于防御敌人攻击,一般古人会在车上放置两个盾牌,其中一个是备用的。"之合"就是指两块盾牌叠合在一起置于车上。当然古代士兵随车携带的不只是盾牌,还有诸多其他兵器。"龙盾之合"一句也是次章描写的一个收尾,并为诗歌末章更详细地描写秦军的精良兵器作一个铺垫。

小戎（二）

一笔委婉，言尽心曲

兵器精良，英武雄壮

《小戎》末章前三句，诗人详细介绍了丈夫出征时携带的精良兵器。

"俴驷孔群"是对马匹装备的描写。不仅人要装备精良，作战的马匹当然也是一样。秦军之所以骁勇善战，也是因为他们作战的马匹与众不同。"驷"指拉车的四匹骏马，"俴"方玉润在《诗经原始》里解释，"马甲以薄金为之，欲其轻易，便于旋习也"，意思是"俴驷"指四匹战马轻装上阵，只用很轻薄的金属作为铠甲，在作战时，驭手可极为灵活地操控战马。"孔"是非常之意。"甚群者，言和调也"（《毛诗郑笺》），此句是指四匹战马作为一个团体，轻装上阵，驭手操控起它们也是整齐划一，非常协调。这也是秦军强劲高效战斗力的秘诀之一。

诗人接着正式描写士兵们精良的作战兵器了。"厹矛鋈錞"，"厹矛"是三棱锋刃长矛，其矛头与一般兵器如刀、剑的扁平两刃不同，"厹矛"的矛头是立体的，这种长矛也是后代三刃兵器的鼻祖，战车上的士兵在近距离作战时用其刺杀敌兵。这把"厹矛"也十分精致,"镎"指金属套,即在长矛末端,包裹了白铜制作的精美金属外套。如此一方面兵器更为美观,另一方面也可增加木质长矛杆的坚固性。

"蒙伐有苑","伐"指中等大小的盾牌。作战时,战士一手拿着长矛攻击对方,另一手举起盾牌抵御敌人的进攻。"蒙"是覆盖之意,即指盾牌表面有东西覆盖。"有苑"指精美的花纹。设想这样一位精神饱满的士兵站立在马车之上,一手握着矛头锋利、下端包金的长矛,一手举着绘有精美花纹的盾牌,真是英姿飒爽,充满英武之美。长矛和盾牌都是近身攻击防御的武器装备,此外还有用来在马车上远程攻击的武器——弓箭。下句"虎韔镂膺","韔"是古人存放弓的弓套,"虎韔"即指虎皮弓套。虎皮弓套上还有装饰,"膺"指虎皮弓套的正面,"镂"是雕刻镂空之意,意指这只虎皮弓套的正面有着精美的镂刻花纹。

"交韔二弓","交韔,交二弓于韔中也"(《毛诗》)。这位英武的将士身上所背弓套中存放着两把弓,相互交错在一起。携带两把弓是为了在战争过程中万一发生损坏,可及时备用。可见秦国战士的武器装备不止精良充足,且有备无患。"竹闭绲縢","竹闭"是古人用于射箭时校正弓准度的装置,一般用竹制作。"绲"意为绳子,"縢"是捆绑之意。士兵不仅备有弓箭,而且为了提高作战时射箭的精准度,还在弓箭上捆绑着校弓的"竹闭"。

末章前三句,诗人从近身作战时用的矛和盾写到远程攻击时用的弓箭,刻画细致入微。读者也随诗人的视角,近距离感受到秦军精良的武器装备以及所向披靡、战无不胜的英武雄风。

秦襄公征西戎

诗歌三章前三句，诗人分别介绍了秦国将士的车马兵器。这支秦军要去哪里作战呢？他们的对手又是谁？

历来解读的基本共识认为这支秦军是要去征伐西戎。《毛诗》认为此诗是"美襄公也，备其兵甲以讨西戎"，即指此诗所描写的历史背景是秦襄公整顿军队讨伐西戎之役。西周被犬戎所灭后，秦襄公因积极辅佐周平王东迁洛阳，被正式封为诸侯。周平王还许诺分封秦国国土，即被西戎所攻陷占领的西周故地。要得到这片土地并不容易，必须要奋力作战，击败犬戎才能得到。秦国从秦襄公开始，接连多任国君都励精图治，攻打西戎及周边少数民族部落，为秦国开疆扩土。秦襄公本人也在攻打西戎的途中死去，作为国君，他为了国家的发展大计身先士卒，最终献出了自己的生命。由此可见，秦国在春秋之初不断发展强大的过程中，往前走的每一步都极为艰辛。国土来之不易，国家地位更是经过忍辱负重几百年才最终获取。

一笔委婉，思妇情深

战争令秦国愈加强大，但这也是一把双刃剑。《孙子兵法》里讲："兵者，国之大事，死生之地，存亡之道，不可不察也。"意思是战争用兵对国家和人民来说，是极为重要的大事。战争不仅关系到一个国家的生死存亡、强大衰弱，更关系到这个国家的人民,无数战士会牺牲在沙场之上,无数家庭也会为此而流离破碎,这些都是战争的代价。因此对于任何一场战争都要慎之又慎,不可不察。诗人细致地描写了秦国士兵出征的车马兵器,虽然写得威武雄壮,但是在这些战士们的身后,也有着自己的家庭和亲人。如果只是描写车马华丽、武器精良,似乎还是冷冰冰的,并无动人之处。诗歌三章后两句,诗人就用一笔文学上的委婉动人,写出了战争背后的离别心酸。

诗人是一位女子,她独自一人在家中怀念丈夫,不知他出征战况如何,是生是死,何日归期。"言念君子,温其如玉。"此句是诗人在心中默默思念远赴沙场的丈夫,他就如美玉一般温润柔和。下章"言念君子,温其在邑"。"邑"指城市,历来有两种解读。一种认为是指诗人的丈夫在外征战,在敌人的城市之中。依此说法,之前的"温"就不好解,因为在敌人的城市中如何能感受到温暖之意呢?另一种认为"邑"指丈夫在秦国的故乡,这种解释更能说通,此句即是诗人在感叹道:"我多么想念我的丈夫啊!我怀念着他曾经在家乡和我一同生活的岁月,那段时光是多么温馨啊!"现如今只留下诗人独守空房,不免冷落孤寂。诗歌末章此句,诗人进一步描写了自己孤单的处境:"言念君子,载寝载兴。""寝"是睡觉之意,"兴"指清醒的状态。"言思之深而起居不宁也。"(朱熹《诗集传》)诗人独自一人在家中,内心无时无刻不在挂念着丈夫,忧虑不安以至于日常起居也变得混乱,茶不思饭不想,无心睡眠。首章末句"在其板屋,乱我心曲"。"板屋"指用木板搭建的小屋,是当时西方戎狄少数民族的居住习俗。丈夫到西戎所占之地征战,一定也是入乡随俗,驻扎在当地板屋之中。他过得如何？到底是生是死？这一个又一个扎心的疑问，每天袭扰着诗人的内心，令她坐立不安，心乱如麻。"心曲"马瑞辰在《毛诗传笺通释》中解释："心之受事，有如曲之受物，故称心曲。犹水涯之受水处，亦曰水曲也。""曲"本意是指水岸弯曲之处，水流在此聚集压迫，故称"水曲"。诗人内心也是压抑万分，诸多疑惑和担忧聚集在心中，就如水湾之处承受着水流的压力一般，难熬伤悲。次章末句"方何为期，胡然我念之？"这是诗人心底最深的盼望，诗人想知道丈夫何时才能回来与自己团聚。丈夫杳无音讯，令诗人无比担忧牵挂。末章末句，诗人再一次发自内心地赞美着丈夫。"厌厌良人，秩秩德音。""厌"通"懕"，《说文解字》解为，"懕，安也"，指一个人安静柔和的心理状态。"良人"是诗人对丈夫的称呼。此句是此诗最精彩的一笔，虽然开篇诗人描写丈夫是一位在马车上一身戎装出发征战的英武战士形象，这样的形象虽然勇武，却并非诗人心中最爱的模样。诗人心目中丈夫最美好的形象是末句所描写的在家中陪伴自己时的那种温柔安静、彬彬有礼、美好体贴的样子。当丈夫穿上铠甲，立于战车之上时，虽然英姿飒爽，但是此时此刻他并不属于诗人，他是属于国家的战士，诗人真正怀念的是他卸下戎装时的温柔有德之美。

尚武背后的人性本真

此诗有两个方面给千年后的读者留下了极为深刻的印象。一方面是诗人细致入微地描写了秦国战士出征时所乘车马和随身携带的兵器，让后人不由赞叹先民的细腻精致。他们所乘车马、所用兵器不单实用性强,在装饰设计上也已经具有了极高的审美水平。另一方面,此诗更为动人之处在于诗人在三章末两句委婉动情的一笔,道出了她内心无尽的忧伤思念。正是每章最后的这一笔抒情,让读者体会到《诗经》的千年温度。这是雄伟战争背后普通个人、平凡家庭的哀伤,虽然秦人尚武,但在这尚武精神的背后却也隐藏着人性的本真情绪:爱恋、思念、不舍、煎熬,动人心扉,感人至深。

每次读到这首诗,我就不由想起曾在卢浮宫看到的一幅画作,法国新古典主义画家路易·大卫的作品《荷拉斯兄弟之誓》。画面由两部分构成,一部分是画面左侧,荷拉斯家族三位兄弟身披铠甲准备奔赴战场。兄弟三人形象刚毅威武,他们高举手臂,动作激昂,正向宝剑宣誓要为了国家的存亡誓死战斗。而在画面右下方,则是另一番截然不同的景象,三位勇士的母亲、妻儿和姊妹坐在一起互相依偎,她们担忧三兄弟此次出征凶多吉少,看起来无比哀伤。她们搂着自己的孩子们,已是泣不成声。画家用出征战场男子的刚毅悲壮与家中妇女的哀伤哭泣形成对比,建构起了整幅画作的情感张力,表现出在战争背后,国家存亡与个人情感之间的矛盾。此诗也正是如此,一方面是装备精良、斗志昂扬的出征将士,另一方面却是在家中彻夜不眠、忧伤不已的妻子。诗人从两个不同的侧面进行描写,不仅凸显了诗歌的文学张力,也让后世读者对战争和人性产生了更深的思考。

蒹 葭

留下空白，待你填满

蒹葭苍苍，白露为霜。所谓伊人，在水一方。溯洄从之，道阻且长。溯游从之，宛在水中央。

蒹葭萋萋，白露未晞。所谓伊人，在水之湄。溯洄从之，道阻且跻。溯游从之，宛在水中坻。

蒹葭采采，白露未已。所谓伊人，在水之涘。溯洄从之，道阻且右。溯游从之，宛在水中沚。

凄美之秋，明净之晨

《蒹葭》一诗流传甚广，是《诗经》中传唱不衰的千古名篇。诗歌共三章，三章内容有重复，只是变化几字。先品每章首句。

"蒹葭苍苍，白露为霜。"诗歌开篇首句可谓妇孺皆知，但也是历来最令人困惑的一句。困惑之处在于此诗描写的场景到底是在什么季节？"蒹""葭"《说文解字》分别解为"藿之未秀者"

"苇之未秀者",即指初生的荻草和芦苇。"苍苍"是指茂盛鲜明的样子。初生的荻草和芦苇应是春夏时节的植物,而诗人突然又写到"白露为霜"。"白露"指洁白圆润、晶莹剔透的露珠。只要在温差大的季节,清晨都会出现露珠,而露珠要结为"霜",一般是在秋天。如此一来,便自相矛盾了,前半句描写春夏时节茂盛的蒹葭,而后半句却写到秋天结霜的露珠。这一季节问题,历来争议很多,并无一个标准答案。我个人认为,诗歌此处所讲的"蒹葭"是泛指芦苇,不必分开细解,所以诗人所描写的时节应该是秋季,这也是历来较主流的理解。

诗人开篇描绘了一幅深秋时节清晨水边的明净之景。芦苇密布生长、一望无际,芦苇的穗头之上可能盛开着白花,随风摇曳,洁白明亮。经过一夜秋寒,清晨芦苇上透亮的露珠已结成霜。文学画面空灵旷远,凄美非凡。诗歌后两章首句也描写了相同的场景及意涵,同时暗暗透露出清晨时光的变化。

次章"蒹葭萋萋,白露未晞","晞"意为干。此时已旭日东升,芦苇上一夜所结的秋霜渐渐被阳光的温度所融化。末章"蒹葭采采,白露未已"。"未已"和"未晞"含义接近,但在程度上更进一步。"已"是完全收住、停止之意,在此是指日头越升越高,水边芦苇上所凝结的露珠已经要被完全收干了。由此可知,诗人在清晨的水边徘徊许久,不停望着水中苍茫无际的芦苇丛,诗人久久不愿离去,似乎在寻找着什么。

伊人何人,心之所往

诗歌每章次句告诉读者,在这样一个秋日清晨,他心之向往的是什么。"所谓伊人,在水一方。""伊"是代词,"伊人"意为那个人。"方"意为旁边。诗人所渴慕追寻的那个人就在这河水的那一边。此时正是秋季,河水宽阔充盈,《庄子·秋水》开篇讲道:"秋水时至,百川灌河,泾流之大,两涘渚崖之间不辩牛马。"秋天的雨水山洪令河流充沛汹涌,百川汇聚到黄河之中,水流宽阔以至于两岸的距离很远,从岸边望着水中小洲,远得连小洲上的牛马都分辨不清。诗人站在秋日河水边,隔着丛生的芦苇,又值清晨时刻,光线柔弱,他望着河对岸那位心中追寻的"伊人",应该也是依稀不辨、模糊不清。诗歌后两章此句也是相同意涵。"所谓伊人,在水之湄""所谓伊人,在水之涘"。"湄"指水边水草相接之处,在此亦指水岸之意。"涘"也是岸边之意。品读诗歌每章次句,不免产生一种朦胧之感。我们能体会到诗人的心之所向,但视线似乎也与诗人一样,隔着宽阔无比的秋水,透过密密麻麻的洁白芦花,借着清晨的微弱光线,用力地远望对岸,但依然朦胧不清。那位"伊人"究竟是何人?诗人没有说明,我们也看不清楚。

正因为这样一份朦胧的文学体验,历来对于这位"伊人"的身份有诸多不同的诠释。最常见的理解认为,这是一首爱情诗,诗人所谓的伊人是他朝思暮想的意中人,诗人在水边等候着爱人的出现。另一种理解,如清代方玉润认为此诗是"惜招隐难致也",即认为这是一首渴望贤能之士的诗歌,描写了当时秦国百姓希望能有道德君子、贤才之士来到秦国,帮助这样一个处于边塞,在礼仪文化上较落后的国家改善风气,治理社会。这种解释也能讲通。最后还有一种更为特别的理解,即认为诗中所谓的

"伊人"并非实指某人,而是指代某一个理念或理想。如《毛诗》认为此诗"未能用周礼,将无以固其国焉",意思是诗中的"伊人"实指"周礼"。诗歌表达了当时秦国百姓希望在文化上能有所进步,于是作此诗,就如在水边追求心中渴望的爱人那样,追寻"周礼",追寻中原的美好文化。这种解读在现在看起来略显牵强附会,但亦可备一说。其实,诗中"伊人"究竟是谁并不是最重要的,真正重要并令后世读者品味千年依然沉醉其中的部分,是诗人追求这位"伊人"的过程。

望而不及,求之不得

诗歌三章后两句描写了诗人追寻"伊人"的过程。朱熹在《诗集传》中对此有一个非常好的总结,他说:"言秋水方盛之时,所谓彼人者,乃在水之一方,上下求之而皆不可得。"意思是秋水宽广、波澜壮阔,诗人所要追寻的"伊人"在河水另一边,诗人上下求之,最终却求而不可得,可望而不可即。

"溯洄从之"即指诗人沿着河岸逆流而上。他望着对岸若隐若现的那位"伊人",又无法直接穿过芦苇,越过宽广的河水去到对岸,所以只能沿着岸边的小路逆流而上,企图找到一处河水较浅之地涉水而过。不过事实上这个想法实施起来却困难重重。因为"道阻且长",这逆流而上的道路曲折而充满阻碍,且秋水广阔、河道充盈,并无水浅之处,就算诗人走上很长的路恐怕也找不到跨河的方法,即使最终到了对岸,那位"伊人"或许早已不在。诗歌后两章"道阻且跻""道阻且右"也是相似意涵。"跻,升也。言难至也。"(朱熹《诗集传》)所谓"水往低处流",诗人要逆流而上,整个过程需要不断登高,道路越高越难走,可以说是步步艰辛。"右"马瑞辰在《毛诗传笺通释》里解释道:"周人尚左,故笺以右为迂回。"意思是古人崇尚左侧,认为"左"代表顺畅容易,而"右"则代表迂回曲折。"道阻且右"即指逆流而上的道路非常曲折难行。

既然逆流而上的方法行不通,还有没有其他捷径可走呢?"溯游从之","溯游"即指顺流而下沿着河岸寻找。如此路程中当然比逆流行走轻松一些,但本质上其实并无差别。诗人始终隔着那一片宽阔的河水,无法横渡。"宛在水中央","宛"是仿佛、好像之意。诗人顺着水流沿岸追寻,不停地望着那位"在水一方"的"伊人",总有恍惚之感,觉得对方好像就在河水中央,离自己越来越近,但却依然可望而不可即。"在水之中央,言近而不可至也。"(朱熹《诗集传》)这是诗人恍惚认为对方近在眼前,却又抓不住触不到的错觉。后两章"宛在水中坻""宛在水中沚"也是相同意涵,"坻"和"沚"都指水中小岛。此二句也是诗人的幻觉,他心中太渴望那位伊人,以至于在不断追寻的途中,总觉得自己离对方越来越近。

这样一份沿岸来回,心中渴慕万分却又求之不得,可望而不可即的过程是此诗最为迷人的部分,也使其成为最精彩的文学片段。诗人在描写这一段上下求索的过程时,并没有任何直白的情绪描写。"全诗不着一个思字、愁字,然而读者却可以体会到诗人那种深深的企慕和求之不得的惆怅。"(程俊英《诗经注析》)正是这种绝妙的文学手法,委婉、朦胧地将这样一份凄美动人的情感表露无遗。

梦里不知身是客

深秋明净，芦苇白花，白露成霜，来回追寻，上下求索，恍惚之间那触手可及的美好错觉，若隐若现，求之不得，望而不即的惆怅哀伤……所有这些文学元素建构出了一幅凄美空灵、迷离虚幻的意境，令人着迷。诗歌朦胧而迷人的意境也折射出了人生的境遇。每一位认真反思过生命本质的人都会有这样的体悟，生命如此有限，而我们在短暂生命中却有着太多的欲望和追求，如心爱的人、渴望的理想等等，但在亘古的宇宙之中，别说每个人的个体生命，就算是整个人类的存在也只是惊鸿一瞥，稍纵即逝，到最后我们都将走向死亡，一切都将归于寂静。

此诗折射出这样一种生命的处境。薄暮弥漫的清晨，诗人隔着一汪秋水，不停地"渴望着""追寻着"，来回求索，而他所追寻的"伊人"却若隐若现，可望而不可即。《庄子》里有"庄周梦蝶"的故事，告诉人们人生如梦，短暂恍惚。我们在梦里不停地追求着，到了梦醒时分，一切又回归虚无。所谓"梦里不知身是客"，我们在短暂的生命中经常会有痴迷和执着，用力地想要去抓住某个人、某个梦想，但往往忘了生命的短促，我们只是人世间的匆匆过客，所有一切就算得到也终归是一场空。

我们不禁反问：诗人如此努力地追寻着那位"伊人"有意义吗？更进一步来说，如果人生是一场梦，终将走到尽头，我们在人生中的所有追求和理想又有意义吗？关于这样一个哲学范畴的思考，不同的人有着自己不同的答案，这也是每个人对于自己存在意义的一个终极解答。我想对于生命本身而言，过程或许比结果更为重要。即便知道结果是一片黑暗虚无，我们依然努力追寻，这样也算真正活过。

留下空白，待你填满

诗歌文字充满迷离的不确定性，好像一个绵长惆怅的梦境。我们不知道这位"伊人"究竟是谁，也不知道诗人为何要如此苦苦追寻。

这就好像中国画里的留白，画纸上空墨交错，相互结合构成一个有机的整体。西方人的油画则完全不同，总是被全部涂满，画布中没有任何空白。中国美学"密处不透风，疏处可走马"（邓石如），所谓"留白"绝不是因为懒，而是为给后世理解者留下更广阔的解读空间。老子讲："埏埴以为器，当其无，有器之用。"意思是一个陶罐之所以能起到一个罐子的作用，正是因为它的内部是空的，所以才能成为有用的容器。事物之所以有价值，是因为空白和虚空在其中起到了作用。

诗歌文学也是如此，方玉润评价《蒹葭》一诗道："此诗高超远举之作，可谓鹤立鸡群，翛然自异者矣。"此诗之所以能如此特别，流传千古、动人隽永，正是因为它在文学上留给后人这样一片片的空白，让我们可以用对生命的思考和体悟，慢慢将它填满。

终 南

民无信,则不立

终南何有?有条有梅。君子至止,锦衣狐裘。颜如渥丹,其君也哉?
终南何有?有纪有堂。君子至止,黻衣绣裳。佩玉将将,寿考不忘。

山有木,成其高

《终南》一诗共两章,内容上略有重复。关于诗歌主旨,历来并无太大争议,都认为这是一首劝诫秦国国君的诗歌。

诗歌两章首句抛出一句设问。"终南何有?""终南,周之名山中南也。"(《毛诗》)"终南"是周地名山,它实际位置处于西周首都镐京之南,是秦岭主峰之一,故称"终南"。终南山上有什么呢?"有条有梅。""条""梅"都是树名。"条"指山楸树。"梅"指梅树。下章"有纪有堂","纪""堂"在三家诗里分别写作"杞"和"棠",指杞树和棠梨树。诗人告诉读者终南山上长满了山楸、梅、杞、棠梨等树。诗人开篇描写的各种树木与劝谏国君之间有何关联呢?方玉润在《诗经原始》里解释道:

"君此邦则必德其民，如山之有木而后成山之高，乃无负山之名耳。"意思是要治理好一个国家，首先要对百姓施以仁德，因为百姓是一个国家的基础。就如一座山，如果山上一棵树也没有，光秃秃的就不能称之为"山"，只是一个死气沉沉的土坡。山上长满郁郁葱葱的树木，充满勃勃生机和取之不尽、用之不竭的丰富资源，才能称得上真正意义上的"山"。一个国家的百姓正如高山上生长的各种植物，一国之君就如这座高山。只有以德养民，才能成就其自身的伟大统治和千秋功业。

秦逐戎，有周地

诗人开篇借"山有木而成其高"作比，劝谏秦君应对百姓实施恩德才能成就自己。不过"终南"这座位于西周首都镐京以南的山跟秦国有何关系呢？这与当时的历史背景有关。周平王东迁洛阳，原西周故地，包括镐京在内都被犬戎所占。秦襄公因协助平王东迁，被王室正式分封为诸侯，并将西周被犬戎所占故土分封给秦国。从秦襄公开始的历任国君展开了艰苦卓绝的开疆扩土、抗击西戎之战。此诗是当时西周故地的百姓在被犬戎侵占后，渴望周天子救兵到来，帮助自己从犬戎野蛮统治的水深火热之中解脱出来。秦军驱逐犬戎，收复土地后，当地原来的西周人民变成了秦国百姓，于是作此诗劝谏秦国国君对人民实施仁德之治。《毛诗》里讲："戒襄公也。能取周地，始为诸侯。"认为此诗是写给秦襄公的。

关于这一点历来亦有不同看法，因为秦襄公被封为诸侯后，在攻打西戎的第五年就死于征战途中，故在襄公时期，秦国还未完全收复西周故地。后秦文公子承父业，才完全收复西周故地。《史记·秦本纪》记载："十六年，文公以兵伐戎，戎败走。于是文公遂收周余民有之，地至岐，岐以东献之周。"秦文公十六年，秦国才完全击退西戎，收复西周故地，并将这片土地上原有西周遗民纳为秦国国民。秦文公还将岐山以东之地献给周王室以表忠心。此时离秦襄公去世已有十多年。故此诗更有可能是秦文公收复土地后，西周遗民为其所作。

受命天子，诸侯之衣

此诗是西周遗民为秦文公所作这一点，在诗歌每章次句中也有佐证。"君子至止"，"君子"即指秦文公。"至止者，受命服于天子而来也"（《毛诗郑笺》），"至止"是指秦君受周天子之命，来此收复失地，解放西周百姓。西周百姓真实地见到了这位远道而来、风度翩翩的秦国国君。"锦衣狐裘"指秦文公服饰华丽，在锦绣衣袍外还穿着狐皮裘袄。"狐裘，朝廷之服。"（《毛诗》）狐裘为诸侯等级贵族所穿，在此亦点出文公的身份。

次章此句同样形容了秦君服饰的精致华丽。"黻衣绣裳"，"黻衣"指秦君上身所穿黑青色花纹的锦绣上衣。诗人之所以特别强调秦君所穿的华美服饰，一方面是要借华丽的贵族服饰点出秦文公的诸侯身份，另一方面，华美的服饰也正是中原文明与犬戎等少数民族之间最大的文化差异。西周故地百姓被野蛮的犬戎统治多年，如今终于见到衣着中原华美服饰的君子前来，他带来了此地消失已久的周礼文化，百姓衷心盼望他的治理能让一切都恢复安定有序和美好繁荣。

美中寓戒，劝谏新君

秦军驱逐戎敌，收复西周故地，当然值得欣喜，与此同时，百姓虽心中充满希望，但也并非完全放心。因为他们曾是生活在周天子身边的西周人民。秦军收复周地，百姓虽得以解放，但已然成为秦国国民。这位秦君会如何治理国家呢？他会给百姓带来更好的生活吗？这些都是所有西周遗民心中悬而未决的疑问。

诗歌两章末句隐约表达出诗人的忧虑。"颜如渥丹"，"颜"指脸色，"渥丹"指涂上红色颜料之意，在此引申指秦君脸色红润有光泽。方玉润在《诗经原始》里说："渥丹，言其有乐意而颜色赤泽也。"意思是秦君之所以脸色红润主要是由于他心情舒畅，内心快乐。因为经过多年征战，终于收复西周故地，秦国国土也更为广阔，作为国君内心自然喜悦得意。

诗人接下来一句颇有深意，"其君也哉"，这是一句设问："其者，将然之辞；哉者，疑而未定之意。"（严粲）"其"在此表示将要之意，"哉"表达出一种不确定的疑问之情。诗人在心中默默自问："难道这位就是即将要来统治我们的新君吗？"如此一句颇为不确定的疑问意涵深刻，方玉润在《诗经原始》中讲："盖美中寓戒，非专颂德。"此诗虽然之前高度赞美了秦君华贵的服饰及其红润的容颜，但这一句疑问是在赞美中委婉加入了劝谏之意：虽然秦国已收复失地，秦君如此得意，但取地容易，取民心难，百姓心中还不确定是否要认可秦君为合格的新任统治者呢！下章"佩玉将将"，"将"通"锵"，指玉佩相互碰撞发出的清脆响声。此句表面是赞美秦君身上所佩戴的精美玉佩，其实也在隐隐地描写秦君喜悦得意之状。因为心情愉悦,他走路有些飘飘然,身上的玉佩随之摆动,相互撞击而发出锵锵声响,颇有一点得意忘形之态。

诗歌末句又是一句诗人不冷不热的警戒之言:"寿考不忘","寿考"是长寿之意,在此引申为永远。表面解读为百姓将永不忘怀。此句看似赞颂,潜台词则是劝谏秦君切莫得意忘形,玉佩碰撞之声虽然动听,但并不重要。作为君主应用心治国、广施仁德才能获取百姓永远的爱戴。

诗歌两章末句,诗人可谓用心良苦,一方面感激赞颂秦君收复故土,解放人民,另一方面也在委婉劝谏秦君要尽到作为统治者的责任,勿要再让百姓受苦。

民无信,则不立

此诗蕴含了中国最早的"民本主义"思想。简单来说,"民本主义"就是以人为本。水能载舟,亦能覆舟。一个国家能够存在靠的是百姓的支持,统治者虽然可以靠武力暂时夺取土地,但若不能为百姓谋福祉,就得不到支持与信任,这样的统治也不会稳固安定,最终将被百姓所弃。

《论语》里有这样一则故事,子贡问孔子:"为政治理最重要的是什么?"孔子道:"足食,足兵,民信之矣。"意思是治理好一个国家要做到三点:其一,粮食充足,物质丰富;其二,兵力充足,可保卫国土;其三,百姓信任支持,民心所向。子贡接着问道:"若万不得已,三者之间要舍去一样,老师您会先舍弃哪个呢?"孔子道:"去兵",即不要军队、不要战争,因为战争虽可开疆拓土，但本质是残酷的。子贡又问道："若万不得已，三者之间要舍弃两样，老师您又会如何选择呢？"孔子道："去食。自古皆有死，民无信不立。"意思是如果真的要在"粮食"和"民心"之间放弃一样的话，统治者宁愿选择舍去粮食，因为没有粮食虽然会死，但人自古都难免一死，而统治者要治理国家，最重要的还是百姓的信任爱戴。一个国家没有粮食未必会灭亡，只要百姓信任支持，大家共克难关，就没有过不去的坎。反之就完全没有了立足之地，就算有再多的军队，再多的粮食也无济于事。孔子所言中蕴含的"民本主义"思想非常深刻，即使在现代也绝不过时。

此诗中写到的"山有木而成其高"的比喻以及诗人作为普通百姓对秦君的良苦劝谏，都闪现出古人朴素的"民本主义"思想。这也正是此诗流传千年依然极具现实意义的价值所在。

黄鸟（一）

神秘的殉葬

交交黄鸟，止于棘。谁从穆公？子车奄息。维此奄息，百夫之特。临其穴，惴惴其栗。彼苍者天，歼我良人！如可赎兮，人百其身！

交交黄鸟，止于桑。谁从穆公？子车仲行。维此仲行，百夫之防。临其穴，惴惴其栗。彼苍者天，歼我良人！如可赎兮，人百其身！

交交黄鸟，止于楚。谁从穆公？子车鍼虎。维此鍼虎，百夫之御。临其穴，惴惴其栗。彼苍者天，歼我良人！如可赎兮，人百其身！

三良从穆公殉葬

《黄鸟》一诗的创作背景有明确历史记载。"秦伯任好卒，以子车氏之三子奄息、仲行、鍼虎为殉，皆秦之良也。国人哀之，为之赋《黄鸟》。"（《左传·文公六年》）秦穆公死后，秦国实行极其残忍的活人殉葬制,据《史记》记载,随秦穆公殉葬者有一百七十七人。其中有三人,都姓子车,名字分别为奄息、仲行、鍼虎。此三人是当时秦国的贤良之士,秦人为这三位良士殉葬之死感到悲痛哀伤,故作此诗。

秦穆公是"春秋五霸"之一。在他的带领之下,秦国国力走上巅峰。他为人礼贤下士,任用贤能,用五张羊皮换来贤臣百里奚。在百里奚的辅佐下,秦国往中原地带发展击败强晋,往西拓展征服西方各少数民族部落,使秦国成为一方诸侯霸主。秦穆公也很仁德,历史上有"穆公亡马"的故事。故事讲的是秦穆公王室牧场中饲养着各种珍贵宝马,一天几匹马突然逃跑,马官四处寻找,结果在附近农村找到了。不过马已被人杀死吃了,只剩下马骨。官员将吃马肉的村民都抓起来,共三百人,交由穆公定夺。秦穆公得知此事后,不但没有发怒,反而表现得极为仁慈。他说:"这世上哪有人因吃马而死呢?"还说:"人吃马肉若不喝酒就会生病。"秦穆公就这样赦免了这三百人死罪,并赐给他们美酒,这些人心存感激。

几年后,秦晋两国交战,穆公亲自率军出征,不幸战败,陷入敌人的包围之中。就在秦军身处绝境之时,敌军的包围圈突然被冲破,一群骑兵冲杀而来,协助秦军战斗。这群骑兵来势汹汹,晋军节节败退,秦穆公因此得以脱险。事后秦穆公问骑兵是何方军队?原来这些人正是从前吃了宝马、被赦免死罪的村民,他们为报答穆公不杀之恩才拼命奋战,保护秦军脱离险境,秦穆公大为感动。由此故事也说明秦穆公之所以能称霸诸侯,与他的仁慈统治也密不可分。即使是一位如此仁德有为的国君,他死后依然没能避免残忍的活人殉葬制度。

这不单是秦穆公一人的问题,而是当时整个秦国的习俗所致。朱熹在《诗集传》里解释道:"盖其初特出于戎狄之俗,而无明王贤伯以讨其罪,于是习以为常,则虽以穆公之贤而不免。"意思是因秦国长期以来地处西方边陲,受少数民族影响较深,在文明程度上不如中原诸国,所以有很多较为残忍的原始习俗,其中就包括活人殉葬制度。长期以来,这样的习俗根深蒂固,秦人也习以为常。尽管秦穆公是一位贤明仁德的君主,也免不了被习俗所同化。

活人殉葬的制度,在秦穆公之后也长期存在。据考古发现,春秋末期秦景公的墓穴中殉葬人数比秦穆公还多,有一百八十多人,如此残忍的制度直到战国秦献公时期才被正式废除。

是被逼还是自愿?

通常认为此诗是当时秦人因哀痛三位子车氏贤士殉葬之死而作,但事实上并非如此简单。在这场殉葬仪式中,这三位贤士到底是被逼无奈而死还是心甘情愿而死呢?如果读过《左传》就会发现,春秋时期的价值观与现在很不一样,当时的人们有一种毅然决然的精神,常有"士为知己者死"的事发生。在古人看来,人的气节有时比生命更重要。正因如此,历来也有看法认为此诗虽是百姓哀痛贤能之士殉葬所作,但这份哀痛之中也隐含着赞颂之情,丝毫没有批评秦穆公的意味。古人认为这三位贤士为君主甘愿赴死,虽然可惜,但却是充满气节的悲壮之举。如按此解,诗歌的意涵也就变得完全不同。

黄鸟无所立，良死不得所

全诗共三章，内容回环重复，可分成三个部分来品读。首先是诗歌三章首句"交交黄鸟"，"交交"是指鸟儿鸣叫之声，"黄鸟"指黄雀。"止于棘"，"棘"指酸枣树。诗歌后两章首句也是类似意涵。次章"交交黄鸟，止于桑"，"桑"指桑树。末章"交交黄鸟，止于楚"，"楚"指灌木荆棘。诗人为何要以鸣叫不停的黄鸟起兴呢？

马瑞辰在《毛诗传笺通释》里作了两方面的解释。首先，他说："诗盖以黄鸟之止棘、止桑、止楚，为不得其所，兴三良之从死为不得其所也。棘、楚皆小木，桑亦非黄鸟所宜止。"意思是诗歌三章开篇所讲的"棘""桑""楚"，其中"棘""楚"都是较为低矮的荆棘灌木，一般黄雀停留栖息的树木应比较高大，故并不适合黄雀停歇。同样，桑树也不适合黄雀栖息停留。诗人在此隐喻黄雀不得其所。由此说明秦国这三位殉葬良士的死也是不得其所。若是自然老去，或为国捐躯、战死沙场，都比跟随君主白白殉葬要死得值得。

其次，马瑞辰还从另一角度解读了"棘""桑""楚"三字，他说："棘之言急也，桑之言丧也，楚之言痛楚也。"从文字发音的角度理解，"棘"谐音"急"，表达了秦人得知良士殉葬之事，为秦国失去了三位极其难得的人才而心急如焚。"桑"谐音"伤"，表达了诗人内心的惋惜伤痛之情。"楚"更进一步，同"痛楚"之"楚"，用以表达诗人痛心疾首、撕心裂肺的哀恸。

在中国文学中利用汉字同音或者近音的方式来创作诗歌，以表达多层次意涵的文学手法极为常见。这种手法最大的魅力在于让文字变得像一个个内涵深邃的谜，表面看似简单，但细细琢磨，又觉意味深长。如《红楼梦》中的许多人名、地名都有谐音和隐喻，开篇第一回出现的人物名"甄士隐"，其谐音即表示作者将"真事隐去"。利用谐音表达多层涵义的文学手法在古典诗歌中出现得更多，如刘禹锡有诗云："东边日出西边雨，道是无晴却有晴。""晴"字面上表示天气晴朗，但其谐音又同"情"，如此诗句就更意涵丰富了。《黄鸟》三章首句的"棘""桑""楚"，很有可能也是在文学上利用了这三字的谐音，隐约而深刻地表达诗人内心的悲痛。

诗歌至此，可知对于三位良士殉葬之死，诗人内心觉得不值，认为他们不该这样白白死去，他们如果活着可以为秦国发展和人民福祉做更多更有意义的事。

黄鸟（二）

不杀人者得天下

一人可当百夫

《黄鸟》一诗接下来着重描写了三位殉葬的良士。"谁从穆公"，"从"在此指从死殉葬之意，可以解释为被逼随从穆公殉葬，也可解释为心甘情愿追随君主而死之意。这是诗人的一笔悬疑，还未说明三位良士如何死去的。"子车奄息"，"子车"是复姓，"奄息"为名。后两章"子车仲行""子车鍼虎"也都是人名。这三位随秦穆公殉葬的良士都复姓子车，应是同一个家族的兄弟，据说三人都为秦国大夫。这三人与其他殉葬者有何不同呢？诗人为何特别哀叹他们呢？后句则是原因所在。"维此奄息，百夫之特。""维"是句首语气词，"此"是代词，"特"是匹配之意。《毛诗》解释此句为"乃特百夫之德"，意指这位子车奄息，他的德行才能匹敌得上百夫，即一百人都比不上他一人。"百"在此是虚数，指众多。诗人用夸张的对比来说明子车奄息的才能品德出类拔萃，在众人之上。

下两章"维此仲行，百夫之防""维此鍼虎，百夫之御"也是相同意涵。"防，当也。言一人可当百夫也。"（朱熹《诗集传》)"防"在此也是匹配、相当之意。"御"在《毛诗》里也解为"当",亦是相当之意。三章此句都在描写这三位子车氏的才能德行出众,是不可多得的人才,可谓是秦人中的佼佼者。他们的殉亡,怎能不叫人扼腕叹息、悲恸不已?

哀痛至极,愿以命抵命

诗歌三章最后两句一模一样,是诗人要着重表达的内容。"临其穴,惴惴其栗。""穴"指墓穴,"惴惴"指人内心极其恐惧的状态,"栗"是战栗发抖之意。诗人站在三位良士殉葬的墓边,想象着他们被埋葬在此,尸骨未寒,内心极度恐惧而瑟瑟发抖。读者也能隐隐感觉到,诗人如此害怕的原因是这三位良士并不是正常死亡,他们绝不是自愿慷慨就义,而是被逼而死。

由此可知,当时秦国的殉葬制度,其本质上就是一场残忍的屠杀。这种残忍达到了一种怎样的程度呢?朱熹在《诗集传》里描述道:"盖生纳之圹中也。"意思是古时殉葬并不是先杀人再埋葬,而是直接将人活埋。如此惨绝人寰,又怎能不让活着的人心生恐惧、不寒而栗呢?"彼苍者天,歼我良人。"此句诗人表达得更加明确了。"歼"是杀害之意。诗人悲哀地感叹道:"啊!苍天啊!为何会允许这样残忍的事情发生呢?秦国的三位贤良之士,就这样被惨无人道地杀害了。"

面对无法改变的悲惨事实,诗人除了向苍天哀叹,别无他法。人已死去,无力回天,但是诗人心中还有着一份不甘,有着一丝让一切重来的愿望。"如可赎兮,人百其身。""赎"是赎命之意。如果真的有机会可以赎回这三位良士的性命,诗人甘愿替他们赴死。死一次还不够,诗人宁愿"人百其身",即使被残忍地杀害百次也在所不惜。"百"在此也是虚数,表示数量众多。《毛诗郑笺》里讲:"谓一身百死犹为之,惜善人之甚。"诗人最后反复强调自己愿死去百次来赎回这三位良人的性命,虽是一种文学上的夸张手法,但读者能从中能体会到诗人内心强烈的悲痛与不舍,以及他对于失去这三位良人的无限惋惜之情。对于当时这种残忍的殉葬制度,诗人表达了极度的不认同,甚至可以说是痛恨至极。

不杀人者得天下

此诗让后世读者看到了当时秦国活人殉葬制度的残忍,也看到了诗人对于三位良士之死的惋惜之情。此外,还有更多值得我们去反思的地方。首先是习俗力量之强大。诗人哀叹这三位良士,但死去的又何止这三人呢?秦穆公去世时,殉葬达一百七十七人之多,剩下的一百多条鲜活的生命,他们难道就不值得同情和哀叹吗?诗人对于三位良士的痛惜之情,也在一定程度上表达了当时民众对于殉葬制度的觉醒。只是这样的觉醒并不彻底,因为他们还没有完全意识到生命本身是平等的,普通人的生命和贤德良士的生命同样珍贵,应该为之惋惜悲痛的远不止这三位良士而已。

另外,我们对于古代统治者的残暴无情也应有更多的思考。秦国的活人殉葬制度是一个非常极端的例子,当时的其他国家虽没有这种制度,但统治者对于生命的践踏摧残也同样体现在其他方面。尤其在春秋战国时期,徭役沉重、战争频繁,许多无辜的生命因此而凋零消逝。《孟子》里有这样一则故事：魏国国君梁襄王问孟子："天下要怎么才能够安定呢？"孟子回答："如果天下统一、没有战乱，就能安定。"梁襄王接着问道："那谁能够统一这个天下呢？"梁襄王言下之意是只有自己才能够一统天下。孟子回答说："不嗜杀人者能一之。"意思是只有不好杀人的国君才能最终统一天下。梁襄王听后忍不住要笑，心想一个不杀人的君王，有谁会臣服于他呢？在那样一个战乱频繁的时代，哪个国家不打战，哪个国君不杀人？孟子的话在他看来只是痴人说梦。

纵观历史的长河，孟子的这句话虽然非常理想主义，却并没有错。秦国虽用武力统一天下，但实施暴政，草菅人命，短短十五年，强大的国家就被各路起义军队推翻了。之后历史上的任何封建王朝也都如此，若君主残暴无度、嗜杀成性，统治都不会长久。所以孟子认为，如果在动乱的时代，真有一位尊重生命、仁厚贤德的君王，那天下百姓就会如潮水一般涌向他，支持他。只可惜在当时，没有一位君王是不杀人的，这是那个时代的悲哀。

反观我们当下的世界，虽然诗歌中的殉葬制度早已不复存在，但很多地方依然有战争，依然有生命被漠视。怎样让世界变得更好，让每一个生命都得到尊重，这样的问题值得每一位内心有良知的人去反思追寻。孟子两千年前的这一句"不杀人者得天下"，不只是美好的理想主义信念，如今也依然具有强烈的现实意义。

晨 风

人间亦自有银河

鴥彼晨风,郁彼北林。未见君子,忧心钦钦。如何如何?忘我实多!
山有苞栎,隰有六驳。未见君子,忧心靡乐。如何如何?忘我实多!
山有苞棣,隰有树檖。未见君子,忧心如醉。如何如何?忘我实多!

猛禽虽强,仍恋故林

历来解读主要认为《晨风》是一首思妇诗,它描写了一位独处家中的妇女思念离家在外的丈夫。

诗歌共三章,先品每章首句。"鴥彼晨风","鴥,疾飞貌"(《毛诗》),即指鸟儿快速飞行之貌。另"鴥"字结构,左为"鸟",右为"穴",故也意指鸟儿回归巢穴之意。"晨风"在此并非指清晨之风,而是指鸟名。"晨风"应作"鷐风",即指鹯鹰。鹯鹰为猛禽,以各类鼠蛇鸟雀为食。"郁彼北林",这疾飞的鹯鹰之所以如此急迫,因为要飞回那郁郁葱葱的北面树林的巢穴之中。"妇人以夫不在,而言鴥彼晨风,则归于郁然之北林矣。"

（朱熹《诗集传》）诗人望着鹬鹰疾飞回巢，不由想到远离家乡的丈夫。鹬鹰本属猛禽，是极为强悍的掠食动物，如此凶猛的鸟类在回归巢穴时也是心急不已，可见其内心也有柔软的一面，有着一份对家的眷恋和依赖。猛禽虽强，仍眷山林，而诗人的丈夫却始终没有回来，难道他不想念家乡、不想念诗人吗？另外，鹬鹰作为猛禽，其形象勇猛、非常男性化，因此诗人的丈夫很可能是当时秦国的一位英勇武士。他离家不归的原因也很可能是为国征战、远赴沙场。

木尽地宜，爱人失所

二章首句"山有苞栎"，"山"指高山，"苞"是丛生之意，"栎"指栎树。诗人的视线由归巢的鹬鹰转移到高山上生长着的茂密栎树。"隰有六驳"，"隰"指低洼之处，"驳，梓榆也，其皮青白如驳"（朱熹《诗集传》）。"驳"在此指梓榆，因为梓榆树的树皮是青白色斑驳相间，故称之为"驳"。"六"在此为虚数，指树木众多。诗人眼中所望，山谷间长满了梓榆。三章此句亦是类似意涵。"山有苞棣，隰有树檖。""棣"和"檖"也都是树名。《毛诗》里解释："棣，唐棣也。檖，赤罗也。"此句指高山上生长着茂密丛生的唐棣树，山谷中生长着众多赤罗树。在此并不需要去了解这些树木本身，诗人描写高山或低谷中生长的各类树木，归根结底是为说明这些树木都生长在最适宜之地。而诗人的丈夫却不在家中，他没有待在本应属于他的地方。诗人望着这些树木，遥想自己的丈夫，又怎能不黯然神伤呢？

时光流逝，耗尽希望

诗歌三章开篇托物起兴，诗人随后便直抒胸臆，表达内心的真实感受。"未见君子，忧心钦钦。"在见不到爱人的日子里，诗人内心充满了忧伤，整个人充满了思念的哀愁，无法解脱。如此忧伤的心绪，随着时间推移不断加重。"钦钦"《毛诗》解为"思望之，心中钦钦然"，表达了一种思念至极的心理状态。次章"忧心靡乐"，"靡乐"指不快乐。从上章的幽思盼望，到次章失去快乐，这是一种随时间推移而产生变化的心理状态。末章"忧心如醉"，"醉"在此并不是指喝醉，而是一种消极、颓废的心理状态。诗人期盼思念丈夫，随着漫长等待，时光一天一天过去，希望也一点一点地失去。起初诗人还有所期待，之后慢慢心灰意冷，人生毫无快乐可言，最后陷入消极颓废的状态之中，就如同喝醉了酒一样，对于生活中的一切都恍恍惚惚、心不在焉，整个生命似乎已失去了意义。

人间亦自有银河

诗歌三章末句重复三次道出诗人内心最深处的独白。"如何如何？"是诗人在心中自问："我该怎么办呢？"面对这份覆水难收的思念之情，诗人不知所措，其中最重要原因是她内心的不确定。丈夫离家在外，杳无音讯，诗人根本无从知晓他的状态。这份不确定最让人煎熬难耐，倒还不如有个确定的答案，让人可以死心。诗人在怀疑焦虑中度过漫长的每一天，她望着空荡荡的房间，望着窗外鸟儿回归山林，望着山谷中自然生长的树木，她最害怕的是什么呢？"忘我实多！"原来诗人害怕丈夫常年在外，早已将自己遗忘，而自己却依然在原地苦苦地等待，期待着丈夫的音讯和归期，这多令人哀伤痛心。

类似此诗这样动人的思念之歌，在《诗经》中有许许多多。虽然后世也有诸多离别相思之作，但《诗经》中的作品最动人之处在于每一首诗歌都真正源自最寻常的百姓人家，道尽古人的离愁之苦。《诗经》里绝大多数的诗歌，我们都不知其作者是谁。我们每每阅读这些诗歌，就如同看到平凡生活中的你、我、他。

清人袁枚有诗云："莫唱当年长恨歌，人间亦自有银河。石壕村里夫妻别，泪比长生殿上多。"意思是当人们一说到离别哀愁，就容易想到类似《长恨歌》这样的作品，容易想到如唐玄宗和杨贵妃这样历史名人间的凄美爱情故事。如果我们可以将目光放到平凡生活之中，看看那些以往不曾注意的寻常人家，其实每天都有无数的相思离别正在发生，有无数的普通人也正在为爱神伤，为爱憔悴。深情属于每一个有血有肉真实的人。此诗也是如此，虽不知诗人是谁，但诗中一字一句所表达的相思离愁之情却真挚而绵长。

康公弃贤

关于此诗，历来还有另一种解读，即认为此诗为"君主弃贤"之作。方玉润在《诗经原始》中讲："男女情与君臣义原本相通，诗既不露其旨，人固难以意测。"他认为此诗虽然字面上像是一首描写男女间思念之情的作品，但作者下笔颇为模棱两可。而男女之情和君臣之义之间本来就有相通之处，所以此诗也可被理解为一位贤能之士心中空有一股炙热的报国热情却被君冷落抛弃,内心哀伤不已而作。诗人借男女之情作讽,表达对于君王不任用贤能之士的不满。

《毛诗》也认为此诗的主旨为:"刺康公也。忘穆公之业,始弃其贤臣焉。"意思是诗人作此诗的目的是为讽刺秦康公。秦康公是秦穆公之子,康公继位后,秦国就慢慢走向衰弱。诗人借此诗中的男女之情讽刺康公不能任用贤才,以至秦国走向衰败。《毛诗》的理解虽能自圆其说,但考察历史,秦康公其实还是一位努力作为的国君。在那个变革的年代,秦国走向衰弱并不完全是秦康公之过错,历史上也没有明确关于秦康公弃用贤能之士的文字记载。我个人认为《毛诗》的理解并不符合诗歌本意。

无 衣

春秋无义战

岂曰无衣?与子同袍。王于兴师,修我戈矛。与子同仇!
岂曰无衣?与子同泽。王于兴师,修我矛戟。与子偕作!
岂曰无衣?与子同裳。王于兴师,修我甲兵。与子偕行!

秦风

军队动员,慷慨激昂

《无衣》是一首慷慨激昂的战歌,秦人的尚武精神在此诗中表露无遗。诗歌主旨非常明了,是一首军队动员歌,目的在于鼓舞秦人踊跃参军,奔赴沙场。

先品每章首句。"岂曰无衣?"开篇是一句强烈的反问,气势激昂。"衣"在此指战服。古代军队作战要统一服装,诗人开篇以这一身英武的戎装起兴。"与子同袍","袍"指罩于上衣外的军袍,类似于斗篷,白天可披在身上防护保暖,夜晚休息时可盖在身上睡觉。诗人慷慨激昂地讲道:"谁说打仗无衣服可穿呢?来!让我们一起穿上这行军的军袍!"次章"岂曰无衣?与子同泽","泽,里衣也。以其亲肤,近于垢泽,故谓之泽。"(朱熹《诗集传》)"泽"与"袍"相对,"袍"指披在外的罩衣,而"泽"指贴身穿的里衣。因为贴身穿,所以会被汗水浸润,故称"泽"。末章"岂曰无衣?与子同裳","裳"指古人下身所穿的裙子,在此指作战时所穿的战裙。

  诗歌三章首句充满雄壮威武之气,字字铿锵有力、斗志昂扬。清代方玉润在《诗经原始》里评价此三句"起极矫健"。一方面,诗人通过语气强烈的反问,描写出秦军战士从里到外穿着同样的军装,精神抖擞一同赶赴战场的画面。另一方面,"与子同"更表达出军队中战士团结一致,携手共进的斗志。士兵们穿着统一军装,如亲兄弟一般携手向前,一同作战杀敌。

礼乐征伐,自天子出

  这首极具煽动力的军队动员战歌究竟为何而作?秦军将士们要面对一场怎样的战争呢?诗人给出了答案,"王于兴师","兴师"是发兵之意,"王"是发动这场战争的人。"王"历来有两种解释,一种认为指秦君,另一种认为指周天子。我个人认为将其解释为周天子更为妥当。《诗经》约成书于春秋时期,那时各诸侯还不自称为"王"。秦君那时称为"公",如秦襄公、秦穆公等。直到战国时期,秦孝公推行"商鞅变法"之后,秦国空前强大。孝公之子嬴驷继位后,在公元前325年才改"公"称"王",即秦惠文王,他是秦国历史上第一位称王的君主,此时离春秋早期已有两三百年。故此诗中的"王"应指周王。

周天子发动的是一场怎样的战争呢？王先谦《诗三家义集疏》解道："秦自襄公以来受平王之命以伐戎，所兴之师，皆为王往也，故曰'王于兴师'。"自从西周被灭后，西周故地长期被犬戎占据。此诗描写的这场战争应是周天子命秦国出兵攻打犬戎之战。另外，诗人着重强调"王于兴师"，不单是要告诉读者这场战争的发起者，更是为说明这场战争的合理性。在周代，并非任何人都有资格发起战争。《论语》讲："天下有道，则礼乐征伐自天子出。"如果天下有道、社会有序，那么所有礼乐的制定和战争都应由周天子做主，普通人或其他贵族都没有资格。擅自制定礼乐、挑起战争者被视为败坏天下大道及社会秩序，这是大逆不道之行径。因此作为一首军队动员战歌，必须要告诉大家这是一场师出有名的战争。既然是周天子号召的正义之战，秦军士兵们当然摩拳擦掌、斗志昂扬。

诗歌接下来讲到"修我戈矛""修我矛戟""修我甲兵"，都是描写战士们准备作战用的兵器。首先，"戈矛"是秦军步兵握在手中近身作战时使用的武器。"戈"是横刃兵器，用于劈杀；"矛"顶端尖锐，用于刺杀。次章"矛戟"，"戟，车戟也，长丈六尺"（朱熹《诗集传》），"矛戟"即指置于战车之上、用于车战的兵器。"戟"的样子类似于"戈""矛"的结合体，它既有横刃，亦有尖刃，可刺可劈。末章"甲兵"是一个总结性的概写。"兵"指兵器，而非士兵之意，"甲兵"即指作战用的所有兵器装备。三章此句先写步兵作战兵器，再写车战所用兵器，最后总写全部兵器，层层递进，可见秦军装备精良、整装待发，对于此战极为重视。

同仇敌忾，勇往直前

作为一首战争动员歌，诗人说明了这场战争由周天子发起，陈述了此战的必要性与合理性，诗歌每章末句从战争的情感基础和战友间的团结协作角度出发，大声地鼓舞士气，将此诗的感染力推至最高潮。

"与子同仇！"是从战争的心理情感层面进行动员。王先谦在《诗三家义集疏》里解释："西戎弑幽王，是与周室诸侯为不共戴天之仇，秦民敌王所忾，故曰'同仇'也。"意思是西戎灭亡西周，所以西戎和周朝之间有不共戴天之仇。秦国作为周天子所封诸侯国，从情感角度来说，西戎也是秦国的仇敌。因此这场战争不单是从形式上响应周天子号召而出兵，从情理上亦是秦人复仇之战。成语"同仇敌忾"的"同仇"就出自此诗。可见诗人善于把握秦人的心理，要团结动员力量奋勇战斗时，一定要让他人感觉到彼此是在同一战壕之中，这样在动员时更具鼓舞力和说服力。有了情感基础后，诗人在后两章又从团队协作的方面做了最后的积极动员。"与子偕作！""与子偕行！""作，起也"（《毛诗》），即振作、起身之意。"行"本意指道路，在此指出发之意。此二句是在号召秦军："来吧！我们一起振作奋起，一同出发上战场！"诗人告诉士兵们，面对这场战争，我们共同进退、团结协作。如果只是让他人上前线而自己在后方，那就起不到鼓舞士气的作用。士兵们会心生质疑："凭什么你不去让我去呢？"诗人在此特意强调大家一同生死，绝不退缩，这样的动员之歌能够给予士兵们极大的信心和力量。

激昂鼓动背后的反思

全诗充满了慷慨激昂的斗志和英武勇敢的精神,可以说是一首军队动员的典范之作。诗人深谙动员的技巧,并没有单纯地喊口号。诗歌内容条理清晰,从道义、情感上说明了战争的合理性和必要性,也反复强调并肩作战的团队精神,读后不禁令人热血沸腾。然而在这首热情昂扬的诗歌的鼓动之下,成千上万的秦国士兵即将踏上残酷的战场。不管动员的歌曲唱得如何热血澎湃,战争本身却是无情的。战场就是生死之地,充满肃杀之气。有多少出征时斗志昂扬的年轻鲜活生命最终将在战火中消逝枯萎?

唐代李华《吊古战场文》中有这样一段话:"苍苍蒸民,谁无父母?提携捧负,畏其不寿。谁无兄弟?如足如手。谁无夫妇?如宾如友。生也何恩,杀之何咎?"这苍天之下的许多青年,他们谁没有父母呢?父母含辛茹苦地养育他们,生怕他们有什么意外。他们谁没有兄弟呢?兄弟间情同手足。谁又没有爱人呢?父母、兄弟、爱人都深深地爱着他们,希望这些年轻人可以好好地活着,没有人愿意他们去战场赴死。如今又为何要将他们推向战场呢?他们杀死敌人,或者被敌人所杀,这是人性中多么大的罪过啊!《老子》讲:"大军之后,必有凶年。"一场战争过后,不单是参与战争的士兵们要面临伤亡,他们背后千千万万的父母、兄弟、爱人也面临着极大的痛楚,这样的时代被称为"凶年",因为所有人都沉浸在悲伤和痛苦之中。孟子也曾说:"春秋无义战。"这是他对春秋时代历史极其深刻的反思。春秋时期,那些看似理由充分的战争,那些表面上极具煽动力的军队动员,其本质难道不都是出自统治者的一己私欲吗？因为一己私欲将如此多的年轻生命推向战场，又何来正义可言呢？

很多时候应战的一方也是迫不得已，就如面对抗日战争的爆发，在这民族存亡的时刻，中华儿女不得不奋起一战。但即便如此，我们依然要看清战争本质的残酷无情。抗日战争爆发之初，上海有一场极其惨烈的淞沪战役。我之前看过一部关于淞沪战役的纪录片，其中有一段至今印象深刻。当时在上海月浦镇，中央军第十四师被日军围攻，战况惨烈。十四师参谋长郭汝瑰在前线战火中给师长写下绝笔信道："我八千健儿于兹殆尽矣。敌攻势未衰，前途难卜。若阵地存在，我当生还晋见钧座；若阵地失，我也就战死疆场，身膏野草，再无见面之期了。他日抗战胜利后，你为世界名将，乘舰过吴淞口时，如有波涛如山，那就是我来见你了。我有两支钢笔，请给我两个弟弟一人一支，我的那只手表就留给妻子方学兰作纪念。"这段话，我一直记得，每次想起都感动不已。当时郭汝瑰写下此信时才三十岁，正值而立之年，是人生中最好的年纪。淞沪战役中，中国军队为了拖住日敌侵略，整整坚持了三个月，前仆后继，伤亡将近三十万人，这些人中很多都只是二十不到的青年人。他们以年轻的血肉之躯慷慨赴死，只为了今天的我们能够生活在和平幸福之中。我们又有什么理由不珍惜现在拥有的美好生活呢？千年后当我们再读《无衣》这样一首慷慨激昂的战歌时，更应该反思的是战争的残酷本质以及安定生活的来之不易。希望所有人都能意识到和平的珍贵，希望永远不会再有这样的战争动员诗歌。

渭 阳

何处肠断,日暮渭阳

我送舅氏,曰至渭阳。何以赠之?路车乘黄。
我送舅氏,悠悠我思。何以赠之?琼瑰玉佩。

秦风

舅甥相别,情真意切

《渭阳》一诗文字极其简短,共两章三十二字,且内容有诸多重复。诗歌主旨明确,是一首描写外甥送别舅舅的诗歌。

开篇首句"我送舅氏"将故事的主人公交代得非常清楚。"我"即诗人,所送之人是诗人的舅舅。"曰至渭阳","渭"指"渭水"。古人"山南水北谓之阳,山北水南谓之阴",故"渭阳"即指渭水北面。诗人一路送舅舅到渭水北岸,面对宽阔的水流,舅舅要过河而去,诗人则在河边与他告别。下章此句"我送舅氏,悠悠我思","悠悠"指人内心忧伤绵长的状态。送君千里终须一别,诗人此刻心中充满了依依不舍之情,他给舅舅送上了离别前的礼物。

"何以赠之?"意为赠送什么礼物呢?"路车乘黄","路车,诸侯之车也;乘黄,四马皆黄也"(朱熹《诗集传》)。路车指当时诸侯贵族所乘马车。这份送别礼物华贵非凡,不单是马车贵重,连拉车的马匹也是上好的骏马。"乘黄"指毛色为纯黄的良马。这份礼物背后的意义也非常明显。古人一般送礼不会送车马,因为其寓意为别离,但此时此刻诗人面对的正是一场真正的别离。他作为晚辈送别其舅,漫漫长路一直送到了渭水河边才将最珍贵的礼物送出。因为舅舅要过河继续远行,车马可以陪伴着他,助他一路平安。

除了车马之外,诗人还有其他用于纪念舅甥深情的礼物。诗歌末句"何以赠之?琼瑰玉佩"。古人间最珍贵的礼物便是玉器,玉石温润秀雅,代表了君子高尚的品德,而且可以随身佩戴。"琼瑰",据马瑞辰在《毛诗传笺通释》中的考证,"琼瑰"通"璚瑰"。"璚"《说文解字》解为"美玉也","琼瑰"即指一种古人随身佩戴的美玉。可见,诗人赠送的礼物是精心准备过的:贵重的车马寓意路途平安顺利,精致温润的玉器表达了君子相惜之情。由此可见舅甥间的情意之深厚。

秦康公与晋文公

诗人赠予舅舅的离别礼物"路车乘黄""琼瑰玉佩"都是极为昂贵的礼物,同时也代表了贵族阶层的身份与品位。路车是当时诸侯等级的贵族才有资格坐的马车,故诗中此舅甥二人的身份并不简单。历来《诗经》解读的共识认为,此诗作者为秦康公,他送别的这位舅舅则是"春秋五霸"之一的晋文公重耳。此诗也不只是一首简单的送别诗,其背后的故事也渐渐浮出水面。秦康公的父亲是大名鼎鼎的秦穆公,也是"春秋五霸"之一。晋文公重耳是晋献公之子。晋献公统治时,晋国遭遇"骊姬之乱",晋国原太子申生自杀,其他几位公子也逃亡国外,重耳就是逃亡的公子之一。因为重耳的姐姐嫁于秦穆公,生秦康公,故重耳是秦康公之舅,他因躲避骊姬之祸逃离晋国,整整流亡十九年。其间去过卫、齐、郑、楚等国,有的国君对他厚礼相待,有的对他冷眼拒绝,可以说尝尽人间冷暖、世态炎凉。最后重耳流亡到秦国,当时秦穆公执政,他对晋文公热情招待、百般照顾。秦、晋都是大国,晋国经历骊姬之乱后动荡不安,秦穆公也想将重耳送回晋国,拥立他为晋君,从而培养一支亲秦的晋国势力,所以就有了此诗所描写的秦康公送别舅舅重耳的故事。"时康公为太子,送之渭阳,而作此诗。"(朱熹《诗集传》)当时秦康公还是秦国太子,他奉父命护送舅舅重耳回晋争夺王位,一路送他到渭水河边,故而作此送别之诗。

多层情感,抽丝剥茧

在这一历史背景之下,看此诗就不再那么简单了。这一场离别背后,诗人内心要表达的情感是多层次的,不仅是舅甥间的离别之情。首先,秦康公作为外甥送别舅舅,舅甥间情义深厚,忧伤不舍,这是此诗最表面的一层情感意涵。其次,《毛诗》讲:"康公念母也。"重耳作为康公母亲之弟,此时秦康公的母亲已经去世,秦康公送别舅舅,离别之际不由自主地想到了自己的母亲,所以此刻他的内心深处也有一份怀念亡母的忧伤。关于这一点,方玉润在《诗经原始》里也讲:"见舅思母,人情之常。"秦康公见到舅舅,尤其在别离之时,想到已故的母亲,自然是人之常情。现代人可能不能完全体会这种心情,亲戚间的情感联络没有古时那般紧密。在古时,血缘亲情关系是中国古人心中根深蒂固的情感纽带,所以历代诸多《诗经》解读都会提及这层"康公见舅思母"的情感内涵。最后,姚际恒在《诗经通论》中认为此诗:"情意悱恻动人,往复寻味,非惟念母,兼有诸舅存亡之感。"重耳此行回晋是为争夺晋国王位,但王位之争并非易事。晋国当时亦有国君晋怀公。重耳回国必然要经历一场你死我活的政治斗争,其中凶险不必多说。故此次别离,秦康公可以说将舅舅送入虎穴,他深深地为舅舅未来的生死存亡担忧。秦穆公安排重耳回国夺取晋国王位,目的是为稳固秦晋两国的关系。当时秦康公不仅对于舅舅个人的生死充满忧虑,更是对未来秦晋两国的关系担忧不已。如果争权失败,两国关系势必恶化。这是诗人在送别之时心中的又一层忧伤之情。

在此诗简单的离愁文字之下,其实细腻交错着诗人诸多层次的情感内涵。一层别舅,二层念母,三层担忧舅舅生死存亡,四层忧心秦晋两国未来关系。如此复杂的情感交织在一起,令诗中描写的离别之情层次丰富,耐人寻味。

渭阳之情,送别之祖

另外,此诗对后世文学的影响也非常之大。方玉润在《诗经原始》中评价此诗道:"诗格老当,情致缠绵,为后世送别之祖,令人想见携手河梁时也。"意思是此诗虽然文字简短,但字字句句恰到好处,将诗人送别时复杂而绵长的情感描写得淋漓尽致。如今品读此诗,好像也能身临其境地见到渭水河边即将离别的舅甥二人,画面感极强,因此此诗也成为后世送别诗之始祖。后世文学中,"渭阳"一词也用以表达眷恋不舍的离别之情。如杜甫诗句"寒空巫峡曙,落日渭阳明",元稹诗句"别时何处最肠断,日暮渭阳驱马行"中的"渭阳",都典出此诗,以表达离别愁绪,可见此诗对后世文学影响之深远。

权　舆

君子食无求饱，居无求安

於，我乎！夏屋渠渠，今也每食无余。于嗟乎！不承权舆！
於，我乎！每食四簋，今也每食不饱。于嗟乎！不承权舆！

今不比昔，哀叹不已

《权舆》一诗共两章，内容上是作者自言自语的哀叹之作。诗歌文字虽然简单，细细品读后可体悟出极为深刻的内涵。

先品两章前两句。"於，我乎！"诗人道出一句发自内心的哀叹，如此突然，令读者猝不及防。"於"是表示感叹的叹词，类似于"哎"。诗人苦苦哀叹："哎！我呀！"哀叹后，诗人自言自语地道出内心的伤感所在。

"夏屋渠渠"历来有两种解释，最常见的解读认为"夏"意为大，"屋"指房屋，"渠渠"指众多、深广之貌，此句意为诗人过去曾住在高大深广的房屋之内，生活优渥。另外，马瑞辰在《毛诗传笺通释》里考证"屋"通"握"，指盛放食物的器具。

他认为："夏屋渠渠，正状其礼食大具之盛。"故此句是诗人感叹曾经吃饭时，桌面上摆放着各种食器，场面盛大，也说明了诗人以前是物质生活丰裕的贵族。"今也每食无余"，如今每顿饭连一点剩余都没有。可见诗人的生活今不如昔，曾经满桌的美食佳肴，如今每餐吃得一干二净。二章此句"每食四簋，今也每食不饱"也是类似意涵。"簋"是古代用于盛放主食的器皿。《毛诗》解释："四簋，黍、稷、稻、粱。"古人之所以要放这么多不同种类的主食在饭桌上，更多是表现出贵族的排场。"四簋"也从侧面反映出诗人原来的贵族身份。周代贵族吃饭所用餐具在数量上有严格礼仪规范。一般簋和鼎搭配使用，周天子用食九鼎八簋，诸侯七鼎六簋，卿大夫五鼎四簋。诗中讲到"四簋"，说明诗人原来可能是一位卿大夫级别的贵族。如今却"每食不饱"，连饭都吃不饱。诗人自怜自叹，曾经富足无忧的贵族生活与当下食不果腹的悲惨境遇形成鲜明对比。

没落贵族子弟的哀叹

诗歌两章末句一模一样，是诗人内心反复哀叹的重点所在。"于嗟乎"又是一句哀叹。"于"通"吁"，"于嗟乎"三个感叹词连用，表达了诗人内心最深的哀叹。"不承权舆"，马瑞辰在《毛诗传笺通释》中考证"权舆"通"虇蕍"，认为"虇蕍本蒹葭始生之称，因而凡草之始生通曰权舆"。"虇蕍"本指芦苇等植物初生时生机勃勃之貌，在此引申指代一切事物最初时的美好状态。"不承权舆"是诗人哀叹自己没有能够继承当初的贵族身份，那些曾经的荣华富贵、衣食无忧如今已烟消云散、不复存在。

"权舆"在此用得极为贴切，因为"权舆"本指草木初生时的生机勃勃，但植物有生命期限，初生时虽郁郁葱葱，但终究会慢慢枯萎凋零。诗人的处境也是如此，曾经生活富庶就如初生草木一般充满生机，而如今窘迫不堪就如凋零枯萎的野草。诗人真正哀叹的是自己未能继承贵族的身份地位，哀叹荣华富贵、物质生活的丧失，所以诗人应是一位春秋时期秦国的没落贵族。

此诗则是一首没落贵族忧伤不已的哀叹之作。至于当时贵族没落的原因，之前的《诗经》篇目也有所提及。春秋时期是一个社会大变革时期，原本上千年稳固不变的贵族体系开始动摇崩塌，新兴贵族阶层不断兴起。许多曾经处于社会底层的人们用强硬武力或智慧谋略获得新的权力，有的甚至登上权力制高点。这一现象在当时的秦国尤为突出。秦国地处偏远西陲，受中原文化影响不深，所以稳定的贵族体系在此更容易被打破。秦国春秋战国时期最有名的两位宰相百里奚和商鞅，原本身份都极为低微，但他们通过自己的智慧谋略博得秦王青睐，最终成为一国宰相。既然有新兴贵族不断涌现，也必然会有老贵族的没落。此诗作者就是这样一位没落的老贵族，他没能继承最初的贵族身份，生活慢慢走向绝境，心中悲伤却又无能为力。

没落真相的反思

虽然那是一个大变革的时代，但也不是所有老贵族都走向没落。诗人为何会走到这般田地呢？我们虽然不了解诗人究竟遭遇了什么？但从他哀叹的内容中，也或多或少能猜到原因所在。诗人从头至尾叹息的只是不能住得好、不能吃得饱、不能永远继承享受贵族的荣华富贵。这样的追求是极为肤浅空洞的，诗人心中只知道安乐享受，毫无任何更高层次的精神追求。在那个变革的时代，活该被淘汰，并走上下坡路。

　　一个人不管其原来的身份如何，若要做到始终不被社会和时代淘汰，应该如何去做呢？《论语》记载孔子对其弟子颜回的赞扬："贤哉，回也！一箪食，一瓢饮，在陋巷，人不堪其忧，回也不改其乐。贤哉，回也！"意思是颜回的品质非常优秀高尚。他平日生活朴素，饮食只是一碗饭、一瓢水这样的粗茶淡饭，居所是极其简陋的小屋。普通人无法忍受这样的困苦，而颜回非但不在意生活简陋，还在这样朴素的生活状态中依然不改他求学的乐趣。这才是君子真正该有的状态。当然并不是说每个人都要刻意去过苦行僧的生活，不管富庶或是贫困，一位真正有为的君子都不会将物质享受看得最为重要，而是具有更高的理想追求和好学之心，不断丰富自己，让自己变成内在更有力量之人。如此才能对社会和他人展现其价值所在，才能安处于时代之中不被淘汰。若只是一味贪图物质享受，就算有万贯家财，总有消耗殆尽、走向衰败的一天。孔子说："君子食无求饱，居无求安。"物质享受对君子来说并不重要，有固然是好，没有也不妨碍君子热情好学的品质及对精神丰富的高尚追求。这也是此诗千年之后所带给我们的反思与收获。

陈风

宛丘（一）

诸夏之南，原始感性

子之汤兮，宛丘之上兮。洵有情兮，而无望兮。
坎其击鼓，宛丘之下。无冬无夏，值其鹭羽。
坎其击缶，宛丘之道。无冬无夏，值其鹭翿。

伏羲之墟，舜帝之后

"陈，国名，太昊伏羲氏之墟。"（朱熹《诗集传》）陈国所在之地，在今河南淮阳、柘城和亳州一带，传说最早是伏羲氏故地。伏羲是中国传说中的"三皇"之一，据说"八卦"即由伏羲发明。陈国地处黄河以南，地理位置相较其他中原诸侯国更靠近南方。关于陈国的建立，《史记·陈杞世家》中有所记载："周武王克殷纣，乃复求舜后，得妫满，封之于陈，以奉帝舜祀，是为胡公。"武王伐纣灭商，建立周王朝，他找寻到舜帝后代妫满，封其于陈地为诸侯，所以陈国并非周王室同姓诸侯，为妫姓。"妫"是一个古老的姓氏，上古姓氏多为女字旁，包括"姓"本身也是女字旁，这与上古母系社会有密切关联。据说上古时，尧帝十分欣赏舜的才干，将自己的两位女儿娥皇、女英嫁给舜，并让舜居住到妫水边，故舜及其部分后代以"妫"为姓。可见陈国虽是地处南方的小国，但背景并不普通，丝毫不逊于其他中原大国。

诸夏之南，原始感性

如果要用一句话形容《陈风》诗歌的特点，那就是其展现出了南方民俗的原始与感性。在春秋时期，发展较快、文化经济较发达的中原大国都地处黄河流域中下游，地理位置上靠近北方。当时古人开始拨开原始的蒙昧，扬起理性主义的思潮，先秦诸子百家的代表人物大多也都在北方中原各诸侯国中诞生。南方国家相对原始落后，当时被称为"南蛮"，不被中原各国所认可。如南方楚国，虽然战国时期屈原创作了《楚辞》这样的文学作品，但是将《楚辞》与《诗经》比较阅读，就会发现：《诗经》作为主要产生于中原发达地区的诗歌集，其文字理性，富有条理，逻辑清晰；而《楚辞》作为产生于南方的文学类型，其内容则充满了浪漫和激情，保留着那份远古的神话与幻想，极富感性气息。这就是古代中国南北文化精神上最大的差异所在。

陈国地处诸夏之南，与吴楚之地为邻，在地域文化上深受南方文化的影响与浸染。《汉书·地理志》中记载："陈本太昊之墟，周武王封舜后妫满于陈，是为胡公，妻以元女大姬，妇人尊贵，好祭祀，用史巫，故其俗好巫鬼者也。"陈国第一任国君名为胡公，周武王将女儿大姬嫁于胡公为陈国王后。大姬尤其热衷祭祀巫术，导致当时举国巫术盛行，这也慢慢成为陈国的民间风俗。

巫术在远古时代就长期伴随着人类生活而存在，是原始社会人类生活方式的残留。原始巫术与现代宗教不同。远古时代的巫术活动是完全感性的，是尚未开化的原始人类表达内心炽热情绪的方式之一。远古巫术活动并非不是一群人的盘坐冥想，而是表现得极其活跃。人们载歌载舞，口中念念有词，陷入一种神秘迷狂的非理性状态。中国国家博物馆藏有青海出土的新石器时代"舞蹈纹彩陶盆"，盆内侧生动描画了先民们手拉手、步调一致踩着节拍翩翩起舞的场景，这是古人从事原始巫术活动的真实写照。古人的巫术礼仪与原始歌舞之间密不可分。《说文解字》中解"巫"为："祝也。女能事无形，以舞降神者也。象人两褎舞形。"意指"巫"是古时向神祝祷之人，他们侍奉无形奥秘的事物，用魅力歌舞使神灵降临现场。"巫"从词源上看是象形字，就如一人挥动两袖起舞之状。

随着人类智力开化，逐步走向理性，这种原始混沌的巫术活动也慢慢趋于理性化，其在人类生活中的重要性也逐渐降低。先秦时期，中原发达诸侯国出现了一大批先哲，他们运用理性，不断创造，逐步摆脱了原始宗教和巫术的束缚，改变了整个时代的气息。相比之下，地处南方的陈国在文化上相对落后，且又处伏羲故地，作为舜帝后裔的陈人骨子里有着一份远古基因。《陈风》亦是如此，其中不乏巫术活动、原始情愫的描写，这些都反映了当时陈国民俗中的原始与感性。

首章论点鲜明

首篇《宛丘》共三章。关于此诗主旨，历来争议较大。先品诗歌首章。"子之汤兮","汤"鲁诗作"荡","荡"本意为摇摆、不稳定之意,历来解释多认为"汤"在此引申为人摇摆舞动的状态。"宛丘之上兮","宛丘"历来有两种解释,一说是陈国地名,另一种是朱熹在《诗集传》中的解释,"四方高,中央下,曰宛丘",即认为"宛丘"指四处高起、中间低洼的土丘。诗歌首句是一个文学场景的描写:有人在宛丘之上游荡舞蹈。后一句是全诗主旨:"洵有情兮,而无望兮。"这是诗人对前一句描写场景的评论。"洵"是确实之意,"洵有情兮"意指那在宛丘之上摇摆舞动的舞者确实表达出了其内心的情感,是一种释放情绪的快乐舞动。诗人下半句忽然用"而"表示转折,"无望"指毫无希望之意。"而无望兮"指那些人虽然快乐陶醉,但事实上却毫无希望可言。

  诗歌首章先描述一个场景,再表达了诗人对这一场景的评价。这样的诗歌开篇在之前的《诗经》篇目中比较少见。以往《国风》诗歌大多以"托物起兴"开篇,诗人再借以抒发内心情感。此诗像是一篇短小的议论文,诗人先抛出自己的论点,如此一来,就令读者极为困惑。宛丘之上的舞者是谁?他们为何摇摆舞动?诗人为何评价这是毫无希望之举呢?在接下来的两章中,诗人便道出了其中的缘由。

宛丘(二)

敬鬼神而远之

无冬无夏,歌舞宛丘

诗歌后两章,"坎其击鼓","坎其"《毛诗》解"坎坎,击鼓声",即象声词,表示敲击、击打之声。"鼓"和"缶"都是古代打击乐器,"鼓"是木质圆筒,两面用皮革蒙上,可敲击出声。"缶"是瓦罐,其内部空心,亦可敲击发出清脆响声。诗人继续详细描述眼前所见,人们在"宛丘之下""宛丘之道"敲鼓击缶,真是一派纵情愉悦的景象。不单是偶尔如此,而是"无冬无夏",意为不分四季,不分冬夏,在宛丘之地纵情舞蹈、击鼓击缶的场景每天都在上演。"值其鹭羽"是对舞蹈细节的描写,"值"是持、戴之意。"鹭"指白鹭,是一种全身雪白的水鸟,"鹭羽"即指白鹭的羽毛。那些击鼓舞蹈的人们手握白鹭羽毛装饰的道具,翩翩起舞。末句"值其鹭翿"也是相同涵义。"翿"指古人舞蹈时用鸟类羽毛制成的道具,"鹭翿"在此亦指由白鹭羽毛制成的歌舞道具。

官方巫术活动

诗歌后两章,诗人完全采用一种文学上的白描手法,描写一群在宛丘之地日复一日击鼓舞蹈的人,没有明显的情感表达。诗人在首章已明确抛出论点,故后两章的内容是诗人用事实陈述来支撑论点。

诗人"洵有情兮,而无望兮"的论点和后两章的内容有何内在关联呢?首先要了解这群宛丘之地的人们究竟在做什么。马瑞辰在《毛诗传笺通释》里解释:"此诗击鼓缶,舞鹭羽,正事巫歌舞之事。"意指诗中描写的击鼓击缶、手执鹭羽舞蹈的画面是古代巫术活动中的歌舞场景。虽然是巫术活动,但从使用的道具可以看出,这并非民间自由散乱的活动,而是有一定组织规模的官方巫术活动。鼓、缶之类的打击乐器,鹭羽之类精致的舞蹈道具都不是寻常百姓所能拥有的。

在远古时期,每个人都可进行各种形式的巫术活动,人人家里都有巫师,都可自诩得到上天的旨意。随着人类社会的发展,尤其在王权统治、阶级分层的社会形成之后,巫术活动就慢慢成为统治者的特权。

《尚书》记载颛顼帝:"乃命重黎,绝地天通。"颛顼帝命重、黎二人作为专门的神职人员,所有巫术祭祀活动都要经此二人才能进行。重、黎作为官方神职人员,断绝了普通百姓个人的祭祀活动。从此,普通人不再被允许私自进行巫术活动,更不能代表上天传达任何旨意。通神的权力只属于统治者,只有统治者任命的神职人员才能与上天沟通,进行合法的巫术活动。

千百年来,古代皇帝都自称"天子",用以说明他是上天的合法继承人,这其实是古代统治者对于神权垄断的表现。此诗描写的道具统一、有组织规模的巫术舞蹈活动,正是一场当时陈国统治者举办的官方巫术活动。

讽刺官方巫术活动泛滥

当时陈国巫术盛行，从统治者到民间都流行各种巫术活动。古人热衷巫术也可理解，但陈国却有些过头。诗歌里称其"无冬无夏"，意指陈国官方的巫术活动一年到头没有停歇，这便说明统治者真的是不务正事，整天沉迷巫事。读者也就能明白诗歌首章所讲的"洵有情兮，而无望兮"。

方玉润在《诗经原始》里讲："故过宛丘下者，相与指而诮曰：子之游荡，洵足为乐，奈失仪何？其何以为民望乎？"诗人必是经过宛丘之地，望见宛丘之上官方巫术活动毫无节制，不由讥讽统治者若如此沉迷下去，国家将毫无希望可言。

孔子曾讲："务民之义，敬鬼神而远之，可谓知也。"一位有智慧的统治者应脚踏实地做有利于人民的事，对于鬼神应保持敬畏之心，切不可沉迷于各类虚无缥缈的巫事活动。只有把心思都用在务实之处，国家才会强大，人民才会幸福，统治才会稳固。

爱而不得的爱情诗

另外，历来还有解读认为这并不是一首讽刺陈国官方巫术活动的泛滥之作，而是一首爱情诗。这种解读认为诗人爱上了一位在宛丘之上舞蹈的巫师，被她翩翩起舞的优雅之美所吸引，为其倾倒。可惜诗人只是一位平凡百姓，而当时巫师大多是神职人员，身份高贵。如此身份上的悬殊差异，令诗人虽心中有爱，却爱而不得，所以他说："洵有情兮，而无望兮"，意指虽然心中对舞者有爱慕之情，但他们之间的感情却因彼此身份地位之悬殊而毫无希望。

　　此爱情诗的角度亦可以讲通，但也有一些不妥之处。诗歌后两章描写的在宛丘之上击鼓击缶、纵情舞蹈的人们，看起来应不止一人。诗人既然钟情于一人，为何不单描写此人呢？另外，"无冬无夏"是表达巫术活动持续时间之长，这与表达爱情也无明显关联，而理解为诗人对这没日没夜巫术活动的讥讽埋怨之情则合情合理，所以此诗更有可能是一首讽刺诗。

陈风

东门之枌

上为之,下效之

东门之枌,宛丘之栩。子仲之子,婆娑其下。
穀旦于差,南方之原。不绩其麻,市也婆娑。
穀旦于逝,越以鬷迈。视尔如荍,贻我握椒。

从官方到民间

《东门之枌》也是一首以陈国盛行的巫术活动为背景的文学作品。在《宛丘》一诗中,我们已了解到当时陈国统治者热衷巫术歌舞。《宛丘》描写的是陈国官方巫术歌舞活动,参加人员整齐划一地使用乐器和歌舞道具,此诗则有所不同,描写的是当时民间百姓参与巫术歌舞活动的场面,表现了陈国平凡百姓的感性与快乐,甚至还掺入了爱情的气息。

先读诗歌首章。"东门之枌,宛丘之栩。"诗歌开篇即交代了地点背景。"东门"指陈国东城门。"宛丘"指陈国官方巫术活动之地,它在位置上应在东门附近。宛丘之地长年累月都有官方巫术活动，那一定也是民间百姓，尤其青年男女经常聚会娱乐的热闹场所。民间百姓并非专业巫师或舞者，所以他们聚集之地是在"东门之枌，宛丘之栩"。"枌"指白榆树，"栩"指栎树。此句意为在东门、宛丘四周的白榆、栎树边、树荫下，聚集了许多参与活动的陈国百姓。他们快乐聚会，饶有兴致地观赏着宛丘之上的巫术歌舞，如同过着盛大节日一般。

"子仲之子，婆娑其下。""子仲"是当时陈国姓氏，据说是陈国大夫级别贵族之姓。这样的解释确有可能，因为能够去参与东门聚会的基本也是一些贵族子弟，社会底层的百姓忙于养家糊口，不可能有闲暇去参加这样的活动。"子"在此指这些聚会青年中的女孩子们，因为后一句写道"婆娑其下"，"婆娑，舞也"（《毛诗》），即指跳舞时旋转摇摆之态。"婆娑"都是女字底，所以一般是指女子舞蹈。

诗歌首章是一个文学上的大全景，读者看到了一个完整的画面：在陈国东门边的宛丘之地，官方巫术歌舞活动正在举行，陈国民间的青年贵族子弟们也都热热闹闹地在那里的树荫下聚会玩乐，女生们自由快乐地在树下翩翩起舞。男生们可能正在打着节拍或唱着优美的曲调配合女生。朱熹在《诗集传》中讲，"此男女聚会歌舞，而赋其事以相乐也"，认为此诗描写的内容是当时民间青年男女聚会歌舞的欢乐场面，那热闹的气氛、生动画面跃然纸上。

放下工作，歌舞相乐

诗歌次章将文学镜头切换到陈国其他地方的民间百姓生活。

"穀旦于差"，"穀旦，犹言良辰也"（王先谦《诗三家义集疏》），"穀旦"即指良辰吉日之意。"于差"历来有诸多不同解释，有说"差"是挑选之意，此句意为挑一个好日子，但我并不赞同此解。三家诗韩诗中"差"作"嗟"，"于差"连用应通"吁嗟"，但在此并非通常所理解的发声叹息之意。马瑞辰在《毛诗传笺通释》解释，"此诗于差即吁嗟，古者巫之事神，必吁嗟以请"，意思是"于差"通"吁嗟"并有所特指，指古人从事巫术活动时口中念念有词，类似祷告祈求之声。"穀旦于差"在此并未离开巫术活动的故事背景，但是地点却有所转换，换到了"南方之原"，即地处南边的高原之上。原来除在东门、宛丘这样官方活动场所之外，在南方高原之上也有许多人聚集进行巫术歌舞活动，而且口中都念念有词，出声祷告。

南方高原地处城外，诗人接着又将文学镜头一转，将视线回转到城邑之内、闹市之中。"不绩其麻，市也婆娑。""绩麻"指纺织麻布，"绩麻者，妇人之事也"（《毛诗郑笺》）。此句是指城中妇女们也都不工作织布，而是聚集在闹市之中婆娑起舞。不论是在东门、宛丘等官方场地，还是城外空旷的南方高原或城内闹市之中，百姓们都在热烈聚会活动。这已不是所谓的巫术活动了，完全就是一幅全城狂欢、歌舞升平的景象。

青年同行，收获爱情

诗歌前两章，诗人通过几个不同文学镜头的切换描写了当时陈国巫术盛行的场景。百姓们尤其是青年男女看似在参加巫术活动，但醉翁之意不在酒，巫术活动只是当时男女聚会歌舞的由头,通过这样的活动,青年男女们都希望能遇见自己心仪的对象。诗歌末章,诗人就描写了这场聚会背后的爱情故事。

"榖旦于逝","于逝,犹吁嗟也。逝、噬古通用。亦巫歌呼以事神耳。"(马瑞辰《毛诗传笺通释》)"逝"通"噬",也是表示感叹的语气词,古时与"嗟"通用。"于逝"在此同样表示从事巫事时的祷告祈求之声。"越以鬷迈","鬷"是众多之意,"迈"是行走之意。《毛诗郑笺》解释此句为:"于是以总行,欲男女合行。"在这样一个好日子里,众多男女青年一同出行、聚会舞蹈、吁嗟祈祷,共同参与到巫术活动之中。这场青年们的聚会最终也让他们收获渴望已久的爱情。

诗歌末句道出了男女间互相充满爱意的表达。"视尔如荍","荍"指锦葵,锦葵花为粉色,非常美丽鲜艳。此句是男生在向女生表述衷肠,称对方在自己眼中就像鲜艳动人的锦葵花一般迷人美丽。女生也有所表示,"贻我握椒","椒"指花椒,"握椒"指女生握在手中成把的花椒,"贻"为赠送之意。女生的表达相对含蓄,作为对男生大胆直白情话的回应,她将自己手中握着的花椒赠予对方,表示接受这份甜蜜的表白。选择赠送花椒也与巫术活动有关。花椒香气浓郁,故古人在巫术祭祀活动中常用花椒供奉神灵。诗歌在此收尾,读者看到在这样一场全民参与的巫术活动中,男女之间的爱情也借着聚会悄然发生。

上为之,下效之

古人热衷巫事可以理解,男女之间萌生爱意也的确美好,但是对于陈国当时人人狂热参与巫术活动这样的社会状态,却值得我们反思。尤其诗人在诗中提到"不绩其麻,市也婆娑",百姓都已经不再工作,他们不务正业,天天迷恋巫事,借机聚会狂欢。如此社会状态一定是不健康的,秩序也是混乱至极。

造成如此社会风气的原因从前面的《宛丘》一诗中就能找到。中国有句古话:"上为之,下效之",统治者、管理者这样的在上之人,他们怎么说怎么做,下面的人就会学习效仿,这是一种示范效应。既然统治者都处于如此迷狂的状态之中,可想而知百姓又怎会不跟风学样呢?

汉儒王符在《潜夫论》中评价此诗道:"今多不修中馈,休其蚕织,而起学巫祝,鼓舞事神,以欺诬细民,荧惑百姓。"意思是当时陈国百姓都被统治者迷狂的巫术活动所感染,女人不养蚕织布,男人不务农耕种,全都沉迷于巫师歌舞狂欢,这是统治者在荧惑百姓,必将令整个社会走向混乱。

孔子讲:"政者,正也。子帅以正,孰敢不正。""政"有匡正之意,所谓为政之道就要求统治者要用自己的行动表率去匡正百姓行为,只要统治者行得正,成为示范楷模,百姓自然也会效仿跟从。这样的道理不论是大到社会治理、小到团队合作都可适用。这也正是千年之后此诗给予我们的现实意义与深刻启示。

衡 门

君子之志，小人之求

衡门之下，可以栖迟。泌之洋洋，可以乐饥。
岂其食鱼，必河之鲂？岂其取妻，必齐之姜？
岂其食鱼，必河之鲤？岂其取妻，必宋之子？

陈风

屋陋食简，自乐无求

《衡门》一诗内容非常有趣，值得细细品读。关于诗歌的主旨历来有诸多不同解读，有些解读甚至完全对立。

诗歌共三章，先品首章。"衡门之下"，"衡"通"横"，"门之深者有阿塾堂宇，此惟横木为之，言其浅也"（孔颖达）。古人的门，尤其古代贵族家的门是一种身份的象征，往往装饰非常奢华。门的侧面有空间称"塾"，门上屋檐也装饰华丽，屋檐下空间很大称为"宇"，有些门的屋檐下还有精美的装饰，如中国古代建筑中非常有名的垂花门就是如此。发展到后来，贵族人家不止有一扇门，俗话说"大门不出，二门不迈"就反映了贵族人家门庭之深。此诗中所讲的"横门"指的就是用一块简陋横木做的门,这说明了诗人所居住的房屋非常简陋,连一扇像样的门都没有。

"可以栖迟","栖迟"是休息之意。此句是指尽管诗人居住简陋,只有一扇破破的横木板作为房门,但他依然可栖身居住。所谓"广厦千间,夜眠八尺",屋子再豪华,庭院再深广,房间再多,一人所占也不过几尺之地,睡卧休息也不过八尺之床。由此可见,诗人是一位不在意物质享受的君子,其精神境界颇高。

"泌之洋洋","泌"是陈国水名。"洋洋"指水流盛大之貌。可能诗人所住之处在泌水河边,他望着门前宽广的泌水说道:"可以乐饥。""乐"三家诗鲁诗、韩诗都作"疗"。"乐饥"即指充饥之意。诗人说:"虽然我家没有广阔的田地,也没有牛羊粮食,但哪怕喝一喝门前这宽广的泌水清流,倒也就能充饥饱足。"当然这是夸张的说法,诗人表达了自己对物质生活的不屑一顾,粗茶淡饭就得以满足。诗人住得简陋、吃得粗鄙,却依然怡然自得。因此历来有解释认为这是一首描写贤者安贫寡欲的诗歌。

方玉润在《诗经原始》里解此诗为"贤者自乐而无求也",认为诗人是一位隐居贤者,他生活朴素却依然知足常乐,对于物质生活无过多追求,清心寡欲,怡然自得。

选择的自由

诗歌后两章在文字上对仗重复,是诗人要反复强调的内容。"岂其食鱼,必河之鲂?"这是诗人的反问:"难道说吃鱼,就一定要吃鲂鱼吗?""鲂"指鳊鱼。下章此句也是相同涵义。"岂其食鱼,必河之鲤?""鲤"指鲤鱼。鳊鱼和鲤鱼都因肉质鲜美而被古人认为是最上等的佳肴。成语"洛鲤伊鲂"就是指在古人眼中,洛河的鲤鱼和伊河的鲂鱼都是世间美味,这一成语现在被用来比喻珍馐佳肴。诗人在此提到这两种鱼,是在进一步表达自己对于物质享受的不屑。

诗歌后两章末句"岂其取妻,必齐之姜""岂其取妻,必宋之子"。"姜"是齐国姓氏。"子"是宋国姓氏。诗人讲道:"谁说娶妻一定要娶齐国和宋国的女子呢?"因为齐国姜姓和宋国子姓在当时都是贵族身份的象征,诗人言下之意就是娶妻未必非要娶身份尊贵的女子,哪怕爱人身份平凡也能一起过上幸福的生活。

诗歌后两章,诗人传达了一种对于选择不同生活的自由。在那个时代,大多数人都认为鳊鱼和鲤鱼是餐桌上最美味的佳肴,齐国和宋国的女子是最好的娶妻选择,但诗人却认为未必如此。这也是他对于诗歌首章中朴素寡欲之乐的一个细节补充。

"酸葡萄"精神胜利法

此诗历来有不同解读。一种常见的解读认为诗人是一位无欲无求、清心寡欲的贤者,他借用诗歌来表达自己对物质享受的不屑。另一种是截然不同的看法,郭沫若先生在《中国古代社会研究》中评价此诗道:"这首诗也是一位饿饭的落魄贵族作的。他食鱼本来有吃河鲂河鲤的资格,但是贫穷了,吃不起了。他娶妻本来有娶齐姜宋子的资格,但是贫穷了,娶不起了。娶不起、吃不起,偏偏要说两句漂亮话,这正是破落贵族的根性。"

这一段评论也分析得很有道理。诗人真实的内心态度非常值得揣摩。他在首章已经表达出自己对于物质享受无欲无求的状态，如果一个人对于物质生活没有特别追求，那应该更注重如道义、理想之类的精神追求。但诗歌后两章，诗人非但没有对精神追求加以描写，反而进一步描写了物质追求的细节。如果真的不在意就不会去细说，说得越详细，反而越是显得很在意。诗歌后两章有越描越黑、又酸又怨之感。可能诗人真的是一位没落贵族，原本可以吃得上鲤鱼、鳊鱼，也可有资格娶宋齐女子，而如今身份没落，再也得不到这些贵族待遇，故而心中失落。不过虽已没落还依然有那份贵族气，故意摆出一副安贫乐道之态。

这种心态在心理学上称为"酸葡萄心理"，即吃不到葡萄说葡萄酸，通常是指一个人因自己能力不够，而无法取得某样东西时，就对其加以贬抑打击，聊以自慰。这种精神胜利法实在是自欺欺人，令人感到悲哀。

君子之志，小人之求

此外，诗人通篇都在强调自己不在意物质生活，却只字未提自己的追求和志向。一个人的志向就是他内心最想追求的东西，《论语》里孔子曾几次谈到过自己的志向。他说："吾十有五而志于学。"在十五岁时，孔子就立志于学习，想让自己变得博学丰富。还有一次，他和几个学生说："老者安之，朋友信之，少者怀之。"这是孔子成年后追求的理想，他希望有一天所有人在晚年都能安享幸福，朋友之间都能相互信任，年轻子弟们都能怀有远大理想，这是他关于美好社会的志向与理想，他的确一生都在为此努力奋斗。

　　反观此诗,诗人从头至尾都没有说明自己的志向为何,只是在故作清心寡欲地批判物质生活,反复强调对于物质生活的不屑。如此反复强调,可谓此地无银三百两。一个人的志向能体现其内心格局与未来发展,心中到底是有着一番君子的鸿鹄之志,还是只有小人长戚戚的物质追求,就决定了他将成为一个怎样的人。这番对于"君子之志,小人之求"的反思也是此诗带给我们更深一层的人生启迪。

陈风

东门之池

人之相知，贵在知心

东门之池，可以沤麻。彼美淑姬，可与晤歌。
东门之池，可以沤纻。彼美淑姬，可与晤语。
东门之池，可以沤菅。彼美淑姬，可与晤言。

陈风

劳作平凡，质朴歌谣

《东门之池》一诗非常单纯朴实，是一首劳作男女青年之间传唱的恋歌。诗歌共三章，一唱三叹，细细品味便可体会到这简单质朴文字彰显出来的隽永悠长的深意。

先看诗歌三章首句。"东门之池"，"东门"指陈国都城东门。"池"，马瑞辰在《毛诗传笺通释》里解释："古者有城必有池，池皆设于城外，所以护城。"古人城市周围有水池，也就是护城河，在战争时可以保护城市不被敌人攻击。古人有城必有池，所以古时城市也叫"城池"。因此"池"即指护城河。护城河在战争时候能起到阻挡敌人保护城市之用，在平时也可有其他用途。

"可以沤麻","沤"指用水长时间浸泡之意。"麻"是一种植物,其茎经长时间浸泡,可剥去表面物质得到柔韧耐磨的纤维,这种纤维可用来织布做衣。诗歌后两章此句也是类似含义。次章"可以沤纻","纻"指苎麻,也是一种麻类植物,浸泡后亦可得纤维织布做衣。末章"可以沤菅","菅"是一种类似白茅的植物,其茎部有细长柔韧的纤维,可用于制作绳索。

诗歌三章首句是当时陈国普通百姓劳作的场景,因织布做衣通常是妇女的工作,所以在此描写的应是在东门外劳作的勤劳女子。日常劳作虽然艰辛,但劳动人民是最美的。妇女们纤细的双手浸泡在东门外的池水之中,她们制麻织布,画面单纯平凡而美丽至极。

对歌密语,甜蜜爱情

不单读者被诗歌中平凡劳作的女子们所打动,当时的许多青年男子也对她们心生爱意。诗歌三章后一句就是关于美好爱情的内容描写。"彼美淑姬","淑"是贤淑、善美之意。"姬"是当时周朝姓氏。闻一多在《风诗类钞》中解释:"姬姜二姓是当时最上层的贵族,二姓的女子必最美丽而华贵,所以诗人称美女为淑姬、孟姜。"东门外劳作的女子们虽来自平凡人家,是社会底层的寻常百姓,但在诗人的眼中她们丝毫不比那些姬姓、姜姓的贵族女子逊色,所谓"情人眼中出西施"。

"可与晤歌","晤,犹对也"(《毛诗郑笺》),是相互之意。"晤歌"即两人互相对歌。诗人愿与美丽动人的姑娘一同歌唱,你一句,我一句,一应一答,互相表达爱意的同时也能够舒缓劳作的艰辛。后两章此句"可与晤语""可与晤言"意思也是相互接近，除了对歌之外，还能一起互诉衷肠。这样一来，美好的爱情就自然地发生了。

脉脉细语，柔美深情

此诗描绘了东门外青年男女在辛勤劳作之余，互相对歌细语，含情脉脉的爱情画面。历来对此诗有诸多不同理解。如方玉润在《诗经原始》中评价此诗道："然其辞意浅率，终非佳构，不必再多烦多辩已。"即认为此诗言辞实在过于浅显，并不能称为佳作，故也没有品读之必要。现在许多《诗经》解读也认为此诗太过简单，价值不大，但我认为这样的评价过于草率。

此诗尽管文字浅显，但其内在意涵绝不简单。首先，古时妇女劳作的内容有很多，诗人为何要以沤麻、沤纻、沤菅起兴呢？诗人不单是为指出劳作妇女的身份，背后还有深层的隐喻。《毛诗郑笺》里讲："于池中柔麻，使可缉绩作衣服。兴者，喻贤女能柔顺君子，成其德教。"意思是麻、纻、菅这类植物，其本身较为粗糙坚硬，但通过水流浸泡梳洗之后，会慢慢变成柔顺坚韧的纤维，最终可舒舒服服地穿在身上，这正象征着男女之间的爱情。本来粗里粗气的青年男子，在心爱的女子面前变得温情脉脉，与对方一同唱起歌谣，轻声细语地交心聊天，这就是爱情的魔力，让人变得温柔可爱。

人之相知，贵在知心

诗歌除了用沤麻、沤纻、沤菅来隐喻爱情让人变得柔软温顺之

陈风

外,三章末句中"歌""语""言"三字的使用顺序也颇有深意,准确地描写了青年男女从相识、相知到知心的完整过程。素不相识的男女青年要引起对方注意,就从对歌开始。现在民间还有对歌的习俗,一个在山这一头,一个在水那一方,可能两人都没见到对方,歌声却让彼此开始有了交流。

通过对歌相识后,两人就开始说话交流,所以诗歌讲"晤语""晤言"。现在"语"和"言"的意思差不多,但在古时涵义却不同。"直言曰言,论难曰语。言,自言己事也。语,为人论说也。"(《说文解字》)"语"指和别人说一些与自己没有太大关联的事情,"言"则是指表达自己内心想法。我们常讲"诗以言志",心中的志向是很私人的表达,所以"言"比"语"的涵义更进一步。诗中男女青年"可与晤语"是相互认识后,起初大家还有所保留,一起讨论热门话题。在建立了更多好感和信任之后,就会互相交流各自内心的真实想法,"可与晤言"是最后一步。从相识相知到互相吐露心声需要很长一段时间,就像麻、纻、菅要用池水浸泡好几天才会慢慢变软,露出其中柔韧的纤维一样。美好的爱情也是如此细水长流,需要足够的时间去相互认识,最后才能看到彼此的内心世界。《孟子》里讲:"人之相识,贵在相知,人之相知,贵在知心。"人与人之间的关系,首先是要相知,即认识彼此;随后是知心,即了解彼此的内心。真正了解彼此之后,爱情就不会是浮躁廉价的情感,而是能够稳固隽永、长久幸福。

因此,这并非是一首简单乏味的诗歌。其中关于人与人从相识到相知再到知心的过程描写所揭示出的深刻意涵,可以让后世读者受益良多、反复品味。

东门之杨

人约黄昏后

东门之杨,其叶牂牂。昏以为期,明星煌煌。
东门之杨,其叶肺肺。昏以为期,明星晢晢。

春夏之交,有景无人

《东门之杨》一诗篇幅短小,文字简单,共两章三十二字。正因过于简单,其主旨一直令人费解。方玉润在《诗经原始》中评价此诗"辞意闪烁",认为其言辞不明,主旨很难把握。

先品诗歌两章首句。"东门之杨","东门"指陈国都城东门,这一地点在之前几首诗歌中已出现过,那是一个热闹之处,有巫术活动,有青年聚会,也有劳作百姓。此诗中,诗人并未描写在东门聚会的人群和热闹的活动,而是写到东门外的白杨树。"其叶牂牂","牂牂然,盛貌"(《毛诗》),指树木枝叶极其茂盛。次章此句也是相同涵义。"东门之杨,其叶肺肺","肺"通"宋","宋,草木盛宋宋然。读若辈"(《说文解字》),亦指白杨树枝叶繁盛。

诗歌两章首句都是景物描写，主旨不明，但有一点可确定，就是诗人写作的时节。"杨叶牂牂，三月中也"（《毛诗郑笺》），杨树枝叶茂盛应在每年三月中旬，即春夏相交之时，此时气候最为宜人。如此美好的时节里，想必东门之地一定热闹非凡，为何诗人只写东门的杨树，却丝毫没有提及人物呢？

人约黄昏后

"昏以为期"，此句解开了之前的疑惑。诗人没有描写人物是因为此时已是黄昏。夜色降临，东门游人已各自散去。"期"即约定之意。原来诗人此时还未离开是在等待约会对象。诗歌此句让读者自然地联想到男女之情。"月上柳梢头，人约黄昏后。"在这样气候宜人的春夏之交，恋爱中的男女约在黄昏后见面再适合不过了。按常理，诗人接下来应描写约会的对象，但他却出人意料地切换了文学视角，又回到了景物描写。

"明星煌煌"，此句转而描写广袤的天空。"明星"并非指漫天繁星，"明星谓启明之星"（马瑞辰《毛诗传笺通释》），"明星"在此指启明星。启明星即金星，是天亮日出之前东方天空中最明亮的一颗星星，故被称为"启明"，中国民间亦称其为"太白星"。"煌煌"指星光明亮之意。次章末句也是相同涵义。"昏以为期，明星晢晢。""晢，昭晢，明也"（《说文解字》），亦指明亮之意。

诗人和对方相约的时间是黄昏之时，为何抬头却已望到东方明亮的启明星呢？看似简单的两句诗文背后传达了很多信息。原来诗人在此已过了整整一夜,从黄昏直到黎明。这一夜的时间里,诗中并未说明对方是否赴约。有两种可能,一种是对方如期赴约,与诗人一同待到天明。这种可能性似乎不是很大。另一种可能是诗人一直等待着对方,从日落黄昏一直到黎明到来,对方都未出现。这种等人久候不至的猜测历来比较普遍。朱熹在《诗集传》中讲:"此亦男女期会,而有负约不至者,故因其所见以起兴也。"他认为此诗描写的是一对爱人幽会,他们相约在黄昏后东门杨树之下见面,却有一人始终未来。我们不知是男生没来,还是女生没来,也不知为何此人一晚都没有出现。

诗歌虽文字简单,却让读者随着诗人的视角,仿佛看到了春夏之交的茂密杨树,看到了黄昏的晚霞,看到了黎明前闪亮的启明星,也看到了诗人心中那一份细微的寂寥与惆怅。

情之坚定,无怨无悔

这个关于等待的故事或许令人惆怅,但读者也能从中感受到诗人内心对于这一结果的无怨无悔。他自始至终没有一句怨言,在等待的时间里,诗人眼中所见都是身边最美好的景色。我想这也正是此诗最能打动读者之处。如果诗人失望抱怨,那就显得有些平淡无奇了,正因为诗人在等待中依然眼中所望的都是美好,我们才能从字里行间体会到诗人对于这份爱情的坚定不移。

《庄子》里有这样一则故事。春秋时期,鲁国有位年轻人名叫尾生。尾生虽家境贫寒,但为人正直守信。他与一位年轻漂亮的姑娘一见钟情并私订终身,但姑娘的父母嫌弃尾生家境贫寒,坚决反对这门亲事。为了追求爱情和幸福,这位姑娘决定与尾生私奔。两人相约先在城外一座木桥边相会，然后远走高飞。黄昏时分，尾生早早来到桥上等候。未曾想，突然乌云密布、狂风电闪，滂沱大雨倾盆而下，山洪随之暴发。洪水瞬间淹没了桥面，没过尾生的膝盖。眼看木桥将被淹没，常人此时一定赶紧逃命离开，但是尾生却没有走。他心里想着与姑娘之间的海誓山盟，坚定地寸步不离，死死抱着桥柱，最终被活活淹死。那位姑娘因私奔之事泄露，被父母关在家中，一时难以脱身。等她终于找到机会冒着大雨来到城外桥边时，洪水已慢慢退去。姑娘看到紧抱桥柱已经死去的尾生，心中悲恸欲绝。她决定为爱殉情，于是抱着尾生纵身投入滚滚河水。

虽然这是一场爱情悲剧，但尾生对于爱情的坚定却动人至深。当他面对滔滔洪水，死死抓住桥柱之时，他的内心是无怨无悔的，因为他对这位姑娘，对这份爱情都充满了坚定的信心，这样的信心给了他真正的勇气。哪怕面对死亡也要奋不顾身地一直等下去。

真正的爱情充满力量，给人以希望和美好，给人以勇气和信心，给人以等待的坚韧和耐心。我想此诗的作者应该也拥有同样一份美好的爱情吧。

墓 门

长恶不悛，必受其乱

墓门有棘，斧以斯之。夫也不良，国人知之。知而不已，谁昔然矣。墓门有梅，有鸮萃止。夫也不良，歌以讯之。讯予不顾，颠倒思予。

长恶不悛，从自及也

《墓门》一诗的主旨及其背后的历史故事，历来多有共识，认为这是一首激烈的讽刺诗，诗歌讽刺的对象是陈国第十二任国君陈桓公及其弟公子佗。陈桓公是陈文公之子，他同父异母的弟弟是陈文公和蔡国女子所生，即公子佗。陈桓公与公子佗年龄相近，但二人却有各自的性格特点。

关于陈桓公其人，《左传·隐公六年》记载过这样一件事：春秋初期，郑国是诸侯强国，当时郑庄公主动示好陈桓公，希望郑、陈两国能和平相处。这不是一件坏事，毕竟郑国是大国，且与陈国为邻，两国交好对陈国来说具有积极意义。但陈桓公却断然拒绝，公子佗就劝陈桓公："睦邻友好是国家外交政策最重要的目的,您最好答应郑国的请求,勿要与郑国交恶。"陈桓公依旧不听,结果郑庄公一气之下出兵将陈国打败,桓公自食恶果。《左传》评价陈桓公:"长恶不悛,从自及也,虽欲救之,其将能乎。"意思是陈桓公任凭恶的滋长而不知悔改,结果自取祸害,到最后就算想要挽救也已追悔莫及。

陈桓公一生都表现出这样一种稀里糊涂的性格,始终没发现他身边还有一个恶人,那就是其弟公子佗。公子佗比陈桓公思路清晰且心狠手辣,一直觊觎陈国国君之位。《左传·桓公五年》记载:"于是陈乱,文公子佗杀太子免而代之。公疾病而作乱,国人分散,故再赴。"陈桓公晚年病重,据《春秋公羊传》和《春秋谷梁传》的说法,他得了精神病。陈桓公在病重之时,已无统治能力,整个国家混乱不堪,百姓离散。此时公子佗趁国乱之际将陈桓公之子太子免杀害,自立为陈国国君。登上陈国国君之位后的公子佗昏庸无道、沉迷淫猎,次年也被杀害。由此可见,陈桓公和公子佗二人都非贤明之君。此诗历来被认为是一首讽刺之作,这点没有异议,但所讽对象是谁却有不同看法。有认为讽刺的是陈桓公,也有认为是公子佗。

知而不已,祸之将至

诗歌共两章,内容对仗重复。先看首章,"墓门有棘","墓门"历来有两解,一说指墓穴、墓道之门,另一说是马瑞辰在《毛诗传笺通释》里的考证:"墓门盖陈之城门。"意思是"墓门"指当时陈国都城的一座城门名。我个人较赞同后者所解。"棘"指酸枣树,"墓门有棘"意为陈国城门之外长满了酸枣树。

"斧以斯之","斯"《毛诗》解为"析也",即劈开、砍伐之意。此句指城门口长满的酸枣荆棘阻碍了道路,要用斧子将其砍去,这样门口的道路才能畅通无阻。诗人在此借物起兴,王先谦在《诗三家义集疏》中解释此句:"斧以斯之,有断决之意。"诗人表达了一种非常决绝的心态,即面对阻碍就要像用斧子砍掉树木那样果断。诗人借诗隐谏陈桓公要防范身边心怀不轨的公子佗,他就好像挡在城门前的酸枣树,一定要果断地将他铲除,以防后患。

后句诗人直接挑明说道:"夫也不良,国人知之。"意指公子佗绝非善类,举国上下都已看出他的居心不良和内心阴谋。"知而不已","已"是停止之意。陈桓公明知公子佗不善却没有制止、铲除他。"谁昔然矣","谁昔,昔也,犹言畴昔也"(朱熹《诗集传》),即指往昔之意。原来陈桓公"知而不已"的状态,从过去到现在一直如此,丝毫没有改变,可见他昏庸至极,也应了《左传》对他"长恶不悛,从自及也"的评价。

至此此诗主旨已逐渐清晰,诗人虽在诗中直接批评了公子佗的罪恶,但主要讽刺的还是陈桓公的昏庸状态。苏辙解此诗道:"桓公之世,陈人知佗之不臣矣,而桓公不去,以及于乱。是以国人追咎桓公,以为智不及其后,故以《墓门》刺焉。"意思是当时陈国百姓人人皆知公子佗心怀不轨,陈桓公应该也有所察觉,但没有当机立断除掉他,以致后来公子佗杀害太子,篡夺王位,陈国陷入动乱。这一切都因桓公长期"知而不已"所致。

忠言逆耳，追悔莫及

诗歌次章，"墓门有梅"，"梅"鲁诗原作"棘"，马瑞辰《毛诗传笺通释》也考证此处"梅"应作"棘"，故应以"棘"为正字。此句也是指城门外长满酸枣树。"有鸮萃止"，"鸮"指猫头鹰，因其长相狰狞、叫声难听，古人视其为不祥之鸟。猫头鹰飞落在城门外的酸枣树上，这是一幅极为诡异的画面，诗人有何用意呢？关于这点，历来有两种看法。一种认为诗人借用猫头鹰的恶鸟形象来作比公子佗。另一种解释很有意思，我个人也较为赞同。因为猫头鹰叫声难听，诗人借此隐喻忠言逆耳，将猫头鹰比作苦口婆心劝谏陈桓公的人。他们一心为陈国安定繁荣着想，提醒陈桓公要早日除掉公子佗，但陈桓公却始终不听。

如此"忠言逆耳"的诠释不仅令诗歌显得更有意涵，也与诗歌接下来的内容交相呼应。"夫也不良，歌以讯之"，"讯"三家诗鲁、韩二诗都作"谇"，是告诫、劝谏之意。诗人讽刺陈桓公面对衷心劝谏却无动于衷、充耳不闻。"讯予不顾，颠倒思予"，"颠倒，狼狈之状"（方玉润《诗经原始》）。此句是指陈桓公最后狼狈不堪的悲惨结局。所谓的"颠倒"又何止陈桓公一人呢？诗人更是隐喻整个陈国都陷入了动乱不堪、百姓离散的状态，因此内心愤恨不已。

诗歌次章主旨也非常明确，诗人讽刺陈桓公不听劝谏，最终导致祸乱。所以此诗"二章皆刺桓公，始不知人，次又拒谏"（方玉润《诗经原始》）。可见当时百姓对于陈桓公的昏庸无道失望至极却又无能为力。

防有鹊巢

无中生有,上下颠倒

防有鹊巢,邛有旨苕。谁侜予美?心焉忉忉。
中唐有甓,邛有旨鹝。谁侜予美?心焉惕惕。

信谗远贤,宣公乱陈

《防有鹊巢》一诗虽然历来有各种不同解读,但是有一点非常明确,就是诗人借此诗表达出了内心极其忧虑不安之感。诗人忧虑什么呢?历来一种主要的解释源自《毛诗》,认为此诗主旨是"宣公多信谗,君子忧惧焉",意思是诗歌背后的故事与陈宣公有关。陈宣公听信谗言、远离贤臣、昏庸不明,所以陈国官员君子作此诗以表达内心深深担忧。诗人不仅担忧陈宣公本人,更担忧陈国的长治久安。陈宣公是春秋早期的陈国国君,在位四十五年。他在执政管理上无显著成绩,甚至还做了一件极为不得人心之事。

《史记·陈杞世家》记载:"宣公后有嬖姬生子款,欲立之,乃杀其太子御寇。御寇素爱厉公子完,完惧祸及己,乃奔齐。"陈宣公有一宠妃,并想立宠妃之子为太子。嫡庶之分在中国古代是非常重要的继承规则,太子作为嫡长子是正当合法的继承人,宣公若将国君之位传给宠妃所生的庶出之子,废长立幼是大忌,极易造成国家动乱。宣公所做的甚至不单是废长立幼而已,他欲将原来的太子杀害。因当时太子御寇与公子完交情甚好,公子完是宣公哥哥陈厉公之子,即宣公的侄子。于是有小人给宣公进谗言,说太子和公子完密谋不轨,想要篡位夺权。宣公顺水推舟,借此理由杀了太子,正所谓"欲加之罪何患无辞"。太子被杀后,公子完担心会祸及己身,于是携家带眷出奔齐国避祸。公子完是一位贤能之人,陈宣公杀害太子失去民心,同时也赶走了一位贤德君子。公子完逃到齐国后改姓田,经过几代人的努力,田氏最终取代姜氏,夺取齐国政权。这就是历史上非常有名的"田氏代齐"的故事,可见公子完并非等闲之辈。

陈宣公听信谗言,昏庸无道,杀害太子,废长立幼,逼走公子完这一系列的荒唐事件,使得整个陈国陷入混乱。历来很多人认为此诗因此而作,表达了诗人对于陈宣公信谗远贤的深切担忧。

无中生有,上下颠倒

此诗内容短小,共两章三十二字。先品诗歌每章首句。"防有鹊巢","防,人所筑以捍水者"(朱熹《诗集传》),即指水坝、堤岸。此句指在河边的堤岸上有喜鹊筑的巢穴。"邛有旨苕","邛"指小山丘。"苕"是一种蔓生植物,一般生长在低洼湿地。"旨"是鲜嫩美味之意。此句意为小山丘上生长着许多蔓生的鲜美苕草。此二句内容其实非常矛盾。因为喜鹊筑巢通常是在树枝之上，而苕草也应生长在低洼湿地的植物。这是诗人有意为之，他故意写筑巢在河堤上的喜鹊和生长在山丘上的苕草这样与事实矛盾的现象，目的是要表达一种文学上的矛盾效果。次章首句亦是如此。"中唐有甓"，"唐"朱熹在《诗集传》里解释"庙中路谓之唐"，意指古人门堂前、庭院中的道路。"甓"是瓦片之意。瓦片本应铺设在屋顶上，在此却铺在庭院过道之上。"邛有旨鹝"，"鹝"韩诗作"䓞"，鲁诗、齐诗都作"蘱"。《说文解字》解"蘱，绶草也"，指一种生长在低洼处的植物，诗中却写其生长在高高的山丘之上。

诗人接连写了四种与现实情况极其不符的现象，其中有两层意涵。首先，诗人的目的是以此作比谗言的本质。谗言就是那些无中生有、与事实完全不符的话。诗人借此告诫世人千万不要相信那些无中生有的话。它们毫无根据，违背事实真相，就如筑巢在堤坝上的喜鹊，铺在道路上的瓦片，长在山丘上的水草一般。诗人特意使用夸张的文学手法来引起读者注意。其次，本应在高处的"鹊巢""瓦片"如今却在低处，本应在低洼之处的"苕草""鹝草"反而到了高处，诗人借此上下颠倒的状态隐喻原来高高在上的嫡出太子如今却被迫害，而原来地位低下的庶出之子却被置于太子之位。完全违背了当时社会的伦理秩序。

谗言蒙蔽，内心忧惧

两章首句诗人用比喻隐晦地做出讽刺，后句则直抒胸臆。

"谁侜予美","侜"马瑞辰在《毛诗传笺通释》里解释"侜即诪之假借也",认为"侜"通"诪",是欺骗之意。此句诗人质问:"到底是谁在进谗言蒙骗君主陈宣公呢?""美"在此指陈宣公。古文中的"美"并不一定用来形容女子,也可形容君子。"臣之事君,欲君美好,故谓君为所美之人"(孔颖达),古代臣子侍奉君主,都希望君主可以成为美好有德的统治者,故称君主为"美"。

从此句质问也可看出,诗人十分痛恨那些在陈宣公面前说太子坏话的小人。这些小人都很隐蔽,诗人也不知他们究竟是谁,所以心中只能干着急。"心焉切切","切切"指忧虑不安之态。下章此句"心焉惕惕","惕惕"相比"切切"则更进一步,指提心吊胆、恐惧害怕之态。随着时间推移,谗言的害处也愈加强烈,造成的隐患也愈发严重。诗人从起初的忧心不安发展到了恐惧害怕。最终的结果让人失望至极,陈宣公还是杀害了太子,赶走了公子完,祸及整个陈国。

爱人私情,委婉假托

此诗历来也有诸多其他诠释。朱熹在《诗集传》里认为:"此男女之有私,而忧或间之之词。"诗人担心自己与爱人之间的感情被他人挑唆离间,故作此诗以表达自己的忠贞不渝。很多现代的解读也都赞同这种诠释。当然,从诗歌这种文学形态的本质来看,历来将此诗理解为讽刺陈宣公信谗远贤也极有可能。方玉润在《诗经原始》里评价此诗:"夫《风》诗托兴甚远,凡属君亲朋友,意有难宣之处,莫不假托男女夫妇词婉转以达之。"意思是诗歌这种文学从它诞生的那天起，就绝不只是表达男女之情这么简单。

《国风》里的诗歌有很多寓意丰富而深远的作品。我们常说"诗以言志"，诗歌文学很多时候都是用以表达诗人内心的志向和思想，但现实中有很多话不能说得太直白，尤其涉及政治话题或对于统治者的讽刺就更不能明说。所以从古至今，有许多诗人都假托诗歌中的男女之情来映射现实生活中的君臣之义。屈原在《楚辞》中就以"香草美人"来比喻忠臣君子，发出"惟草木之零落兮，恐美人之迟暮"的感慨。

这种以男女关系借代君臣关系的表现手法，后来扩大为以男女关系来表达一切难以言表的复杂关系。由此就产生了诸多貌似柔情蜜意，实则无关风月的隐喻诗，这也构成了中国诗歌史上一大应用广泛的文学传统。

月 出

愿逐月华流照君

月出皎兮，佼人僚兮。舒窈纠兮，劳心悄兮。
月出皓兮，佼人懰兮。舒忧受兮，劳心慅兮。
月出照兮，佼人燎兮。舒夭绍兮，劳心惨兮。

月出美人，照亮我心

　　《月出》是一首表达爱人间思念之情且文字优美的情歌。诗人将人内心的真挚情感与皎洁纯美的月光结合起来，对后世文学的发展有极为深远的影响。诗歌文字简短，一唱三叹，运用了大量形容词，让简短的诗歌在文学表现上极为丰富。

　　先品读每章首句。"月出皎兮"，"皎，月之白也"（《说文解字》），意指月光明亮而洁白。开篇首句，诗人就以月光起兴，目的是为咏佳人，这位佳人也就是诗人心爱的姑娘。"佼人僚兮"，"佼"通"姣"，是美好之意。"佼人"即是美人之意。"僚"通"嫽"，指女性娇美动人之貌。美好的夜色中，洁白明亮的月光洒下，月光下有一位娇美温柔的女子。这幅动人心扉的唯美画面拨动着诗人，甚至每一位读者的心弦。次章"月出皓兮，佼人懰兮"。"皓"通"晧"，《说文解字》解为"日出貌"，即指日出时太阳的光亮，在此借以形容月光明亮。"懰"通"嬼"，亦是美好之意。末章此句"月出照兮，佼人燎兮"，"燎"是光明之意。此处诗人所用的形容词有了质的变化，之前两章此句"僚"和"懰"都是形容女性娇美之态，是一种外在的美好，而末章的"燎"是指一种内在的美，即心灵上的互相感动与吸引。

诗人望着天空中的皓月，光芒熠熠照亮了昏暗的夜色。这位美丽的女子对于诗人来说也同样发光发亮，她就如月光照亮无边无际的夜色一样，照亮的是诗人的内心灵魂。现在我们还会形容爱人就像是心中的日月，真正美好的爱情正是如此，另一半就如日月一般温暖我们孤独的心灵。

虚实交错，相思无尽

三章开篇，诗人描写了一幅唯美至极的文学画面。读者一定以为诗人特别幸福，能在这样的月色中见到心爱的姑娘。其实并非如此，诗人深爱的"佼人"此时此刻并不在他的眼前。这一切都是诗人美好的心愿与盼望，他只是空对月色思念着自己爱人的模样而已。诗歌每章后句的文学调性也变得忧郁伤感起来。正是这份唯美月色与诗人内心忧郁的呼应，想象与现实的结合，令此诗堪称千古佳作。

"舒窈纠兮"，"舒"有解释指女子体态舒缓优雅之貌，这样的解释略有牵强。马瑞辰在《毛诗传笺通释》里考证，"舒者，发声字",认为"舒"在此是表示感叹的发语词。这一发语词置于此处,一方面令诗人的表达更加生动、触及内心,另一方面也起到了转折的作用。此句开始诗人的一声感叹,让整首诗歌的文学调性慢慢转变。"窈纠",马瑞辰在《毛诗传笺通释》里解释道,"窈纠犹窈窕,皆叠韵,与下忧受,夭绍同为形容美好之词,非舒迟之意",意思是"窈纠"是一个叠韵词,和后两章此句的"忧受""夭绍"相同,都是美好之意。

"劳心悄兮","劳心"是忧心之意。"悄,忧也"(《说文解字》),亦是忧伤之意。诗人道出了内心的伤感。后两章末句也是相同意涵。"劳心慅兮""劳心惨兮","慅,犹悄也"(朱熹《诗集传》),也指内心忧伤之态。"惨"通"懆",《说文解字》解"懆,愁不安也",指人因为忧愁而焦虑不安的状态。诗人为何如此黯然神伤呢?《毛诗郑笺》解释"思而不见则忧",即忧伤的原因是诗人心中思念那位魂牵梦绕的爱人,但却见不到她。思而不见之苦,让人忧郁伤怀。至此,读者就能明了原来诗人之前所写到的那位美人只是诗人的想象,是一笔虚写。因为诗人太牵挂对方,所以在这孤单的夜晚,望着空中的明月,不禁开始想象对方的样子。

此诗的文学亮点正是诗人采用的这种虚实结合的手法。开篇的明亮月光是真实的,中段美人的描写是诗人心中的虚幻想象,而最后那一份忧伤不已的心绪又是从想象回归现实后,孤单寂寞的心情写照。方玉润在《诗经原始》中评价此诗道:"从男意虚想,活现出一月下美人。并非实有所遇,盖巫山、洛水之滥觞也。"认为此诗最精彩之处在于诗人从虚想出发,塑造出这样一位月下美人的唯美文学形象。这种文学意向是后世许多优秀文学作品的鼻祖。如宋玉《神女赋》中的巫山女神、曹植《洛神赋》中的洛水女神,都借鉴了这样缥缈迷离、虚实结合的文学笔法,皆成千古名篇,辞赋佳作。

月下怀人文学之始

此诗除虚实结合的文学手法对后世影响深远之外,还将天上皎洁明亮的月光与地上人们内心的思念之情紧密联系起来,从而开启了"月下怀人"这一经久不衰的文学创作主题的先河。

为何"月光"和"思念"能如此自然地结合在一起,成为后世历代文人创作的经典文学题材呢?这其中有几方面的原因。首先,人们在夜晚更容易感到孤单寂寞,更容易有情绪上的波动从而产生倾诉的欲望。其次,更重要的原因与月亮本身有关。月亮的存在对于人类而言,在心理上有一种时间和空间上的共享性。

唐代张九龄有一句流传千古的诗句:"海上生明月,天涯共此时。"古人没有时差观念,在他们的理解中,每当夜晚月亮升起之时,世上任何一个角落都沉浸在月光之中。诗人所思念的远在他乡之人,此时此刻也与诗人共享着同样温柔的月光。爱人之间身处异地,不能相聚相守,只有那皎洁明亮的月光是可以彼此共享的,这成为二人间唯一的联结,月光在空间上就此被赋予了独特意涵。杜甫诗句"故园松桂发,万里共清辉"有相似的意涵:诗人举头望着月亮想象家乡和亲人,虽然与他们远隔万里,但却一同沐浴在同一片月光的清辉之下。这是对长期滞留异乡的诗人的唯一慰藉。

月光除空间上的共享性之外，在时间上亦是如此。月亮存在亿万年之久，比整个人类历史都要亘古绵长。从某种意义上来说，千年前的古人们和我们当下人所见的也是同一片月色。这就让今人与古人之间有了跨越时间、跨越历史的联结。李白也写过这样的诗句："今人不见古时月，今月曾经照古人。古人今人若流水，共看明月皆如此。"意思是现在的人虽然见不到古时的月亮，但其实这同一片月光也曾经温柔地照耀着过往的人们。

古往今来无数人都已流水般地相继远逝，面对着空中同一轮永恒的明月，我们或许都曾有过相似的惆怅与感慨吧！诗人借此表达了对于人生珍贵短促以及宇宙沧桑的思索和感慨。这样一份感慨正是源于月光在时间上的共享特质。

或许有人会说，拥有共享特质的不仅是月亮，太阳不也是如此吗？为何文学上少见"日下怀人"的题材呢？这就与月亮另一种特质有关。月亮不像太阳那么炙热耀眼，它更温柔而且还会不断变化，与人类的感情变化更为契合。苏轼在《水调歌头》里写道："人有悲欢离合，月有阴晴圆缺。"阴晴圆缺是月亮最大的特质，这样的变化不正也和人间的悲欢万千有着完美的共鸣之处吗？这也是为何月光会成为与人情联结的紧密文学意向的重要原因所在。

甚至多情的文人还会将月亮想象成一位有血、有肉、有感情的人。张若虚在《春江花月夜》中写道："不知江月待何人，但见长江送流水。"这江上的月光啊！纵使江水川流不息，永不停留，月光却千百年来每晚都会照耀着大地。它是不是也在痴情地等待着谁呢？这拟人化的写法使得月光被赋予了一种缠绵悱恻之情。

  正因月光有以上这些独特属性，才使得"月下怀人"这一唯美的文学题材经久不衰，始终保有持久的生命力。这一文学题材的起点正是《月出》一诗。

  最后，我想借用唐代张若虚的千古名篇《春江花月夜》中的一句作为品读此诗的结尾。"此时相望不相闻，愿逐月华流照君。"这一句实在写得太过唯美动人。诗人望着皎洁的月光，遥想远在他乡的爱人，想象对方也一定和自己一样沐浴在这迷人的月色之中。两人相隔千里，见不到彼此的模样，听不到彼此的声音。诗人牵挂着对方，此时此刻多希望自己也能融化为一缕清新的月光，跨越山川湖海，流散到爱人身边，照耀温暖着她啊！这或许也是此诗中诗人内心最大的盼望吧！

株林 (一)

夏姬之乱,绝色倾国

胡为乎株林?从夏南。匪适株林,从夏南。
驾我乘马,说于株野。乘我乘驹,朝食于株。

夏姬之乱,绝色倾国

　　大家如果读过《荷马史诗》或看过电影《特洛伊》的话,一定知道绝世美女海伦的故事。为了争夺这位倾国倾城的绝世美女,古希腊的城邦之间兵戎相见。巧合的是,在中国春秋时期,也有这样一位倾国倾城的绝色女子。因为她举世无双的容颜,无数公侯贵族为之倾倒并最终引来杀身之祸,甚至陈国也因她而被楚国所灭,彻底改变了当时整个中国南方诸侯国之间的政治格局。这位女子就是夏姬。

　　夏姬是郑穆公之女,郑国的公主。她因嫁给陈国贵族夏御叔,故被称为"夏姬"。据说夏姬在出嫁前,就与她同父异母的哥哥子蛮有私通关系,子蛮没过几年就死了,后来夏姬出嫁陈国后，为夏御舒产下一子，可夏御舒不久也早逝而亡。由此可隐隐感受到夏姬的命运不济，中国俗话称为"克夫"。丈夫死后，夏姬和儿子夏徵舒二人相依为命。但是寡妇门前是非多，夏姬美貌出众，丈夫又早亡，陈国国君陈灵公听闻此事，便常去夏姬家，慢慢与她也有了私通关系。《史记·陈杞世家》记载："灵公与其大夫孔宁、仪行父皆通于夏姬，衷其衣以戏于朝。"当时陈灵公手下有两位大夫，一个叫孔宁，一个叫仪行父，他们也和夏姬之间有私通关系。更过分的是，君臣三人不知廉耻，居然还经常一同在朝堂之上拿着夏姬的内衣，互相玩笑嬉戏。当时有一位贤臣泄冶直言劝谏陈灵公切勿荒淫无道。孔宁、仪行父得知后，就将泄冶杀害。可见陈灵公的昏庸已经到了无可救药之地步。

一日，陈灵公和孔宁、仪行父君臣三人又在夏姬家鬼混，酒过三巡，得意忘形之际就乱开玩笑起来。陈灵公称夏姬之子夏徵舒外貌长得像孔宁、仪行父二人，调侃夏徵舒是孔宁、仪行父私通所生。孔宁和仪行父听后也肆无忌惮地说夏徵舒长得最像陈灵公。三人厚颜无耻的玩笑被门外的夏徵舒听到了。夏徵舒此时已成年，是个有自尊心的男子汉，听见如此侮辱心中愤怒不已。于是秘密地在门外备好弓弩手，等三人出来就弓弩齐射。结果陈灵公当场毙命，孔宁、仪行父侥幸逃脱，奔走他国。陈灵公是因夏姬而死的第三个男人，而且是陈国国君。陈灵公死后，太子出奔他国，夏徵舒自立为陈国国君。

面对陈国之乱，当时作为"春秋五霸"之一的楚庄王不能坐视不管，为声讨夏徵舒弑君篡位的大逆不道之罪，楚国发兵攻打陈国。陈国很快就被楚国所灭，夏徵舒被杀。

陈国如此结局，起因就是夏姬这一女子。我们常用"倾国倾城"形容女性容貌之美，该词用于夏姬身上真是再贴切不过，陈国就因她而倾覆灭亡。

余波不止，吴楚相争

因为夏姬之乱，陈国被楚所灭，但故事还没结束。灭陈之后，楚国贤臣劝谏庄王，楚国本来发兵是为了讨伐弑君篡位的夏徵舒，结果却占据了陈国，这于情于理都不公道，应将陈国还于陈人。于是楚庄王纳谏从陈国撤兵，陈国得以劫后余生。

不过楚庄王也听说了夏姬之事，勾起了好奇之心，他想见见夏姬本人是否真的与传说一样倾国倾城。结果这一见楚庄王也为夏姬的美色所倾倒，想纳她为妾。此时夏姬已三十岁左右，但楚庄王还是对她一见钟情，可见夏姬的确是貌美如仙，魅力非凡。楚庄王手下一位名叫申公巫臣的大夫极力劝谏庄王千万不能纳夏姬为妾，因为此女不祥，已有多人因她丧命，陈国也险些因她覆灭。楚庄王思来想去，最终忍痛割爱。楚庄王有个弟弟叫子反，当时也想娶夏姬，被申公巫臣劝谏后也放弃了。最后楚庄王将夏姬嫁予楚国贵族连尹襄老，没过多久连尹襄老也在战场上死亡。

按理说在经历了那么多活生生的例子之后，应该没有男人敢再娶夏姬了。但还有一人始终觊觎夏姬之美，而且出乎所有人意料之外，此人就是之前拼命劝谏楚庄王和子反不能娶夏姬的楚国大夫申公巫臣。

申公巫臣为了和夏姬在一起，可谓费尽心机。他先设法将夏姬送回郑国，然后自己在楚国等待机会。十年后，楚王派他出使

陈风

齐国,任务完成后,申公巫臣只身一人奔往郑国和夏姬成婚,再也没有回楚国。此时夏姬已年过四十,但申公巫臣还是义无反顾地抛弃他在楚国的家族与财产,去郑国迎娶她。申公巫臣和夏姬成婚后,楚国的子反勃然大怒,杀死了申公巫臣在楚国的所有族亲,还将其在楚国的财产占为己有。

申公巫臣得知此事后,气急败坏地给子反写信,发誓要让子反和楚国永不安宁。申公巫臣的确也这么做了,他建议晋国联合吴国共同夹击楚国。当时吴国较弱,申公巫臣亲自前往吴国,将楚国的军事机密悉数告知,还教吴人学习驾驶战车,大大增强了吴国的实力,相当于在楚国背后培植了一个劲敌。

之后楚国陷入了长久的动荡不安,这也拉开了楚国衰落、吴国崛起的序幕,整个南方诸侯国后来的格局也因此完全改变。这一切都因夏姬这位绝世女子而起。

此诗就是当时陈人为讽刺陈灵公与夏姬私通而作。

株林（二）

罪魁祸首究竟是谁？

神化之笔，婉转讽刺

《株林》一诗文字简短，共两章三十一字。虽是一首讽刺诗，但绝非简单直白的讥讽。诗人下笔绝妙，字里行间有所影射、意味深长，若非细细品味，很难体会出诗人的良苦用心。

先品诗歌首章。"胡为乎株林？"诗歌以一句疑问开篇。"株"指夏家封邑，夏姬嫁给陈国大夫夏御舒，其封邑就在株地。夏御舒死后，夏姬和其子夏徵舒世袭居住在此。"林"《说文解字》解道："邑外谓之郊，郊外谓之野，野外谓之林。"古代城市周边区域划分有不同名称，靠近城市周围的区域称为"郊"，郊之外称为"野"，野之外广大区域称为"林"。"株林"指株地城邑最外围的山林旷野。首句诗人借用旁观者的语气发问："你为何要往株林而去呢？"提问的对象就是陈灵公。

陈灵公回答："从夏南"。"夏南"是夏姬之子夏徵舒，他字子男，故称"夏南"。夏南继承父亲的贵族地位，也是大夫，所以陈灵公假托去株林找夏南为借口，其实是去私会夏姬。这真是此地无银三百两的回答。一国之君一般都是在朝堂之上接见前来的公卿大夫，哪有自己老往大夫家里去的呢？陈灵公于是又补充了一句"匪适株林，从夏南。"意思是：你们可别误会，我真的不是去株林找夏姬。我的确是去找夏南的。这一句多余的解释，真是不打自招，让人哭笑不得。

当然我们也应该知道，诗人首章如此描写，并非真的有人在问陈灵公这些问题。这是一种文学上的笔法，借用一问一答的方式，暗暗地讽刺陈灵公的恬不知耻和荒淫无道，可谓是下笔绝妙。方玉润在《诗经原始》中评价："诗人即体此情为之写照，不必更露淫字，而宣淫无忌之情已跃然纸上，毫无遁形，可谓神化之笔。"意思是诗人虽是讽刺陈灵公，但面对陈灵公如此荒淫无道的行为，诗人也羞于启齿，无法明着下笔，只能通过如此婉转的文学手法表达。这一文学表达的讽刺效果，比起直白的讥讽更加意味深长、耐人寻味，将陈灵公的丑恶嘴脸表现得淋漓尽致。

贵族没落，罪魁祸首

诗歌次章，诗人下笔依然委婉含蓄，但却步步深入，将陈灵公与夏姬私通之事从另一个侧面表现出来。

次章的文学视角从上章的旁观者转到了陈灵公的第一人称视角，转而由陈灵公本人描述前往株林的场景。"驾我乘马"，诗人借陈灵公的口吻讲述他驾着马车往株林而去。"乘马"指四匹马所拉的马车。"说于株野"，"说"通"税"，表示停止之意。陈灵公驾驶的马车停在了株野。此句在地点描述上有了区别，前章是"株林"，此章为"株野"。"林"是相对于"野"来说更外围的地方,"野"比"林"更接近城市。陈灵公前往株邑,要先经过"株林",再到"株野",最后才进入城邑。陈灵公的马车为何过了株林之后,要在株野之地停下来呢?诗人此句极有深意,要结合此章的上下文细品才能明白。

下句"乘我乘驹",马瑞辰考证"驹"通"骄",是一种马名,其相比正常的马个头要小一些。陈灵公在株野停下,由大马车换乘上更小的马车。王先谦在《诗三家义集疏》中解释道:"自株林至株野,乃税其驾,然后微服入株邑。"陈灵公去株地找夏姬是见不得光的事,所以为了避人耳目、防人口舌,他先乘坐君主的大马车去往株林,株林在城市外围,不容易被发现。待慢慢接近株邑,来来往往人也越来越多,陈灵公在株野悄悄换上小马车继续前行就不易被外人发现。诗人在此讽刺得巧妙,表面上一点责备言辞都没有,就如同白描一般地描写了陈灵公在株野换车一事,但这一事件本身更凸显出陈灵公的荒淫昏庸,也入木三分地刻画出了他在做见不得人之事时心虚至极的状态。真正的一国之君应该堂堂正正、理直气壮,而陈灵公却做贼心虚、偷偷摸摸,令人感到悲哀。

诗歌末句"朝食于株",此句在地点上又有所变化,从"株林"到"株野"再到"株",说明陈灵公已到达株邑城中与夏姬见上了面。诗人在此下笔依然委婉,并未直说陈灵公与夏姬相会之事,而是写到陈灵公在株邑"朝食"。"朝食"是吃早饭之意。诗人此句有两方面的意涵。首先,朋友会面一般是相约吃晚餐,吃早饭说明前一晚陈灵公已在株邑,他已经在夏姬那过了一夜了。其次,在中国人的语言中,吃饭一事常用来影射男女之事。所谓"食色性也","朝食"在此也是在影射陈灵公与夏姬之间私通的事实。

夏姬真是红颜祸水吗？

历史上有许多所谓"红颜祸水"的故事。如此诗涉及的"夏姬之乱",人们往往将夏姬归为罪魁祸首。那么陈灵公被杀,陈国被楚国所灭,以及后来的吴楚相争,这些真的是夏姬一人造成的吗？

在春秋时期,夏姬这样的女性其实属于弱势群体。虽然可能也有生活不检的问题,但她又有多大能力可以改变自己的命运呢？问题的根本还是在于当时像陈灵公、孔宁、仪行父这样的贵族,他们道德沦丧、昏庸没落,手中握有权力却不务正业,整天荒淫无道,贪图享乐,才最终造成了人亡国乱的结局。

方玉润在《诗经原始》里有一段极为中肯的评价："羞恶之心,人皆有之。使陈灵公君臣知所羞恶而检行焉,则何至有徵舒射厥之难？即楚亦可不必入陈也。"意思是人都有羞恶之心,这是生而为人的最基本素质,但陈灵公、孔宁、仪行父这样的君臣却连最基本的廉耻心都没有,哪怕他们能有一丝廉耻之心,也不至于惹上杀身之祸,陈国也不至于被灭。

归根到底,这些腐朽的贵族们才是真正的罪魁祸首,也应为陈国的衰弱灭亡背负主要责任。

泽 陂

爱是想碰触又收回手

彼泽之陂，有蒲与荷。有美一人，伤如之何？寤寐无为，涕泗滂沱。
彼泽之陂，有蒲与蕳。有美一人，硕大且卷。寤寐无为，中心悁悁。
彼泽之陂，有蒲菡萏。有美一人，硕大且俨。寤寐无为，辗转伏枕。

水中花，意中人

　　历来较多解读都认为《泽陂》是一首哀伤的爱情诗。诗人深爱着自己的心上人却求而不得，因此苦恼不已而作此诗。若细品此诗，会发现其中蕴含的深意并不简单，能引发深刻的人生思考。

　　诗歌共三章，先品每章首句。"彼泽之陂"，"泽"是水塘之意，"陂，泽障也"（《毛诗》），意指池塘四周的堤岸。"有蒲与荷"，"蒲"指蒲草，是一种水草。"荷"并非现在所讲的荷花。《毛诗郑笺》里解释："芙蕖之茎曰荷。""芙蕖"即指荷花，"荷"在古时专指荷花的根茎部分。次章"彼泽之陂，有蒲与蕳"。"蕳"

马瑞辰在《毛诗传笺通释》里考证:"茼、莲古同声。"故"茼"在此通"莲",三家诗鲁诗中此字也作"莲"。"莲"在先秦时期也不是指莲花或荷花。《毛诗郑笺》里讲:"莲,芙蕖实也。"在古时"莲"指荷花的果实,即莲蓬。末章"彼泽之陂,有蒲菡萏"。"菡萏,荷华也"(《毛诗》),即荷花的花朵。

诗歌三章开篇,诗人望着远处池塘堤岸边,看到了茂盛的水草,也看到水草中荷花的根茎、果实、花朵。诗人在此使用了文学上的借代手法,即用部分来代表整体。虽然写到荷花不同的部分,但都是在指代完整的荷花这一植物。借代是文学上常用的修辞手法,其作用是让语言文字富于变化,更为生动形象。如果连写三遍"有蒲与荷"就显得重复枯燥了。巧妙地利用荷花的不同部位来作借代,令三章文字产生变化,语言便更为生动丰富。

诗人以荷花起兴的目的,历来很少有《诗经》解读会去关注,但这却是理解此诗主旨的关键所在。出水芙蓉,优雅动人,但它与其他植物有一个最大的不同之处,在于它会给人以一种距离感。这种距离感的产生是由于荷花生长在水中,不像其他花朵那么容易接近,"可远观而不可亵玩"。观赏荷花,只能站在河岸边远远欣赏它亭亭玉立的姿态,感受它淡雅芬芳的清香。这一点正与诗歌接下来要写到的那位朝思暮想的意中人极为相似。水中花、意中人,在诗人的笔下构成了文学上相似的关联,都是心向往之,但却隔着距离,无法碰触。

求之不得,无可奈何

诗歌每章次句切入正题。"有美一人"直奔主题,诗人直接道出自己心中有一位美人。"伤如之何","伤"在鲁诗、韩诗里都作"阳"。"阳"是古文中表示第一人称的谦辞,意思相当于"我"。此句诗人无奈自问:"这位我朝思暮想、魂牵梦绕的心上人,我又能拿他/她怎么办呢?"爱人之于诗人来说,就像那生长在池塘中亭亭玉立、鲜艳动人的荷花,可望而不可即。诗人爱得如此深切,却又求之不得。池塘里的荷花,诗人还能够跳进水中游过去采摘,但在爱情里求之不得的距离,真是没有一点办法。次章"有美一人,硕大且卷","硕"意为大。古时,男性以身材高大体态健壮为美,女性则以圆润丰腴为美。"卷"马瑞辰《毛诗传笺通释》解为"婘之省借","卷"通"婘",是美好之意。末章"有美一人,硕大且俨","俨"指端庄矜持之貌。在诗人眼中,这位爱人身材高大美好,且仪态端庄大方。

诗人描写的这位心上人究竟是男是女,其实也并不清楚。"硕大且卷""硕大且俨"这样的句子,形容男女都可以,所以此诗的诗人究竟是男是女历来亦有不同看法。无论如何,从字里行间读者都能体会到这位美好的心上人是诗人真心爱慕的,但他/她的遥不可及也令诗人无比忧伤。诗人面对这样一道爱情上的难题毫无头绪,只能陷入残酷的现实之中。

思之深,伤之切

诗歌每章末句,诗人又将文学视角切换到自己身上,面对这样一份求之不得的感情,诗人是怎样的状态呢?"寤寐无为","寤寐"指不管是醒着还是躺下休息的时候。"无为"是指什么事也做不了。诗人因为过于思念心上人而日夜心神不宁,完全一副六神无主、失去自我的状态。许多深陷爱情中的人们也都有过类似体验，心中只有对方而丢失了自我。"涕泗滂沱"，"自目曰涕，自鼻曰泗"（《毛诗》），从眼里流出的泪为"涕"，从鼻子里流出的鼻涕为"泗"。"滂沱"本意是指雨下得很大，在此引申为诗人整天泪流不止，无法控制自己的情感。下章"寤寐无为，中心悁悁"，"悁悁，盖悲哀不舒之貌"（王先谦《诗三家义集疏》）。此句是指诗人内心因悲伤而抑郁不已，无法纾解。很多时候内心难受只要大哭一场就能得到释放，但诗人的忧愁已经影响到其心理状态，整日郁郁寡欢，闷闷不乐。末章此句"寤寐无为，辗转伏枕"，"辗转伏枕，卧而不寐，思之深且久也"（朱熹《诗集传》）。此句是指诗人整晚在床上翻来覆去无法入眠，通宵达旦地思念着心上人。因内心哀伤而失眠，正常的生活作息就此被打乱。

三章末尾，诗人从痛哭流涕的外在表现，写到郁郁寡欢的心理状态，最后写到因思念过度而作息混乱。文学上层层递进，忧伤之情愈演愈烈。如此思之深、伤之切，令读者不禁唏嘘同情。

爱是想碰触又收回手

很多人会由此诗联想到《蒹葭》一诗。这两首诗歌有诸多相似之处，都表达了一种可望而不可即、求之不得的人生境遇和情感状态。两诗也都用水中带有距离感的植物起兴隐喻：《蒹葭》是用水中的芦苇，此诗则用水中的荷花。但二诗亦有所不同，《蒹葭》更多地是在描写一种追寻的状态，并无过多情绪的抒发，诗人对于其所追求的那位在水一方的伊人也描绘得极为朦胧。而此诗则详细描写了美人之美，也表达了诗人因求而不得而陷入了无尽痛苦。因此,此诗虽在主旨上与《蒹葭》接近,但在立意上还是相较《蒹葭》略逊一筹。毕竟《诗经》三百篇中,《蒹葭》是数一数二的高远之作。尽管如此,此诗同样也能给予读者诸多深刻的人生思考。

诗人对心上人求之不得的情绪,就好像凝望着水中的荷花,因不可触及而忧郁不已。那么"碰触"就一定要跨过水流去采摘到它吗?我想并非如此,当你站在池塘边远远望见那一株荷花时,此时此刻你和它之间的联系就已经建立了。那是一种无形的,属于心灵的碰触联结。人生中,有许许多多这样的联结也正是如此,那是一种带着距离的欣赏爱慕。如天空中的星光、远山的云雾,现实中我们又怎能将所有一切都纳入囊中呢?既然人与自然间的联结是如此,人与人之间的情感不也是如此吗?人世间有太多情感无法将其占为己有,有太多现实的原因或客观的无奈。既然不可即,又为何如此执迷呢?因为人心中有占有的欲望,诗人亦是如此。如此执迷的结果却只能让自己陷入无尽的哀痛忧伤之中。

人们常说"早知如此绊人心,何如当初莫相识",如果最后会因得不到而揪心伤感,人们宁愿当初就莫要相识。但我并不这样认为。在偌大的世界里、茫茫的人海中,人与人之间的能有一场相识欣赏已经是非常美好幸运的事了。不要放纵自己的欲望,执迷于完全拥有。美国作家塞林格曾说:"爱就是想碰触却又收回手。"人世间有太多的爱都可望而不可即,当我们面对这样一份求之不得的情感时,要学会收起自己企图占有的双手,不去打扰对方,更不要伤害自己,要学会像观赏荷花那样站在池边静静欣赏,享受当下。

桧风

羔裘(一)

桧国衰亡史

羔裘逍遥,狐裘以朝。岂不尔思?劳心忉忉。
羔裘翱翔,狐裘在堂。岂不尔思?我心忧伤。
羔裘如膏,日出有曜。岂不尔思?中心是悼。

溱洧故地,亡国之音

"桧,国名,高辛氏火正祝融之墟,局溱、洧之间。其君妘姓,祝融之后。"(朱熹《诗集传》)桧国是妘姓诸侯国,妘姓是中国最古老的姓氏之一。桧国所在之地是上古帝喾统治时火正祝融所在之地。妘姓氏族是火正祝融之后的遗民。火正祝融不是一个人,"火正"是远古时国家机构的称谓,相当于兵部,职责是管理军队。"祝融"则是远古时代的官名,相当于后世的"司马",是掌管兵权的最高长官。《史记·楚世家》记载:"重黎为帝喾高辛居火正,甚有功,能光融天下,帝喾命曰祝融。"意思是帝喾统治时掌管火正的是重、黎二人。他们功绩杰出,造福百姓，光融天下，故帝喾命他们为"祝融"。所以桧国的祖先也是上古贵族，这样一个源自祝融的妘姓氏族存续了千百年。据说在商朝时，妘姓氏族被封于桧地成为诸侯。武王灭商之后，也依然承认桧地妘姓的统治，所以桧国也顺理成章地成为周朝的重要异姓诸侯国。

  桧国的具体位置大约在今河南省溱、洧两河之间，之所以命名为"桧"也正是这个原因。"桧"在不同历史古籍中有不同写法。《左传》《国语》里写作"郐"。《汉书·地理志》里写作"会"，意指桧国地处溱、洧两河水交汇之处。溱、洧这两条河在品读《郑风》时就有所提及。桧国所在地域之所以会与郑国有所重叠是因为桧国在公元前767年被郑国所灭。西周诸侯国上百，桧国作为一个在春秋之初就灭亡的国家，在《诗经》中还保留了当时的民间歌谣，实属不易。可见桧国在灭亡之前其文明水平和国家实力都较为发达。由于国家早亡，因此《桧风》中的诗歌也都成诗较早，应该都是西周桧国亡国前后这段时期内的作品。《桧风》中共有四首诗歌，总体情感基调较为统一，都是忧郁哀伤之作。因为桧国在春秋初期就已亡国，面对国家衰亡，桧国民间自然也遍布着低沉悲哀的情绪，故其诗歌也都透露着哀怨的亡国之音。《桧风》中的四首诗歌似乎前后关联，构成了一个文学上的有机整体，就像一部完整的桧国衰亡史。这也是《桧风》诗歌的特别之处。

桓公寄孥，郑国灭郐

  桧国作为一个起源可以追溯到五帝时期，从商代起就已被分封的老牌诸侯国最后是如何被郑国灭国的呢？

《国语》《韩非子》中都有较为详细的记载。郑国的开国君主是郑桓公，他是周宣王之弟，故郑国也是姬姓国家，与周王室同宗同姓。郑桓公虽被分封为诸侯，但周王室并未给其一块完全独立的封地。郑桓公还是待在王室控制的土地范围内，所以郑国起初是畿内诸侯，未真正独立。郑桓公被王室任命为周朝司徒，一直留在周天子身边做官。后到周幽王统治时期，幽王宠幸褒姒，误国误政，西周王朝濒临崩溃。

此时政治嗅觉极为灵敏的郑桓公眼看西周形势衰败，就开始准备自保。郑桓公询问他身边的大臣太史伯，如果郑国要脱离王室控制独立建国，应该往哪里发展？《国语·郑语》中记载了太史伯的回答："子男之国，虢、郐为大，虢叔恃势；郐仲恃险，是皆有骄侈怠慢之心，而加之以贪冒。君若以周难之故，寄孥与贿焉，不敢不许。"意思是郑国要发展独立的土地就要往东面去，因为那里有虢、桧两个国家。这两个国家中，虢国开国国君是周文王之弟，他仗着自己的贵族势力极为自负。桧国则仗着自己地势险要而自以为是。这两国的国君都自傲奢靡且怠于政事，而且他们还贪婪好利。郑国只要抓住这些弱点，一方面依靠郑桓公王室司徒的地位，另一方面出钱贿赂这两国国君，连哄带骗迫使他们让出土地给郑国，他们一定不敢拒绝。郑桓公听从太史伯的计谋，迫使虢、桧二国献出十座城邑给郑国。桓公就以此十城为根据地，将郑国的财产族人转移过去，努力经营，为之后独立建国打下基础。

这段历史逐渐演化成一个典故"虢郐（桧）寄孥"，指的就是郑桓公一点一点先占据虢、桧二国的城邑,然后慢慢蚕食二国,将其地完全归为郑国所有。

要让虢、桧二国心甘情愿献出土地也绝非易事,《韩非子》记载了这样一个故事,郑桓公夺取桧国时使用了离间计。郑桓公攻占桧国之前,先派人打听桧国有哪些良臣智士,将他们的名字记下。然后挑选桧国境内好的土地,在边上分别写上这些人名,又在这些名字下写上官爵,意为公开宣布这些人已投靠郑国,若郑国成功就要将这些土地分封给他们。郑桓公还煞有介事地在城门外设一座祭坛,将这些人名、土地、官爵都记录在竹简上,掩埋于祭坛之下,洒上鸡血祭祀,就如结盟一般。昏庸的桧国国君果然中计,被假象所迷惑,以为手下都被郑国收买,就下令杀死全部良臣智士。如此桧国人才殆尽,最重要的是人心大失,百姓都离桧君而去。郑桓公趁机突袭桧国,利用借刀杀人这一招,兵不血刃就将桧国攻占。郑桓公占领桧国后未将其灭亡,仍留其名,使其成为郑国的附属国。桧国国君软弱无能,丝毫没有想要奋起复国,甚至连郑桓公与他的夫人私通,他也无可奈何。后郑桓公之子郑武公继位,索性一不做二不休,先灭桧国后将都城迁到桧地。

因此《桧风》中的诗歌,不仅有亡国的哀伤之情,也有对于当时贪婪好利、昏庸无能的邻国统治者的讽刺责备。

羔裘（二）

贪财而取危

锦衣盛装，逍遥翱翔

《羔裘》一诗是当时桧国的有志之士不满贵族阶层贪婪奢靡的生活作风以及昏庸无道的政治统治，故忧伤悲愤而作的政治讽刺诗。

诗歌共三章，先看每章首句。"羔裘逍遥，狐裘以朝"，"羔裘"指用羔羊皮做的外袍，"狐裘"指用狐狸皮做的外袍。通过诗歌所描写的衣着，可知主人公一定是身份显赫的贵族，"羔裘""狐裘"只有贵族才穿得起的。"逍遥"指休闲游玩、快乐游荡的状态。"以朝"指上朝堂处理公务。开篇首句是一句事实描写，意指当时桧国贵族，穿着羊皮袄潇洒游玩，穿着狐皮袄上朝工作。次章"羔裘翱翔，狐裘在堂"亦是相同意涵。"翱翔"和"逍遥"意思相同，也指快乐遨游的状态。"在堂"与"以朝"相同，都表示在朝堂之上。末章此句"羔裘如膏，日出有曜"则更进一步描写了贵族衣着的精致华丽。"膏"是油脂之意，指这位贵族所穿的羔裘非常光洁，质地细腻，羊皮上油光满满。"曜"是光耀之意，意指羊皮袄的皮毛细腻光亮，在太阳光的照射下，皮毛上的油脂闪闪发光。由此可见桧国贵族锦衣盛装，高贵奢华。

羔裘、狐裘背后的暗讽

诗歌三章首句描写了一位穿着华贵"羔裘""狐裘"遨游上朝的贵族形象。其背后所要表达的深意主要与古代贵族的着装礼仪有关。

首先，"羔裘"在之前的诗歌里已经出现多次，不过之前的诗歌中描写的古代贵族穿着羔裘上朝。古人的衣着，尤其是贵族的着装有其所对应的场合，这是一种礼仪的体现。朱熹在《诗集传》里讲："缁衣羔裘，诸侯之朝服。"在古时，缁衣和羔裘都是诸侯等级贵族官员上朝时所穿服装。此诗却描述这位贵族穿着羔裘外出遨游，与古人着装礼仪不符。

其次，"狐裘"是用狐狸皮毛制成，狐狸皮相对羔羊皮来说较为粗犷，所以在古时贵族若穿着狐皮，要么是在天冷外出打猎时，要么就是在家中穿着保暖。《论语》里孔子讲"狐貉之厚以居"，意思是狐狸的皮毛厚实，适合在家中穿着用于保暖。

另外，羔羊皮不仅质地柔软细腻，而且羊这种动物比较温顺，所以官员们在朝堂之上穿着羔羊皮裘也较为合适。而狐狸这种动物自古以来一直有不好的寓意，象征着邪恶狡猾，所以狐皮外袍并不适合穿着于朝堂之上。

明儒钱澄之评论道："逍遥而以羔裘，是法服为嬉游之具。视朝而以狐裘，是临御为亵媟之场。"意思是诗人描述这位贵族不和礼节的着装是在表达暗讽之意。这位贵族穿着文质彬彬、细腻柔软的羔羊朝服，却外出逍遥遨游，这是对自己身份的不自重。

而在庄重的朝堂之上，他却穿着狐皮外袍，这是对朝堂的不尊重。可见其昏庸无道、不守礼节，如此统治者怎能治理好国家呢？诗人心中不满却不敢言明，只能借由穿着"羔裘""狐裘"的状态来作暗讽。

桧君贪冒，诗人忧之

诗人在三章首句进行暗讽后，明确表达出自己内心的真实想法。"岂不尔思？劳心忉忉"，"劳心"即忧心之意，"忉忉"亦是表示内心忧愁的状态。诗人在此明说："哎，桧国那些身着羔裘狐裘的贵族们啊！你们怎不叫我心生忧伤呢？"诗歌至此，其文学情感上也有了一个反转。前句文学情感相对明亮，贵族穿着华丽外袍，纵情遨游，服装美丽精致，在日光下闪闪发光，多么潇洒气派！而后一句一笔反转，原来这种气派和潇洒都是表面的，诗人真正想要表达的是对这种外在现象的忧思之情。诗歌后两章此句也都是相同内涵。"岂不尔思？我心忧伤""岂不尔思？中心是悼"。两句在文字上都很好理解，无须多做解释。诗人反反复复地强调自己心中无尽的忧伤之情。他究竟在忧伤什么呢？

朱熹在《诗集传》中解释："桧君好洁其衣服，逍遥游宴，而不能自强于政治，故诗人忧之。"诗人真正表达的担忧是桧国统治者只知贪图享受，穿着华丽服饰，整日逍遥出游，荒于政事，不尽心治理国家，从而导致桧国一步步走向濒临衰亡。

贪财而取危

此诗的创作时间应是桧国被郑国所灭之前。当时桧国统治者自身的问题已经很严重，国家也离衰亡不远，所以诗人才会有预见性地作此讽刺之诗。一方面为表达自己的忧国之情，另一方面也是想劝谏警醒当时的统治者。桧国之所以灭亡，最主要的原因也是由于国君贪婪成性，收受了郑桓公的金钱贿赂，最终将国家拱手让人。《庄子》里讲："贪财而取危，贪权而取竭。"意思是如果一个人贪图财富、沉迷享受，那么危险就将来临；如果一个人贪图权力、工于心计，那他的心力终将枯竭。此诗描写的桧国贵族们所犯的错误就是"贪财而取危"。他们贪得无厌、不思进取，只顾眼前利益，没有长远的眼光和判断，到最后危难临头、国家灭亡。他们曾经贪得的那些财富到头来还是一场空。

一个国家有兴有衰也属正常，国家衰弱本身并不可怕，如果统治者能有意识地奋起努力，一切都还有希望。方玉润在《诗经原始》里讲："伤桧君贪冒，不知危在旦夕也。"当时桧国国君贪婪昏庸，国家都已危在旦夕，他却全然无知，这又怎能不令诗人忧心悲伤呢？

贵族妇女哀怨诗

现在对于此诗还有另外一个解读角度，认为这是一首桧国贵族妇女的哀怨诗。诗中有一句"岂不尔思"，从字面上可理解为："叫我怎不思念你呢？"高亨先生在《诗经今注》里认为此诗是"一个贵族妇女因失宠而独处。她思念丈夫，黯然自伤，因作此诗，献给丈夫，希望他回心转意"。这样理解也说得通，但相比之下，我个人还是将其理解为一首政治讽刺诗，这样诗歌内在意涵便显得更为深远。

素冠（一）

白冠素衣，究竟何人？

庶见素冠兮，棘人栾栾兮，劳心慱慱兮。
庶见素衣兮，我心伤悲兮，聊与子同归兮。
庶见素韠兮，我心蕴结兮，聊与子如一兮。

爱人悼亡诗

《素冠》一诗历来有诸多不同解读。因为诗歌文字简短，内容也较为模糊晦涩。我们尝试以历来各种解读为基础，拨开层层迷雾，品读此诗背后的真正主旨。首先，此诗当下最常见的一种解读认为这是一首爱人悼亡诗。

诗歌三章首句"庶见素冠兮""庶见素衣兮""庶见素韠兮"都是诗人描写自己所见。诗人所见之人着装为"素冠""素衣""素韠"。"素"指白色。"冠"是帽子。"衣"指古人所穿的上衣。"韠"类似围腰，也称"蔽膝"，是挡在下半身裳外的一块布。韠是周代贵族服饰中非常重要的一部分，周天子常将韠与车马一同赏赐给大臣。韠虽然只是一块遮挡双腿的围腰，但却是贵族身份地位的象征。从诗歌三章首句，至少可以总结两点。首先，诗人所见之人身份不低。其次，此人穿着从头到脚都是白色。正因此人的这身着装，历来多认为诗人所见之人已经死去。因为在中国传统中，白色的帽子衣服常与死亡和丧礼有关。许多解读认为诗歌三章首句描写的是诗人正望着自己已故的爱人。

首章次句"棘人栾栾兮"，"棘"通"瘠"，指人非常消瘦之意。"栾"三家诗鲁诗作"脔"，《说文解字》解"脔，臞也"，亦指人消瘦之意。故"棘人"在此是指这位故去之人的尸体已干瘪消瘦如柴。"劳心怲怲兮"，"劳心"是忧心之意，"怲怲"《毛诗》解为"忧劳也"，指人忧郁神伤之态。

面对爱人离去的残酷现实，诗人在两章后句表达了自己最真切的忧伤之情。"我心伤悲兮，聊与子同归兮。""聊"是愿望之意。诗人内心悲伤不已，爱人故去后，空有这孤独的生命又有何意义呢？诗人愿意与爱人一同奔赴黄泉，同生同死，永不分离。诗歌末章此句也表达了相同涵义，但在意义上更进一步。"我心蕴结兮，聊与子如一兮。""蕴结"指诗人内心忧郁成结，无法平复释怀。"如一"朱熹在《诗集传》里解释："与子如一，甚于同归矣。"意思是"如一"在情绪上要比"同归"更进一步。"同归"指二人结伴一同赴死，但还有彼此之分。"如一"则指这对爱人不分彼此，完全结合成为一体。诗人多么希望自己的生命能与爱人合二为一，一同承担这无尽的死亡。如此忠贞不渝、生死不顾的爱情令千年后的读者不禁潸然泪下。

悼亡何幸之有？

上述解读虽感人肺腑，但却有诸多不妥之处。首先是关于诗歌三章首句"庶"的理解。《毛诗》解"庶，幸也"，即指有幸之意。按此解诗歌的整体文学情感基调就完全不同了。三章首句即指诗人特别幸运见到这样一位身穿白色衣冠服饰的贵族君子。如果诗人面对的是已经故去的爱人，又有何幸运可言呢？这是将此诗解读为爱人悼亡诗的第一个不妥之处。

周代丧葬制度

其次，据目前可考的文献记载，在周代，古人丧葬制度中没有诗中描写的为死者穿白衣的现象。古代丧葬制度有等级区分，普通底层百姓根本不存在丧葬礼仪，很多时候死后就被随意葬在野外。《礼记》里记载"古者墓而不坟"，意思是在上古时，古人埋葬亡者后，根本没有坟堆、土堆，只是将土填平即可。现在很多古装片中，殷商西周时期的坟前还有土堆，都是与真实情况不符的，我们不能以后人的习惯去理解最原初古人的文化习俗。

周代丧葬制度主要由几个步骤构成。首先，人刚死去时，要举行招魂仪式，即活着的人呼唤死者之名，希望能将他的灵魂召唤回来。这是表达挽回死者的最后一次努力尝试，多次呼唤之后才能开始办理丧事。丧事第一步先给死者沐浴清理，修剪头发指甲。第二步是称为"敛"的仪式。"敛"分"小敛"和"大敛"。"小敛"指为尸体裹上衣衾，即先给死者穿上衣服然后在外面裹上一层层的裹尸布。不同诸侯等级所用衣衾的材质也不相同，等级越高的贵族,裹得也越多越厚。"大敛"即指将死者装进棺材。敛毕之后,是"殡"这一仪式。"殡"是指将死者棺椁停放一段时间,便于亲人朋友前来悼念。

不同等级贵族在殡礼的时间上也有不同,这点在《左传》和《周礼》中都有所记载。按照周礼,周天子去世七个月后才可下葬。如此长的时间主要是因为周朝各诸侯国君都要前来吊唁,而当时交通不便,路途上需要耗费许多时间。其次诸侯等级的贵族去世后,要过五个月后才可下葬。参加葬礼的一般也是同等级的其他诸侯国君。大夫阶层死后三个月下葬,来参加葬礼的也是与死者同等级的贵族大夫。贵族等级最低的"士"去世后,一个月后即可下葬。殡礼结束之后是"出殡"和"下葬",即将死者的棺椁运至墓地并埋葬于墓穴之中。

在大致了解了古代贵族的丧葬制度后,就会发现将此诗解读为爱人悼亡诗并不妥当。如果诗人描写的对象是一位活着的人,为何会穿着全白衣服,头戴白色冠帽呢?其实古人是的确有如此着装的,这点在先秦古籍中有诸多记载。方玉润在《诗经原始》中举了很多例证,《孟子》《论语》中都有类似记载。我们不能因为诗中的白色衣冠就先入为主认为一定是死者所穿。如此一来,此诗三章首句的意涵即为诗人感叹自己非常有幸能够遇到这样一位身穿素衣、头戴素冠的贵族。

素冠（二）

患难与共，悲愤共勉

守丧三年之礼

既然此诗并非一首爱人悼亡之作，诗中这位全身上下穿着白色的贵族男子也是一个活生生的人，那么此诗就可以从另一种角度来解读。这种解读源自《毛诗》，认为此诗的主旨是"刺不能三年也"，即从中国古代传统中守丧三年之礼这一角度诠释此诗。这一解读的关键在于诗中所描写的这位贵族男子一身白色着装。古人认为白色着装是指孝服，即丧服。中国古代宗法制最重视的是血统关系，古人以家族为中心形成了一套非常完备的等级体系和礼仪规范。

所谓丧服是指父母或亲人过世后很长的一段时间里，在世生者为表达哀悼长期穿着的服装。先秦《仪礼》一书中有关于丧服制度的丰富介绍。丧服至少分为五等，具体内容非常细致，在此不展开介绍，只举一例说明。程度最重的丧服等级称为"斩衰"。这种丧服一般用白色生麻布制成，布料极粗。衣服两侧不缝纫边缘，相当于身子前后披着两块粗麻布。古时，儿子或者未出嫁女儿的父亲过世、父母的长子过世、妻妾的丈夫过世、诸侯所尊奉的周天子过世，生者都要穿这样一套极其粗鄙的"斩衰"丧服，且要一直穿满三年，即常说的守丧三年之礼。这三年中，生者不单要穿着丧服，在饮食生活各个方面也要极为节制，粗茶淡饭，简居不出，不能参加任何娱乐活动。如果在外做官之人，其父母过世，必须停职三年归家，守丧完毕才能重新工作。中国古人向来慎终追远，对故去的亲人和祖先极为尊重纪念，所以才会发展出这样一套厚重的丧礼制度。

可能对于现代人来说，社会发展已进入消费时代，任何事都讲求效率，三年是一段漫长的时间。为何古人要用如此长的一段时间让自己沉浸在对故去亲人的追念祭奠之中呢？

《论语》里的一则故事很好地解释了这一问题。孔子有个学生名叫宰我，他有一次问孔子："父母去世后，作为子女要守丧三年，这样的礼仪从上古一直到现在，已经非常古老。这三年中什么事都不能做，也不能参加娱乐活动，这样真的好吗？一年是否就已经足够了？"孔子听后反问宰我道："那你这样觉得心安吗？如果你觉得心安，就这样去做吧。"接着孔子解释了为何古人守丧有三年之礼的原因所在，他说："一个婴儿从出生开始，起码要到三岁才能离开父母的怀抱，学会自己吃饭、走路。所以父母去世后，这三年之丧是子女对于父母怀抱了自己三年，将自己抚养长大的回报。如果父母怀抱孩子都没有抱怨三年的时间很长，为何作为子女为故去的父母守丧三年却觉得时间太长呢？"

孔子所说的这一段话，我每次读到都非常感动。孔子的解答真正触及了"孝"的本质。当然，现代人已经不提倡守丧三年，我们也不用纠结于三年这个数字本身。孔子真正想说的关键内涵,一是"心安",二是"回报"。亲人之间爱的根基就是那一份回报感恩之心,只有发自内心做好这一点,当我们在面对亲人、面对生活时,内心才会安宁。

与有礼之人同归

诗歌三章开篇都用到的"庶见"二字,是指诗人觉得自己很幸运,因为能够见到这样一位守丧的贵族男子。诗人为何会觉得幸运呢?《毛诗郑笺》里解释:"时人皆解缓,无三年之恩于其父母,而废其丧礼,故觊幸一见素冠,急于哀戚之人。"意思是在当时的社会里,很多人心中已不重视礼仪,变得懈怠浮躁,尤其是对守丧三年之礼,能够做到的人就更少了。所以当诗人见到这样一位心中依然保持感恩之心、遵守礼仪的贵族男子,他感到非常难得。

"聊与子同归兮""聊与子如一兮","同归"和"如一"马瑞辰在《毛诗传笺通释》里解释:"'同归'犹下章言'如一',皆谓一致。"意思是"同归"和"如一"是诗人在此表达自己要与这位遵守孝道、崇尚礼仪的贵族青年站在一起、与他保持一致。诗人作此诗的目的也是为透过这样一个现象讽刺当时社会礼崩乐坏的现实。

患难与共,不离不弃

讽刺诗的诠释虽然历来认同较多,但也有不妥之处。因为诗人在诗中还特别表达了自己悲伤不已的情绪,所谓"我心伤悲兮""我心蕴结兮"。如果诗人是在赞扬这样一位遵守礼节的贵族,又何以如此悲伤呢?另外,古时守丧时所穿衣服应为粗麻布所制,两侧甚至都不缝纫,只用麻绳作腰带,不可能有诗中"素𬘘"这类装饰,所以诗中的素冠白衣应该并非丧服。

如果之前两种解读都非诗歌本意,那此诗的主旨究竟为何呢?我个人认为此诗是一首当时桧国百姓见到祖国因国君的贪婪昏庸逐步走向衰亡,被郑国蚕食而内心忧伤,为表达奋起决心、爱国志向而作的诗歌。

首先,诗歌三章首句中所描写的一身素衣的男子是当时郑国侵占桧国后,一位失去地位的没落桧国贵族。他的一身素衣、头戴素冠和悼亡、守丧都无关系,而是这位没落贵族穿着朴素简陋。"棘人栾栾兮"一句是诗人见这位曾经的贵族男子如今因生活没落而消瘦不已的现状。这位没落贵族青年因国家衰亡而忧心不已,或许也正是因为他不愿意与其他堕落腐朽的老贵族们同流合污,才最终落得如此下场。

"劳心忉忉兮"并非诗人写自己内心忧伤,而是写这位贵族男子内心充满对祖国衰亡的忧伤之情。正因如此,诗人对他才表示了肯定,认为自己有幸得见这样一位真正爱国的君子。当时,其他堕落的老贵族们可能都因贪图享受富贵而卖国求荣。只有这位男子,即便已经落寞至此却依然忧国忧民、不愿妥协。

"我心伤悲兮,聊与子同归兮""我心蕴结兮,聊与子如一兮"是诗人激励彼此以示共勉之情,意思是虽然面对国家衰亡、故土被侵占、主权被践踏,但诗人愿和这位素衣男子一样坚持一份爱国之心。诗人感慨今天能幸而遇见他,说明桧国还有仁人志士,还有希望,诗人愿和他保持一致、坚持到底,与祖国同命运。这是一首当时桧国百姓和落寞贵族中的有志之士患难与共、不离不弃，抒发爱国热情和崇高志向的诗歌。

　　《桧风》中的四首诗歌有着相互关联，就像一部完整的"桧国衰亡史"，上一首《羔裘》是这部衰亡史的第一集，讲述了桧国在被郑国侵占之前，贵族们贪婪奢靡的生活方式，表达了大难将临时，桧国有志之士对于国家前途的担忧之情。《素冠》则是第二集，讲述桧国正被郑国所侵略占据，此时正是国家命运攸关时刻。面对他国的侵略，那些有志之士（无论百姓也好、贵族也好）都主动站出来，唱出这样一首悲伤却又激昂之歌，互相勉励、砥砺前行。

隰有苌楚

爱是心甘情愿的羁绊

> 隰有苌楚，猗傩其枝。夭之沃沃，乐子之无知。
> 隰有苌楚，猗傩其华。夭之沃沃，乐子之无家。
> 隰有苌楚，猗傩其实。夭之沃沃，乐子之无室。

乱世羡草木

《隰有苌楚》一诗非常特别，综观诗三百，没有一首诗表达的情绪像此诗一样悲伤。诗人甚至怀疑起自己生而为人的意义与价值。对于诗歌的主旨，历来有很多解读，可惜这些解读与此诗本意有所偏差。

诗歌共三章，一唱三叹，回环咏唱。先品每章首句。"隰有苌楚"，"隰"指低洼湿地，"苌楚"是一种蔓生植物，其果实即现在的猕猴桃。"猗傩其枝"，"猗傩"在马瑞辰《毛诗传笺通释》里解释为"草之美盛"，指植物盛美繁多之意。诗人望着低洼处生长的苌楚，其枝条蔓延弯曲自由生长，非常美丽茂密。现在有解释认为"猗傩"通"婀娜",为柔顺之意,指苌楚枝条纤细柔软弯曲之貌,这样的理解并不全面。因为诗人不仅用"猗傩"形容苌楚的枝条,后两章此句写到"猗傩其华""猗傩其实"。"华"和"实"指苌楚的花朵和果实,它们怎能用纤细柔软来形容呢?所以"猗傩"解为植物盛美繁多之意更为合适。

诗人开篇以野外茂盛生长的苌楚起兴,其用意要结合桧国的历史背景来理解。《桧风》里的四首诗歌皆作于桧国被郑国灭亡前后。这段时期,桧国社会环境一定非常混乱。自古皆是如此,每逢乱世,国破家亡,芸芸百姓必然陷于身不由己、颠沛流离。诗人望着野外茂密的草木,羡慕之情油然而生,他希望自己能像这湿地中自由生长的苌楚一样无牵无绊。诗人内心伤悲至极,连对自己生而为人的事实都不再感到骄傲。所谓乱世羡草木,在诗人眼中,人类相对自然界的草木而言失去了优越性。

这种对于人生的否定与强烈的厌世情绪在《诗经》其他篇目中极为少见。除了身处乱世的社会环境大原因,诗人又遭遇了什么才会有如此无奈厌世的情绪呢?三章后面一句就道出了其中原委。

国破家亡,身不由己

"夭之沃沃","夭"通"枖",《说文解字》里解"枖,木少盛貌",意指植物初长成时,生机勃勃、富有生命力的样子。诗人在此还是写上章他所见的苌楚。"沃沃"亦是形容植物的叶子茂盛润泽。"乐子之无知","乐"在此是羡慕之意,"知"通常理解为知觉、情感之意。诗人羡慕这野外的草木,它们处于乱世之中,依然可以茁壮蔓延、茂密生长。因为植物与人不同,它们没有情感、没有知觉，不必承受乱世之苦。唐人元结诗云："惟云顺所然，忘情学草木。"意思是人若能像天空中的云朵那样随风飘逸、聚散自然，能像草木那样没有知觉、忘情无忧，那是多美好的状态啊！现实却是残酷的，生而为人就是要尝尽生活的五味杂陈，就会有血有肉有情，怎可能做到忘情如草木呢？诗人想要忘却的究竟是什么"情"呢？

"乐子之无家""乐子之无室"写出了诗人的心绪。"家"和"室"清楚地说明了，诗人所要忘却之情是指与家人的亲情。可想而知，当时桧国被郑国侵占，国家濒临灭亡，首先被破坏的就是桧国的每一个家庭。不论贵族还是普通百姓，他们所遭受的其实都是相同的。谁没有父母亲人呢？所谓"国破家亡"，"大国"和"小家"紧密相连、唇齿相依。国家一旦衰亡，家庭离散必将接踵而至。

方玉润在《诗经原始》里讲："此必桧破民逃，自公族子姓以及小民之有室有家者，莫不扶老携幼，挈妻抱子，相与号泣路歧，故有家不如无家之好，有知不如无知之安也。"意思是此诗的写作背景正是当时桧国破灭之时，不论贵族百姓都携老扶幼四散逃亡，一路悲伤哭泣。此时有家或许真不如没有家好啊！没有了情感的羁绊反倒无所谓失去，也不至于太过伤心。诗人多希望自己能如野地里的草木一般，没有家室，没有情感的牵挂，落地生长、自由蔓延，就不必遭受这身不由己、国破家亡之痛。

家是心甘情愿的羁绊

《桧风》中的四首诗歌是一部动人的桧国衰亡史，此诗正是一首讲述当时桧国濒临破亡,上至贵族、下至百姓流离失所的哀歌。历来许多解读都特别偏向于从诗人悲伤厌世的角度去理解此诗,但我个人认为如果只是停留在这一层面,只是看到诗人羡慕草木无家无室,对于生而为人痛苦万分,就略显浅薄。细品诗歌我们觉得诗人是真的厌世吗?他真的希望没有家室的羁绊吗?其实并非如此,我们能体会到诗人并非对于无情忘情充满向往,而是渴望人情的真挚美好。

中国自古是以农业为主的社会形态,家庭观念根深蒂固。什么才是家人?很多人也许会脱口而出:家人自然是和自己有血缘关系的人。其实这样的理解并不全面。

日本电影《小偷家族》探讨了一个深刻的问题:什么样的人才是家人。影片情节很简单,讲的是一群处于社会底层、没有血缘关系的穷人组成了一个临时家庭。虽然他们是小偷,但也相亲相爱,彼此依赖。导演是枝裕和借影片主人公之口告诉我们:家人就是一种羁绊。羁绊是缠住你让你不能脱身的东西,但家人却是一种心甘情愿"被拖累"的羁绊。这种羁绊就是爱,是超越血缘关系而存在的。

很多时候或许我们会觉得身边的亲人很烦,会拖累你的生活,但尽管如此,我们还是心甘情愿地放下自己那一份自私,去满足他们,去守护他们。父母都会有自己的生活追求,但是很多时候因为对孩子的爱,他们会放弃自己的人生选择,心甘情愿把时间和精力用在孩子身上。爱人之间亦是如此,为了彼此相守,一方宁愿放弃自己发展难得的契机。朋友知己之间也有类似的情况。当你想要自私一下的时候,却发现有一个人的存在阻碍着你，让你放弃了自己的想法但却心甘情愿。

　　此诗的情感也正是如此，诗人透过悲伤的哀叹道出了爱的真谛，告诉我们什么才是真正的家人。在那个战乱纷飞的年代，家人是让诗人舍不得、丢不下的羁绊。诗人可能会抱怨两句，但依然心甘情愿地担负起这份责任，这才是真正的亲情，真正的爱。

桧风

匪 风

有国才有家

匪风发兮,匪车偈兮。顾瞻周道,中心怛兮。
匪风飘兮,匪车嘌兮。顾瞻周道,中心吊兮。
谁能亨鱼?溉之釜鬵。谁将西归?怀之好音。

旋风无常,车马无度

之前一首《隰有苌楚》描写了在面临国家灭亡危难之际,桧国无论贵族还是百姓,每一个小家庭都同样面临着极大的痛苦。此首《匪风》则更上了一个台阶,诗人将小家和大国联系起来,从家国情怀的角度表达了国破家亡之伤。

诗歌共三章,先品前两章首句。"匪风发兮","匪"在马瑞辰《毛诗传笺通释》中解为"彼、匪古通用","匪"在此作代词用,"发"是一个象声词,形容大风呼啸之声。"匪车偈兮","偈"在三家诗齐诗、韩诗里都作"揭",指马车疾驱、快速前行之意。诗歌开篇描写的场景极为凄凉压抑,天空灰暗,大风呼啸,车马疾行。这是一幅桧国亡国之后百姓避难逃离的悲情画面,他们不得不逃离自己世代居住的家园,背井离乡远走他方。

次章"匪风飘兮,匪车嘌兮"相较上章只换二字,更进一步地描写了风和车的状态,在意涵上将亡国逃离的悲情气氛渲染得更为强烈。"飘"《毛诗》解为"回风",意指旋风。旋风一方面非常猛烈,另一方面它疾速回旋变幻不定,是无常之风,在此也象征国破家亡、背井离乡的人们,他们今后的命运也像这无常的旋风一般不知去向、颠沛迷茫。"嘌"现在很多解释认为是马车疾速行驶之意。其实它还有另一层含义,《毛诗》解释:"嘌嘌,无节度也。"意思是"嘌"不仅指速度快,还有失去节度之意。马车行驶的节奏很乱,说明驾驶马车之人此时此刻心乱如麻。如果不是因为国家灭亡,无法生存,谁愿意离开自己的家园呢?心中怀着悲伤不舍,又如何能稳健地驾驶着马车迅速逃离呢?诗人次章这二字换得极好。旋风无常,车马无度。此处通过氛围的烘托及人物心理描写,将这国破家亡、流离逃亡的画面刻画得入木三分。

忧伤凭吊,一语双关

诗歌前两章次句,诗人直抒胸臆。"顾瞻周道","周道"是指大路。逃亡的马车在大路上飞驰。"顾"用得极好,是回头之意。"顾瞻"即指回头张望。诗人要离开自己深爱的家园,心中万分不舍,所以在疾驰逃离的马车之上,他不住地回头张望,依依眷恋。"中心怛兮","怛"是忧伤之意,即指诗人此刻内心忧伤不已。次章"顾瞻周道,中心弔兮",诗人在用字上又更进一步。"弔"通"吊",现在的《诗经》解读通常简单地将其解为悲伤之意，但"吊"不仅是悲伤，更重要的是有吊唁、凭吊之意。首先，诗人凭吊自己已经灭亡的祖国，为故去的美好家园忧伤不已。其次，诗人在此一语双关，"周道"字面意为大路，但"周"也可理解为当时的西周王朝。

桧国的灭亡是伴随西周灭亡一同发生的，两者之间有非常紧密的因果联系。正因幽王荒淫无道，西周被灭，郑桓公才决定脱离西周王室控制，建立独立的郑国，这才导致郑国侵占桧国。假使西周江山稳固，周王室不东迁，桧国也不会被郑国侵占；如果周王室强盛，郑国有天大的胆子也不敢侵占桧国。正因周王室失去了控制力，所以诸侯间才会战乱不止，桧国也因此沦陷灭国。诗人不住地回头张望，心中忧伤凭吊的不仅是自己的祖国桧国，也在凭吊灭亡的西周王朝。可惜历史的发展没有"假如"，残酷的现实摆在面前已无法改变，诗人只能心中忧伤，踏上这前途未卜的流亡之路。

有国才有家

诗歌末章的内容与前两章明显不同，诗人转换到另一个角度，从家国情怀的维度进一步抒发亡国之痛。"谁能亨鱼"，"亨"通"烹"，诗人突然来了一句疑问："谁会烹饪鱼呢？""溉之釜鬵"，"溉"通常意为灌溉，指往田地里注入水，在此引申为用水洗涤。"釜鬵"指古人用的炊具，相当于现在做饭烧菜用的大锅。诗人的意思是如果谁会烹鱼做饭，他愿意为其刷锅洗碗。

诗人如此转折其中有两层内涵。首先，烹鱼洗锅是日常生活中最细微的家庭琐事，诗人如今远走逃难，哪怕这样最简单的家庭之事也没有机会去做了,所以诗人回望故乡家园,想到曾经平凡而快乐的家庭生活,让他心酸不已。杜甫《江村》"老妻画纸为棋局,稚子敲针作钓钩。多病所须唯药物,微躯此外更何求",意思是普通百姓的小家庭不就是渴望平平淡淡温情快乐的生活吗?妻子用纸画一张棋盘,夫妻开心地下棋;小儿敲针制作鱼钩,一家人其乐融融地钓鱼;老朋友间相互照应,给予彼此一些钱米;除了生病需要吃药之外,小老百姓还有什么奢求呢?平平淡淡才是真,实现这些的基础是有国才有家。如今国家破灭,小家的温情快乐也随之烟消云散、荡然无存。诗人从家庭琐事中映射出其心中的家国情怀,以小见大,描写出了国家的灭亡对于桧国人民的深深伤害。

其次,此句还有另一层可理解的角度。老子《道德经》里有这样一句话:"治大国若烹小鲜",治理一个大国就好像烹调小鱼、做道小菜一样。做菜要掌握火候,油盐酱醋要恰到好处,不能过头也不能缺位。治国之道亦是如此,要用心得当。《毛诗》里讲:"烹鱼烦则碎,治民烦则散,知烹鱼则知治民矣。"意思是鱼这种食材,其肉质非常易碎,如果处理不好或搅动频繁,就容易碎得不成形。治国也一样,如果统治者不能使用正确的方式治理国家,那国家就会处于危难,百姓就会四散流离。诗人在此又是以小见大,从小小家庭中洗锅烧鱼的小事映射出大国治理的智慧之道。诗人之所以这么说,也是希望能出现一位真正有道贤明的统治者带领百姓们用正确的方式复兴桧国。如果真的有这样一位统治者存在,诗人心甘情愿为他洗锅刷碗,努力协助他治理好祖国。尽管已国破家亡,诗人也在疲于逃亡,但他心中依然期盼贤明统治者的出现,希望自己的家园能重现生机。

"谁将西归",诗人又问道:"谁会往西面回到故乡去呢?"由此可知诗人是往东面逃亡,这也符合历史实际,因为桧国灭亡是伴随着西周灭亡一起发生的,当时整个西方已是战火纷飞,所以逃亡必定是往东面而去。"西归"在此也是一语双关,一方面是指回到祖国桧国,另一方面也是指回到破灭的西周故地。"怀之好音","好音"是好消息、报平安之意。末句意为:如果有人往西面回到桧国或者回到已被犬戎占领的西周故土,请他给那些依然在故土战乱中的家人亲友们报个平安,即诗人如今流亡在外一切都安好,希望能有朝一日重回朝思暮想的家园。

有机联系的文学篇章

此诗在文学上字字用心,多处一语双关,内涵深远。诗人在末章以小见大,从家庭琐事出发,上升到对于整个国家的关切之情。将小家和大国的命运紧紧联系起来,真切地道出"有国才有家"的深刻道理。

《桧风》中的四首诗歌,第一首《羔裘》描写桧国还未亡国之时,有志之士对于桧国统治者贪婪昏庸的忧伤之情。第二首《素冠》描写桧国已遭侵略,亡国危难之际,诗人心中悲愤,呼唤爱国之士共勉奋斗、保卫祖国。第三首《隰有苌楚》描写桧国灭亡之时,上至贵族下至百姓每一个小小家庭都遭受着极致的痛楚。最后一首《匪风》则描写桧国灭亡的最后时刻,国人无奈逃亡,人民颠沛流离。四诗一脉相承,构成了有机的文学整体,叙述了完整的桧国衰亡史。

曹风

蜉蝣（一）

一个时代的终结

蜉蝣之羽，衣裳楚楚。心之忧矣，于我归处。
蜉蝣之翼，采采衣服。心之忧矣，于我归息。
蜉蝣掘阅，麻衣如雪。心之忧矣，于我归说。

周王同宗，天下之中

《曹风》虽仅有四篇诗歌，但曹国可不一般。曹国开国国君是曹叔振铎。《史记·管蔡世家》中记载："曹叔振铎者，周武王弟也。武王已克殷纣，封叔振铎于曹。"曹叔振铎是周武王之弟。武王伐商，建立西周王朝后，将其弟振铎分封在曹地建国。

曹国和周王室不仅是同宗同姓，曹叔振铎更是武王的心腹。西周建国之初，周武王举行登基仪式时，"武王弟叔振铎奉陈常车，周公旦把大钺，毕公把小钺，以夹武王"（《史记·周本纪》）。振铎当时作为武王所坐仪仗车的护卫走在队伍最前。周武王另两个弟弟周公和毕公分别手执大钺小斧，侍立于武王两旁。在开国大典之上能陪护在武王身边之人必是他极其信任的心腹,曹叔振铎正是其中之一,其身份地位可见一斑。

曹国在西周初年是一个极为重要的诸侯国。曹国地处今山东省菏泽市、聊城市、濮阳市一带,其国都在陶丘,即现今菏泽市定陶区。最早尧帝被分封在定陶,故史称尧帝为"陶唐氏"。作为古代圣王所处之地,定陶在文化上有深厚的历史底蕴。在地理上,定陶史称"天下之中",它处于交通要冲,是整个中原地带的中心。以定陶为起点,往四方其他诸侯国的距离都很近,加之这片地域是广大平原且周边水路四通八达,交通极为便利。定陶与济水相邻,济水可通黄河、淮水,通过水路可畅通无阻地去往几乎当时所有诸侯大国。天下各诸侯国往来也都要经过曹国,故曹国具有得天独厚的地缘优势。在气候上,定陶四季分明、土地肥沃,利于粮食作物生长,是真正的富庶之地。正因如此,定陶在周代是数一数二的一线大都市,交通便利、商业发达、农业盛产,曹人生活富足无忧。凭借血统和地理等先天优势,曹国被列为西周初年"十二诸侯"之一,可以说是含着金钥匙出生。

周武王之所以将其弟曹叔振铎分封到曹地为王,其意图也很明显,说明武王极其信任他,让他治理曹国,协助自己控制中原地带,稳定周朝江山社稷。

一个时代的终结

不过世事变幻,盛衰难料,这样一个有着"周王同宗,天下之中"高起点的大国,最终也难逃衰亡厄运。曹国甚至是西周初年的诸侯大国中最早灭亡的一个,其主要原因有两方面。首先是历史大环境的剧变。西周末年,幽王昏庸,王室衰微,西周被犬戎所灭。周平王不得已东迁洛阳,整个时代进入一个大分裂时期。西周灭亡对于周王室包括与王室同宗同姓的各诸侯国来说都是一次沉重打击。周王室对于中原各诸侯国失去了实际控制力,各姬姓诸侯国也失去了贵族血统的地位优势。其次,对于一个国家来说,兴盛衰亡的最关键因素还是在于统治者的治理之道是否贤明有德。曹国的统治者们一代不如一代,其中最负恶名的是曹共公,此人在之后的《曹风》诗歌中会详细提及。曹共公统治昏庸、为人无德。他与晋国交恶,导致晋文公出兵伐曹,曹国险些因此亡国。此后,曹国国力一落千丈,沦为二流诸侯国。春秋时期,晋楚两国争霸中原,曹国夹在晋楚两国之中成为最大受害者。曹国之后的统治者也都个个昏庸无能,最终在春秋末期,历经二十六任国君,立国六百三十多年的曹国被宋国所灭。春秋时期有数十个诸侯国灭亡,曹国也是其中之一,但灭亡的诸侯国大部分都是小国,自身弱小的国家面对诸侯林立的春秋时代,灭亡也情有可原。曹国却完全不同,如此高起点建立的诸侯大国,居然也在春秋末期遭遇亡国厄运,可见曹国的统治者及当时整个周朝社会环境都已江河日下,混乱无道。

曹国灭亡从历史上来说是一个时代的终结。西周初期各诸侯国尊周天子为共主、诸侯和谐相处的美好时代已不复存在。此后不久,时代就进入诸侯相残、弱肉强食的战国时期,至此天下大乱、民不聊生。《曹风》诗歌对于这段时期的历史变革有着深刻反映。全部四首诗歌内容较为忧伤,有对于美好转瞬即逝的哀叹,也有对于昔日荣光、黄金年代的追忆感慨,这也构成了《曹风》的基本文学情感基调。

蜉蝣之羽，曼妙动人

《蜉蝣》一诗整体情感基调极为感伤，表现出诗人对于生命本质的深远思索。诗歌共三章，先看每章首句。"蜉蝣之羽"，"蜉蝣"是一种微小的昆虫，生长在水泽之中。"羽"即指蜉蝣的翅膀。次章首句"蜉蝣之翼"，"翼"亦指翅膀。"衣裳楚楚"，"楚"三家诗都作"黼"。《说文解字》解"黼，合五采鲜色"，指汇合各色，五彩斑斓。蜉蝣的翅膀就如同这小小昆虫穿在身上的衣服一样。当它挥动翅膀在空中飞舞时，五彩斑斓，曼妙迷人。下章此句"采采衣服"，"采采"朱熹《诗集传》解释为"华饰也"，亦指装饰华美之意。末章"蜉蝣掘阅，麻衣如雪"，"阅"通"穴"。此句意指蜉蝣从水泽的泥土洞穴中飞舞升起，其翅膀如穿在身上的麻衣一般洁白如雪、轻盈至美。

诗歌每章首句，诗人都在赞叹蜉蝣的翅膀五彩斑斓、洁白轻盈。蜉蝣身小翅大，且翅膀完全通透，身体尾端还有两条长长的尾须，所以当它飞动飘舞在空中时，体态极为轻盈曼妙、纤巧动人。蜉蝣多在日落时分的水面上成群飞舞。夕阳的暮光和洁白水面的反射光线穿透过蜉蝣的通透翅羽，迷幻动人。

纪录片《地球神奇的一天》就拍摄过这样的场景。在匈牙利的一条河面上，暮色降临，五百万余只蜉蝣同时起飞，透明翅羽在夕阳光线的映射之下一同挥舞，壮丽美妙如梦幻一般。

蜉蝣（二）

向死而生，绽放生命

朝生暮死，归向何处？

诗歌三章首句，诗人之所以借蜉蝣起兴的原因，与这种昆虫所具有的重要生物特点有关。蜉蝣的生命非常短暂，所谓"朝生暮死"，它们的生命通常只有一天的时光。"蜉蝣"在希腊语中叫 ephemeron，据说是古希腊哲学家亚里士多德所起，这个词本意就指"生命短促"。现代科学发现有些蜉蝣成虫的生命连一天都不到，可能只有几个小时而已。羽化成虫后的蜉蝣，伸展着透明美丽的羽翼，在夕阳下的水面尽情飞舞之后，便要面临生命的终结。诗人正是看到蜉蝣朝生暮死的生命特征，才会以此起兴，作下这首感慨万千的诗歌。

诗歌每章次句是诗人哀叹的内容。"心之忧矣"是诗人直接表达内心最深处的哀伤之情。"于我归处"，"归处"在此即死亡之意。"然观蜉蝣之不能久存，将于我乎归处，归处谓死也。"（马瑞辰《毛诗传笺通释》）诗人望着朝生暮死的蜉蝣，不禁想到了自己的生命。人的生命虽然相对于蜉蝣而言很长，但人生在世也不过百年，相对于亘古绵长的宇宙而言，人类个体的生命本身也是极其短促的。诗人内心忧伤,不知死亡来临的那天自己会归于何处。诗歌后两章此句也是相同意涵。次章"心之忧矣,于我归息"。"归息"与"归处"相同,都是诗人在心中自问:自己死后要去向哪里呢?末章"心之忧矣,于我归说"。"说"通"税",是停留之意,在此也指代死亡。

人类的死亡意识

诗人通过观察自然界中的蜉蝣,其内心随之生发出死亡意识及对生命本质的深刻思索。"寄蜉蝣于天地,渺沧海之一粟。"(苏轼《前赤壁赋》)人是如此渺小,生命又如此短促,就像是天地间的一只蜉蝣,朝生而暮死;就像是汪洋中的一粒粟米,微小而轻盈。每一个人只有开始对死亡有所思考,对生命之短促有了切身体会,才会深刻体悟到生命的意义所在。这样的思考从人类存在第一天起就一直伴随着我们,直到今天亦是如此。

死亡是一个沉重的话题,但也是每个人都不得不面对、无法逃避的话题。学会正确地看待死亡是每个人生命中的一堂必修课。有生就有死,它们就像一块银币的两面,彼此相连。死亡本身又有其特殊性。

首先,它是一件不能分享的事。人生中有太多事都可与他人分享或分担,如工作、生活、情感等等。但死亡却是一件每个人只能独自面对的事情,无法分享,更无法让他人承担。

其次,死亡本身是一种可能性。谁也不知道自己会何时离开这个世界,可能会在很久以后,也可能就在下一秒。生活中其他的可能性发生时，我们还能继续活下去，还能继续面临更多的可能性。但死亡却完全不同，它一旦发生，所有生活中其他的可能性都随之终结。死亡是一种随时会发生并且可以让其他一切可能都变为不可能的可能性。

最后，最令人类困惑的是死亡本身究竟意味着什么？死后会去到哪里？至少活着的人对此没有答案。

存在主义思想家海德格尔说这种感觉就像在黑夜笼罩的水面上行船，前方一片漆黑，我们什么都看不到，只能不断地往前行船，不知自己会驶向何处。这就是死亡给我们每个人的感受。我们会忧虑和畏惧，因为我们不知道死亡究竟会带来什么。

诗人也表达了相同的终极困惑与不安："于我归处""于我归息""于我归说"，诗人自问："当死亡的黑暗最终降临时，我会落在何处呢？"

人都有害怕的情绪，但如果知道自己在害怕什么，就可以鼓足勇气去面对。如果我们对死亡有一个确定的答案，那我们可能就不会再害怕了。然而所有的答案都只是猜测，人们对于死亡一无所知。人类内心对于死亡的畏惧是一种没有对象的害怕，根本不知道自己应该去害怕什么，这才最令人恐惧和忧虑。

向死而生，绽放生命

诗人借着朝生暮死的蜉蝣道出自己对人生短促的感慨以及对于生命消亡后会归向何处的困惑与不安。我们也借此了解了两千多年前古人的死亡意识与当下人没有什么区别。如何去面对这样的情绪，如何去处理好对于生命终将消亡这一事实的理解是极其重要的。诗人就为我们做了一个很好的范例。诗歌三章首句并没有描写蜉蝣的死亡,而是刻画了蜉蝣翩翩起舞、挥动羽翼的唯美画面。由此可见,诗人虽然心中有对于死亡担忧畏惧,但他更渴望生命本身的美丽。蜉蝣"朝生夕死,犹有羽翼以自修饰"(《毛诗》),哪怕它的生命只有这短暂的一天,也依然在夕阳下挥动羽翼,以最优雅的姿态面对即将来临的死亡,用尽全力绽放生命的光彩。这或许就是历代先哲们所说的"向死而生"。

　　蜉蝣这小小的昆虫既能如此,我们每一个人不更应该珍惜生命,用力绽放出人生的精彩吗?此诗绝不该被简单理解为一首感慨生命短促的哀歌。诗人在诗中所要表达的重点,其实并非是那一份对于死亡的未知和恐惧,而是对于人生的反思。诗人在忧虑自己该如何在这短暂的一生中活出应有的姿态,他希望自己的生命能如蜉蝣一般五彩斑斓,不枉此生。

讽刺诗的解读

　　此诗历来还有另一种解读,认为其是一首讽刺诗,主要原因是诗歌极致描写了蜉蝣的华美羽翼。《毛诗》认为诗歌讽刺了当时曹国统治者对华丽衣着追逐以及奢靡无道的生活。朱熹在《诗集传》中则更进一步认为:"此诗盖以时人有玩细娱而忘远虑者,故以蜉蝣为比刺之。"意思是此诗写的是当时曹国统治者只知追求华丽服饰、贪图当下享受,而无深谋远虑。诗人见曹国日渐衰弱,故作此诗讽刺统治者目光短浅。

　　纵观诗歌,其实没有任何明显的讽刺意味。全篇都是诗人在表达自己极为个人的生命思考和内心情绪。关于历来讽刺诗角度的解读，方玉润在《诗经原始》中有一段非常到位的反驳："盖蜉蝣为物，其细已甚，何奢之有？取以为比，大不相类。天下刺奢之物甚多，诗人岂独有取于掘土而出、朝生暮死之微虫耶。"意思是蜉蝣本是极为渺小的昆虫，诗人若要讽刺统治者奢靡无道，天底下可用来作比讽刺奢靡的事物非常之多，何必要用如此渺小且朝生暮死的飞虫呢？故讽刺一说实在不妥。

候人（一）

文公伐曹，一雪前耻

彼候人兮，何戈与祋。彼其之子，三百赤芾。
维鹈在梁，不濡其翼。彼其之子，不称其服。
维鹈在梁，不濡其咪。彼其之子，不遂其媾。
荟兮蔚兮，南山朝隮。婉兮娈兮，季女斯饥。

文公伐曹，一雪前耻

《候人》一诗与"晋文公伐曹"这一历史背景有着密不可分的联系。关于晋文公重耳其人，之前的诗中已有所提及。他是晋献公之子，因骊姬之乱流亡在外十九年，直到六十多岁才重回晋国，成为晋国国君。晋文公励精图治，在花甲之年带领晋国击败强楚，称霸中原，故史称"春秋五霸"之一。

晋文公攻打曹国的原因与一段历史恩怨有关。重耳流亡在外之时，去过很多诸侯国。有的国君对他以礼相待，有的则极为冷淡。十九年的流亡生活令重耳尝遍人间冷暖。其中最令他难以忍受的是曾流亡到曹国的一段经历。

重耳流亡到曹国时,曹国国君是曹共公。曹共公对重耳很不以为然,故不以礼相待。重耳作为流亡在外的晋国公子,受人冷落亦是常态,但曹共公还做了一件令重耳倍感耻辱之事。《史记·管蔡世家》记载:"共公十六年,初,晋公子重耳其亡过曹,曹君无礼,欲观其骈胁。"曹共公十六年,重耳流亡途经曹国。曹共公极其无礼,他听说重耳骨骼清奇,生有"骈胁",即指前胸两侧肋骨相连。从现代医学角度来看,这属于身体上的病态畸形。曹共公对此特别好奇,想看看重耳的肋骨究竟长成何样,于是他就偷窥重耳洗澡。这在崇尚礼仪的古人眼中简直比死亡更要屈辱百倍。所谓"士可杀不可辱",此恨重耳一直铭记在心。

当他回到晋国成为晋文公之后,就立刻出兵攻打曹国一雪耻辱。晋军势如破竹,曹国险些因此亡国,曹共公也被晋军抓获。曹国自此开始衰弱,后来一直受制于晋国,慢慢走向衰亡。

师出有名,斥责昏君

古人出兵打仗讲究师出有名。晋国伐曹亦是如此,虽然晋文公与曹共工之间曾有私人恩怨,但晋文公不能因此发兵,以此为由只会被人耻笑。当时晋文公找了其他两个攻打曹国的主要理由。

《左传·僖公二十八年》记载:"入曹。数之,以其不用僖负羁,而乘轩者三百人也。"意思是晋文公列数曹国国君两大罪状。其一,曹共公不任用贤臣僖负羁。僖负羁是曹共公手下大臣。当年重耳流亡过曹,曹共公对他无礼相待,但僖负羁却很有远见。

他见重耳并不一般,日后必成大事,所以一方面劝谏曹共公对重耳以礼相待,另一方面私底下热情招待重耳。对于僖负羁当年的恩情,晋文公一直铭记在心。如今以此为伐曹的借口,斥责曹共公昏庸无道,不任用贤臣。

其二,曹国"乘轩者三百人也"。"轩"指古代贵族官员所乘带有帷幕的马车。因曹共公昏庸无道,用人不慎,曹国大量无能的酒囊饭袋之辈都被封官晋爵,得坐轩车。关于这点,司马迁在《史记·管蔡世家》中也总结道:"余寻曹共公之不用僖负羁,乃乘轩者三百人,知唯德之不建。"司马迁也赞同晋文公的看法,认为曹共公是昏庸无德之君。晋文公所道出的"乘轩者三百人也"这一理由就与此诗有所关联。

高官鄙吏,对比鲜明

诗歌首章,"彼候人兮","候人,道路送迎宾客者"(《毛诗》),即指当时曹国接待迎送宾客的小官吏。"何戈与祋","何"通"荷",是背负之意。"戈"和"祋"都是古代兵器名。"戈"是一根长棍顶端装有金属横刃,用以在战场上劈杀敌人。"祋"《毛诗》解为"殳也",即指木棍。木棍作为先秦时士兵最常使用的打击型兵器,没太大杀伤力,以防身为主。诗歌此句描写了一位候人官员扛着戈、祋这样的兵器。真正高级别官员不会自己扛兵器,其身边一定有仪仗队,可见候人官职之低微。

下句"彼其之子",诗人话锋一转说道:"再看看其他那些官员们。""三百赤芾","赤芾"指赤红色蔽膝。蔽膝是古人穿戴于下半身双腿前的一块围腰,是当时周代贵族服饰中极为重要的装饰，象征了贵族身份和崇高地位。马瑞辰在《毛诗传笺通释》里解释："盖惟列国之卿大夫命于天子者始服赤芾。"意思是当时身穿"赤芾"之人至少是卿大夫等级的贵族官员。此等级官员并非由诸侯国国君自行任命，而须由周天子亲自任命，可见其身份地位之高。如此穿着"赤芾"的官员在曹国居然有"三百"之多，"三百"在此是虚数，表数量众多之意。

诗歌首章，诗人没有明显地表达主旨，只是描写了一个文学场景。一边是地位低微，自己扛着兵器的小官吏"候人"，另一边则是众多身着"赤芾"的高级官员，这在文学上建构起了非常鲜明的对比。

另外，诗中"三百赤芾"一句与史籍所载的"乘轩者三百人"有明显关联，诗歌的背景故事也因此得以明确。

候人（二）

德不配位，必有灾殃

远君子近小人

诗人在首章构建的候人小官和身着赤芾贵族官员的鲜明对比，其用意何在呢？朱熹在《诗集传》中解释道："此刺其君远君子而近小人之词。"意思是诗人如此对比描写是为讽刺当时曹国国君曹共公"远君子，近小人"。当时曹国的君子贤士不得重用，只能做如候人之类的低微官职。相反，小人们却个个加官晋爵，身着赤芾。

结合诗歌首章的内容，朱熹的解释是符合诗意的。先秦时，身着赤芾的都是卿大夫以上等级的贵族官员。一个诸侯国居然有"三百赤芾"，数量明显过多。马瑞辰在《毛诗传笺通释》中推测："今赤芾多至三百，则皆曹伯私命之矣。"意思是按理诸侯国的卿大夫级别官员都要由周天子亲自任命，人数绝不会有三百之多。曹国现有众多卿大夫官员，其实都是由曹君私下任命。由此也说明曹共公此人缺乏治国能力，任人唯亲，将那些溜须拍马的小人都封予高官爵位。

可能有读者会提出质疑，首章未明说"三百赤芾"是小人，何以得出此诗讽刺曹共公"远君子近小人"的主旨呢？这一问题，诗歌之后的内容就给出了明确的答案。

不努力，不称职

诗歌二、三两章，"维鹈在梁"，"鹈"是水鸟名，即鹈鹕，这种水鸟体型很大，最大的特点是嘴又大又长，以捕鱼为生。"梁"指古人在水中搭建的堤坝，用于阻水捕鱼。此句描写了鹈鹕站立在水中堤坝之上。下句"不濡其翼"，"濡"指被水沾湿之意。鹈鹕立于水坝之上，故其羽翼没有被河水沾湿。下章此句"维鹈在梁，不濡其咮"，"咮"即指鸟嘴。

诗人以鹈鹕起兴的用意何在呢？苏辙在《诗集传》中解释："鹈洿泽当在水中求食而已，今乃处鱼梁之上，曾不濡翼而得鱼以为食，譬如小人当何戈而役，耳今乃处朝庭而服赤芾。"诗人是借鹈鹕作讽。鹈鹕本应在水中以捕鱼为生，捕鱼时，羽翼和嘴必定会被水沾湿。现在它却立于水中堤坝上，堤岸本应是人们捕鱼之用，鹈鹕只需稍稍低头就可轻而易举地捕食那些被堤坝所围之鱼，轻松到连羽毛和嘴都不被水沾湿。诗人借此讽刺那些没有真本事，却因得到曹国国君宠幸而封官加爵的"三百赤芾"。这些小人的官职完全是靠讨好君主而得，简直毫不费力。

次章后句，诗人直刺道："彼其之子，不称其服。"意思是那些身穿赤芾的小人徒有一身外表华丽的官服，但他们的德行和能力却配不上这一身华贵的赤芾。下章此句，诗人又进一步预言了这些小人最终的结局。"彼其之子，不遂其媾。""遂之为称，犹今人谓遂意曰称意。"（朱熹《诗集传》）"遂"是顺心之意，即指事情按自己想要的方向发展。"媾"，《毛诗》解为"厚也"，指宠爱之意。诗人预言，别看现在小人们得到国君宠幸，位极人臣，但随着时间推移，他们的真面目总会暴露，他们的无能也总会穿帮，早晚会失去曹君的宠爱。这既是诗人的预言，也是诗人心中的期望。

通过这两章的内容，我们可知此诗的确是在讽刺"三百赤芾"，所以首章所讲"远君子近小人"的主旨理解应是正确的。

小人嚣张，君子落魄

诗歌末章，"荟兮蔚兮，南山朝隮。""朝隮"，朱熹《诗集传》解为"云气升腾也"，意指南山上升腾的云雾。"荟""蔚"都是草字头，其本意都指草木生长茂盛，在此诗人借以比喻南山升腾的云雾弥漫众多。下句"婉兮娈兮，季女斯饥"。"婉""娈"都是形容美好之意。"季女"指家中排行最小之女。此句诗人写到有这样一位美丽动人的少女正在挨饿受苦。诗歌末章在文学上一连出现几次跳跃。前句讲南山云雾，后句讲挨饿少女，其内容似乎与之前三章没有任何关系，甚至末章两句之间也无任何文意联系，简直匪夷所思。

诗人末章的用意历来有很多理解。我个人认为方玉润在《诗经原始》中的解释较能贯通全诗，他说："曰荟蔚'朝隮'，言小人众多而气焰盛也。曰婉娈'斯饥'，言贤者守贞而反困穷也。"意思是诗人所写南山弥漫升腾的云雾是在暗讽那些"三百赤芾"的小人身处高位、气焰嚣张。"季女"是借以形容那些不被重用、身份低微的君子。真正的君子贤能有德，反而落魄不堪、困苦窘迫,就如地位低下的"季女",尽管外貌美好动人,却连饭都吃不饱,叫人同情无比。通过这一角度理解诗歌末章,原本文字上看似毫无关联的内容就有了意涵上的联系,的确可以与诗歌主旨相契合。

德不配位,必有灾殃

《朱子家训》里讲:"德不配位,必有灾殃。"意思是当一个人的德行配不上其地位时,尽管空有华丽的外表,但最终还是难逃灾祸。此诗中的"三百赤芾"正是如此,也难怪晋文公攻打曹国时会以此为借口。《周易》有云:"君子以厚德载物。"真正的君子要承载得起自己的身份,要获取他人由衷的欣赏,所依靠的是美好的德行与高尚的情操,而非那些空洞华丽的官服或财富。

《论语》里,孔子曾做过这样一个对比,他说:"齐景公有马千驷,死之日,民无德而称焉。伯夷、叔齐饿于首阳之下,民到于今称之。"意思是齐国国君齐景公纵然拥有马车千乘,身份高贵,财富无数,但当他死去时,齐国百姓没有一个怀念他,原因就在于他没有德行。而像伯夷、叔齐这样的贤士,虽然没有地位财富,最终饿死于首阳山下,但直到如今,他们坚定的信念与崇高的品质依然为人称道。对于君子来说最重要的是其内在品质,财富和地位虽并非坏事,但如果内在品质低劣,外在的东西再多也是"德不配位",最终也不会得到他人真正的认同与欣赏,这也正是此诗所传达的深刻道理。

鸤鸠（一）

君子贞而不谅

鸤鸠在桑，其子七兮。淑人君子，其仪一兮。其仪一兮，心如结兮。
鸤鸠在桑，其子在梅。淑人君子，其带伊丝。其带伊丝，其弁伊骐。
鸤鸠在桑，其子在棘。淑人君子，其仪不忒。其仪不忒，正是四国。
鸤鸠在桑，其子在榛。淑人君子，正是国人，正是国人。胡不万年？

鸤鸠之仁，均而不殆

《鸤鸠》一诗历来有诸多不同解读。有说是讽刺诗，有说是赞美诗，可谓众说纷纭。

诗歌共四章，先品每章首句。"鸤鸠在桑"，"鸤鸠"是鸟名，今称"布谷鸟"。"其子七兮"，意指这只立于桑树枝头的布谷鸟养育了七只幼鸟。"七"在此应为虚数，指幼鸟数量众多。此句《毛诗》解为："鸤鸠之养其子，朝从上下，莫从下上，平均如一。"意思是在春秋时期的古人眼中，布谷鸟养育幼鸟有其特别之处，成年布谷鸟给幼鸟喂食时，早上以自上而下的顺序喂食，晚上则以自下而上的顺序喂食。如此喂食顺序的主要目的是为做到平均公平，让每一只幼鸟都能吃到食物，茁壮成长。因此，古人认为鸤鸠是仁德之鸟，懂得公平公正，毫无偏袒之心。

后三章首句内容相近，只是各变化一字。"梅""棘""榛"都是树名，分别指布谷鸟的幼鸟在梅树、酸枣树、榛树之上。"见鸤鸠均一，养之得长大而处他木也。"（孔颖达）

诗人通过四章首句想要表达的是，正因鸤鸠在哺育幼鸟时能做到不偏不倚，所以其幼鸟都能健康茁壮成长，长大后也都各自独立飞到其他树木之上。

仪执一，心如结

诗歌四章首句，诗人以鸤鸠起兴，赞颂其公平公正的仁德品质，之后就要进入主题，描写真正的主人公了。

"淑人君子"，原来诗人真正想要描写的对象是一位美好的君子。"其仪一兮"，"仪"是仪表、威仪之意。此句指这位美好君子的仪态、威仪始终如一。正如鸤鸠喂食幼鸟不区别对待一样，君子的仪态在任何人面前也都要保持一致，不会对上阿谀奉承、低头哈腰，对下耀武扬威、趾高气扬。除了仪态之外，还要"心如结兮"。"如结，如物之固结而不散也。"（朱熹《诗集传》）意指君子的内心灵魂非常稳固，专一不移。不管在任何状态下都保持坚定的信念不动摇，不能三心二意、朝三暮四。很多时候，一个人外在的仪态与其内在的品质是紧密相连的。《毛诗》里讲："言执义一则用心固。"意思是若外在仪态落落大方，言行专一，处事光明，这样的人其内心一定也坚定稳固。相反，若做事虎头蛇尾，言行不一，眼神游移不定，这样的人多半内心没有定性，朝秦暮楚，更谈不上为人处世刚正不阿。

君子贞而不谅

君子"心如结兮"这样的优秀品质也要有前提条件。《论语》里孔子讲："君子贞而不谅。"真正的君子，其内心是为了真理和道义而刚正坚定。如果不是为了真理，而是为了一些自以为是的小信，或一些闭塞的执念，那就成了固执，故步自封是不可取的。"谅"，朱熹曾解释道："谅，则不择是非而必于信。"意指那种不经过反思验证就盲目相信、固执坚持，这样的坚持只会令人变得腐朽而作茧自缚。君子的内心要有开放性，即便是内心所坚持的真理，也要时刻去反思琢磨。如果有差错，就应及时调整，进而完善自己。切不能一条路走到黑，只去追求那一番坚定的形式，却不反思所坚持的道义是否真的是正确无误的真理。

当然，"贞而不谅"对于每一个人来说都是非常理想的人格境界，也需要我们在生活中不断放低自己去学习修炼。诗人在此诗中所赞颂的这位外在威仪如一、内心坚定、内外兼修的君子，正是诗人理想中的人格典范。

穿戴得体，衣服端庄

诗歌次章后两句描写了这位君子的着装。"其带伊丝"，"带"指古人系衣服的腰带。先秦古人的衣服主要有两种：一种是上衣下裳分开，另一种即所谓的"深衣"，将一整块布裹在身上。当时贵族士大夫阶层穿着深衣较多，深衣也是祭祀、上朝时的礼服。古人在深衣外要束上腰带,腰带系完后,腰前下垂的部分称为"绅",古人称有地位之人或贵族为"绅士"即由此而来。"其带伊丝"是指这位君子腰间所系的腰带是用丝线织成,非常精美端庄。

"其弁伊骐","弁"指古代贵族所戴的皮帽。"骐"有两种解释,第一种从本意出发,"骐"本指一种青黑色的马,在此引申形容皮帽上花纹颜色为青黑色。王先谦在《诗三家义集疏》中解"骐"为:"谓白鹿皮而有苍色组以饰弁也。"意指这位君子所戴的鹿皮帽,其底色为白色,上用丝线缝织出黑青色花纹。第二种解释出自《毛诗郑笺》,认为:"骐当为璂,以玉为之。"意指"骐"通"璂",指玉石名,在此是指这位君子皮帽上的缝合处以玉石作为精美装饰。这两种解释都说得通,都认为此句描写的是这位君子的丝制腰带,华丽皮帽,这些都是非常端庄得体的贵族打扮,由此可见其仪表之美。

另外,诗歌前两章诗人先赞颂这位淑人君子外表威仪及内心坚定,然后再描写他服装华美端庄。这也说明对于一位君子来说,外在服饰着装得体端庄固然重要,但更重要的是其内在的德行。

鸤鸠（二）

从修身到平天下

从修身到平天下

这样一位气质威仪如一、内心坚定如结，且着装端庄得体的美好君子形象，还不能算达到了最高境界。诗歌后两章，诗人又从一个更高的维度继续赞颂这位君子，即从一位贵族统治者的角度，从社会责任的维度来诠释这位君子的人格魅力。

古代儒家思想认为，君子的境界有不同层次。《大学》里讲"修身齐家治国平天下"。君子的人生目标绝不只是完善自身而已，不但自己要发光发热，还要让自身的光热照亮他人，以彰显自己的社会责任。君子要为国为民做出贡献，让整个时代变得更加美好，即所谓的"治国平天下"。要达到如此境界，并非一蹴而就。首先要以个人自我完善为起点，"修身"即修养自身品性，端正思想，"齐家"即先从自己的家人朋友开始，成为身边人的楷模，带领他们一同进步，再慢慢地影响更多人，达到"治国平天下"的高度。

诗歌前两章描写的这位君子虽具有完美的人格修养，但以古人的评判标准来说，他只做好了基础，所以诗歌之后两章，诗人的赞歌当然也顺理成章地更进一步。

四国之长，万民之首

诗歌三章次句，"淑人君子，其仪不忒"是承接诗歌上两章而言。"忒，疑也"（《毛诗》），指疑惑、动摇之意。"忒"本意是差错，有了差错就会有所疑惑动摇，所以《毛诗》的解释是引申的解读。此句仍指这位君子内心坚定、威仪如一。下句"其仪不忒，正是四国"，闻一多在《风诗类钞》里解释道："正，法也，则也。正是四国，为此四国之法则。"意指"正"有匡正、规范之意。《毛诗郑笺》里讲："执义不疑，则可为四国之长。"意思是要让周边各国都信服，绝不是仅靠个人人格魅力就能够达到的，最关键的还是要做到坚守公义，凡事以公义之名，且能做到不动摇、不偏差，这样才能令人心悦诚服，才能成为四方各诸侯国的领袖，即"四国之长"。诗人意指这位君子对外坚守公义、始终如一的态度赢得周边国家的信服。

末章次句"淑人君子，正是国人"，是指这位君子不仅对外能"正是四国"，对内也同样做到"正是国人"。王先谦在《诗三家义集疏》里讲："故在上位之善人君子，亦当执其公义齐一，尽心养民，如有物之结而不解也。"一位统治者如果能言行一致，处事公正不阿，用心治理国家、善待百姓，那举国上下的百姓也会对他忠心不二，这股强大的凝聚力将所有国人都聚集在一起。面对如此贤明的统治者，百姓们又怎会不送上最美好的祝福呢？

诗歌末句"正是国人，胡不万年。""胡不万年，愿其寿考之词也。"（朱熹《诗集传》）百姓打心底里希望这位英明的统治者能长寿健康，永远领导这个国家的人民。百姓们希望统治者长生不老的期盼虽不现实，但公义公正却可以永远存在，生命有限，但道义永存。如果每一任统治者都能具有诗中所描写的品德，那延续千秋万载的美好国度便有望实现。

借赞颂之名，诉内心期盼

诗人歌颂的这位君子是谁，诗中并无明确说明，但历来有诸多猜测。方玉润在《诗经原始》里讲："回环讽咏，非开国贤君，未足当此，故以为'美振铎'之说者，庶几焉。"他认为诗人反复歌咏赞颂的这位君子统治者非曹国开国之君叔振铎莫属。这种看法很有可能，纵观曹国之后的历任君主，的确没有贤明有为之辈，而是一代不如一代。

当然对于此诗的理解也不一定要拘泥于确定诗中君子为何人。可能这样的君子未必真实存在，诗歌只是表达了当时曹人对于理想君主的美好期盼。可能是曹人借此赞颂之名表达其内心对曹君的真切期望，希望在位国君能听到此诗并自我反省，从而完善自身。

君子而时中

此诗还表达了一个极为重要的概念，即"公平"。诗人开篇写到鸤鸠哺育幼鸟时平均公正的品质，之后也不断地强调真正的君子应秉执公义，对于"公平"这一概念，我们也应有更多的思考。

管理者要做到真正的公平，可完全不像鸤鸠平均分食那么简单。管理者要面对的问题极为复杂,这需要智慧来应对。首先,公平绝对不能是简单的平均主义。小到一个团队,大到社会国家,不同的人处于不同位置,有着不同的贡献。如果只是像鸤鸠喂食那样平均分配,反而会造成最大的不公。如果贡献多的人和贡献少的人得到的一样多,如何能调动民众的积极性呢?

其次,公平也绝不能是折中主义和调和主义。真正的君子不是和事佬,不能在任何事上都缺乏态度。公平是要奖罚分明、有理有据。中国人自古讲中庸,很多人对"中庸"这个概念有所误解,认为中庸就是和事佬,就是折中主义。其实并非如此,《中庸》里讲:"君子之中庸也,君子而时中。"儒家所讲的君子中庸,其本质是"时中",即指一切公平的实施都要结合当时的实际情况审时度势,绝不能一刀切,随便取中间点就了事,而是要根据具体情况找到一个最佳的平衡点。这也是此诗给予读者的关于"公平"的深刻启迪。

下泉（一）

泉无度，雨有节

冽彼下泉，浸彼苞稂。忾我寤叹，念彼周京。
冽彼下泉，浸彼苞萧。忾我寤叹，念彼京周。
冽彼下泉，浸彼苞蓍。忾我寤叹，念彼京师。
芃芃黍苗，阴雨膏之。四国有王，郇伯劳之。

寒泉下流，殃及草木

《下泉》一诗描写了一个明确的历史事件，即"王子朝之乱"。春秋后期的这场动乱在史籍中有明确记载，此事件约结束于公元前516年，故此诗的创作时间也约为此时。另外，初读此诗可能会认为这不像是一首《曹风》诗歌，因为诗中的内容及出现的人物似乎与曹国无关。通过细品之后，就可明白收录在此的原因。

诗歌共四章，先品前三章首句。"冽彼下泉"，"下泉，泉下流也"（《毛诗》），即指自上而下流淌的泉水。"冽"在有些

《诗经》版本中作"冽"。宋儒严粲解释:"列旁三点者,从水也,清也、洁也。旁二点者,从冰也,寒也。"意思是"洌"指水清澈,而"冽"则指水寒冷刺骨。在此诗中,正字应为"冽",意指这自上而下流淌的泉水极为冷冽、刺骨寒冷。"浸彼苞稂","苞"指草木丛生之貌,"稂"现在考证多认为是指狗尾巴草。丛生的野草在低洼之处被寒冷泉水浸泡,如此环境中,植物草木自然无法存活。诗歌后两章首句也是相同意涵,只是各换一字。"冽彼下泉,浸彼苞萧""冽彼下泉,浸彼苞蓍"。"萧"指艾蒿,"蓍"指蓍草,都是日常野外常见的野草。

诗人开篇借用野草被冷冽泉水浸泡而岌岌可危的状态起兴,究竟想要表达什么呢?方玉润在《诗经原始》里解释:"苞稂之见浸下泉,日芜没而自伤耳。"诗人望着野草日渐荒芜,不禁想到自己,他觉得自己的命运也如这水中的草木一般凄凉无助。

感慨往昔,乱世思治

诗歌前三章后一句,诗人便进入主题。"忾我寤叹","忾"三家诗鲁诗作"慨",表示感叹之意。诗人以一声哀叹表达自己内心抑郁之情,而且这份哀叹并非偶然发生。"寤"指醒着,所以只要诗人清醒之时就始终处于这样一种哀伤感慨、不停叹息的状态之中。

诗人究竟因何哀叹呢?"念彼周京","周京,天子所居也"(朱熹《诗集传》),意指周天子所居之地,即京城。后两章此句中的"京周""京师"也都是相同意涵。原来诗人是因为心中怀念周天子和周朝京城故地,所以心生感慨。既然怀念,必定是曾经拥有过美好的时光,由于当时的周王朝已经衰败没落、江河日下,诗人才会怀念往昔的荣光岁月。

然而,这是一首收录在《曹风》中的诗歌,诗人作为曹国人,为何要怀念周王朝的昔日荣光呢?朱熹在《诗集传》里解释道:"王室陵夷而小国困弊,故以寒泉下流而苞稂见伤为比,遂兴其忾然以念周京也。"意思是因为在春秋时期,周王室衰微,曹国作为与周王室同宗同姓的诸侯国也难免陷入困境。之前的诗篇曾涉及晋文公伐曹一事,曹国因此几乎灭国。

此诗中,诗人将自己与身处的曹国比作丛生的野草,将当时衰败落寞的周王室和礼崩乐坏的社会环境比作寒冷的泉水。寒凉刺骨的泉水一泻而下,无情地浸泡着低洼处的草木,草木无法阻挡,就如曹国这样的小国无法改变周王室衰弱的现实,无法应对日益强大的晋、楚等大国一样,只能在夹缝中生存,身不由己。

诗人是曹国人,他陷于战乱之苦中无法自拔,就如浸泡在寒冷泉水中的草木一样奄奄一息,命运岌岌可危,所以才会无比怀念周王室鼎盛时的岁月,怀念那时天下诸侯都以周天子为共主,曹国百姓们过着幸福安宁的生活。

《毛诗》认为此诗的主旨是"思治也。"诗人怀古叹今,乱世思治,希望当下的社会也能够回到曾经天下大治的美好时代。

泉无度,雨有节

诗人认为重回安宁社会的美好愿望是可能实现的。末章首句"芃芃黍苗","芃芃"指植物生长茂盛。诗人在此笔锋一转,写到田地里的黍苗生长得郁郁葱葱。"阴雨膏之",原来是因为那绵绵细腻的雨水滋润着它们。

至此，诗歌出现了一个明显的文学对比。前三章冷冽的泉水浸泡草木，致其奄奄一息，此句雨水滋润黍苗生长旺盛，泉水和雨水间形成鲜明对比。为何同样是水却会产生如此截然不同的作用呢？因为泉无度，雨有节。寒冷的泉水自上而下不断流淌，毫无节制，就如昏暗无道的统治者一般，荒淫挥霍无度。而雨水则有节制，适度的降水正好可满足植物生长所需。所谓"春雨贵如油"，春日细雨如油一般酥泽珍贵，能滋润万物。贤明的统治者对于社会的治理亦是如此，凡事有所节度、张弛有法，这样社会才会繁荣，百姓才能生活幸福。所以诗人在此也是以泉水和雨水分别作比昏庸和贤明的统治者，表达对于贤君的殷切盼望之情。

下泉（二）

王子朝之乱

郇伯何许人也？

诗歌末章为何会有这样一个思想上的反转呢？末句"四国有王"，"四"并非指四个国家，而是四方之意。此句意为四方诸侯终于出了一位贤明的统治之王。这其中的原因在于"郇伯劳之"。"郇伯"是指晋国的大夫荀跞。之所以"四国有王"让时代重现希望，都是因为荀跞的功劳啊！诗歌至此，读者会产生几个疑问。为何诗中的"郇伯"是指晋国大夫荀跞？因荀跞的功劳而使"四国有王"，这与曹国又有何关系，此诗为何被收入《曹风》呢？现在就来一一解答这些问题。首先，"郇伯"究竟是谁？"郇"是原来周朝的一个诸侯国名，《说文解字》解释："郇，周武王子所封国，在晋地"，意思是郇国原是武王封给其子的封地，后被晋国所灭，故在晋地。晋国灭郇之后，任命郇国的贵族后人为晋国大夫，他们也因此改姓"荀"。晋大夫荀跞是郇国后人，故被称为"郇伯"。

王子朝之乱

荀跞究竟有何功劳，居然能让"四国有王"呢？这与此诗背后的历史事件王子朝之乱有关。这场动乱在《春秋》《左传》《史记》等史籍中都有记载。对于这一春秋时期周王朝发生的最大一场动乱,历来有许多不同评价。首先,这场动乱持续时间很长,从酝酿、爆发到结束,再到最后余波影响,整整持续将近二十年之久。其次,这场动乱前前后后波及大量贵族公卿,引发了各方势力的角逐。这其中不单有周王室内部纷争,还包括周王室之外的许多诸侯国的纷争。

故事的起点要从东周的第十三任天子周景王讲起。周景王在位时,王室已非常衰弱,财政经济极为困难,甚至当时周王室平时所用的各种器皿都要向其他诸侯乞讨而来。按理说,各诸侯应定期向天子进贡各种器物、布匹、粮食等,但那时各诸侯国早已壮大自身,周天子就如同一个摆设,东周王朝处于风雨飘摇之中。周景王有个儿子被立为太子,名叫猛。太子猛并非景王正妻所生的嫡长子。嫡长子早亡,太子猛是庶出各子中最年长的一位,故被立为太子。因为太子猛生性懦弱、不堪重用,而另外一子王子朝却有勇有谋,颇有王者风范,周景王内心动摇,想废除太子猛,改立王子朝。不过改立太子并非景王一人能作主。这背后是宫廷王室诸多势力间的一场斗争。太子猛身后自有一群公卿贵族与他一党,但周景王喜爱王子朝,王子朝背后亦有强大的势力集团。改立太子的想法,支持和反对的人都很多,直到公元前520年的夏天,周景王才终于下定决心改立王子朝为太子。

偏偏历史充满了戏剧性,周景王还未正式改立太子,就在一次狩猎途中突然暴病而亡。弥留之际,景王托付大夫宾孟扶持王子朝继承王位。周景王死后,一场血腥的权力斗争就此拉开帷幕。太子猛一党先下手为强，杀死大夫宾孟后登基继位。王位还未坐稳，太子猛就罢免了许多王室中与他不睦的贵族官员。于是满朝愤怒，王子朝借此机会集结百官率家兵攻打太子猛，将其赶出王室，太子猛在出逃路上死亡。他在位仅一年，史称周悼王，可见其命运之悲惨。各诸侯见周王室乱作一团，就纷纷介入。当时晋国强大，想趁机在周王室内扶植亲晋势力，所以拥立太子猛之弟匄为周天子。晋国指责王子朝谋权篡位，借机出兵攻打。这一仗打了五年，晋国作为当时诸侯中的一方霸主，集结了鲁、宋、卫、郑、曹等十多个诸侯国一同会盟发兵参战。当时晋国军队的将领就是郇伯，即荀跞。王子朝在王城自立为王，而晋国则拥立王子匄盘踞在狄泉。"狄泉"即此诗中的"下泉"。两方势力此起彼伏，造就了东周历史上的一桩奇景，即两王同时并立。当时人称王子朝为"西王"，称王子匄即周敬王为"东王"。

最后，王子朝战败逃亡楚国，不久被杀，但在余下的近十五年之中，其残留党羽一直试图再次叛乱。打败王子朝后，晋国大夫荀跞护送周敬王回到王城，正式登上周天子之位。此诗中的"四国有王，郇伯劳之"就是指晋国大夫荀跞平定王子朝之乱后，护送周敬王返回王城这一历史事件。为何一首歌颂晋国大夫荀跞的诗歌会出现在《曹风》之中呢？王先谦在《诗三家义集疏》中解释道："自文公定霸之后，曹之事晋甚恭，议戍必皆从役，而成周之城则曹人明书于经，故曹人在周者为此诗。"意思是晋文公称霸中原后攻打曹国，几乎将其灭亡，所以之后曹国始终对晋国俯首帖耳，恭敬从命。虽然平定王子朝之乱主要是由晋国出的兵，但曹国也一直跟随其后，参与其中。晋国在护送周敬王回到王城后,还帮助周王室重新修筑被多年战火破坏的王城,曹国也积极参与到王城的重建之中。此诗的作者应是当时参与平定王子朝之乱,后跟随军队远在王城的曹人。他亲眼见证了晋国大夫荀跞护送周敬王回归这一历史事件,故作此诗。如此一来,此诗出现在《曹风》之中也就非常合理了。

时代转折,希望尚存

《曹风》中的四首诗歌反映了曾经作为"周王同宗,天下之中"的高起点大国,曹国最终也难逃衰亡的历史事实。故《曹风》的整体文学基调都较为哀伤阴郁。方玉润在《诗经原始》里做过这样的总结:"大抵曹、桧二国,形势略同,其亡也亦相似。"意思是《桧风》《曹风》在诗歌风格上有相似之处,这与两国在命运上的相似性有很大关系。桧国随西周灭亡而灭亡,代表了西周时代的终结,历史至此进入春秋时期。曹国的最终灭亡也象征了一个时代的终结,春秋时代自此步入尾声,历史迈向了战乱纷飞的战国时期。因此《桧风》《曹风》都反映了先秦两个重要历史转折时期的人文情绪。尽管如此,在《曹风》最后一首诗歌《下泉》的末尾,诗人还是表达了心中的一线希望,他感叹"四国有王",盼望着时代出现好转的可能,一切混乱能重新回归秩序。这当然是诗人心中最美好的愿望,无论历史的真实走向和最终结局如何,诗人那即使身处黑暗时代,却依然心存希望的韧劲可谓是人性中最为动人的一笔。

豳风

七月(一)

天下淳风,追根溯源

周人故地,古老歌谣

前述《国风》涉及的诸侯国,如卫、郑、齐、晋、秦、陈、曹等,不论是与周王室同宗同姓的姬姓诸侯国,或是异姓诸侯国,都是在西周建立后由周天子分封的诸侯国。不过豳国却不一样,豳地在今陕西旬邑县西南。它是由周朝祖先建立的国家,可以说是周王朝的源头。品读《周南》时,曾简单介绍过周人发迹的历史。周民族在先王古公的带领之下,从岐山以南的周南之地开始慢慢发展壮大。在这之前,周民族更早的定居地并不是在周南,而是在豳。

相传周民族最早的祖先名叫弃。《史记·周本纪》中记载:"帝舜曰:'弃,黎民始饥,尔后稷播时百谷。'封弃于邰,号曰后稷,别姓姬氏。"周人祖先弃在舜帝时代已有很大功绩,他善于种植农作物,带领天下百姓播种百谷、兴盛农业,解决人民的温饱问题,故舜帝封他为后稷,后稷即当时掌管农业的官名。舜帝命周人世代管理五谷棉麻、秋收冬藏之类的农事,同时还赐给周人土地及姬姓。夏朝后期,夏桀王暴政统治、社会动乱,废除

豳风

农官，周人的祖先也失去职位，只能在西方戎狄少数民族间漂泊流离。直到周人中又出现了一位贤明的君主，名叫公刘，他带领周民族再次兴盛。《史记·周本纪》里记载："公刘虽在戎狄之间，复修后稷之业，务耕种……行者有资，居者有畜积，民赖其庆。百姓怀之，多徙而保归焉。周道之兴自此始，故诗人歌乐思其德。"意思是虽然当时公刘带领周人流亡在戎狄少数民族之间，但他依然坚守祖先伟业，以后稷为己任，致力于农业耕种，使周人渐渐富庶，外出之人有了财产，定居之人有了积蓄，民众都依赖他过上了好日子。四方百姓都迁徙而来归附于他，周民族得以再次复兴。后来公刘之子庆节带领百姓在豳地定都建国。此时距古公带领周人从豳地迁徙到周南至少要早几百年。据《史记》记载，古公是公刘的第八代玄孙，可见豳地作为周人的起源之地，其年代之久远。

周王朝建立后，豳地也一直在周王室的管辖范围之内，直到西周灭亡，平王东迁后，豳地被犬戎所占。后秦国收复西周故地，豳地就成为秦国国土。《豳风》之所以称为"豳风"，说明其创作时间应在西周灭亡之前。《豳风》里的有些内容还写到了西周开国之初周公旦的相关事迹，故《豳风》应是《国风》中最古老的诗歌。

天下淳风，追根溯源

那么为何如此古老的诗歌被置于十五《国风》最末呢？在最早的古本《诗经》中，《豳风》似乎并非在《国风》最末。《左传》中记载"季札观乐"一事，讲的是春秋时期吴国公子季札到鲁国访问，鲁国乐工为他演奏当时的周乐。根据这一事件记载，当时《豳风》的演奏顺序居《齐风》之后、《秦风》之前，为何后来《豳风》被排到《国风》最末了呢？

这点历来有诸多不同猜测，但大多都认为此事与孔子有关。《论语》中记载孔子曾说："吾自卫反鲁，然后乐正，雅颂各得其所。"孔子自述其晚年从卫国返回鲁国后，调整了当时周乐，所以很有可能是孔子改变了《诗经》各篇章的排列次序。豳地是周人最初起源之地，而孔子一生的目标都是恢复周礼，他曾说："郁郁乎文哉，吾从周。"他真心向往周代丰富灿烂的礼仪制度，将能代表周代起源的古老诗篇置于《国风》最后，可能是为了表达其内心对于回归本源、保持初心的美好期望。

另外，方玉润在《诗经原始》里的另一种推测也很有道理，他说："天下淳风，无过农民，此《七月》之诗所以必居变风之末者也。"意思是天下最淳朴的莫过于农民，而周人祖先最早就是农官，重视农业与周民族之间的联系密不可分。此后，农业也成为中国几千年文明的根基。关于先民农业生产的描写在《豳风》诗歌中最为突出，首篇《七月》就是《国风》中最为闻名的农业诗。因此将《豳风》作为《国风》最后的篇章也是一种返璞归真，回归中国人社会形态与文明本源的表现。

古代历法

《七月》是《国风》里最长的一首诗歌，全诗分为八章，共三百八十三字。此诗不仅在长度上是《国风》之最，其内容的丰富性也是《国风》其他诗歌所不见的。诗歌用生动的笔触，如散文一般描绘了西周时期农民一年四季的生活劳作细节,详尽地反映了古人衣食住行各个方面的生活状态。

在品读此诗之前,先了解一下古代的历法知识,这对于正确理解此诗极为重要。

《圣经·创世记》中讲:"神说,天上要有光体,可以分昼夜,作记号,定节令,日子,年岁。"说明西方古人确定昼夜、时节是通过对于日、月的观察。不单在西方如此,在古老的中国,甚至在全世界所有文明之初,人类确定时节都是依靠此法。人类根据日、月变化的规律制定许多历法。其中根据太阳制定的历法称"太阳历",根据月亮制定的历法称"太阴历"。太阳升起落下一个昼夜即一日。月亮的圆缺变化明显,其周期在三十天左右,这一周期被称为一月。春夏秋冬不同季节的气候变化,一个完整的季节周期被称为一年。

现代人通常以公历一月一日,即元旦作为一年之始。中国传统文化习俗中以农历春节作为新年伊始。在先秦古人眼里,新年的第一天却是另一个重要的日子。先秦古人在一年中最重视的一天是冬至,因为对于生活在北半球的中国古人而言,冬至这天是一年中白天最短的时候。从冬至开始,白昼就一天一天地变长起来。《史记·律书》里讲:"气始于冬至,周而复始。"古人认为冬至之日天地间阳气兴起,代表一个完整循环即将开始,所以先秦古人制定历法是以冬至日作为起始点,将冬至所在月称为"子月",接着按"子丑寅卯辰巳午未申酉戌亥"的顺序排列下去,构成一年十二月。

先秦时期,中国的历法有三种,分别是夏、商、周三代所制,故称"夏历""商历""周历"。它们的区别在于如何定义"正月"。夏历将冬至所在月之后的第二个月定作正月,作为春天伊始;商历则提前一月,将冬至所在月的后一月定作正月;周历则又提前一月,直接将冬至所在月定作正月,所以周历的正月差不多是现代公历的十二月。

古人因科学计算不发达,在历法设置上容易产生缺陷,其主要原因在于太阳和月亮变化的周期之间有一定误差。现代天文学发达,人们已经可以精确算出地球绕太阳公转一年的时间约等于 365.25 天,但是通常日历本上是 365 天,所以每四年设置闰年,即在二月多设一天以补足之前所缺。古人没有如此精确的天文知识,他们按照月亮的周期变化来作计算,月亮变化周期约为 29.5 天,所以十二个月约 354 天,相比地球绕太阳公转一年的 365 天少了 11 天。按此计算,几年后,季节与历法之间的关系被打乱,就可能出现六月飞雪、腊月高温,所以古人也往往每几年后就在一年的最后再加一个月,来调整解决这一问题。直到汉代,汉武帝时重新制订的汉历运用设置闰月和二十四节气的办法,才较好地协调了日、月周期差异,实现阴阳合一,这也就成为一直沿用至今的农历。

此诗主要用的是夏历,但在称呼上又兼用周历,因为当时已是周代,但在民间还沿用夏历传统,所以诗中提到的月份是夏历与周历并用。

七月（二）

普天之下，衣食为本

（第一章）

七月流火，九月授衣。一之日觱发，二之日栗烈。无衣无褐，何以卒岁。三之日于耜，四之日举趾。同我妇子，馌彼南亩，田畯至喜。

交错编织，正间相衬

粗看《七月》一诗，会有凌乱之感。一方面，是因为此诗篇幅很长。另一方面，更重要的是诗歌虽然描写了古人在不同月份所做之事，但诗人并未按时间顺序来写。开篇先写七月，然后中间穿插其他月份，整体上不相连续。每段诗文除了提到月份之外，有些还穿插了其他内容，一开始会让读者觉得没有任何规律可循。不过当我们真正细读诗歌后，就会发现这种表面上的错乱感，正是此诗最为出色之处。假如诗人像账房先生报流水账一样，从一月开始一直写到十二月，那就平淡无奇了。诗歌的文学之美，正是在其特有的文字内容交错编织中呈现出来。看似表面交错的文学语句，其实每一章都有其内在主题，隐含着扎实的内在逻辑性。若非细读则很难品味出其魅力所在。

清儒姚际恒曾评价此诗道："独是每章中，凡为正笔间笔，人未必细检而知之也，犹击鼓者注意于旁声，作绘者留心于画角也。"意思是此诗每章都有直接描写一年中某月古人的生活内容，此为"正笔"。另外，每章还穿插描写了其他内容，此为"间笔"。这些错落有致的"间笔"令诗歌的意涵更为丰富，就好像一位优秀的鼓手在击鼓时不仅会敲击鼓心发出响声，还会时不时击打鼓边，穿插进不同的音色，这样一来，节奏才不会单调乏味；又好像一位优秀的画家在作画时，不仅会将画面正中的主题内容仔细勾勒，也会留意处理画布边缘处的背景元素，这样的画作才会更有层次。此诗正是利用了"正笔"和"间笔"的交错描写，互相衬托、相得益彰，构建出一部文学性极高的诗歌作品。

岁末严寒，衣褐为暖

诗歌开篇首句描述了一个天文现象。"七月流火"，"火"并非当下所谓的火星。朱熹在《诗集传》里解释："火，大火，心星也。以六月之昏，加于地之南方。至七月之昏，则下而流矣。""火"指"心星"，是中国古代星宿名。心星一般在六月处于天空南方，自七月开始慢慢往西下行，最终消失在天际。"七月流火"指七月心星慢慢往西下行的过程，故称"流火"。诗人开篇描写这一天文现象的目的何在呢？《毛诗郑笺》解释："火星中而寒暑退,故将言寒,先著火所在。"在古人眼中,心星的位置代表季节更替。心星西下是在七月,七月亦是秋季之始,天气自此由热转寒,故诗人的用意是告诉读者季节将要入秋,气候也将渐渐寒冷起来。所以诗歌下句写道"九月授衣",即指天气转寒要添衣保暖。"此诗'授衣'亦授冬衣使为之,盖九月妇功成,丝麻之事已毕,始可为衣。"(马瑞辰《毛诗传笺通释》)"授衣"在此是指让妇女制作冬天所穿的衣服,因为七八月过后,妇女们的纺织工作都已完成,九月起可用织好的布制作冬衣。

"一之日觱发,二之日栗烈。""一之日"和"二之日"指夏历的十一月和十二月。此诗中月份都按夏历计算,但因当时已是周代,故诗中以周历的角度称十一月为"一之日"、十二月为"二之日"。"觱发,风寒也。栗烈,寒气也。"(《毛诗》)此句诗人指十一月寒风凛冽,到十二月即使不吹寒风,也已是天寒地冻,真正的冬天已经来临。"无衣无褐,何以卒岁。""衣"指衣服,在此特指贵族所穿服装。"褐"指用粗布制作的衣服,在此特指普通百姓所穿的粗衣。"卒岁"即指年末之意。"人之贵者无衣,贱者无褐,将何以终岁乎。"(《毛诗郑笺》)面对如此寒冷的岁末严冬,老天爷不论对于贵族还是普通百姓都是公平的,贵族如果没有保暖服饰,百姓如果没有粗布外衣,都无法度过这刺骨的严寒。

春日农耕,食为民本

诗歌首章后半部分,"三之日于耜,四之日举趾。""三之日""四之日"也是古人从周历的角度称呼夏历的月份,在此分别指夏历的"一月"和"二月"。"耜"是古人用以翻土的农具,"于耜"省略了一个表示修缮之意的动词,在此即指修理农具之意。一月之时,春天到来,人们开始准备下地干活,但此时天气还较为寒冷,故先趁此时将下地要用的农具修缮一番,为开春干活做好准备工作。"举趾"指抬腿、踮脚之意。此句描写到了二月,人们要正式下地干活。农民们在田间忙碌时要不停地抬腿走动,低头插秧,所以诗人用"举趾"这一动作来表示古人在田间辛勤劳作的状态,极为生动形象。

"同我妇子,馌彼南亩"是在描写古人田间劳作过程中的家庭生活场景。"妇子"指妻子和孩子。"馌"指给人送饭之意。"南亩"即指田地,古人种地需根据地势水势开垦土地,所以田地一般都在南面,故称"南亩"。农民在田间忙碌,他的妻儿每天都会按时来送饭,一家人其乐融融地在田间吃饭。这幅文学画面表达了两层涵义:一方面说明古人农作时的艰辛忙碌,没有时间回家好好吃顿饭;另一方面再现了中国古代典型农耕家庭的真实面貌,男人干活,妻儿送饭陪伴,画面温馨不已。

"田畯至喜","田畯,田大夫,劝农之官也"(朱熹《诗集传》)。"田畯"是指当时周代在田间管理农业生产的官员,其实就是监督农民务农的官员。"至喜"历来有不同的理解。常见的是从字面解释,即指这位管理农业的官员看到农民如此辛勤努力,非常欣喜。另一种解释认为"喜"通"饎",是喝酒吃饭之意。此句意为不仅务农的农民一家在田间吃饭,连管理农业生产的官员也来与他们一同吃饭。这位官员是因为忙碌,只能在田间吃饭,还是被农民们邀请一同吃饭,抑或是仗着自己官员的身份蹭吃蹭喝呢？关于这点，现在已不得而知，每个人可以有属于自己的理解。

诗歌首章虽然写到了许多不同月份，但本质上描写了两件事，也是两件对于所有人来说最为重要和基本的事——"衣"和"食"。普天之下，衣食为本。人活着，吃和穿是最基本的生活所需，不管对于两千年前的古人，还是对于现代人而言都是如此。诗歌首章描写的主题非常简单，但文学表达却不一般。诗人并非直接地描写吃、穿二事，而是通过一系列有趣的文学穿插将其表达出来。前半章写"衣"，先从天文现象"七月流火"写起，再用一句有趣的疑问收尾，说道："啊呀！天冷了没有衣服穿可怎么过年呀？"字里行间充满了古人淳朴单纯之气。后半章诗人写"食"，则先从修缮农具、耕地插秧讲起，再借用田间农家生活饮食的温馨画面来侧面写出农业生活对于古人的重要性。这种文学上精心的交错编织，贯穿一个主题之下"正笔"与"间笔"的互相映衬，令人读来意趣盎然。

七月（三）

春光莫负，闲愁几许

（第二章）

七月流火，九月授衣。春日载阳，有鸣仓庚。女执懿筐，遵彼微行，爰求柔桑。春日迟迟，采蘩祁祁。女心伤悲，殆及公子同归。

句句不离主旨

由前一讲可知，此诗以古人的"衣"和"食"为立足点，铺陈展开描写，从而反映先民真实的生活状态。从"衣"和"食"这两件事出发可写出古人生活的方方面面，但这两件事无法同时描写。花开两朵，各表一枝，所以诗歌后几章的内容就先从"衣"这一主题线索写起。

"七月流火，九月授衣"，此句与首章首句一样，也是借天象的变化引申出气候的变化，从而引出与"衣"相关的主题内容。

诗人在次章重复此句是想告诉读者,此章要承接首章继续详细描写古人衣着服装的相关内容。"春日载阳,有鸣仓庚"是一句环境背景的描写。"仓庚"是鸟名,即指黄莺,亦称黄鹂。黄鹂鸟因叫声婉转动听而为人所喜爱,古诗里也有很多关于它的描写,如"两只黄鹂鸣翠柳,一行白鹭上青天"。此句诗人写到春天来了,天气转暖,山林间黄鹂鸟不住地鸣叫,诗歌的文学画面也一下子变得温暖舒适起来。这是一句对古人衣着服装的间接描写。朱熹在《诗集传》里讲:"有鸣仓庚之时,而蚕始生。"春日仓庚鸣叫之时,也正是人们开始养蚕之时,养蚕的目的正是取丝织布。诗人这一笔意涵隐藏,若不仔细品读会认为此句与"衣"的主题无关,但其实诗歌句句不离主题。

"女执懿筐","懿"意为深,"懿筐"即指深筐。"遵彼微行","遵"是沿着之意。"微行,墙下径也"(《毛诗》),指屋子周边的小路。有位女子正拿着箩筐在屋边小路行走。她要做什么呢?"爰求柔桑","爰"是代词,相当于"于"和"焉"连读,意为在那里。"柔"是稚嫩之意,"柔桑"即指春天初生的稚嫩桑叶。女子正拿着箩筐在屋边小路上采摘桑叶,桑叶是为养蚕之用。次章前几句虽未明说"衣"字,但却句句都与之相关。从仓庚鸣叫影射蚕初生之时到引出这样一位采桑女子,文字意义从来未离开过"衣"这一主旨。

春光莫负,闲愁几许

"春日迟迟,采蘩祁祁。""迟迟,日长而暄也"(朱熹《诗集传》),意指春日漫长而又温暖宜人。"蘩"即指"白蒿"。

"祁祁"指人众多而忙碌之貌。在这样一个美好的时节里，女子们除了采摘桑叶，还忙碌地采摘白蒿。"蘩"也是古人养蚕所用，所以此句也未离题。前句诗人写到"春日载阳"，在此一句"春日迟迟"，其实在文学上并非重复。"春日载阳"指春季气候温暖、阳光怡人，是一句单纯的环境描写。而"春日迟迟"则转而对女子作心理描写。"迟迟"意为春日漫长，这是一种心理上的时间感受。一年四季的时光从客观来说都是一样，所谓"漫长"或"短暂"都是人们对时光流逝的主观感受。诗人用"迟迟"代表这种漫长的主观感受，也隐含着一丝闲暇慵懒之感。"迟迟"在此不单指春天，更是在指青春。青春的时光就像美好温暖的春日，闲暇而漫长。

我们每个人都曾有相似的体验，儿时的时光总让人觉得美好漫长，但长大工作或成家后就顿感时光飞逝。人在美好的青春闲暇之时最容易胡思乱想，尤其天性敏感的女子更是如此，所谓"春日闲愁"就因此而来。因此"迟迟"亦隐约带有一丝青春之惆怅在其中。

青春期少女惆怅的便是爱情，所以诗人接下来写道"女心伤悲，殆及公子同归"。"殆"是害怕之意。"归"在古文中有婚姻出嫁之意。这是一幅青春期女子在人生最美好的年岁里为爱情闲愁的动人画面。"女当春阳，闲情无限，又值采桑，倍惹春愁，无端而念及终身，无端而自感动目前，不知后日将以公之公子为归耶。"（方玉润《诗经原始》）青春期的少女虽然要干一些采桑采蘩的工作，与此同时她的内心却在为爱惆怅。少女渴望爱情，但又担忧爱情带来的终身大事——婚姻。如出嫁后就将离开父母，为人妇就要承担更多家庭的责任，不能再像如今这般自由自在地享受青春岁月。所以自古即有"女子伤春"一说，美好的春日时光最容易令青春期少女陷入闲愁神伤的情绪之中。

后世有的《诗经》解读认为"殆及公子同归"一句描写了当时社会充满黑暗压迫，女子害怕被贵族公子们强行霸占。这样的理解令人哭笑不得。首先，如此阴暗可怕的解读与诗歌之前描写的春暖花开、少女采桑的美好画面在文学基调上前后矛盾。其次，此解之人不懂青春期少女的心态，她们属于青春岁月的闲愁和敏感是一种天生的基因，就如《红楼梦》描写的那些贵族少男少女们，他们的生活没有压力、优越富足，但其内心依然充满着忧伤闲愁。"试问闲愁都几许？一川烟草，满城风絮，梅子黄时雨。"闲愁就好像那一川烟雨笼罩的青青草地，就好像满城飘舞飞动的柳絮，就好像江南梅雨时节绵绵无尽的细雨。青春期少女的敏感内心深处最容易萌生的就是这样一番琐碎凌乱、为爱而生的闲愁。

此诗第二章，诗人虽在"衣"这一主题上继续铺陈创作，但并非单调地写古人如何养蚕织丝、织布做衣，诗人借"衣"的主题线索引出一位采桑采蘩的主人公，将古时青春期女子的生活状态及为爱闲愁的心理情绪刻画得淋漓尽致。诗歌主角也从简单的"衣""食"之事变为这两件事的真正主体——活生生的人。诗歌因此而充满生命气息和生活滋味，可谓下笔绝妙。

七月（四）

一年辛劳，自豪甜蜜

（第三章）

七月流火，八月萑苇。蚕月条桑，取彼斧斨，以伐远扬，猗彼女桑。七月鸣鵙，八月载绩。载玄载黄，我朱孔阳，为公子裳。

秋日准备功

诗歌第三章，诗人继续就"衣"这一主题展开描写。此章的主人公也是一位女子。"七月流火"是承接上两章，以天象变化表达天气转凉。"八月萑苇"，"萑苇"指野外生长的荻草和芦苇。荻草、芦苇与"衣"这一主题也有密不可分的关联。朱熹在《诗集传》里解释："当预拟来岁治蚕之用，故于八月萑苇既成之际而收蓄之，将以为曲薄。"意思是古人在秋天收割荻草、芦苇这类植物，其目的是为来年春天养蚕做准备，因为荻草、芦苇可用

豳风

来编制养蚕用的蚕箔。蚕箔是一种扁平的椭圆形或长方形的框，古人用芦苇秆或竹皮编制而成，现在这种养蚕的容器已不多见。古人在蚕箔内铺上桑叶，便可养蚕。此句诗人虽未明说，但其实隐隐告诉了读者，古人织布做衣一事并非是从春天养蚕取丝开始，而是在前一年秋季就已开始做准备工作，收割芦苇留做蚕箔才是织布做衣的第一步。

蚕月采桑忙

"蚕月条桑"，"蚕月者，夏之三月"（王先谦《诗三家义集疏》）。"蚕月"即指三月春日，为何诗人不直接写三月呢？因为三月正是古人开始养蚕之时，为映衬"衣"这一主题，诗人在此故称三月为"蚕月"。"条"通"挑"，三家诗韩诗里作"挑"，即挑动、拨动之意。《毛诗郑笺》里讲："条桑，枝落采其叶也。"古人采摘桑叶时，先用手挑动桑树枝条，令枝条弯曲到手指可触及之处，然后即可采摘枝条上的桑叶。"条桑"就是指这样一个拨动枝条、采摘桑叶的动作细节。"取彼斧斨，以伐远扬。""斧"和"斨"都指斧子。"远扬"指桑树上长得高远、难以触及的枝条。对于那些枝条，古人就用斧子将其砍下，以便采摘上面的桑叶。

"猗彼女桑"，"猗"意为美好盛大之貌，在此即指桑树生长茂盛。古人常用"女"表"柔弱"之意，故"女桑"即指初生的桑树嫩枝。"桑性斩伐而益茂，故远扬既伐。"（马瑞辰《毛诗传笺通释》）春日的桑树生长速度很快，古人将旧枝条砍伐后，很快就能生长出新的嫩枝，然后新枝上也会长出新叶，这样就可采摘更多桑叶。可见日常劳作中的古人们极富智慧,砍伐桑枝这一行为可谓一举多得。

染布为公裳

诗歌第三章前两句描写了古人秋季收割芦苇准备制作蚕箔,春季采摘桑叶养蚕取丝织布。后两句是有关古人织布做衣的最后一个、也是最重要的一个步骤。"七月鸣鵙"一句与"七月流火"所要表达的涵义相同。"鵙"是鸟名,即伯劳。《毛诗郑笺》里解释:"伯劳鸣,将寒之候也。"伯劳鸟大约夏至开始出现,一直到冬至飞走,所以也是一种代表气候变化的鸟类。诗人描写伯劳七月鸣叫是说明夏天正要过去,秋冬季节将至,天气也将转凉。之前诗人用天空中星宿位置的变化来说明天气转寒,而此处则用自然界鸟类的鸣叫来表达同一意涵。对于古人来说,天空中的星辰变化、自然界的鸟语花香都是最好的季节符号和天气预报。"八月载绩","绩"指麻布,在此泛指各种布料。"载绩"即指给布料染上颜色。

"载玄载黄","玄,黑而有赤之色"(方玉润《诗经原始》),"玄"指黑色,但不是乌黑,其中还透着暗红色。"黄"指黄色。古人将布染成玄、黄二色并非随意为之,其中亦有文化内涵。《周易》有云"天玄而地黄"。古人认为,天空之色为"玄",大地之色为"黄",故"玄""黄"二色分别用以表示天、地。成语"天地玄黄"即是此意。古人所穿衣服的颜色也与天地颜色相对应,上衣用"玄"表天,下裳用"黄"表地,用服装色彩来表达人们对于天地万物的敬畏之情,这是一种民族文化的体现。"我朱孔阳","朱"指大红色,也是中华传统文化中非常重要的代表色。"孔"指非常之意。"阳"是明亮、鲜艳之意。此句描写这位染布女子正在自豪地称赞自己的劳作成果。我们可以想象,这位女子将布料染色完成后,捧在手心反复欣赏,不由得脱口而出:"看看我染的这块大红色的布料啊!真是红得鲜艳明亮,太漂亮了!"这是一份属于劳动人民的自豪感。如此鲜艳美丽的布料,若仅仅捧在自己手中欣赏是不够的,当然要将它制成漂亮的衣裳,穿着在自己最心爱的人身上。

"为公子裳"一句不单写出了这块美丽布料最后的完美终点,也是古代女子织布做衣的最后一步。从上一年秋天收割芦苇制作蚕箔开始,到开春采摘桑叶、养蚕织布,再到秋天染布制衣,最后制出成品献给心爱的公子。女子望着爱人穿着这样一件历经一年劳作而成的华丽衣裳,内心该是多么幸福啊!即便再苦再累,此时也都值得了。同时,诗歌第三章的收尾一笔将诗歌主人公的心理状态呈现出来,与上一章描写的青春期少女闲愁不同,本章描写了一位身为人妇的女子为家庭和爱人劳作,虽然艰辛但又洋溢着幸福的甜蜜。

七月（五）

古代女子的文学典型

（第四章）

四月秀葽，五月鸣蜩。八月其获，十月陨萚。一之日于貉，取彼狐狸，为公子裘。二之日其同，载缵武功，言私其豵，献豜于公。

忙碌间隙，劳动插曲

诗歌二、三两章围绕首章提出的"衣"这一主题展开描写。诗人不仅描写了古代妇女一年四季桑蚕取丝、织布做衣的具体劳作内容，也写出了女性主人公的生活状态。少女在春日为爱闲愁，妇女勤劳质朴为家忙碌，让诗歌充满了故事性和人情味。继续品读诗歌第四章。

"四月秀葽"，"不荣而实曰秀"（《毛诗》），古人称不开花就结果为"秀"。在古人眼里麦穗是不开花就结果的植物。我们现在知道麦穗的花和果实是在一起的,植物学上属于穗状花序,但因其花小,不容易观察,故古人认为其未开花就结果。"萋"历来解释较多,有说是指草药名,有说是指苦菜,亦有说是指油菜花。无论如何,此句是描写古代女子们除桑蚕取丝、织布做衣外,一年四季还穿插有其他劳作,如在四月时,女子们要到野外收集成熟的萋草果实。"五月鸣蜩"指五月盛夏时节,树上知了响亮的叫声。这一笔是有关自然现象的描述。诗人在第四章首句,一笔写劳作内容,一笔写自然植物,如此交错表达令诗歌层次丰富。

"八月其获",八月代表收获的秋季来临,庄稼都已成熟,女子此时也要一同到田间收割庄稼。这又是劳动内容的描写。"十月陨萚","萚"指草木凋零的落叶。"陨"即陨落之意。十月初冬,树叶纷纷凋零陨落,这是一笔自然景物的描写。

诗歌第四章前两句是一个小小的文学过渡,诗歌的文学张力亦从此细节编排中体现出来。前两章已经描写了很多关于"衣"这一主题的内容,此处的一笔迂回就不会让诗歌显得呆板固化。另外,诗人下笔精心,一笔实写劳作内容,一笔虚写自然景色。从春夏写到秋冬,虚实交错,不仅将古代女子一年中从事的劳作内容交代出来,也让文字显得张弛有度。最后,诗人非常用心地将过渡文字的最后时间点落在"十月",为后句再一次回到"衣"这一主题作好铺垫。

丝麻之外,唯有皮裘

"一之日于貉","一之日"指十一月。上两句从春天写到初冬,时间点最终落在"十月",诗人顺势在此切入正题,从十一月继续描写,在文学上起承转合、衔接前句处理得极为自然。"于貉,谓取狐狸皮也。"(《毛诗》)"貉"并不是狐狸,现在称之为狗獾,其外形与狐狸相似,但尾巴要比狐狸短。诗人在此用的是泛指,意指古人冬天到野外狩猎捕捉类似于狗獾、狐狸这样的动物,然后取其皮毛。"取彼狐狸,为公子裘。"诗歌此句又回到了"衣"这一主题之上。朱熹在《诗集传》里讲:"虽蚕桑之功无所不备,犹恐其不足以御寒。故于貉而取狐狸之皮,以为公子之裘也。"古人虽然可以养蚕取丝、织布做衣,但这样的衣服还不足以应对冬日的严寒,所以还要外出捕猎,用动物皮毛来做皮裘御寒。"丝麻之外,唯有皮裘。"(孔颖达)皮裘也是古人衣着中的重要一类。诗人将古人制作皮裘的内容置于桑蚕取丝、织布做衣之后,主要是因为制作皮裘的过程与桑蚕织布不同。在古代,桑蚕织布是自始至终由女子完成的工作,而制作皮裘则先要狩猎,狩猎的工作主要由男子完成,妇女所做的是制衣的工作。至此,诗人已经借"衣"这一主题,将古代女子一年四季的劳作内容以及生活的方方面面,甚至她们关于爱情家庭的内心情感都描写出来,所以最后用由男女共同完成的"制作皮裘"这一工作作为"衣"这个主题的收尾,也是为转而描写古代男子的劳动生活作一个过渡。

君民冬狩,演习军事

诗人在此章最后将古人生活中狩猎活动的内容描写了一番。狩猎虽是古代男子所做之事,但却不是日常生活中男子的主要工作。中国自古以农业为主，农业生活、田间劳动才是男子最重要的工作，狩猎只是农业的补充。发展到后期，狩猎成了一种类似于军事训练的项目和贵族礼仪活动。古代农业生活的相关描写作为重头戏，将在之后的几章细致地描写出来，此处描写的狩猎活动是一笔穿插。"二之日其同"，"二之日"指十二月。"其同者，君臣及民因习兵俱出田也。"（《毛诗郑笺》）在周代，狩猎活动已是具有军事巡礼、贵族礼仪制度属性的活动，所以"其同"是指当时贵族和百姓们聚集在一起举行十二月份的冬季狩猎活动。"载缵武功"，"武功"指利用狩猎来培养贵族和普通百姓的军事素养，有点类似于现在的军事演习。

　　古人在一年四季都会由统治者组织盛大的狩猎活动，但不同季节所举行的狩猎活动其目的并不相同。《左传》记载道："春蒐、夏苗、秋狝、冬狩，皆于农隙以讲事也。"古人春季打猎称为"蒐"，夏季打猎称为"苗"，秋季打猎称为"狝"，冬季打猎称为"狩"。这些不同季节的狩猎活动都在农闲时进行，主要目的是演习军事。不同季节的狩猎活动称呼背后也有其针对性。"春蒐"，"蒐"有搜索之意，是指古人在春季打猎要仔细搜索查看猎物，不能随意胡乱捕杀。因为春季是动物繁殖的季节，所以打猎一定要挑那些没有怀胎的野兽为目标，这样不会影响动物繁衍。可见古人极为重视自然界动物数量品类的平衡。"夏苗"即指夏天是农作物生长最旺盛之时，此时人们狩猎的主要目的是要驱赶捕捉那些糟蹋庄稼的野兽，以保障秋季能有好收成，故称"苗"。"秋狝"，"狝"有杀戮、伤害之意，意指秋季古人家中所饲养的家禽都已长大，容易招引山林野兽，为避免家禽被伤害，古人在秋季进行狩猎活动以捕捉驱赶会伤害家禽的野兽。"冬狩"才算是真正意义上的捕猎。因为古人要储备足够多的粮食和食物御寒过冬,所以冬季狩猎没有区分,以尽可能多地捕捉野兽为目的,相对来说捕杀的野兽种类和数量也更多。诗中描写的即是"冬狩"。"言私其豵,献豜于公。""豕一岁曰豵,三岁曰豜。"(《毛诗》)古人称一岁左右的幼年野猪为"豵",称三岁大的成年野猪为"豜"。诗人在此并非专指野猪,只是借用"豵"泛指年幼的野兽,用"豜"泛指成年野兽。古人捕捉到猎物后,在分配上也有规则,小兽由百姓自行分配、留作私有,而成年壮实的猎物则要上缴贵族公府,这点也符合封建时代的阶级层级制度。

古代女子的文学典型

诗歌的二至四章都在围绕古人衣着服装这个基本主题展开。诗人首先透过女子的视角,完整刻画出古代女性生活的方方面面,她们不仅要桑蚕取丝,染布制衣,还要在冬日制作裘皮,在生活的间隙还要采摘植物果实,帮助男子们收获庄稼,一年四季忙碌不停。此三章诗歌的主角都是女性,有春日采桑为爱闲愁的少女,也有秋冬为爱人做衣做裘、内心洋溢着幸福的家庭妇女。诗人并没有告诉读者这些女性具体是谁?我们可以将三章的女主人公看作是同一人,也可将她们视作不同的个体。总之,她们的生活状态和心理情绪都是中国古代感性纯真又勤劳智慧的女性形象缩影。

公子是何人?

诗歌二至四章都提到了"公子"这一称呼。次章"殆及公子同归",三章"为公子裳",四章"为公子裘"。那么,这位公子究竟是谁呢?

  我个人在品读此诗时,主要是从女性所处的爱情、家庭的视角来解读,将这位"公子"理解为女子的爱人、丈夫,这样的理解会令诗歌充满美好温馨的气息。但历来也有人认为,诗中的"公子"是指当时统治者。在这种理解下,诗中女子就化身成为艰辛的奴隶阶层,她所有的劳动成果,如织布做衣、缝制皮裘,都是在为贵族公子服务。这种解读显得阶级意味较为浓厚,凸显了底层人民与贵族阶层的对立。细品诗歌这三章,诗人并未表达过哀怨之情,而是写出了女子们劳作的快乐情绪以及作为劳动者的自豪喜悦,所以我个人还是更赞同从爱人、丈夫的角度去理解诗中的这位"公子"。

七月（六）

一气呵成，起承转合

（第五章）

五月斯螽动股，六月莎鸡振羽。七月在野，八月在宇，九月在户，十月蟋蟀入我床下。穹窒熏鼠，塞向墐户。嗟我妇子，曰为改岁，入此室处。

一气呵成，体物微妙

从诗歌第五章起，主题逐渐从"衣"转到"食"。在做这样的文学转换时，诗人先用第五章作为一个极为精彩的过渡，起到主题转换衔接的作用。

先读第五章首句。"五月斯螽动股"，"斯螽"即指类似蝗虫的昆虫。"动股，以两股相切作声"（王先谦《诗三家义集疏》），意指斯螽用其双腿相切摩擦发出鸣叫之声。"六月莎鸡振羽"，"莎鸡，色青褐，六月作声如纺丝"（方玉润《诗经原始》)。"莎鸡"亦是昆虫名,其色青褐,发出的鸣叫声如纺织丝线之声,故民间称其为"纺织娘",是一种类似于蝈蝈、蚱蜢的昆虫。"振羽"在此指昆虫振动翅膀发出鸣叫之声。现代科学研究发现,斯螽、纺织娘这类昆虫是通过后腿和翅膀之间相互摩擦而发声。古人虽然没有显微镜和丰富的科学知识,但他们的观察却极为细腻,也发现了这些小昆虫振动双腿翅膀的细微动作,故而将"动股""振羽"这样的动作与昆虫鸣叫联系起来。古人不单观察不同季节昆虫的鸣叫之声,而且对于昆虫出没之地也了如指掌。

"七月在野,八月在宇,九月在户,十月蟋蟀入我床下。"这一句都在写蟋蟀这种昆虫。伴随季节气候变化,蟋蟀的生存地点也随之改变。七月初秋,此时天气炎热,蟋蟀都在野外草丛中。八月天气转凉,蟋蟀也开始往温暖的地方转移,躲到可以挡风的屋檐之下,"宇"即意为屋檐之下。九月已入深秋,天气转冷令蟋蟀无法待在室外,于是就跳入人们屋中。十月初冬,天气寒冷,蟋蟀则躲到了床下。这一连串关于自然界微小昆虫的细微观察,只用了这短短几句话就写成了,行云流水一般。诗人用自然物的变化来表达岁月的更替,一下子将读者都带进了古人的生活世界,下笔顺畅至极。方玉润在《诗经原始》里评价道:"自五月以至十月,一气说下,朴直之至。然其体物微妙,又何精致乃尔。"

此外,诗人在此将对于自然的两笔描写作为文学过渡,也让读者能暂时放松,转换阅读的情绪,在进入诗歌后半部分的内容之前有喘息的间隔,这也正是优秀文学作品张弛有度的表现。

难得温馨，家庭时光

"妙在只言物，使人自可知人，物由在野而至入室，人亦如此也。两'入'字正相照应。"（姚际恒）诗人虽然只是描写蟋蟀这一昆虫的生活习性随着季节变化而转变，但天底下的生物本质上都是相同的。人作为万物之灵，亦是生物。季节变化、天气寒冷，人也同蟋蟀一样要从野外的劳作中慢慢回归室内御寒过冬。

诗歌接下来也就自然描写起人们从室外劳作回归室内的场景，冬天古人在室内要做些什么呢？"穹窒熏鼠"，"穹"是清理之意。"窒"是堵塞之意。"穹窒"在此即指大扫除，将屋子各个角落都清理干净。马瑞辰在《毛诗传笺通释》里解释："盖狸虫隐于墙隙，易于窒塞，故必除之务尽。"意思是那些隐藏在屋子各个角落里的虫子或污垢，常会聚集起来堵塞墙壁或家具，所以古人要将屋子完全清理一番，打造一个舒适的居住环境。"熏鼠"和"穹窒"相对，古人生活条件简陋，家中常有老鼠，需要在屋内烧火熏烟将老鼠驱走，这样屋内就可以安心居住了。到了寒冬岁末，除了打扫还要将屋子弄得暖和起来。"塞向墐户"，"塞"是堵塞之意。"向"《说文解字》解为"北出牖也"，即指古人屋中朝向北面的窗户。"墐"指用泥土涂抹覆盖之意。《毛诗》里讲"庶人荜户"，古人百姓所居住的房屋极为简陋，多用篱笆、树枝编围起来，再在顶上铺上茅草。一到冬天，屋内四周漏风，所以古人要将屋内朝北的窗户堵起来，再将墙上的缝隙用泥土涂抹覆盖，这样才能形成一个相对封闭的温暖空间。完成这些工作之后，古人才能安心舒适地在家中度过寒冬。

"嗟我妇子，曰为改岁，入此室处。""嗟"表感叹之意。诗人感叹道："哎！我辛苦的妻子和孩子们呀！大家忙碌了一整年，终于到年底，可以稍微休息一下了，赶紧到温暖的屋子来，好好度过这个寒冬岁末吧！"从诗人的感叹中，读者可以感受到古人劳作的艰辛，同时也能真切体会到那份一家人相处一室的幸福和爱意。

此处诗中的主人公已不是女性，而是一位男性。诗歌在此悄然地从原先的女性视角过渡到了男性视角，这就是第五章最大的文学作用。诗人通过对于自然昆虫的描写写到古人一年忙碌到年终岁末难得的家庭团聚时光，似乎在叙事上告一段落，也是对之前四章所描写的关于"衣"的主题做一个收尾。过完年，大家又要开始新的忙碌，诗人也要展开一个全新的篇章，转而描写古人最重要的农业活动，主人公也将转为男性。通过此章的承启，一切都过渡得如此自然顺畅、不着痕迹。

七月（七）

瓜果菜蔬，少长之义

（第六章）

六月食郁及薁，七月亨葵及菽。八月剥枣，十月获稻。为此春酒，以介眉寿。七月食瓜，八月断壶，九月叔苴。采荼薪樗，食我农夫。

果蔬稻米，春酒助寿

中国自古以来是农业大国，我们千百年来的文化也是以农业生产为基础。"食"这一主题必然会涉及农业，也必然涉及从事农业生产的主人公。诗歌接下来几章的内容都是从男性视角出发的。

诗歌第六章描写的是古代农民的劳作成果，一连串瓜果蔬菜的名字跃入了读者的眼帘。"六月食郁及薁"，"郁"是植物名，其果实似李子。"薁"指野葡萄。这些都是古人在六月夏季食用的水果。"七月亨葵及菽","亨"通"烹",即烹饪之意。"葵"是菜名,或许是现在所吃秋葵。"菽"指豆子,它是古人的主要食物之一,被置于"五谷"之列,一直到汉代之后才被称为"豆"。此句描写了七月入秋后古人所烹饪食用的蔬菜。"八月剥枣","剥"在此通"扑",即指八月枣子成熟后,人们将它从树上扑打下来。"十月获稻","稻"指水稻,是古人的主食,它最早主要产于南方,后传入北方。金秋十月,水稻成熟,可以收获。但此句诗人所讲的"稻"并非是作为主粮而言,而是描写它的其他作用——"为此春酒"。

古人在秋季收获稻谷、枣类后,会用一部分酿制美酒,经过一个冬天的陈酿,开春就可美滋滋地喝上小酒,此即谓"春酒"。中国古人很早就知道用谷物来酿酒,上古时期出土的青铜器中有许多酒器,不仅贵族喝酒,小老百姓平时也喝。古人的酒与现在的不太一样,其酒精含量较低。因为古人制酒的方式是较为简单的发酵法,直到元代以后才有了蒸馏制酒法,出现了度数较高的酒,所以上古时期古人所喝的酒最多相当于现在啤酒的度数。古典文献记载古人喝酒都是一坛一坛喝,其实并不夸张,因为酒精含量低,多喝也不容易醉。

在古人眼中,喝酒最大的好处是"以介眉寿"。"介,助也"(《毛诗郑笺》),即帮助之意。"眉寿",指长寿老人的眉毛。人若长寿,其眉梢两侧就会自然延长生长。中国神话中的老寿星,他的眉梢两端就长而飘逸。这在古人眼中是长寿的标志,故称"眉寿"。古人认为喝酒的最大功效是可以健康长寿,可能是因为酒有活血的功效吧。从诗歌此句中,我们能充分感受到古人在饮食上并不单调乏味,尽管当时食物匮乏、生活朴素,但古人在吃喝上依然充满生活乐趣。

农夫艰辛,勤劳节俭

"七月食瓜"即指古人在七月瓜果成熟之际吃瓜。"八月断壶","壶"指葫芦。葫芦是八月秋季成熟的果类,其果实可食用。古人有时也会将葫芦的果实晒干掏空作为容器使用。空心的葫芦具有浮力,因此古人很多时候也会将其作为涉水工具,类似于现在用的救生圈。"断"指收割、割断之意。因为葫芦是藤类植物,待其成熟后,要将果实从藤蔓上收割下来,故称"断壶"。"九月叔苴","苴"指苴麻,即现在俗称的"麻子"。麻子是中国西北地区常见的农作物,它虽然不是古人的主食,但也经常用作补充类食物。此章前半部分描写了古人从六月到十月的农业活动,后半部分描写了七月到九月的农业活动,但前后所写到的农作物却并不相同。由此可见,古代农民所种植的瓜果菜蔬、粮食作物的品类非常丰富,这也从一个侧面反映了古代农民的艰辛。

既然有如此多种类的瓜果蔬菜,古代农民的饮食是不是特别丰富呢?并非如此。一方面他们所种植的农作物中只有一小部分为私有,绝大部分都要上缴公家。另一方面农民们经历如此辛勤劳作才得到这些收获,他们深知其来之不易,所以古代的农民非常节俭,这也是中国人的传统美德之一,这种在中国人身上表现得极为明显的优秀品质与我们千年农业文明之间有着密不可分的联系。此章末句"采荼薪樗,食我农夫","荼"指生长在野外的苦菜。"樗"是树名,即臭椿。"食"在此作动词用,指吃饭养活之意。艰苦的农夫们平日里自己采摘野外苦菜，砍伐樗树的枝条，烧柴煮苦菜作为日常食物。这就是中国古代农民日常俭朴生活的真实写照。

少长之义，礼让为先

此章描写的男性形象有两类人。一类是较年老的男性形象，另一类则是壮年的男性农夫形象。同样是男性，他们在饮食上却并不相同。年纪大的老者吃着葵菜和豆子，还能喝一些春酒活血长寿。而年轻的农夫，平日的主要饮食则只是野外的苦菜。这一点体现了中国古人尊老的美德。在诗歌此章中，读者不仅看到了古代农民的辛劳艰苦和勤俭节约，也看到了他们少长有序、尊重老者的淳厚民风。

《豳风》是西周时期创作的诗歌，周人对于老者的尊重非常有名。《史记·周本纪》里特别记载周文王有"敬老"之美德。在两千多年前那个物质生活极其匮乏的年代，老年人作为已经失去劳动力的群体，很容易被社会抛弃。周代社会中能有尊重老者的风气是极为不易的。尤其诗中写到的老人还能喝一点谷物酿制的春酒助寿，这就更为难得。因为古代粮食紧缺，古人能腾出来一小部分粮食酿制成酒留给老者，助其健康长寿，这足以体现周人质朴善良、礼让为先的淳朴民风。这一点正是此章从侧面传递给我们的属于中华民族传承千年的正能量。关于古人尊老的文化传统，在此诗之后的内容中还将有所体现。

七月(八)

生生不息,民生在勤

(第七章)

九月筑场圃,十月纳禾稼。黍稷重穋,禾麻菽麦。嗟我农夫,我稼既同,上入执宫功。昼尔于茅,宵尔索绹。亟其乘屋,其始播百谷。

百谷丰收,秋收冬藏

诗歌第六章描写的都是农副食品,第七章诗人以"食"这一主题继续描写,写到了古人的主食。"九月筑场圃","场圃"朱熹在《诗集传》里解释道:"物生之时,则耕治以为圃,而种菜茹;物成之际,则筑坚之以为场,而纳禾稼。"古人非常懂得利用土地资源,一地多用。春天耕种时,土地用来种植菜蔬,到了秋天收获时节,古人就将土地整平铺实作为一块空场地用作打谷场,然后再建谷仓囤放粮食。此句即描写古人在九月秋天的收获季节,开始在地里忙活建打谷场的场面。诗人在此使用了文学上较为迂回的写作手法,不直接从粮食本身下笔,而是先从"筑场圃"这一活动讲起,再描写古人收获的主粮。"十月纳禾稼","纳,内也,治于场而内之囷仓也"(《毛诗郑笺》)。此句意指古人将秋天收获的"禾稼",即粮食,统一收纳存储到囷仓之内。囷仓是古时一种圆形的谷仓,专门用来存储粮食,我们现在在一些农村也还能看到。"禾稼"在此是对粮食的统称。

"黍稷重穋"是指古代农民所耕种的具体主粮的品类。"黍"是现在北方人所称的黄米,有黏性。"稷"指小米,是古代非常重要的粮食作物。古人将国家称为"社稷","社"指土地神,"稷"指谷神,可见"稷"这种粮食的重要性。"重穋",三家诗都作"穜稑",马瑞辰在《毛诗传笺通释》里解释:"盖穜与稑,一则先种后熟,一则后种先熟。"意思是"重穋"并非指某种特定的农作物,而是分别指早种晚熟、晚种早熟的谷物。不同农作物的生长习性不同,所以有不同的生长成熟周期,故有早晚之分。"禾麻菽麦"是相对于最重要的"黍稷"之外的一些其他主粮。"禾"在此也是通称,指代粮食。"麻"指麻子。"菽"指豆子。"麦"指小麦。这三种粮食虽然没有"黍稷"那么重要,但也是古人日常食用的主要粮食作物。

中国古代的主要粮食被称为"五谷",即"黍、稷、麦、菽、麻"。诗人在此句中将古代"五谷"中所有品类主粮都交代得清清楚楚。诗人对于古代主要粮食作物的描写也体现了古代农民的生活状态。秋天收获、百谷丰收,古人认真地收拾好谷场,建成一个个囷仓,将一年辛勤劳作的成果都好好保存起来。我们不仅能从中体会到古人劳作的艰辛,更能体会到劳动人民收获时的自豪与喜悦。

农暇无休,忙碌为家

尽管农业劳作占据了古人的大部分时间,已经非常辛苦,但勤劳的古代男子还有许多其他的工作要做。诗歌这章的后半部分将古代男子在劳作间隙的其他工作及生活情况也顺带描写出来。

"嗟我农夫,我稼既同"是一句承上启下的过渡句。"既同"在《毛诗郑笺》里解释为"言已聚也"。此句意为秋天收获的粮食都已聚集在一起并存储完毕。此时虽然农事已毕,但是农民们还不能休息,所以诗人才会发出"嗟我农夫"这样一声感叹。"上入执宫功","宫"历来很多《诗经》解读认为是指宫殿,即贵族所居之所,所以此句常被理解为古人忙完一年的农务后还要去统治阶级的宫殿中劳役。这样的理解并不正确,"宫"最初并非宫殿之意,它最早是象形字,指代房屋,其中间的两个"口"就如房屋墙上的窗户。"宫"被特定用来指代宫殿,是秦、汉以后的事了,在先秦时"宫"只是用以指代人们日常所居住的房屋。朱熹在《诗集传》里解释:"宫,邑居之宅也。古者民受五亩之宅,二亩半为庐在田,春夏居之;二亩半为宅在邑,秋冬居之。""宫"在此指古人在村落中的房屋。古代百姓一般每户人家有五亩地用于居住,其中两亩半在农田边用于春夏季节耕种时就近居住,另外两亩半在村落中用于秋冬季节农事完毕后居住过冬。"上入执宫功"是指古代的男子在田地中忙完农务后,趁着秋冬季节农歇之时,赶紧为自己所居住的家忙碌起来。

"昼尔于茅，宵尔索绹。""昼"指白天，"宵"指夜晚。"索绹"指搓绳子。此句描写了古代男子们白天跑到野外收割茅草，晚上在家中搓草绳。"亟其乘屋"，"亟"是着急、赶快之意。"乘"意为上，"乘屋"即指跑到屋顶之上，古人到屋顶上是为修缮屋顶。现代农村里的很多农户也是如此，平时耕田种地，等到农歇时，他们做得最多的一件事就是造房子。中国农民自古以来都特别在意自己的家，除了务农就是修建房屋，这也是古代男子劳作生活中非常重要的一部分。另外，诗人此句用"亟"表达急迫之意，前句也写到古人昼夜不停地编织草绳。这都表现了古人在农歇时干活依然忙碌，毫不懈怠。因为时间不等人，秋冬农歇的时光最多也就一两个月，古人要赶紧忙完家务，待开春又要"其始播百谷"，开始新的一年的农田劳作。这就是古代农民、古代男子的生活状态，农暇无休闲，忙碌只为家。

生生不息，民生在勤

诗歌六、七两章中，诗人塑造了古代男性的典型文学形象。最重要的是，我们从中看到了所有中国古人的一个共同性格特征，这一性格特征也一直流淌在我们中国人的血液之中，造就了伟大而延绵不绝的中华文明。如果用一个字来概括的话，这个特征就是"勤"。中国古人四季无休、昼夜不停地勤劳工作。如此性格特点的产生与我们几千年来以农耕文明为基础的生活方式有着极为紧密的联系。农业生产的客观需要促使这片土地上人们的生活工作作息都要符合季节性，要紧随时光调整，不能停歇。利用不同的时节完成不同的事情，春天要抓紧耕田播种，秋天要抓紧收获粮食,冬天要抓紧修缮房屋,接着又迎来春天,如此生生不息,没有停歇。因为时节不等人,假如错过一年中的某一个环节,没有努力抓住某一个时间点,接下来的每一个环节都将失去价值、毫无意义。

从这一点上来说,中国人更懂得把握当下的珍贵,更理解时间乃至生命流淌的真正意义。时间赶着中国古人不断地往前跑,如此跑着跑着,最终沉淀下来的则是我们中华民族融化在基因里的勤劳本性。从另一个角度来说,我们也能体会古人的智慧,他们充分地利用了一年四季的时光,在周而复始、不断轮回中,尽情地获取大自然带给人类的丰富馈赠。中国古人也以此努力维系着家庭的温情脉脉与和谐幸福。

前述《唐风·蟋蟀》一诗讲过,古代的君子们认为人生是艰难而无可休息的,要不断努力地去尽人事,自强奋斗不息。此诗告诉我们,中国人勤勉不息的品质不单属于文人君子,也属于每一个普通百姓。俗话说:"流水不腐,户枢不蠹,民生在勤。"常流的活水不会发臭,常转的门轴不遭虫蛀,人们生生不息去获取美好生活的秘诀就在于"勤"。

纵观世界人类文明的历史发展,有许多古老的文明比中华文明更为悠久,但唯独中华文明延绵几千年不曾断续,持续至今依然具有旺盛的生命力。我想,这也正得益于中国人千百年来不曾失去的勤勉刻苦的优秀品质。

七月（九）

祭寒祭祖，气顺人和

(第八章·上)

二之日凿冰冲冲，三之日纳于凌阴。四之日其蚤，献羔祭韭。

祭祀礼仪，国之大事

品读完诗歌前七章，还有一件古人生活中极其重要的大事未写到，那就是祭祀礼仪活动。

《左传》里讲："国之大事，唯祭与戎。"古时，一个国家最重要的事有两件，一是祭祀，二是战争。在相对和平的年代，战争并不常有，而祭祀活动则不论在怎样的年代都会定期举行。因此《七月》作为一首全面描写古人生活状态的诗歌，祭祀礼仪这一内容就被留到诗歌最后一章来呈现。

如此编排的原因在于，首先，将祭祀礼仪活动的相关描写置于诗歌最后，可以体现出祭祀对于中国古人生活的重要性。

其次，将其置于诗歌最后一章，紧接着之前"食"的主题顺延写下来，在文学逻辑上最合适不过。因为祭祀礼仪活动也涉及食物，与"食"这一主题密不可分。

虽然诗歌六、七两章中诗人从"食"的角度描写了诸多古人所食用的五谷杂粮、瓜果菜蔬，但清一色都是素食，没有荤食肉类。古人难道不吃肉吗？当然会吃，但因为那个时代物产匮乏，所以在大部分时候，古人食用的都是简单素食，珍贵的肉类荤食只有在比较重要的场合才能享用，也就是在祭祀礼仪活动之时。祭祀活动中出现的食物，有些是作为祭品供奉祖先神明，有些是用以表达礼仪供尊贵之人享用，这些都是祭祀礼仪活动中的重要内容。

诗歌末章分成两部分，前半部分描写了古人的一个重要祭祀活动"寒祭"，后半部分描写了古人的一个重要礼仪活动"飨饮酒礼"。

冬日藏冰，春暖开窖

先品读诗歌末章前半部分。"二之日凿冰冲冲"，"二之日"指夏历十二月。"凿冰"是指古人在山林中采集冰块。"冲冲"是象声词，形容凿子敲击开采冰块之声。十二月正是冬季最寒冷的月份，此时古人要去山中凿取冰块。"三之日纳于凌阴"，"凌阴，冰室也"（《毛诗》），即古人用于存放冰块的冰窖。"三之日"为夏历一月，此时已开春，虽然天气依然较为寒冷，但冰块已开始融化，所以古人要将冰块存放在冰窖中保存，以免融化。"四之日其蚤"，"四之日"即指夏历的二月，此时春日时节,天气温暖。"蚤"三家诗的齐诗、鲁诗都作"早",在此并非简单地指早晨之意,而是指一种天文现象。

《左传》中关于古人用冰一事,有这样的解释:"古者,日在北陆而藏冰,西陆朝觌而出之。"意思是古人何时采冰、何时用冰都有其特定时间点,主要根据天体运动的位置来确定时间。古人观察天空中的星宿位置及太阳在黄道中的运行位置来判断气候变化。当太阳运动到北方天空中"北陆"这一星宿时,即代表冬季到来,古人就开始采集收藏冰块。春分之时,太阳运动到"西陆"且一大早能在天空中看见奎星出现,此时天气转暖,古人就打开冰窖取出冬日所收藏的冰块用于日常使用。因此"蚤"不仅通"早",更引申指清晨天空中星宿的方位,古人以此判断二月开窖取冰的时间节点。

古时冰块的用处可多了,我们不能以现代人的眼光去理解古人的生活方式。现代的冰箱、空调都可用来制冷,但在两千多年前,古人家中存放的食物都要借用冰块进行冷藏才不至于变质腐坏。到了夏季炎热之时,还能使用冰块祛暑降温。冬季采集的冰块对于古人来说,是用于食物保鲜、祛暑制凉的重要自然资源。

祭寒祭祖,气顺人和

正因为冰块在古代是重要的自然资源,古人对待冰块的态度可不像如今这样不重视。在古时,冬季取冰藏冰、春季开窖用冰都是极为隆重之事,因而形成了一套完整的祭祀制度。难熬寒冷的冬季过去后,开春时古人要表达对于严寒的敬畏之情,所以就有了开春取冰时的"祭寒"仪式。同时，伴随春天到来，世间万物又焕发出勃勃生机，自然界再次回归到生生不息的状态之中，所以"祭寒"仪式往往也与古人表达对生命延续之敬意的"祭祖"活动联系在一起。

诗歌接下来就描写了一场隆重的祭寒祭祖活动。"献羔祭韭"，"羔"指羔羊肉。美味珍贵的羔羊肉只有在开春祭寒祭祖的重要时刻才献上作为祭品使用，可见古人对于祭祀活动的重视程度。"韭"指韭菜，《说文解字》解为"一种而久者，故谓之韭"。韭菜有一个非常重要的特点，即可以长久生长，所以"韭"谐音即是"久"。只要在早春时种下韭菜，它会反复生长，割了一茬又长出新茬，可多次收获。因此古人用韭菜祭祀是为表达对于子孙后代生命长久、世代绵延的美好意愿。对于生活条件非常艰苦的古人而言，寒冷的冬天是来自大自然的巨大磨难，古人因天冷冻死非常常见。因此，古人对于严寒有所敬畏，对于生命的长久延续有所期盼，才会有如此隆重的祭寒祭祖之礼。

开春重要的节气有很多，立春也是其中之一，古人将重要的祭祀活动放在春季二月开窖用冰时举行是源于他们对于"冰"这种自然资源的理解还有更深层的含义。苏辙曾解释："古者藏冰发冰，以节阳气之盛。"在古人眼中，天地间有阴阳之气。阴阳之气要和谐共处才能达到气顺人和的美好社会状态。冰是冬天寒阴之气聚集到极致的产物，所以古人冬天要到山中凿冰，一方面是将其取回作为自然资源储备使用，另一方面也为避免大自然的寒气郁结。古人将大自然中的冰块敲凿开来，使自然界的寒气能得以释放。到春夏时节，古人再用收藏的冰块来应对阳气的升腾蔓延，这样大自然的阴阳之气就得以调和。阴阳两气和谐适度能使之后一整年的四季气候状态都变得协调顺畅，那么人们在自然界从事的各种农业活动也就可以顺利丰收，社会关系势必也将和谐有序。

所以冬季采冰、藏冰、用冰，虽然只是具有日常生活实用价值的活动，但上升到阴阳协调、自然万物的高度上来看的话，这也对于人类社会、生命绵延等各个方面都有着重要调和促进之功用。因此古人将如此重要的祭祀活动定在二月开窖用冰时举行也就不足为奇了。

七月（十）

飨饮酒礼，祝福绵长

（第八章·下）

（上接"……献羔祭韭。"）九月肃霜，十月涤场。朋酒斯飨，曰杀羔羊。跻彼公堂，称彼兕觥，万寿无疆！

秋收完毕，清扫谷场

诗歌第八章的后半部分，诗人继续描写古人生活中另一场非常重要的礼仪活动，即"飨饮酒礼"。古人祭寒祭祖的活动是在上半年春季举行，而"飨饮酒礼"则是下半年秋收之后举办，所以此章后半部分的时间点从九月写起。"九月肃霜"，"肃"有收紧、收敛之意。就如物理中热胀冷缩的原理一样，温暖的春夏季节，万物都尽情蓬勃生长，而到九月深秋时节，天气寒冷起霜，万物萧瑟停止生长，人们也都收缩身子御寒保暖。"肃"在此用得极好，非常形象地表现出天气转寒、万物收敛的状态。

"十月涤场","涤"是洗涤、打扫之意。此句意为十月时所有收获的粮食谷物都已收纳入粮仓,一年中最重要的农业活动告一段落,只剩下最后的收尾工作,即将打谷场收拾打扫干净,为来年作好准备。一年农事已毕,人们为庆祝辛劳一年的丰收成果而举办的聚会活动就是"飨饮酒礼"。

飨饮酒礼,尊老敬老

"飨饮酒礼"是聚会形式的礼仪活动,这一活动在古时非常重要且历史久远,起源于原始社会的公社制度。在原始社会中,人与人之间的阶级关系还未形成。那时食物极为匮乏,根本不存在所谓的地主或贵族,所以原始社会中的人们基本没有私有财产,他们一同生活狩猎,资源共享,因此平时吃饭也都聚在一起。甲骨文中的"乡"(𗥈)是象形字,表示两人相对而坐,一起饮食的形象,即反映了原始人类共同分享食物的场景。后来,人们聚在一起共食的原始传统沿袭下来,逐渐发展为定期的重要活动:生活在同一群落中的人们定期聚集,共食聚会,同时也商议部落大事。

一般在这样的活动中,尤其在商议大事时,长者的经验和意见更具有权威性,因此也更有发言权。大家聚餐共食时,长者也更受尊重,可以多吃一些。发展到先秦时期,这样的活动逐渐成为古人一年一度重要的敬老礼仪活动,即"飨饮酒礼"。每逢年底秋末,一年的劳作都已结束,古人老老少少相约聚集在村落的议会大堂,一起聊天吃饭,齐聚一堂表达对老者的尊重并庆祝一年的丰收,同时也畅谈商议明年的宏伟目标。

《礼记·飨饮酒义》里记载:"六十者坐,五十者立侍以听政役,所以明尊长也。六十者三豆,七十者四豆,八十者五豆,九十者六豆,所以明养老也。"意思是古人举行飨饮酒礼时,六十岁的老人坐着,五十岁的中年人在他们身旁站立陪侍、听候差遣,以表达长老有序,展现尊老美德。不仅如此,吃饭时还要给六十岁以上的老人多设菜肴,六十岁设三豆、七十岁设四豆、八十岁设五豆、九十岁设六豆。"豆"指古代盛放菜肴的器皿。聚会中年纪越大的老人所吃的菜肴越多,这表明了古人对老者的尊重。

《论语》中也有相关记载:"飨人饮酒,杖者出,斯出矣。"意思是孔子在飨饮酒礼当天,一定要等老人们都出门后,他才出门。这也表现了孔子对于老者的礼让尊重。

美食共享,祝福绵长

"朋酒斯飨,曰杀羔羊。"此句诗人描写了"飨饮酒礼"需要准备的美味佳肴。首先要有美酒,"朋酒"《毛诗》解为"两樽曰朋",即一对酒杯,两人同喝称为"朋酒",由此也体现出飨饮酒礼的众人聚会特征。除了美酒之外,人们还要宰杀羔羊作为佳肴食用。

"跻彼公堂","跻"是登上之意。此句意为登上公堂,举办飨饮酒礼。历来诸多《诗经》解读常有误解,将"公堂"解释为贵族宫廷之类的场所。其实并非如此。《毛诗》里解"公堂,学校也",指的是古人的学校。古代学校在功能上和现在有不同之处。古人幼年十岁出门念书,先上小学,十五岁入大学,直到二十岁行冠礼成年后毕业。诗中的"公堂"指古人的大学。古代大学亦称"辟雍",它在功能上比现在学校更为丰富。现在的学校主要是学习文化知识的场所,而古代大学一般四周环水,中间高地上建有一座厅堂式的草屋,附近有广大园林,园林中有鸟兽集居。古代大学的主要功能是培养"六艺",即"礼、乐、射、御、书、数"这六种具有实践性的技能,学校周边的园林就是用来练习驾驭马车、狩猎等技能的。大学不仅是古人学习之地,更是贵族成员集体举行礼仪、集会、聚餐的场所。古代学校的建筑样式就像一个礼堂,具有礼堂、会议厅的性质,是当时贵族和民众公共活动的重要场所,因此诗歌中的"公堂"即指古代大学。

在这样一个收获的季节里,贵族和民众都带上美酒佳肴,在学校礼堂欢聚同坐,大碗喝酒、大口吃肉,共享美食,欢欣雀跃。如此重要的场合除了吃喝,众人对于来年和往后的生活也有一番真挚美好的祝愿。

诗歌末句写道"称彼兕觥,万寿无疆。""称"意为高举。"兕觥"是古时酒杯。此时一定有一位长者或贵族领袖站起身招呼大伙一同举杯同庆,众人异口同声道出内心最美好的祝愿:"万寿无疆!"这句祝愿一方面表达了众人对于老者的尊敬与祝福,更表达了人们对于生命生生不息、生活更加美好的真挚期待。诗歌也在这样一句快乐而绵长的美好祝愿中画上了一个最圆满的句号。

七月（十一）

比真更真，至臻至美

何人创作？为何而作？

细品此诗后，读者一定会被诗中描写的丰富而美好的古代生活状态深深吸引。前述《国风》里的诗歌，有的是为讽刺而作，有的是为抒情而作，有的是为赞颂而作，那么此诗的创作目的是为了什么呢？它的作者又是谁呢？

关于作者的问题比较容易解答。这样一首内容丰富的长诗最有可能出自集体创作，而非一人之手。此诗也应该不是在某一个时间点写作完成，它一定是经过一段历史时期，由不同的人传唱打磨，最终才得以形成。我想，这些诗歌的大部分创作者都是真真切切体会过民间生活的普通劳动人民，因为此诗的整体内容就是从古人最基本的"衣"和"食"两个主题的生活劳作铺陈展开描写的。若没有参与劳动经验之人，绝对写不出如此真实生动的内容，这也体现了劳动本身的意义与美好。马克思曾讲："劳动是人的本质。"将这句话结合此诗一同体悟，真是再恰当不过。

从诗歌中，我们看到古人正是从日常劳动出发，演绎出生活中方方面面的美好，包含了至美的情怀、温馨的家庭、快乐的聚会等等，所有情感和社会关系都是劳动的产物。因此诗歌的作者们一定是一群热爱劳动的中国古代先民。

关于诗歌创作的目的，王安石有一段解释很值得借鉴，他说："仰观星日霜露之变，俯察虫鸟草木之化，以知天时，以授民事，女服事乎内，男服事乎外，上以诚爱下，下以忠利上，父父子子，夫夫妇妇，养老而慈幼，食力而助弱，其祭祀也时，其燕飨也节，此《七月》之义也。"意思是此诗讲到的天文星象、自然气候的变化，讲到花鸟虫草的物候变化，都是为教导百姓通过这些自然物候了解时节的更替，并知道在不同的季节该做哪些不同的事情。女子应利用不同时节养蚕取丝、织布做衣，男子应利用不同时节从事农业生产、家务劳动。除此之外，诗中所描写的古代社会关系的理想模式如家庭之间和睦温馨、老少之间少长有礼、敬寒祭祖聚餐共食等等，这些内容都极具教化意义。因此，此诗应是一首教导百姓日常生活、社会伦理的民间歌谣。古人创作此诗的最大目的是让其在民间广泛传唱，每个传唱者也会自然而然地了解每个时节应该做些什么，懂得正确的人伦关系该是怎样。这种通过传唱歌谣的形式来进行民间教化的方式比起其他方式更为深入人心，更能融入生活。

当然，这样一首两千年前人人传唱的民间歌谣流传至今，其所蕴含的教化功能已经淡化，现代人也不可能再像诗歌里的古人那样生活作息。但也正是这样一首诗歌，完整地记录了古人生活的方方面面，真切反映了古人的文化视野和生活观念，具有极大的文化价值和文学魅力。

无体不备,至真至美

在品读的最后,我想从美学的角度来对此诗做一个总结,并通过不同类型文艺作品之间的类比来阐述我的观点。如果选出一幅中国千年以来最能代表中国文化、最负盛名的画作,我想很多人的答案一定是北宋张择端所画的《清明上河图》。

作为一个中国人,如果说从未听说过《清明上河图》,那几乎是不可能的。2010年上海世博会时,中国馆选择展示《清明上河图》以代表中国文化,甚至还在馆中大厅内制作了《清明上河图》的动态投影,令参观者身临其境。中国古代的优秀画作有许许多多,有写意的山水画、有细腻的人物画,之所以选择《清明上河图》作为代表中国文化的标志性作品,其中最重要的原因是这幅作品表现了中国古代的丰富民俗。画家张择端在五米长的画卷中共描绘了上千位形形色色的人物,此外还有牲畜、车轿、船只、桥梁、房屋、城楼等,全画是一幅古代中国生活的写实大全景,体现了画家深刻的洞察力和高超的艺术表现力。在这幅画作中,没有一个绝对的主人公,画中上千的人物都无名无姓,我们虽然不知他们是谁,但我们却有幸看到他们生命中的一瞬,感受古人真实的生活点滴,不是摆拍,毫无刻意。

类比来看,《七月》一诗也可视为是中国古典诗歌中的《清明上河图》。我们并不知诗歌的主人公是谁,但他们确实是两千多年前古代女性和男性的真实缩影。我们可以从这样一首三百八十多字的长诗中,体验到古人生活的方方面面、点点滴滴。如果说《清明上河图》所表现的是古人生活某一瞬间的凝结,那此诗所描写的则是有时间跨度的古人生活的动态写照。

黑格尔曾将"美"定义为"比真更真",意思是所有的文艺作品若要达到"美",其前提是足够真实。优秀的艺术家能在真实的基础上提炼出一个更纯粹的艺术典型,这即所谓的"比真更真",黑格尔认为这样的文艺作品才真正具有美学价值。《七月》一诗就符合黑格尔所谓的"比真更真"的美学特征。诗人所描写的是中国古人最真实的生活写照和民俗状态,并在此基础上加以文学提炼,塑造出中国古代男女的文化形象典型,至真至美,无与伦比。

鸱鸮（一）

寓言文学之鼻祖

鸱鸮鸱鸮，既取我子，无毁我室。恩斯勤斯，鬻子之闵斯。迨天之未阴雨，彻彼桑土，绸缪牖户。今女下民，或敢侮予！予手拮据，予所捋荼，予所蓄租，予口卒瘏，曰予未有室家。予羽谯谯，予尾翛翛，予室翘翘。风雨所漂摇，予维音哓哓！

豳风

寓言文学之鼻祖

《鸱鸮》一诗非常特别，所使用的文学手法是《国风》之前其他诗歌都未曾出现过的。诗歌的主角并非是人，而是一只鸟，这是一首诗人借用鸟的口吻所作的寓言诗。"寓"即寄托之意，寓言文学最常见的表现手法是作者将内心想要表达的内容，通过自然界的动物或植物，以拟人化的手法描写出来，以寄托意味深长的道理，给人以启示，通常带有讽刺或劝诫的性质。寓言文学可以让文字更富有趣味性和表现力，而且在文学表达上具有一定的虚构性，不会过于直接，让读者既能接受，也能有所思考。

古希腊的《伊索寓言》中就有大量借用拟人化的动植物而创作的寓言故事，我们所熟知的"龟兔赛跑"的故事就出自此书。故事里，那只骄傲的小兔子和那只坚持不懈的小乌龟一定是我们每个人童年时代印象最深刻的文学形象之一。在中国文学的历史长河中也有很多优秀的寓言文学作品，这类文学体裁第一次出现就在此诗中，故此诗历来也被称为中国寓言文学之鼻祖。

　　中国寓言文学兴起于春秋战国时期，其中最负盛名的是《庄子》。《庄子》中有大量寓言故事，很多都以自然界的动植物作为主角来道出人生哲理。如《逍遥游》中，故事的主角是一只展翅高飞的大鹏鸟，它充满雄心壮志，一路扶摇直上九万里奋力飞往遥远的北海。那些在低矮树枝上的小灰雀不能理解为何大鹏鸟一定要奋力飞行、长途跋涉去往远方。这则故事中，庄子借用小灰雀对于大鹏鸟的不理解，道出志向短浅之人无法理解志向高远之人内心理想这一现实。如果通过说教的方式讲述这个道理，会让人觉得枯燥乏味，但庄子通过动物来作类比，就显得极为生动鲜活。另外，唐代的柳宗元是大家所熟悉的一位善于写游记散文的大文学家，他其实也非常善于创作以拟人化动物为主角的寓言文学小品，如人尽皆知的成语故事"黔驴技穷"就出自柳宗元之手。柳宗元的寓言小品都非常有趣，有写小虫子，有写从天上掉落凡间的仙女，甚至还有写他自己与溪水对话，内容别开生面，下笔雅健且发人深省，不愧为"唐宋八大家"之一。

恶鸟无情，夺子毁室

　　此诗共四章，先品诗歌首章。"鸱鸮鸱鸮"，"鸱鸮"是鸟名，即猫头鹰。朱熹在《诗集传》里解释："鸱鸮，恶鸟，攫鸟子而食之也。"意思是猫头鹰在古人眼中是一种恶鸟，因为它经常会夺取其他鸟类的幼鸟作为食物。此外，猫头鹰亦属猛禽，长相狰狞恐怖且经常夜间出没，其叫声阴冷，充满杀气。诗人开篇为何一遍又一遍呼喊着"鸱鸮"呢？下句就是原因所在："既取我子"。原来诗人并不是人类，而是一只鸟。它不停的呼喊是充满哀求的呼唤。因为凶猛的鸱鸮捉走了它心爱的幼鸟。"无毁我室"是这只鸟进一步悲伤地哀求道："鸱鸮啊！你已将我心爱的幼子捉走，就不要再破坏我的屋子了！"屋子指的就是鸟巢。"恩斯勤斯，鬻子之闵斯"是一句心酸的独白，"恩"三家诗鲁诗作"殷"，意为表达热情爱意，所以"恩斯勤斯"亦指充满爱意、情谊深厚之意。"鬻"通"育"，"闵"通"悯"。此句是这只失去幼子的鸟儿在哀伤自叹："我辛辛苦苦养育的幼鸟，如今却都被凶猛的鸱鸮捉走，我是多么可怜而无助啊！"

诗歌的背景故事在首章已基本明了，此诗的叙述者是一只失去幼子的鸟儿，凶恶的猫头鹰残忍地夺走了它的孩子，还企图破坏它的巢穴，所以它悲伤无助地苦苦哀求。

若有备，则无患

假如我们遭遇人生中的挫折或不幸，我想大部分人的第一反应就是悔不当初，想象如果当初没有那么做，或许现在就不会承受这样的结局。如此懊悔的心理反应是人之常情，所以此诗中的这只鸟也想到这一切悲剧发生之前的情形。诗歌次章的内容就是这只鸟在回忆和懊悔。"迨天之未阴雨"，"迨"是趁着之意，趁

豳风

着天还未阴沉、还没刮风下雨之前,要做些什么呢?"彻彼桑土,绸缪牖户"。"彻,剥也"(《毛诗》),即指剥取之意。"土"三家诗韩诗作"杜","桑土"即指桑树树根。"绸缪"是缠绕之意。"牖"指窗户,"户"指门,"牖户"从鸟的角度指鸟巢的空隙透风处。这只鸟在独自懊悔道:"如果我在天还未阴雨之前,就赶紧采取桑树树皮、树根回来,用这些材料将鸟巢筑得结结实实,再将鸟巢上的漏风空隙处修补起来,那躲在里面的幼鸟就不至于被鸱鸮轻易捉走,我的巢穴也不会轻易地被破坏。"成语"未雨绸缪"就是出自此诗,意指要趁着天没下雨之前,先修缮房屋门窗,比喻做任何事情都要事先做好准备,才能预防意外发生。次章末句,这只鸟用了一句强烈的反问来表达内心既懊悔又愤慨的情绪。"今女下民,或敢侮予?""女"通"汝",即指你们。鸟自问道:"假如我能未雨绸缪,将巢穴筑得结实安全,那今天你们这些坏人又有谁敢欺扰我呢?"

诗人虽然是借鸟的口吻写作这样一首寓言诗,但可能写到此处时,其内心的情绪过于哀伤懊悔、激动悲愤,所以诗歌次章在用字上反映出的诗歌主角既是鸟,又是一个真正的人。如"牖户"指的是人所居住房屋的门窗;又如"民"指的也是人。这些诗句都从人的角度在表达思绪,如此文字细节上的瑕疵虽然使这一寓言故事的主人公究竟是人是鸟模糊不清,但这也是诗人的真情流露。他可能真的遭遇到了极大的不幸与挫折,所以一时间在文学创作时忘却了这是一首寓言诗,而将自己的真实口吻也写入诗歌。尤其次章末句的反问,情绪极其真切强烈,可见诗人内心后悔不已、愤慨万分。

鸱鸮（二）

凡事预则立，不预则废

无备之苦，劳而少功

接着品读诗歌第三章。"予手拮据"，"拮据"指鸟爪因过于劳累而伸展不灵活的样子。现在关于"拮据"还有一个引申含义，即指手头很紧、穷困窘迫的状态。这只鸟为何如此劳累不堪呢？因为它要修补重建巢穴。如果当初每天能花一点时间早做准备，慢慢地将巢穴筑结实，就不至于现在如此劳累。如今巢穴被毁，再突击重建，所有的工作都挤在这一时一刻，它才会累得连爪子都舒展不开。"予所捋荼"，"捋"是动词，原指自下往上握取，在此是指鸟用嘴或爪子捉取东西。"荼"原指野外生长的苦菜，在此泛指野外植物。这只鸟拼命地来回忙碌，衔取各种野草用以编制巢穴。"予所蓄租"，"蓄"是储存之意。"租"历来有多种解释，有说指野草，有说指食物。总之，不论何解"租"在此都是指这只鸟除了要修补破损的鸟巢，还要存储各种草料食物。因为一时间要完成的事情太多，它的爪子已经疲倦得伸展不开，鸟嘴也因不断地衔取野草食物、修补巢穴而伤痕累累。

"予口卒瘏"，"卒"是最终之意。"瘏"是受伤得病之意。

为了亡羊补牢，急迫修补自己损失的一切，这只鸟已经辛苦如此，但结果是"曰予未有室家"。"曰"是发语词，表示感叹。这只鸟辛勤劳碌的同时感叹道："即使我现在辛劳不停地想要弥补一切，但结果我还是像一只没有巢穴的鸟一样落魄不堪。"这是因为一方面，有些失去的东西已无法弥补，幼鸟再也找不回来。另一方面，在如此急迫的状态下去做弥补工作是劳而少功的过程。如果之前每天能坚持付出一点劳动，积少成多地将巢穴筑好，其质量和成果也会循序渐进、牢而不破。现在如此急迫地想要弥补之前所有的工作，那是不可能的。鸟的身体精力也支撑不了如此强度的工作量，这样建成的鸟巢也不会结实牢靠。俗话说"宜未雨而绸缪，毋临渴而掘井"，凡事都要有备无患，功夫都是在平时所下，临时抱佛脚只会劳而少功，得不偿失。

疲惫不堪，风雨飘摇

诗歌末章，这只鸟再次哀叹自己当下的悲惨处境。"予羽谯谯"，"谯"通"燋"，形容像被火烧过一样的焦头烂额之态。"予尾翛翛"，"翛翛"指羽毛稀疏。《毛诗郑笺》解释此句道："手口既病，羽尾有杀敝，言已劳苦甚。"意思是这只鸟劳苦至极，不仅爪子和嘴巴因劳作而受伤，连翅膀和尾巴上的羽翼都失去了华丽的光泽，枯焦稀疏、狼狈不堪。更悲惨的是，它辛辛苦苦赶着修筑的巢穴却是"予室翘翘，风雨所漂摇"。"翘翘"指在高处不稳定，摇摇欲坠之貌。鸟新建的巢穴在树枝高处，一点也不安全，在风雨之中摇摇晃晃，随时可能坠落。成语"风雨飘摇"也是来自此诗，用以形容在风雨中飘荡不定、动荡不安的状态。原来这只鸟面临的危险伤害不单是凶猛的鸱鸮,还有自然界的狂风暴雨。我猜想可能这只鸟祸不单行,巢穴才被鸱鸮破坏,紧接着狂风暴雨又要来临,所以它才如此急迫地重新修补筑巢。事实上,在如此有限的时间里就算再辛苦奔波,所建成的巢穴也不可能固若金汤。这只鸟最终发出凄凉而悲伤的哀号:"予维音哓哓。""哓哓"指鸟惊叫之声。诗歌画面最终也定格于此:可怜的鸟在风雨中,立于摇摇欲坠的巢穴之上凄苦地哀号不已。

凡事预则立,不预则废

诗人假托鸟的口吻讲述了一则寓言故事。其中蕴含的深刻道理就是:凡事都要居安而思危,有备则无患。我们的人生与诗中的鸟一样,不会始终一帆风顺,难免遇到各种挫折灾难。有些挫折灾难是他人带着敌意,不怀好意主动而来,另一些则是自然或者意外发生。不论遭遇哪种挫折灾难,只要我们能提前做好充分准备,在大多数情况下,问题是可以通过自己的努力去化解的。《礼记·中庸》有云:"凡事预则立,不预则废。"任何事情如果有预先充足的准备,虽然不能保证每一次都能成功,但至少有了成功的坚实基础。相反,如果凡事没有提前准备,也就失去了成功的坚实基础,十之八九将以失败告终。

现在有一个流行词"拖延症",正适用于诗歌里的这只鸟。原本它有大把时间可以未雨绸缪,每天只需付出一点努力就能将巢穴筑造得结实安全,但却非要等到灾难来临才去亡羊补牢,最终劳而少功、于事无补。我想这就是诗人想通过此诗中的这则寓言故事告诫世人的深刻道理。

东山（一）

久别归乡，悲伤何来？

我徂东山，慆慆不归。我来自东，零雨其濛。我东曰归，我心西悲。制彼裳衣，勿士行枚。蜎蜎者蠋，烝在桑野。敦彼独宿，亦在车下。

我徂东山，慆慆不归。我来自东，零雨其濛。果臝之实，亦施于宇。伊威在室，蟏蛸在户。町畽鹿场，熠耀宵行。不可畏也，伊可怀也。

我徂东山，慆慆不归。我来自东，零雨其濛。鹳鸣于垤，妇叹于室。洒扫穹窒，我征聿至。有敦瓜苦，烝在栗薪。自我不见，于今三年。

我徂东山，慆慆不归。我来自东，零雨其濛。仓庚于飞，熠耀其羽。之子于归，皇驳其马。亲结其缡，九十其仪。其新孔嘉，其旧如之何？

远征归途，阴雨绵绵

《东山》是一首极其出色的抒情诗。诗人是一位远征归来的士兵，他用细腻的笔触发自肺腑地写出自己在归乡途中矛盾而复杂的情绪。

诗歌共四章，每章前两句的内容一模一样，是纲领性的总起。"我徂东山"交代了诗歌的故事背景。"徂"是前往之意。"东山"是山名，在今山东省境内，亦称"蒙山"。诗人远赴东山服兵役。从东山这一地理方位可判断出诗人参加的是一场旷日持久的远征。因为东山在今山东省，而豳地则在陕西，从西北内陆一直到东部沿海，路途遥遥上千里。尤其在两千多年前，车马不利、交通不顺，诗人此次出征可谓是长途跋涉、背井离乡。"慆慆不归"，"慆"三家诗都作"滔"，故"滔"应为正字。《毛诗》解"慆慆，言久也"，即指时间长久之意。"慆慆"在此不单指时间长久，更有难以归还之意。正如江水滔滔东流一去不复，诗人在此隐喻自己远赴东方征战，不仅路途遥遥，更充满性命之忧，担心自己极有可能无法生还。

"我来自东"意为诗人从东方战场回来。他也没想到自己如此幸运，战争居然结束，可以踏上归途，重返家园。诗人远征东方，如今能保住性命、平安归来，正常人一定觉得这是一件特别幸运、值得庆祝的事。诗歌接下来却完全出乎读者的意料，诗人并未描写自己的心理情绪，而是突然对天气来了一笔虚写。"零雨其濛"，"零雨"指细雨。"濛"指细雨绵绵之貌。如此的天气描写，虽不是特别悲伤，但也绝说不上快乐。一般文学作品中，衬托快乐情绪的环境描写多是艳阳高照、晴空万里,而诗人却描绘了这样一幅阴雨连绵的景象,让读者依稀感受到一份忧伤抑郁的气息。

军旅之苦,犹如桑虫

　　诗歌首章后四句。"我东曰归,我心西悲",此句诗人直抒胸臆,道出自己内心的悲伤之情。之后,诗人先描写了重返家园前的一些准备工作。"制彼裳衣"即指制作衣服,马瑞辰在《毛诗传笺通释》里解释:"'制彼裳衣'盖制其归途所服之衣,非谓兵服。"此句描写这位士兵给自己制作回家路途中所穿的衣服。因为战争已结束,无须再穿着厚重的铠甲戎装。回乡路途遥远,诗人要给自己准备归途衣装轻装上阵。"勿士行枚","士"通"事",是从事之意。"枚,如箸,衔之,有繣结项中,以止语也。"(朱熹《诗集传》)"枚"指如筷子一样的小木条。古时行军打仗,士兵都衔一根木条在嘴中,木条两端有带子系挂在脖子上,目的是不在行军途中说话发声。因为军事行动往往比较机密,为攻击敌人出其不备,必须纪律严明,所以古代军队用"衔木"这种方式保证行军途中的安静无声。"行"马瑞辰在《毛诗传笺通释》里解释:"读行如纵横之横,谓横衔于口用枚也。"意指"行"通"横",表示木条横过来衔在口中之貌。如今战事已毕,诗人可以卸装归家,归途中不必再像之前行军时那样咬着木条、纪律严明、精神警惕,终于可以放松下来了。此时诗人又不禁想起当初行军征战时的艰难困苦。

　　"蜎蜎者蠋"是诗人以自然界的事物作比起兴。"蜎蜎"指虫子蠕动之貌。"蠋"在三家诗里都作"蜀",《说文解字》里解"蜀,葵中蚕也",意指一种类似于蚕的蠕虫。此句是指在野外桑树之上,有蠋虫在缓缓蠕动。"蜀"加上反犬旁是"独",亦有孤独之意。诗人回想自己远征多年,风餐露宿,就如这野外的小虫一样孤独寂寞。"敦彼独宿,亦在车下。""敦,犹专专也"(《毛诗》),即孤单、孤独之意。诗人从军远征多年,每天都独自一人睡在野外作战用的马车之下,可见军旅生活之苦楚。那么诗人当下"我心西悲"的忧伤情绪是不是源于孤单的军旅生活呢?并非如此。因为艰苦的战争已经过去,这并非诗人当下悲伤的真正缘由。

久别家园,荒芜一片

诗歌次章后四句是诗人的想象,如今踏上归途,诗人自然心中会想象自己阔别已久的家乡。"果臝之实","果臝"指一种藤蔓类植物,其果实类似葫芦。"亦施于宇","施"是蔓延生长之意。"宇"指房屋屋檐之下的区域。此句诗人想象久别的家中无人打理,庭院中的藤蔓植物可能已蔓延到屋檐之下了吧。"伊威在室,蟏蛸在户。""伊威,鼠妇也。室内不扫则有之。蟏蛸,小蜘蛛也。户无人出入,则结网当之。"(朱熹《诗集传》)"伊威"指生活在家中阴暗角落里的寄生虫。"蟏蛸"指小蜘蛛。诗人又想象家中屋内一定已生满小虫,蜘蛛也一定在房门上结了网。

"町疃鹿场","町疃"《说文解字》里分别解释为"田践处曰町""疃,禽兽所践处也"。意思是"町"指田间小路,"疃"

指野兽所踩踏的空地。诗人想象自家屋旁的农田现在也已一片荒芜。土地年久失耕,如今田间小路一定长满野草,田地中也都是野兽的足迹,成为野鹿的活动之所。"熠耀宵行","宵行"指萤火虫。"熠耀"指闪光的样子。诗人猜想如今田地成为一片旷野,家园也没有了人烟生气,到了夜里一定满是萤火虫在闪光飞舞。对于家园荒芜的感慨与无奈之情是否是诗人归家时内心悲伤的原因呢?"不可畏也,伊可怀也。"此句诗人告诉读者即使家园荒芜,但这并不可怕,因为那里依然是他日思夜想、满心怀念的故乡。诗人虽然想象感慨,但内心却并未因此真正感到悲伤。只要他依靠自己勤劳的双手就可以重建家园,一切又会美好如初。

东山（二）

物是人已非，近乡情更怯

一别三年，不离不弃

诗歌第三章后四句中，诗人的思绪还停留在想象中进一步蔓延。上一章诗人想象到家中房屋田园必定是一片荒芜。家中除了房屋田园外，还应该有人，那就是诗人的妻子。在诗人的想象中，他的妻子又会是怎样一番状态呢？"鹳鸣于垤"，"鹳"指鹳鸟。"垤"指小土堆。此句意为水边的鹳鸟立于土堆之上鸣叫。诗人借鹳鸟起兴，是因为鹳鸟是一夫一妻制，且配偶一生不变，极其专一。

曾有新闻报道，克罗地亚有一只雌性鹳鸟因遭捕猎而折断翅膀，被当地好心人收养，但不能再飞翔。鹳鸟是冬季要飞往南方过冬的候鸟，所以到了冬季，其雄性伴侣就飞往南方，到一万多公里之外的南非过冬。所有人都认为明年春天这只雄鸟一定不会再回来找那只在克罗地亚的雌性伴侣。令人意外的是，第二年雄鸟如期而至，还给伴侣带回许多食物。这样年复一年，持续到今天已有十六个年头。每一年雄鸟都会往返两万多公里回到伴侣身边，雌鸟在此期间也拒绝了所有其他雄鸟的求爱，每年春季都坚定地等待着伴侣归来。鹡鸰之间这份对于爱情的坚定不移令人类感动不已。因此诗人以鹡鸰起兴，表达了他内心希望妻子也能如鹡鸰一般对爱情忠贞不移，等待自己回去的那天。

"妇叹于室"是诗人想象妻子此刻一定在家中默默叹息，等待自己。古时没有电话、网络，无法时刻保持联系，爱人一经别离就完全失去音讯，彼此的守候全凭那一颗坚定不移的心和一句不离不弃的承诺。

"洒扫穹窒，我征聿至。""洒扫"即打扫，"穹窒"指将屋子缝隙角落都清理干净。诗人想象妻子在家中每天都会打扫房间、整理屋子，盼着自己有一天能够出现在门外。"有敦瓜苦，烝在栗薪。""敦"指孤单、孤独。"瓜苦"的"苦"通"枯"，意指干枯的瓜类，古人用其洗锅刷碗，是女性常用的家务工具，类似现在的丝瓜巾。"栗薪"指栗木柴薪。此句颇有象征意义，孤零零的瓜枯象征在家中孤独哀伤的妻子，栗木柴薪则象征诗人自己。孤单的瓜枯挂在薪柴之上，比喻孤单的妻子在家中盼着诗人归来，内心忧伤哀苦不已。

"自我不见，于今三年。"诗人外出征战已有三年之久，妻子如此忧苦的状态已经持续很久。诗人对于妻子这三年生活的想象也是诗人心中所希望她的状态。诗人用了许多象征性的文学比喻，都是为了表达他内心真切希望妻子能够对爱情专一坚定，哪怕再艰苦难熬也一直等着自己回去。

最怕物是人非

虽然诗人希望妻子能坚定不移地等待自己，但现实究竟如何,他也无法确定。诗歌末章诗人才真正道出自己内心的这份不确定与不安之情。"仓庚于飞,熠耀其羽。"此句描写了一幅美好的春日画面。仓庚鸟在林间自由飞舞,翅膀上润泽的羽毛闪闪发亮。诗人为何突然写到春日仓庚呢?王先谦在《诗三家义集疏》里解释:"《东山》一篇,所记时物皆非春日,故以为推言始昏之时物。"意思是此诗之前内容所讲的事物环境都并非春日景象,诗人突然作此描写是在回忆当初和妻子新婚之初的甜蜜美好时光。

"之子于归,皇驳其马。""之子于归"即指诗人的妻子出嫁时的场景。"黄白曰皇,骊白曰驳"(《毛诗》),"皇"指黄白两色相间的马匹。"驳"指黑鬣、黑尾,身上间有红白花纹的马匹。这都是妻子出嫁时乘马车的马匹。由此可知,诗人应该不是普通百姓,而是具有一定身份的贵族子弟。按当时门当户对的婚嫁习俗,其妻也应是有一定地位的贵族女子。"亲结其缡,九十其仪。""缡,妇人之帏,母戒女,施衿结帨。"(《毛诗》)"缡"指古代贵族妇女戴在腰前的蔽膝,是一块类似于围裙的布。此句指诗人的妻子出嫁时,她的母亲亲手为她系上蔽膝,同时也教导告诫女儿婚后生活的经验,教会女儿如何做到一位家庭妇女所应承担的责任。现在婚礼也有类似习俗,女子出嫁时,由母亲为她穿上红色的绣花鞋,象征着传承及长辈的训诫。

"九十其仪"一句,朱熹在《诗集传》里解释道:"九其仪,十其仪,言其仪之多也。""九"和"十"在此都是虚数,形容古代婚姻礼仪之丰富。"其新孔嘉","孔"是非常之意,

豳风

"嘉"是美好之意。诗人内心感叹当初新婚之时，一切是多么美好幸福啊！"其旧如之何？""旧"通"久"。此句道出了诗人心中充满哀伤的疑惑与不安，新婚虽然甜蜜美好，但是分离了这么久，这段情感还能美好如初吗？诗歌末句，我们终于从诗人的哀伤疑问中找到他"我心西悲"的真正原因所在。如此悲哀源于其内心的不安，一方面他担忧深爱的妻子是否还在家中等待自己，或是已经人去楼空。另一方面，即使妻子还在家中苦苦等候自己，但阔别多年，如今重逢，夫妻二人之间的情感还能甜美如初吗？军旅苦楚、家园荒芜都不足以令人伤悲，只有那被时光消磨的故人之心和故人之情，不是单靠诗人一人的努力就能挽回。若归家时已物是人非，又怎不令人痛心疾首、哀叹万分呢？

近乡情更怯

《诗经》的美好正是源于其表达情感时的真实动人。若诗人完全没有顾忌与不安就高兴地踏上归途，这份情感就显得不真实且空洞。现在，很多远离家乡、外出求学或工作的人可能不会有如此明显的体验，因为当下通讯发达，虽然与家人朋友分隔两地，但依然可以时刻保持联系和交流情感，即使重返家乡也不会与亲人之间产生强烈的陌生感。

在古时却完全不同，唐代宋之问有一句诗最能符合古时归乡人的心境："近乡情更怯，不敢问来人。"意指一位远离家乡的游子，在时隔多年重归故里时，当他越接近故乡，心中就越不安，甚至都不敢与路上的家乡来人言语。因为害怕自己在归乡路途中的许多不安与猜测，都被来自家乡的人们所证实，所以内心不敢面对。唐代贺知章在《回乡偶书》里也写道"离别家乡岁月多，近来人事半消磨。惟有门前鉴湖水，春风不减旧时波"，其所表达的也是相同的情感体验。品读此诗，我们深切感受到古人久别家园，回归故乡时复杂而细腻的内心情感。不过对此诗还存在疑惑，诗人这三年远赴东方所参加的究竟是一场怎样的战争呢？他如今回归家乡到底是胜利归来还是战败而归呢？关于这些问题，下一首诗歌《破斧》就会给出一个明确的答案。

破 斧

爱人者，人恒爱之

既破我斧，又缺我斨。周公东征，四国是皇。哀我人斯，亦孔之将。
既破我斧，又缺我锜。周公东征，四国是吪。哀我人斯，亦孔之嘉。
既破我斧，又缺我銶。周公东征，四国是遒。哀我人斯，亦孔之休。

三监作乱，周公东征

《破斧》一诗的故事背景是一场战争，且与上一首《东山》涉及的是同一场战争。只不过《东山》一诗是从战后归乡士兵的个人情感角度出发而作，此诗则是从战争本身出发，从集体主义的角度创作，因此诗歌内容显得更加激昂慷慨。一场战争，两首诗歌，不同的文学角度却同样精彩动人。这场战争就是西周历史上赫赫有名的"周公东征"。"周公"即周公旦，他是西周开国国君周武王之弟，亦是周朝开国"三公"之一，功绩显赫，故史称"周公"。

这个故事要从周朝建立之初开始讲起。

武王伐纣灭商之后，第一个棘手的问题就是如何处置残留的商朝贵族后裔。为了保证社会稳定，武王选择了较为宽厚的处置方式。他将商纣王之子武庚分封在殷商故地，即河南安阳一带，让商朝能保留家族宗庙。保险起见，武王派遣三个弟弟管叔鲜、蔡叔度和霍叔处协助武庚管理，其目的实则是监视控制商朝残余势力，武王这三个弟弟也被称为"三监"。

出乎意料的是，周武王克殷后仅仅两年就去世了，其子周成王继位。成王年幼，继位时没有能力管理朝政。此时作为"三公"之一的周公旦就辅佐年幼的周成王掌管朝政。周公旦这一摄政举动造成极大非议，尤其周武王三弟、"三监"之一的管叔鲜对此极为反对。因为周公旦是武王四弟，从年龄辈分上来说比管叔鲜小，所以管叔鲜认为轮不到周公旦辅佐年幼的成王。

说到底，这是一场权力之争。管叔鲜怂恿"三监"中的另两位蔡叔度和霍叔处，一同散布谣言诽谤周公旦预谋篡夺王位。不仅如此，他们居然还联合武庚，动员起一批蠢蠢欲动的殷商残留贵族，煽动东夷部落小国一起发兵造反，史称"三监之乱"。据说当时叛军所联合的东夷小国近二十个，声势浩大、直逼镐京，西周王朝危在旦夕。在生死存亡的关键时刻，周公旦非常冷静。他首先极力争取弟弟召公奭和太师姜子牙的支持，稳定周王室。他命召公奭在西方稳固统治，自己亲自率兵东征平定叛乱。

《史记·鲁周公世家》记载："周公乃奉成王命，兴师东伐，作《大诰》。遂诛管叔，杀武庚，放蔡叔。宁淮夷东土，二年而毕定。诸侯咸服宗周。"意思是周公面对"三监之乱",接受成王任命,举兵东征。出发前,他写下慷慨激昂的战前动员文《大诰》,之后奋起出击,一路击败叛军。周公东征历时两年,最终将管叔和武庚诛杀,流放蔡叔,平定东夷各参与叛乱的部落小国。

从此以后,诸侯都归顺周王朝。周公也用行动证明了自己一心为国、绝无私心。他摄政七年后,成王长大成人便主动还政于成王,退回臣子之位。他对待周成王谨慎恭敬如履薄冰,丝毫没有依仗自己的权势耀武扬威。这一点的确令人钦佩,历史上有太多人在得到权力之后就沉迷权欲、不能自拔,而周公可做到如此进退有则,也展现了他极其崇高的人格和道德魅力,因此"周公"也成为中国历史上托孤老臣之典范,被儒家尊为圣人。

关于周公东征的具体时间,历史上主要的记载都认为共历时三年,上一篇《东山》一诗中的诗人应该就是一位随周公东征归来的士兵。此诗则是一首描写周公东征平定四方的胜利凯歌。

破坏礼义,乱我周邦

此诗共三章,先品三章首句。"既破我斧,又缺我斨。""斧"和"斨"都是古代兵器名,二者都是斧子,其不同之处在于斧的柄孔为圆形,而斨的柄孔为方形。诗人开篇陈述了这场战争的起因,即"三监之乱"的叛军破坏了诗人的斧和斨。这是一句比喻,并非真的是斧和斨遭到了破坏。王先谦在《诗三家义集疏》

里解释:"斧言'破',斨言'缺',互词以喻四国破坏礼义,乱我周邦。"古时生产力低下,金属制品非常珍贵,所以战争中主要的兵器并非刀枪剑戟,金属兵器只有身份极高的贵族才有权使用,普通士兵所用的武器都只是木棍之类的钝兵器。那些尊贵的青铜金属器绝非仅用以作战,更是贵族的"礼器",它代表了一个国家的生产力和工业水平,象征着国家威严和礼仪。此诗写到斧和斨破损,实指"三监之乱"的叛军破坏了周王朝的礼仪尊严,使天下陷入混乱之中。

现在有些《诗经》解读认为斧斨破损是说明当时战争之惨烈,其实是过分解读。那时根本没多少士兵能用得上金属战斧,更别说将其打破。诗歌后两章此句也是相同意涵。

次章"既破我斧,又缺我锜"。"锜"指凿形金属兵器。末章"既破我斧,又缺我銶"。"銶"通"厹",指三棱矛。三章首句,诗人借珍贵的青铜兵器损坏来作比说明"周公东征"的必要性和原因所在,因为叛军践踏损害了周王朝的法度尊严,所以此战势在必行。

王道之治,感化四方

诗歌三章后句各改动一字,但诗人绝非随意改动,而是层层递进,用意深刻。"周公东征,四国是皇。""四国"即指四方之国。"皇"历来有两种解释,一种认为"皇"通"惶",意指周公东征具有强大的震慑力,令那些叛乱之国惶恐不安、魂飞魄散。另一种解释出自《毛诗》:"皇,匡也",即匡正、治理之意。我个人认为《毛诗》此解更为恰当。此句意为周公东征目的是为匡正叛乱，恢复周朝的礼仪与法度。"周公东征，四国是吪。""吪，化也"（《毛诗》），即教化之意。何为"教化"？宋儒李樗解为"化其恶而使知之为善也"，即通过道德感染教化叛乱之国，使其认识到自己行为之罪恶，从而改过自新，心悦诚服于周天子的统治之下。可见周公东征并非旨在发动一场血腥的武力征服，而更多是从感化的角度令叛乱者臣服归顺。武力的霸道征服只能维持一时，真正长久的征服靠的是道德教化的王道。

末章"周公东征，四国是遒"。"遒"马瑞辰在《毛诗传笺通释》里考证通"挚"，表示将一堆散乱的东西用手握在一起，聚集起来之意。此句意为原本面临分崩离析的各部落诸侯国，在周公的统领之下又有了凝聚力，一起聚集臣服在周朝的管理统治之下。

诗歌三章次句并未细节描写周公东征的内容，而是通过简单的三字变换，将这场战争的主要内涵和作战理念准确地提炼出来。向读者说明了周公东征之所以能大获全胜，是因其出征的核心价值观是感化四方，而非武力称霸。

爱人者，人恒爱之

周公以道德力量感化四方，这样一位富有道德和人格魅力的领导者也必受到各国百姓的爱戴尊崇。诗歌三章末句即是诗人对周公的溢美之词。

"哀我人斯"，"哀"在此并非哀伤之意，在古文中还可表怜悯、怜爱之意。此句诗人感叹道："周公这样一位领袖，他真是怜爱我们这些四方百姓啊！"周公举起礼义大旗，用道德感化四方之国，使周朝免于一场血雨腥风，百姓又有什么理由不去歌颂他呢？"亦孔之将"，"孔"是非常之意。"将"意为大，古时以大为美，故"将"亦是美好之意。诗人由衷地祝福歌颂，希望周公和周王朝能永远美好。后两章末句"亦孔之嘉""亦孔之休"。"嘉"和"休"也都是美好之意，表达了诗人无尽而绵长的赞誉之情。

《孟子》有云："爱人者，人恒爱之；敬人者，人恒敬之。"意思是爱他人者，他人也会永远爱他；尊敬他人者，他人也会永远尊敬他。周公旦作为一位被千年崇尚的领袖典范，之所以能具备世世相传的美好口碑，正是因为他内心充满了爱人敬人的恩德与胸怀。这也是此诗所要传递给读者的深刻道理，这样的道理并非只适用于战争中，在日常与人相处的过程中，如果能做到爱人敬人，必然也会受到他人持久的爱戴尊重。

伐 柯

方向与方法

伐柯如何？匪斧不克。取妻如何？匪媒不得。
伐柯伐柯，其则不远。我觏之子，笾豆有践。

豳风

认准方向，找对路子

《伐柯》一诗篇幅非常短小，但却蕴含着极为深刻的意涵。诗歌首章以设问开端，自问自答，故此诗可能是当时民间的对唱歌谣，人们一问一答、一来一往对歌合唱。

第一个问题是"伐柯如何？""柯，斧柄也"（《毛诗》），意指斧子上的木柄。"伐柯"指砍伐木头以制作斧柄。诗人问道："要怎么样才能制作一个斧柄呢？"回答道："匪斧不克。""匪"通"非"。"克"是克服、能够之意。此句是指要砍木头做一个斧柄，就必须要用到斧子。因为斧子最适合用来削砍木材，其他工具都不适用。

第二个问题是"取妻如何？"诗人问道："要怎样才能娶到

一位美丽贤淑的妻子呢?"回答道:"匪媒不得。""媒,通二姓之言者也"(朱熹《诗集传》),意指将两户人家联结在一起的人,即婚姻里的媒人。中国古人的婚姻观认为一段正确完美的婚姻必须经过"父母之命、媒妁之言",所以一位小伙要娶到心仪的姑娘,如果没有媒人牵线搭桥是万万不可的。诗歌首章非常简单,诗人提出两个直白的问题,同时也都给出了答案。

诗人想通过"伐柯"和"娶妻"这两件事说明什么道理呢?那就是无论做什么事情,如果想要做成做好就必须要走对路,要找到正确解决这件事的方向与切入点。

《孟子》里有这样一则故事:齐宣王见孟子,向孟子询问治国安邦之法。孟子劝谏齐宣王放弃使用武力征服的霸道之政,而采取仁德治理的王道之政。孟子说:"如果大王您最大的愿望是想要统一天下、平定中原,让四面诸侯都臣服于您,若想通过武力征服的手段来实现这一愿望的话,就相当于'缘木求鱼'。"

"缘木求鱼"即指一个人想要捕鱼,结果却爬到树上。可想而知这有多么荒唐,鱼都生活在河水之中,爬到树上的结果只能是吃力不讨好、徒劳一场空。孟子认为想靠武力征服的方式来夺取天下和爬到树上捕鱼一样,终将徒劳一场。因为一开始所选择的努力方向就错了,结果注定会失败。诗歌首章也正是讲述这样一个道理。"伐柯"首先要找对对应的工具,用最适合的斧子才能完成这份工作。"娶妻"首先也要找对媒人,通过介绍才能找到合适心仪的妻子。

前车为鉴，真心诚意

认准方向、找对路子是最重要的起点，但仅仅做到这点是不够的，确定正确的方向之后，更重要的是还要有正确的努力方法。诗歌后一章就更进一层，告诉读者正确的方法对于做好一件事的重要性。

第二章首句，诗人承接上章"伐柯"的内容而言。"伐柯伐柯，其则不远。""则"朱熹《诗集传》解为"法也"，即方法、规则之意。诗人的意思是："要制作斧柄，如果手上已有砍伐木材的斧子，那制作的方法就离你不远了！"《毛诗郑笺》解释此句道："伐柯者必用柯，其大小长短近取法于柯，所谓不远求也。"意思是既然用斧子砍伐木材制作斧柄，如果不知道具体制作斧柄的方法，此时你手中握着的斧子不正是一个可供借鉴参考的对象吗？所以离目标不远了。

后句诗人承接"娶妻"一事而言。"我觏之子，笾豆有践。""觏"是遇见之意。"之子"是指那位由媒人介绍的心仪姑娘。娶妻的过程中媒人的作用只是牵线搭桥而已，如果真的要获取姑娘的芳心成就一段美好的姻缘，还有更多的事情要做。最重要的是表现出你对这场婚姻的重视以及对于姑娘真诚的心意。"笾豆有践"，"笾"和"豆"都是古代盛放食物的器皿。"笾"一般用竹子制作而成，主要用来盛放果实、果脯之类的食物。"豆"一般多由金属制作，主要盛放肉类食物。"有践"指排列整齐之貌。此句意思是要获取姑娘的芳心，小伙在见到她时，为表重视和诚意，应准备精美的食物宴席，将其排列整齐，做到礼仪周到。古代婚姻礼仪步骤繁多，只有做好其中的每一步，这样的婚姻和爱情才会水到渠成。

诗歌第二章层层深入，不管是"伐柯"还是"娶妻"，诗人都从最初方向的准确定位，进一步讲到在确立正确方向后，该如何找到具体实现目标的方法，将良好的开始化作最后成功美好的结局。诗人所说的找到正确方法的途径有两个方面。首先，要懂得从过去的经验中学习参考。"伐柯"就是学会从现有斧子中找到正确方法。所谓"前事不忘，后事之师"，当下的成功离不开对于过去经验的总结。牛顿曾说："我之所以看得远，都是因为我站在了巨人的肩膀上。"善于总结之前的经验方法，才能做到事半功倍，更快地达到目标。其次，要保持内心的敬心诚意。"娶妻"就是在爱情已有了美好的开端和基础上，通过礼仪来表现自己的真诚。只有付出真心和诚意，才能真正获取姑娘的芳心。由此引申，要做好每一件事首先应端正自己内心的态度，去真心投入、勤勉付出才能走向成功，这是一条千古不变的真理。此诗虽然简短，若认真体悟就能从中品出深刻内涵，这也正是优秀文学作品流传千古的魅力所在。

另外，因为此诗作为《诗经》中的经典篇目流传甚广，诗人又别出心裁地将"伐柯"和"娶妻"这两件看似毫无关联之事放在一起描写，所以后世"伐柯"就慢慢与男女婚姻形成了文化上的联系，成为一个文学典故，后世文学作品中也常用"伐柯"来表示婚姻作媒之意。

九罭(一)

龙袍在身,贵客何人?

九罭之鱼,鳟鲂。我觏之子,衮衣绣裳。
鸿飞遵渚,公归无所,于女信处。
鸿飞遵陆,公归不复,于女信宿。
是以有衮衣兮,无以我公归兮,无使我心悲兮。

贵客临门,何其幸运

《九罭》是一首深情的挽留诗,诗中每字每句都表达了诗人极力挽留贵客的真挚情感。诗歌首章向读者介绍了这位贵客的重要身份。"九罭之鱼","罭"指渔网上的网眼,"九"在此是虚数,指代数量极多。《毛诗》解"九罭"为"小鱼之网也",意指网眼细密且数量极多,用以捕捉小鱼的渔网。"鳟鲂","鳟"和"鲂"都是体型较大且肉质鲜美的鱼。诗人用细密的渔网捕捉到了"鳟"和"鲂"这两种又大又美的鱼,由此想表达什么内涵呢?

唐代孔颖达解释："鳟鲂是大鱼，处九罭之小网，非其宜。"意思是诗人本想用九罭小网捕捉小鱼小虾，结果却捕到鳟鲂大鱼，这样的收获是完全出乎意料的惊喜。诗人借此作比自己身份低微，就如一个小小的九罭之网，却得以遇见贵客。贵客就如鳟鲂大鱼一样美好，他进入诗人的小网之内，可谓是诗人极大的幸运，真是贵客临门，蓬荜生辉。

何贵之有，衮衣龙袍

这位贵客到底"何贵之有"？诗歌首章后一句就道出了答案。"我觏之子"，"觏"是遇见之意，"之子"即贵客。诗人感慨道："我今天终于有幸得见您这位尊贵的客人啊！""衮衣绣裳"是描述了这位贵客所穿服装。古人所穿服装有不同种类名称，之前《诗经》篇目里有"裘""袍"之类的衣名，但"衮衣"可不是一般的服装名称。"衮"是古代天子和最高级别官员才有资格穿的礼服。据说"衮衣"上绣有龙的图案，后世皇帝所穿的"龙袍"就是从先秦的"衮衣"演变而来。

有关"衮衣"上所绣花纹的最早记载出自《尚书》，记录了古代天子所穿"衮衣"上绘绣的十二种花纹图案，上衣、下裳各六种，总称为"十二章纹"，每个纹饰都有其内在意涵。上衣的六种纹饰图案分别为：日、月、星、山、龙、华虫。"日"指太阳，图案样式是一个火红色的圆。"月"指月亮，图案样式是一个白色的圆。"星"指天空中的星辰，图案样式是由几个不同颜色的小圆以线段连接构成星宿的形状。"日""月""星"是天空中最重要的天体。古人注重天象，对日月星辰有极高的崇拜。古代最高统治者也被称为天子,故其礼服上绘绣日月星辰以表明其作为上天之子,具有替天行道、照临天下的崇高地位。"山"是群山的纹饰,代表天子的威严稳重、镇定如山。"龙"是中国古人所崇尚的图腾,也是神话中千变万化、乘风驾云的神兽。它祥瑞神异,象征天子能像龙一样审时度势、与时俱进。"华虫"通常是一只雉鸡的纹饰。雉鸡有着华美的羽毛及优雅的姿态,象征天子不仅具有治理江山的威严,同时也有文采昭著的才华。下裳的六种纹饰图案分别为:宗彝、藻、火、粉米、黼、黻。"宗彝"是古代祭祀用的器物,其上常以虎、蜼为图饰。"虎"即指老虎,象征威武忠诚。"蜼"是一种长尾猿猴,因为猿猴与人类生活习性接近,它们群居生存,富有家庭观念,所以在古人眼中"蜼"即象征仁厚孝道。"藻"是水草形纹饰,象征天子品性清澈温柔。"火"是火焰状纹饰,象征天子光明磊落。"粉米"是一粒粒白米形状的纹饰,象征天子重视农业,养育天下百姓。"黼"是斧头形的纹饰,象征天子处事果敢干练。"黻"是类似于"亚"字青黑色相间的纹饰,其一分为二、正反对称,象征天子能兼听广览、明辨是非。十二种纹饰图案分别绣在上衣、下裳之上,构成一套极具文化象征内涵且精美绝伦的贵族最高等级礼服。诗中"衮衣绣裳"即指此服。

　　难道诗人所见的这位贵客是当时的周朝天子吗?这种可能性当然存在。不过在当时,"衮衣"不只周天子能穿,如太子、"三公"之类的最高等级官员也穿,但他们所穿的"衮衣"上不是十二章纹,需减少三种纹饰,即"日、月、星"。此外,高等级贵族所穿"衮衣"在具体纹饰上与周天子亦有不同。朱熹在《诗集传》里讲:"天子之龙,一升一降,上公但有降龙,以龙首卷然。"天子所穿"衮衣"上有两条龙图纹,一条上升冲天,一条下降入地,而高等级贵族"衮衣"上只有一条降龙图纹,为蜷曲形的盘龙,以此表明自己安于当前的贵族地位。升龙图纹绝不允许出现在高等级贵族"衮衣"之上,否则即有想要谋权篡位之嫌。

"衮衣"的传统在中国古代几千年的历史中一直传承,成为后世天子礼服的标准,即俗称的"龙袍"。后世天子龙袍上的龙越来越多,通常包含九条龙,有的甚至包含十二条龙。后来规定只有皇帝可身着明黄色龙袍,且龙纹饰为五爪金龙。高等级贵族,如亲王、藩王之类亦可穿龙袍,但绝不允许是明黄色的,而且他们衣服上的龙纹饰只有四爪,龙的形态也只允许是降龙、盘龙。

因此,诗中这位身穿"衮衣绣裳"的贵客并非一定是周天子,也有可能是当时高级别的贵族官员。正因如此,诗人才会感到如此荣幸,故而重视对方并加以殷勤挽留。

九罭(二)

藏衣留客,殷切至极

鸿鹄受困,归而无所

诗歌二、三两章结构对称、内容重复,只略微改动几字。"鸿飞遵渚","鸿"《说文解字》解为"鸿鹄也"。"鸿鹄"是一种什么鸟,现在有诸多不同解释。有说是大雁,有说是天鹅,总之它在中国古代文学中所指代的都是能飞得极高极远的大型鸟类。成语"鸿鹄之志"就是用来比喻心中充满远大理想、志向高远之人。此句中的"鸿"即指那位高贵的客人。两章后一句分别写道"鸿飞遵渚""鸿飞遵陆"。"遵"是沿着之意。"渚"指水中的小块陆地。"陆"指高平的地面。原来这只高贵的鸿鹄正沿着水中小洲、顺着地面飞行。方玉润在《诗经原始》里讲:"夫鸿飞在天乃其常,然时而遵渚遵陆,特其暂耳。"鸿鹄如此志向高远的飞鸟,应该在浩瀚无垠的蓝天自由翱翔,如今却只在水中小洲附近及靠近陆地的低处飞行。诗人在此的隐喻有两层内涵。一层是指这位尊贵的客人来到诗人住处如同鸿鹄落在小洲、陆地之上,此地不是其长久所居之所,总要展翅高飞,远离此地。另一层,小洲、陆地并不仅指诗人的住处,也指社会大环境,意指这位尊贵的客人在整个社会大环境中遭到不顺的境遇，就如鸿鹄被困陆地、蛟龙囿于水塘，使他身不由己。

"公归无所"意指贵客即使现在离开此地，也是无他处可去。诗人称对方为"公"，此称谓可证明对方是一位公爵贵族，而非周天子。贵客身位公爵，居然归而无所，必定是遭受环境之束缚或者某些不公的待遇。末章"公归不复"是从诗人的角度出发，意指对方若离开此地，必将一去不复返。此句亦有引申含义，这样一位公爵贵族在当时其拥有的权势仅次于周天子，他怎么可能连来去自由的权力都没有呢？即便离开，以后总还有机会再见，不至于一去不返，所以诗人暗指这位贵客现在的处境身不由己，这也正是诗人极力挽留他的原因。"于女信处"，"女"通"汝"，意为你。"于女"是倒装结构，即"女于"。"信"在朱熹《诗集传》里解为"再宿曰信"，即指多住两天之意。下章"于女信宿"也是相同涵义。诗人在殷切挽留对方再多住两天，不要急着离开，因为就算现在离开，也是无处可去、束缚重重。

极力挽留，难舍难离

面对对方执意离去，诗人实在无可奈何，只得用了一个不太恰当的方法强留对方。"是以有衮衣兮"，"有"在此意为藏。诗人趁着对方不注意时，悄悄地将其所穿的"衮衣"藏起来。"衮衣"并非一般的服装，它是代表高贵身份的礼服，万万不能随意丢失舍弃。《毛诗》解此句为"无与公归之道也"，即认为这是诗人最后万般无奈之下的留客之法。可见诗人为挽留贵客也是煞费苦心。虽然此法算不上君子所为，但万般无奈之下也表明了诗人实在不希望贵客离开。"无以我公归兮，无使我心悲兮"，"无以"即"无使"。诗歌末句，诗人再次重复强调自己之所以出此下策，唯一的目的就是希望挽留贵客，倘若贵客此时离开，诗人内心必将充满伤悲。

截镫留鞭，取辖投井

诗人最终是否真的将客人的"衮衣"藏起来，读者不得而知。毕竟这是失礼的举动，可能诗人只是嘴上如此表达，为让对方明白自己殷切挽留的情义而已。在中国历史上，有许多类似留客的故事，有的留客方法比"藏衣"更为夸张。

例如，"截镫留鞭"的故事，讲的是唐代著名贤臣姚崇任荆州刺史时，任期将尽，全城百姓痛哭流涕赶来聚集挽留，众人挡着他的马头不让他前行，还将其马镫、马鞭统统拿走。可见挽留之情深切之至，比起"藏衣留客"之法有过之而无不及。

还有更夸张的，《汉书·陈遵传》记载："汉哀帝时，遵为校尉，居长安中。遵嗜酒，每大饮，宾客满堂，辄关门，取客车辖投井中。虽有急，终不得去。"在汉哀帝时期，有位官员名叫陈遵。陈遵在长安任职校尉，其为人非常热情，喜好结交朋友，经常招呼朋友到家中聚会喝酒。每次喝到兴头上，陈遵为了不让朋友宾客离开就将大门紧闭，再将宾客马车上的"辖"拆下投入井中。后世成语"取辖投井"即出典于此，用以表达主人挽留客人时的坚决。

不论是"藏衣留客"，还是"截镫留鞭""取辖投井"，都表达了一种热情挽留的情绪。不过留客一事，热情恳切的心情自然是好,但若真的过于勉强他人,也不可取。

美周公之说

　　诗中描写的这位贵客究竟是谁?关于这一问题,诗人并未给出明确答案,历来也有很多人对此进行猜测。较为常见的解读认为这位贵客就是周公旦。这种猜测最早源自《毛诗》,《毛诗》认为此诗主旨为:"美周公也。周大夫刺朝廷之不知也。"意指在周公东征平定叛乱要返回朝廷之时,东方各国百姓官员极力挽留他,不舍让他离去。由于当时周公辅佐成王,代理摄政,所以周王室对他有所戒备和不满之心。因此诗人作此诗劝告周公别再返回周王室,即使回去也得不到朝廷的信任,恐其处境堪忧。但周公依然执意归去,东方百姓内心留恋伤感不已。这种解释历来影响很大,后代学者亦大多沿用《毛诗》解读,故可备一说。

狼跋

君子不忧不惧

狼跋其胡，载疐其尾。公孙硕肤，赤舄几几。
狼疐其尾，载跋其胡。公孙硕肤，德音不瑕。

处境困窘，进退两难

　　《狼跋》是一首非常短小的赞美诗。诗歌共两章八句，先品每章首句。狼在现代人的眼中是冷血无情、贪婪阴险的动物，许多成语如狼心狗肺、狼狈为奸、声名狼藉等，都是用狼作为负面的比喻。但《诗经》是距离现在几千年前的古人的创作，在当时古人眼中，狼代表了勇敢，而且因为狼都是成群出没，所以也代表团队精神和忠诚特质。许多古老的游牧民族都以狼作为图腾，狗作为现在人类忠实的伙伴，也是源自古人对狼的驯服。在品读此诗时，切勿对狼的印象先入为主。

　　"狼跋其胡"，"跋"是踩踏之意。"胡，颔下悬肉也。"（朱熹《诗集传》）意指狼脖颈下的垂肉。此句意为狼的脖颈下有赘肉，所以往前行走时，其足会不小心踩踏到这块赘肉。"载疐其尾"，"疐"《毛诗》解为"跲"，即指走路时被绊倒、受阻碍之意。此句意为狼在往后退行时，因其尾巴粗大容易被自己的尾巴绊到。诗歌下章此句也是相同含义，只不过颠倒了一下表达顺序。诗人在此借狼的行走之态是想表达一种人陷入窘困境遇，进退两难的尴尬处境。

泰然稳重，不失其德

诗歌两章后一句。"公孙硕肤"，"公孙"点出了诗歌所描写主人公的身份。"公孙"并非一个具体的人，而是表示古人身份地位的称谓。"公"原意指公爵贵族。先秦时，常有"公子""公孙"等称谓。顾名思义，"公子"即指公爵诸侯之子，"公孙"则指公爵诸侯之孙，也多用于泛指贵族子弟。诗中"公孙"指的是一位身份尊贵的贵族。虽然诗人未说明他具体是谁，但关于他是一个怎样的人，诗人作了交代。"硕肤"，马瑞辰在《毛诗传笺通释》里解为"心广体胖之象"，"硕"意为大，"肤"指体态形象，"硕肤"即指这位公孙贵族体型健硕，身材有点胖。古时以大为美，古人常说心宽体胖，就是指若一个人心胸宽广，没有杂念牵扰，其身材就会胖硕，神态也会安详。诗中描写这位公孙贵族身材硕大其实是在赞美他心胸广博。

"赤舄几几"，"赤舄，人君之盛屦也"（《毛诗》），指古代贵族所穿的华丽礼鞋，因其为红色，故称"赤舄"。"赤舄"并非在一般场合所穿。方玉润在《诗经原始》里引郑玄的解释说道："舄有三等，赤舄为上。冕服之舄，则诸侯与王同。"意思是

"舄"根据颜色和装饰的不同，分三个等级，其中最高等级是"赤舄"，它是诸侯和周天子配合冕服所穿的礼鞋。"冕服"是古代帝王或极高地位贵族在重要典礼祭祀场合所穿的礼服，也就是衮衣。由此可见，这位公孙的身份非凡，因为普通贵族是没资格穿着"冕服"和"赤舄"的。"几几"三家诗都作"掔"，有牢固、稳定之意，故朱熹在《诗集传》里解释："几几，安重貌。"此句即指这位公孙穿着冕服赤舄，走路的姿态非常泰然稳重、大方自如。

"公孙硕肤，德音不瑕。"原来这位贵族之所以如此泰然稳重的原因在于他内在德行高尚无瑕。人的内心正直有德，外在表现也就必然泰然自若，大方得体。诗歌至此，其主旨已经非常明显了。诗人通过一只进退两难的狼来比喻这位公孙贵族遭遇了不顺的境遇，但在面对逆境时，他依然表现得泰然自若，展示了作为一位君子的内在德行。

君子不忧不惧

诗人赞美了一位身处危难却依然可以保持泰然自若的高尚君子。结合上一首《九罭》一同品读，其实两诗描写的主人公有相似之处。《九罭》是一首留客诗，诗人依依不舍、极力挽留的也是一位身处困境的高贵君子，而且那位君子身穿衮衣，亦是一位身份极高的贵族。虽然诗人并未明确说明两诗所写为同一人，但历来解读主要认为此二诗的主人公是周公旦，故可备一说。

无论此诗所赞颂的主人公是谁，诗人所要阐明的道理显而易见。那就是真正的君子应拥有一份泰然自若的心境。君子并不是轻而易举就能成就的，所谓"君子多掣肘，小人多得逞"。君子总会遇到各种各样的障碍和艰难处境，原因就是君子有内在的气节，他们有自己的道德准则，有所为有所不为。但小人却不一样，小人常顺势趋利、违心奉迎。

自古以来，君子之路都充满荆棘，经常遇到此诗中那种进退两难的窘境。君子之路是一场人生艰苦的磨炼。历史上有太多这样的例子，孔子作为中国君子的典范，他一生困顿艰辛，甚至自嘲是"丧家之犬"。司马迁虽写下旷世之作《史记》，但他的人生却遭遇了极大的不幸。只因为当时所有人都为讨好汉武帝而诽谤李陵，只有司马迁勇敢地站出来在汉武帝面前为李陵说了几句公道话。这是他身为君子必须坚持的一份公义，结果却遭受宫刑之苦。

既然自古以来君子之路如此艰难，为何还要追求呢？这是值得每个人思考的问题，也是对于每个人的价值观和人生走向都极为重要的一个抉择性问题。

关于这一问题，我想引用《论语》里的一个故事来表明自己的理解。孔子有个学生名叫司马牛，他有一次问孔子，真正的君子应该是怎样的？孔子答道："君子不忧不惧。"意思是真正君子的内心没有忧虑和恐惧。司马牛觉得奇怪，难道内心没有忧虑恐惧就能算是君子了吗？孔子继续解释道："内省不疚，夫何忧何惧？"意思是真正的君子当他反思自己行为时，如果每件事他都做到了符合公义和道德，那还有什么可忧虑害怕的呢？

孔子所说的是君子内心的坦然。趋炎附势的小人则不一样，他们总在为利益忧心忡忡。今天想着巴结这个人能得到点什么，明天想着奉承那个人能得到点什么，他们的内心没有片刻的安宁。这就是人为何要努力成为君子的真正原因所在：为的是那一份坦然自若和心安理得。

君子的道路虽然有时狭窄，也很艰难，但却能越走越宽，其内心可以获得一份绵长持久的安宁和快乐。小人的道路起初宽阔，看似有利可图，但最终却是死路一条。此诗中所赞美的公孙正是这样一位不忧不惧的君子。尽管他在生活中面临进退两难、窘困不舒的境遇，但因为他内心安宁、问心无愧，所以即使身处逆境还依然保持泰然自若，不失其德。

此诗作为《国风》的最后一篇，诗歌描写的君子形象作为中国传统文化中最美好的人格典范也始终贯穿于《国风》其他诗歌之中。希望我们每个人在生活中都能不断努力，让自己的人生状态离中国文化中的君子形象越来越近。

图书在版编目(CIP)数据

林栖品读诗经/林栖著;毛小鹿绘. —上海:复旦大学出版社,2021.1
ISBN 978-7-309-15040-7

Ⅰ.①林… Ⅱ.①林… ②毛… Ⅲ.①古体诗-诗集-中国-春秋时代 ②《诗经》-通俗读物 Ⅳ.①I222.2

中国版本图书馆 CIP 数据核字(2020)第 144084 号

林栖品读诗经
林　栖　著
毛小鹿　绘
责任编辑/方尚芩

复旦大学出版社有限公司出版发行
上海市国权路 579 号　邮编:200433
网址: fupnet@fudanpress.com　http://www.fudanpress.com
门市零售: 86-21-65102580　　团体订购: 86-21-65104505
外埠邮购: 86-21-65642846　　出版部电话: 86-21-65642845
上海丽佳制版印刷有限公司

开本 890×1240　1/32　印张 34.5　字数 742 千
2021 年 1 月第 1 版第 1 次印刷

ISBN 978-7-309-15040-7/I·1227
定价: 158.00 元

如有印装质量问题,请向复旦大学出版社出版部调换。
版权所有　侵权必究